广州诗词之都丛书

修辞窑洞

梁智强 著

SPM 南方传媒 花城出版社
广州新华出版发行集团 广州出版社

目录

CONTENTS

第一辑　倒影

第二辑　取暖器

第三辑 骑楼

第四辑 八音盒

第五辑　留声机

第六辑 迁徙者

修辞之火照彻了谁的面影

霍俊明

梁智强写诗，也写小说，显然二者同时获得了彼此的“呼吸”，也相依为命。梁智强的诗集《修辞窑洞》由六个小辑构成，显然“倒影”“取暖器”“骑楼”“八音盒”“留声机”“迁徙者”之间构成了相互打开的对话结构，而并不是彼此孤立的碎片。通过其开篇诗作《容器》，我们能够清晰地感受到梁智强诗歌中意象的密度非常大，纷至沓来的意象群显然对应了其话语方式的特性。由意象、细节和场景来推动诗歌肯定要比泛泛抒情和夸夸其谈的论说更有说服力，诗歌也更有质感的支撑。就意象与意象之间的关系来说，它们一定是对应于诗歌的整体结构和层次展开的，它们之间构成的是和弦，达成的是张力效果，这在梁智强的写作中体现得比较充分。当然，梁智强也可以在今后的写作中适度地减少意象的密度，将隐喻的方式与更为真切、自然的日常语调融合起来。

对于梁智强来说，他比较好地处理了日常经验和个体经验，对此他的写作态度是审慎的，质言之他并没有将现实经验搬运到诗歌当中，诗歌也没有成为“镜子”或“影子”的替代物，而是通过智性、超验、冥想、幻象以及想象力对自我、现实和相应的伦理予以了深度观照和适度超拔，因此他的诗歌空间在经验与超验、日常与想象之间达成了有效平衡。更为重要的是在梁智强这里，意象以及幻象并非只是针对瞬间的时感，而是打开了一个个精神孔道。这些意象对应一个个更为神秘莫测的变幻事物及其形体，在“深度意象”的隐喻式话语方式和思维方式中，最终精神视界的“蝴蝶效应”也由此生发出来，“大象叠映丛生，蝴蝶效应牵引顽疾 / 皮影移动得像一次突发的金色旅途 / 密云决定抹去身份，给澄明孵化更宽的接口”（《金色旅途》）。

值得注意的是，梁智强对森林般的城市经验（包括钢铁、机器等现代性场景）以及现代性社会的丛林法则是抱有排斥和疏离感的，“城市森林 / 倏然成为现实”（《潮汐》），“丛林法则统治着认知”（《倒影》）。为此，他也总是自觉或不自觉地更多地借助那些自然意象、老旧的事物以及古典化的场景和自我心象来言说、独白、对话、劝慰或叹惋、评骘，比如山川、丛林、竹影、蜗牛、麦田、草垛、大地、庄子、蝴蝶、铜镜、琴弦、线装书、瓷器、钟声等。由此，故园、旧物以及大地伦理得以在回溯的斑驳光线和怀旧的记忆点阵中重生，正如诗人所言“总是忘不了器具的历史属性”（《命中》）。在梁智强这里也有一些游历的面向历史景观的诗，诗中的“景观”与诗人的“心象”之间形成了共时性的互动与交织。实则，这一类型的诗需要诗人具备个人化的历史想象力和精神层面的求真意志，需要诗人具备现实感、历史感以及未来感的三位一体的精神视野，“骑楼唤醒了岭南的形制 / 血脉闪躲，破败显而易见 / 亚热带的春风促使它更新换代 / 布景被置换，旧事物掉落在尘埃里 / 日渐遗忘的记忆镶起挂钟、蒲扇 / 和煤炉熬煮的凉茶”（《骑楼》）。

诗人是校对钟表的人，他的时间意识、历史感以及存在体验一定要超于常人，所以诗人一定是要探向和叩访时间秘密以及自我精神的渊薮和更为难解的世事谜题，要探究时间和生命背后的内在机制。这也需要诗人不断地去安抚、平息和劝慰内心的块垒、缺陷以及失意。梁智强在诗歌中体现出来的时间意识和生命意志力是显豁的，他也一次次试图洞透流年的迷雾，在灰暗与困顿中寻求终极意义上的自我、生命以及命运的本质。在此过程中他同时面对了已知与未知，而后者对诗人的挑战性更强，而只有面对未知甚至彼岸，诗人也才能最终使得诗歌成为“诗性正义”，诗歌才能以“真”的力量超越个体与现实认知的边界，诗人的眼力和襟怀才能够真正得以拓展，“只有匹配终极话题 / 刺鼻的目光才会不管不顾”（《抽象技法》）。

在词语的镜像和意象的丛林中，在自我冥想、时光回溯以及面向现实和未知的途中，这一次次的修辞之火最终照彻了谁的面影呢？

（作者系《诗刊》社副主编、中国作家协会青年工作委员会委员、中国现代文学馆客座研究员）

第一辑

倒影

容器

光影缔造颠簸不破的力量

让梦里的喷泉

回答命途朦胧的难题

航船在夕照中远去

草垛成为硕果仅存的贵族

在大地的遗孤呻吟之际

雨露升起昏黄的倦意

我望见黎明的肩膀

浮现由虚幻衍生的裂痕

有限的冰块逐渐融化

汽车野兽般涌向闹市的瓶颈

工人终其一生雕刻往昔

唯有智慧之眼

需要从云端寻找失明的证据

金色旅途

克服险峻是波诡云谲的独幕剧
大象叠映丛生，蝴蝶效应牵引顽疾
皮影移动得像一次突发的金色旅途
密云决定抹去身份，给澄明孵化更宽的接口

今夜的暴雨如何在谅解中横空出世
恬静的遗址赶不上减速的水滴
隐者潜入部落的心脏，和塔尖彻夜长谈
鸟群满载而归，霞光漏出琥珀的味蕾

麦田投奔伸展的秤砣，瓦片模拟旧事已成常态
我掏空十年后的外壳，批阅镶嵌注脚的容颜
越过门槛，抵制浮华，立夏的烟幕频现

相信那座没有灯火和脚印的殿宇

衰老只是众人刹那的闪念

你无须嫉恨青春，也无须吊唁透明尾巴

界限

林间昏睡的雄鹰，在梦中
诞生了行走的岛。秋风刮了一宿
困顿的惊鸿捅破树洞之谜

影子捏造人间隐疾，混沌的空气
像一团浓雾，尚未加工已被送去焚毁

流年面目全非，纸鹤隐去亘古面容
建造仙境与牢笼，稍不留神
夜悄然成形，时光蔓延着异香

仿佛谁都没有权利阻止太阳升起
悲观的边界愈发模糊，直至消失

巨婴瓜熟蒂落，你探测到生命的方舟
正朝着一个未知的向度飞奔

抽象技法

盲目的香樟树并无恢宏寓意
被暴雨挫伤的脸生发芜杂现象
喜鹊雕琢空荡，腾出氤氲的云雾

草地是张通往命运宫殿的毯子
春天挣脱四季枷锁租借疆域
风迅速扬起青绿的波澜

只有匹配终极话题
刺鼻的目光才会不管不顾

寂寥的时日说服坚硬的心绪
星星遗留痛点，却保持缄默
在曼舞的人间修炼抽象的技法

暗河

不必震惊，古老的节气是公平的法官
甜蜜的雨滴降生，为了某些神秘的愿望
灰色部落在野性的松林里拼命摇头
布满锈迹的机器装满膨胀与孤寂
从窘境折返的当天，火把舞被猎奇笼罩
无限的小丑复活得像跳跃的问号

怪异的质感酝酿诞生。仰赖养尊处优的时间
肖像由白变黑。你点燃离愁，脸露难色
“晨雾充满变数，而谁又能躲避呢？”
造物者终于蹦出这个闪电的句子
雕琢思绪的暗河浮现之际
一段惊险的旧时光即将入定

所有酒徒都在静候迟到的戈多

塑胶风暴在黑洞中裸露虚假皮肤

窃取的喜悦霍然逃脱，指纹破译幕后密码

因为概念僵化，我们从不抗拒居高临下

美好始终未曾出发，精神贫穷

让急于隐退的哲人弹奏怒吼之音

潮汐

巨兽肆虐前，我在苏醒中梦见极光：
黑夜伪造的麋鹿瑟缩。城市森林
倏然成为现实。从高空陨落的微尘
恰如流星的遭遇，被众生遗忘

沿着轨迹，窘迫点燃无根之火
照亮匍匐的身躯。我们设法预知
宿敌变幻莫测的体态

天际枯黄，潮汐建构难度
暴雨篡改了风轻云淡
未被提及的气息写下豪言壮语
安抚那些抵御绝境的灵魂

倒影

眼睛与尘世隔离，仅是一次
安全的冒险。我深信生活不易
谁都会变成累赘
沿途的花灯湮灭前景
让时间顾影自怜

火柴已透支。伐木者从铜镜里
找回尊严。再活一个明静之夜
琴弦的灵气便破阵而出
一无所获，该怎样重绘色彩

爱的余温残存，幻觉
是沉默的斜阳。害怕苏醒的
线装书，有了复活的意欲
习惯日夜颠倒的人

像瓷器一样高贵

他们仰望消失的奇迹
焦躁地耗费唇舌
身上披着灰熊播撒的恐惧

墨色遮蔽落寞，为自己伪造
旧日的倒影。快归来吧
涂抹表情的虚空等待你
建造一座空空如也的城堡

迷失的天伦，在照片深处
徒留遗憾。角落里
旷世的感恩被无端移植
丛林法则统治着认知
泥泞却种不出愿望

故园

给往事一次倒叙的机会
在寒风中，岁月迈着细碎脚步
迎接久违的旧物低调归来

晨祷遮蔽大地的年少容颜
妄图赎回被夜幕抢夺的宁静
命运之绳断开，光明也失去倚靠

钟声喑哑，故园一片空寂
树影为浮世辩解，微尘已放弃漫游
接济更多没有身份的生灵
我预想十年后的自己将成为何人

蜗牛

冬月接近，蜗牛将要闭关
烈焰正在奢侈自燃
拥抱虚构的温暖
是缺爱之人的指定动作

饮下这刻骨铭心的冰泉
练习放弃，比攀岩更凶险
忘记被垄断的叙事
不管世间搭载再多装置

阴翳交叠，濒临碎裂的梦境
闯进了星球之心。独酌者
为何要将雪花视作假想敌？

异象

八月的烟花杂草丛生
炎夏让位于隆冬，当上大地的囚徒

一只瞎掉的眼，在律动的远郊徘徊
他怎样把视觉交给惶恐的逝者

“大概率回不去了”
他叫嚷着，气得丢掉登山杖

山坡跑来两束刺眼的光
他还有一只眼能看见
但视而不见，像个负气的女孩

在海浪遥控下，一艘作废的邮轮
投入运营。票价无法估算
他是历史上第一位乘客

蝴蝶的诺言

从一端腾挪到另一端
我坐在庄子的镜像前发愿
阳面的回声通向纸塑的航道

山峰的心事无法预测
它必须服从低处的号令
那些游离的微粒幻变成薄暮

是什么让隐居的念头
一去不返？而热切的侧脸
释放出被厄运深锁的呼吸

竹影迷蒙，这辈子太短
许诺给蝴蝶的机会又太少

命中

总是忘不了器具的历史属性
众生只是一缕透明的微光

河流的身体略缩成云雾或草履虫
敌不过虚弱的战役，某些懊悔的仪式
终究让困顿之境有了安身之所

我在破碎的辞藻中挖掘坚强的理由
博物馆笼罩着凝重的气质
无限深沉的酒杯将时间活成永恒

为了适应命中注定
琉璃幻化出衰老的色泽
被仿制的史书开始羽翼渐丰

纸上的鸽子

逃逸的气息不值一提
遗憾再次来临，即将占据抽象的身体
它从时间的脚步里错过月色
内心的愉悦只是为了规避拥堵

巴黎的秋天拼贴狂欢和诗意
“草地、斗牛士、小提琴……”
梦中重返故乡的毕加索紧握画笔
凝视上天恩赐的天赋

“我花了一生才学会像孩子一样画画”
他呼唤镜像的童年，蓝色之爱层次分明
歪鼻子的呼吸非同凡响
纸上的鸽子穿越贫穷时代

无尽的命途是一把失落的口琴

忧郁与深邃该如何抉择？

套中人

隆重拼贴的语句
拖着另一具肉身长跑
异常的相遇。两只柞蚕
恢复体能。误会像无止的瀑布
从玄虚的高空飞泻而过

在那不完整的清晨
我惶惑地拨弄
一些装满乡愁的云雾
多维的物事，与平庸
空出布匹的距离

动态掌纹设计了
世界的秘道。灰马松脱缰绳
悼念自己凋零的眼神

盛放的谷地遗留

一个横截面的节气

为了枯黄的聚光灯下

始终缺席的套中人

一切将不再归来

中年远未到来
境遇将我带到无尽的严冬
心中之歌接续播放
形成时光弧线

自那日起，一切
将不再归来

藤蔓并非强者
造一条安之若素的马路
困难重重。岁月里
被盗窃的片段，让候鸟
舍弃豁达的翅膀

病房的气息
阻断了生活的秩序

如此昂贵的夜晚
我亲近深陷其中的脚印

风云任性地绘就
人为的奇迹。或者
应该留下什么
为自己，更为他们

马戏团

圆形竞技场一直在上演惊悚
它是谁的影子？年迈的驯兽师
携着先驱的秘密界定明暗
指令一跃而起，熟练地变换戏法

小丑刻着文身抱薪呼喊
要是条件允许，他愿陷入
无尽的冗余，并且，故作深邃
怎样重构破裂的狮身？

快逃出生天吧，可怜的尾巴
观众僵硬得像渐冻人
聚光灯下，谁点燃礼花弹引信？

重叠

忽然，我拾起所有碎片
两个重叠的名字
在族谱里相遇

怒目而视。他不屑
与狼争辩，抱头沉默
蜷缩在披满悲剧的边地
另一个他放弃成长
滞留在缺页的童话中

数年前，素未谋面的祖先
轻声说：肉体都是空的

执念与怀疑同等可怖
这病困的脱缰之马
瞳孔也遭蒸馏

假以时日，我们即将

触碰灰色暗示，沿着树洞

探索变异之爱

既然无法逃离湮灭

那么月影还会完整吗？

修辞窑洞

神秘公路铺满了静默的褶皱
雨雾迷离，他被内心的隧道围困
留给自己一副久违的表情

在修辞窑洞，摇摆的词语抑制了呼吸
再多的叹息也是史实的过客
你不必腾出太深的省思

时光盲目活埋隐遁的消息
没有根的场景将要幻灭
局促之门迎来珍贵的片刻

梦中的星辰极力推崇宁谧
遍地的樱花拯救所有失散的歌声

最初

通灵的使者偶尔击中
受伤的火烈鸟

我们站在更高的山地
对着旧影子跪拜
蒙着眼反而看得更清

有人浑身发抖
就像被咒语牵制

常理往往先入为主
如果推倒重来
是抵触最初的自己吗？

在花东

傍晚的云层眷顾白鸟的小脑袋
旅舍上空是另一片悬挂的郊野
飞机的轰鸣偶尔如闷雷袭来

楼道里走来几个神秘怪客

他们不分昼夜完成自己
某人总在苦等未知的来人

花东，这个为旅途旁白的使者
线索在优美的名字里消失
一生的寻找将要终止
北风像野兽提示着安眠
不知谁在门外喃喃自语
留下未经指认的脚印
响动又惊醒了谁

冬夜

漏斗在时间体内孕育永恒

未来复杂的动词朝往昔讪笑
生造被世间反驳的语法

颠倒的作息厌弃沉郁
睿智在深山瞬间失效

愚昧之王进驻灵魂
戳中无坚不摧的草木

今夜已不止一次梦见邮票
它与远方的契约游览着幽暗

我在等待一个不再归来的自己
回答那些似曾相识的诺言

岁月胶片

古老溢出荒诞修辞，坚韧的石器
失语。人猿玩着钻木取火
这个奢侈游戏诞生于思想森林
被史书褒扬。洞穴的烧骨
和灰烬，复刻族群生活
我轻抚岁月的胶片，仰望
毛笔的前尘。此处铺满了尘埃
更装满了疑虑。视觉停顿在
农耕年代。寂寥的荒草
垒成了群山。我在山脚
遥望亲切的日落渐渐远去
像告别从未升起的风筝

第二辑

取暖器

黑猫

凌晨都是旧的，新的一天
要靠深度睡眠来燃烧
沉睡者不知道失眠者的痛点

静候半年的梦被多番折叠
夜被黑猫监视，显得战战兢兢
你们觉得荒谬吗？大量嘴巴抢答
但剧情不允许插叙

熬到后半夜，我强迫自己入睡
哪怕在昏沉中返回童年
难道让大脑暂时亢奋
然后，离开一会儿
就是对灵肉最坏的背叛？

机场外短暂停留

午后阳光在线，一些小幸福涌进胸腔
喧嚣缓慢入场，沉重的闸门还没开启
我在机场外短暂停留，只一会儿
浓缩的影子早已歇息
停车场暗角里，透着虔诚的气息
树的演唱会向众人派送请柬
银色歌声飘荡在僻静的别处
从天而降的热浪塑造躁动
待命的季节呼之欲出
近在咫尺的远方，你是否听见
那只信鸽投递的思念？

新年随风而至

豁达的除夕之夜，光与火一起跳跃
去岁悠然退役，年份更迭之际
月色以遥远星球的身份祝福着世人

透明、芜杂和感恩，适用于非凡之年
这些熟睡的关键词变得可圈可点

新年随风而至，魔幻之灯发明另类活法
辞旧迎新在狂欢庆典的语境形成惯性
我们无法拒绝年轮的运转

只有保持清醒，才能读懂纯真的自己
许愿树下，信徒渴望被吉兆庇佑
内心的老黄历如何翻篇是一个大写诘问

鹊桥连接永生之爱，时间的碎片原形毕露

孤独的冬季款款唱出风的诗篇

嘹亮的早晨为飘浮的钟声打开秘道

在山之巅，万象的管道输送热情

完美的馈赠急需喜悦者的配合

证据

风中长大的幼苗
留下了彻底的伤疤
湿冷的日子，我找到了
它们遗落的证据

一些沉重的命途，寄托在
时间之心。从不妥协的眼睛
散发暗淡的泪光

福泽披荆斩棘
抵达更为崇高的边塞

分成两半的脸

弯曲的黑夜，分成两半的脸不似人形
一边是诡异之笑，一边是无影之刀
被言语切割的心把我震慑
光是误会，足以虚构更多的疑团
航行者畏惧恸哭的海神
尺子永远形同虚设，落寞的婴儿
慢慢消隐，将自己的替身塞进岩洞

独白

我迷上了用镜子祈祷
岁月黯然失色。一些未竟之事
在化境中偷换身份
镀金的凭条酝酿终身战争

不坏之身冒险穿越迷途
很快将被史册销毁
守望永恒之爱
可能需要更多的援助

原来时钟近在眼前
没有一种付出会得到额外奖赏
手指迈向衰老，面对高调的青春
它不再用言语取悦世界

当一切成为自身

包袱里已装满空白书页

取暖器

黑暗之上，众目睽睽的欣赏
皆是仿真的假象。被澄清的气体
奇异得像隐姓埋名的物种
骑马者总是替枯萎之花叹息
为了永无回复的晨祷

那一夜，他告别了自己
卑微之火埋葬春天的压抑
疼痛奄奄一息
它无法让残破的身躯
听从规律的呼喊

需要坦陈的是
没有尽头的欺骗把光关闭
取暖器弃之一隅

自降生那天，他始终在思忖
如何舒畅地安眠

抄满警句的墙壁说：“你应该
短暂失聪，或者充当活塞”
谶语蠕动。明亮的实验
发出尖厉的号啕
酒精灯并非诱导者

薄雾消沉，穿越不再流行
与音乐重逢的贝多芬
多年后才在琴谱中露脸
而这一切，只是某些影片
谋划已久的益智游戏

隐身者

这世间，大概没有何物
比得过拥挤的情绪
晨曦飘过窗帘，疲倦的柴犬
睡在丝绒沙发上，目光迷离

权杖闪亮，屋子里鸦雀无声
衣柜透着波西米亚的气息
简直让人痴迷。闹钟躁动
驱赶隐身者的拖延症

我不确定，这种状态能维持多久
除了荒废的时间，谁还知晓
整夜到底发生了什么
必须告知他，及时露面
也许是最稳妥的结局

涂鸦

因为孤僻，她自言自语
像秃鹰一样背光而坐
偏执地说：“我正和他说话呢！”
对面坐着一个缺席者
脸被孩子画满涂鸦
他们谈论某些与世隔绝的话题
时日无多，每天都过得憋屈
他在布满蛛网的餐厅
隔空回答她：
“你应该穿上灰白睡衣
给表演腾出突兀的树阴”

迷局

那声浑浊的男音从我耳边
匀速穿过。干枯的怀旧
只是旋涡栽种的心病

老街焕然一新，正如大雨中
迅速更衣的电影演员

为了颜面，我将陷入迷局
雨倾巢而出，宁愿让砖瓦窒息
也要保全虚设的冠冕堂皇

破碎的午后，古董铺疲乏得
一言不发。失宠的留声机
遗物似的，播放未名的挽歌
仿佛在寻找逃逸的批文

界碑

从地铁站踱步至郊野
两个空间的接驳存在盲区
有关界碑的谈判被提上日程
双生花经由传说介入现场
它拒绝无意义的对话
近景漆黑一片，魅影探出头来
虎视眈眈。持灯者举步维艰
试探着高深莫测的底线
但没有谁会为他争辩
他目光呆滞，像一个局外人
懊丧地游向波罗的海
终有一天，他暗自嘀咕：
“傍晚不属于哪片土地！”

空椅子

不一会儿，年月便到达尽头
一生太短，来世还没显灵
晃眼间，永别弄假成真
我证实自己未曾长大
以孩子的口吻说出谶言
脆弱之音萦绕在身
空椅子等着它的主人
已成祖先的你。落地扇
异常沉寂。黑是任何故居
难逃的主题。夜忧郁的眼
凝视从阳台漏进来的光
客厅的吊顶遍布皱纹
在城市森林里颓然老去

悬浮的替身

每时每刻，云烟都在竞走

藤蔓捆绑着为寒潮卖命的人

摇晃的影子无所遁形

一把被天眼捕猎

写给树脂的信早已成灰

借来的时间也被烧掉

此后的一切，怀疑论者

称之为悬浮的替身

寄存于幻境里。这里没有爱

唯一的选项——暂时逃离

在月色以外舒畅蜗居

年老的狮子

四月将尽，日子忽然苍老起来
渡劫之人提前写成长篇遗书
攀爬典籍的阶梯，拼命拾捡常识
与最后一个夏天无缝衔接

黑白年华尴尬逢迎，四处张望
判断该不该暴露踪迹
古代的虫鸣扰乱行进的脚印
墨水抹掉樱花谷中腐朽的星光
昏鸦听得进嘈杂的声音吗？

从此，她避讳独对哈哈镜
反复念出幽闭的名字
怎么也没想过，光线会如此迟缓
没有银盘的夜晚像年老的狮子
在林海深处琢磨着后事

薄冰公寓

他悟到了历险的优势
在语词的尖端光临断代的领地
无人否定他的劳作
也无人聊起更具象的细节

寒潮突袭，林中路荆棘满途
丧钟叮当作响，他却向死而生
近乎狂野，在身体的村落
扩建由薄冰垒成的公寓

屋外，雪地落魄得一语不发
那个冷峻的哑谜破土而出
像未被认领的孤儿
忍住了卡其色的憨笑

水池

暗灯退场，货车像展品排成一列
它们整宿未眠，眼睛失去光泽
在露天博物馆，偶尔有黑鸟飞过
参观深夜冗长的事迹。冥想发酵
蝉声呈献的乐曲并不动听

倾斜的房屋在我眼前来回晃动
这个独舞的符号大于错觉的预言
每个人的梦境都长出了轮子
途经之处匿藏着漏网之鱼
最终滑入傍晚统领的水池

彼岸花

早晨，街道是灰色的
涂鸦墙换上黑西装
准备赶赴虚度的丧礼

长街的异木棉一夜未眠
夏日之约转瞬沉寂
毛笔伏在书桌的阴翳里
像隐退数年的道士
琢磨分配时间的法术

神谕如当头棒喝
惊醒深居简出的嗜睡者
慵懒的诱因让呆滞的眼神
不知所措。你在说服自己
给苦恼戴上无菌的面具

即使彼岸花凋零

拯救行动也要继续

心与心的缔结

越过预设的物理空间

拓展着漫游的外延

秩序册写满感恩之词

信使入戏太深，面容枯槁

在房子里独自哼唱情歌

仿佛一棵垂死的百年椿树

“亲爱的，我已多次

梦见霉变的风筝”

他会在闪回的春天

等待凤凰涅槃吗？

气球

我讨厌出售余生
云却说服我
不必害怕无形的隐痛

灰烬是凝重之神
究竟从何时起
宽恕变成怪诞的气球

谁曾料到，命途的拦路虎
只是叠加的困难本身

天色昏沉，羊群越过险境
渔翁退化为顽童，一笑而过
拔掉荒草般的蛀牙

雨夜

暴雨洗刷认知，像突发的剧情
让悠然的旅者措手不及
一群水鸟满脸惊悚，陷入昏暗圈套
松针掉落潜在的锋芒，成为
自己引以为傲的偶像

阑珊的壁灯只是装疯的盗贼
毛毯一身冰冻，疲态尽显
像夜里饥不择食的赤狐
强迫窘迫的影子卸下警惕
撤销低处暂居的资格

七夕帖

七夕像一颗软糖躺在手掌上
他携带微表情，面向花束宣誓
每一次商谈都预示新生命的莅临

爱的长跑提醒陨石加持
亲密在画框里躲过半个世纪
画中人相视无言，玉坠正思考
艺术之心是否坚硬无比

齿轮不会停息，从哪里开始
探索自己比较妥帖？炎热的声响
寂静得如白天熟睡的婴儿

第三辑

骑楼

礼物

昨夜，海洋还沉浸在旧梦之中
今早，坐上从花城至珠城的高铁
穿越到新的画面，我相信
眼前的景致是岁月的馈赠
隧道里的未知静待挖掘
移动的车厢是载满喜悦的礼物

前方即将到站，月台像侍者一样
等候首次踏足此处的旅客
北海，这首被灯光风化的诗
一直在心中不停跳跃
腼腆的树影戴着多变的面具
它们将带来什么，又将被谁铭记？

来日虽长，纵使海上的生灵
依旧保有恒久的美态

而我只能在千里之外

遥想与大海亲吻的瞬间

黑卷尾

翻腾的波浪自言自语
雨来得突然，冲刷多日的炎热
三只黑卷尾在岸边憩息
研究着如何界定水的色泽

夏季的幽深无边无际
那束被拉伸的光变得黯淡
直到夜开始登场，萤火虫的身份
才得以确认。手写的诗句
为什么装不下亲切的咸腥味？

我看不见远方归鸟的命途
它们是长跑的主角，随时播报
从天幕漏下来的秘籍

老街

木闸门敲开了时间的密钥
从上水铺散步到下水铺
复刻的记忆在老街恣意旋转
欧式拱窗折射的光依旧耀眼

荣昌隆前，巡夜人坐在铺窗趸上
观赏着远道而来的古老月亮
乖巧的波斯猫趴在笼子里熟睡
一阵舒坦的海风将它唤醒

宜仙楼留下了齐白石的脚印
他没有走，只是在邻街的酒楼
喝茶，谈艺，继续着水墨的探索
虾跳出宣纸，幻化成空中浮雕

街渡口人潮涌动，渔民们戴着斗笠

在商船帆影中穿行。斑驳的女儿墙

像一面镜子映出疍家土著的脸

他们临海而居，独创莫兰迪的活法

疍家小镇

吉卜赛的腔调根深蒂固
船的符号在内心冉冉升起
疍家的慢节奏越发凝练
候鸟从四面八方回到故地
那个近海的新家也能谛听奏鸣曲
一条土狗提振士气，把我先前
对水的印象完全扭转
飘浮的舢板刷新步行街的年纪
民房的外立面涂满了海边的童话
露天电影放映着浪漫的情诗
捕捞者摇身一变，由疍民转为居民
在小镇的尽头，搭起科技的渔网

红树林

在金海湾，红树林并非浪得虚名
温顺的白鹭扇动翅膀，以折叠的奇招
表演水上芭蕾，轻盈的身子仿佛没有重量
觅食使它们遗忘累积的疲态
嬉戏的意义正缓缓升空

伴随恬静时刻，傍晚的滩涂若隐若现
红色汁液在树的内部学懂了柔软
涨潮和退潮仅一字之差，换取的
却是迥异的风情。由于台风失约
人们站在礁石上朝着对岸呼喊

节制的回声由空灵之物传递
采摘波浪的语言，画一条镀银的海岸线

博物馆的脊梁

两千年后，为无名氏陪葬的铜马重见天日
奇妙的羽纹铜凤灯嵌着合浦祖先的慧眼
前辈用铜提梁壶，倒一杯溢满友情的黄酒

丝路的通途从汉代的始发港诞生
玻璃碟、玉带钩、花玛瑙戒指
联结亚欧诸国繁盛的春秋，导览如数家珍
她的话语像一件婆罗洲的陶瓷
展品的气魄撑起了博物馆的脊梁

离开史籍，我以文人的身份踏进墓室
棺椁给自己书写灵魂，现代的钱币
接纳了古时祭祀的功能

在东坡亭怀想苏轼

宋代的合浦县，迎来了白头的苏轼
晚年的日子寡淡，无雨也无晴
他所到之处都是凡间的净土
囊括那口从未枯竭的井

墨竹飞驰，沉郁的朴树簌簌作响
深夜的清乐轩，徒留一个故人的觥筹
他没有被乌台诗案击倒
大文豪的性情战胜了嫉妒、诬陷

我怀着敬畏之心，融入苏轼的暂居地
他的石刻像赫然在目，如一张不朽的名片
东坡亭，屹立的雨伞，纪念的特产
碑文克服侵蚀，有着诗篇以外的传世价值

铁山港

吊臂往外伸展，这只机器人的手
摩挲温润的海心。每个泊位
挺立成骑士，许诺为浩渺的大海
戍守一生。集装箱移步堆场
一艘艘与波浪赛跑的货轮化身白马
在昼夜之间的蓝色稻田驰骋
海鸥旋转小脑袋，虔诚地坐在防波堤上
眺望那座未被命名的岛屿
港口披星戴月，析出开阔的胸襟
它在潮水的浮沉中酣睡

登涠洲岛

北部湾雾气氤氲，大陆架之上
一块瑰丽的半月形翡翠潜然躺着
海滩的粼粼波光，照看首次登岛的旅者
鳀鲸一跃而起，做着蔚蓝的捕食游戏
盛夏的涠洲岛，火山口的余温还没消退
岩壁鬼斧神工，雕刻印象派的浮世绘
我愿意把精简的时光献给这座小岛
潮汐之际，震撼超乎意料
作为忠实岛民，蜻蜓飞上灯塔观摩
热情的珊瑚礁计算美学公式
贝壳在石螺口散发夕照的味蕾
跻身仙境，香蕉林的树洞分享隐世之谜

夜宿巴山

安谧的巴山之夜，像一张匍匐的宣纸
铺展在久经岁月淬炼的嘉陵江边
月色迷蒙，古船载着从唐代寄来的书信
设想与李商隐共度绵渺的诗意旅途

孤灯照漏夜，那钟灵毓秀的仙境
镌刻着多少居高临下的词条
突发的惊雷为幼小的生灵壮胆
橘猫用宝石眼睛观察夜幕下的提灯者

层峦被皴染，北碚的星群与我对谈
旷野讳莫如深，悠闲的气象脱下面具
思忆锃亮，池塘接纳了一片黄叶
时间的回声在呼唤万物归零

我愿将秘密赠予此处的每一寸草木

即使往事迁徙，也挪不动这绝美的形态

翩跹的纸鹤身披虔诚，潜入内心的净土

它参透禅理，竭力完成漫长的修行

暮雨

金黄季节打湿了蓑衣的妆容
一场迟来的暮雨遮掩云的本色表演
高耸的天然印章如梦似幻

我在玉尖峰的雾霭里探听大地的情愫
历史丛林腾出一个隽秀的影子
隔空的诗人缓步走来，这低调的客居者
凝望缄默的夜空，捕捞缝补遗憾的乡愁
客栈的西窗闪现一双虚构的红眼

它提醒我，通信故障如今迎刃而解
睿智的桫椤敞开化石般的手臂
树干的抬头纹复述年轮叠加的深沉
出世之路并不遥远，却不可抵达

游目骋怀，远去的雕鸮舍弃勇猛

嘴里衔着祥瑞，啼声是温柔的钝剑

掠过茫茫山野，它才读透了自己

鹅掌楸拥抱光，或是被光簇拥

已超越了意义所触及的范畴

过缙云寺

秋风萧瑟，午后遁入缙云寺的山门
六根清净的银杏树结下了顿悟的果实

梵音悄悄响起，它像稀缺的胎记
印进血脉的支流。一束微光遗留疑问
答案在熟睡的尘埃中显现。牌坊的苔藓
隐姓埋名，威严的青狮品读经书的要义
石照壁、八角井刻满了古语的纹饰

宝刹的法眼倚着明镜台，钟声的真谛
由鸟兽的鸣叫传诵。一切无形的聒噪
必将消弭，正如慈忍重遇广阔
露水轻抚额角，唯有失散的斜阳
才挽得住呼之欲出的白马

书院的文献是不分昼夜的遗存

学子登临塔顶，辨别心性

松涛环绕，如何遗忘堆积的烦恼

再给肉身披上七色羽翼

吊楼

群山结队，每张脸都藏着醍醐灌顶的故事
吊楼深居简出，像高挑淑女一样腼腆
去年某夜，我作为访客进驻现场
哼唱木质台阶的足音。众多建造者的汗滴
并未干枯，河的部落应该分它一杯羹
峭壁瓦檐飞离武侠小说的骨架

梧桐长成不倒翁，为良善者敬献祝福
静水流深，爱情的模型瓜熟蒂落
红灯笼挂着远方无尽的念想
寻根的孩子猜度老竹篓的性格

他或许不知道，这些器物将要去往何处
谁将欢送它们，谁是它们精神的祖先

风铃凭栏怀古，暂居异乡的断肠人

捡起一撮鬃毛，粘在时运的秋风中

那些用耐心方可洞见的细微之物

映出规律之外的缩影

轻轨时间

尝试为轻轨时间立传
目光成谜。孤岛与群岛
相隔一层遥不可及的隐秘
银白的微尘俯拾皆是

拥抱肉体，意味着失去什么
一个苍白的疑团，由台历创造
土拨鼠从不关注世界的悲喜
就像我在浮夸的镜像里睡着了

破碎之梦将要恢复原貌
有些季节频繁地光顾
你是怎样忘记喘息的日子的？

遗址

捧起晃动的火种，我们各自涌向荒岛
像鹦鹉学舌一样，模仿鹧鸪的语言
摁下按钮，水波拆卸锦衣华服
它注定要消沉于白雾之中
侥幸是艘没有航标的破冰船
至今不知驶向何处

在南方，失聪的秋天切割登场的底气
呈献一壶内心遗址的佳酿
时间被烧毁，众人的墓穴是哑然的竖琴
长眠地宫的瓦当减轻叙述的重量
多年以后，考古学家沿着它的印迹搜寻
器械的信号能否破解竹简的谜题？

葱茏的桑叶，哭得像印象派的治丧者

在自己的谱系里读取奇幻和阴霾

先人逃离冰块传记，雕琢树上的歌声

勘察即潜入，低处没有极限

他们挖掘出孤僻的铜镜、漆盘和陶俑

雁过无痕的器物会被谁悼念？

南越王宫

重建的宫殿亮相于现代的市声
任嚣的钟磬越走越近
它的故事被鬓白的说书人
饶有兴致地描述
我只在宴席里代它举杯

神秘的视域焊接铜鼎的铭文
南越王，一首经久不息的史诗
话剧主角以立体演技塑造他
觥筹舞榭，遥远的玉食返回釜甑
天际的旋律为饿汉烹制饕餮

展陈渊博，铁铠甲在技术中留存
我领取了他的骁勇、果断
金钩扣端详我，像是邂逅故知

征战年月仿佛有根可溯

铁剑铿锵，将士的影子贴在木简上

他们骑着疲累的马匹，说着沉郁的术语

转瞬，龟鳖的化石杳无音讯

十香园

庭院清幽，启蒙的窄门步履迟缓
被侍弄的香花在居廉的画作中复活
它们与丹青结拜，嵌入美术馆的展墙

流动的线索揭开隔山画派的档案
在青釉调色杯研磨暗黑图腾
这些飘荡的观念辗转经年
终将止步于谁的笔锋？

敏锐的野猫一声不吭，占据柔软的领地
昏黄的青石板街，没有人遗留童趣
满洲窗半闭眼眸，享受未被发现的馈赠
一些快要湮灭的跫音离家出走

梅生铁树告诉我，寿命是坚韧的风骨

鱼虫置身纸外，搂着啸月琴跳舞
紫梨花馆如同养在深闺的宝盒
它容纳多元技法，学徒蜚声遐迩
众多的构思喷薄、游离

巷弄尽头，大师的头像岿然不动
你又是哪张手稿的素材？

老地方

夜的发光物踉踉跄跄
大屋外的消夜摊敞开了气场

街坊穿着木屐，与往事谈笑风生
打烊的铜器铺欲分享承传的秘籍
泮塘的甜味被稀释，荔枝湾的溪水
流向何处，文塔绝口不提

这些年，寻访者多少次路过西关
看到的只是它变迁的过程
它最初的模样，我们总透过
隔代影像获取久违的资讯

骑楼

灰喜鹊站在瓦檐上凝神屏息
门楣苍凉，生锈的铜锁隔绝喧哗
廊柱在旋涡里训练必备的耐性
不经意间，霉味提出质疑
直接导致裂痕累累。忌辰临近
往生者迎来了隆重的问候

骑楼唤醒了岭南的形制
血脉闪躲，破败显而易见
亚热带的春风促使它更新换代
布景被置换，旧事物掉落在尘埃里
日渐遗忘的记忆镶起挂钟、蒲扇
和煤炉熬煮的凉茶

趟栊门是新的，它的前世

要用影像来修复

垂老的补鞋匠从不抗拒

为陈设挽回尊严

夜归

一只蟋蟀紧随柔和的雾气归来
静夜的秘密是嗜睡的婴儿
时间的仆人只懂在危急关头
收藏早已公开的秘诀

无边的远处忽明忽暗
风留意着雨的动向。天地之大
有谁能读透活着的影子？

再次回到这密闭的空间
对自己说些什么呢
与其苦思冥想，不如写首诗
证实自己笑颜如初

梁园之秋

镬耳跃出典籍，抵达两百年后的岭南
趟栊敞开的过程是一笔秋日流水账
间歇记忆留得住亭台、山石和小桥吗？
延绵的旧风物止步于生锈的时间
新足印停顿沉思，却抓不紧最早的影子

历史闪烁的脸正反复叨念浓稠的影像
草庐、幽径、湖池互为佐证
仿佛替逝去的存在辩解
确认那条质朴的汾江隽秀如初
作古的梁九章还会重返他的故园吗？
答案是高深的琴音，抑或模糊的法帖

秩序从被移栽的火树里更换身份
梁园卸下华贵妆容，找回久违的素颜

书香望族的根脉叙述着起伏的家声
涅槃的飞鸟穿梭林间，渐入化境的羽毛
长满慧根，被观赏的愉悦旋即凋零

在舞动的真空中，人们总是喜欢
将云与海混为一谈。接受对折的命运
就像拒绝那场盛大的艺术实验
你完全不需要质疑
一个突如其来的另类结论

第四辑

八音盒

参照物

星空冷冽，复制的动态顷刻闪亮
落单的飞蛾独缺一个掌声
灯火发出天问，说吧，什么叫参照物？

在荒芜之境，逃离是莫大的诘问
哑语生根，由地底跳上地面
一息间，裂纹布满黑色的草坪
那道破损的谜题续写了三月的平静

与昨晚相反，凌空之眼无处不在
它盯着月光，也盯着游子
今晚的引擎声特别柔美

入睡前，我揪住了还没出生的自己
尝试捕获烟火的记忆

神农简史

秃鹫飞过，鲁莽之气萦绕
它越过所有伪造的幕墙
翅羽的余温尚未失明
在适当的时日，遗留绝版的微光

仲秋奏起岁丰年稔的弦音
神农破解了九州的密钥
深耕的修为从远古的书页里
摘取答案。百草从何而来
再被谁指引，攀上更高的山岭

武当的意义不言而喻
这幽深之地，必有其过人之处
每个岩洞都是无须论证的博物馆

闭关

室内的后遗症在加速膨胀
窗台闯入了久违的阳光

我分不清这是恩赐还是惩戒
二月显然没有脱离寒潮的牵制
冷是黄种人的劲敌，那片颤抖的树林
正准备撤退，以追光者的身份

今天也是昨天。倒置的天气
述说它的顾虑，或惆怅

第一种心情如尘烟散去
第二种心情在不恰当的时刻
敬奉最深沉的表白

鸟形符号被虚设在辽阔的某地

陌生的人们蛰伏在技术终端

凝视春的代码，冥想出口的方位

花匠

大院的花匠含着笑，他的圆脸
是一棵涅槃的菩提树

“苍白的抒情遍地发芽”
他不光是对自己说，更是
对那些小瞧他的人说
见我不语，他收回注视
接续他漫长而憋闷的劳作

度过白夜，他通体澄澈
感觉有一双来自晋代的手
为他的前程助攻
是陶渊明吗？他吐字模糊
像一个仙风道骨的老汉
捻着久未修剪的胡子

学着五柳先生的步法

缓缓开始新一天的忙乱

弹床

屋顶上的苍穹发酵昨日的念想
数轴沾满了未知，混沌的宿命不语
我盯着递减的时间从手中默然掠过

你认同了影子，决意在暗夜里分析自己
我们身上披着隐形的羊皮
迟疑的灵药将要省略斑驳的流程

湮没的声名，仿佛悬浮于表层的弹床
预言家在梦中制造枯萎的故事
拒绝昙花与火焰，这是深邃灵魂的职责
果实并无疾病，静待写实的安眠

墓志铭

读不出城市的暗语，忽觉一切
并未更替。抽屉紧锁阴霾
狭缝的呼吸被剥夺
石板街敞露松弛的皮肤
冷清被无故放大

年月的真相，只有先辈之眼
在聚焦。生产重复的机器
透支着风景。唯有空白
能在墓志铭中描述苦闷

多少风沙携带证件从身边闪过
归家者却视而不见
不必触碰岩石的恐惧
一幅临摹的图腾即将登场

未完成的旅途

密林里，遍寻那片永不投降的落叶
河水一直默然，挤出难堪的苦笑
时间的表层悄然背弃幽深
住着彼此陌生的朋友

这么多年，你们的魂灵越发清晰
所有飞翔的意义瞬间化为灰烬
残骸伟大得像无名英雄
用泪水写成虚构的墓志铭

夜色忽然落幕，黑鸟再也不归巢
泥土被异族接济。它们的困境
仿佛一堆历史的废铁
从导航中消失，又重新闪现

琴键的脚步向真相逼近
这带来了众多的猜测。空白的歌声
与那些不灭的眼睛对视
“灾难的身世会有定论吗？”

你们的影子被恐惧劫持
徒留逾期的护照、危险的安全带
以及等待火化的行囊
一个蹉跎之谜正在放映

为什么阳光还在雾气中徘徊？

照见

哀乐聚拢，我在寂寥中听戏
献出的音符与接收的一样重要

舞台上，丑角捧出艳羡的眼神
霓裳如虹，一束不显眼的光
照见先前练功的艰辛时刻

天高路远，玉生烟卸除欢颜
虚渺的念白依然精准

“我们是从不后退的探险者”
他说话的语气像极了犀牛的叫声

去后花园，刨土，把凋落的叶子
埋起来。他特意强调，“是埋而不是葬！”

命运被改写，倾泻在角色的筋骨

他轻轻叹了口气，从折子戏里抽身

坍塌之树

雨中模糊的脸越发清晰
行走的轨道惨遭废弃

我目睹优雅的时光
正逃离某些曾经喧嚣的
刹那。编钟被锻造成
温顺的动物。狂风在驱赶
自身与日俱增的重量

因为生长是一棵
枝繁叶茂的坍塌之树

法令纹

我在天亮之前抑制住鼾声
她说，它像凄楚的笛鸣

树沙沙作响，仿佛一阕摇篮曲
催促她安眠。客厅的狗摇着尾巴
跟随挂钟的节奏摆弄睡姿

水波轻抚，扰动世间的节律
寂静像一艘空载的船
在暂停的街道哼着小调

镜中，我的法令纹又深了些
她没答话，拿出一张面膜
假装被韶华欺骗

“给我的？”我雀跃着

她把它贴在自己脸上

又投来不屑的眼神

心灵雕刻

欢腾的风头盖过祝福
相聚如同例行节目

有些琐事总是看不破
就这样，误会越积越深

“有些琐事你不必看破”
大师慢条斯理地说

他耐心解答我的疑惑
赠予我一生的诀窍

我需要用心灵雕刻
一个全新的我

鹈鹕盘旋嬉戏，难道这是

一次早已张罗的巧合？

雪帽

一个世纪前，壮实的他
戴上这顶北极的雪帽
为颤抖加冕。而他
没有凯旋，只跌落在
冰川裂缝里。成群的搜救队
沿着茫茫雪原呐喊

他横躺在天然的地下室
擢升为世间独一无二的藏品
正被研究员以幻觉包裹

我寻找通向旧日的梯子
未果。只能偷看观念中的他
就像他活着时，观察我的祖先

圈套

人们很容易落入圈套
脱身后，又在重复错误
如同不存在的失忆者

有趣的是，他们像孩子
享受苹果树的温存
一点都不懊悔

检索冷门电影，男主角
表演着漩涡般的片段

当他背对站台，憋出橘色唱词
火焰在灼烧寄往春天的信

他丢失那副虚假的身体
踱进银行，兑换苏醒的他

回南天

一枚弧月在我心里悠然升起
想起回南天逼近，淡泊的月色
会急速布满浓稠吗？

惊蛰的雾气缠绕不散
太平洋的暖流、西伯利亚的冷风
在南方上空互换秘密
它们像未被盛载的泪，来去匆匆
却没有盗取岭南人的遗忘

潮湿为谁带来欢愉？
这个绝美的词，拓宽人们的脑洞
湿漉漉的地板上，躺着一只沮丧的麻雀

晨光荡漾，气象员以静制动
返潮天在半文半白的氤氲中暂歇

装置

观光梯循环升降，俨然移动的烟囱
我们身处其中，与邻人肩并肩
跳跃的风景是印象派遗下的名画
但谁都无暇兼顾，引致它遗憾离场

抵达美术馆，导览激活装置
枫树挂满玻璃杯，录像机正播放默剧
黑珍珠嵌在链条里望着灯光溘逝
我尽量让自己介入，异化为漫游者

细微的响声汇成一首怀古诗
有人揭开它，用僵硬的词语诵读
只是没有人能读完它。正如
魔术师的道具，永远破解不尽

天秤座

赞美乌云的不是长空，而是
枯萎的曼陀罗。密密麻麻的雁群
落在时间脆弱的瓷盘里

留一个小缺口给天秤座
治疗不能治愈的悲伤

我漂浮于故事之外，和主角相遇
一个人与另一个人，觑着对方
像两把走向迥异的降落伞
在各自的巢穴里风化

遍地尘灰，城市的肺叶
陡起一阵尖利的梅雨
涌进驾驶者迷醉的瞳仁

奇迹

轮轴推着时间逆向而行
我总是胡思乱想，对银器
感到厌倦。幕墙映出
一张中世纪的侧脸

它默念遗言，形成立体壁画
奇迹乍现，桉树在濒死中
生还，然后哼着合奏曲
换取刻录哲理的暗喻

废弃的指南针长满了霉菌
躺在树底享受风暴
棉絮曼舞，像被杜撰的杂技
“越是细小的越彪悍”

香炉

飘来一阵烟，我能断定
祖先就在里面，而且还存活

我相信亲情沿承的箴言

虽然我没在现场见过他们
但我在梦中见过，并记得族谱上
他们的姓名，每个字恰是一次旅行

香炉发光的脸很慈祥，它轻吻我
像某位祖先简短的叮嘱
“别睁眼，你就是我，往前走”

我闭着眼，勉强走了一段路
祠堂外响起了警报，混沌之气
从我身边呼啸而过

诗人

那个晚上月亮缺席，悲戚的诗人
在进化史中饮酒。他打捞井里
早已退休的水，像打捞自己
崎岖的仕途。他把水倒进杯杓
一饮而尽，像一头饥饿的棕熊

突然，他停下来苦笑
愁肠蔓延，贫乏限制他的举动
不知流向哪年炎热的冬天
不知流向哪条安全的峡谷

现在，没人敢宣布结果

他蹲在院子一隅，粗略
画了两只罕见的黄鹂
一只胆怯，另一只跋扈

八音盒

拧紧发条，人们惊觉手的端倪
爪轮停止转动，空气也罢工

咖啡厅里，我们点了卡布奇诺
提供无关紧要的话题
聊了三个小时。到最后，是钢琴
终止了这场充实的交谈

一个日期闪过：没错，爱的纪念日
我送的八音盒，写着雪莱的祝福

她随即回忆，像黑格尔讨论辩证法
“第二次见面的时候，我几乎忘了你”

“我的脸平庸到不能再平庸
忘了也是正常的”

第五辑

留声机

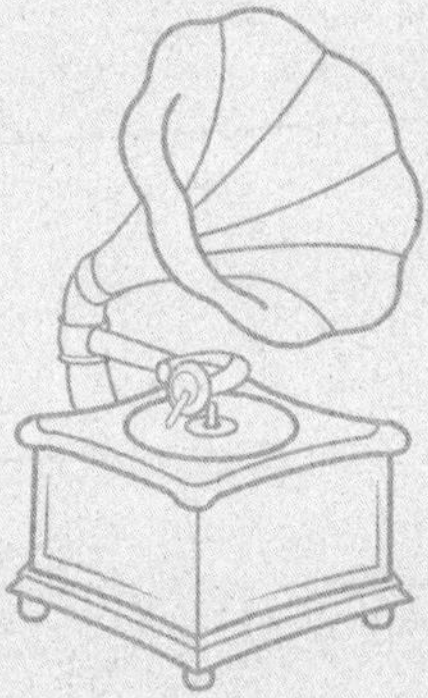

风信子

失调的按键把少年带来这里
郊区。晴天。扑面而来的是疲惫
我嗅到它在接纳我，挤压我
力度像风信子质变的花香

想起青涩的我，像是一辆
驰骋万里的客车，途中没有加油站
到达终点那刻，返回更早的梦

我洗掉梦境引起的连锁反应
妥善安排如期付印的小说
在双肩培植流逝的种子

门虚掩着，一支禁止外传的舞蹈
紧紧抱住我高速的晚年

日常

雪落如银，壁炉在抖动
我领教过它的繁衍

春天是冬天的后备军
战利品成批地运抵寒舍

灯光瘦削得像过期营养品
不论远近，似乎有一个声音
在与我遥相呼应

压缩的暖流灌满体温
谁穿上棉袄赏梅？谁
躲在阁楼读诗？

引力创立了巨型想象：
日常抵抗日常

变种蜡像

公路停歇。紫椴剥掉浓妆
便利店外，一个穿西装的男人
仰着头发呆，如一座变种的蜡像
他视自己为劲敌
拍打用报纸包裹的脑袋

我试图走近他，却被他的气焰
踢了一脚，只好悻悻而退

“那是他的地盘，与我无关”
我在心里说。没承想他走近我
喷了一句谁也听不懂的话
它像是某场久远的滑稽剧里
一个配角哭着说出的台词

方言

自从出生，碉堡的土著都爱说方言
他们活得彻底，学着鹦鹉演讲
死守远离喧闹的民俗

有个外乡人冒昧来访，冷冷撇下
一批垂死的词语。他是另一种
方言的崇拜者，无声叫嚣着：
“总有一天，我会在别处
号令你们说我们的话”

土著喑哑，纷纷挑灯狂欢
从碉堡楼顶纵身一跃
为了祭奠沉入深海的语义

“切记，复活即将降临”

盘点

干燥的黄昏，斜阳在焚毁
我曾经的日子。一段浮游的回忆
是怎样混入札记的队伍

搂住尚未冬眠的唯一脉络
它明白我的痛，才用目光治疗
亲情的账目。坏掉的碎纸机
碎不完写满怨言的明信片
看来要加班了，加一生的班

清晨回家，空空荡荡的人行道
像一条缺失舌头的蟒蛇。碰巧路过
工地——大厦的胚胎
一个视障者向外殷切挥手
他的脸是一道有关螺丝的选择题

恐高症

今天放晴，怎么舍得不攒集光

长者内心的晦暗交出单据，允许光
像小偷一样鬼祟地渗进来

他拷问自己无数次，心里却冒出
一个三岁孩子的剪影和哭声
他迅即抓住小生命，手里捏住的
却是一团未成形的泥巴

他患有恐高症，只在地面晒太阳
乘一次起重机，在天上品鉴
光的宴会，他的眼睛就圆满了

呵，这个心愿简单吗？
在节日尾声可以实现吗？

信天翁

这个初夏正午闪烁着温暖

塔台顶部，一只信天翁在苦练变脸
它用哀鸣警告我，恐防我
加盟鸟的族群。气氛松紧不定
我们的距离是水晶橡皮筋

有时它会抛下戒心，抬头望着
那只巨大的铁鸟消耗体力
它心有不甘，硬生生设置了
追赶铁鸟的夙愿

这场没有停机坪的旅行
作为自然精英，罹难的它
奉献了致命的青春

“危急时你想到了谁？”

死结

对吧。前一天被后一天照搬
前排的人被后排的人模仿
所有的相似都经过扫描
行军般挤入流水线

黑夜中，根本找不到那块
容易辨别的魔方
它身处冶炼厂的熔炉

原来，批量生产的地图
也是一台自动复印机

我与书中的莱布尼茨详谈
用他的单子论探究
两片看似相异的树叶

外祖父

1991 年，我的外祖父
在天台教我练拳。他说起
年轻时被迫去南洋务工
单肩扛起两袋水泥

而那年的我，像柴犬一样小
只有被扛起的份

如今，外祖父已移居天堂
一个人练拳，有点寂寞
他摘掉拳套，向着阳间申诉

几十年后我又可以
与他切磋，且自豪地说：
“我也有老去的一天”

掌纹

伶仃的金斑鸻在海边觅食
它看我的神情，如同八年前
地铁车厢的行为艺术家

他浑然不觉自己在地下
吐出天上的语言，塞给我
那段体验被镜头剪辑成
武侠电影的花絮

记忆之死升格为意外
它乐于斑斓的辐射
湮灭得格外高昂

我窥见两条变淡的掌纹
一条是电线，一条是铁轨

迷宫立交桥

黎明前，在未来花园
我建了一座迷宫立交桥
工期太长，简直不可估量

它被算法的蜘蛛网裹着
或者说，它就是一张
雌雄同体的蜘蛛网
被更大的局域网控制

我在找一位精明的蜘蛛侠
攀上瞭望塔的制高点
捅破饥瘦的灰暗

天要白了，室外的设施
再度洗牌。餐桌的摆设保持缄默
三明治昏得像宿醉的石头

留声机

裂开的落地镜。你不必感到惊讶
它被弓箭击中，比箭靶凄楚

我做着那个出窍的梦，在小木屋
与戴着珊瑚头饰的牧民，测量
年历的体重。器物演奏
不被认同的天外之音

一觉醒来，我睡在浓缩的黑胶碟里
此前，强势的留声机长出耳朵
把鼾声外放到荒山野岭

风沙乐队摇摆着，一遍又一遍
全速翻越沼泽上方
而我的函数进入白垩纪

邮差

往你想去的地方。尽管不是
什么理想居所，但至少，适合你
忌惮跳伞的你，忌惮赛车的你
还有忌惮潜水的你

“都不是重点，我忌惮跃过路障”
你看着一幅宣读规则的墙纸说
我默不作声，只托着腮

门铃切断你的陈述
你没直接开门，只留出一条缝
像警察一样盘问他
“你是谁？找我干吗？”

他浑身颤抖，给你递了挂号信

转身就走。你打量他的背影
就像碰见昨天颓废的作家

闪耀的日子

呆呆地看一晚舞剧
我喝着夜色，在地板上睡着了
没有人叫醒我，一个也没有
唯独脑中慵懒的闹钟

“拿什么让日子肆意闪耀？”
一个久违的亲人质问我

我真的不认识他，但他
确凿地说出我的别名
小时的住址……
有些信息，我都忘掉了

我翻箱倒柜，验证
我俩的紧密关系
而他，也在验证我的验证

来这里的人很安静

你意想不到的是
来这里的人都被抽去情绪
从阳台呼吁触不到的云
筹备一场远程聚餐

他们在镜子里刮胡子
是的，他们是融进去的
或者他们就是镜子
刮胡子的镜子

听，走廊外有人影路过
鞋套摩擦地面的声音
越来越远

汽水瓶

至少十年没喝汽水，但那个瓶子
还挺新，一点不像文物
更不像我，曝晒后就变旧

瓶里的汽水是怎样的？
我问了一个愚笨的命题
我要强调的是，它确实是命题

宇宙之大，阅读汽水的人
有吗？它的制造者
可他不去解构它
反倒乐意被它解构

这倒置的逻辑
理应是逻辑的一种

斑马线

“马上走，犹豫什么？”

敬佩那些像螃蟹一样
赶地铁的人。我习惯走路回家
即使很远，也要走，像中了魔咒

步速缓慢，甚至不像主动地走
是路背着我走

路中央，一个戴墨镜的中年女人
敞开双臂，如一只落难蝴蝶

她被无数条斑马线背着
被擦肩而过的伤痕抚玩着

“荒谬得极度正常”

隔壁骑车下班的程序员

鄙夷地睃了她一眼

字典

开灯后，书架莫名暗了下去
一本字典倒地，我八年没翻开它
“留白的老朋友，现在是不是
该关心你呢？”我捡起它
像挽救了一个被准则监禁的男孩

我愣怔着，警惕环顾房门
硬币裁判员迟疑不决

有一行字长出鹰嘴，哼唱颤音
衔着猎物，在书脊上发怵
不记得谁写的，醉酒无名氏
或闹市逃逸者

葬礼

临行前，讣告当即被回收

沉着。此刻适合播放哀乐
棺椁低吟。一床纷飞的棉絮
扑向它沮丧的腹部

休眠的唢呐伪装成蜡烛
那么多人蒙着面，篡改哲理漏洞
参加万籁俱寂的会议

人群退走。偌大的告别厅里
塞满了你和我

这告别的下午。我随你
来到火化炉前。泪目的入殓师
也向你鞠了一躬

最后一首诗

有没有考虑，最后一首诗
赠给谁？怎么会没有？

在十九岁，构思第一首诗的时候
我就写了最后一首诗的标题：
第一首诗。我的清单聚着
许多陌生人的名字

不对，是标签。他们的标签
像一个个被删除的动词

原谅我吧，最后一首诗
只写了三分之二，剩下的章节
成为某个靛蓝意象

最后，我把它赠给海岛

第六辑

迁徙者

深井的秘密

一双灰眼睛躲在命运的边缘
静默地观照万物的繁衍
年轮长满胡须，封存永生的库房
告别了明天，我们终将成为孤鸟
飞抵极乐之境，镜片安详躺着
庭院与窗帘谈论花瓣飘落的速度
那只隐身的波斯猫，像勤勉的王子
在细雨中苦寻苍生的容器
风抛弃威严，所有的未知穿越关闸
把深井的秘密送到人间现场

脸

星空挪动坚挺的身躯
那盏明灯从窑洞散发微光
多愁的人总是逃避黑夜
宁愿到北极圈孤独终老

生活仿佛苟延残喘的囚徒
显露幽暗的表情
稍一转身，时间赫然变脸
聚焦哲理之外的命题

我不能放弃幻想
唯有拥抱满地碎叶的黄昏
浑浊的气息如影随形
划过一道灰色印痕

村庄

许多人追问结果，我却喜欢
把过程置于风口浪尖
笑脸形成的那天，泪水也终结
没有归来者向天空鞠躬
更没有阳光照进老屋
自然的回声幻灭
蓑衣是形同虚设的道具
在历史的抽屉叹息
这冰冷的村庄，定律依然坚挺
辐射无法抵达的土地

迁徙者

或者，我不该把切割的时间

献给生计。那位瓮声瓮气的少年

辗转难眠，在奔跑中不愿归来

炼金石试探着迷途的灵魂

突袭的幽暗遮盖了另一面低调的镜子

光的礼物会否击中凌乱的空间

我们充其量是年月的迁徙者

这隐秘之眼却在原地守候

替代逐日淤积的畏惧驱赶对峙

一个空洞的误解正缓慢病变

浮萍

1

碧波荡漾的季节，碎叶目空一切
祭师闭目嘀咕：顽石的大地
为谁而留？漂移的脚步如火箭般
踏上满目踌躇的旅途，刹那间踪影全无
行李是乡愁的原料造的，弱不禁风
愁的青烟，筑起了一座纸糊的天桥
让铁骨的行者通往即逝的国度
他们抱着冰火，把同根生的火扑灭
机械之手有如神助，视线豁然开朗
谁又知道，牢不可破的面具里
黏合过几多额外的愁
致使那江春水无处可流？
黄金的积木，堆砌得像巍峨
但捏下去却如蛋壳，不堪一击

这帘易碎的幽梦，披着乘风破浪的露
从火车站到火车站，驻足远眺
时光的风沙肆虐，电影般变幻莫测
俨然巡回展览的蒙娜丽莎

2

生涯的风铃被吊到杨柳上
随飓风摇曳，析出一轮柳月
月色暗淡，像蟒蛇的水墨画
天街的拍卖行，乞丐开天价拍下画框
画却弃之一隅，经过工业处理
形成一纸空文公诸于世
路，仍在思绪的襁褓中
探寻有根的浮萍，力证不是空谈
时态的非惯性对时态极尽嘲弄：
过去时到来，现在时过去
将来时过去，完成时到来
还有何种待挖掘的时态
参与这场势如破竹的被颠倒？

3

浮萍的江湖，远不止江和湖

它跳脱地扩容遨游的版图

让场域可再生

建构场域之外的心空

运泰山压顶：雪白的，血红的，油黑的

度日如年，仿佛厄尔尼诺降临

婆娑之门打开，露出藏匿的狡黠

欲拒还迎的面包，被泡影般的太阳

烘烤成垂死挣扎的负离子

薄雾的写手蜷缩在房檐下

将朦胧撒向天空，让硝烟

为眼睛作序。而跋还是

永远酝酿的省略号

鱼死网破从水中花里

捞出一个“高渐离主义”

远离神祇的屏蔽

4

浮萍的悖论，远不止飘或非飘

北冥的巨鹏以魔术躲过刀光剑影

在画地为牢的浮世之上翱翔

太虚燃尽烛光，化境为角斗场

笼中鸟蔑视井底蛙，犹如

森林的立体瞪着九霄的平面

诺亚方舟的售票处人头攒动

这兑现快感的废墟，空头支票碎落一地

像错漏百出的迷宫，出入口浑然一体

幻象的不倒翁，摩挲着迁徙的行囊

遁入明日黄花之意境

5

工程师在河床里放置一台升降机

去测量浮萍的抗压能力

先浮上来，后沉下去，再浮上来

这是一支抑扬顿挫的舞蹈

北漂族从海市蜃楼的堤岸遥望南山

背景斑驳，影像若即若离

飞鸟如烟，弥漫着静谧的水上风景

阳光倾巢而出，渔夫的心田却是冷的

像一把落在南极的钥匙

获得等于丢失，开启等于关闭

6

如果梦想是浮萍的根

金钱就是它的养分

大雁鸣奏胜利的雄浑

布谷鸟晶莹的呓语，呢喃着欢腾

一张安逸的檀木餐桌：

红桌布。红蜡烛。红瓷盘

渲染的红。氤氲的迷迭香

翻滚在浓稠的空气里

行迹像枷锁，寸步难行

在悬崖上，俯瞰夜阑的幽谷

那里种着沉默的花蕾

7

状态是一张年迈的弹弓

它能使浮萍身轻如燕

却无法使浮萍重如泰山

雏菊翘首盛放的角落

窗棂之外，躲躲闪闪的目光

悬挂影子的脸，昼夜蛰伏

泼墨的秋雨，在大地的嘴巴游曳

演绎着摇摆之美。喧嚣老去

俗世的帷幕归隐荒野

光环的舢板被头脑风暴冲刷

刻着远去历史镀金的名字

横躺的电吉他敲打鼓槌的骷髅

弹着沙哑的和弦。疾驰的天外之火

燃亮炭灰色的天穹

动物园

不断膨胀的城市，掩埋着
一座深不见底的宝藏。田野里
心如止水的动物，也从五湖四海
奔涌而来。它们欢歌笑语
无需通行证，也无需笼子

经历仿佛传说的影子
在疲惫的身躯缓慢消散

恍惚的眼球装满冰凉的火焰
炼成一件件辉煌的艺术品
安放在昼夜开放的动物园

我张开臂膀，打着哈欠
面向模糊的镜子
填写绝无仅有的记忆

台词

我们看不清一切隐藏的面目
变脸在睡梦中成为常态
是的，冰块并未过度灼烧时间
冬日遗落的印迹窃听自身的缺陷
雾气升腾，众人在栅栏外尽情狂欢
不分昼夜地想象灰白的修辞
幻变的风景背弃老去的经验
入侵的台词仿佛有了发生的理由
既然异化的星辰选择孤独之旅
常年的璀璨也该卸下重量

萎缩的往事

如果不是夏夜，风不会如此柔和
我独坐在萤火虫的世界里
蜻蜓嗅到萎缩的往事
倦鸟低飞，像一撮微不足道的羽毛
日常又一次锋芒毕露
只有重复的脚步才能长存
遗忘的通病被赐予意义
刹那间，欢愉的时光变得短暂
信任是一场不落痕迹的修炼
隐秘的身影舞出了别样的自己

灵魂利器

我是这世上唯一没有眼泪的人
爱瑟缩于倔强的微光里
衍生两个冷漠的气泡
亲情薄如蝉蜕，裸露着扭曲的脸
怪象丛生，比如痛苦即欢愉
比如另类即日常。话语的锋芒
刺入时光深渊，无稽之谈
发酵寂寥的假期，雨水怜悯冲突
空想的部件拥入熔岩的怀抱
在暗处玩弄熨帖灵魂的利器

场景

暮色把幽怨收藏
我坐在灵魂以外喘息
捧着世俗之书假寐
仿佛陷进没有出口的迷宫

湖边掠过沉重的旧时光
它们是成长的海市蜃楼
拿财帛堆砌的金字塔
裹挟贪婪者的余生

只要加速时光机器
欲望便化为灰烬
孤岛的传说迅速蔓延
空中独舞的人忘记生辰

他决定洗掉记忆，切换场景

做一个果敢的玩偶

在幽谷的深喉盘坐

常年吞噬黑暗的口袋

童梦

幽静黄昏，空灵遍布山间
春雨攻占皮肤的城堡
在心中下了一夜
台风偏离轨迹
波浪饶恕冗长的童梦
玫瑰解剖年龄秘密
石破天惊般度量河流的长度
如果枯井缺乏动能
我深知时光不会停滞不前
除非生长的高速公路
只是架设于县城的虚构枝蔓

时光之书

我的忧虑未能把时光之书合上
缄默的严冬褪去温暖底色
让烈风粉墨登场，灌注品质和精神
守夜人暗黑的身躯穿越四季
仿佛巨大的隐喻覆盖漫山遍野
每个私密角落都深藏惊惧
困境显露本相，升起傲慢的炊烟
所有的失落将在夜幕中安睡
青春之树长成另一个明天
主宰可怜影子的命运

齿轮

假如，薄雾笼罩的安徒生塑像
弥散灼人的光芒，我渴望
被青铜色的童话紧紧拥抱
正如深秋，地上无人拾起的信笺
风沙是雪中送炭的读者
难道光芒的结局，还隐藏着
一个个鲜为人知的齿轮？

这种虚无的暗器，曾伤及多少
白天昏昏欲睡，夜晚神清气爽的
少年。他们的眼睛只接收
悲剧召唤的云团所带来的
狭缝般映像。此刻，肉体和行囊
成为搀扶灵魂的拐杖

酒窖街

我断定，那帮对酒当歌的雅士
不在醉翁亭。他们面露欢颜地
手捧如花似玉的高脚杯
沿着归隐的阶梯，拾级而下
再把战场迁至喧嚣的尘世
荒芜的酒窖，盛满
十五世纪人们的歌声
和号啕。那簇被泪水浸润过的
深灰目光，并没有辐射
这座古城顽石般的心脏
陌生的月亮穿过历史的书页
朝梦境走来。它的步伐
像一场若即若离的歌剧，时常
迷失中清醒，漆黑中顿悟

腹地

在初夏的南方，没有什么
比光芒更加重要。我只是暴雨的纽带
从云端的通道一闪而过
桥上的麻雀停留了片刻
以不屑的眼神，眺望
声势浩大的风景。时间
撕破想象，毫无意义的表情
占据智慧的库存。意外仿佛惊雷
冲进余生漫长的旅途
花束延缓衰老，远方寄来了
永恒的书信。阳光重现
内心的腹地铺满泥泞
轻轻取下一句空洞的话
告诉过去的自己
岁月并不全是静好
还有更多的可能

五月，在云上泼墨

闷热弥漫耳畔，乌云响起了防空警报
行人像大地的工匠，低头打磨城市图谱
雨还没进攻，我化身黑鸟在云上泼墨
一团芜杂的浓雾裹挟多种可能
生活留下突破口，给有为之人锦上添花
摇晃的际遇布满五月暗淡的天际
祈求光的亲属，从银河里撒落经卷
危机如果莅临梦中，将是一场硬仗
日子不按常理出牌，仿佛异象的侦探
红棉的火焰燃尽童年，赶赴严寒之地

清寒图

深蓝大门短暂敞开
晚祷如常。烛光跳跃
迷蒙暮色逼近码头

远航的客船创造一种
被渔民摒弃的声音

寒烟缥渺，虚拟的火石
勒令沙丘里的巨鹰
击破无形桎梏
领衔极地的盛宴

所幸，猎户在后退中前进

美人鱼

远走的理由捕不到，闪烁的伤疤
更捕不到。美人鱼是首古老
而深邃的童谣，她的腹部被浮尘盘踞

这大海的女儿，扬起冰雕似的鱼尾
在波澜的宫殿里翩翩起舞
那湛蓝的布景，已为她如潜艇的爱
揭开包裹血色碎片的内核

偶尔也有空灵的海鸥奔走相告：
谁熄灭，或敲打，黯淡的命运之灯？
王子，宫娥，抑或噩梦中的至亲？

孤岛的眼泪

风暴巨人般肆虐孤岛
墙垛开出了睿智的花果
村妇探听远方的虚实
却空空如也

她触不到浮世的灰尘
正如那轮明月照不亮所有人
一条哆嗦的狗自娱自乐
像滩涂上的淤泥无视一切

思想地图永远让探险者
着迷或苦恼
他们已然消失的足印
如同残缺的思乡曲

孤岛的眼泪即将穿越时光

扑向被噪音包围的远方

未来是一艘航船

今夜的都市顿成泽国
狂欢的台风在一念之间
摧毁陌生面容的拼图
从褪色的青春返回异乡

蓦然醒来，河边填满紊乱意象
与空气竞赛的白马不知所终
岁月的汽车被暗涌淹没
积水汇成废弃的泳池

海市蜃楼的梦境越发清晰
我在内心驾驶未来航船
朝着虚无之地呐喊
隐喻无远弗届

白日

一年中最长的白天
我在我之外遥望树冠
异常明亮的眼睛

这一天甚至没有起点

我铭记的皆已消失
自讨没趣。前方氤氲着
淡漠的余烬，但最后
也消失了，和我一样

临行前，鸢尾跌宕不休
无声的跟随正在放大
它越发觉得，退路模糊一片

忘记了，你是什么时候

知道我睡醒前

删掉的隐伤

流火

月亮失明，一只顿悟的大鸟
掠过洪荒之境，往命运底部观光

洞深幽远，光明变身神祇
把夜色留白，献身愿望稻田

迷失的灵魂缓缓靠岸
它被迟钝的管家视为珍品

桉树嗅到了满目疮痍
流火遍布，虚空溢满赞美之词

每双黑眼睛都泪如雨注
涧洗着万物的波澜

面孔

岸上的行人
恍如印象派忽视的
蚂蚁。旅途劳顿
暮色逐渐靠近

白帆迅速老去
天空的笑靥顿时阴沉
智者的胡须飘落
世俗的秘籍竟如此厚重

翻阅苦乐参半的过去
眼前浮现一道危墙
上升的火焰
如铺满灰尘的杂念

笔记一片空白

在荣耀的大桥两端

枯木放射青春的金光

无数影子徘徊不定

归来者卸掉凝重的表情

重构自然的拼图

每张面孔都制造故事

背后站满耳背的倾听者

春日寄思

安逸的塔尖飘过几朵冒失的云
草坪上，桃花在陈述身世
独舞的枝丫幻化成自然的装饰
侧身与镜子对话，兑换想象的喧闹

我是这座古城的留守者
它种下我，容纳这渺小的躯壳
祭祀变奏分辨着离别的模样
聚散的惯性何时终结？

时隔经年，荔湾湖的方志
还在扩容。一个年轻的黄昏
出示古老证照，缓慢鉴赏
自珠江口传来的风声

游船所到之处，躲闪的风物
依旧养眼，水流不稀罕
富余的眷恋，甚至嫉妒
飞逝的旧光景。翻新的桥墩
唱着艇仔粥味道的咸水歌
镇守的却是虚构的愿望

每个人都在空洞地怀缅过往
那些破碎的门牌趋于息微
终有一刻，迷路的忧思
会被潜伏的机械定格

麻石街的烟火又一次失约
无边的卷轴铺满了旅客的脚印
堂屋背负前事，祖辈堆叠的尘埃
覆盖了谁，或淡忘了什么

图书在版编目（CIP）数据

修辞窑洞 / 梁智强著. — 广州：广州出版社：花城出版社，2023.4
（广州诗词之都丛书）
ISBN 978-7-5462-3570-7

Ⅰ. ①修… Ⅱ. ①梁… Ⅲ. ①诗集—中国—当代 Ⅳ. ①I227

中国版本图书馆CIP数据核字（2022）第257562号

书　　名　修辞窑洞
Xiuci Yaodong
出版发行　广州出版社
（地址：广州市天河区天润路 87 号广建大厦 9、10 楼　邮政编码：510635）
花城出版社
（地址：广州市越秀区环市东路水荫路 11 号　邮政编码：510062）
责任编辑　霍婉兰　安　然
责任校对　李少芳
装帧设计　广州水石文化发展有限公司
印　　刷　广州市快美印务有限公司
（地址：广州市白云区广从路 410 号　邮政编码：510545）
开　　本　880 mm × 1230 mm　1/32
印　　张　6.25
字　　数　81 千
版　　次　2023 年 4 月第 1 版
印　　次　2023 年 4 月第 1 次
书　　号　ISBN 978-7-5462-3570-7
定　　价　48.00 元

发行专线：（020） 38903520　38903521
如发现印装质量问题，影响阅读，请与承印厂联系调换。

广州诗词之都丛书

第一辑

张海鸥《素心词》

陈善壎《一串倒提年月》

高旭红《半半堂诗词稿》

黄礼孩《我的地理的光明旅行》

陈会玲《断弦音》

梁智强《修辞窑洞》

大家文存

粤派评论丛书

黄药眠集

刘红娟 编

本项目受广东省宣传文化发展专项资金资助出版

SPM 南方出版传媒
广东人民出版社
·广州·

图书在版编目（CIP）数据

黄药眠集 / 刘红娟编. —广州：广东人民出版社，2018.1（2023.1重印）
（粤派批评丛书）
ISBN 978-7-218-12159-8

Ⅰ. ①黄… Ⅱ. ①刘… Ⅲ. ①文艺评论—中国—现代—文集
Ⅳ. ①I206.6-53

中国版本图书馆CIP数据核字（2017）第258069号

HUANG YAOMIAN JI
黄 药 眠 集 刘红娟 编

出 版 人： 肖风华

责任编辑： 古海阳
装帧设计： 张绮华
排 版： 广州市奔流文化传播有限公司
责任技编： 吴彦斌 周星奎

出版发行： 广东人民出版社
地 址： 广州市大沙头四马路10号（邮政编码：510199）
电 话：（020）85716809（总编室）
传 真：（020）83289585
网 址： http://www.gdpph.com
印 刷： 三河市同力彩印有限公司
开 本： 787毫米×1092毫米 1/16
印 张： 23.75 **字 数：** 370千
版 次： 2018年1月第1版
印 次： 2023年1月第2次印刷
定 价： 98.00元

总 序

近百年来中国文坛，“京派批评”“海派批评”以及20世纪80年代崛起的“闽派批评”已是大家公认的文学现象，但“粤派评论”却极少被人提起。事实上，不论从地域精神、文化气质，还是文脉的历史传承，抑或批评的影响力来看，“粤派评论”都有着独特精神气质和文化品格，有它的优势和辉煌。只不过，由于历史、现实、文化和地域的诸多原因，“粤派评论”一直被低估、忽视乃至遮蔽。有鉴于此，我们认为，以百年粤派文学以及美术、音乐、戏剧、影视等评论为切入点，出版一套“粤派评论丛书”，挖掘被历史和某种文化偏见所遮蔽的“粤派评论”的价值，彰显粤派文学与文化的独特内涵和深厚底蕴，不仅能更好地展示广东文艺评论的力量，让“粤派评论”发出更响亮的声音，而且有助于增强广东文化的自信，提升广东文化的影响力，促进区域文化的繁荣发展。

出版这套丛书，有厚实、充分的历史、现实、文化和地域等方面的依据。

第一，传统文化的影响。岭南文化明显不同于北方文化。如汉代以降以陈钦、陈元为代表的“经学”注释，便明显不同于北方“经学”的严密深邃与繁复，呈现出轻灵简易的特点，并因此被称为“简易之学”。六祖惠能则为佛学禅宗注进了日常化、世俗化的内涵。明代大儒陈白沙主张“学贵知疑”，强调独立思考，提倡较为自由开放的学风，逐渐形成一个有粤派特点的哲学学派。这种不同于北方的文化传统，势必对“粤派评论”的形成起到潜移默化的作用。

第二，文论传统的依据。“粤派评论”的起源可追溯到晚清，黄遵宪的“诗界革命”，梁启超的“小说界革命”的倡导，开创了一个时代的风潮，在全国产生了普泛的影响。上世纪二三十年代，黄药眠在《创造周刊》发表大量文艺大众化、诗歌民族化的文章，风行一时。钟敬文措意于民间文学，被视为中国民间文学的创始人。新中国建立后的“十七年”，“粤派评论”的代表人物有黄秋耘、萧殷、梁宗岱等人。新时期以来，“粤派评论”也涌现出不少在全国具有一定知名度的文艺评论家。如饶芃子、黄树森、黄修己、黄伟宗、洪子诚、刘斯奋、杨义、温儒敏、谢望新、李钟声、古远清、蒋述卓、陈平原、程文超、林岗、陈剑晖、郭小东、宋剑华、陈志红等，其阵容和影响力虽不及“京派批评”和“海派批评”，但其深厚力量堪比“闽派批评”，超越国内大多数地域的文艺评论阵营。如果视野和范围再开放拓展，加上饶宗颐、王起、黄天骥等老一辈学者的纯学术研究，则“粤派评论”更是蔚为壮观。

第三，地理环境的优势。从地理上看，广东占有沿海之利，在沟通世界方面具有得天独厚的优势；同时，广东处于边缘，这既是劣势也是优势。近现代以来，粤派学者在中西文化交汇的背景下，感受并接受多种文明带来的思想启迪。他们视野开阔，思维活跃，不安现状，积极进取，敢为人先，因此能走在时代变革的前列。黄遵宪、康有为、梁启超、孙中山等是这方面的代表人物。他们秉承中国学术的传统，又开创了“粤派评论”的先河。这种地缘、文化土壤的内在培植作用，在“粤派评论”的发展过程中是显而易见的。

“粤派评论”有属于自己的鲜明特点。

第一，中国现当代文学史写作，是“粤派评论”最为鲜亮的一道风景线。在这方面，“粤派评论”几乎占了文学史写作的半壁江山，而且处于前沿位置，有的甚至成为中国现当代文学史写作的高地。比如20世纪80年代，钱理群、陈平原、黄子平联合发表的著名论文《论二十世纪中国文学》，其中陈平原、黄子平均为粤人。洪子诚的《中国当代文学史》以方法先进、富于问题意识、善于整合中西传统资源和吸纳同时代前沿研究成果著称，它与陈思和的《中国当代文学史教程》被学界誉为中国现当代文学史的“南北双璧”。杨义的三卷本《中国现代小说史》是比较方法运用文学史写作的有效实践，该著材料扎实，眼光独到，分析文本有血有肉，堪与夏志清的《中国现代小说史》比肩。此外，温儒敏的《中国现代文学批评史》、黄修己的《中国现代文学发展史》、古远清的港台文学史写作，也都各具特色，体现出自己的史观、史识和史德。

第二，“粤派评论”注重文艺、文化评论的日常化、本土经验和实践性。粤派评论家追求发现创新，但不拒绝深刻宽厚；追求实证内敛，而不喜凌空高蹈；追求灵动圆融，而厌恶哗众取宠。这就体现了前瞻视野与务实批评的结合，经济文化与文艺批评的合流，全球眼光与岭南乡土文化挖掘的齐头并进，灵活敏锐与学问学理的相得益彰，多元开放与独立文化人格的互为表里。粤派评论家有自己的批评立场、批评观念，亦有自己的学术立足点和生长点。他们既面向时代和生活，感受文艺风潮的脉动，又高度重视审美中的文化积累和文化传承；既追求批评的理论性、学理性和体系建构，又强调批评的实践性，注重感性与诗性的个性呈现。

我们认为，建构“粤派评论”，不能沿袭传统的流派范畴与标准，它不是一种具有特定文化立场、一致追求趋向和自觉结社的理论阐释行动。它只是一个松散的、没有理论宣言与主张的群体。因此，没有必要纠结“粤派评论”究竟是一个学派，还是一个地域性的概念，但有一点可以肯定：“粤派评论”已是一个客观存在的文化实体，即虽具有地方身份标识，却不局限于一地之见的文艺理论家、批评家群体。

党的十九大报告指出，发展中国特色社会主义文化，就是以马克思主义为指导，坚守中华文化立场，立足当代中国现实，结合当今时代条件，发展面向现代化、面向世界、面向未来的，民族的科学的大众的社会主义文化，推动社会主义精神文明和物质文明协调发展。广东省委宣传部策划、组织、指导编纂出版“粤派评论丛书”，是贯彻落实十九大关于文化建设发展精神的一项重要举措，是讲好中国故事、传播中国声音、阐发中国精神、展现中国风貌的一次文化实践。我们坚信，扎根广东、辐射全国的“粤派评论”必将成为新时代坚定文化自信、实现中华民族伟大复兴路上其中一块最稳固的基石。

“粤派评论丛书”编辑委员会

黄药眠像

编者简介：

刘红娟，女，1979年生，广东省兴宁市人，文学博士、博士后，曾任郑州大学直聘教授，现为华南农业大学教授，从事中国文学与中国戏曲史等相关研究，曾获评河南省教育厅高等学校创新人才、郑州大学骨干教师等荣誉称号，并曾获得河南省教育厅人文社科成果奖等多次，出版专著《西秦戏研究》（39.2万字，中山大学出版社2009年版），在《文艺研究》《戏曲研究》《河南社会科学》《中州学刊》等发表学术论文数十篇，被《人大报刊复印资料》等全文转载或转摘多篇。

目录

文学史论

作家作品论

长空浩歌：文论家黄药眠的“石”与“火”

刘红娟

黄药眠是谁?

他是一位成就卓著的现代文论家和文论教育家，是新中国文艺学学科体系的开拓者和奠基人，是中国现当代文学史上的一名诗人、小说家和文学批评家、美学家，他更是中共历史上资深的、自觉而又坚韧的职业革命家和政治家。在如此多元的身份里，正如王一川所概括的，黄药眠的形象是复合的，“他终其一生，不自觉地充当了一名浪漫诗人、作家和文论家，而同时又自觉地以为自己就是成功的职业革命家。也就是说，他在意识里把自己当作了职业革命家，但在无意识里终究还是一名浪漫诗人、作家及文论家”[①]。

一

黄药眠1903年1月14日出生于广东省梅县，1925年毕业于广东高等师范学校英文系，曾先后在广东大埔县百候中学、潮州金山中学任教。

青年时期，黄药眠追求民主与科学，反对帝国主义列强对中国的欺凌，痛恨军阀政府和国民党政府的腐败无能。1927年在上海参加了革命文学团体创造社，开始文学创作活动，出版了充满革命激情的诗集《黄花岗上》。此后，他潜心学习了马克思列宁主义理论，并于1928年参加中国共产党，从此

① 王一川：《革命的浪漫诗人文论家——黄药眠先生诞辰110周年纪念》，《艺术评论》2013年第12期。

走上了革命的道路。1929年党派他到莫斯科青年国际东方部从事英文翻译工作，1933年冬回国任共青团中央宣传部部长。不久，被国民党逮捕入狱并判处十年徒刑，1937年才由八路军办事处保释出狱。此后，黄药眠先在延安新华通讯社工作，后到桂林与胡愈之、范长江等组织国际新闻社，同时任总编辑。1941年到香港，在廖承志的领导下做了不少国际宣传工作。1942年，他先后在梅县、桂林、成都、昆明从事创作和理论研究，写下了充满诗情画意的散文集《黑海——美丽的黑海》和长篇论文《论约瑟夫的外套》。1944年，黄药眠在成都参加中国民主同盟。

抗日战争胜利后，黄药眠先生主要在香港从事反对国民党反动派的爱国民主运动。1946年初，他在广州任农工民主党的《人民报》主笔。同年夏，他又主办民盟机关刊物《民主星期刊》以及同人刊物《民主与文化》。1946年秋在香港参与创办达德学院，任文哲系系主任，并参与民盟的领导工作，主编民盟机关主办的《光明报》。与此同时，他在文学创作和文艺理论研究方面也取得新的突破，著名长诗《桂林底撤退》，小说集《暗影》《再见》，论文集《论走私主义的哲学》等就是此时期出版的。

1949年5月，黄药眠先生从香港来到北平参加第一次文代会和全国政协第一届全体会议。新中国成立以后，他一直任北京师范大学中文系教授，为中国当代文艺理论、美学理论的探索做出了重要的贡献，为创立和发展新中国文艺学学科、培养文艺学教学和研究人才费尽了自己宝贵的心力与智慧。20世纪50年代初中期，他在美学、文艺理论方面的研究用力甚多，先后出版了《沉思集》《批判集》《初学集》。1957年，他代表民盟中央起草了《我们对高校领导体制的意见》，不幸被错划为“右派”，为此受到不公正待遇达20余年。十年动乱期间，他顽强生活着，创作了充满诗情和哲理的短论集《面向生活的海洋》。

十一届三中全会后，黄药眠获平反，此时虽年事已高，仍加倍努力工作，潜心文学创作和学术研究，发表了《悼念》等讴歌革命者不屈不挠战斗精神的诗歌、散文和一批富于创见的美学、文艺学论文。同时又亲自带博士、硕士研究生和进修学员，为培养人才殚精竭虑地工作着。

1987年9月3日，原全国文艺理论学会顾问、著名的文论家、北京师范大学教授黄药眠先生因病逝世，终年84岁。黄药眠是一位政治活动家、坚强的民主革命战士，也是一个诗人、作家。他是人民的忠实而热情的歌手。他的诗歌、散文和小说多所独创，自成一格。作为一个长期从事文艺学和美学教育工作的教育家，黄药眠更有许多开拓性的贡献。他培养的学生遍及全国，许多人已成为文艺学、美学学科的专家学者和教学科研骨干。

最重要的是，黄药眠更是一位杰出的文艺理论家。他的美学、文艺学著作以马列主义为指导，既反对唯心主义，又反对形而上学和庸俗化，其观点见解富于独创，其写作风格深入浅出、平易显豁，受到了理论界的高度评价。作为学者，黄药眠的一生著述甚丰，除了出版有诗歌、散文、小说、戏剧、报告文学外，他的理论建树有目共睹，《黄药眠美学论集》《黄药眠文艺论文选集》《黄药眠美学文艺学论集》《中国现代学术经典·黄药眠卷》等皇皇大著，足以证明他在20世纪中国文论史、美学史和文艺学学科史上的地位和意义。

二

和其他广东籍的文论家不同的是，黄药眠是资深的中国共产主义革命战士。1928年就已经参加中国共产党并走上了革命道路的黄药眠，对文艺理论和美学问题的思考，有着极为鲜明的革命政治底蕴和社会历史情怀。历史意识与革命政治原则，是这类文论家、美学家们自然而然的本质性特征，当然也是一种独特的思想价值与理论魅力。

然而，即便如此，不一样的是，黄药眠在共产主义革命的总部工作的经历和语言便利，不仅让黄药眠有国际共产主义的视野和色彩，更使得他对俄苏文艺理论的理解与认识更为深刻和本色、系统。当然，丰富的文学创作经验、新闻工作和翻译工作的经验，乃至国际文化、政治交流工作的体验，都让黄药眠的文艺学美学思索更为生动具体的同时，也有着独特的实际生活、日常生活的底蕴感和生命气息，更有着开阔灵活的理论视野和政治胸襟。这也是他对学术探索抱以真理追寻的执着而认真的态度的表现。黄药眠在1957年写的《问答篇》中说：“真理是客观的，人人不得而私，至于谁先找到它，那不是十分重要的事情。”这句精警的话，当然也是黄药眠先生的自况。

根据黄大地先生编纂的《黄药眠美学文艺学论文年表》，黄药眠先生目前可见最早的文论作品，当属载于1927年5月1日《洪水半月刊》第3卷第32期的《梦的创造》（署名“药眠”）一文。最晚的一篇则是载于1988年4月《太行学刊》创刊号的《简论美与美感》（署名“黄药眠”）。约略一算，黄药眠对文艺、对美学相关问题的思考与探索，竟长达60余年。即便在被人为蒙上不白之冤的时段里，黄药眠也没有放弃他对相关问题的神往与沉思。

黄药眠先生对文学和美学的思考，是与历史和时代同行的。在新中国成立之前，他在诗歌、散文乃至小说上创作和诗歌美学上的思考就已经很丰富，这一点从他的《黄药眠自选集》可以看出。对其他作家诗人的创作，黄药眠也充分展现自己作为文学批评家、文艺鉴赏家和美学探索者的敏感，如他对何其芳的《夜歌》、对闻一多的《死水》的阅读与批评。与此同时，他对于文学思潮与文学论争也非常关注。例如，对于舒芜的主观论和胡风的一些观点，黄药眠先生就写了两篇洋洋长文《论约瑟夫的外套》和《论走私主义者的哲学》予以论争。

当然，黄药眠先生对文艺学、美学问题思考得最多，也最为深入的一个时期，是新中国成立后的近十年间。诚如童庆炳先生在《黄药眠美学文艺学论集·代序》中所言，当他抽空集中读了“黄药眠先生发表于1950年至1957年的重要论文”时，他说：“为什么我要重点重读他这个时期的著作呢？因为这是黄先生对文艺学、美学问题思考得最多也是最为深入的一个时期。……他在这个时段里发表的论文，如《矛盾论与文艺学》《论人物描写》《论小说中人物的登场》《论文学中的人民性》《论食利者的美学》《问答篇》，还有来不及整理发表的美学讲演《不能不说的话》等，学术质量之高，创见之多，论证之充实，对他自己而言是‘空前绝后’的。……我们不得不说共和国成立以后最初那几年，是黄药眠先生理论的成熟期收获期，他有不少超前性的理论创新。但是遗憾的是就是这些超前性的理论创新也还没有得到理论界的关注和理解，没有得到公允的实事求是的评价。黄先生是一位永不疲倦的真理追求者。”[①] 这一时期黄药眠先生的美学思考，当属他发起、参与并积极介入的1957年左右的美学大讨论，他的《论食利者的美学》（1956）显然是承续了他在《论美之诞生》（1945—1946）中的思考，对朱光潜的美学思想进行了更深刻、更系统的批判。可惜，这本该是黄药眠先生在其文论思想和美学思考接近成熟的阶段，却被历史潮流强行延宕。显然，如果不是政治运动的越演越烈，他的文论和美学探索将会更系统完整。然而历史无法假设。黄药眠此后文论和美学思索的文字呈现，便要等到1979年以后了。

1979年3月1日，黄药眠写了论文《科学技术发达对文艺的影响》。后来该文收入其文艺论集《迎新集》（百花文艺出版社1983年版）。1979年8月12日，黄药眠在《文艺报》发表了《在文艺理论方面多作些有力的探索——在全国政协五届二次会议的发言》，从此在新时期继续自己的文艺理论、文艺美学的探索之旅，并于1980年之后写出了一系列影响重大的理论长文，如《关于文学中的人性、阶级性等问题试探》《亚里士多德美学》《试评普列汉诺夫的审美感的人性论》《关于当前文艺理论问题的几点意见》《人性、爱情、人道主义与当前文学创作倾向》等。其间，《文艺研究》1981年第6期发表的《人性、爱情、人道主义与当前文学创作倾向》一文，影响相当广泛深远，乃至于当时同样是文学批评家的萧殷，在他的《致运桂》的书信里也非常推崇此文。[②]黄药眠先生的理论文字的魅力和深刻，可见一斑。

新时期以来，黄药眠先生除了对文艺理论和美学的集成思考之外，对当下的文学思潮和文学现象的关注也是很密切的。例如他写的《“形象思维”小议》（1982）、《关于文学创作上的几个理论问题》（1982）、《艺术文学中的内容与形式》（1983）、《关于文学的社会作用》（1983）、《现代文学的流派》（1981）、《关于朦胧诗及其他》（1982）……这些都是他面对当下具体文学思潮、文艺论争和文学现象作出的积极思索和思想回应。

---

① 童庆炳：《黄药眠美学文艺学论集·代序》，陈雪虎、黄大地选编《黄药眠美学文艺学论集》，北京师范大学出版社2002年版，第2页。

② 萧殷：《致运桂》，《萧殷文学书简》，花城出版社1993年版，第167页。

三

作为一个与社会政治历史同行的文论家和美学探索者，黄药眠先生的文论思想的特点是明显而独特的。

首先便是他的文论的时代使命感。这种对时代使命的自觉担当，对理论与时代关联命题的主动思考与探索，表现出了黄药眠作为革命政治亲历者和实践者的历史责任担当，表现了他浓烈而自觉的历史参与意识。从抗战时期的“鲜明的民族立场”出发的关于文艺的中国化和大众化问题的思考，到人民解放战争时期具有“鲜明的阶级立场”[①]的理论辩驳与战斗；从50年代初期以资深左派教授角色开启的理论创造和“美学大讨论”的介入、参与与推动，乃至于成为被遮蔽的“美学大讨论中的第五派”，到新时期以来重新焕发起对文艺学纲要问题的深入思索，无不呈现出黄药眠文论与时代历史的共振意识。1983年黄药眠写了《论“资本主义制度与文学”提纲》，此文后来被作为“自己选些比较满意的作品”[②]而收入《黄药眠自选集》中，这想必正是他作为资深左翼文论家身份的一个标志性的历史隐喻吧。

其次，黄药眠的文论思想虽然与时代大潮关系密切，但他总能在潮流滚滚之中，保有着难得的理论思索者的自持、清醒和警觉。例如黄药眠先生本来对于唯心主义也是十分反感的，甚至撰文批判过胡适“反动的文艺思想”，认为胡适的文艺思想的本质就是唯心主义。他也认为朱光潜先生的理论中有唯心主义的东西。可是到了1957年2、3月间，当黄先生看到文论界一味学习苏联并把唯物主义阐释得那么僵硬和极端时，他深深表示不满，并对于那种动不动“抓唯心论”的做法很不以为然。此外，黄药眠先生对于文学的主体性问题，不像他人一样以哲学代文学，以政治理论讨论文艺影响，而是能直接从文学创作的主体、文学对象的主体、文学鉴赏的主体提出了自己的看法，对于那种一味强调文学的客体而不顾主体的创造的观点表示了不满。而黄药眠先生对“文学反映客观现实的本质”命题的质疑，更是表现了他作为一个理论家的锐利

---

① 童庆炳：《中国现代学术经典·黄药眠卷·导论》，北京师范大学出版社2012年版，第1—7页。

② 黄药眠：《黄药眠自选集·前言》，花城出版社1986年版。

的眼光和勇气。童庆炳认为黄药眠的贡献，“在于提出了‘美是评价’的理论观点，他可以说是中国运用马克思的价值理论对美学问题进行考察的第一人”①。

再次，黄药眠的文论固然有着历史意识、时代潮流、政治实践等宏大语境与规定性，但“作为一位理论素养比较高的作家，一生善于学习马克思主义，善于理论的思考”的他，黄药眠的文论更有着同时代文论家所没有的文本阐释能力和理论自身的文采，也就是他的文论的实践性和可操作性。这一点表现在他对相关作家作品的赏析和批评上，尤其体现在黄药眠先生对文学教学、文学叙述学的自觉探索、关注与阐释之中。

黄药眠有着较丰富的创作经验，所以他对作家作品的分析和批评总是能结合人与文，站在历史和美学两方面的高度和全面性上看待问题，得出较为稳健的观点。例如他对闻一多的《死水》、何其芳的《夜歌》、果戈理的《巡按》、惠特曼的《草叶集》都有会心的读解。他也有运筹帷幄的作家观照，如对屈原、胡适和鲁迅的整体文艺思想的把握，显现出了理论怀抱者独有的大气磅礴。

黄药眠于20世纪50年代初期，就十分关注中小学的语文教学，并曾先后发表过两篇很有质量的论文《关于文学教学中的几个问题》（1953）、《关于钻研中学语文课本中文学教材的几点意见》（1954），对于鉴赏者的文学主体性提出了自己独到的看法。黄药眠不仅注意到文学教学与文艺理论、美学的有机联系，他还尤其会心于文本细读与文艺理论和美学思索的关联，这主要体现在黄药眠对小说中如何叙述故事和人物的问题分析上面。例如他写的《论小说中人物底登场》（1950）、《谈人物描写》（1954），都是代表之作。这大概可以算得上是中国现代文论中比较早的叙事学研究。

黄药眠很重视小说文体的叙述研究，他认为小说叙述文体的根据是它的时间性。他说：“因为文学并不像绘画，可以平面地把不同空间的事情，在同一时间内展露出来，文学必须通过时间，来加以适当地排列。特别是长篇小

① 童庆炳：《黄药眠美学文艺学论集·代序》，陈雪虎、黄大地选编《黄药眠美学文艺学论集》，北京师范大学出版社2002年版，第13页。

说，作者既要把当时发生的事情写出，同时又必须把人物的过去之历史来由说明，因而故事的横断面和纵剖面，直叙和倒叙，正面的描写和侧面的描写，背面的烘托和旁边的暗示，就复杂地交织在一起了。”黄药眠提出 “横断面”和“纵剖面”的区别，直叙和倒叙的区别，用很专业的术语展开他的叙事学思考。而与目前流行的科学主义叙事学分析不同，黄药眠的叙事学探索带有更多的人文关怀，他更重视不同人物的故事的不同的叙事手法，并从其艺术效果反过来理解叙述手法的价值和意义所在，从中得出的不是写作的模式化概括，而是显露作者的诗心诗蕴，享受作者令人深思的艺术组织才华。此外，更重要的是，黄药眠还十分重视叙述手法背后的文化内涵，不但分析了作者如何叙述，更在乎作者为什么要这样叙述。黄药眠由叙述语法的分析进而达到文化分析的做法，把叙述语法与文化精神联系起来考察，将叙事学的研究由小及大，从社会学视野展开文本形式的考察，获得了宽阔而深广的文化内涵。这一点，直到今天仍有其现实意义。

黄药眠是中国本土成长起来的一代马克思主义文论家的代表，这既体现在他的文论思想的生成与发育过程的历时性及其限制，也体现在其文论思考轨迹的本土气息和时事因缘，更体现在他文论旨趣的现实功利和政治底蕴。不仅如此，作为本土的马克思主义文论家代表的黄药眠，他的文论影响之巨大还体现在他对中国当代文学理论事业、文艺学学科和美学学科的开拓、发展与建设上。正如王一川所评价的那样，“特别要看到，正是由于黄药眠先生的接班人童庆炳教授在继承先生遗志基础上实施新的开拓，先生在革命年代所开创的文学理论事业又在改革年代再度释放出新能量，令中国文论界得以出现一个独特的文论学派——我在此不揣冒昧地尝试称之为黄童学派。我有理由预期，由黄药眠先生和童庆炳先生两代文论家接力组成的这个黄童学派，以及它在革命年代和改革年代中国文论学科建设和人才培养上的独特建树及其后续衍生效应，将会成为学界认真探究的一个新话题”[①]。

---

① 王一川：《革命的浪漫诗人文论家——黄药眠先生诞辰110周年纪念》，《艺术评论》2013年第12期。

当然，一个学者的学术贡献，除了他自己的理论成就，很大程度上还要考虑到其理论智慧在后世的反响和绵延，尤其是对学术队伍的泽被。在一贯强调知人论世的中国，尤其如此。“石在，火种不绝。”黄药眠先生的文论贡献，我想其特质恰恰就在于他既是文论智慧之石，更是此后许许多多火种火苗的源泉。

美学论

论美之诞生

一、前言

在很难得的闲空中，我算是把朱光潜先生著的《文艺心理学》读完了。一般来说，我所得到的印象是作者对这本书的著作很花费了一些心力，繁征博引了许多书籍。不过，我觉得这本书如果作为大学里面学生们的参考，那是可以的，因为它扼要地介绍了近代许多哲学家们的学说，可是作为一本专门的著述来看，则始终存在着很大的缺点。这个缺点，就是它缺乏自己的理论体系，而它那种有闲者的美学观点，对许多初学文艺的人是有害的。

他一方面批评克罗齐的学说，但同时又把克罗齐的学说作为这本书的理论的骨干，而且就是在批判克罗齐学说当中，我们也能清楚看见作者本人，还是保留着一些模糊的观点。

这本书所涉及的范围很广，我如果想把这本书里所提出的问题，逐项加以批评，那是不可能的事情；现在我只就几个基本观点，提出来和朱先生商讨，如果朱先生对我的批评，肯不吝赐教，这对我们双方都是有益的。

二、论形象的直觉

在第1章“论美感经验”里，朱先生认为美感经验就是形象的直觉：“……在美感经验中，心所以接物者只是直觉，物所以呈现于心者，只是形象……”

什么是形象？朱先生在第6页开头里面，解释得很清楚：“我们直觉A

时，我们就把全副心神望在A本身上面，不旁迁他涉，不管它为某某。A在心中只是一个无窒无碍的独立自足的意象（image）。A如果代表玫瑰，它在心中就只是一朵玫瑰的图形。如果联想到‘玫瑰是木本花’就失其为直觉了。这种独立自足的意象或图形就是我们所说的‘形象’。”

关于美感经验的主观的心理状态，朱先生是这样解释的：“美感经验是一种极端聚精会神的心理状态，全部精神就聚会在一个对象上面，所以该意象就成为一个独立自足的世界……”

总括说一句，在作者看来，所谓美感经验必不是名理的知识的或实用的态度，而是主观对于客观的事物之瞬间的观照。

这种说法我是认为不对的。虽然作者在第11章“克罗齐派美学的批评”上，曾经部分修正了这种说法，认为克罗齐把美感的人、伦理的人、科学的人分别开来过分机械，这种修正显然是很不够，我觉得我在这里应该有加以修正一下的必要。

第一，我认为美感经验虽然不是直接由功利观念所产生，可是它为现实生活所培养，给现实生活所限制；而现实生活是无法和功利观念割裂开来的。一个比较有闲的文人学士，可以以梅花为美，欣赏它的孤高；可是一个农夫，则要以菜园里的菜花为美了；一个渔人不以海为美，而要以自己的农舍为美了；一个受了惊的人，一定不会以路旁的花草为美；一个忙人一定会“无心恋景”！所以表面看起来，美感经验好似是发生于瞬间的感觉，但仔细研究起来，这些美感都是根据于人们的情愫、气质和趣味（或情趣），而这些情愫、气质和趣味，则又直接或间接地决定于生活。

一个体力劳动者，他的情操一定是比较率直，气质一定比较单纯，一个终日劳动的穷苦人家，一定不会有许多的闲情逸致，来拈花弄草，看雪赏梅。他所喜爱的东西，也许就是最实用的东西。

每个人都要生活，因此每个人都必然会有功利观念。这种生活上的功利主义，久而久之也就沉淀在生活意识的底层，而无形中影响到他的审美观念。也正因为这个缘故，所以穷人和富人的审美观念不同，读书人和暴发户的审美观念不同，各阶层的生活不同，趣味不同，美的价值亦不同。

比方，我们把梅花当作艺术品来欣赏，以为它是孤高，当其本人欣赏梅花的时候，一定自以为超脱了功利观念，但是这一个美感经验之所以成为可能，一定要有一定的余暇，一定的安逸的心情，和自身在生活中早就潜伏着“自己是孤高”的观念。但这一切，都是和生活密切关联的。这是一。

第二，我认为美感经验，是和科学知识密切关联的。只要这个科学知识，已深深地根植在人类的意识的深处，而成为了本能似的反应的时候。比方当我们知道月球不过是一个卫星的时候，苏东坡那首“又恐琼楼玉宇，高处不胜寒”的诗，就比较失去了它的诱惑力了。又比方在春日和煦、候鸟齐鸣的时候，假如我们知道这是鸟雀们求偶的声音，那我们就一定会有另一种感觉了。自然在表面上看，当我们欣赏自然风景，或艺术作品的时候，我们并不觉得有求知的观念夹杂其间，然而实际上，近代人的审美观念的本身，就夹杂着许多理智的成分。不过这种理智的成分，是如此其普遍和一触即发，连自己也不觉得罢了。

我所以要指出以上这两点，是有道理的，克氏理论之最重要的错误倒不是如朱先生所说，在于把人机械地分开这一点上。

我所以要指出第一点，是因为照朱先生的说法，一定会把美感经验和实际的生活割离开来，把艺术高高地捧到超越一切的神座上去。是的，康德、尼采、克罗齐的哲学，正是为艺术至上主义打开大门。不是吗？

我所以要指出第二点，是因为照朱先生的说法，一个有科学知识的人审美观念，不会高于没有科学知识的人，艺术的欣赏和艺术的创作，都不是在进步着，不仅今人不会超过古人，而且也许今人还不如古人！照朱先生的意思，美感经验是从科学知识，从名理概念抽了出来的。但我们的意思是：美感经验也是建筑在科学知识之上的，它是经过抽象认识的积累，把本质之存在于现实中的直接形态再体验和再表现，科学和美感经验，是并不对立的。

很明显的，如朱先生所说的这两点观点，都会把我们牵引到有害的结论上去。

三、论心理距离

现在让我们再来检查一下，朱先生的“心理距离说”。

什么叫做“心理距离”？这里不妨引用一些朱先生自己的解释：“……在美感经验中，我们所对付的也还是这个世界（实用世界——引者注），不过自己跳脱实用的圈套，把世界摆在一种距离以外去看。”

接着朱先生还举了一大段海上遇雾的例子。朱先生的大意是这样说：海上遇雾，本来是很不愉快的，邻船敲着警钟，水手们手忙脚乱船上乘客喧嚷，船像不死不活地行，在这种情景之下，即使最有修养的人也只能做到镇定的功夫。假如我们能换一个观点去看，使他们和我们的实际生活中间存有一种适当的“距离”，使我们不为忧患休戚的念头所扰，一味用客观的态度去欣赏它，那我们就会觉得这个雾是非常美丽的。据朱先生说这也就是美感态度。

如果用这个例子来证明心理距离乃是美感经验的必要条件，那也就正足以证明这一套“心理距离说”，是一个不健康的学说。你想想看，当水手们手忙脚乱，当乘客们喧嚣扰攘，当邻船不断地敲着警钟的时候，我们的艺术家和诗人，却不为这忧患休戚的念头所扰，而超然地在那里欣赏雾的美景，这不要说一万人中选不出这样的一个，即使选择出这样的一个人，我们也一定不会以为他是可以敬佩的人物！因为这个人，正是宁愿熟视千万人的死亡，而不愿放弃他的“美的世界”的人物！而且如果把朱先生的学说引申出去，那就会得出这样的结论，即只有放弃生活上的功利观念，我们才能够走进美的净化了的世界。

显然的，朱先生的这个美学观，是和我们以艺术为教化大众的集体意识，提高被剥削者的战斗情绪的立场，完全不能相容的。

现在再来看朱先生所举的第二个例子。“一个海边的农夫，遇见别人称赞他门前的海景美，就很羞涩地转过身来，指着屋后的菜园说：‘门前虽没有什么可看的，屋后这菜园却还不差！’我们大多数人，谁不像这位海边农夫呢？”

在这个例子里，朱先生在讥笑那些农夫终日碌碌，迷陷在实际的生活里面，以致不能从实际生活中超脱出来欣赏海的美；朱先生又讥笑大多数的人，以为他们也都和海边农夫一样，不能超脱实在可惜。

其实，我觉得对的倒是海边农夫，而不是朱先生。在农夫看来（不仅是个别的农夫，而是所有同农夫们同类型的人），他们都会认为他们屋后的菜园比海还要美，因为他们的美感经验是建筑在实用的基础上，是和生活紧密地联系在一起的。可是朱先生却不是这样，他们假定美感经验是建立在和实际生活的距离上。至于一般人之和海边农夫一样，我们也觉得这并不是什么可惜的事情，可惜的倒是朱先生的学说，硬要把艺术家们拉到离群索居的“寡人”的路上去。

现在再看朱先生所举的第三个例子。“东方人陡然站在西方的环境中，或是西方人陡然站在东方的环境中，都觉得眼前事物光怪陆离，别有一种美妙风味，这就因为那个新环境还没有变成实用的工具，一条街还没有使人一眼看到就想起银行在哪里，面包店在哪里……所以你能够只观照它们的形象本身，这就是说，它们和你的欲念和希冀之中还存有一种适当的‘距离’。”

我想，用这个例子来证明距离说是不适当的。一个新的环境所以能使人们的印象较深，这完全是心理学的“首因”，并不是什么“距离”的缘故。如果照朱先生这样的说法，我们知道了银行在哪里，面包店在哪里，岂不是我们就不会有美感经验了吗？但是我的经验恰好相反，只有当我们更熟悉地知道那条街，不仅知道那条街，而且和街上的一切东西都有了感情上的因缘的时候，我们才更能够有美感经验。

现在让我们来论到距离说的本身。

从一般的美感经验说，我们对于客观事物的欣赏，并不是把它推远去看，才有美感经验，恰恰相反，倒是要把它拉前一步看才有美感经验。比方我说“山色迎人”“风在传播着春天的消息”“扬子江在唱着历史的抒情夜曲”等，都是把客观的现实世界拉到我们的生活里面。比方农民们的民歌里，它们常常喜爱用一些日常所接触的东西和事件来打比，这也都是把客观的现实拉近一步的证明。而且不可否认的，也只有当我们能够用亲切的感情去和现实世界接触，我们才能够获得美感。

再从艺术品的欣赏说，不可否认的，艺术并不是生活的本身，它和生活之间，是有着一定的界限的。（我不说距离，因为如果说距离，其或远或近或长或短，也还是不能用尺来量的。）不过这个界限是自何而生呢？我认为这是因为艺术作品，虽是从生活中酿制出来，但是它是经过艺术的选择和概括的。艺术品里的人物性格，是通过艺术所用以传达的媒质的（如文艺作品是用文字等）。所以艺术作品，并不是完全和生活一样“全真”而是像真，是生活的精制品。

在许多艺术的种类中，戏剧艺术算是最能做到像真的程度了，因为它是以人的动作、语言，来直接诉诸观众的听觉、视觉和筋肉感觉的。记得听人说过，在抗战初期，上海演救亡戏剧，在演到最高潮的时候，演员和观众就打成一片，一齐冲到大场前线去。在这时候，艺术和生活的界限完全冲破了。如果照朱先生的心理距离说来看，这个剧本一定不能算是艺术，而这一次演出，简直就是胡闹。然而从我们的观点看，我认为这正是发挥艺术功用的最高的表现。而且我认为，这个场面本身，就是一首诗、一个伟大的戏剧。

无论是创作也好，是欣赏也好，如果认为美感经验，一定要把现实世界推远开去看才能获得，那是与事实不符的。现在我可以举一个相反的例证。比方，我在街头看一队学生和工人的示威游行，假如我们把这个景象推远开去看，那是最平凡的场面，但假如我们了解到当前的一般的政治形势，知道了他们所要求的目的，和他们的成功或失败将影响到我们的切身生活如何巨大，以及估计到某些方面的人物，将准备施以何种巨大的压迫和攻击，那我们立即就会感觉到，这是一个悲壮的行列，我们对于他们的口号、他们的呐喊、他们的摇旗演说，都会认为是一种英雄的行为。

我们知道，在19世纪末期，文艺上的后期浪漫主义及后期印象派的画家，是的确有这样的倾向。他们喜爱朦胧，喜爱缥缈而美妙的景色，比方诗，他们并不是写诗，而是要创造一种诗的气氛，他们的题材宁愿取诸辽远的地区和古代；画画的，他们不愿意画线条明确的画，而愿意画些朦胧的雨景和瞬间的印象，只求暗示观众们，以一些意境，引起人缥缈之思。可是大家都知道，这不过是资本主义没落时期的艺术上的一种颓废倾向，它并不能够包括所有的艺术，如果根据这些艺术倾向，来建立美学的体系，那完全是错误的。

我们同意于朱先生说的“凡艺术都必带有几分理想性，都必是反对极端的写实主义”。因为人究竟不是照相机。可是，问题是这个理想性是从什么观点出发，是具有怎样的性质。我们不同意于朱先生说的“艺术是一种精神的活动……要替人生造出一个避风息凉的处所，它和实际人生之中应该有一种距离……”艺术是避风息凉的处所吗？我想不是的，如果把艺术只看成有这个消极的意义，那也未免太低估艺术了。

总括说一句，我认为艺术和生活之间，虽然有着一个界限，但一般说来，艺术的功用正是把生活向前拉近一点，使我们感到亲切，感到同情，我不同意于朱先生的说法，把美感经验建立在艺术和生活的距离上。

四、论移情

在第2章“论美感经验的分析”里，朱先生这样说：“在凝神观照时，我们心中除开所观照的对象别无所有，于是在不知不觉之中，由物我两忘进到物我同一的境界……这种物我同一的现象，就是近代德国美学家所讨论的最剧烈的‘移情作用’。”

是不是所有的美感经验都是这样，“由物我两忘进到物我同一的境界”呢？是不是所有的美感都必须经过移情作用呢？我的答复是否定的。

我想今天，要来解决美学上的这样复杂的问题，是不能抱残守缺地固执着某一家的学说的。移情之说固然可以解决一部分的美学问题，但美感经验并不限于移情。内模仿说固然可以解决一部分的美学上的问题，但美感经验并不限于内模仿。

这里我想尝试提出几个答案来就正于朱先生。

究竟美是从何而生呢？我认为有以下的几个来源：

（一）美感是由于快感，或是快感的渴望而生的。

关于快感和美感的分别，朱先生曾特别强调地指出三点：第一，美感是不沾实用无所为而为的，寻常的快感，则起于实用要求的满足；第二，美感是性格的返照，是我的情趣和物的情趣的往复的回流，是被动的，也是主动的；第三，我们在享受寻常快感时，意识中很明显地觉到自己是在享受快感，在美感经验中，只有一个孤立绝缘的意义。

朱先生在把快感和美感这样清楚地划分开来，我是不赞成的。因为在我看来，有许多场合，快感正是美感的基础。在渴望者自己看来，他的想象是“无所为而为”或是对于外物的“性格的返照”，然而归根到底说起来，这种现象，正是实用要求得不到满足的反映。这是美感的第一个来源。

（二）美感是由于外界形象的刺激，影响到我们的机体内发生某种运动而起的，在这一点上，我是完全同意于谷鲁士的内模仿说。比方我们看跳舞，我们全身的肌肉好像都在随着它来运动，又比方听音乐，听到好处，连呼吸都感到屏息，但是这个学说只能解释美感经验的一部分，而不能解释全部。因为如果把这个学说过分夸大地应用到艺术创作上来，那艺术家所注意的就将会只是运用什么声音、什么动作、什么语言去刺激读者和观众，使得他们在机体内部，发生适合于身体组织的反应或潜在的运动。这样，艺术家将变成艺匠，而艺术也将完全变成形式主义，只求某些颜色和某些运动的配合，而忽视了它的内容。其次，这个学说只注意到外在的物，如何影响及人。它是消极的。大概生活比较富裕和安逸的人，他们的美感经验多属于这一种，而从这个学说里面，我们也就可以透视出为什么有闲阶级的绅士，多重视形式美。

（三）美感经验是由于主观的丰富的感情的外射而起的。在这一点上，我同意立普司的学说和观点。一个人悲哀的时候，他可以把天地看成是“忧愁”的，草木看成是“凄悲”的。由于作为主观的人，受了刺激发生了感情上的激动，正由这感情上的激动，转移到外在的世界，使外在的世界都成为了“有情”的东西，成了与我们的生活有着亲切之感的东西。关于这一种移情的实例，在朱先生的书上已举了很多，我在这里不必再来赘说，可是有几个问题必须阐明一下的。

第一，主观的情感，怎样能够向外投射，而发生移情作用？关于这一个问题的答复，我是部分地同意于“类似的联想”的说法。一个人在瞌睡的时候，一定是垂着头的，所以当他疲倦的时候，他看见树木垂着枝叶，也就以为它是打着瞌睡了。从这一个例子看，这一个联想是发生于两种原因：一是由于主观上的感到疲倦，所以有打瞌睡的心理趋势；二是由于垂着头的树枝，有着瞌睡的形状。由于这上面两个因素结合起来，于是造成了上面这一个形象。如果第二个因素是属于形象的类似联想的话，那么第一个因素则显然包含着主观的要求，如果这也是物我的统一（我的意思不如说是物我的统一而不是同一），那么这个统一是统一在主观的要求下面的，这个主观因素才是主导的因素，它绝不是“物我两忘”（即使在欣赏的一刹那，自己没有意识到这个自我）或是在自我以外又有什么“非实用的自我”来和外在世界“同一”。

第二，移情作用何以能造成美感？据立普司解释认为是："因为它给'自我'以自由伸张的机会。'自我'寻常都囚在自己的躯壳里面，在移情作用中，才能打破这种限制，进到'非自我'里活动，所以陪鸟飞随鱼跃……外物的形相无穷，生命无穷，自我伸张的领域也就无穷，移情作用可以说是由有限到无限……"立普司的这种解释，我认为过于玄妙了。移情作用，其实是人类愿意把自己的情感分享给别人的一种心理延伸。一个人，穷极则呼天，受了什么委屈，就一定喜欢向人倾诉，有什么喜悦的事情，就喜欢向人报告，这都是最普通常见的现象，至于美学上的移情，不过是加上外物的美的形象。所谓借物抒情，而欣赏者则又通过这些形象而接触到创作者的内心。所以形象事实上不过是情感交流的一种桥梁。主观的倾向要求和情感越强烈、越丰富，那么它能感动人的程度也越深、越广，因而也就是越美。如果没有这个强度的热情，那么移情常常就会变成"感情的误植"（pathetic fallacy）或是形象的浪费。总括说一句，移情之所以能造成美感，是因为强烈的主观倾向，征服了客观的形象，按照自己的要求，重新组织合乎主观倾向的形态，使人领受了以后，发生同情和激动——这种精神上和情感上的传染和交流就是美。所以美，并不仅是包含作者，而且也包含欣赏者，不仅是客观的线条、色彩、声音，也是主观的要求和倾向。

第三，美感是不是都要经过移情作用？而移情作用是不是都有美感？我的答案是否定的。比方我在上文所说的第一种美感经验，是不必经过移情的。又比方图案画、某些线条和形象的欣赏等，只有感觉的转移，实在还说不上是移情作用，但也同样能发生美感。反过来说，有时移情作用，却并不能发生美感。这原因是：一由于主观的力量不够；二由于主观力量过强，因而发生了过分的夸大；三由于所选择的形象不适当。

总之，立普司的学说，是有很多可取的地方的。特别是着重于主观的情感之向外投射，对于美的观念，站在主动的立场去考察，可是他的解释常常带有浓厚的神秘色彩，比方，他把"实用的自我"与"观赏的自我"分开，这完全是不对的。事实上，移情作用正是产生在主观力量极其旺盛之时，而这个主观力量恰好又潜藏在"实用的自我"、阶级的自我在里面。至于闵斯特堡的形象孤立说，认为形象之能否引起美感，要看它在意识中能否孤立云云，亦是不正确的，因为主观对外在事物的移情，亦并不是把它孤立起来看，而不过是强调它的合目的性的一面罢了。

第四，美感经验是由于联想而起的。比方一座山，普通人看起来，并不见得美，可是你如果从这个山联想到现在住在这山上的人、山上的树木，以及自己和朋友和这个山所发生的纠葛，或甚至由这个山想起了地质学上的造山运动，或想起历史上的某些事迹，那你就会觉得这山上的一草一木、一泉一石都有一番意义。有些人强调移情作用，只强调了色彩、线条和光线在艺术上的作用，而忘记了这些色彩、线条和光线所表现出来的社会意义，并从这社会的意义里更深地去探求美感经验的根源，那都是错误的。一切自然界的风景，艺术的色彩、光线、线条和运动，都是死的，只有人类才能赋予它们以生命，然而人类的意识，又是具有社会意义的、阶级意义的。这一点本来是一个最平凡的真理，可是常常给学者们所忽视了。

五、艺术与游戏

既然朱先生认为艺术的欣赏和创造，都要和实际人生保持一种距离，然则“艺术对于人生不是一种奢侈品么？它的起源究竟应该如何解释呢”？朱先生对这个问题，自己也觉得有点为难。所以他花了很大的篇幅，来讨论艺术的起源和游戏，以为从游戏当中，可以找到艺术起源的答案。可是朱先生列举许多关于游戏的学说，比较了艺术和游戏的异同以后，关于艺术的起源问题，始终没有得到满意的结论。

如果照朱先生的观点，艺术一定要和实际的人生保持一定的距离，那么朱先生又能用什么理由来解释为什么“穴居野处的人，便有了艺术”呢？是的，在人类的童年时期，就有了游戏，可是照朱先生的分析，艺术和游戏是不同的。那么这个难题究竟要怎样来解决呢？

我认为与其把人类最初的艺术，附丽在游戏上去，倒不如附丽在劳动上去（自然这个问题，是和朱先生的美学观格格不能相容的）。因为正如朱先生所说“他们（穴居野处的人）在穴壁所画的兽像和他们的日用石器，都是人类最古的艺术品……”

很可以想象得到的，在蒙昧初期，人们忙于用一切方法去求得生存，他们绝对不会有余暇来做与生活游离的艺术活动。所以原始人类的艺术，都是有着直接的实用的目的，比方穴壁上的兽像、石器上的雕刻，都是拿来做记号的。比方在狩猎余暇，或战事终结时的酬神的跳舞，很明显都是一方面是劳动和战争的演习，一方面是游戏，同时又是艺术。只有当人类的生产技术发展到一定的阶段，而其生产所得来的收获又已可以超出他本人之所需的时候，艺术才开始和日常生活的直接使用目的渐渐游离，而艺术家也才开始渐渐成为脱离生产的艺人。

至于游戏何以会产生，我想这里也没有什么高深的理论。如果从生理的状态来研究，游戏自然是由于精力过剩，一个老年人，一个病弱之人，是不会喜爱游戏的；同时它也是精力的发散，因为精力过剩的人，必须使各种器官都有一定的使用和调节。再从心理学的观点来看，游戏自然是一种模仿，儿童们的游戏和想象，是绝不会超出乎他所见的范围的，木匠之子喜玩矩尺，读书人之子喜玩笔墨，这是大家都看得见的事情。再从社会学的观点看，游戏显然含有练习的目的。假如我们能研究一下，由于各种社会结构不同而影响到儿童们的游戏里面的动作，那我们就不难理解到游戏之实用的目的。至于晚近以来的游戏，则政府和教育家之设计，一天天占重要的地位，其实用的目的更加显明。

在论艺术与游戏的相同观点时，朱先生这样说："游戏和艺术有四个最重要的类似观点：一、它们都是意象的客观化，都是现实世界之外，另创造世界；二、在意造世界时，它们都兼用创造和模仿，沾挂现实同时又超脱现实；三、它们对于意造世界的态度都是'佯信'，把物我的分别暂时忘记；四、它们都是无实用的目的自由活动，而这种活动，都是要跳脱平凡而求新奇，跳脱有限而求无限……"在最后的结论中朱先生又说："艺术和游戏都是从实际生活迫紧中发生自由活动，都是为享受幻想世界的情趣和创造幻想世界的快慰，把意象加以客观化，成为具体的情境，这就是所谓'表现'。"

虽然在后面朱先生也指出了艺术和游戏不同之点是艺术有社会性，可是很显然的，朱先生是过分强调了艺术和游戏的相同点，而把艺术归源到游戏上去了。

我认为艺术和游戏之间的差别是很大的，第一，艺术的创造，是根据一定的立场和观点出发来观察世界的，可是游戏则否；第二，艺术的创造是根据于现实而把它重新融化，可是游戏的想象不过是根据于幼稚的心灵的幻想；第三，艺术所塑造的人物，是必须合乎客观的现实，而同时在这客观的现实中，又必须贯穿着主观（包括作者的阶级性和个性的强烈的要求），可是在游戏中，客观的现实性比较薄弱，而主观的目的意识性，也并不明显；第四，艺术必须有技巧，必须经过详密的组织，在创造过程中，要经过许多的困难，可是游戏的想象，是可以自由驰骋，而不必经过严密的组织；第五，艺术有持久的价值，具有深刻的社会教育意义，而游戏则较小。

在我看来，艺术和游戏，同样的都是附丽于生活，而其中艺术和生活间的关系尤深。艺术不仅是从生活中提炼出来，而且又反过来促进生活，提高生活，和游戏之只求一时的心理和生理上惬意者不同。艺术绝不是“从实际生活紧迫中发生的自由活动”。

也许艺术的创作者，一时兴之所至，在创造的过程中，从主观上感到想象的自由飞翔，但实际上艺术的创造，并不是完全自由的：它是自由，因为可以让人自由想象，但它也是不自由，因为它还要受作者的潜在意识的限制，要受客观现实的限制，要受艺术的一般的规律的限制。

至于说“艺术和游戏……都是为着享受幻想的情趣和创造幻想世界的快慰”，那都不过是从艺术之创作心理上去发现艺术和游戏的相同点，但在仔细研究之下，我们就不难发现艺术的幻想和游戏的幻想之间本质上的不同。一个游戏者，可以满足于自己所造成功的幻想世界，但艺术家所引为满足的，必不仅是这个幻想世界本身，而是在于他能够把这幻想世界分享给别人，借这个幻想世界传达出作者的思想和意念。

六、论悲剧的快感

人真是一个古怪的动物，好好地平平静静地生活，为什么偏要去找些刺激呢？可不是吗？当我们看了一出悲剧，从戏院里出来的时候，我们或是心头存着沉重的重压，或是悲愤塞胸，或是为戏中的英雄流洒着同情的眼泪，然而我们为什么又偏要在这悲愤和眼泪当中，去找寻到愉快和美感呢？这是为了什么呢？

在这里，朱先生列举了许多有趣的学说，如幸灾乐祸说、同情说、刺激说、虚幻中的轻度刺激说、永恒真理说、解脱说、净化说、苦闷象征说、发散说，但是在论列和批评了这许多学说以后，他还是拿出了他的心理距离说来作为悲剧的快感的解释。所以朱先生说："同是灾祸，在实际人生中只能引起我们的哀怜和恐怖，我们不能把这哀怜和恐怖化为喜感；在悲剧中它也引起哀怜和恐怖，但艺术的欣赏把哀怜和恐怖所带的痛苦的成分消净，只是美感。"

为什么艺术的欣赏能把哀怜和恐怖所带的痛苦消净？朱先生的意思，以为这是由于艺术家的欣赏是和实际利害相绝缘的缘故，是因为悲剧中的情景和实际人生保持着一定的距离的缘故。

朱先生的距离说，是不是能解决美学上的问题，我在上面已有详细的论述，在这里不必再详细地讨论。下面我只想指出几点关于悲剧中的喜感的意见。

第一，我觉得一个人赴剧场里去看悲剧，是和到刑场里去看杀人时的心理情趣完全不一样的。尽管舞台上所扮演的人物布景如何逼真，而人们也真的为这逼真的场面所吸引住，可是在下意识里面，人们还是把它当戏来看的。小孩子看悲剧，看见悲剧中凶杀的场面，常常伏在母亲的怀抱里，不敢看，这就是因为他还没有养成看戏的"心理准备"而误以为真的缘故。但是这一点理由，只能用来解释为什么舞台上的流血的场面，所给予人们的刺激，并没有真的事件那么强烈，以至变成痛苦，可是它还不能解释悲剧何以能造成喜感。所以这里必须补充。

第二，我认为悲剧之所以能成为美感经验，是因为它能唤起，那潜伏在人们心灵深处的悲剧的情绪。在这新旧潮流激荡的今天，一方面是极端地推崇个人主义，可是另一方面，又有摧残个性的社会机构。各个集团的利益不同，各个阶级的倾向不同，各个人的教养、趣味、嗜好、习惯不同，然而这不同的阶级、不同的集团、不同趣味的各人，却不能不共同生活在同一的大社会中，整天在互相摩擦、互相纠葛、互相冲突，在互相合作、互相让步当中又互相斗争，因此每个人的心情中都有着苦闷的淤积。悲剧的作用，正是或多或少地替人们清洗这精神上的苦闷的淤积。正如悲剧的古典的定义所说，悲剧必须包含两个因素：恐怖与同情。这是很对的，同情是悲剧所不可缺少的因素。我们必须对于剧中的主人公有了同情，然后对他的悲惨的结局，才会有无限的愤慨；反过来说，正因为他有了这样悲惨的结局，然后我们才会有更深的同情。而且当主人公不顾一切压力，确切地相信自我（当然这个自我，从社会科学的见地来说，是有着阶级的内容的）的尊严而向前搏斗的时候，这一种奋发的情绪，显然是可以清洗去那些潜伏在人们精神上的苦闷。由于有这样的清洗作用，人们在看悲剧的时候时常会有痛快、壮烈、推崇的感觉。所以我认为发散说和净化说，是有其一部分的理由的。

可是单就这第二个理由来解释悲剧的美感，还是不够的，因为它过分着重于艺术的消极的意义，所以我觉得应该还有一点补充。

第三，我认为悲剧所以能造成美感，是因为在悲剧里面，最容易表现出人类的最崇高的战斗精神。动物都有求生存的本能，人类自然也不能例外。可是人类有一点和动物不同的，就是因为他受着社会意识的熏陶，有时竟然能够不甘屈服而愿慷慨就义，或是为真理，或是为民族，或是为宗教、为爱情，或是为信仰、为主义、为阶级。悲剧中的主人公明明知道这种行动是对他自己不利的，但他还是不顾死亡的威胁，宁愿抛弃生命，这种为了真理正义而死的精神，的确在客观上为当时同一阶级、同一阵线的人们所需。或是这个真理虽然过去，但它和目前的实际生活还是不无相似之处，那么它就立即会引起人们的最大的敬爱、崇拜，而伴之而来的又会有惋惜、悲哀和痛悼，再加上愤恨和憎恶，这许多情绪杂糅起来，于是就成为了悲剧的美感。

悲剧的矛盾，有两方面：一是剧中主人公对客观环境的矛盾，一是主人公在强大的外在的压力之下，主观的内心矛盾。当一个人以这一种倾向战胜那一种倾向，以强力的主观的战斗意志和外在的强大的压力冲突的时候，主人公是牺牲了；但由于主人公的死，而引起了观众们对他的同情，更由于对主人公的同情，而引起了对主人公所主张、所信仰的真理和正义的更深的同情。这样一来悲剧不仅是美，而且是善；不仅是一种欣赏，而且是贯穿一种人类向上的斗争的意志。观众们越能理解这些真理，那么他对于这个悲剧的美的感受性也就越强，观众和这个剧的距离也就愈近。所以第四点，我认为悲剧的快感或是悲剧的美，是产生于人类的充满着战斗力的向上的意志。当然这个“向上”，是随着时代的不同而有着它的特殊的内容（抽象来说，这种向上精神，事实上就是对社会的许多缺点和罪恶的反驳和对合理生活的渴望的杂糅），因此越和这个时代接近，越了解这个社会内容的观众，就越能体验这个悲剧的美感。

我反对朱先生的意见，他以为我们必须和艺术品保持着相当的距离，做一个旁观者，然后才能有美感经验，而这种学说，就是从常识说来，也是说不通的。

从这里我可以联系地说到自然美和自然丑的问题。

朱先生曾提出了自然美何以变成艺术丑，而自然丑又何以变成艺术美的问题。可是问题提出来了，而朱先生对于这个问题却始终没有得出满意的答案。这原因我想也是由于朱先生缺乏社会科学的美学观念的缘故。

一个老太婆，面色很苍白，线条和轮廓是很丑陋的，可是在她的儿子看来，她也许是世界上最祥和的老人；一个叫花子或失业工人，头发是蓬蓬松松的，牙齿是黄的，躯体是羸弱而僵硬的，衣衫是褴褛的，可是一个艺术家、一个穷人，如果是同情他的时候，他是可以变成美的。相反的，那些穿得花枝招展的官僚们的姨太太，尽管她们的装束是如何经过美学家设计，但是在一些被剥削者眼中看来，她们也许要被看成妖精和丑怪。所以这些问题，只有从生活这个角度去看，从阶级意识这个观点去看，才能获得一个满意的美学上的答案。如果像朱先生那样，把美感经验从功利的生活中抽出来，那是永远找不到解决的路径的。而且功利主义也不是可耻的，如果是为最大多数人谋利益，那么这种功利主义也是合乎正义的至美和至善。

七、结语

我相信朱先生写这本《文艺心理学》，亦是费了很大的苦工，研读了许多名著的，不过可惜得很，朱先生所征引的材料虽然很多，可是由于立场和方法论的不正确，因而连朱先生自己也在材料中迷失了道路，特别是朱先生在精神上，首先给康德主义、克罗齐的美学观念束缚着，因而有许多问题得不到正确的答案。虽然在第11章里，朱先生对于克罗齐派的美学曾痛下批评，可是这个批评，还不够彻底，而且贯穿在全书里面的最基本的原则，还是採取克罗齐的学说。显然的，克罗齐的学说是康德主义的退后，他的美学观是反映着反动哲学的抬头和资本主义艺术的颓废。正因为如此，他是带有强烈的神秘色彩，他要把实际生活从美的观念中抽出，他要提倡无容心的观照态度，他忽视艺术创作上的知识和劳力。他是唯心论者，同时又是形式主义者。这种美学观是完全和我们今天以艺术为武器的学说相反的，是对大众艺术的创造有妨碍的。

1945年3月30日于香港

作者附语：这篇文章是三年前写的，那时朱先生还是一个比较单纯的学术工作者，但最近，朱先生的唯心论的反动的特质是日益明显了。他曾在周论上大发议论，认为被压迫者们的斗争是“怯懦”、是“凶残”。我想这都是由于朱先生生活得太优裕，和大众的生活隔离得太远，对千百万人民的疾苦死亡太过无动于衷，太过“观照”的缘故。我们的艺术观是和朱先生相反的，我们认为艺术并不是把人带到“观照的世界”里去的东西，而是把人带到更深的生活里去的东西。

原载1946年4月10日《文艺生活》（光复版）第4期，
副标题为“评朱光潜的文艺心理学”

论美与艺术

什么是美呢？美的标准是什么呢？这是古往今来聚讼纷纭的问题。但是现在我想把这两个问题暂时抛开，首先究明：究竟美是主观上存在的呢，还是客观上存在的呢？

有人说，美是存在于我们主观的观念之中，客观的事物根本就无所谓美与不美；也有人说，美是最高理念通过感觉形式的具现，但不管是主观的观念论也好，客观的观念论也好，反正他们认为美是从主观上产生的，这是唯心论的答案。

还有一些人则认为美虽然不能离开客观的事物，但美与不美乃是属于价值的学问，因此他们就从美感经验去着手。或是说，美是心与物的交感的默契，或是说美是一种忘我的瞬间的感觉——不管他们当中有多少差别，但是总括说一句，他们是经验论，也就是唯心论的变种。休谟有一句名言，他说："美不是在东西里面，只是在品味东西的人的心里。"这就是经验论的最好的自白。

和这些唯心论相反，也有认为美是客观上存在的许多学说。

但既然美是客观上存在的，那么接着而来的问题，就是它的规律性又是什么呢？对于这个问题，当然又有许多答案。

在古代的希腊，所谓美就是有普遍概括性的东西。亚里士多德在论悲剧的《诗学》第6节里面，曾这样说："诗比历史是更有哲学的意味，以及更为优美的东西：因为诗主要地关切着的是一般的真理……任何一个具有某种性格的人盖然地或必然地，会用一种什么方式来讲话或行动——这是一般的，同时也便是诗的对象……"（见天蓝译，亚里士多德《诗学》第14页）

但古典主义，以一般性的形式来表现事物的典范性是未免陷于空洞了。

其实客观上存在的东西，是非常之具体的。所以当新兴的资产阶级起来反对封建势力的时候，就特别强调个性，以发扬作者的个性为美，以从事物当中发现“自我”“人格”为美。十八九世纪的诗人们喜爱歌颂自然，也就是因为他们从自然中发现了“自我”的解放，发现了自由平等的象征，把自然当作反对宫廷，反对虚伪礼仪，反对人为束缚、等级区分的对立物。所以从社会科学的观点说，个人主义在当时，是有其一定的进步的意义和代表的意义。在美学的观点说，它同样亦是有其一定的进步的意义，因为它使人们向现实更走前一步。但是到了资本主义没落时期，个人主义已愈来愈失去其现实的意义、代表的意义，从而个人主义的美学也就越来越局限于狭小的范围，越来越重视瞬间的感觉，而逐渐走上神秘主义的道路。

对于极端的个人主义的看法，就是比较进步的资产阶级的学者泰奴，也是不赞成的。他在《艺术哲学》里曾这样说：“艺术是以表现出事物的‘本质’为目的……艺术是以表现出某种主要的性质、某种显著的特质、某种重要的见解，以及对象的主要的存在样式等为目的……”（见沈起予译《艺术哲学》第27页）这里他把表现事物之本质为美指出来了，但怎样才算是本质呢？他却没有很清楚地说出来。

俄国社会民主主义者的前驱车尔尼雪夫斯基在《生活与美学》里论到美的时候，曾这样说过：“凡超出于一切同类的东西，就是美的；它是最好的，因此在它的同类中想象不出再好的来了。”（见周扬译《生活与美学》第12页）又说“一件东西，必须超出于它的同类方才称得上美，这是千真万确的”。当然现实主义的美学观也还是有缺点的，我们下面还要加以批评，但他的基本看法，我们认为是对的。

那么作为客观存在的美的规律性究竟是什么呢？在我个人的意见，认为美就是典型。这种看法一方面是接受古典主义美学所主张的典范的学说，但同时又否定它那离开活生生的具体的对象去找寻一般的模范的办法；另一方面是接受个人主义重视现实的个体的传统，但同时否定它那离开集体，把个体孤立起来看，把人格和个性当作偶像来崇拜的办法。所以什么是美呢？我们的答复是：美就是在同一种类中既具有个性，而又有普遍的代表性、典范性的东西。

但是所谓同一种类中的典型性，并不是固定不变的，它本身固然是在推移，但尤其重要的是这些种类、这些典型性是随着人们对它的看法来转移的。因为每一个事物，都并不是独立的存在，它是和许多其他的事物网状地相连着，同时，每一件事物都有各种不同的侧面，而所谓事物的典型，则正是从这许多事物中的关系去看出来的，也就是说从某一种系列中去看出来的。所以这里所说的种类并不是自然科学的种类，也不是如费尔巴哈他们所了解的“仅仅靠自然的联结，把无数个体联系起来的盲哑的共同性”的种类。这里举个例来说吧。比方，从这一个角度、这一个系列，来看这一个事物的这个侧面，这个事物是有典型性的；可是从另外一个角度、另外一个系列来看这个事物的这个侧面，这个事物却没有典型性了。所以更具体些说，美的典型性，虽然是客观存在着，但它是从人类生活实践中的立场去显现出来的，各人的立场不同，因而各人所遵循着的序列不同，而所谓典型也就不同了。

强调从生活实践去看出美来，这是一件很重要的事，因为这和唯心论的最高理念的体现之说不同，和先验派的超越主义不同，和直觉派的无政府主义不同，和马赫派的经验主义不同，对于这些唯心论的美学我们是采取断然排斥的敌对态度的。同时，在另外一方面我们这种见解，就是和费尔巴哈哲学体系下的美学观，只强调客观现实美的学说，亦还是不同。当然我们要接受它的现实主义的观点，要继承它那种美是客观上存在的学说；但他们只看出客观事物自身的运动，而看不到人类对于客观事物的作用，只看到自然界的美，而低估了贯穿着人类意识的艺术的美，或者是把种属看成僵硬的种属，把意识运动看成为自动的运动，而没有看出人类的阶级斗争、生活实践的推动力，那也还是错的。诚如恩格斯所指出的机械唯物论的缺点，就是在于忽视了主观的能动性，而只是把主观看成被动的对于客观事物的反映。所以今天我们必须反对唯心论，同时也必须改正机械唯物论的缺点，把马克思主义贯彻到美学思想里面去。即，我们要把生活的实践，当作看出客观事物的序列，并从而看出美的典型性的契机。

什么叫做从生活的实践去看出美来？如果用更具体的话来解释，意思就是说，当人们认识美的时候，是根据于他在特定的历史发展的社会形态的阶级对立和阶级斗争。因此也就是说，当人们认识美的时候，是根据于那一特定社会之阶级斗争的情况和他们所属的阶级要求去进行的。

从整个历史发展来看，阶级斗争有时候明显有时候不明显，有时候尖锐有时候不尖锐。即在同一个阶级，当它的意识还是在自在的阶级的时候和它发展成自为的阶级的时候是不同的，兴起期、全盛期或没落期的意识又是不同的。再加上由于历史所遗传下来的各种阶级的残余意识还在起着作用，新兴阶级的意识又在发生影响，因此美的阶级性格就表现得非常之错综和复杂。不过一般来说，上升时期和健康时期的支配阶级的风格，常常就是那一个特定时期的支配的风格。可是阶级的矛盾还是存在着，各阶级还是各按它们的生活实践去找寻自己的典型，因而被压迫阶级也还是依照它们的觉悟的程序而保留着自己的风格，或者是把自己的阶级性格烙印到支配的风格上去。只有到了后来，统治阶级没落，被压迫阶级已发展成自为阶级的时候，阶级对立尖锐化，美的阶级性格才异常明显地表露出来，而成为两种美的对立的形态。

上面我们已经指出了因历史发展所引起的各种阶级的美的典型的复杂性，但同时在另外一方面，我们又必须指出，从生活实践去看出美来的感觉，是从许多世纪以来历史发展的层积所陶养成的。必须知道，我们今天所接触的世界，也是几百年或者是几千年人类历史的劳绩所堆集成的，我们从小就在这个环境之下成长，它不能不在我们的美的观赏上起着作用。因此美的典型性之民族传统的因素，就占有着重要的位置。这是就一般的历史传统来说。如果从阶级的传统看，那么我们又可以看到这样的法则：各个历史社会形态中各个统治的剥削的阶级，虽然各有其历史的具体的阶级容貌，但就其一般言，它们的美的典型性是有其相似之点的，同样各时代的被剥削被压迫的阶级 的美的典型性也是有其相似之点的。比方有闲阶级以纤细为美；而劳动阶级则以茁壮为美；没落阶级以病态颓废为美，而革命的阶级则以健康战斗为美；剥削阶级以超越为美，而被剥削阶级则以现实为美。这都是一些明显的例子。

现在，在这里我们可以从上面所说的话，得出一个结论来了，即美是人们在当时历史的具体条件之下，各自根据其阶级立场、民族传统，从生活实践中去看出来的一个序列的客观事物的典型性。

上面，我已把一般的美的阶级性格解释明白了。现在根据这个解释，我们试来进一步研究一下，无产阶级本身的美学观是怎样的呢？我们是不是可以套上刚才所说的命题，说无产阶级的美学观，就是从无产阶级的生活实践中去看出某个序列的客观事物的典型性呢？这样的说法，一般来说是对的，但严格地说，是不够的。因为大家都知道无产阶级是集体的，而这个集体的领导则又掌握在无产阶级的政党手中。无产阶级的政党拥有着马列主义的武器，它对于整个人类历史的进程都有一定的推动计划和方针，并在每一个阶级里都有一定的战略和任务。所以在今天如果只是一般地说从无产阶级的生活实践中去看出客观事物的典型性，就显得不够了。必须说，我们要从一定的政策指导之下去看出美的典型性。这句话怎么讲呢？我想最好用具体的例证来解释。比方，在动员群众作武装斗争的时候，一个在前线最勇敢作战的战士，就是最美的典型，因为从他身上具现了人民的要求、全体战士的要求，同时也具现了党的政策。他是战士的模范，同时也是革命的模范。在生产建设时代，斯达哈诺夫就是最美的典型，因为通过他，具现了人民的要求、工人阶级的要求，同时也具现了党的政策。他是工人的模范，同时也是革命的模范。毛主席是全中国人民的最美的典型，因为通过他，具现了全中国人民一世纪以来，打倒帝国主义推翻封建势力的热望，同时也具现了党的政策。他是中国人民的模范，同时也是革命的模范。

所以我们的美不是超越的美，而是生活的美；不是徒供玩赏的美，而是为最大多数人民谋取最大幸福的美；不是从形式上去讲求的美，而是反映客观真实的本质的美；不是个人的苦闷的象征的美，而是具有人类的崇高的理想的美。所以这是真美善统一的美。

在这里，我还得要附带地说明一点，就是过去的人，一谈到美，就以自然界的现象做例子，当然从自然界的现象里面也可以看到那些美的典型，但是在今天斗争还是如此尖锐的情形之下，显然社会的美才是第一义的，而且这种美是充满着斗争的目的意识性。

总括地说起来，美是客观上存在的，它是具有特殊规律性的：它是事物的典范，同时这个典范又是通过个性而具现的。不过，美必须是经过人类的认识才能成为美，而人类对于美的认识则又是从生活实践出发的，因此美的典型性又必须是通过历史阶级性和民族的美的传统而具现着。至于无产阶级的美学观，则更是要强调无产阶级的党性。

谈完了美，现在就来谈艺术。这两个东西，我想是相连贯的。我们为什么要花这样多工夫去研究什么是美，怎样才是美的问题呢？我们如果只是一般地去研讨，那是毫无意义的。我们之所以要研究它，目的是在于探究出美的规律性，并从而建设美的艺术。所以从现代人的眼光看来，美学的问题主要就是艺术学的问题。

要在这样一篇短短的文章里来谈艺术问题那是不可能的。本文的目的只是在于提供一些基本的看法。

上面我们已经说过，人类是从生活实践中去找寻出美。但好事的人类，在他从客观事物的序列里看出美来的时候，同时他也想自己主动去创造出美来。这也即是说，人类不仅经由阶级生活的（这里指社会已有了阶级以后）实践去认识客观事物的美的典型，同时他也在阶级生活实践的过程中（即在阶级斗争中），在各种复杂矛盾的过程中，为了贯彻自己的阶级的（或作为阶级的代表的个人的）要求而自己动起手来创造出美的典型。所以艺术乃是人类的主动的战斗精神的表现。由于借物抒情，于是才产生了许多艺术的形象，并从这些形象组织成功典型。所以艺术的每一个形象，对客观来说是真实的，对主观来说，则是直接或间接透露出作者的思想感情、要求和希望。如果作者不舍身在战斗中去锻炼出革命的热情，他就无法来融化、运用形象，这一点是非常重要的。艺术必须通过形象，向理想去跃进一步。这不是偶然的：在历史上，我们常常可以看到这个例子，即当某一特定阶级上升的时候，作为这个阶级代表的艺术的形象性、典型性，一般说来就表现得比较丰富。当某一阶级没落的时候，它的艺术就表现得颓丧，而它的艺术的典型性和形象性也就显现得贫乏。

现在就以资产阶级的艺术来作一个例子吧。

在资本主义社会里从事于艺术工作的人，尽管他们大都是小资产阶级，也许他们当中对于资产阶级的统治还有若干的不满，但他们的生活，基本上是附着于资产阶级的统治体系里面，他们的人生观和思想方法是个人主义的、经验主义的、自由主义的，也就是说是资产阶级的。大家都知道，根据资产阶级的意识形态来去认识今天的客观世界，他们是无法把握现实的本质和客观世界的变动规律性的。同时从艺术创作的观点上看，他们如果想运用资产阶级的意识形态去找寻或者铸造出在艺术上足以夸耀的典型是没有办法的。这是一方面，同时在事情的另外一面，就是新的事件新的英雄是已经出现了，可是这些资产阶级的艺术家因为被局限于自己的立场和方法，而没有可能在客观现实的新的序列中看出规律，看出新的典型，于是唯一的办法，他们就只有退缩到个人主义的蜗牛角里去。或者是以个别的感觉为美，或者是以玩弄技巧为美，或者是以虚无的幻想为美，或者是以琐屑的记事为美，或者是以怪异为美，或者把形象分解为美或者是以强烈的刺激为美。很显然的，这些创作态度都是病态的，而他们的艺术作品，实际上是堕落。

和资产阶级的艺术相对立的，就是无产阶级的艺术。无产阶级的艺术，和过去的艺术比较起来，有哪些特点呢？在这里我也想扼要地提出几点。

首先，无产阶级是集体生产者，所以它的艺术是着重于集体的。大家都知道将来人类社会是要在无产阶级的领导之下，慢慢地过渡到以许多集体为单位，把社会结合成有机的整体的。在这个时候孤独的个人的生活，将是不可思议的事情。因此建筑在这个社会基础上的艺术也必然带有强烈的群的观念。当然，这并不是说要抹杀个性，这不过是说，个性必须是通过集体化的个性、有代表性的个性。没有一个人能够离开群来去欣赏艺术，同时也绝不会有一个人以孤芳自赏的态度来去创作什么艺术。所以今后大的公众建筑物，广场，大的乐队，集体的舞蹈，诗、小说的朗诵，将特别发达起来。

其次，当工人阶级掌握着马列主义，拥有了政权以后，人类社会的发展已经不是和从前一样盲目地、自流地发展，而将是经由人类的高度意识来控制指导的了。而共产党的政策则正是指导社会发展方向的方针，但是这个方针并不是和群众脱离的。相反，它正是以马列主义的方法把绝大多数人民的意志和要求集合起来的结晶体。所以今后的一切生活，都将会贯穿着高度的群众思想性。这种情况，当然影响到人们的艺术创作和艺术欣赏的态度，使它更充满着思想意识性。

再次，人类生产建设事业之大规律的发展，无疑将会无限度地增加了人们的财富，无限度地扩大了他们的眼界，提高了他们对于人类的伟大的力量的信念，并从而增加了他们对于人为的、社会事态的美的敏感。假如在古典主义时代，诗人们是歌颂宫廷，那么卢梭则把野性的自然带到艺术的领域里面来了。但是到了资产阶级没落期，人们却把自然风景当作逃避现实的处所，或者通过自然来抒发他自己的忧郁之情，这样，自然也就跟着没落阶级而日形萎缩起来了。当然，我们要从资产阶级手里，把自然夺回来，恢复它的雄伟，可是无产阶级是在人为的机器旁生长起来的，同时它也是在社会的矛盾斗争中生长起来的，因此它对于社会事态具有更强烈的美的感觉，也是很自然的事情。

我这样很粗略地举出无产阶级艺术的三个特点，目的并不是要详细说明，无产阶级的艺术的内容，或者是只有这三个特点，而主要在于举出一些例证，证明艺术上崭新的时代已经到来了。当这新的时代已经到来的时候，治美学的人就不应该抱残守缺，执古论今，只知道重复过去的老调，什么瞬间的美感呀，无所关心的美感呀，纯形的美呀等等。这些理论，早已经是过去的了。

每一个时代有每一个时代的美，有每一个时代的梦，让我们把握住新时代的美的特征来建立新的美学吧。

原载1950年3月10日《文艺报》第1卷第8期

论食利者的美学

朱光潜先生有关美学和文学的著述很多。要一本一本来批评，那是不可能的事情。本文的目的只是想选择其中几个重要论点来加以批判。《文艺心理学》是朱先生所著的最重要的一本书，同时也最足以说明他的思想体系。因此我今天对他的批评，主要的也就是根据他这一本书，当然同时也牵涉到他的其他论著。

朱先生的学问，骤看起来是很渊博，他兼收并蓄了诸家的学说，他旁征博引了许多东西，似乎也能够头头是道。但是如果认真地把他的所有著作研读一下，那我们就会发现他的学说真像用许多碎布勉强连缀成的破布片。

这里，我首先不打算用我们的观点去批判他的学说，我只是先用他自己的话来揭露他的学说的错误。

一

唯心主义的学说，用的概念总是非常之抽象和含混，论点总是前后矛盾的。朱先生的美学观，当然也不能逃掉这一宿命的灾难。

大家都知道，他的学说是以“形相”的直觉为出发点的。但什么是直觉？什么是“形相”？朱先生自己的说法就前后互相矛盾。他对于直觉的定义是太多了。在《文艺心理学》第4页里，朱先生说：“拿桌子为例来说，假如一个初出世的小孩子第一次睁眼去看世界，就看到这张桌子，他不能算是没有‘知’它。不过他所知道的和成人所知道的绝不相同。桌子对于他只是一种很混沌的形相，不能有什么意义，因为它不能唤起任何由经验得来的联想。这种见形相而不见意义的‘知’就是‘直觉’。”[①]在《近代美学与文学批评》一文里，朱先生说：“物的‘景’能表现我的‘情’，这可以说是直觉的定义，也可以说是艺术的定义。我们说艺术是创造的，艺术是想象的，艺术是直觉的，艺术是抒情的，艺术是表现的，其实这些只是一个道理的几种不同的说法。”在《文艺心理学》第14页里，朱先生说：“直觉是突然间心里见到一个形相或意象。”在《看戏与演戏——两种人生理想》一文里，朱先生又说：“由于这个道理，观照（这其实就是想象也就是直觉）是文艺的灵魂。”又说：“‘知’有三个等级：感觉、思考和观照。观照是最后的阶段，它不但不要假道于感觉，也无须用概念的思考，它是感觉和思考所不能攀的知的胜境，一种直觉，一种神佑的大彻大悟，只有借这观照，人才能得‘神福的灵见’见到上帝，回到上帝，永远安息在上帝里面！”

好了，朱先生笔下的直觉，原来是像孙行者一样会变来变去的。直觉的第一种解释，是像初出世的小孩子般的混混沌沌的知；第二种解释，是因物生情的知；第三种解释，是它和创造、想象、抒情、表现原来是同义语；第四种解释，是它和观照同义，它是可以不假道于感觉，也无须用概念思考的胜境，是可以见到上帝的神秘的灵见。这样看来，究竟什么是直觉，连朱先生自己也没有想清楚，而且既然直觉只是像初出世的小孩子的混混沌沌的知，那么这种知能够有抒情和想象吗？这种知能够越出感觉和概念而成为观照吗？这种知能够借观照，而大彻大悟见到上帝吗？这不是一个可笑的矛盾么？

在《文艺心理学》第7页里，朱先生说：“‘美学’还不如译为‘直观学’。”又说：“‘美感经验’就是直觉的经验。”如果照朱先生上文所说的关于直觉的定义来加以推论，那么朱先生的美学，岂不是变成“灵见”的学问么？美感的经验变成“灵见”的经验了么？也就是说，朱先生把美学还原为神学了。

现在，再来看朱先生说的“形相”吧。《文艺心理学》第7页，朱先生说：“形相是直觉的对象，属于物。”但在隔不到几页的第13页，朱先生却又说：“我们各个人所直觉到的并不是一棵固定的古松，而是它所现的形相。这

① 我所用的《文艺心理学》是民国二十五年（1936）开明书店版。

个形相一半是古松所呈现的，也有一半是观赏者本人当时的性格和情趣而外射出去的。”这样看起来，朱先生所说的“形相”，是一半属于物一半属于心的了。但是当朱先生谈到移情的时候，他又说：“事物有许多属性都不是它们所固有的，它们大半起于人的知觉。本来是人的知觉，因为外射作用，便成为物的属性……”[①]这样看起来，作为移情对象的形象，并不是存在于客观，而是存在于主观了。究竟朱先生说的我们所观照的形象是客观的物呢，是半心半物呢，还是主观的心呢？在这里朱先生显然连自己也没有在脑子里想个清楚。又比方在《文艺心理学》第80页里，朱先生说：“艺术生于直觉，直觉的对象全在形象本身，与实际人生无涉……”既然说，美感是性格的返照、情感的外射，那么又怎样能与人生无涉呢？难道性格和情趣是和人生无涉吗？这不又是一个可笑的矛盾么？

现在，再来看朱先生对美与快感的关系的论断吧。朱先生一方面说：“美就是情趣意象化或意象情趣化时，心中所觉到的‘恰好’的快感。”[②]另一方面，朱先生又说：“在凝神观照中，我们不但无暇察觉到经验是否愉快，并且也无暇去判断对象的美丑……”[③]可是在同书第157页，朱先生却又有一种折中的说法：“……察觉到美寻常都伴着不沾实用的快感，但是这种快感是美的后效，并非美的本质。艺术的目的，直接地在美，间接地在美所伴的快感。”究竟美感和快感之间的关系是怎样的呢？美是产生快感呢？美是不产生快感呢？快感是美的后效呢？朱先生的答案又是完全自相矛盾的。

再比方以他的“美感经验”和名理观念的关系来说吧。朱先生在《文艺心理学》第11页里说：“意象的孤立绝缘是美感经验的特征”，“美感经验就是凝神的境界”。这是说美感经验要超脱“名理观念”。但是在《文艺心理学》第80页，当朱先生论到联想时，又感到自己的“孤立绝缘”说有些站不住了，于是他解释说：“我们只说美感经验和名理的思考不能同时并存，并非说美感经验之前后不能有名理的思考。美感经验之前的名理的思考，就是了解，美感经验之后的名理的思考，就是批评……”这是说美感经验的前后又可以有

① 《文艺心理学》，第34页。

② 同上书，第155页。

③ 同上书，第7页。

名理的思考了。这里就是作为一个普通的读者，也不能不产生疑问，既然上文说过形象的直觉是最单纯的知的活动，是像初出世的小孩子的感觉一样，甚至对于对象无暇加以肯定和否定，无暇问其真伪的，那么何以在美感经验之前和之后又可以有名理的思考呢？这不又是一个可笑的矛盾吗？

再比方以美感经验和联想的关系来说吧。在《谈美》第46页里，朱先生说："美感起于直觉，不带思考，联想却不免带有思考。在美感经验中，我们聚精会神于一个孤立绝缘的意象上面，联想则最易使人精神涣散，注意力不专一……"这是说美感经验不要联想。但在《文艺心理学》第84页，朱先生却又这样说了："在观照自然或艺术时，我们最容易起联想，因为我们暂时丢开实际生活的种种牵制，心里没有一个主旨指定思路的方向，平时可以限制联想的种种力量都暂时失其作用。一般人觉得一件事物美时，大半因为它能唤起甜美的联想。"这又似乎是说，美感经验常伴以甜美的联想，可以联想了。在《文艺心理学》第95页里朱先生说："一言以蔽之，联想虽不能与美感经验同时并存，但是可以来在美感经验之前，使美感经验愈加充实。"这里很明显，朱先生对于联想和"美感经验"的关系有三种不同的说法。一种是说，联想有碍于孤立绝缘的美感经验；一种是说，美感经验能唤起甜美的联想，也就是说美感经验和联想可以结合在一起；一种是说，美感经验之前，联想才是有助于美感经验。那么这三种自相矛盾的说法，究竟哪一种才是对呢？而且既然美感经验是"形相的直觉"，是最初的知，那么联想又如何能"来在美感经验之前"呢？这不是朱先生自己的论点又在互相打架吗？

还有更有趣的是，朱先生不是以"形相的直觉"作为他的美学出发点吗？但当他想强调联想的时候，他又不惜以联想来打破他自己的直觉的学说。他说："联想是知觉、概念、记忆、思考、想象等心理活动的基础。"上面朱先生明明是说想象也就是直觉。如此说来，岂不是联想也是直觉活动的心理基础吗？如果照这样推论下去，那就只好"形相的直觉"说不能成立，"形相的联想"说才能成立了。但这样一来岂不是朱先生的整个美学思想体系都塌台了吗？

而且究竟是怎样的"联想"才是最有助于他的"美感经验"呢？对于这个问题的答复，朱先生也是前文不对后语的。在《文艺心理学》第90页里，朱先生说："诗境往往是一种梦境，在这种境界中，诗人愈能丢开日常'有意旨的思想'，愈信任联想，则想象愈自由，愈丰富。"这是一种说法。可是在同书第96页里朱先生却又说："'幻想'是杂乱的，飘忽无定的……'想象'是受全体生命支配的有一定方向和必然性的联想……联想在为幻想时有碍美感，在为想象时有助美感。"这又是一种说法。究竟朱先生对于联想是认为要让它自由地去想象好呢，还是要让它受全体生命力的支配有一定的方向好呢？我们仔细去看朱先生的前后文，就很难了解朱先生究竟说了些什么。大概朱先生写文章也全凭直觉和灵感的，反正写到哪里就算哪里，哪里用得着"名理观念"呢？

朱先生的学说是充满这一类矛盾和混乱的。我上面只是指出其中最显著的地方。当然我们这样做的目的，并不是想替唯心论的学说去清理家务，也不是想代替朱先生去作出或此或彼的答案，更无意于去把唯心论的美学，从它的宿命的矛盾中解救出来。我的目的只是想指出朱先生的那一套学说，完全是唯心主义者玩的幻术，实在是毫无科学根据的。作为建立他的学说的基本概念，是不确切的、含糊的；作为他的学说的基本命题，是自相矛盾的。当然朱先生可以有他自己的"哲学"，他可以一时灵感冲动，得意忘言，说了的话，马上就连自己也可以忘记。但是作为科学工作者的我们，为了探求真理，是绝不能让朱先生那种错误的理论继续流传而不去加以清理的。

二

现在姑且把朱先生许多论点的混乱和互相矛盾放开一边不谈，让我们进一步来研究一下他的基本论点，即"形相的直觉说""心理距离说""移情说""忘我"和"灵感"究竟是什么一回事。

朱先生谈起他的美学来就爱举古松和梅花的例子。好，现在就让我们也来举梅花的例子吧。

假定有一天我们看见了梅花，那么在我们心里首先浮起的是什么呢？一定是："梅花正盛开着呢。"在一刹那间，不假思索，我就看出它是梅花，这是不是可以说是直觉呢？是的，可以这样说。但这一个看法，是不是包含有名理观念呢？我以为是。因为这句话包含有这样的意思：“这是梅花”，“梅花开得好”。但“这是梅花”这句话，却正是朱先生说的“A是B”的逻辑的命题。不过，在生活实践中由于我们对于梅花开放的季节，对于梅花本身的形象是这样的熟悉，以至我们无须再用逻辑的推理，一眼看去就知道了。正如我一眼看见人，我就知道他是一个人，而不是别的动物；我一眼看见我的妻子，我就知道她是我的妻子，而无须再经过一番三段论法的论证才知道她是我的妻子一样。所以按照巴甫洛夫的解释，所谓直觉，乃是由于一个人对事物的深刻的认识和经验的积累，以至他一看到某个东西，他立即就知道它是什么的一种心理现象；或者是说，一个人只记得认知的结果，而把认知这事物的论证过程忘记了，或加以省略了的一种心理现象。①

又比方一个五六岁的小孩子，一听见母亲的脚步声，就高声叫着妈。在一刹那间不假思索，他立即就知道这是妈妈回来了。这是不是可以说是直觉呢？是的，可以这样说。由于这个小孩子对于他的妈妈是这样的熟悉，以至一听见她的脚步声，虽然没有看见，也就立即联想到他的妈妈。妈妈的形象呈现在他的脑子里，使他叫出一声妈妈。这是从具体现象到具体现象的条件反射，是很直接的。但这种反射的次数多了，于是也就发生了一系列的思想过程：这是妈妈的脚步声，既然听得见妈妈的脚步声，那一定是妈妈回来了。小孩子不知道有所谓逻辑，更不会运用逻辑，但生活却使他慢慢知道它。由此看来，一般地说直觉是建筑在人们对于事物的丰富的经验和知识的基础之上的，它不是和逻辑对立的。列宁说过：“……人的实践，不知重复亿万次，在人的意识中以逻辑的格式固定下来。”列宁这句话正说明了包含在生活里面的逻辑。

文学反映生活，当然也就包含着有逻辑。但文学的反映有着它自己的特点。因此在文学里面，由于作者的情感的奔放，由于艺术的夸张，有些现象就不能一般地用逻辑去硬套。有关这一类的理论问题，不能一下子在这一篇文章里说得清楚，只好容我以后有机会再来论列了。

现在再让我们回到梅花这个例子吧。按照平常的道理，当我们看见梅花盛开的时候，一定首先知道“这是梅花”“这梅花开得好”，我们才跑前去

---

① 参考《巴甫洛夫的唯物主义学说》，第131页。

欣赏它，朱先生说的那种只观赏事物的“形相”而不加以肯定或否定，无暇辨别其是否实在、是否美丑的说法是完全虚妄的。因为如果连这个东西是梅花或不是梅花你都不知道，你还能“直觉”什么呢？如果这梅花是真的假的你还不知道，你还能欣赏什么呢？如果这梅花是美的还是丑的你都不知道，你还能够和它“情趣回流”（用朱先生自己的话）什么呢？万一从溪涧里跑出一只吊睛白额虎来，而我们也按照朱先生的学说，否定名理的思考所告诉我们的结果，而贸贸然跑前去对它说，且慢，我正要以“无所为而为”的态度来欣赏你一番呢。这岂不是朱先生的美妙思想有些危险，甚至连产生这种美妙思想的朱先生也有些危险了吗？

如果更过细地分析起来，我们认识梅花的过程可以说是这样的：梅花曾作用于我们的感觉器官，使我们感觉到它的颜色、它的形态、它的香气等个别的特性。通过我们的感觉器官，我们又产生了对于梅花的知觉，即把梅花所给予我们的感觉，综合起来构成了我们对于梅花这个事物的整体认识。由于我们在生活经验中曾经重复了不知多少次的梅花的知觉，于是在我们脑子里就慢慢地产生了关于梅花的表象。

什么叫做表象？这里，让我来抄引一段心理学上关于表象的解释：“表象不是直接地反映客观世界的对象与现象，像在感觉与知觉中发生那样，而是借着感觉与知觉的帮助，并以感觉与知觉为基础间接地反映客观世界的对象与现象。表象是从直接的感性知识中解放出来的，但还保持着对象的直觉形象的不论是它的本质的与一般的特征，不论是它的个别的、非本质的特征。表象也像感觉与知觉一样，乃是客观世界的主观的形象。可是在这儿认识反映的发展过程，得到了品质上的新的特性——以直觉形象的形式，反映着当时不作用于感觉器官的而在过去曾作用过感觉器官的东西。……表象在这一阶段乃是个别具体对象的许多知觉概括的最初的与不完全的形象。在记忆中，以反映真实对象之形象的形态保持关于对象的表象的能力，是在感觉与知觉的基础之上，借着视觉、听觉和触觉的帮助发展起来的。”①

这样看起来，正是由于我们过去曾经看见过许多植物，我们脑子里早就

---

① 《巴甫洛夫学说与儿童心理学》，第218页。

有了梅花的表象，所以当我们一看见这一株植物，我们立即就知道这是梅花。甚至眼前并没有梅花来刺激我们的感官，而我们也能够想象出梅花的表象。这种能随时想象出来的清晰的、带有更多的个性特征的表象，也就是直觉的形象。

所谓感觉、知觉和表象，究竟在认识论上我们要怎样来估计呢？列宁对于这个问题曾经作了答复。他说："感觉是客观世界、自在和自为之世界的主观映象。"①又说："物存在于我们之外。我们的知觉和表象乃是物的映象。"②

这样看起来，我们对于梅花的直觉的形象，乃是我们对于客观世界的主观的反映。而它之所以形成，乃是经过长期的生活实践积累起来的，这里面绝没有一点神秘的东西。

而且当我们把梅花当作为审美对象的时候，也绝不是如朱先生所说，把它和世界上其他一切存在分割开来，成为孤立绝缘的东西去欣赏的。不，不是的。我们之所以欣赏梅花，乃是由于我们感觉过梅花，它的颜色和香味在我们的感觉上曾留下有许多愉快的情绪色彩，知道它是怎样的一种花，脑子里留下有许多有关于它的记忆和表象。我们不仅对于梅花，而且对于整个冬天的情景，如层冰积雪，如凛冽的寒风，如花木凋零的情况，如园亭楼阁、竹篱茅舍等等都知道得很多。甚至我们曾看过许多有关梅花的图画，读过许多有关梅花的诗，听过许多有关梅花的传说。这些民族的历史文化也正影响着我们。正是由于我们的感觉是人化了的感觉，能从这许多方面联系起来看这株梅花，所以梅花这个形象才有可能成为我们高度的审美对象。割断了梅花和别的事物的关系，割断了梅花和人类历史文化的传统，我们就是把"赤裸裸的"梅花看上一两个钟头。它也不会给我们以更高的审美意义——除了在视觉和嗅觉上给予我们以一些快感以外。

经验证明：当我们欣赏梅花的时候，如果我们有着许多和梅花有关的联想和记忆，那我们对于它就会有更浓厚的情绪色彩。比方也许在年纪小的时

① 列宁：《唯物主义与经验批判主义》，人民出版社1956年版，第110页。

② 同上书，第99页。

候，我们在古老的屋檐边曾看见过这红艳的梅花，也许我们曾经和爱人在梅花下面一起谈过爱情，也许在抗美援朝的时候，我们曾在朝鲜老乡的短篱下看见过这样的梅花，也许我们在不久以前，曾同一些同学们亲手种植过这种梅花，也许我们曾和什么人在梅花下面共同读过一首什么人的诗，等等。越多这一类带有情绪色彩的记忆，那么我们对于眼前的梅花，就有越浓厚的情绪反应，而梅花对于我们也就有了更多的审美意义。

梅花不过是一个例子。古往今来有不少诗人从目前的事物通过联想而写成诗的，如李白的《独不见》：

春蕙忽秋草，莎鸡鸣曲池。
风吹寒梭响，月入霜闺悲。
忆与君别年，种桃齐蛾眉。
桃今百余尺，花落成枯枝。
终然独不见，流泪空自知。

又比方普希金的诗《一朵小花》，他也是以丰富的联想给予了我们以美的享受。

在一本书里我发现一朵小花，
它早已枯萎，也失去了清香，
于是在我的心里
就发生了一个奇异的幻想。

在什么地方，在什么时候，它曾摇首弄风？
它开得很久么？是开在哪一个春天？
它是给亲爱的手，抑是被陌生的人摘下？
它被放在这里究竟是为了什么原因？

是为了纪念温存的会见？

抑是为了纪念不可避免的别离？
抑是为了纪念孤独的散步
在静寂的田野，森林之荫？

他，或者是她都还活着吗？
他们现在究竟在哪儿栖身？
抑是他们也都早已枯萎，
正像这无人知的花朵？

你瞧这两首诗，正是由于作者看到时序的迁移，看到一棵桃树或一朵花，引起了许多联想和感慨而写成功的。如果照朱先生的说法，当他们看见这些东西的时候，就“聚精会神”于这“孤立绝缘”的树和花，而无暇去旁迁他涉，那么他们能够写出这两首诗来吗？就是朱先生所引的“疏影横斜水清浅，暗香浮动月黄昏”两句诗来看，作者不是也把梅花和“水清浅”“月黄昏”联系起来看吗？是的，这两句诗，并没有证实朱先生的理论，恰好正是反驳了朱先生的理论。

这样看起来，梅花之所以能成为某一些人的审美对象，成为吟咏中的主要题材，其原因并不是梅花的“孤立绝缘的形相”或它具有什么神秘的意义。梅花的形象，虽然客观地具有美的因素，但是，它之所以能成为诗的形象，原因是在于，诗人们把梅花这个形象和自己的生活实践，过去的经验联系起来，这样才看出它的形象的意义。

马克思在《费尔巴哈论纲》里，曾说过：“费尔巴哈因不满于抽象的思维，乃诉诸感性的直观，但他把感性不是看做实践的，人的感性活动。”是的，在我们看来，感性的直观是应该看成实践的人的感性活动的。

其次，梅花之是否能作为我们的审美对象，同时也要看我们当时的心境。比方，假如我家里发生了什么不幸的事故，或者是我有什么紧急的任务在身，或者是我所担任的工作遭遇到很大的挫折，在这个情况之下，虽然看见了梅花，我也还是“无心恋景”，不会走前去欣赏。只有当我的工作顺利、心情愉快，或者是老战友在异地相逢，或者是和爱人约会，或者是正遇着什么节日，或者是我正想写一首诗来歌颂即将来临的春天，这时看到梅花盛开，我才会感到它是春天来临的消息，才会感到它好像是少女的盛装，才会感到它好像在寒风中含笑迎人。所以梅花之所以能引起我们的美感，又是和我们的生活情调、心境有密切关联的。“孤立的形相”只能唤起某种愉快的“感觉情调”，它并不能构成我们文学上的审美对象。

大家都知道，当一个人悲苦的时候，阴云暗月常常能引起他的强烈的情绪反应。当一个人在寂静的环境里窗前树叶的蟋蟀的声音也会引起他许多遐想。又比方当一个人在愤懑的时候，他最能激赏狂风暴雨和雷电交加的情景；当一个人快乐的时候，他会觉得群山在环舞，流水在作歌。这些情况，其实都是我们在日常生活中常常可以见到的。

必须说明白，心境，就其总的倾向说来，也是客观的社会现象。假定有一些人，他们同属于一个阶级、同属于一个阶层，有着大致相同的命运，那么当然他们也一定会有大致相同的心境。不过，话又说回头，这种总的心境倾向，又是和个人的遭遇，和由这遭遇所产生的心境错综复杂地、互相渗透地结合在一起的。总的心境倾向，又是复杂地通过具体的个人心境直接地或间接地和以各种折光体现出来的。所以它具有客观的社会性，同时又具有个人的主观性。一个新中国的产业工人，他热爱新社会，怀抱着社会主义的伟大理想，当他看见今天新中国的各种事业都蓬勃发展，那么他的心境总的来说当然是非常之愉快的，虽然他也可能由于个人的某些遭遇而感到苦恼。可是另外一方面，一个专作个人利害打算、患得患失的人，他的心境总的说来是苦恼的，虽然在某些偶然的场合，他也许会感到一些愉快。所以心境，骤看起来好像是个人的日常生活的事情，但仔细研究起来，我们就可以看到心境乃是和那个人的思想，即被社会存在所规定着的意识有关的。不过这种意识不是以理论的形式，概括而有体系地表现出来，而是通过个人对于具体事物之情感的反应表现出来。

最后，一个人之所以会感到这一个形象或那一个形象美，是和这个人的思想倾向有密切关系的。假定这个事物的形态，这个事物周围的环境，和他的思想倾向有一致或类似之处，那么他就会感到这个事物美，就会对他发生强烈的情感。这也就是说，一个人对于某一个事物之这样或那样的审美评价，是和他本人的世界观、人生观密切联系着的。例如，像中国古代林和靖这样的诗人，他是孤芳自赏自命高洁的人物。由于他看到梅花盛开在天气严寒、正当百花零落的时候，由于他看到它枝干遒劲，周身没有一片树叶扶持，于是他就把它和自己的孤高性格联系起来，把梅花当作自己的性格的象征，用以借物抒情，来表现出他自己的美学理想。也正由于这个缘故，梅花在他看来，就具有特别高的审美的意义。所以梅花之作为美的形象进入诗的领域，是包含着有非常深刻的社会思想内容的。比方一个像我这样的凡夫俗子，因为我没有像朱先生那样孤高自赏和超然物外的性格或怀抱，所以我对于梅花的看法和感觉就和朱先生不同。除了我觉得它开的花很好看，枝干的形态很有劲，给了我一些愉快的感觉情调以外，就没有更高的审美评价了；即使有的话，我对它的评价也绝不会像朱先生那样的评价，而是根据我们今天的生活和生活所陶养出来的理想去评价了，如梅花是不怕严寒，首先送给我们春天的消息之类。

朱先生也许会说，我不是说“形相”是人格的返照和意象的情趣化吗？这些说法不正是和你说的相同吗？不，我们和朱先生的见解有本质上的不同。我们认为我们脑子里的形象是客观存在的反映，我们对于某一个事物之审美的评价，是建筑在我们对于这个事物之真实的认识和意义的了解上。另外，我们认为一个人对于某种事物之审美的评价，是和他过去的生活实践、当时的心境和他的世界观人生观存在密切联系的。一个人，他对于某种事物之这样或那样的审美评价，作这样或那样的联想，是为那个时候整个阶级斗争的总形势所制约的，是为他的社会存在所制约的，我们这些看法，显然都是和朱先生的孤立绝缘的“形相”直觉的学说，和强调个人的情趣意象化的学说完全不同的。

从我上面所说的话来看，朱先生在《文艺心理学》一开头企图引用梅花的例子，来证明他的“无所为而为”的观照的学说，是完全站不住脚了。可是更奇怪的是朱先生竟然企图从梅花这个例子来建立他的“形相直觉”的学说，从而又用“形相直觉”说，来说明整个艺术文学现象。大家都知道，艺术文学所描写的对象是整个的人的生活，在社会里面人和人之间的关系。像这样复杂的人情世态，怎样能用简单的自然界的梅花形象来加以类比呢？即使退一步说，假定朱先生的“形相直觉”说能解释出梅花之所以为美的原因，但也绝不能以此类推，用来解释整个艺术文学现象。何况朱先生的学说，就是应用到梅花的例子上，也已如我上面所指出的完全说不通了呢？

文学之描写自然现象和描写社会生活，这中间是有很大的不同的。文学描写自然形象的时候，常常是人的本质力量的对象化，即把自然加以人化，其所描写的是物的形象，而所表现的却是人的境界、人的感觉和理想。但当它描写社会的人和人的生活的时候，它却不能不如实地去写出生活的本质，努力去表现生活中所包含着的美。这是第一点。

第二，在阶级对立的社会里面，阶级斗争总是尖锐地或比较和缓地存在着。文艺作家，在从事创作的时候总是有意或无意地站在一定的立场上面表现出或浓或淡的阶级色彩。在生活实践中，他总是在他的生活范围里，接触到许多事，接触到许多人。而在接触的过程中，他总是根据他自己的生活经验，他自己的立场，把这许多人许多事中的一些他所认为美的，认为和他最有密切关系和最有意义的东西，积累成为表象，藏在自己的记忆里面。比方当一个人在深山里挨饿的时候，曾经有农妇送给他粮食，或是当他受伤的时候，曾经有农家的老汉给他掩护，或是在大雪纷飞的寒夜，他曾在一家农舍里借火取暖，或是他同某些农民一同战斗过，一同经历过艰苦的日子等。这种经历越多，那么他对于农民的各个生活侧面的表象也积累得越多，许多带着皱纹慈祥的面孔，许多老年人的充满着爱抚的眼睛，就常常带着深厚的情感色彩藏在他的记忆里。而且由于长期相处在一起的缘故，作者对于这些人的内心生活有了深切的体验，对于他们的一言一语，一举一动，都很熟悉和了解，甚至对于他们周围的生活环境也十分熟悉，因此，一旦他要从事创作的时候，这些人的面孔也就立即以清晰的形态呈现出来。而且，当他一看到和当时类似的环境，或是当时所常见的事物，他也就会联想起它们；而一想到当时的情景，情感也就不觉油然而生。所以作者心目中的形象，绝不是像朱先生所说的那么轻松地“直觉”一下就可以得来，也绝不是像朱先生所说的那样从摆脱实用世界去观照一下就可以得来，恰好相反，作者脑子里的形象的涌现，骤看起来好像是一刹那间的直觉，但实际上它乃是在长期的生活中积累起来的结果。同时这些形象也不仅仅是对外在事物之相应的形态的反映，而且也是人们在创造世界的实践中所包含着的生活的美的反映；它们不仅包含着人们从长期生活中、理论学习中所培养出来的思想倾向所赋予的意义，所培养出来的趣味和情调所赋予的色彩，而且也包含着人们从自己的生活要求和希望中所产生出来的美丽的憧憬和理想的境界。作者之所以喜爱这些形象而不喜爱那些形象，描写这些形象而不描写那些形象，描写事物之这些侧面，而不描写那些侧面，并不一定是有直接的、阶级的、集团的或个人的功利的目的；但是由于作者的思想和情感，是和现实生活联系在一起的，而生活是离不开功利的，因此，作者对于形象的撷取也就一定和功利观念，有意地或无意地、直接地或间接地联系着，以不同程度、不同的折光、不同的色彩联系着。

第三，文学所要描绘的对象是整个的人的生活和事件，它绝不会像梅花一样，一眼看去就完全知道。作家写一个人，总不能以只知道他是一个“人”为满足，只知道他的面孔如何，穿的什么为满足，这里需要很多的研究。比方对于一个人，我们总不能不知道他的贵姓大名，不知道他的生平和职业，不知道他的思想和性格，不知道他的经济情况和政治态度，而贸贸然走上前去对他“聚精会神”地“凝神观照”一下，“无所为而为”地“超然物外”地欣赏一下，“如梦如幻”地“物我回流”一番，经过了这一刹那的观赏以后，就可以跑回到家里去把这个人物描写出来。不，不是这样。今天我们要真实地描绘人物，要描绘出许多人物交织在一起的伟大的生活画面，总不能光根据个人的片段的经验和一时的情感去写。我们必须根据自己的立场观点，在生活实践中去深刻地研究、了解和体验人物，用感觉和具体的思维去体验到里面的美，并从而作出评价和选择，写出生活的细节，铸造出典型环境中的典型性格。艾芜在他的《文学手册》里曾举过这样一个例子，他说：“……不过单说文艺是表达感情的，还是不够。因为感情的出发，不是无凭无故的，总是有思想伏在它的背后，做它的活动的牵线人。比如敌机轰炸之后，看见一个炸死的人，我们自然难过。但若有人从旁告诉我们，说这个人原是个汉奸，因为放信号，躲避不及，致遭炸死，我们就会立刻高兴起来，拍手称快。可是等会又有人来告诉我们，说那人刚才说的，完全是造谣，死者已经调查清楚，乃是热心抗战分子，并举出他的姓名，于是我们马上知道原来先前作某些抗战工作的就是他呀，心里便立刻悲痛起来。同是一个炸死的人，为什么引起的感情，就这样不同呢？显然是有一个后台老板在作指导。这后台老板不是别的，便是反抗日本帝国主义的思想。”茅盾在《茅盾选集》自序里也曾说过：“1925年到1927年间，我所接触的各方面的生活中，难道竟没有肯定的正面人物么？当然不是的。然而写作当时的我的悲观失望情绪，使我忽略了他们的存在及其必然的发展。一个作家的思想情绪对于他从生活经验中选的怎样的题材和人物，常常是有决定性的……”[①]茅盾和艾芜在这里很明确地指出了今天作家的思想立场对于创作的指导作用。作家根据对于人物事件的这些根本估计，然后才决定他对于这些人物的态度，才考虑到故事的情节，事件的因果关系，哪些人物的哪些侧面应该强调等。只有当作家有一定的主导思想和情感的基调，他才能够把自己脑子里的形象组织起来，使它们构成一个完整的统一体。所以抽象思维乃是帮助作家准确和深刻地了解事物和事物的意义，帮助作家选择形象和组织形象的工具。这种思维也渗透到形象思维之中。试问这样复杂的思想工作，能用“形相直觉”一下，“观照”一下就能办到的吗？

而且在创作的时候，作家总不能把脑子里所有的形象全部倒翻出来。因为这些形象有些是清晰的，有些是模糊的，有些是作家认为很有意义的，有些是作家认为没有什么意义的，有些是他每想起来都有情绪色彩的，有些是他想起时并没有什么情绪色彩的。因此作家必须在体验的同时，要有所选择有所提炼，并把许多同一类型的形象加以综合和概括，并加以揣摩、想象，以铸造出有一般意义的、具有突出的个性的典型。典型是作家对于客观事物的反映，但这反映是经过作家的分析、选择、提炼、综合和概括的，因此伟大作家笔下的典型总是反映客观事物的本质或本质的若干方面。同时典型又是作家对于客观事物的主观的反映，因此它又总是包含着作者的思想倾向、情绪色彩，试问，这样复杂的典型化的工作，能用“形相直觉”一下，“观照”一下就办得到的吗？

也许朱先生会说，我的理论是专门指文学里的诗。因为诗是最需要“形相直觉”的。但是在我看来，朱先生的理论就是应用到诗方面也是不符合事实的。诗并不是超脱社会的无内容的形象的罗列。没有思想内容的形象，没有情感色彩的形象，只能是僵死的形象。相反，好的诗，总是从形象中体现出很丰富的思想内容和情感色彩的。比方拿杜甫的《北征》来说：

---

① 《茅盾选集》，开明书店1951年版。

夜深经战场，寒月照白骨。
潼关百万师，往者散何卒。
遂令半秦民，残害为异物。
况我堕胡尘，及归尽华发。

这是多么雄浑有力的诗啊。它显然把历史事件和作者自己的命运连在一起，表现了他对于人民的深切关怀。这里面，一点也没有“超越”和“摆脱”的气氛。比起“湘灵鼓瑟”来，意味是深长得多了，气魄是雄伟得多了，可是朱先生引诗就不喜爱这些诗，而老喜欢引那几首并非上乘的诗，而且一次再次地引。从这一点看，也可以知道朱先生的诗的境界是并不高的。

也许朱先生会说，我不是在传达问题上反对克罗齐吗？我不是说，“美感经验”中是不能有名理观念的，而在创作过程中是需要名理思考的，这样岂不是和你说的关于创作问题的意见正相同吗？不错，朱先生曾“修正”过克罗齐关于传达的学说，而且还好像以能超过他的老师而沾沾自喜。可是在我看来，朱先生并没有比克罗齐向真理多走前一步。因为如果一个作者，在朱先生所说的“美感经验”的阶段，对于形象的直觉是不管虚虚实实真真假假的，那么，他如何能在创作的阶段，把人物塑造出来呢？又如果“美感经验”是不能够有名理思考的，而在创作的时候，作家既要用名理的思考，那么，他是不是就只好放弃他的“美感经验”呢？作者写作的时候，对于事物既然没有“美感经验”，那么，他又如何能写出动人的作品呢？而且“美感经验”和创作既然是两橛的，这两者又如何能够沟通呢？这样说来说去，岂不是还是回到克罗齐的老路，把传达看成为不过是把既有的“美感经验”作一番技术上的翻译了吗？

现在谈到朱先生的距离说。

什么叫做心理距离？照朱先生的意思：“所谓‘距离’是指我和物在实用观点上的隔绝……”[①]这样看起来，他的距离说，实际上就是他的“形相直

① 《文艺心理学》，第20页。

觉”说的引申。关于理论方面我们下面还要谈到，这里我只想就朱先生在《文艺心理学》中所举的用以说明他的学说的几个具体的例子来加以批判。

因为他的叙述方法都是首先举出几个具体的例子，然后根据这些具体的例子来建立一个原理，再从这个原理去推演出一套学说的。所以我们有必要先批评他所举的例子。

首先是关于海上遇雾的例子。朱先生的大意是这样：海上遇雾，本来是很不愉快的，邻船不时敲着警钟，水手们手忙脚乱。船上乘客喧嚷，船像不死不活地驶行。在这个情形之下，朱先生说，假如我们能够换一个观点去看，使它们和我们的实际生活中间存在适当的“距离”，使我们不为忧患休戚的念头所扰，一味用客观的态度去欣赏它，那就会觉得四周全是广阔、沉寂、秘奥和雄伟。你见不到人世的鸡犬的烟火，连你自己也怀疑究竟置身在人间还是天上。据朱先生说，这也就是美感。

如果用这个例子来证明“心理距离”乃是“美感经验”的必要的条件，那也就足以证明这个“心理距离”说和朱先生的“美感经验”是一个十分不健康的学说。你想想看：当水手们手忙脚乱，当乘客们喧嚣扰攘，当邻船不时敲警钟的时候，而这位朱先生心目中的诗人却能够一点也无动于衷，在那里欣赏雾景。这样的情况难道是可能的吗？即使是可能，这样的诗人也只能是一个十分自私的脱离生活的人物。但是在朱先生看来，这样不为忧患休戚的念头所扰，一味用客观态度去欣赏雾景的态度，才是美感态度，而这样的文人才是脱尽人间烟火气的超然物表的人物。你瞧，这不是一件很奇怪的事情吗？

但是如果仔细去了解一下朱先生的世界观，那我们就不会以此为奇怪了。在《看戏与演戏——两种人生思想》一文中朱先生说：“……世间一切演出的戏，都是在看戏人的一看之中成就的，看的重要可不言而喻……”同时朱先生还极端嘲笑“出会游行”的扛旗子的人们。由于朱先生的哲学，就是要把社会上的一切斗争都推到远处去旁观，认为这样才能获得“最高的境界”，因此在美学上，他也就有这个心理距离的说法。

但是心理距离说是站不住脚的。不错，文艺作家在创作的时候，常常根据自己的广博的生活经验，设身处地去体验他将要描写的人物当时所处的情景和他的内心生活，也常常客观地去衡量人物的行动；不错，艺术和生活是两个概念而不是一个概念。一个穿着盛装去戏院里看悲剧的人，总不会设想自己是去赴战场或到刑场上去看行刑。但这和心理距离说有什么关系呢？难道画家少画一些树，多画一些倒影，少画一些明朗的山形，而多画一些雨和雾，或在画的周围加上一个镜框，就会使他的画本质上更美么？难道中世纪教堂的古画之所以名贵，仅仅是因为画家笔下的人体的长宽比例不尽合情理么？如果照朱先生的形式主义的说法，那么做一个名画家倒是一件并不困难的事情了。照朱先生的学说推演下去，那就连革命与反革命的斗争，和平民主与好战集团的斗争，也是毫无意义的，而只有那些终日赏花看雾不以人民的生活为意，靠剥削利润为生活的人才是高明之士了；那些终日辛勤劳动的人们是庸俗的可怜虫，而只有那些悠然闲坐，无动于衷的懒汉才是潇洒出尘的人物了；那些鼓舞大家为建设社会主义而奋斗的文学是庸俗的文学，而只有那些歌颂海雾苍茫，“伸手可以握住天上的浮游仙子”，歌颂一些池塘倒影的诗歌才是非凡的妙品了。你瞧，这是和真理隔得多么远啊！其实在我们看来，恰好相反，艺术文学不是要远离开生活，而是要更深入生活。作家只有和人民长期地斗争在一起，他对于现实才会有更亲切的关系，才会有更丰富的情感色彩，对人民和人民的事业才会有更深更高的审美的评价，而且也只有在生活的斗争中才能显示出他的崇高的美的品质。至于艺术文学的作用也不是引人去离开生活，而正是要使人对于周围的生活有敏锐的感觉，对于生活，对于劳动，对于科学，对于美好的事物有着更多的热爱；对于懒惰，对于剥削，对于欺骗和贪婪有着更多得多的憎恶。只有这样的好的艺术，才能帮助人们认识世界，才能培养出人们的丰富的感情生活和对于事物的美感态度。

现在，再让我们来看朱先生的第二个例子。朱先生说：“一个海边农夫逢人称赞他的门前海景美，很羞涩地转过身来指着屋后的菜园说：‘门前虽没有什么可看的，屋后这一园菜却还不差。’我们大多数人，谁不像这位海边农夫呢？”[①]在这个例子里，朱先生讥笑这些终日勤劳的农民，认为他们终日碌碌以至不能从实际生活中“超脱”出来欣赏海的美。朱先生还趁这个机会嘲笑了许多人，认为他们也都和海边农夫一样，不能超脱现实生活，所以都是些庸

① 《文艺心理学》，第17页。

夫俗子。

但是在我们看来，海边农民之所以不能欣赏海的美，显然不是能超脱生活和不能超脱生活的问题，问题乃是在于教养。马克思早就说过，非音乐的耳是不能欣赏任何美好的音乐的。而劳动农民之所以缺乏这方面的教养，是因为他在资本主义社会里受着残酷的剥削和压迫。但是，我们并不能因此说，劳动人民就没有自己的美学观了。就以朱先生所举的例子来看，我也觉得农民的这种审美评价，虽然是粗糙一些，但是他比朱先生的美学观要健康得多了。因为他的美学观是紧紧地和生活连在一起的。难道一个劳动农民，就没有权利欣赏一下自己辛勤劳动的结果——葱茏的蔬菜——的颜色么？难道金黄的谷子，青青的牧草，累累的果实，浓绿成黑色的森林，不都是美的形象么？难道劳动人民的这种看法，不比朱先生欣赏海上的雾和梦想着海上的“浮游仙子”的美学观，健康得多充实得多么？如果说庸俗的话，庸俗的倒不是农民而是朱先生的自己，因为朱先生所提倡的美学乃是游手好闲者的美学、食利者的美学。农民称赞他自己的劳动果实，那有什么庸俗呢？

现在，再看朱先生所举的第三个例子。“东方人陡然站在西方的环境中，或是西方人陡然站在东方的环境中，都觉得眼前事物光怪陆离，别有一种美妙风味，这就因为那个新环境没有变成实用的工具。一条街还没有使你一眼看到就想起银行在那里，面包店在那里；所以你只能观照它们的形象本身。……这就是说，它们和你的欲念和希冀之中还存有一种适当的‘距离’。”[①]朱先生还企图用这个例子来说明一个艺术家对于他所描写的对象，知道得越少，越能保持着一定的距离，就越能写出好的东西来。

这个说法是不是符合事实呢？当然是不符合事实的。如果我们对于所要描写的对象知道得很少，那么我们的描写就只能限于表面的现象。不错，当我们初到一个地方，对于那个地方常常会有新鲜的印象，这也就是心理学里所常说的“首因”。但是只有这一点点印象，并不能使我们对事物有深刻的认识，因而也不能使我们有深刻的、生动的描写，而且表面的印象，还常常会引导我们走到错误的方向去。所以我们认为要写出一篇好的文学作品，我们就必须

① 《文艺心理学》，第18页。

在生活实践中对于所要描写的对象，反复去接触、研究和揣摩。这样我们才能从接触中产生感觉之情绪的色彩，获得清晰的形象，明了它的性质和意义，并确定我们对于它的态度。即使是先有了一些感触，但这些感触，也必须经过推敲，经过思考，确定了方向，才能下笔，而且也只有当我们对于一个事物反复去接触，日子长久了以后，才能产生出情绪的记忆和许多联想。以至于想象，并摸出它们的本质和规律。比方，当我们初到一个陌生的地方去的时候，虽然我们觉得周围的事物都是很新鲜，然而光是这个新鲜的印象，并不能使我们在情绪上发生激动。但是在另外一个情况之下，那就不一样了。比方，我们到从前住过的地方去，我们就会觉得那里的一草一木，都似乎对我有情。街边的某一间房子，某一个窗子都常常使我想起在这所房子里出进过的人物，窗子里所出现过的面庞。就是门前磨光了的石阶，都使我们联想到许多我们所熟悉的步履的声音。是的，就是我们对于这些事物的认识，对于这些事物的意义的了解，对于这些事物的情感、情绪的记忆和联想以至于想象——这一切才引起我们的许多诗情画意。如果按照朱先生的“距离说”，那又怎样来解释我所举的这个例子呢?

又比方说，在资本主义国家里面，我们常常看见街头有一队队工人罢工的队伍，或是学生们的示威游行。假如照朱先生的学说，把这种场面推到和实用世界一定的距离去看，那就会使人错误地觉得这些人营营自扰，毫无意义，还不如看一下天上的白云。但是，我们的看法不是这样。我们认为：假如我们了解到当前的一般的政治形势，知道了他们所要求的目的，他们的成功或失败将影响到整个政治形势和我们的切身利益，以及估计到某些反动的统治集团将准备施以何种巨大的压力和打击，那我们就会感到这是一种英雄的行为、悲壮的行列，因而对于他们的口号、他们的演说、他们的愤慨激昂的表情产生深刻的同情。这两种看法，究竟是我们的看法能反映出客观的真实呢，还是朱先生的看法能反映出客观的真实呢？显然是我们的看法才能反映出客观的真实。究竟是哪一种看法才能捕捉到客观事物的意义呢？显然是我们的看法才能捕捉到事物的意义。究竟哪一种看法才能丰富作家的感情生活呢，才能扩大他们的审美的视野，才能加强他们的创作活力呢？显然是我们的看法才能丰富作家的感情生活，才能扩大他们的审美的视野，才能加强他们的创作的活力。照朱先生的看法。只能产生稀薄的自命为“超脱”的情感，使艺术还原为图画。

总括地说起来，朱先生的“距离说”是缺乏事实根据的。实际上当我们对于某一个事物作审美评价的时候，我们并不是把它推远去看；恰恰相反，倒是把它拉前一步来看，把客观世界拉到我们的生活里面来给予审美的评价。作品之所以能使人对于作品中所描写的事物有更亲切的感觉，也正是这个原因。

文学是生活的反映，它并不完全是生活本身，但它又是根源于生活，影响着生活的，至于朱先生说的艺术不能和生活隔得太近，也不能太远，中间要有适当的距离的说法，是很难成为科学的论证的。什么叫做“太远”，什么叫做“太近”，什么叫做“适当”？这岂不都是很难于解说的么?

现在谈到朱先生的移情说。

朱先生关于移情说，在《文艺心理学》里特别用一章的篇幅来加以介绍，是把它当作为他的学说的主要组成部分的。可是朱先生又说他并不完全同意立普司的移情的学说。因此这一章书，看起来也是非常之混乱的。但我们在这里没有必要在朱先生和立普司之间去辨别谁是谁非，我们只想就朱先生所同意的比较重要的论点加以批判。

朱先生说：“依立普司看，移情作用所以引起美感，是因为它给‘自我’以自由伸张的机会。‘自我’寻常都囚在自己的躯壳里面，在移情作用中，它能打破这种限制，进到‘非自我’里活动……移情作用可以说是从有限到无限，由固定到自由。这是一种大解脱。所以能发生快感……”①这样看起来，所谓“移情”，原来就是要伸张“自我”，就是要打破自己生理存在的躯壳，就是要自我贯注到非自我上面去获得心灵活动的最大自由，一直回归到神的无限世界去的意思。显然这是极端的唯我主义向神秘主义的发展。可是问题还不仅是如此，朱先生接着说：“他（指立普司——引者注）再三地解释过，‘自我’和‘非自我’同一时，所谓‘自我’并非‘实用的自我’，而是‘观赏的自我’；所谓‘非自我’，并非物体本身而是它的‘空间意象’或‘形相’，所谓‘同一’并非以‘实用的自我’与‘非自我’的物体相同一，而是

① 《文艺心理学》，第47页。

以‘观赏的自我’与‘非自我’的形相相同一。”[①]把这一段话和上面引的一段话联系起来看，那就是“自我”还分成两个“自我”，而“非自我”也并不是物体本身而只是“空间意象”。因此所谓移情也就是由观赏的“自我”打破自己生理生存的“躯壳”，和外在的物呈现在我们感觉里的空间意象的结合。那也就是说由不吃烟火气的主观心灵和主观所感觉到的意象的同一。这是多么纯粹的主观唯心论啊！而对于这一个论点，朱先生虽然嫌他的表现方法太神秘一些，但是他是完全同意的。

再从朱先生所举的例子来看吧。比方，我们看“道芮式”的石柱，为什么觉得它耸立飞腾，而不是觉得它是在下垂呢？我们认为要解释这种现象，一点也用不着立普司的什么“观赏的自我”去打破“躯壳”。其实这个石柱之所以会使人有耸立飞腾的感觉，一是由于这个石柱有和人们屹立不动，抵抗压力的类似形态，而这种类似的形态就容易引起人的一种类似联想；二是由于这个类似的联想又使人们从自己的生活经验中唤起了情绪记忆的复呈；三是由于人们对于客观事物设身处地的体验。这样就产生了人对于事物的人格化，如石柱上腾的感觉等。有人问为什么有些人有这样的感觉而有些人则没有，这是什么原因？我想这主要是由于人们的性格的方向不同，也就是人们的世界观、世界感不同。但为什么站在同一阶级、同一立场的人对于事物的感觉又还是不一样呢？我想，同一阶级、同一立场，只能使人们的认识大致一致，思想情感倾向大致一致，但既然每个人的生活经验、文化教养，各个人的气质，各个人对于事物形态的敏感，以及各个人在当时的心境都可能不同，那么，自然每个人对于同样的客观事物，也就会产生各种各样的不同的反应，不同的联想和不同的情绪色彩。其实借物抒情，这是艺术文学创作上很平常的现象。而朱先生却偏要摭拾其中一两个例子加以曲解，加以神秘化，以作为他宣传主观唯心论的美学观的根据。貌似神奇，其实浅薄，这就是朱先生所赞许的移情说。

现在谈到忘我和灵感。

在朱先生的文章里常常看得见他这一类的句子，如“除开所观照的对象外别无所有”，“物我两忘”，在“聚精会神的观照中，我的情趣和物的情趣

① 《文艺心理学》，第47页。

往复回流”等等。好像忘我只是一些“潇洒出尘”的人物在“观照”的时候所特有的神秘现象，其实在我看来，“忘我”乃是我们在平常生活中和工作中所常常看到的现象。据巴甫洛夫的学说，当大脑皮质某一部分受到刺激而兴奋的时候，就产生负诱导现象，即是说在兴奋的周围产生抑制区域，而这也就常常使得别的刺激，得不到应有的反应。比方，专门注视着什么东西的人，常常可以听而不闻视而不见。这是我们在生活中所常看到的忘我现象。又比方，工人们为了要完成社会主义的生产计划，因此他忘记了一切和这个任务没有关系的东西。专门注意到工作上，这也就是我们所说的忘我的劳动。同样的道理，当一个人聚精会神地欣赏某一美的事物的时候，他的注意力也可能集中到这样的程度，以至他忘记了自己和他的周围的事物。所以这种忘我现象是存在的。但是必须说明，当我们集中注意于某一事物对象时，绝不是如朱先生所说的，只凝神观照那个“孤立绝缘”的形象。心理学告诉我们：“根据专门试验所得，无目的地而且消极地注视着不动的物体时，完全的集中注意的，绝不可能保持超过五分钟。”[①]所以在欣赏一个事物的时候，我们的注意，绝不是仅仅集中在固定的一个形象上。我们常常从这些形象体会其中的意味，发生许多和这个事物有关的联想和情感的记忆，或是从形象中看出了和自己的处境和思想倾向有类似之处，因而发生了吟味和咏叹，发生了许多想象。正是这种集中注意，紧张的回忆和情感的起伏，使得我们发生了忘我的现象。

至于艺术文学的创作，那是意识的高度集中的劳动。许多伟大的作家们论到创作的时候，常常说到忘记了自己，忘记了世界。但这些说法，并不足以证明朱先生的“观照”和“物我两忘”的正确性，也不足以证明他的“距离说”的正确性。因为他们说的忘记了世界忘记了自己，只是说明创作时候，高度的意识集中的心理特征，而不是说，这就是艺术文学的特征。

如果更深刻地来研究一下，创作的时候，作家们的忘我状态比一般的忘我还是有些不同。因为就其高度集中注意于工作对象、忘记其他一切来说，的确，创作也是忘我的。但光就其集中注意于工作对象、创作的本身来说，作者一方面是要想象出作品中的人物性格和人物当时所处的情景，把自己想象成就

① 捷普洛夫：《心理学》，人民教育出版社，第122页。

是这个人物，跳到自己以外去体验人物之内心世界，同时在另外一方面，作者又不能不感到自己的存在，设想着要如何才能写好这个人物，怎样来安排他。而且作者在写人物的时候，又不能不为作品中的人物悲，为作品中的人物喜，爱惜他或是憎恨他，所以在创作中的作者，实在是我，又不是我，或是我与非我之间的复杂交错的心理状态中。斯坦尼斯拉夫斯基在《演员自我修养》里说到“演员舞台自我感觉的下意识”时，他说：“完全地毫不间断地忘记自己是在角色中，和绝对地毫不动摇地相信舞台上所发生的一切，这种情形固然是有的，但究竟很少。我们只是在一切个别的，或长或短的时刻才处于这个状态，而在其余的时间，真实和逼真，信念和似乎相信是互相交替着出现的。”[①]根据我的理解，演员既要觉得自己就是所演的角色，所演的角色也就是自己，但同时又要清醒地认识自己是在演戏，自己并不是所演的角色。所以如果就创作时的作家心理状态来看，只说它是“忘我”，那还是过于把问题简单化了。

在这里我们不妨连带谈一下所谓灵感的问题。朱先生说：“几千年前或几万里外的一个人的心里的灵光一闪烁，还能在我们心里引起共鸣反应，这种‘不朽’是多么伟大！”[②]在他的许多文章中，他曾表示重视瞬间的感觉，并以颂扬的口吻介绍心灵的“顿悟”。[③]但是在我们看来，灵感是一种心理现象，它也并不是什么神秘的东西。

灵感是指一个人把注意力完全集中到创作的对象的时候，他的一切能力和力量特别紧张和高涨的那种状态。在这种状态下，他的思想里活动着最清晰的形象和最敏锐的意识，同时还存在着一种想把这些形象和概念加以彻底解释和结合的倾向。伴随着这些形象的涌现，情绪也就激动起来。但是这种深刻的情绪体验是和特殊的安静状态交织着的，是和全部的智慧力量交织着的，它不像狂热那样不持续、不固定，只是单纯的想象的紧张状态。因此高度集中的注意、形象记忆的复呈、情绪的汹涌和严格的逻辑的思考以及对于情绪的控制，一切能力和智慧的紧张，以至工作效率的特别提高。这就是作家在创作过程中

---

① 斯坦尼斯拉夫斯基：《演员自我修养》，第519页。

② 《文艺心理学》，第173页。

③ 见《看戏与演戏——两种人生理想》等文。

的灵感的特征。[1]由于这种心理现象是这样复杂，又由于当作家集中在他的创作对象的时候，无暇来意识到自己的灵感的状态，所以灵感的具体的心理过程还没有能够被科学全部揭露出来。但是有一点是可以肯定的，那就是灵感乃是长时期艰苦的准备的结果，长时期的持续过程的终点。

此外，灵感也还有另外一种表现的形式。那就是有时当作者很紧张地工作而想不出来的东西，可是当他把工作放下来而偶然在散步的时候，或在睡前醒后闲着休息的时候，那个他找寻了很久的某种形象或某种思想会突然浮现在他的脑子里面。因此人们就常常为它的突然出现感到惊异。其实这也并不是朱先生所介绍的什么“灵见”，而仍然是可以用心理学来解释的。因为当作者把工作放下来休息的时候，他的意识是没有这样紧张了，但是，他为达到那种目的的思想倾向还是存在着的，这是一方面。另外一方面，由于停止了工作，精神松弛下来，他的注意力不再是只集中在某一点上，别的方面的精神联系也可以活跃起来，因此，他也就有可能从身边的许多偶然的事物，通过联想把他所要寻找的那种思想或形象一触即得。这也就是说，由于某一事物的媒介，脑子里的神经突然和那个要寻找的形象联系起来，这样，这个形象就浮现出来了。由此可见，灵感虽然好像是突然出现的，不知是从哪里来的，但实际上它一定是为作者所经验过，而且还有过相当深刻的印象的东西。同时，灵感虽然表面上看，好像“灵光一闪”，它是自然而然地涌现出来的，但实际上，这种突然的涌现，乃是经过长期的准备和劳动的结果。试想想看，一个不想努力写诗的人，他总不会有写诗的灵感，一个不想作画的人，他总不会有作画的灵感。正如一个不去想窍门的人，总不会有想出窍门的灵感一样。我们中国文学理论中，常有“偶然欲书”的说法，其实所指的也正是这种现象。

所以作家的创作，绝不能依赖这种偶然的灵感。高尔基曾说过：“我们认为，灵感是工作的唤醒者，那是错误的；它多半出现在胜利的工作过程中，正像工作的后果。”是的，我们不应该去直接追寻灵感，或者坐在那里等候着灵感的来临，但是这并不意味着我们不可以有意识地为灵感准备一些必要的条件，从而把它很自然地请出来。比方，我们对于一种理想有着高度的热情，在

① 以上论点是参考捷普洛夫《心理学》及《高等心理学》。

这个高度的热情的指引下，我们全身心都投入到这伟大的任务里面去，这样，我们就常常可以在工作过程中发现一些灵感。又比方，假定我们对于某一种工作的目的性非常之明确，对于某一种工作的全部过程也都非常之熟悉，对于其中某一部分的工作，又有着非常的熟练技巧，这样，我们负责做起这一部分的工作来，就容易得心应手，常常在工作过程中发现一些灵感。至于作家的创作，他可以努力去想象出他所要描写的那个事件发生时候的情景，唤起当时的情绪记忆，或有意识地去想起那些和他所要寻找的思想、形象有关联的东西，作为触媒，或是模拟他所要描写的事物的形体动作等等。这些办法都是可以帮助作家们引起灵感的。

所以，在我们看来，把灵感看成完全是偶然的、神秘的东西，那是一种错误的见解。

三

以上我们已把朱先生关于“美感经验”的几个论点都加以批判，现在我想进一步来研究一下朱先生的整个美学体系，看看它究竟是怎么一回事。

首先让我们看看朱先生对于艺术和客观世界之间的关系，是采取怎样的看法的。

朱先生在《文艺心理学》这本书里，一开头就是从“美感经验”的分析出发的。在《近代美学与文艺批评》一文里，他说：“所以近代美学所侧重的问题是：在美感经验中我们的心理活动如何，至于‘事物如何才能算是美？’一个问题还在其次。”这里很明显，朱先生把他的美学首先是安放在主观的心理活动的研究上。

朱先生说：“美不仅在物，亦不仅在心，它在心与物的关系上面……”[①]又说：“……美不在心也不在物而在表现。”[②]这里朱先生好像很“客观”，既不赞成心，也不赞成物，而把问题归结到空洞的“关系”和“表现”上。但

① 《文艺心理学》，第154页。

② 同上书，第168页。

实际上，朱先生正是用这样巧妙的词句把物质的第一性取消了。把物质的第一性取消了，那当然也就只能够是唯心论。

是的，朱先生的全部著作也都是贯穿着唯心论的精神的。朱先生所说的物，究竟是真的物吗？显然不是。朱先生不是开口闭口说“形相直觉”吗？不是说“直觉属于我，形象属于物”吗？人们常常就会因此误会以为他所说的“直觉”是主观的，而“形相”是客观的，但实际上完全不是。朱先生说：“在美感经验中，我们须见到一个意象或形相，这种‘见’就是直觉或创造……”[①]原来朱先生所说的“形相”并不是客观地存在着的物，或是我们对于外在的物的反映，而是依感觉“见”而存在着的。没有这个“见”，自然也就没有什么外在世界，当然也就没有外在世界的形象（指物体的形态——笔者注）和我们对于外在世界的形象的反映了。

朱先生说：“创造是表现情趣于意象，可以说是情趣的意象化；欣赏是因意象而见情趣，可以说是意象的情趣化。”[②]上面我们已经指出来过，意象，在朱先生的著作中，完全是一个主观的存在。因此，朱先生的“情趣意象化”“意象情趣化”，换句话说，就是主观的情趣和主观的印象的往复交流。这样一来，当然就只有把艺术看成主观的心灵的游戏了。康德认为纯美的东西，心灵活动最自由；朱先生既然要以心灵回到心灵，那当然是最自由不过了。

在朱先生看来，不仅艺术文学是心灵活动，就是整个世界也无非是心灵的活动。上面不是已经指出来过么？他认为事物有许多属性都不是它们所固有，而是人的知觉的外射。这样一来，人们所面对的世界，就并不是什么物质世界，而是心灵所造出来的世界。所以朱先生劝我们，要实行“美感经验”，就必须摒除一切物质上的考虑，才能欣赏这个“华严世界”。以心灵“观照”心灵，这在朱先生看来，当然是美妙无比了。

克罗齐的哲学是认为“心灵就是全体真实界，此外没有另一真实界”[③]。朱先生的确也就是这样说的。

---

① 《文艺心理学》，第155页。

② 同上书，第155页。

③ 克罗齐：《哲学述评》，第22页。

朱先生虽然说过在“美感经验”的前后，可以有名理的活动；但从朱先生的许多著作看来，他的主要的意思并不是这样。他曾不止一次地说道，他的“直觉”是在知觉和概念之前的知的活动，是和小孩子初出世时的混沌的感觉相同，是对于直觉的对象不置可否的妙品。原来他强调“直觉”的目的，就是在于否认对于客观世界的认识。所以朱先生说“理解的发展可以妨碍文艺的理解”①。那也就是说，艺术文学和客观事物之真正的存在是毫无关系的。

综上所述，现在，可以看出我们和朱先生的基本分歧了。在朱先生看来，客观事物只是主观地存在着，“形相”完全是主观的东西；但在我们看来，客观存在是第一义的，艺术的美，主要的是在于它能够通过生活本身的现象的描写真实地表现出或者暗示出客观的社会生活的本质和规律或这些规律和本质的若干方面。在朱先生看来，艺术家、作家之所以这样或那样描绘，乃是他们自己的情趣的意象化；但在我们看来，艺术家、作家之这样或那样铸造形象，之所以有这样或那样的看法，是决定于那个历史时代的阶级斗争的总形势，决定于作者的社会存在，决定于作者的生活经历、教养和禀赋。在朱先生看来，艺术文学和客观现实是没有什么关系的，你对于现实的知识越丰富，那你就越难有“文艺的理解”，也就是他所说的“为学日益，为道日损”。所以他主张文学应该是离开客观的、作者的随意捏造；但在我们看来，为了要很好地反映出生活的现实，艺术家作家就必须认真地研究社会生活，认真地去体验它们，这样才能制作出好的作品。

艺术文学究竟不是哲学，它不能只有抽象的概念，它必须有具体的东西。朱先生既然要谈美，就不能不谈具体的形象。那么怎么办呢？好，朱先生正如哲学上的经验批判论者一样，跑去乞灵于感觉了。

现在，再来看朱先生所说的“形相”。他的“形相”，照他自己说是孤立绝缘的“形相”，那也就是说，这个“形相”是和其他任何事物没有关系的。不仅是这样，他的“形相”还并不是物的本身，或物的本身的某个侧面，而只是某一种物体刺激到我的感官上来的孤立的感觉。所以朱先生说，“物之呈现于心也只有形相”。至于物本身是什么，朱先生是不管的。由此可见朱先

① 《论诗的难与易》。

生的“形相”不仅是和世界其他事物无任何关系，而且是离开事物本身，从事物本身抽出来的“形相”，是赤裸裸的不具任何意义的“形相”。这样一来，朱先生的“形相直觉”又可以作这样的解释。那就是，一个以无是非、无判断的初生小孩的直觉去“观照”一个刺激到人们感官上来的感觉的意思。显然他这种说法是毫无科学根据的，这我在上面已经批判过。不过我在这里想要说的是，为什么朱先生要这样来立论呢?

如果把朱先生的理论所披着的神秘的外衣剥去，那么，我们就可以很明白：原来朱先生的意思，就是要反对艺术形象所包含的社会思想内容和意义，就是要艺术还原为感觉的记录。

朱先生的这种美学学说，显然是和19世纪后半期，欧洲资产阶级没落期的艺术文学思想相联系着的。其所以是没落的就是因为它把事物都看成一个个孤立的感觉，而不敢正面地从事物的联系中去看出它们的意义和规律，从而它也就只能是形式主义和感觉主义。19世纪后半期，自然主义的文学家，就是企图把自己的感觉忠实地记录下来，作为他的文学创作上的信条的；欧洲19世纪末，所谓后期印象派的画家以及20世纪初所谓后期浪漫主义的文学家就是常常企图抓住瞬间的、感觉印象，加上一些个人一时偶然的兴趣，来作为文学和艺术创作的信条的。就是达达主义、未来主义，也是根据这个信条，企图把个人的感觉用简单的短语记录下来，以成为他们的“诗”的。所以朱先生的美学观，是反动的艺术文学流派在理论上的反映，而同时又是为这些反动的艺术文学流派服务的。

心理学告诉我们，从11岁开始，在学校里的儿童们就已经从具体的直观思维很明显地向抽象的思维过渡。①也就是说，从那个时候起，儿童们的思维已经逐渐地企图从具体的事物中找寻出它的本质的东西了。至于作家们的直觉的形象，那显然已经不是单纯的对于事物外表的形象的直觉，而是对于这些事物已有了一定的知识，并且通常是在这些知识的基础上，根据他自己的生活经验去感觉它了。

人类有几千年的文化的积累，这些文化不仅教育了我们怎样去感觉，而

---

① 《儿童年龄特征》，第32页。

且也改造了感觉本身，成为人化了的感觉。就是在生活实践的过程中，我们现在也还常常在修正我们的感觉。因此，朱先生把感觉孤立和固定化起来的看法，是对于感觉的拜物教。

在我们看来，艺术家作家必须对于客观事物有丰富的知识，这些知识可以帮助我们反映客观，并对于客观、对于事物建立起正确的态度，指导我们的情感生活。所以理论的指导对于艺术文学的创作说来是十分重要的。当然没有理论的指导，我们还是可以感觉一些东西，但这种感觉可能是肤浅的，甚至可能是错误的；我们也还是可以对某些事物发生情感，但这种情感可能是庸俗的，甚至还可能是错误的。所以问题是怎样去感觉事物和对它发生怎样的情感。比方我们看见张三，我们是不是可以不管张三是什么人，而跑去和他“情感”一番呢？或者是从他身上抓住几个畸形的特征去“直觉”一番呢？当然是可以，但这种情感显然是带有盲目性的情感，这种感觉显然是带有盲目性的感觉。特别在今天，要依靠它来从事复杂的创造工作，那是很难做到真实地典型地反映出生活现实的。

当然，企图坐在公事房里，离开事物、离开对于事物的具体感觉，离开对于事物的热情的态度，去空谈艺术文学的创作，去幻想出什么形象和典型，这是不对的。当然企图用许多定义原则和规律等抽象的思维，去代替艺术文学之具体性、形象性和情绪色彩，这也是不对的。或者是把某些抽象的概念具体化成若干形象，使这些形象成为概念的代号，或者是先有若干的原则和规律，然后幻想出若干事例去企图证实它，这也是不对的。这种做法都是和艺术文学的特点完全违背的。正是这种错误的思想，曾助长了我们在创作上走上公式化概念化的倾向。但是我们要反对这种教条主义和庸俗社会学，并不意味着我们在创作上不要理论的指导、政策的指导。恰好相反，正是这些指导帮助了我们更深入和更全面地去感觉世界，树立起情感的态度和方向。毛主席告诉我们：“感觉到了的东西，我们不能立刻理解它，只有理解了的东西，才更深刻地感觉它。感觉只解决现象问题，理论才解决本质问题。”[①]这个话是完全对的。

从我以上所说，现在又可以看出我们和朱先生的基本分歧了。在朱先生

---

① 《毛泽东选集》第1卷，第286页。

看来，艺术文学的创造，只能是依靠感觉，而且只限于孤立的感觉。但在我们看来，就作家这方面说，艺术文学的创造，是建筑在作家的世界观和世界感上，这里包括他本人对于客观事物之具体的感觉、情感的态度、思想的倾向，关于生活的丰富的知识和写作的熟练的技巧。在朱先生看来，形象思维和逻辑思维是绝对对立的，形象思维应该排斥逻辑思维。但在我们看来，在艺术创作上，形象思维与逻辑思维是互相渗透而又交错地使用着的，逻辑思维协助了形象思维。

既然朱先生认为物不过是人的主观的感觉，物的属性不过是人的知觉的外射，“美感经验”不过是用心灵去观照自己的感觉，那么当然他也就不可能不走到唯我论去。列宁说过：“……马赫的把物当作感觉的复合的学说，乃是主观唯心主义，贝克莱主义的简单的反刍。如果物体像马赫所说的是‘感觉的复合’，或者像贝克莱所说的是‘感觉的结合’，那么，不可避免地会得出这个结论：整个世界不过是我的表象而已。从这个前提出发，除自己以外，就不能有其他人的存在：这是最纯粹的唯我主义。”①

列宁的判断是完全对的。朱先生既然把外在的物都看成主观的感觉，当然他也就只能是唯我主义者了。在论到移情说时，朱先生就曾很赞赏立普司“自我的伸张”的学说。在《文艺心理学》第129页中，朱先生曾说：“古代人说，‘为道德而艺术’，近代人说，‘为艺术而艺术’，英国小说家劳伦司说，‘为我自己而艺术’。真正的大艺术家大概都是赞同劳伦司的。”在《谈美》第32页里，他说：“各人的世界都由各人的自我伸张而成。”在《趣味》一文里，他说：“……人是自然的主宰，换句话说，他就是上帝。”我想这些话都足以表现朱先生的赤裸裸的唯我主义的艺术观。朱先生常常说到“超脱”“观照”，原来都正是从这个唯我主义的观点出发的。

为什么朱先生会觉得这世界如果当作行动的场合，就全是罪孽苦恼？因为他自己自命是一个不沾烟火气的高贵的人物，他觉得在现实世界里，他的唯我主义无法自由伸展，所以他感到不自由，所以他要离开世界以和这个世界隔着一定的距离为美，以从自己的意象中照见自己的容貌为美。为什么除了他或

① 列宁：《唯物主义与经验批判主义》，人民出版社1956年版，第26页。

和他常常来往的少数朋友以外，他要把所有的人都看成庸俗？因为他觉得广大的劳动人民一概是庸俗的，而他之所以不庸俗，就是因为他可以不劳动生产，可以不考虑物质生活，可以有闲情逸致，可以高居在众人之上。正是这一种意识和情绪，造成了他的超越一切的美学理想。

唯我主义既然在现实世界很难找到“知音”（既然他对一切同题的看法都是以个人自己为中心，当然也就很难找到“知音”了），所以他就不能不面向另外一个世界，在自我所造成的虚幻中去找寻安慰，所以他要超脱而且非常欣赏宗教和神。他说：“……如果把它（指移情——引者注）勾销，不但艺术无由产生，即宗教也无由出现。艺术和宗教都是把宇宙加以生气化和人情化，把人和物的距离以及人和神的距离都缩小。它们都带若干神秘主义的色彩。”①

唯我论者的朱先生还从这里更前进了一步。他认为艺术家作家必须和世间的一切生活隔离开来，超越到和神比肩的地位，然后回过头来观照这个世界，这才能观照永恒真理，获得最高幸福，了解到最美的境界。所以他赞美柏拉图所说的心灵精进到最后阶段的“理式”，赞美佛家的“涅槃”“真如”“大圆镜智”，赞美中世纪耶稣教徒的“灵见”。他认为只有借这观照，人才能得到所谓“神福的灵见”，见到上帝，回到上帝，永远安息在上帝里面。而艺术文学的最美的境界也就是这个“观照”。

这里我们很清楚地看到朱先生由感觉论到唯我论，由唯我论到超越主义，由超越主义到神秘主义，这是朱先生思想的逻辑系统，同时也是朱先生的思想发展的自然的结果。

究竟朱先生是不是超越了呢？关于这个问题以后我还要提到。我现在在这里只想指出朱先生和我们的基本分歧。在朱先生看来，艺术文学乃是个人“为我自己”的事业，是“自我的伸张”；而在我们看来，过去的一切进步文学都是和人民相通的，而今天的艺术文学乃是革命事业的一部分，党的事业的一部分。在朱先生看来，艺术家和作家，应该远离生活，超出人群之上，才能获得美的境界；而在我们看来，则艺术家和作家应深入到生活中去，在斗争和

① 《谈美》，第31页。

劳动创造中看出美的境界。在朱先生看来，艺术文学的最高境界就是神的境界，观照的境界；但在我们看来，艺术文学的最高境界，乃是人们为社会主义的理想而奋斗，为消灭剥削、消灭贫穷的美好生活而奋斗的那种战斗生活。在朱先生看来，文学乃是表现个人的情趣，记录自己的感觉的；但在我们看来，文学是要铸造出典型环境中的典型性格，通过典型来反映客观世界的本质或本质的若干方面的。这两种美学理想，究竟谁对呢？我想，对的是我们，而不是朱先生。朱先生的美学是诱惑人们逃避生活逃避斗争，企图使人们变成为无是非、无生气、无理想，终日沉湎在虚幻的幻想里面的人物。

因为朱先生的美学是建筑在感觉上面的，所以他的美学也不能不是形式主义的。

虽然朱先生也曾说过，美不在内容也不在形式，而在表现。论到联想的时候，他似乎对于形式主义的美学家反对联想的理论也表示过不满，但这些话并不妨碍朱先生的美学依然是形式主义的美学。这一点朱先生自己也承认。他说："意大利美学家克罗齐最后起，他可以说是唯心派或形式派美学的集大成者。……我们在这本书里大致就是采取他的看法……"①

因为他是形式主义者，所以在论到艺术文学的时候，他总是把形式摆在第一位。他说："在艺术家的心目中，这个世界只是许多颜色，许多线形和许多声音所纵横组合而成的形相。"②这里可以看出朱先生心目中的艺术家是没有什么理想的，没有公道正义的感觉的，对于世界绝大多数人们的生活是没有什么关怀和热爱的。原来他们脑子里只有色彩、线条和声音。艺术家怎样把他的作品组织起来呢？在朱先生看来，这也是形式问题，他说："材料是固有的，形式是新创的；材料是自然，形式才是艺术。"③原来在朱先生的心目中，艺术作品是没有思想问题的，没有通过形式来表现思想这个问题的。朱先生说："形式主义以为艺术的要素全在形式的配合，内容完全不关紧要。"难道朱先生的美学不正是把艺术的要素全放在形式的配合上吗？朱先生说："……内容并不能决定艺术的好坏。……如果你不是艺术家，纵有极好的内

① 《文艺心理学》，第161页。

② 同上书，第18页。

③ 同上书，第197页。

容，也不能创造好作品出来，反之，如果你是艺术家，极平凡的题材可以点铁成金。”[①]照朱先生看来，决定艺术好坏的，乃是形式而不是内容。而且朱先生所说的内容，实际上只是题材，至于从题材所体现出来的思想，那简直是在朱先生的美学的视野之外了。

当然我们所说的艺术文学的思想，乃是指作家在他的具体的形象里所表现出来的对于生活的看法：他喜爱什么厌恶什么，他怎样来提炼材料，看出事件的意义，看出事件的逻辑的关系。艺术家和作家在他创作的时候，绝不是如朱先生所说，是“无所为而为”。不，他之所以创作，总是在心头有着抑不住的意见要说，抑不住的情感要表现，而这些话的主要思想，这些情感的基本倾向，乃是作家选择和概括生活事件，铸造形象，安排故事，把作品组织成完整的统一体的主要线索和感情的基调。如果作家没有什么意见和看法，没有什么感触和体会，也没有什么情感要表现，那么他只能“无所为而为”地涂鸦一番，他能够写出什么好的东西来呢？即使他能够把修辞学背得烂熟，把构成美的形式的几个法则，如对称、对比、多样的统一性、统一的多样性、主从原理，通相分化原理以及有关色彩的配合和调和等练习得非常之纯熟，他又能够写出什么东西来呢？画出什么东西来呢？这些法则，只能使人成为一个很好的工匠（当然这也还是一种艺术），但绝不能使人成为一个艺术家和作家。

从我以上所说的话，现在又可以看出朱先生和我们的基本分歧了。在朱先生看来，艺术作品的好坏，不决定于内容，而我们则认为艺术的形式是很重要的，但艺术作品的好坏首先决定于内容；在朱先生看来，创作的问题，实质上就是形式的问题，而我们则认为创作的问题乃是内容，和内容与形式统一的问题。内容是主导的，在一定的具体历史情况之下，内容规定着适合于它自己的形式。在创作过程中，内容和形式是矛盾着的，但最后总是在内容的精神指导下获得完美的统一，或取得一定程度的统一。不过内容虽然制约着形式，但在艺术文学领域里，同一类的内容可以有多种多样的形式。而通过这多种多样的形式，也就表现出不同的体裁、不同的情调、不同的色彩、不同的风格（当然风格的构成是很复杂的，表现的形式只是构成风格的一种因素）。毛主席告

① 《文艺心理学》，第90页。

诉我们："我们的要求则是政治和艺术的统一，内容和形式的统一，革命政治内容和尽可能完美的艺术形式的统一。"[①]以上就是我们对于艺术文学中内容和形式问题的基本看法。当然内容与形式的问题是一个复杂的问题，我们在这里没有可能来加以详细的论述，现在我只想指出一点：朱先生把内容和形式的关系倒置过来，这样就使艺术家被降低到工匠的地位，从而也就贬低了艺术文学的价值。

最后，我们想研究一下朱先生对艺术文学之社会作用的看法。朱先生说："艺术是一种精神的活动，要拿人的力量来弥补自然的缺陷，要替人生遣出一个避风息凉的处所。"[②]又说："诗人在做诗时，自己固然仿佛在梦境里过活，还要设法'催眠'读者，使读者也走到梦境里，欣赏他所创造的世界。"[③]朱先生的这种见解和他的"距离说"、超越主义、要与天为俦的理想是完全一致的。因为他的艺术的最高境界是"灵见"，那么当然他也希望读者们都能分享他的最高境界，并把他们带到另外一个世界去。但在朱先生看来，读者们也许一时没有这样好的天资，所以朱先生要用艺术文学来造成一个"避风息凉的处所"，把读者们先带到那里去歇一歇脚，等到他们修养较高时，再把他们带到最高的境界去。同时，朱先生为了强调最高境界的快乐，在另外一方面则又把社会的苦难，加以永恒化，好像人世间永远是痛苦的。这样，他就把当时帝国主义的侵略和封建主义的残酷的剥削所造成的广大人民的灾难，看成是人生的痛苦，或是从有生而俱来的痛苦，从而就把帝国主义、反动军阀和反动的国民党的统治的罪恶轻轻地掩盖过去，从根本上削弱了中国人民的反帝国主义反封建主义的蓬勃的革命斗争。照朱先生的看法，中国的知识青年，当时所应该从事的工作，不是去参加火热的革命斗争（这在朱先生看来是俗不可耐的事情），而是要用艺术文学去造成避风息凉的处所，或是从艺术文学中得到"忘我"的境界——那才是高超的美妙的事业。也许朱先生担心他这样微妙的学说，不能网罗住那些有志的知识分子，所以他要诗人写出一些能催眠读者的诗来。

---

① 《毛泽东选集》第3卷，第891页。

② 《文艺心理学》，第25页。

③ 同上书，第91页。

事情很明白：朱先生对于艺术文学的社会效果的看法，也是和我们完全处于对立的地位的。我们认为文学对于读者应该起认识的教育作用，但朱先生认为文学应该给人以一种超凡的境界；我们认为文学应该起鼓舞作用，朱先生认为文学应该起催眠作用；我们认为文学应该使人对于生活热爱，而朱先生认为文学应该使人对于生活冷淡，我们认为文学应该唤醒人们的革命意识，朱先生认为文学应该使人迷迷糊糊如在梦境；我们认为文学是要铸造出新英雄的光辉灿烂的形象来激动读者的心灵，从而使他们获得美感教育，养成他们的革命的品质，但朱先生认为文学所应做的是表现个人的情趣，它应使读者们都学会用袖手旁观的态度来“观照”。朱先生的这种美学思想，不仅直接地影响青年，而且还有更大的害处：如果有些作家在他的美学思想的影响下去从事创作，那么他的作品的危害性就更难估计了。

四

现在我想再进一步来分析一下，朱先生的思想之社会历史的根源和在中国革命的几个重要阶段中，他的美学思想实际上所起的作用。

在欧洲20世纪初期，曾流行着好些反映着资产阶级没落期的哲学流派。如经验批判主义、新康德主义、新黑格尔主义，以至于柏格森的反对理性、强调直觉的学说。柏格森认为世界万物流转不息，因此要认识世界，就只有靠瞬间的直觉。他主张心灵的绝对自由的创造，反对任何客观的规律。克罗齐的美学，也和柏格森的哲学一样，强调直觉，认为直觉是可以离开智力而独立的概念。在我们看来，柏格森的哲学和克罗齐的美学，都正是20世纪资本主义进到帝国主义阶段时的极端反动的哲学和美学。

朱先生是以继承克罗齐的衣钵自命的。所以他的主要论点都是直接从克罗齐那里贩取得来。不过朱先生并不满于传播一家的学说，甚至还想“青出于蓝”，所以他又在反动的唯心主义的思想武库里，采取了许多其他各家的学说，如尼采的超人的学说，如立普司的移情说，如布洛的距离说，如弗洛伊德的下意识说，以至于经验批判论的实证美学的学说。这样就形成了朱先生“学说”的大杂拌。

但是，如果说朱先生的“学说”，全是从外国抄来的，那也不完全是事实。在我看来，它和中国的唯心主义的美学理论，也还是有不可分割的渊源。比方，宋代严沧浪就曾企图以禅论诗，认为诗道唯在妙悟，认为诗是吟咏性情，认为诗的妙处在于“透彻玲珑不可凑泊，如空中之音，相中之色，水中之月，镜中之象，言有尽而意无穷”。明朝的袁中郎，在他的尺牍和随笔中，也常常有以禅论诗的说法。比方他说，“能空此情欲，则身在世中，即在世外”①。清朝的王士祯曾说过：“舍筏登岸，禅家以为悟境，诗家以为化境，诗禅一致，等无差别。大复与空同书引此，正自言其所得耳！”②而在他的神韵说里面，更有不少这样的主张：要语中无语，要偶然欲书，要得意忘言，要有待于顿悟和领会。而且他还认为，逞才则为才蔽，说理则成理障，要如初写黄庭恰到好处。这些论调不正是和朱先生的“观照”“情趣”“灵感”和“禅机”的学说有其相同之处吗？这些唯心论的文学理论，在当时的历史情况之下，其所起的作用如何，我们今后还要作进一步的研究。比方袁中郎反对因袭，主张发扬个性，这在当时，未尝不起了一定限度的进步作用。但朱先生的美学，却不能说它具有这种意义了。

朱先生不仅和古代的唯心论的文学理论有渊源，而且对于八股文也是很有趣味的，对于桐城派的文章也表示同情的。就是在新文化运动起来的时候，他也还跟着遗老遗少们咒骂过白话文的。倒是香港大学的殖民地的教育把他从反动封建文化的阵营中拖出来，拉到资产阶级营垒中去（参考朱先生写的《从我怎样学国文说起》一文）。以上就是朱先生的思想的历史渊源。

由于中国的资本主义在帝国主义和封建势力双重压迫之下，不可能有发展的前途，中国资产阶级也总是处于极为脆弱的地位。因此代表中国资产阶级的那些学说，总是不能成为独立的完整的体系，而只是满足于把欧美资产阶级的反动学说抄袭和拼凑起来，或再加上一些中国封建时代的士大夫的“玄学”和“情趣”，带着一种半封建半殖民地的色彩。我们认为朱先生的美学理论正是这一种代表，它乃是欧洲的反动的资产阶级的学说和中国士大夫的玄学以及

① 《喜禅问答》，《袁中郎全集》。

② 《香祖笔记》之八。

印度的佛教思想的混血儿。

现在我们再来看看朱先生的美学思想是在什么历史情况之下提出来的。

我们大家都知道，在五四新文化运动以后不久，中国资产阶级的思想代言人，也曾想用种种办法来和工人阶级所领导的进步思想争取群众。比方，胡适就介绍实用主义，张东荪介绍柏格森哲学，梁漱溟先生提倡“东方文化”，而在美学方面，则有朱先生所倡导的“无言之美”。朱先生虽然没有提出什么政治主张来反对当时蓬勃的革命浪潮，可是在客观上，他的确正是用隐蔽的形式来拒绝革命。

1924年，那正是革命运动开始高涨的时期，朱先生发表了他的“无言之美”，引证了梅灵德的“青鸟”和王尔德的“少奶奶的扇子”，并且引了梅灵德的话“开口则灵魂之门闭，闭口则灵魂之门开”，这篇文章的客观的意义，正是要引导人们去欣赏沉默的气氛，离开革命斗争。朱先生为了散布他的神秘的思想，甚至还想取消整个艺术，认为任何艺术家也是作践天籁糟蹋自然！“无言之美”何限？让我这拙手来写照“已是糟粕枯骸”。照他这种说法，任何艺术创作都是徒劳的事情了。

1928年，当时在上海已正式提出了工人阶级革命文学的口号，也就在这一个时期，朱先生发表了《给青年十二封信》。他警告青年们：“让我们相信世界达真理之路只有自由思想，让我们时时记住十字街头浮浅虚伪的传说和时尚，都是真理路上的障碍……”[①]同时，他又劝告青年们要“尽性”。他说：“如果把‘尽性’两字懂得透彻，我以为生活的目的在此，生活方法也就在此。”又说：“我劝你多打网球，多弹钢琴，多栽花，多搬砖弄瓦。”[②]同时，他劝青年们要能养性，学朱夫子那样在“半亩方塘”中，有“天光云影”和“源头活水”。他说：“一般人不感受趣味，大半因为心地太忙，不空所以不灵。我所谓‘静’便是指心界的空灵……你的心界愈空灵，你也愈不觉得物界喧嘈……”[③]总之，他对青年们所提出来的希望，就是修身养性，弹琴栽花，少去过问十字街头的事情。此外，他还劝人们对事物不要较真，而要站在

---

① 《谈十字街头》，《给青年十二封信》。

② 《谈动》，《给青年十二封信》。

③ 《谈静》，《给青年十二封信》。

旁边去“观照”。他说：“许多人把人生看作只有善恶分别的，所以他们的态度不是留恋，就是厌恶。我站在后台时，把人和物也一律看待，我看西施、嫫母、秦桧、岳飞也和我看八哥、鹦鹉、甘草、黄连一样，我看匠人盖屋，也和我看鸟鹊营巢，蚂蚁打洞一样，我看战争也和我看斗鸡一样，我看恋爱也和我看雄蜻蜓追雌蜻蜓一样。”[①]你瞧，当阶级斗争如此剧烈，国民党军阀们的混战又是如此残酷，而朱先生竟能从他的“观照”的美学思想出发，想象出那么“美妙”的境界，散布这一些荒唐的玩世不恭的态度，来诱惑青年，这岂不是任何稍有血性的人都难以索解的吗？

1931年到1932年，正是日本帝国主义加紧侵略中国的时候。就在这时候，朱先生出版了一本书《谈美》。在这本书一开头，朱先生也谈到“日本出兵东三省”“轰炸淞沪”。可是奇怪的是，如此严重的国难，并没有激起朱先生一点点的爱国主义的热情。他反而要用心肝来“谈风月”，并肯定地说当时青年“所需要的，不是八宝饭而是一帖清凉散”。

当时他对于国事的判断是怎样的呢？他说：“我坚信中国社会闹得如此之糟，不完全是制度问题，是大半由于人心太坏……”“人心之坏，由于‘未能免俗’，什么叫做‘俗’？这无非是像蛆钻粪似的求温饱，不能以‘无所为而为’的精神作高尚纯洁的企求；总而言之，‘俗’无非是缺乏美感的修养。”[②]照朱先生的意思，岂不是只要大家都有美感修养能够免俗脱俗了，人心就会不坏了，人心不坏了，于是乎国家就有办法了？这是多么奇怪的“美感”救国论啊！难道这也是“无所为而为”吗？朱先生对当时的救国运动也是极尽其嘲笑之能事，他说：“由此例推，在几千年或是几万年以后看，现在纷纷扰扰的‘帝国主义’‘反帝国主义’‘主席’‘代表’‘电影明星’之类对于人有什么意义？”[③]朱先生的距离真是推得远，当全国人民正在和日本帝国主义侵略坚决奋斗以争取生存的时候，朱先生却劝人从几千年几万年以后去看它，从而企图取消它的意义。

他对于革命文学更是采取讽刺的态度的。他说：“……从韩昌黎的‘文

① 《谈人生与我》，《给青年十二封信》。

② 《开场白》，《谈美》。

③ 《我们对于一棵古松的四种态度》，《谈美》。

以载道'说起，一直到现代'革命文学'以文学为宣传的工具止，都是把艺术硬拉回到实用世界里去。"[①]朱先生从"为艺术而艺术"的观点来拒绝革命文学，而且还自命清高；但是他的"反功利主义"的文学观，不正是帮助了敌人而为敌人利用了吗？

1936年，即抗日战争前夜，朱先生发表了他的《文艺心理学》，那种孤芳自赏的神气，那种不以国家民族的命运为意的神气，我们真不能不佩服朱先生的"超脱"的修养。1937年，在为《文学杂志》创刊号所写的《我对于本刊的希望》一文里，朱先生更是用很不超脱的态度，嘲笑为大众、为阶级、为革命的文学。

在抗日战争的最后几年，即抗日战争艰苦的年月里，朱先生写了后来收到《谈文学》和《谈修养》两本书里的一些短篇论文。在这些文章里，朱先生对于艺术的理论并无多大的修正，但政治态度，却更明朗化起来。是的，我们也不否认当时的抗战文艺是有缺点的，左翼文艺也是有缺点的，不过无论如何，我们不能否认它在整个抗日战争中的贡献。可是朱先生对于左翼文艺的痛恨，好像比痛恨日本军阀还要厉害些。他硬说："这些文学都是口号教条文学，这些人都是一味作应声虫，假文艺的美名做呐喊的差役的。"[②]

在国民党主办的《中央周刊》发表的文章（即后来收入《谈修养》一书的文章——引者注）里，朱先生常常"忘我"地表现了他自己的真正态度。他一方面侮辱中国人民，他说："常穷究目前中国社会腐败的根源，以为一切都由于懒……"[③]而另一方面则又为国民党统治作宽恕语，而且还要"多谢贤明的领袖"[④]。对帝国主义国家里的资本家则更推崇备至。他说："资本家的英雄则为煤油大王、钢铁大王。行行出状元，就是行行有英雄。"[⑤]朱先生劝人们崇拜煤油大王！在《谈修养》这部书里，朱先生还说了不少为反动统治者捧场的话。我真不知道朱先生说这些话，是有所为而为的呢，还是无所为而为的呢？是为了功利呢，还是超脱功利呢？

---

① 《当局者迷旁观者清》，《谈美》。

② 《文学上的低级趣味》，《谈文学》。

③ 《朝抵抗力最大的路径走》，《谈修养》。

④ 《谈青年的心理变态》及《一番语重心长的话》，同上书。

⑤ 《谈英雄崇拜》，同上书。

抗战结束以后，全国都泛起了很激烈的争取民主的斗争。在这些年月里，朱先生又写了一系列的文章。在这些文章里，他的美学理论，他对于艺术的见解，表现出了更彻底的唯心论。在一篇《论生命》的文章里，他说“心中自有天国”，“一切灾祸起于我执”。原来照朱先生看来，一切灾难都与美帝国主义国民党无关，而是祸由自取！朱先生写的关于这类的文章很多，我实在也不想去一一列举了。朱先生说了些什么，朱先生自己应该比我更清楚。

以上，我只就历史的几个重要时期来考察一下朱先生的美学观之现实的意义。必须声明：我在这里这样来叙述，目的并不是要来向朱先生算历史的旧账，企图报复。不，不是这个意思，我们只是想把当时的实际情况说个清楚，把朱先生的学说和当时的客观现实结合起来看，以证明他的美学思想的谬妄，以证明他的美学观的实际的反动的意义，以证明他自以为高超，实际并不高超，自以为摆脱，实际并不摆脱的真实情况，从而引起朱先生的必要的回忆和思考。

当然，我们也承认，朱先生在过去旧中国的知识分子群中，还算是比较用功的一个，他所涉猎的知识范围也相当广泛，在某些个别问题上，也还有一些见解。但这一切并不妨碍我们作出这样的判断：朱先生的整个美学思想体系，是和中国劳动人民的利益格格不入的剥削者的美学思想体系。

我们也承认解放几年以来，朱先生有了若干的进步。比方，他在1950年就翻译出了一本哈拉普著的《艺术的社会根源》。这应该说是朱先生的思想转变的标志。但是，目前客观的形势发展得这样快，朱先生的进步是不是足以赶上这个时代呢？朱先生是不是心里还存在着这样的思想：过去的东西还是值得留恋，只要稍稍修葺一下门面，增添一些新的装潢就行了呢？必须奉劝朱先生，过去的那个体系是没有办法保留下去的了。不破不立，不塞不流，我们恳切地希望朱先生能在这几年来的进步的基础上进一步起来彻底地清理一下自己过去的思想，用新的立场、观点来批判、改造过去学来的许多东西，并建立新的体系，朱先生在美学方面的知识是丰富的，我相信只要他肯放弃“我执”，他对新中国的人民是能够作出贡献的。

原载1956年7、8月《文艺报》第14、15期，
副标题为“评朱光潜美学思想”

看佛篇*

一、关于苏联美学研究的状况

1940年以前认为美学研究美、美感、审美力、审美趣味和事物、自然现象、艺术品的审美性质，继承了车尔尼雪夫斯基和西欧古典美学的传统。1940年以后，铎尼克《马克思主义的美学观》认为美学是研究艺术意识、艺术创造、艺术欣赏的学说，苏联百科全书也是这个观点。1948年苏联科学院讨论美学大纲，不同意把美学规定为研究艺术，认为美学研究的对象是广泛的，应该把现实的美也包括进去。1951、1952年《苏维埃艺术报》美学对象的讨论认为研究对象是艺术，广义的则认为应该研究人对现实审美关系的一切方面。

二、我国美学争论的几种看法

1. 对我的批评

（1）蔡仪认为我是唯心主义的。

（2）有人认为我有唯物论，也有唯心论，如朱光潜。朱认为我还未形成一种学派。

（3）有人认为我有成绩，也有缺点。

我认为，朱光潜的美学是建立在美感上，我的批评（指《论食利者的美

* 1957年5月27日的讲演。本文与《望佛篇》为黄药眠1957年在北师大美学讲座上的两篇美学讲话。

学》）就针对着这来批评。文章一方面说明美感决定于生活，决定于作者的思想倾向，而这又都是为整个历史情势所决定的，美感并不是如朱所说的那样。另一方面，美感又是通过个人的。科学是作为一般的结论，美感则有个性，而个性的形成是为这人的生活教养等所决定的，是遵循着心理学的客观法则的。一个人的审美态度被阶级所决定，又是为个人的道路所决定。在社会科学来说，人的意识是为其社会存在所决定就够了。而文学则是通过个性来表现，于是要研究社会存在如何具体地决定一个人的性格。这就是决定论。这就需要心理科学研究。那时，我认为美感是主观的，同时又带有客观性。因为同一社会有共同的思想。如资产阶级想延长利息，这是通过资产阶级某人说出的，这是主观的，但又得到其他资产者的同情，这不是有客观性吗？

有人批评我，说我所谓的美感是审美能力，不是美感。美感是对事物的审美态度。有人在批评时把梅花的客观因素去掉，把我后面的那一段话去掉，认为是唯心论，这是不能令人信服的。

我的这篇文章有缺点，未把美、美感、审美能力、美的理想、审美标准等下个定义。该文是从创作的角度来谈美学，没有整个地回答美感。

不过，我认为客观世界要通过人的精神世界去把握，而这精神世界又为客观所决定。这点，我现在也未改变，不同意蔡仪的总批评。

2. 关于蔡仪

听过蔡的报告的，都说论点和《新美学》同。

其实，这美学也不新。车尔尼雪夫斯基曾批评过类似的意见（见《当代美学概念批判》）。蔡的美学其实是前车氏的美学（即，比车氏还陈旧——整理者注）。

蔡的种类，就是唯心论的所谓概念。他的美学同唯心主义美学有关系。19世纪唯心论认为，美是观念在具体可感现象的显现（如黑格尔认为，美是理念的感性显现——整理者注）。这与蔡仪的观点基本一致。

其次，蔡仪的典型论也不能令人心服。他认为花的美就是花的自然属性。不是从社会、个人对花的实践关系去谈美，这种脱离社会生活实践去谈美，是机械的唯物论。

在人的生活实践中，人与花发生了关系，有情感，于是人对花的关系，也就是人与人的关系的反映。当然花也有物质的某些属性。

我也不同意花之所以美就因其自然属性。

美之成为我们的审美对象，就因为人的社会生活与人的文化教养。

再，蔡举的例子也不能令人信服。说鳄鱼表现了所属的种属属性优性，而没有表现生物的属性，这不对。

蔡的典型论的结果：（1）每个种类只有一个典型，一个阶级只有一个典型。（2）也可推说每个人都是典型，因为每个人都是一般性与个性的结合。这样的典型性因其脱离了具体的生活，可以这样解释，也可以那样解释。（3）蔡仪脱离了人的社会实践，不是从阶级斗争的实践去把握。马克思曾批评过。蔡把艺术只看为对现实的描写，至于作者对现实的态度没谈。这种理论是造成自然主义创作的一种因素。我认为，说艺术是如实地描写，这简直是胡闹，这何贵乎艺术！

马克思主义一方面要把握现实，同时要改造现实，要从改造的态度去把握世界。因此社会主义现实主义，就包含革命的浪漫主义。

其他还有一些不同意的，从略。

3. 关于朱光潜

朱先生有进步。（1）他认为美要认识客观世界，承认客观的存在，美对于社会要有贡献就要有主观能动性，艺术是社会意识形态。（这几年他学会了俄文与德文，以前懂英文、法文。）（2）他想去掉唯心主义的帽子，这值得同情。我们批评他，要具体地分析，不必扣大帽子。

对他的意见：

（1）把美学局限在艺术学的范围，我认为这不妥。因为在艺术之外还有审美现象。按他那样，美学就成为了艺术学。当然，他有苦衷，艺术是社会意识形态，而一般生活现象，有的不是社会意识形态。例如有的国王割版图给别国以省却麻烦，朱同此。而且，艺术创作与日常的审美活动是常联系的，创作的怀胎源于创作之前有所感。创作不能同日常的审美判断隔开，否则，就不能理解创作。

同时，他把艺术欣赏划归了艺术创作，把物甲变成了物乙，认为欣赏就是创作。他说艺术是社会意识形态，我认为艺术基本上是社会意识形态，但还包括有个人的感觉、情感等，不然，作品为什么有个性呢？朱这样过于简单，社会意识形态包括不了社会存在，后者比它更丰富。

（2）物甲→物乙。

朱的这种说法不妥。

应该这样理解：作者描写甲，结果比甲更多些，也少一些（因为他不可能什么都写进去），带有作者的感情和希望，描写必带有主观色彩。

我认为应改成：物甲（一）→物甲（二）。

他为什么这么说呢？他认为原来的事物已无所谓美，要经过作者的评价才有。

（3）朱认为美的社会性就是主观性，也不能令人同意。社会意识形态有主观性，但也有客观性。美的社会性也有客观性。通过个人的头脑是主观的，但也是客观决定的。如有的看法某一阶层都这样想，就有客观性。

4. 关于李泽厚

我也有些不同意的地方。

（1）他认为美感包含有功利主义的使用目的，这对，但不能把所有的美感包括进去。原始时的人的美感是与实用直接联系或间接联系的，而现在则不，有时直接有时间接，甚至没有联系。

如看到鱼游，并不想到吃，而有生机活泼的美感，这因为我们生活饱暖，我们在生活中也有轻松愉快的感觉。

李没有估计到人类发展到今天，人已有各种各样的生活面，而各种不同的生活面，可以欣赏不同的生活现象。

（2）他忽视了艺术，似乎整个美就是社会存在，就是生活。

美存在于生活中，但不仅仅是，更主要是存在于艺术中，艺术是美的中心，是美的最高表现。

他也没谈到人如何创造艺术，也没有谈到人在艺术创造中的主观作用。

他的论点，基本上还是同意车尔尼雪夫斯基的说法，美就是生活，艺术是生活的模仿，而且低于生活。

（3）他把社会存在就看为客观，而不是看做是通过人的意识去表现出来的，他没有看到审美感的个人因素。

（4）他认为美感决定于美，这不妥。

这是把哲学上的认识论拿来生搬硬套，认为美感是美直接产生的。须知，美有时并不能产生相应的美感。

美感是客观事物所引起的，并不是美直接所引起的，这需要许多条件，如审美能力与修养。

他没有注意到审美现象的本身特点。

例如写月亮的寂寞，这反映了诗人的寂寞，从而反映了诗人的生活，从而反映了诗人所属阶层的生活。

此外，许杰的文章也有些见解。

资产阶级艺术理论特别强调个性，这样就没有规律可循，但是我们不能光讲社会性与阶级性，文学的社会性、阶级性是通过个性表现出来的，这二者是矛盾的统一。

高尔泰把文学归为美与爱，这是唯心论。

总之，各人批评别人时都有正确之处，但自己提出的看法又不能令人满意。每人对于美学的研究都是有贡献的。

从去年3月我批评朱先生开始，到现在才一年余，对美学的讨论就有了相当可观的成绩，对于许多观念现在明确多了。

载1957年北京师范大学中文系速记油印稿

美是审美评价：不能不说的话*

俗话说，看佛容易筑佛难。我讲的东西也许有很多漏洞，但时间不留情，催我非讲不可。我就自己所想到的讲讲，其中可能有有价值的部分，也可能有不对的或互相矛盾的。

美学是什么?

我认为美学是一种科学，研究审美现象的基本规律，特别是美的最高表现——艺术——的基本规律的科学。为什么这样说呢？因为审美现象它是很广泛的，艺术建立于人的审美判断上面，艺术不过是审美现象里面的一部分。如果说光是研究艺术，那么，艺术又是从何而来呢？如果我要描写新英雄人物，就是因为他很美，给了他很高评价；若不给他很高评价，就很难创造一篇歌颂新英雄人物的艺术作品。不研究审美现象，光是看到艺术现象，就会使我们对艺术的研究离开生活，好像艺术很特殊，与生活本身没有关系。广泛研究审美现象的基础规律，这是美学的任务。但是审美现象很广泛，如糖果盒装潢很美，也是审美现象，那么美学是否是研究这些东西呢？不是的，而是有重点地去研究艺术。为什么呢？因为艺术是人自己创造出来的一种东西，来满足我们自己的审美要求，而且是有意识地创造出来的东西，它的现象更为复杂，所以美学特别地研究美的最高表现——艺术——的基本规律。将美学看成研究一般的审美现象，将艺术的位置摆在不很重要的位置，那是不对的，应将艺术看作

---

* 本文系黄药眠先生于1957年6月3日在北京师范大学的一次美学讲座上的讲稿。由于后来突发的反右派斗争而未能刊发。后据记录稿整理发表于《文艺理论研究》1999年第3期。

美学研究的最高标准。假如将美学只看作研究艺术，则艺术从何而来，这点还不能解释。所以经过多方权衡和比较，我们一般地研究美的规律，特别是艺术美的规律。我们必须从生活中来研究审美现象，艺术的美是从生活中的审美现象来，否则艺术无从产生。美是集中地高度地表现在艺术中，故美学不能不集中更多力量在艺术的基本规律的研究上面。

美与美感

美是人类社会生活现象。首先肯定客观现实是存在的，但不是说，客观现实存在了，美也就存在了。从认识论来说，从哲学来说，客观现实是先于人发生的，但不能因哲学有此命题而认为美也先于人而存在。若说美的存在，是先于人的存在，那就是将哲学上的认识论的命题（物先于人存在）硬套在美学上，是不适当的。这样会抹杀美是作为社会生活现象而存在的这样命题。所以说，美是社会生活现象，意思是说美是在社会生活里面才有的。假如说美不是以人的存在而存在，那么在人没有出生前，究竟什么叫美？我们很难想象人类祖先几千年以前，美的客观性是什么。地球早就存在了，它的美在哪里呢？恐龙在人出世前就有了，那恐龙的美在哪里呢？我们很难想象，离开人去谈物的属性，将美归结为类的典型。那是错误的。马克思的《费尔巴哈论纲》说到许多旧的哲学家将许多事物归结为类，这种寻找的办法，是盲哑的自然性，所以他反对这种旧唯物论。其次将美离开人去谈，会将美的法则抽象化，如黄金比例、和谐对称、色彩调和等等，这会使美成为形式主义的美。画一幅图画，说其色彩线条都很好，就是美，这就会失去社会内容而成为形式主义的美。看来好像是唯物证实，实际上却是形式主义。离开人的生活去谈线条色彩是不对的，因为线条在人的社会生活实践中才有意义，故美不是存在于事物本身中，而是人对于客观事物的美的评价。一个人若是感到某一事物的存在，这是生理的事实，我们看到花，并不一定构成美的现象，我们看到山水田野，常感到有山水田野，并不构成审美的现象。这样看，美作为美感，不仅是感到它存在就美。光是存在，我们并不发生美的感觉。列宁在《唯物论与经验批判论》中，说到我们对于某种事物的感觉是人对于客观事物的主观的反映。假如这样说，我们也可以说美是人对于客观事物的审美的评价。

怎么样才能构成审美现象呢？我不同意朱光潜先生说是感觉加上意识形态的反映就构成审美现象，这样讲，未免过于性急。我认为审美现象首先应从生活与实践中去找寻根源。这就长了，要从原始社会讲起。因为我们要生活，要创造工具，从事劳动，满足物质需要，由狩猎到耕稼时期……在劳动时，人作用于对象，同时对象也作用于主体。例如，以刀去打猎，那么刀与动物也作用于我们。打狐狸，它跑得快，使我们动作不得不加快。人们为更好地工作，不得不把握客观事物的规律，例如，打猎就不能不研究那些野兽是属于何种性质，我们要认识事物，要去感知它，描绘它。同时，对象对于我们发生各种不同的效果，愉快的、不愉快的效果。因此，人们同时对于对象又发生情感的反映，例如，不容易猎虎，又恐被吃掉，就产生恐惧的感觉。因此，人最初就对对象作了审美的评价。人作用于对象，而对象又作用于人，经过一定程度的反复，这个对象就在我们眼中留下表象，而被确定下来，作为再认识对象的条件。这个表象既是对象的属性，所以，此表象必与此对象相对应。由于有了此表象，更容易将此事物认作对象。由于人不断的劳动创造，接触了不少的对象，接触面越来越广，越来越深，人对周围事物感觉力也增多了，这样就产生了人的主观力量。这个主观力量，可以说是为对象所创造与提高的；它又是对象的对立物，没有对象，也就没有主观力量。从前学过三角、几何，是有这方面的主观力量的，可几十年没有再用，我的主观力量也就消失了。对象产生了人的主观力量的同时，对象又造成了人们对它的需要。例如，吃辣椒，就培养了吃辣椒的能力；有了此能力，也就需要辣椒了，不吃辣椒也就没有了品味辣椒的能力。

这里需要说明的是，人的主观力量为什么会不断丰富。也可以说，随着劳动的发达，随着人们对于对象的意义的把握，人的主观力量不断发展，人的情感与审美评价也日益变化。例如，过去看见狐狸要取而食之，知识发达了，我们对对象的情感反映也不同了，而猎取了狐狸来做皮衣。过去对海洋感到很神秘，后来知道可以渡过海洋去到别处，就没有什么神秘。人们过去看到袋鼠很惊奇，后来知道它可以吃，看见了产生喜悦的感情。原始社会，人对于好、善、美很难区别。人们在劳动过程中碰到胜利，也遇到失败，当人们由于辛苦劳动得到丰收后，感到快乐，这样就会感到这些谷物是美的。人们之间的战争，是有胜有败的，人们总觉得胜利是美的。由于物质上的满足，跟着来的是精神上的满足。人们经历着愉快和情感上的鼓舞，往往是在事情过后，如丰收过后，战争过后，经常习惯了，就希望丰收和胜利日子再来一次，于是产生了绘画与舞蹈，舞蹈也常常是将丰收的动作再重现一遍。

美与美感确实是最难于答复的。物的存在离开我们仍然存在，但美却不能离开人的感觉而存在。假如离开人的感觉而存在，就归到蔡仪先生所说的是事物本身有美的属性。我这样说，也许有人会说我成为唯心论的俘虏。可如果说美可以离开人的感觉而存在，等于说美可以离开人而存在，但美是社会生活现象，故离开人就谈不到美。列宁说感觉是人对外在世界的主观反映，为什么就不能说美是人对客观世界的主观的把握呢？我认为只抓住哲学上的教条，对美学上的问题是不能解决的。我们承认美是客观事物的在人脑中的主观的反映，并不是说美没有客观性。例如，丰收所得的谷物与狩猎所得到的野兽，原始人都感到快乐，因为满足他们的物质的需要，所以感到是美的。为什么会感到是美的呢？显然这种思想和感觉是客观存在的。因为这里满足了大家的需要，不由不感到这个事物的美。显然美是有客观性的，不以某个人的意志为转移。我们可以假设，任何原始人类放在狩猎到许多野兽的环境下，都会感到这些事物是美的。这样看来，可以说美是有客观性的，但它是通过人的意识表现出来的。

美的原始形态与功利直接相关，和好、善很难分开。美存在于能满足我们物质生活与精神需要的对象之中，同时也存在于人们为追求人类幸福生活而斗争的生活中。人在生活中经历着苦难和挫折，经历着欢欣与快乐，而这些苦难、挫折、欢欣、快乐与人类的共同事业是有关的；这种生活是被人当作美的事业、美的传说而传诵而称赞的。例如，人开辟原野为良田，这种奋斗的故事与人的发展是一致的。人总是向往着更好的生活，故人的奋斗史，以整个历史看来，它是有客观性的。

形式美

人在劳动中，随着人的本质的丰富性日益发达，也发现了美的形式。什么是美的形式呢？例如说，人吸空气时紧张，呼出空气时松散，由于劳动的力动，发现了节奏，从人的身体结构和手脚的对称对工作的方便，发现了比例、对称、均衡，从许多复杂的事物里发现了多样的统一性与统一的多样性。如树叶均是向上的、绿的，这是统一性，但每种树有各种样子，这是多样性。这些都是从生活中经验到的东西。我们就极力地摹绘这些东西，经过不断的制作，形式就固定下来，成为人判断美的形式的标准。对于形式不是一定要这样的比例对称才美，而物本身就有美。例如，画一个人的脚，长短不同就不美，发现要有一定的比例，就发现了形式的美。这是由于人们在生活中不断地接触事物，而发现了形式的美。

关于形式的美是很难解释的。有人以生物学的方法，如节约原理，去解释形式的美，也很难说通。看一个东西，花很少力气就可以看到全面的东西，你就会觉得美；要花很大的劲，就会感到不美。我认为形式的美必须从人的生理，从劳动，从看到的许多事物中，加以创造，形成艺术，如绘画、雕刻等。而绘画雕刻本身就成为传统，如画牛的四只脚，很平稳，使后来人感到必须如此画它才美，才变成传统。慢慢下来，许多形式就构成了。又有许多东西是由于实用的退化。如清朝皇帝的披风原是战争时为了避风用的，后来不打仗了，慢慢这种披风就变为装饰了。中国戏台上曹操的帽子，也是由实用的东西慢慢地变为形式的东西。这种习惯相沿，就认为只有这样才好看（除非经过强烈的社会变革），使我们对美的评价有一种传统的感觉。如外国老太太将口唇擦得很红，也并不以为怪，若中国老太太如此，则议论纷纷。这是由于传统的习惯养成了我们对美的评价，并不是说外国人如此打扮本身就是美，我们如此打扮就不美。它本身并没有美不美，而是由于生活习惯。

自然的人化

人与自然的关系怎样呢？生产力的逐步提高，智力日益发达，人对自然看法也就不同。人不仅成为自然的一部分，而且自然也成为人的社会的一部分。我们在劳动时与自然发生关系，人也就从这个关系去看自然。例如太阳为自然界的现象，我们对太阳有两种看法，我们将太阳当作自然现象去研究则为科学，若以我们与太阳的关系去看太阳，则研究的不是太阳自然的本身，而是社会生活的本质。如生关节炎的人感到太阳给了自己无穷的力量，给了无穷的温暖，因此称赞太阳。同时，人对自然的关系也常常是根据人与人之间的关系去看自然，如在乡下江边住，看到星星射出寒光，感到星星非常寂寞，这是根据人与人之间的关系去看自然。人将自己人化了，也将自然人化了。人吃东西已不像动物似的看到什么都吃，而是要切成花样来煮熟了吃。人的眼睛耳朵舌头等也人化了，人的耳朵要听音乐，要能听懂，否则听不懂就会感到寂寞。所以人与自然的关系是人化了的人与人化了的自然之间的关系。

关于自然人化，有人问，假如到从未到过人的荒凉地方去，为什么会感到美呢？这是因为我们看惯了人化了的自然，也会以看待人化了的自然的眼睛，去看未经人开辟的自然，由此联想到已经人化了的自然。因为人将自然看成社会的一部分，是我们活动的场所，而我们的生活工具与原料随着历史时代的发展而不同，人与自然间的关系也随之不同，自然对人所发生的意义也就不同，所以，人与自然的历史演变关系，决定于人的生活力。比如，从前看到天上的云，感到很神秘，现在可乘坐飞机到云的上层去。月球在以往不可想象，但不久的将来可以飞上去。所以，人与自然的关系由于生活力的变化，也有不断的变化。又如许多稀有金属在原子能未发现前，没什么用处，由于生产力的变革，要原子能发电，现在发现它的用途。人与自然的关系由于生活力的不同而有不同，人与人的生产关系由于社会制度的不同，人对自然的看法也有不同。

但是人与自然的关系若只分析到这里为止，那只是谈到人与自然的一般关系，对美学问题的解决并没有什么帮助。以人与自然的一般关系去解释许多审美现象，就会有许多地方讲不通。如你说太阳很温暖，这是由我们与太阳的关系决定的，那为什么每个诗人对太阳有不同的看法和不同的描写呢？若光以社会科学来解释是不通的。美的事物是具体的，是要通过每个人的感觉才能构成的。因此，美的一般衡量来说，它是有客观规律的，但是每个人对自然的看法，是根据他的生活经验与体验去了解的。在发明飞机前，人类很难想象可飞到天上去，但人们将自然拟人化（人格化）时，这个人就常具有个性色彩，常根据他自己的生活经验去体会这个东西。人对自然的反映并不是反映自然事物本身的本质，如同不是将月亮当作卫星来反映，而是通过这个形象表现出人的生活本质，而且是通过人的个性表现出来的。朱光潜先生说，美就是反映物的形象，这在自然现象来说是对的，而不是本质。

对自然现象的美，我们要从整个社会的人去衡量，同时也要从每个人的感性认识去衡量。只是说出一般的规律，并不能解释美学上的问题。说到这里，不能不谈到审美现象中个性的差异的问题。

审美能力

现在先说审美能力。上面讲过，由于劳动的发达作用，我们的对象日益增多，人的知识日益丰富，得到的许多生活经验教养习惯等，逐渐形成了我们的审美能力。这个审美能力并不是由一个美的事物来决定的，而是从生活习惯、知识教养、能力趣味等形成的整体生活结构来决定的。假如这个事物是美的，是否能养成我们的审美能力呢？不！而是必须要通过不断的接触而增加知识和修养，才能逐步养成审美能力。这种审美能力与功利有关，对我们有利的，则产生出积极的审美评价，但当人们脱离了原始状态，当人们生活已得到基本保障的时候，这种审美能力与功利的关系则是间接的、曲折的。或者原来是功利的行动，后来功利作用已经消失，而养成了习惯，这种习惯成为传统力量，还影响到人们的审美能力。故审美能力是在生活中，从不断的审美判断里，从知识的教养里不断地养成的。

审美能力很重要。如果没有一定的审美能力，则即使美的物存在，也不能有美感。有人说美决定美感，好像是唯物论者，实际上美的事物存在，但可能没有审美能力，就不能发生美感。故这个问题看起来简单，实际上有许多问题要更深一步的研究。有了审美能力后，人们生活力发达后有空暇，人们就有可能运用自己的审美能力，就可以从客观生活中选择美的事件加以描绘，同时也表现了他对这个事物的情感态度。由此采取一定的形式加以组织，这就产生了艺术。故艺术的产生，是从审美能力来的，而审美能力是从许多的审美判断来的。审美判断的反复进行，加上日常生活的知识教养、习惯传统等种种力量，就培养成了审美能力。有了审美能力才能成为艺术，故，如果离开审美的能力与判断，一开始就讲艺术，则艺术从何而来的问题就未能解决。所以，朱先生认为美就是研究艺术，这就是离开生活谈艺术和创作，这是不妥的。艺术是人自己创造出来的，供自己享受的美的事物，艺术描写了现实，同时又表现了人的思想感情——当然这种思想感情又反映了他们的生活。所以说，艺术是主观的东西，否则就是将艺术简单化。我们所谓的美，实际上包含了人对这个事物的判断。

审美个性

现在讲审美个性。现代社会，人的本质的丰富性日益增加，在丰富性里显出人的个性。例如，在封建时代，父母之命，媒妁之言，很少听说因个性不合而离婚的，总之，个性很难发展。到资本主义社会，提倡个性（尽管其制度在其没落期又限制个性的发展），人从其本质的丰富性里显示了他的个性，人的知识越广，经历越多，个性越突出。故审美的现象又带有个性的色彩。人是社会的存在，社会有各个集团、民族，这个社会存在，必然影响到人们的思想意识、趣味习惯，因而会使同一阶级或同一阶层的人，常会有大致相同的审美能力，或审美标准。大致相同，故可以得出客观规律，并大致地看出社会存在的思想倾向。但是审美能力又有个性之别，故审美现象不同于科学，科学只要得出公式后，则人人必须承认。有些人完全将审美现象中的个性色彩抹杀掉，认为承认了个性就没有发展规律了。

那么，个性又是从哪里来的呢？从整个社会发展来看，奴隶社会时期，奴隶处于被奴役的状态，没有很多的审美生活，也不允许有自己的意志，他只在艺术品中付出了自己的劳动。而这种艺术品只是根据其主人的审美判断和标准来制造的，表现他们自己审美生活的艺术品是极少的。到农奴时代，农奴较为自由，他们可以用歌唱来表现自己的精神状态。到资本主义社会时，由于资产阶级要普及教育，使有补于生活，工人阶级得了些文化教养，产生了表现自已审美观念的一些艺术品。

一般说来，人们有了审美能力后，则会进一步形成了一种审美观。就是说，这种审美观与其有系统的知识观、人生观和世界观结合在一起，形成了审美的观点。当然，人们创作艺术品，并不完全依据审美观。但实际上，他的艺术品适合于一定的审美观，这就说明他有审美判断的能力。有的人有一定的审美观，但他的艺术品不一定按照其审美观来制造。故其间是有矛盾的。对一个批评家来说，审美观更为重要，而作家不一定有个明确的审美观才能创作。批评者在批评时则必须讲出一定的道理，故要有一定的美学观。

这种审美能力，特别是审美观，不能不受社会存在的影响。当阶级斗争激烈时，其审美观有浓厚的阶级色彩；有时斗争处于缓和状态，各阶级生活在同一时代中，各阶级的趣味就会相互影响，虽然影响的程度不同。教养不同，阶级不同，美的评价也会不同，但无论哪个阶级，审美评价是通过个人而表达出来的，因而一定都带有个人的情绪色彩。

审美判断、审美观不仅受到社会存在的影响，而且也受到其他意识形态的影响。比如哲学、宗教等等。欧洲中世纪的骑士文学是在宗教的强烈影响下形成的，故其文学虽然带有若干阶级的烙印，但主要表现的却是强烈的宗教色彩。这也同时表明其时欧洲社会虽然黑暗，阶级斗争却并不激烈。有的时代由于共同抵抗民族敌人，其审美观即带有强烈的民族色彩。也有时作者受到某种哲学思想的影响，想以作品去证实哲学思想，因此其作品就表现出强烈的哲学旨趣。因此艺术作品可以从当时整个时代的社会生活风尚和思潮来作出客观的评价，但这个评价一定带有个性色彩。

艺术美

生活中有没有美呢？有。因为我们在日常生活中已经对于各种事物作出了审美的判断。例如，我们说中山公园的牡丹很美……不仅如此，人们在从事各种工作时，这种工作可能对人们有着极大的贡献，但自己没有意识到。科学家、工人尽管他们没有意识到，当人们仔细去研究、观照和领会它的时候，会感到这种生活是美的。他们自己可能不会表现出对生活的歌唱，而我们从进步的生活角度去看，这种生活本身是美的。这种美不是意识形态的美，而是属于社会存在的范畴。但也有一种生活中的美是属于意识形态范围的，即如有的人有意识地要为社会主义革命，为了事业，为了和平和真理，有意识地去斗争，这种生活是激动人心的，它本身就是美的。所以说，生活中是有美的，这种美存在于社会阶级本身。但并不是说，所有的生活都是美的。

艺术是什么呢？艺术有些是模仿生活的，这是常说的写真人真事；有些是再创造的（将许多生活综合进来重新组织），写出了对生活的评价。如保尔·柯察金的形象，他认为人生应该如何如何。后者其实写出了人类生活的评价，又写出了艺术家对人的审美生活的评价。故说，艺术既反映了现实生活中的美，又反映了艺术家对生活对艺术的评价。

车尔尼雪夫斯基指出生活高于艺术，这是对的。因为生活中有许多东西，艺术中没有表现出来，故说生活高于艺术。而周扬说艺术高于生活，这话也对，因为作家对生活必须加以评价与提炼。艺术与生活之间有矛盾又有统一。

美的事物引起我们的美感，丑的事物在艺术中也可形成美，引起人的美感，这是作者对丑的事物加以厌恶和批评。这种斗争就可引起人们的美感，所以丑的事物是由于我们对它的批判所引起的美感。美的事物有时很复杂，是由于人类社会的复杂。艺术作品与许多形态、生活经验、声音线条结合在一起也很复杂，故只有具备一定审美能力的人才能感到美。那么，这个事物客观上究竟美不美呢？只要具备一定审美能力的人就会感到美。因为它客观上是美的。贝多芬的交响乐只要有音乐的耳朵就会感到它是美的，并不因为有些人听不懂，而否认其美的客观性。但贝多芬的交响乐有个人的风格，即有个性的特征，每个人听到的音乐，有共同的感觉，也有差异的感觉，这也是辩证的统一。

从以上所讲可见，艺术一定带有主观性，说艺术都是客观的，则是抹杀事实。但艺术本身也有客观性，如莎士比亚的戏剧是美的，这是客观的，但不能抹杀其个性。

首先，艺术是意识形态，但不完全是意识形态。有些是属于不明确的感觉的，如《春莺曲》，过去的人听与现在的人听，都感到快乐，这并没有阶级性，故艺术要看哪一种艺术。如音乐，更为形式化，其社会内容不明确，只是表明一种情调，因此在音乐中它的阶级性常表现为情调而已。文学则不同，它的社会内容很明确。但这只是一般地说，亦有少部分的，如抒情诗歌颂山水，描写花鸟等，带有时代的色彩，但没有明显的社会意识形态那种上层建筑性，为一定的阶级服务。故将艺术一概送入意识形态范围里是不妥的。其次，感觉事物时，是否都是以意识形态去反映呢？并不一定都是如此。例如衡量一个人，感到他讲话有些庸俗，你说这是意识形态去感觉吗？不是，这里已经是思想渗透到感觉中去了。党性就是在感觉中体现出来的。有些人理论是工人阶级的，但感觉不一定是。思想与感觉渗透在一起，理性与感性融合在一起，才能成为完整的世界观。如何合在一起呢？这需要长期的生活锻炼。我们看事物不论以意识形态去反映，还是用感觉，都已经包含了思想。

最后，谈谈艺术的特点。一般地说，艺术是形象性地反映生活。但这样说不够。这并不是艺术的特点，别的东西也要形象思维。如工程师画一个圆，也要形象思维。艺术一方面是社会性的（包括阶级的、民族的）、客观性的东西，但它必然也包含有个性。通过个性来表现社会的客观性，其间又包含有个性色彩。这两者之间有矛盾，但是在矛盾中的统一。如果光是本质没有个性，则不能动人。如果光为个人写而没有写出社会本质，那是资产阶级的文学。另外，艺术一定是感性的、具体的，同时又是理性的。光是感性的话，你一接触到悲哀就写出悲哀的诗，人家却不感到悲哀，这是由于没有一定的理性指导。但光有理性的东西没有感性的东西，则不能激动人心，这等于是政治报告，不是艺术。

过去只重视理性，要求艺术表现出社会发展规律。这很对，但缺乏感性。艺术要求形象与思维的统一、形象思维与逻辑思维的统一。光有形象思维不行，还须有结构。否则，这些形象又怎样表现出时代的意味呢？此外，艺术思维也要求感性的激情。如果没有激动的感情，就不可能有形象的思维。形象与情感是交替的刺激。光是冷冰冰的形象思维，不能解决问题，照相也是形象，但不是艺术。故艺术的特点，不能简单地归结为形象性地反映现实，还要看有没有个性，有没有情感的激动，然后才能讲有没有形象。

原载1999年5月《文艺理论研究》第3期

文学论

论诗的美，诗的形象化

一、从美说到诗的美

怎样才算是美？这是所有的艺术科学所应该解答的课题。绘画学告诉我们红与黑放在一起，它给我们的印象是如何，青与蓝放在一起，它给我们的印象又如何。几根线条如果是像图1的样子，它会使我们获得怎样的感觉；如果在这中间，多了一条垂直线，如图2的样子，它又会使我们获得怎样的感觉。这几个构成美的基本法则是很具体的，而且是学艺术科学的人必须具备的知识。

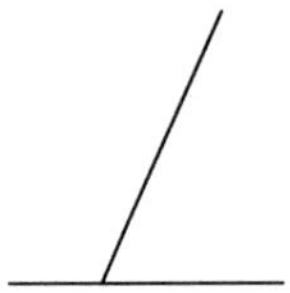

图1

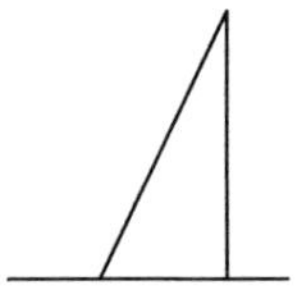

图2

然而挟着这一点基本知识去了解美是不够的。为什么同样的风景区，今天看是美丽的，明天在同样情形之下看又不美丽了？为什么这个人看是美丽，而那个人看又不美丽了？为什么在这时代人们认为它是美丽，而另一个时代看，人们又认为它是不美丽了？我们试拿30多年前的古装美人来看吧，没有问题的，我们一定会以为她是再丑不过的了。

所以我想我们应该进一步的来研究一下美的哲学，即什么是美。

什么是美？原来所谓美是不能够用静的方法来理解的。在客观的世界不断的矛盾变化中，主观的人也同样在不断地矛盾变化，当客观的世界和主观的人关系协调与和谐的时候，人就会觉得这是美的。所以同样的自然界，其间由于阴阳晴雨有着种种不同的变化，而人们自己也因为有着喜怒哀乐种种不同的情绪，因而对于外在的世界有种种不同的观感。一个颓心丧志的人喜欢斜阳衰草，正因为斜阳衰草可以感触他的内心，而产生默契。

既然所谓美乃是主观和客观在一瞬间发生的调和与融洽，所以我们不仅要在客观上研究构成美的客观条件，而且需要更具体研究一下人们之所以会产生美感的主观的根据。美的观念之构成，从主观方面来研究有两个因素。

第一，是由于生理的条件所引起来的美感。比方我们在广阔的郊野散步，清新的空气使我们心旷神怡。在冬天的时候，我们闲坐在阶前晒着日头，使我们感觉到好像睡在母亲怀抱里般那么温暖。当我们站在海滨看见海水飏着弧形的微波，顺应着我们的目力构成了许多横纹，而它那有秩序的波动则又好像有一种节奏，和我们的血液的循环和呼吸有着自然的协调。这一类的美感可说都是因自然界的动静引起了我们人身内生理的舒适而发生的。相反的，如果是过烈的光线、音响和色彩，使人的机体在生理上产生苦痛的，那么人们一定会觉得这是不美的东西。

不过，这一个生理的条件，也不是静的。比方，一个愤怒的人，他反而极欢迎强烈的刺激，不仅不以此为苦，反而以此为过瘾、为痛快。极度悲哀的人，他可以废寝忘餐，而且在他看来，就是最好的花，他亦不会觉得是美的。

第二，是由于生活的条件所引起的美感。一个做粗工的工人他喜欢朴实而厚重的东西；一个做细腻工夫的人，他喜欢纤巧和细致；一个有大志的人，喜欢走上高山远望大海；一个悲愤的志士，喜欢听暴风雨的狂啸；一个清闲的文士，喜欢盆栽小景；一个虔诚的教徒，喜欢听半夜森林传来的钟声。一个华装艳服的妇人，在贫穷者的眼中，不仅不能引起美感，反而会引起憎恶之情。总之，随着一个人的生活的不同，以及由生活所养成的情操不同，美感亦有很大的差异，当社会生活两极化的时候，美感亦成了两个对立的营垒，而美与不美，更多需要从社会科学去理解。

因为人的每一种感情的发动，都有着社会的因素，因此我们说每一种审美的感觉都包含着有社会的因素。有些人认为审美的基础应该是建筑在生理的基础上，社会心理只不过是在这个基础上加以影响而已。其实，把生理的基础之当成静的、不动的因素来看待，那是很大的错误。比方《诗经》上说的“野有死鹿，白茅包之，有女怀春，吉士诱之”，很显然的，异性间的爱慕是属于生理的范畴，然而为什么在那个时候用白茅包死鹿去送他的爱人，成为最出色、最美的事，而在今天会变成很大的笑话？又比方，海水的横波微微荡漾，这在过去是如此，现在亦是如此，它给我们生理上的刺激是不变的。然而古时的人，从这微微荡漾的海涛中看出神的力量，或自然的神秘，而这在现代受过科学洗礼的人看来，可没有了。主观和客观的融合，再不是建筑在宗教的情感上面了，天空里的月亮，尽管是长古如斯，但它给予人们的感情上的启示，从古代到现在，是有着很大的不同的。如果再深一层来研究，本来在生理方面是应该造成美感的，但因了社会心理所造成的复杂的变化，它反而造成不美的印象了；有些是在生理方面本应造成不美之感的，然而由于社会心理所造成的变化，相反的它反而造成很美的印象。例如刚才举的装饰华丽的妇人、美丽的花束，从生物的观点看她应该是造成美感的，但反而引起了某一部分人的厌恶。又比如死了的人，它是最可嫌恶的，然而有时它反而给人们以最美的、最强烈的刺激。比方一个乞丐、一个老者、一个囚徒，无论从他们的容貌、线条、色彩来看都应该是丑恶的了，然而在另外一部分同情他的人看来，由于复杂的意识关系，他竟可以从这些表象里引起了他们的共鸣，因而也感到美丽。

因此，美的主观的基础，不应该是建筑在生理的基础上面，而应该建筑在生理的因素和社会的因素之和的上面。

在古代人类和自然之间，只有着简朴的关系，因而那个时候的艺术作品，大都是用朴素的手法来描写自然和描写神，可是随着社会的进化，神的地位被取消了。而且由于人与人之间的关系日益复杂，自然在人类的精神里面也逐渐复杂化起来。到了近代，人与人之间的矛盾，比起人类与自然界间的矛盾还要激烈，还要明显，所以近代艺术也就以包含着更多的人间性为它的特点。而且因其所包含之社会意义愈多，则其感动人的力量亦愈大，人类的美感是要以社会的因素为决定的因素，这是无可怀疑的。

至于诗，它是以语言来做媒质的，因此它的美感更多地建筑在社会的意义上，而且在诗里面，主客的统一性更是比别的部门明显。

比方，以我刚才所举的图1和图2的绘画上的例子来说，我们看见图里的那种倾斜的线条，我们就有危危欲坠的感觉。但图2，加上一条直线后，我们就有稳定的感觉了。其实线条本身并无所谓危危欲坠或者稳定感，这种感觉实际上还是从主观的感觉移到那线条上，才会产生出欲坠和稳定的感觉。不过这种感情的移入，当画面一复杂的时候，就很难看得出了，可是在诗里面，这种情形是异常明显的。比方我们说“远山含笑”。其实远山无所谓笑不笑，远山不过是引起我们心里愉快的一个因素，因为我们心里愉快了把这种感情移到客观的远山上去，于是远山也成为含笑了。这远山的含笑，自然更增加了我们的愉快。这是把客观主观化。又比方说“我们好像飞鸟般自由”，自由显然是我自己心里的感觉，现在我们借飞鸟来比喻，使到人们直接从视觉上去理解我们复杂的内心，这是把主观客观化。这种例子，在诗里面是俯拾即是。再还有是感觉对感觉的转移也是很多的。比方圆滑，这本来是诉诸触觉和视觉的，可是现在变成为综合感觉的形容词了。又比方“软软的红玉”，从触觉得来的感觉红玉本来应是硬的。然而这里说它是“软软的”，是因为作者是用视觉去感触这个红玉的。又如“长夜像古洞般深沉”，长夜本来是时间的感觉，可是现在把它转化成视觉和触觉的感觉了。又如“银浦流云学水声”，这是把本来是诉诸视觉的东西，转化成诉诸听觉了。像这样的一种描写，我们叫它做“诗的真实”。

所谓诗的真实，自然不是科学的真实，不是物自体的真实，而是人们通过自己主观所感觉得来的客观的真实，它的普遍、妥当的客观性，不是在于客观的实在，而是在于人们是否在主观上有同样的感觉。换句话说，诗的真实是要告诉我们：当人们从科学里面知道了客观的世界以后，人们是怎样去感触这个世界的，诗的真实和科学的真实是不会相抵触的，人们从诗的真实，可以更直接地、更多方面地去感觉这个世界。因而同客观的世界建立起更密切的关联。

如果科学的真实，是努力要把主观的成分抽去，那么诗的真实，相反的，是要主观成分越强烈越好，主观所代表的社会阶层，越广泛越好。主观的成分越强烈，它的动人程度就愈深，主观所代表的社会阶层愈广泛，则受它感动的人也越多，客观的妥当性愈大，因而诗也愈美，其推动人向上的力量愈大，因而诗也就愈能达到伦理上的善，所谓真善美的统一。

现在我们再来研究一下所谓一首好诗，它是包含着一些什么意义呢？如果我们把诗这个作品，当作纯客观的东西来研究，那我们一定说它所代表的社会意义，它的形象，它的手法，它的节奏和韵律，它的造句和铸字是如何美丽如何正确，并且可以从这里面抽出若干的规范出来。（关于作诗的技术问题，我想Sidney Senir的*Science of Verse*这本名著是说得相当清楚了。）当然这也是一种研究方法。不过今天，我倒想从另一方面来研究一下，即一首好诗，它在读者们的脑子里，将会产生出怎样的作用。从欣赏者的心理状态去研究作品的价值，至少亦可开辟一些读者们的眼界。

一首好诗，在读完它以后，它将会在读者的心理上造成怎样的状态呢？

第一，在读了一首好诗以后，我们常常会有从有限到无限的感觉，直同中国诗所说“天长地久有时尽，此恨绵绵无绝期”的那种情形。当然我们不相信，那种神秘的哲学，好像人们借艺术之助，可以从有限的世界深入到科学所不能达到的无限的世界去，不过从心理状态说是当时读者的确因为受作者强烈的感情的震撼，而有一瞬即千年之感。因为我手边没有什么诗集，现在只能举出中国几首旧诗来，给读者们参考。

在杜甫的《新安吏》里有下列的几句：“白水暮东流，青山犹哭声。莫自使眼枯，收你泪纵横。眼枯即见骨，天地终无情……”

在鲍明远的《芜城赋》的后面，有几句芜城之歌，亦是很好的例子：“像风急兮城上寒，井迳灭兮邱陇残，千龄兮万代，共尽兮何言……”

又如“风萧萧兮易水寒，壮士一去兮不复还……”虽然不过是简单的两句，但我们大家读了以后，不是都有着言有尽而意无穷的感觉吗？

第二，在读了一首好诗以后，我们常常会觉得诗人正说出了自己想说而没有说的话，因而读者和作者之间的对立被统一起来，融合起来，好像成为一体。

比方杜甫的《北征》：“夜深经战场，寒月照白骨。潼关百万师，往者散何卒。遂令半秦民，残害为异物。况我堕胡尘，及归尽华发……”我想凡是经过了离乱的中年人，对这一段都会有很大的感动的，有些诗之所以会越读越好，年纪愈大，读起来愈觉深刻，这就是因为我们的年纪愈大，经历愈多，因而由读这首诗而引起的共鸣愈大的缘故。

第三，在读了一首好诗以后，我们常常会忘记了自己，而走进诗人的境界里去，精神上跟着作者走。作者如果是慷慨激昂，我们也跟着慷慨激昂；作者如果是歌哭缠绵，我们也就觉得歌哭缠绵。不过这里有一个限制，那就是读者的心里必须先含有和作者共鸣的因素。

例如《楚辞·国殇》："操吴戈兮，被犀甲，车错毂兮，短兵接，旌蔽日兮，敌若云，矢交坠兮，士争先，凌余阵兮，躐余行，左骖殪兮，右刃伤。霾两轮兮縶四马，援玉抱兮击鸣鼓，天时怼兮威灵怒，严杀尽兮弃原野，出不入兮，往不反，平原忽兮路迢远，带长剑兮挟秦弓，首虽离兮心不惩，诚既勇兮又以武，终刚强兮不可凌，身既死兮神以灵，魂魄毅兮为鬼雄。"

又例如曹子建的五言杂诗中"飞观百余尺，临牖御棂轩。远望周千里，朝夕见平原。烈士多悲心，小人偷自闲。国雠亮不塞，甘心思丧元。拊剑西南望，思欲赴泰山。弦急悲声发，聆我慷慨言。"

读了这些诗，即使我们不是军人，不是忧时的志士，也自然而然会同作者发生同感。

又如潘岳的悼亡诗："望卢思其人，入室想所历。帏屏无仿佛，翰墨有余迹。流芳未及歇，遗挂犹在壁。怅恍如或存，周遑忡惊惕……"即使我们自己没有悼亡的经验，可是读了这首诗，我们亦会觉得亲历了这种境遇而分享着作者的忧愁。

第四，读了一首好诗以后，我们常常会觉得对于外界的事物更亲切一些，更多一些新的感触。因为作者对于一切事物都有着特殊的洞见，他能把隐藏的东西显露出来，比方说："红红的落日挂在地平线上好像一只烧红了的圆盘。"我们为什么说像个圆盘，因为圆盘是和我们的日常生活很接近的东西，我们把它拿来比落日，在读者的脑子里，自然会觉得是比较亲切一点。其他如王勃诗"狭水牵长镜，高花送暗香……"，杜甫诗"江动月移石，溪虚云傍花……窗含西岭千秋雪，门泊东吴万里船……"我们读了这些诗，总觉得这里面包含着诗人的新发现。但也有些诗，它只是把客观的现实很朴素地描写一番，而在这里，读者自己却可以在脑海里构成一幅图画的。比方杜甫的《北征》："……平生所娇儿，颜色白胜雪。见爷背面啼，垢腻脚不袜。床前两小女，补绽才过膝。海图折波涛，旧绣移曲折……"读了这一段，我们对于当时诗人的家庭狼狈的情况不是明白如画吗?

目前有许多诗人，或诗的理论家，专门着重于第四项的前者，好像只有这样写才算得是形象，这真未免把“形象”二字解释得太狭隘了。

从以上所说的论点看来，我们可以知道，把自然的美景精细的描写一番，不能算是美，以前人用过了的美词丽句掇拾起来，不能算是美，把主观的意识勉强用外在的事物来比附还不能算是美。诗的美乃是突入于现实去震撼读者的灵魂的东西啊。

二、论诗的形象化

“形象化呀，形象化呀！”这似乎已经成为了一切文学部门中最流行的口号，而诗人们也在说“诗歌的目的就是在把思想和感情形象化”，于是文艺青年们提出新的问题来了：“要如何才能够使我的思想和感情形象化呢？”甚至有些人整天都在苦心焦思。他说：“我现在每天都在睁大着眼睛，竖起着耳朵，追求着形象啊，但我们还是做不出好诗，怎么办呢？”

显然的，读者们已经在我们面前提出了新的问题，而我们是再也不能装耳聋，照旧“形象化呀，形象化呀”卖着旧货。本文的目的，乃在于初步解决下列的两个问题：什么是形象和如何去获得形象?

首先是回答什么是形象化的问题。这个问题本来是很清楚的！然而目前正流行着许多种误解，不能不先把它扫清。

所谓形象化是不是就是把客观的世界加以精细描写的问题呢？或是说多用些比喻去把读者们的感觉再延伸一些的问题呢？如果是前者，那照相机岂不是要比我们诗人的脑海聪明？如果是后者，则只要我们的诗人肯降级回到中学去读一下修辞学也就得了。这样来理解形象化的问题，显然是十分糟糕的，因为他完全把形象化的同题，当作为对自然的摹绘。或是当作技术问题来处理，好像形象是沙里面的金子，只要向沙堆里去耐心地爬，自然就可以找到金子。

曾经有一位诗人指示给我们一些写诗的方法，那就是“再具体一些呀，再具体一些呀”。依照他的说法，大概“我十分忧愁”，不如说“忧愁到晚上闭不上眼睛”，或不如说“忧愁好像有火在烧着心头”。因为最后一句，是更具体一些。于是作家们尽量去具体一些了，日夜在醉心于铸词炼句，然而正因为句句都想要做到具体，作者反而给这“具体”二字所拘束着了。一首诗成了许多形象的罗列，无生命的形象的罗列。其实这完全是机械地理解了形象化的意义，即以“十分忧愁”这一句话来说，它之是否具体，是要从它的前后文的意义来决定的，正如“打倒日本帝国主义”虽然不过那是一个抽象的口号，但假如我们用得适当，使这句话真的成为从心坎里呼出来的声音，那么这句口号仍是很动人的。难道我们一定要把这一个现成的口号，改成为“打倒血腥的日本帝国主义屠夫”才算具体么？所以诗人在创作的时候，他所最要注意的倒还不是在这句话，这个字是否用得具体不具体，因为这都是第二义的事情，而最注意的，乃是在如何去更贴切地表现自己的情感，因为最能表现自己情感的东西，常常也就是最具体的东西。

还有一种误解，人们以为所谓形象化，只是对外在世界的具体的描写，而内心的申说、作者自己亲身的经验和信念则是抽象、要不得的东西。然而事实上，一个人内心的抒发又不必一定是要借世界的物象来比附的。比方说“老冉冉其将至兮，哀岁月之不吾予”这两句话从表面上看，似乎并不具体，可是它是直诉于人们的感觉的最具体的东西。它是作者切身的经验。又比方“老骥伏枥，志在千里。烈士暮年，壮心未已”这后面两句话，表面看起来是并不十分具体，然而它却是很有力量的抒情。

所以形象化，并不是如何去把自然摹绘，如何去具体地形容，或是拿内心的感觉用外界的物来比附的问题，更不是把思想和感情形象化一下的问题。所谓形象化，事实上是和诗人的生活思想血肉相连的。诗人不仅通过自己的世界观和人生观去观察、选择、排列和组织这些形象，而且通过这些形象来表现着诗人自己的人生观和世界观，诗里面的每一个形象都渗透着诗人的主观成分。因此每一个形象都是主观和客观的统一，不是机械的统一，而是有机的统一，它是对客观的描写，但同时又是主观的抒情。比方苏曼殊诗：“春风细雨红泥寺，不见僧归见燕归！”你说这两句诗是客观的描写呢，还是主观的抒情呢？显然的，它既是描写，又是抒情。这种情形，在我们中国的绝句诗里可以找到很多的例子，而在这里面亦正有不少可以值得我们的新诗人学习的地方，凡是一首诗，它如果能够以最简括的句子来描写客观，而同时又能表现最丰富的主观的情愫，那它一定是动人的好诗。

再进一步说，这里所谓主观和客观的统一，同时也是社会和个人间的统一。如果一个诗人的诗，只是纯粹抒发自己个人的情感，那是不能成为艺术的。在过去，诗人由于受到生活的限制、社会科学知识的限制，他的思想和感情不能不囿于某些集团的成见，他的感觉和趣味不能不沾染着某些集团的习气，而他的诗也就自然而然地为某些特定集团所理解、所欣赏、所享受。其所反映出来的现实也是偏颇的、不圆满的。到他的末世，诗就成为了个人宣泄感情的玩具。因此从艺术的见地说来，他是畸形的、怪异的病态；而从社会学的见地说来，他是歪曲了现实。只有到了近代，社会科学已高度发展，新的诗人已能把握社会发展存在的规律，而且明了他自己所处的社会地位；只有当新的诗人已不仅是空空洞洞的只有一些模糊的正义感，而且能意识到自己是一个战斗者，而其所具有的世界观和人生观又不仅是代表着某些特定集团的利益，而且同时也是代表着全人类的利益；只有在这个时候，诗里面所反映出来的现实，才是最客观的现实，也就是说主观和客观之间，社会和个人之间才能获到最圆满的统一，而从这个正确的世界观和人生观产生出来的形象才是最圆满的形象。

因此批评家们强调着诗人的社会意识之重要性，一般来说，这是很对的。然而很不够，文艺家从正确的人生观和世界观出发，从许多的事象当中获得某种观念，再从这个观念具体化为许多的人物和个性，组织成错综复杂的故事。读者复从这些具体的形象当中，获得中心的观念，而与作者发生同感。这是普通文艺作品的创造和欣赏的过程。所以说，一个文艺作家，他不仅需要具备哲学家和社会学家所应具的知识，有借这些知识之助去了解人与人间的内在关系，以至于每个人内部心理的技能，而且还要比哲学家社会学家更多一点，他需要把他的主题形象化：他需要敏锐的感觉、很强的记忆力和组织力，去铸造各种各样的活生生的人物。

然而一个诗人，具备这些条件还是不够的。他必须具备突入于现实的热情。小说家常常是先有了主题，然后去找寻人物和题材，然而诗人则不是这样，他常常从一个具体事件的感触，把自己的情感喷发开去，从这些感情喷发当中，铸造出许多美丽的形象。所以诗，比起其他的文艺类型来是更主观些，然而也更接近于现实一些。诗人的这种冲动，我曾特别给它起了一个名称，叫做“诗的本能的冲动”。再举一个具体的例子来说。一个小说家，他肚子里可以先有一个概念，要描写一个上层分子叛国的事件，从这一个概念出发，他就搜集一些汪精卫、曾仲鸣、萧淑宇等汉奸的材料，揣摩这些人物当时的心理状态，体念着大小汉奸们的性格，一步步把故事发展开去。但是诗人，他的创作常常是（并不必一定是）由于某种叛国事件触发了他对于汉奸的本能的憎恶，也就是从这一个强烈的憎恶之情发展开去，造成形象。当然小说家和诗人的创作方法是不能截然划分的，然而这两者之间有着一定的距离和各有各的偏向，这是事实，诗比小说含有更多的感情的成分，因而也就和生活更切近，这也是事实。

我之所以要指明上面这一点，是因为我觉得目前有许多的诗人，正用写小说的方法去写诗，或是写散文的方法去写诗。而批评家们也常常只注意到意识正确和形象化，而对于由正确的意识转变成形象的过程，则很少说明。所以现在有许多诗，你说它意识不正确吗？意识是很正确的。你说它不形象化吗？它是很形象化的。然而读起来，老是味同嚼蜡，它只是正确的意识加上形象，如此而已，为什么会这样呢？写到这里我想起了英国批评家拉斯金的话，他说，在文艺作品里面必须要有一点东西（something）我想，我们目前的新诗也正是缺乏着这“一点东西”。那就是热情，没有这种热情，并不妨碍一个人做一个好的小说家，可是没有这种热情，那是诗人的致命的损害。现在的诗之所以缺乏一股吸引读者们的热力，也就是因为它缺乏这种热情，因此诗里的形象，看起来好像是根据正确的意识伪造出来的。这种情愫是目前中国诗人们的通病，就是作者本人也不能例外。

从这一点推论出去，因此我认为目前批评家们挥着“意识正确”的鞭子在那里鞭挞作者，是不对的，特别是当目前正义与不正义苦斗的时候，当我们发动着广泛的民族战争的时候，假如我们说，没有正确的意识就不能够有好诗，那是不对的。不，事实并不如此。虽然他所反映的现实，难免有些歪曲的地方、不圆满的地方，主观的情愫上有些不健康的地方，但是只要他是拥护真理和正义，他的诗必然能够反映一部分的现实。因此对于这些人，我们要从艺术的见地去更多表扬他们的成功，用更客气的批评指明他们的不足，用更同情的态度去理解作者的出身，他的演变的足迹和他的创作的苦痛。如果一个批评家，老是老气横秋地搬弄着几个社会科学的名词，左一个不正确，右一个不正确，那是很难令人心折的，特别是当文艺运动正在广泛地开展的时候，这种态度是很难动员无数的年轻作家努力去写作的。正确的意识并不是拿着教鞭子教育得来的！我想只要是一个有正义感的作家，努力求真理的作家，他会从实际的生活当中，去证明究竟哪条路才是正确。

第二个问题是如何去获得形象。形象是不是如某些青年朋友说的，每天睁大了眼睛，竖起了耳朵就可以获得的呢？我想问题如果是这样简单，那谁亦会睁大眼睛，竖起耳朵了。现在我在这儿只提出几种提示，具体去说明形象是如何地产生，虽然这些提示并不能一定担保每个读者读了以后都能获得形象，但是至少亦可以让他们知道，追求更丰富的形象所应遵循的路径。

第一，形象是由诗人对于外在世界的紧张关系中得来的。“愤怒制造了诗人”（Anger makes a poet），这句话是不错的。当一个人愤怒的时候，整个世界都好像变了颜色，就是在这样紧张的感情颤动中，许多最美丽的、最丰满的形象从诗人的笔下迸裂出来。同样的，当我们恨一个人的时候，我们常常整晚睡不着，想用一切最丑恶的词句去描写他，糟蹋他，侮辱他，用最丑恶的形象去比附他。当我们爱一个人的时候，我们又常常从她的人身，甚至从人身联想到她的用物、衣饰、嗜好，都不惜用最美丽的词句去描绘她。这些紧张的情愫正是形象的母亲。而且也只有在这样情形之下产生出来的形象才真正是活的形象，有生命的、新鲜的形象，有激动性的形象，能给予这个世界以美丽的颜色、灿烂的光芒。真正的诗人，他并不是用笔去写一些陈词滥调来炫示自己的博学，也不是作些文字上的魔术去炫惑人们的耳目，他是要以最崇高的心情去和一切的恶势力搏斗，从这个搏斗的过程中，呼出他自己心坎里的声音。他的感情紧张的程度越高，他的诗也一定越美丽，而诗的动人的程度也愈深。一个诗人要为天下人之忧而忧，为天下人之乐而乐，而且要为天下人之忧乐而忘记了自己。如果一个诗人对一切都表示冷淡，或是漠然旁观，或是作一些微温的无力的叹息，一切都首先从自己个人的利害去考虑，那么，即使他整天去追求形象，然而他所求得的也一定是无生命的形式美，对于他的诗是丝毫没有帮助的。

以上这一点，是产生形象的最基本的因素。以下几点是属于技术的部分，但也不妨附带说一说。

第一，形象是由于重复与熟习而发生的。一个农村出生的诗人，常常喜爱写农村，因为他从小就在那里长大，他对周围的环境太熟习了。比方，我们最先对于某一个人，本来是没有什么兴趣的，但是由于和他不断发生关系，我们不仅知道他的外表，而且知道他的内心和他的历史。因而我们对于他也就逐渐发生了兴趣，印象也逐渐加深，直到后来，一闭起眼睛也能够想起他的动作、容貌和心理，甚至于其中最细微的去处。从这些深切的了解中，诗句开始抓到了其中最有典型性的东西构成形象。苏联作家在苏联建设期中，就常常成队地参加工厂里的生产。其目的自然是想从不断的重复与熟习中产生具体的形象。

第二，形象是从生活的需要酿造出来的。一个饥饿的人是最注意食店门前挂的香肠，并且他能够对于那条香肠之大小、颜色、味道和香气都加以最丰富的想象以及最确切的描写。同样一个冻坏了的人，对于衣服和火炉的感觉最为敏锐，同时对于它也有着许多想象。又比方一个初到桂林的人，如果他是从重庆来的，他一定从桂林和重庆的比较中产生出许多印象。从香港来的，他一定从桂林和香港的比较中产生出许多印象。住惯了好房子的人，一到桂林来，马上就注意桂林那些好房子的结构、地位和设备。从这些印象中酿造出他对于桂林的形象。不过这是最简单的形式。在资本主义没落期里面的诗人，爱用酒精和色情来刺激自己，从而也就在这里面创造出形象。在另外一方面，一些从贫苦出身的诗人们则爱歌颂着战斗、苦难。他们是基于另外一种需要来产生出形象。19世纪初期的诗人，他对于现状有许多的不满，对于将来有着许多的憧憬，他渴望着将来的光明和自由。因而他对于未来的光明和自由产生出许多的形象。当然从生活的需要转变成诗的形象，这中间是经过许多复杂的心理的过程的。

第三，是由于心理学上最初因和最后因所激起的感情的变化，因而产生出来的形象。比方一个人久住在一个城市里面，他对于周围环境的感觉，便渐渐麻木起来，但一旦他要和它别离的时候，他马上又会觉得有许多的感慨和留恋，对于自己习见的一草一木，都好像是有情。从这里，他又可以创造出许多的形象。同时相反的，每当一个诗人新到一个地方，他必然会有许多新奇的刺激，许多新鲜的感觉。生活之多样化和紧张化，也就是丰富的形象的泉源。一般的诗人们喜欢要流浪，到处去奔波，大概想免除生活上的单调，找寻刺激也是其中的一个原因。

自然这里许多制造形象的因素是互相错综着、移转着的，我们很难指出那些人的某些诗句是从怎样的环境之下产生出来的。然而如果我们可以获得一些诗人的详细的传记，知道他是在怎样的环境下，在什么心理状态下写出某些几首诗，那我想一定会对于后代的诗人有很大的帮助。可惜的是我们的批评家，现在还在那里忙于挥动着“意识正确”的鞭子。而对于这一方面的研究却是来得太少了。

原载1942年10月30日《诗创作》第15期

论约瑟夫的外套

一

在几年以前，我们中国曾有过一个哲学的泛滥时期。那个时期，这里是哲学入门，那里也是哲学入门，其结果是，门是入了，但始终还未登堂奥。这几年以来，虽然抗战时期生活艰苦，可是不可否认的，我们在哲学方面确已有了长足的进步，特别是在中国史方面。不过与此同时，却也有不少貌似艰深而其实是不知所云的东西。比方有些人写文章是左一个统一，右一个矛盾，硬是弄得人头昏眼花；有些人则以德国式的长句，夹杂以日本式的语法，把文章写得像神坛面前念的咒语，而有些人于读不懂之余，也就不觉肃然起敬以为这是“哲学”。有些人甚至以哲学史上摭拾来一些废料，外面则用约瑟夫的美丽的外套裹了起来，怡然自得地在错误的森林里散步，并以此为骄傲。这真是中国学术史一件很可遗憾的事情。

我认为一个学术工作者，第一，态度必须诚恳和认真，语言必须明朗而简洁，不应该为了玄学的缘故而浪费了许多不必要的术语，而又自以为高深；第二，一个学术工作者不应该把某一种学说的结论，不顾它的前言后语生吞活剥地捉来，杂凑成自己的体系；第三，每一个唯物论者，必须知道他的每一个命题都应该有实际的现实的内容。古人所谓“言之有物”，而不应该从某一个基本命题出发，从而不断“抽象”，以至于脱离现实的具体事物，钻进牛角尖里去。伟大的哲学家告诉我们“要具体地想”，伟大的作家高尔基也告诉我们“要接触生活”。我认为，这是每一个唯物论者所应该紧紧记住的最重要的格言。相反，假如我们不具体去想，而抽象去想的话，那我们就一定会一步步蹈空，而渐渐离开了地面而走上云雾里去。在云雾里虽然似比地面上高超，并享受一些哲学上的“微妙的雾围”，然而可惜的是，这已经离开了人间。

二

我说了以上许多话，目的是要批评一下舒芜先生的《论主观》（原发表在1943年重庆出版的《七月》，该文见胡风先生主编的《希望》第1期）。

第一，我觉得这位先生这一篇《论主观》，气魄是很宏大的。他企图把人类整个历史，解释成为主观的发展史。所以在第五节里他说：“我们的一切斗争，都是为了解放和发扬人类的主观，这样看来似有些稀奇，然而是毫不稀奇……”但这样一来，唯物史观是应该被解释成唯“主观”史观了！

这位先生这篇气魄很宏大的文章，把整个复杂的人类的历史，一口气抽象成主观发展的三个阶段。而且他写得非常之艰深，比唯心论的哲学名著还要难懂；但是它的整个结构和气势虽然异常庞大和“雄伟”，可惜的是，它的基础却又出人意料的薄弱。

作者既然把整个历史的发展建立在主观上面，那么现在我们就看看他的所谓主观究竟是什么东西。

文章第二节里，他这样说：“那么主观是什么呢？”

“所谓主观是一种物质的作用，而只为人类所具有。”第六节最末一段他又这样说：“我们认为：以主观作用为工具来进行研究，是不仅可能，而且必需的。至于此外另有一种意见，以为主观作用就是‘心’，用作研究的工具便是唯心论，则是把主观作用看成和‘物’相对峙的东西，把它和心混淆了。其实主观和客观均属于物的范围……”

这里很明显，这位先生把主观看成是“属于物的范围”所以他说“主观作用是以客观因素为质料的有机构成”。又说“主观是一种物质的作用”。

但是，这里这位先生显然就是有点概念混乱，他的说法同辩证唯物论、历史唯物论毫无相同之处。

我们认为物质是第一性的，精神是第二性的，没有组织严密的大脑，我们就不可能有思想。但假如只有大脑，而我们不从事劳动，不去不断改造客观世界，那么这个大脑也就不会随着历史的发展而不断发展成有体系的思想。

据我所知，真正的辩证唯物论、历史唯物论并不否认主观是人类的精神作用。人类是在一定的历史环境之下成长起来的。一个人的主观（即思想认识和感情、感觉等）是受着客观的历史环境所制约的。所以现代人的主观，一定和古代人的主观不同。我们不能把它笼统地概括成“主观”或“人性”而抽去它的具体的历史内容，这是第一点。第二，人是在一定的生产关系下成长起来的，当社会分成几个阶级而且互相矛盾的时候，一个人的主观，即思想、意识、感情、感觉等，都受着各该阶级的社会存在所制约的，所以某一阶级的人的主观，总是和另一阶级的人的主观不同，我们不能把这些人的思想意识和行动，统统都概括成“主观”而抽去它们的具体的历史阶级内容。就是同是出身于一个阶级，但因为每个人的生活和经历、教养和习惯、气质和禀赋而有每个人的不同的性格，并由这些性格，产生出各人的主观（当然这个个人的主观，又是具体地和阶级性、民族性其他共性等互相渗透的）。所以同样的，我们也不能把人笼统地概括成“主观”或“人性”，而抽去他个体存在的具体社会内容。

总括起来，就是无论是一定阶级的主观亦好，无论是一个人的主观亦好，人的主观是为历史社会所赋予的具体的生活条件所规定。具体地说也就是社会存在规定了人们的意识。

可是尽管思想意识为社会物质存在所规定，尽管意识是从物质产生，但不能否认意识是一种精神作用，也就是说我们不能否认主观是一种精神作用。我们不能同意舒先生的说法，主观也是属于物的范围。精神虽然决定于物，从物而生，但它自己也有相对的独立性。它的运动和发展也有它自己的特殊的规律。如果我们说客观世界是物，而我们通过生理机能对于外在事物的认识也是物，那么岂不是脑子里所认识的桌子也就等于实际存在的、占有空间位置的桌子了，我脑子里所认识的桌子，也就是客观存在着的桌子，那岂不是它们两者是等同的么？然而事实上，存在于客观世界的桌子是占有一定空间的，而我们脑子里对于桌子的认识本身是不占有空间的。如果每一个观念本身都和客观存在般占有一定的空间的话，那我们这一个小小的头壳如何能把世界万物都放进里面去呢？所以我们说主观对于客观的认识，乃是对客观事物的反映。这两者之间不是等同，而是统一。

只有机械唯物论，才会否认精神作用，而把一切都还原于物。把人类对于客观现实的认识，只看作是把这一只桶里的水倒进另外一只桶。

然则这位先生应该是主张机械唯物论了，然而不是，事情并没有如此简单！

请看关于主观的定义里面，他是怎样说的："它（指主观——引者注）是能动的而非被动的，是变革的而非保守的，是创造的而非因循的，是役物的而非役于物的，是为了自己和同类的生存而非为了灭亡，简言之，即是能动的，用变革创造的方式来制用这万物，以达到保卫生存和发展生存之目的的作用。这就是我们对于'主观'这一范畴的概括的说明。"

接着这位先生对于无生物、生物、高等动物，以至于人类的主观有着如下的描写。

他说无生命的动物是消极的，所以"这样完全受制于预定的机会的存在，无论如何总是不能符合于大宇宙的进化的本性的"。所以他说，"因此就有着生命存在产生出来"。对于这些有生命的生物，这位先生是怎样估计的呢？在结束的时候他说："……就由于这争取，消极的存在状态就大体上已被代替，而且现出蓬蓬勃勃的景色来，符合于大宇宙的向上、进化的本性。"对于高等动物，这位先生的译语是："自然生命的能动力，仍不是可以发展自身生存于无限而充分实现宇宙本性的东西。"最后说到人类的时候，这位先生便非常之卖力地加以充分描写。他说："于是能动力的使用，就有更进一步，在本质上更进一步的必要。在它原来使用自然生命的基础上时，其所以有那么多的局限性，乃是因它直接有仰赖于自然，自然遂亦直接束缚了它。所以如果要真的更进一步，就必得从这种直接依赖的状态下离开，反把自然的简单原体变为更复杂的新东西，也就把所需要的而自然中本来没有的创造出来。必需如此，才可以脱离自然的束缚，反而不断地战胜自然，以争取无限的生存机会，真正实现了大宇宙的本性——生生不已的'天心'。而当这生命力在全新的基础上被使用之时，亦即人类屹然出现于大宇宙之日。人类便是大宇宙的进化的本性之结晶，人类对于能动的使用，便是大宇宙的进化力的具现。"

这里很明显，这位先生把宇宙万物的进化都看成是具现大宇宙的本性的东西。什么是大宇宙的本性？据这位先生说，这就是“生生不已的‘天心’”。什么是“生生不已的‘天心’”？我想只要这位先生高兴，他随时可以用他的目的论创造出一个上帝来的！

这里很明显，这位先生把人类看成大宇宙的进化的本性的结晶，他把主观（照这位先生的意思也就是人类在新基础上的能动力的使用），看成为进化力的具现。真是要多谢这位先生指点迷津，因为我们这些辩证唯物论者、历史唯物论者，糊里糊涂地活了几十年，还不知道这两脚跑路的人类倒是属于什么“结晶”之类，而我们的主观也是什么主观进化力的具现呢！

可是这个理论虽然十分玄妙，然而却断乎不是唯物论，更不是马克思主义的唯物论！原来它把万物的进化都看成是一个最高原则的具现，它是最典型的唯心论！它是唯生史观，它是生机主义。这位先生说的所谓“生生不已的‘天心’”，也可以解释成“生之冲动”（elan vital）。幸而他还是有意穿上约瑟夫的外套，所以没有把他的“隐得来希”的尾巴全部露了出来。

在论到主观的时候，这位先生绝对不说这是人类在生存斗争的几千百万年中所不断积累、学习、锻炼而逐渐发展得来的东西，而肯定说，它是大宇宙进化力的具现！这不是很玄妙的学说吗？

这样说来，这位先生的这篇文章，应该是机械唯物论、唯心主义和生机主义的“混合体”了。可是，不，如果是这样，倒也还简单，他的妙文还在后头呢！

照一般历史唯物论者的意见，最初人类的主观的形成，乃是由于人类和自然斗争。人类那时为了要生存而和自然对立，在劳动实践中从而逐渐认识世界，同时也逐渐认识自己。但是那时候人类是完全在社会集体中成长的，所以，群众的主观和个人的主观之间的界限还是不明显的。

可是这些异常明白的真理，一到这位先生手里，就变成非常奥妙的“哲学”。你瞧，他说的话是多么难懂啊！他说：“主观之所以只能为人类所具有，现在更已十分明白，乃是因为能动力只在被人类使用时才可以这样被使用。”他说：“工具的制造和使用，又即是变革创造的具体化。”经过了这一段很难懂的哲学的符咒之后，作者得出结论来了。他说：“这里需得提出人类、社会与主观的三位一体观来，举人类，则其中必然含蕴着社会和主观，举社会其中亦必然含蕴着主观和人类。同样地，主观这一概念，从中除去人类之后固不能成立。从中除去社会也不能成立。”

当然除开了人类，就说不上主观，这是谁也知道的常识。但这位先生为什么花了这样大的气力，绞尽了哲学家的脑汁，用许多玄妙的道理去证明呢？原来舒先生是别有苦心的。所以他后面接着就补了一句：“主观必然含蕴着社会而存在，它本身就是‘自然生命力’和‘社会’这两个因素的统一体，而后者则为其中的主导契机。”在这里，读者们应该很明白了，这位先生之所谓人类，就是“自然生命力”，也就是“大宇宙进化的本性之结晶”。他之所谓人类，其实并不如我们这些“浅薄的”历史唯物论者之所认识，是有血有肉的直立的人类，而是经过聪明智慧的哲学家所巧妙地抽象过的毫无烟火气的“人类”。

这里我们不妨应用一下代数学。

“人类，便是大宇宙进化的本性之结晶。”

“主观，它本身就是自然的生命力。”

社会，则是以上两个因素在矛盾中的主导契机。

现在再把以上三个命题代上这位先生的“人类、主观、社会的三位一体论”，即：大宇宙进化的本性之结晶，加上自然的生命力，加上上列两个因素的矛盾中的主导契机（社会），于是就成了统一体了。

读者们，你能看懂这位先生的这个三位一体论的妙理吗？

你瞧，这简直是神秘主义了！可是妙文还在后头呢！

这位先生不是曾经说过，“主观含蕴着社会而存在”“主观这一概念……从中除去社会也不能成立”么？可是他接着又说“主观并非通过社会而作用，实乃带着社会而作用”。

现在再让我来应用一下代数学。

既然这位先生认为主观本身就是“大宇宙进化的本性的结晶”和“社会”的统一体，那么现在把他上述一句话代上去，那么我们就可以译成：“大宇宙的进化的本性的结晶和社会统一体，并非通过社会而作用，实乃带着社会而作用。”

你瞧，这是什么话，这简直是超神秘主义、不通主义了！

这样表演得淋漓尽致，这位先生应该是感到满意了吧。他以一身而拥有机械唯物论、唯心论、生机主义、唯生史观、神秘主义、超神秘主义，集中哲学上的一切破铜烂铁于一身，应该算是胸襟够阔大了，可是这位先生的哲学思维是永远不会满足的。所以一眼又看上了二元论。在第三节的开头里，他这样说：“……不过，在人类的主观作用里，客观社会因素到底只有构成质料的意义；在客观社会现象里，人类的主观作用也仅有构成质料的意义，这又是二者间的矛盾合一之处。”既然人类的主观作用在客观社会现象里也仅有铸成质料的意义，那么主观作用又怎样去推动社会的进步呢？这不是有辱于“大宇宙的进化的本性之结晶”的尊严么？

以上所引的命题，可以说是这位先生的整个理论体系的基础，所以他自己也说“这两个命题对于以后的讨论是极为重要”，但从我上面所提出的批评里，读者也不难发现这个理论体系的本质究竟是什么东西了。

三

现在再进一步来讨论到他的社会观。

第三节第一句劈头就说：“人类带着本来的自然生命力而结合为社会，自然生命力，一碰到社会的结合，就和社会的因素有机的化合起来，变质而成主观。”

明明是人类依着各种生产方式而结合成各种社会，而这位先生却偏要说人类“带着本来的自然生命力……”，这不是很奇怪的么？然而读者们如果知道了他的哲学的本质，那就一点也不会奇怪，因为这位先生正是想把整个历史的发展都看成生命力的发展，或更确切地说，看成主观的发展。

在同一段里，他又说：“主观作用，在社会现象里找着被屈辱为奴隶而且变了形的它自己的兄弟，它要帮助这可怜的兄弟获得解放，恢复原形，而且联合起来翻转作社会的主人……”你瞧，这位先生并不以为是被剥削被压迫的劳苦大众拿起武器来革命，而是“主观作用在帮助这可怜的兄弟……恢复原形……”。是恢复什么原形呢？自然又是要恢复“大宇宙的进化的本性之结晶”了！

接着这位先生把整个人类进化的历史归纳成三个阶段。第一个阶段大概是指原始共产社会时期，第二个阶段大概是指由奴隶社会到资本主义末期，第三个阶段大概是指社会主义时期（这里“大概”二字是我加上的，因为这位先生的哲学的词句说得实在是过于玄妙，而我本人一向又无“哲学家”的头脑，所以只好妄加猜测，如果猜得不对，那就只好自认愚蠢了）。在这里很有意思的，是这位先生把马克思的生产力和生产关系矛盾的学说完全抽出去，而代之以他自己的主观发展的学说。在论到第二阶段里，他这样说：“这里，就形成了一部分主观作用违反本性，另一部分主观作用保存并发展本性，但前者得后者供养，后者反被榨取而不能自存的情形……”

你瞧妙不妙，这位先生把原始共产社会崩溃到社会主义实现前的这一个时期，完全看成是主观上的合乎本性与违反本性的斗争，照这样的说法，岂不是一切具体的历史研究，都变成了多余的事情？只要把这个宝贝的公式往上一套，那么岂不是万事大吉，一切都有了答案。这和过去的历史家所说的神和兽的斗争，光明和黑暗的斗争，有何不同？如果把一种哲学的“外国语”翻译成中国的语言，那岂不是“顺天者昌，逆天者亡”的哲学了么？

最后，这位先生替他的神秘的历史观作了一个结论，“由以上的简略的分析，可以看出，人类的斗争历史，始终是以发扬主观为武器，并以实现主观作用为目的的。详言之，人类并不是用自然生命力或社会势力来斗争，而是用真正的主观作用来斗争，也并不是为了社会本身或自然生命而斗争，而是为了那比自然生命本质上更高并且中间就有机的统一了社会因素的主观作用之真正充分实现而斗争的”。

照这样说法，人类的斗争乃是孙行者与牛魔王在云堆里打仗，为什么？因为他们都“是用真正的主观作用来斗争”的！世界大战不会有一个人死亡，为什么？因为“人类并不是用自然生命力来战争”！一切的动员都是白费，为什么？因为“人类并不是用社会势力来斗争”的！

天哪！这叫做什么哲学呢！

写到这里，这位先生的兴致确乎是到了高潮，他要实行他的“大宇宙的进化的本性之结晶”的权力能起来了，于是他从玄学家的宝库里取出了捆仙索，一下子把约瑟夫的外套偷来，披在自己的身上，于是他就俨然以卡尔和约瑟夫的信徒自命起来。所以他说："真正卡尔—约瑟夫的看法，应正确的强调主观作用……"

这简直是牛头不对马嘴，卡尔—约瑟夫强调主观作用是站在特定的历史阶段上，根据当时的历史的任务和条件，强调特定阶级对于推动历史的主观作用。试问这和这位先生的"用主观作用作战"和"本性适合的发展"有何相同之处呢？好端端地两只脚站在地上的唯物论，而舒先生却硬要把它倒过来拖回到黑格尔哲学里去，这是什么道理！

本来这位先生要相信机械唯物论、唯心论、生机主义、唯生史观，这是他的自由，但是硬要在唯心论上面借点机械唯物论来装点门面，更趁此机披上了约瑟夫的外套，而自侪于唯物论之列则大可不必！对于这种伪装，我认为，每一个忠诚的辩证唯物论者都有揭发它的义务。

魔鬼们用牛屎马粪做成鸡蛋糕的样子，上面涂以奶油，再加上一些精致的乳酪的花朵，把它送到圣诞节的晚餐上去，尽管样子好看，但明眼人是一定不会把它看成鸡蛋糕的。

四

这位先生的整个理论体系是和我们完全不同的，自然从这理论引申出来的许多结论，也就无法同我们一样，虽然在某些论点上，多少还有些好的片断。如果我要在这里把所有的错误，都指出来加以论列，那是不可能的事情。因为作者实在没有时间，也没有心情来把这位先生的错误堆起来建立一座宝塔。现在我只把其中最有害的几点指出来。

第一，这位先生说："那对于主观作用的一般的本性和自己的具体的主观作用之丰富的内容，与强大的力量，都具有极其清楚而且深刻的认识的，人们已经产生出来了。他们是谁？这是第二阶段中那独独能够保持并发展主观作用的创造变革性的人们的最优秀的后代。他们为什么能有那样清楚而深刻的认识，一方面是由于创造变革性本身发展的极度，另一方面是被损害的极度。"

你瞧，这是这位先生不仅认为历史上所有的斗争都是"为了解放和发展真正主观作用的斗争”，而且那些作为推动历史的主要人物，之所以有清楚的认识，也并不是根据于他认识了历史的必然，却是由于“创造变革性发展的极度……和被损害的极度”。这位先生把生产力和生产关系间的矛盾，作为推动整个历史的杠杆这一点，被完全抹杀了。明明是具有非常丰富的历史内容的唯物论的命题，却被这位先生这样毫无生气地解释成“损害的”和“被损害”之间的斗争。

在第四节开头的一段里，这位先生又说：“由于被驱迫和被榨取，却并不能从这工作里获得丝毫兴趣，反视为畏途……迫于被动或表现病态的狂奋，或表现得像死样活气……”第十一节第六段，这位先生又说：“由于被长久地压迫和损害，一般说来，真是健全的主观作用，已经没有一个人能具有……”先生，难道你不担心自己的“主观”也会不健全么？

是的，从这位先生那样把人类看成“宇宙本性之结晶”的观点来看，目前的所有的人类都是“不健全的主观”，这是很自然的。可是，他却忘记了“就是现实性说，人的本质是在人与人之间”和“人在不断改变自然，同时也在不断改变自己”的命题了。其实在我们辩证唯物论、历史唯物论者看来，人类的主观并不是什么“生命力”，什么“创造性”，或是什么“结晶”之类，而是属于历史的发展的社会范畴，应该具体地来理解它。

可是既然所有的主观都不健全，那么又怎样能够成为“创造变革性发展的极度”呢？而且又怎样去能动变革呢？这位先生在这里似乎也觉得有点为难。所以第四节论斗争的时候，又把这些被损害的人群看成“被损害，却全不变态的一部分”了。

啊，先生，你也不嫌你在逻辑上有些矛盾吗？

第二，舒先生在这篇文章里对于机械教条主义极力反对。当然反对教条主义，我是衷心拥护的，而且在某些见解上我也认为是很可重视的，可是，我决不能同意于他那从唯生史观引申出来的解释。

在第八节里他说：“他们摄取那些被征服了的客观势力（什么叫做“被征服了的客观势力”？不懂。——引者注）达到某一定限度时，便不再是为了继续战斗，而相反的，却把这些战利品给自己建造起一个完成了的小世界来……”接着他又说：“这乃是主观作用的变革创造力的中断或偏枯……”

我认为用这样空洞的理论来解释教条主义是不适当的。如果说这是由于“变革创造力的中断或偏枯”那更是十分玄妙。我想机械的教条主义之来源是由于一些没有实践经验的知识者，只从理论里去学习到一些前人的学说，专从抽象的原理、原则里寻找根源，而没有从实践的生活去充实它的内容的缘故。自然在最初，当这些原理原则还没有被人认识的时候，这些原则的介绍和传播是十分必要，而且具有很大的意义的。可是当这些原理原则被应用于实际的改革过程，而且一天天深化的时候，这些没有实际生活根据的原理原则的背诵就一天天显得空洞起来。然而正因为这些“理论家”在过去还是有些功绩，这就使得他骄傲起来，反而把这些原则的反复当成他们自己的职业，在文化上养成了一种风气，阻碍了这些理论的更进一步的发展。是的，这就是教条主义生产的哲学基础。

至于从哲学的见地说，因为机械论的教条主义脱离了实践，和实际生活隔离，因此它常常表现为空洞的方法论，而没有接触到具体的物，即是说没有从作为本体论的唯物论去把握这个世界。

所以要反对教条主义，首先是要加强实践，只有在实践的过程中，才能使主观更切合客观的实际和更有生命力；其次是要在哲学上肃清那种以空洞的方法论为满足，而不想很虚心地勤奋地不断地去研究新的现象的倾向。

关于反对教条主义，我不赞成这位先生所提出的药方“真正健全的开扩的积极发扬主观作用的实生活”或是“好好去生活”。在这里也许有人会觉得这位先生的“好好去生活”“发扬主观作用的生活”，和我们所提出来的生活实践不是差不多吗？但是我得声明，这里有本质上的不同，我们所说的“实践”“生活”是指根据于一定的社会的历史的任务去奋斗，而这位先生所说的“好好去生活”是指“发扬主观作用”，是要“恢复原形”，是要“体现宇宙进化的本性”，是要使“变革创造力的继续”。你瞧，还不明白吗？在同一段里他是在极力反对人们用主义来救命，认为这是深刻的危机呢！但我们的意思是主义也要看什么主义，马克思列宁主义乃是无产阶级的主观意识的高扬的表现，它是指给我们实践方向的路标。反对教条主义，并不需要连马克思主义也反对掉。

第三，这位先生似乎又是在反对阶级决定论，好像这种主张会反对别人接近进步阶级的努力。舒先生你赌咒要打击的是教条主义，可是你不要一时兴致来了，用短刀在自己穿着的约瑟夫的外套上也乱戳起来。在两个阶级面临决战的时期，阶级决定论是对的，虽然这对于创造论的论客是多少有点损害尊严，不过阶级决定论和机械论并没有多大的因缘。因为阶级决定论从来没有否认一个人可能从一个阶级投奔到前进的另一个阶级队伍里来的。不过从社会科学的见地说，须附带说明几点：一，一个人之离开统治阶级总是因其原有阶级已进入到没落过程；二，在一个人离开其本阶级的时候，内心一定感到有强烈的不满或矛盾；三，无论他本人主观上是觉得自己如何改造好了，但在相当长的时期以内，他必然还残存着原来的统治阶级的某些特性。在阶级斗争十分激烈的时期里，阶级决定论并没有错。

第四，舒先生认为："对于政治上的各种斗争，不能太简单地以说出所谓客观阶级意义来为满足，而须慎重地把握着每个政治人物的心意上的状况来处理。"这句话大体上是对，但必须加以修正。一个政治家或一个思想工作者，在政治上必须要有对一般的阶级力量对比和阶级特性的估计，同时在实际政策运用上必须更慎重地把握到政治人物的心意状况，不过对于个人的心意状况的把握，还是首先必须根据于客观阶级力量的估计。不然的话，政治科学将无规律可循而成为不可能了。所以即使"有原则的政派"在它的主观上是如何地自以为正确，但是假如他们所代表的社会力量，是向后转走的话，那么这种政派还是不能不向后转走（当然有些个别的人属于例外是可能的）。即使他们这些人主观上是如何善良，但在客观上还是有可能走上错误的道路，对我们的事业造成危害，在这样的情况下我们对他还是不能有什么原谅。至于说有原则的政派就有政治影响，而无原则的匪帮则没有，我想，也不一定是这样。有原则的政派，未必有原则；无原则的匪帮，其在外表上亦未尝不楬橥原则。希特勒暴徒是无原则的匪帮，然而他们何尝不标榜什么主义？又何尝不一度掌握着德国的政权？所以一个政治派别之是否有群众，主要的不是决定于党员之心意状态，而决定于其所代表的阶级力量以及当时阶级力量的对比，还有他的原则是否能号召群众或一时欺骗群众。

第五，这位先生说："在现实的中国里产生的一切进步文化，只要是进步的。就是'进步的'。"我想，现在有些人，动不动就自命为进步而骂别人为不进步，或先想好了一套公式硬向别人的头上套，这当然是不对。可是如果把一切的“进步的”都等量齐观，而不用历史主义的方法论去看出他们的远景的差别，那也是不正确的。当然在主观上说来，我们是希望大家都一齐进步到底，但是不是能够做到？而且在许多差别不同的意见中，哪一个才是比较对，哪一种理论才是比较合乎实际，我们就不能不有一个区别。也就是说，我们不能不从民主进步势力中，区别出其中最进步的、最彻底的革命势力。我们并不赞成“根据公认的文化的成果来衡量新生的东西”，可是我们却不能不根据当前客观的需要、未来的远景来衡量、来估价这些新生的东西。

文章写得太长了，现在姑且暂时停住。总括说一句，在反对“文有派，学有界，戏剧有圈”的小圈子的主张上，我是很同情这位先生的，可是因为整个理论体系的不同，我可不敢因为在这一点上相同，引舒先生为同志。凡是一种社会制度到了它的没落时期，是必然会暴露出许多弱点的，它阻碍人类的进步，甚而至于奖励人类自己的自相残杀，戕贼人类的“本性”。所以我们抓住这些弱点，来为正义公道呼号，这是对的，可是这里，我不敢苟同于这位先生的意见，认为整个历史的发展都是人性的发展。这位先生痛恨教条主义，我是同情的；可是他把教条主义之所以产生说成是因为教条主义者在主观上“把自己完成起来”，这种抽象的唯心论的解释，我是不敢苟同的，因为教条主义的具体内容同样亦是在发展着。

最后，我觉得教条主义虽然可憎，但比教条主义还要更糟糕的，就是那些“作深刻状”的长篇大论。他们似通非通地在文章里塞满了不必要的术语，以使到别人看不懂为得意，因而在自己的周围，有意无意地造成“高深”的迷雾和权威的偶像。这不也是教条主义吗？这种东西已达到了非清算不可的时候了。

建立自己的理论体系固然是很重要，但必须要有坚实的科学基础；胸襟阔大，固然重要，但最重要的在于正确。

不懂哲学就不要去玩弄哲学，不懂社会科学就不要去玩弄社会科学，这位先生如果坦白地说他是唯心论，那我是一定不会写这篇长文章来驳他的，因为我从来无意于把自己造成权威，可是舒先生硬要这样勇敢地摆着唯物论的面貌，那我就不能不出来说几句话了。老实说，我对于舒先生这样天真地在万人面前作了一次错误的展览，心里觉得非常之难过。舒先生，多读一点书对你是有益的，而且我相信，你在自己不熟悉的领域保持沉默，将证明你是聪明的。

1945年4月29日于成都

原载1945年冬湘西《艺林·副刊》，

后载1946年3月1日《文艺生活》（光复版）第3期

文艺之政治性、艺术性及其他

最近关于大后方文艺问题的争论，似乎是相当热闹，但由于我个人的生活和时间限制，始终没有把所有的文献统统细读一遍。现在我所读到的只是方敏4月7日《华商报》的介绍文章，何其芳的《关于现实主义》的一节《论今天大后方文艺上的中心问题》（见广州出版的《自由世界》）和雪峰的《论民主革命的文艺运动》长文。当然就以上这些材料来发表对于今后文艺运动全般性的意见，是不够的，所以我只就材料里面所触及的几个问题提出些来和大家研究。

文艺之大众化的问题是早在1928年初就被提出来了的，然而，当这个问题被提出来的时候，因为在我们所处的地区没有现实的群众运动的基础，所以大众化的问题也就只起草了计划，而没有很好去执行；或者是时作时辍的，每经过一次政治运动，这个大众化的问题就被又一次提出来。

显然的，对于这个问题，一部分人是强调着形式那一面，无论大众化问题好，民族形式问题亦好，有很多人认为只要把形式问题解决了，大众化的问题也就解决了。于是通俗小调、大鼓词被提倡着，然而结果是小调还是小调，大鼓词还是大鼓词，旧的小调和大鼓词没有被淘汰，而新的小调和大鼓词反而经过一时间的热闹以后被忘记了。同时在另外一方面，又始终有人强调着，大众化的问题本质上还是在于现实不现实的问题。如果是现实的话，那么他的东西自然会合乎大众化的趣味和情调的，那就是说只要能够忠实于现实，那么大众化的问题也就解决了。显然，这两种说法都是没有把问题解决的。因为怎样才能算是现实呢？从什么角度来考察作品之是否现实呢？要现实到什么程度才能达到大众化的目的呢？如果说现实的作品就是大众化的作品，那么为什么有些现实的作品并不大众化呢！这里存在着一系列的问题。

自然有人会说，有了正确的思想，加上战斗的热情，那么他写出来的东西自然就会是现实主义的。然而何以有人有了正确的思想，而又有了战斗的热情，而写出来的东西始终既不现实，又不大众化呢？我想这原因是，有许多人自己以为思想正确，而其实并不正确。唯物论，是要经常接触着物，接触着生活，很精细去处理的，然而有人却以为他读过了几本哲学书，记下了几个公式，他自己的思想就是正确了。生活和物本身是在发展着的，然而有人却死抱着几个理论命题，夸耀着过去的工作经验，就以为他自己的思想是正确了。所以所谓“思想正确”，或作家“自以为思想正确”事实上是存着很多的问题的。至于说到战斗的热情，的确，我曾看见了不少的自以为思想正确而又有战斗的热情的人了，不错，他们的热情是有的，然而他们的热情，有时并不是来自为人民服务的观点上（虽然他们口头上还是说为国为民），而是来自主观的英雄主义、风头主义，或是某种自私目的上。这在他们，有时自己也一点不自觉，以小资产阶级的身份带来了封建社会里面的残渣和资本主义社会的个人主义的怪物，混进革命的队伍里来了。当然从广泛的革命运动看，我们是不必，或有时故意不去检查每个成员之主观的动机的，然而对于一个作家，作为一个灵魂工程师的作家，在内心生活上要保持着纯洁的作家，我们站在教育的立场上就不能不更严格去考验，并从而研究到这些动机了。

而且所谓“现实”究竟是什么东西呢？你也说是现实，他也说是现实，究竟用什么尺度去测量呢？现实并不是不变的，昨天是现实，可是过了些时又变成不现实了；今天不现实，可是过了些时却又变成现实了。我们究竟用什么方法去把握现实呢？这一连串的问题，本来都是常识问题，然而有许多人却爱把“现实”看成一成不变的东西，而自己就躲在这个“永恒的现实”后面打起瞌睡来了。问题是很明显的，所谓“现实”难道不是指和目前的时代呼吸在一起么？难道不是指和人民在一起，为人民服务么？难道不是指对以千百万无衣无食的苦难的人民痛切地关心，而愿意为他们（也即是为我们自己）的幸福而献身么？如果不从这个立场出发，思想正确又有什么意义？战斗的热情又有什么意义？我们不是看见有些自命为“现实主义”的作家，整天关在房子里，读书写作，真的要他为解除人民的痛苦而流一滴汗也不愿意么？对于那些啼饥号寒的人民，漠然地一点也不感关切么？或者是走到人民面前发号施令俨然以天生的领袖自居么？这些人所创作出来的东西当然是和现实主义有很大的距离的。

所以今天，把接近人民、为人民服务、向人民学习当作考验作家生活态度的基本前提是非常适当的。把文艺之政治倾向性更加突出，把现实主义更具体化为“写广大人民所需要的东西，写广大人民认为最有意义的东西”是非常之正确的。难道革命不就是为人民服务么？然而有人却把“为人民服务”的本质的意义忘记了。

而且从整个文艺运动的发展看，问题之这样具体地提出，也正是说明文艺运动是正在走上更高的阶段。最先，我们曾提倡艺术是武器，可是事实上却是把作家简单地当成了武器来使用了。后来，我们逐渐了解到艺术之作为武器的重要，可是常常感到这个武器的不够锋利，于是又心急地要求改良这个艺术的武器，然而空喊了好久，这个武器还是改良得不很好。到了今天，我们已开始知道，要使艺术真正能够成为人民手中的武器，必须首先改造作家，使到他们确切地知道人民需要怎样的武器。以服务于人民为中心口号，于是我们把文艺作家们向人民大众更提前了一步了，把怎样才算是现实主义的问题解决了，把大众化问题的基本涵义也解决了。虽然我也承认，有些作品是现实的，然而并没有做到大众化的地步，对这一类作品，我们是承认他的人民性，但是今天只能把它放到次要的地位了。

在这里一定有人会怀疑：既然我是文艺作家，那么我的任务就是用我们的作品来替人民服务，只有这样才能发挥我的所长，如果不把我当作作家来使用，而把我当作普通的工作者来使用，那么这样我自己固然是一种损失，而从社会的观点看来也是人才的浪费。

作这种想法的人，有一点不了解，就是他自己既然不是出身于人民大众的阶层，对于人民大众的生活和情感既然是很隔膜，如果他想使他的作品真正为人民大众服务，那么他就必先使自己对人民大众所希望、所渴想、所愁苦、所烦恼的问题有一个具体的了解。这就是说，作家要使得他的作品能为人民大众服务，他就必须自己先能够为大众服务，对某些作家这也许是一个麻烦而讨厌的过程，然而这是必须经过的过程。

在这里也许有人会说，过分强调政治斗争性，那一定会干涉到作家的创作自由，创作是由内而外的，绝不能够由外而内的。或者有人会说，作家只能写他所习知的东西，如果硬要他们写群众所最需要的东西，那就是勉强作家们写他所不十分熟悉的东西，而其结果是一定会使作品陷于空虚，变成了空洞的口号和标语。

对于这个问题，我想有以下的几点应该加以解释：

第一，目前的广泛的政治运动，已经普及于各阶层，每一个关心时局的人都或多或少地有他们的政治态度。一个自命为前进的作家，关心人民生活的作家，是不能没有他的政治态度的，而这个政治态度，自然又一定会有强烈的战斗性。所以今天我们强调文艺之政治斗争性，并不是外铄，如果一个作家感觉到这是外铄，那一定是由于他自己实际上已和现实远离。

第二，既然是人民需要的东西，自然也就是最值得学习的东西，如果一个作家对于最值得学习的东西也还是自安于无知，而还是躲在自己的意识的蜗牛壳里，那就是等于自甘落后，而其最终极的道路，就是艺术至上主义、个人主义。

第三，既然作家要写人民所最需要的东西，然而作家对于这些东西又不十分熟习，即使努力去学习也并不是一下子就学习得了，那么怎样办呢？作家是不是宁愿有悖于自己艺术的良心，写一些空洞的东西呢？还是就从此不写，一直等到自己对于新的东西熟习了以后才写呢？对于这个问题的答复，我们认为这还是要看当时的需要。如果当时的环境需要写，我们当然是继续写，因为这是一种工作。不错，这样写出来的东西，难免有些空虚的毛病、公式主义的毛病，可是假如我们把它当成一个文艺运动看，则在这个运动的开头多少有点幼稚、有点空洞是不足为怪的，问题乃在于能够自己知道空虚、知道不足，而不断加强学习，由空洞而至于不空洞。

第四，我们认为有些先生他们是有一种错觉的。他们以为既然他们自己不十分熟习新的东西，因而写不出充实的作品，因此也就错认别的作家也和自己一样。其实，我们现在已经有不少作家在新的环境里学习了好些新的东西了。如果有人认为强调政治倾向性，就不会有充实的东西，那也是过甚其词，并想借此恐吓别人不要向这条路走去。

第二个问题是作品之政治性和艺术性的问题。我是不同意冯雪峰先生的意见的。因为如果我们只强调政治性，而完全抹杀艺术性的话，那么我们就一定又会回走到只求意识正确的简单的公式里去。事实是存在着的，即有许多的艺术作品，它的意识并不正确，可是它还是很能够感动人。虽然我们不能否认，这些作品的社会价值和社会影响在我们的观点看来是有害的。假如照冯雪峰先生的说法，我们就可以这样说：因为这个作品是有害的，所以是没有价值的。对于这个观点，我有如下的几点反驳。第一，许多历史上的文学巨著，它们的观点思想并不正确，假如我们把它们统统认为是没有价值的，那么试问接受遗产和向古典作品学习，还有什么意义呢？第二，现在我们的民主运动，是很广泛的民主运动，在民主运动的营垒中，实际上还包含着许多差别的意见。现在假如有一个作品，它的艺术成就很高，可是意识上又并不见得十分正确，那么是否我们就可以一笔抹杀，说它是不健全的，所以也就是没有艺术价值的？第三，如果政治上正确，所以艺术上就是好的，那么岂不是所有意识正确的东西都是艺术上的佳品，可以不再寻求进步了？

当然任何粗糙的作品，都是或多或少有艺术性的，因为它总算是曾经过作者们的一番加工改造，然而今天我们所说的艺术性，并不是想去讨论作者在主观上对于这个作品加了多少工，而是想要研究如何才能够使作品变得更动人，更能够深入人心。显然的，要做到这一层，光是主张正确，或光是深入现实，是不够的。虽然思想的正确和现实的深入，是能够帮助作家提高作品的艺术性，但这并不能完全解决作品之艺术性的问题。

所以我们必须承认，政治性和艺术性是两回事，并不是政治正确，而艺术性就是一定高的；当然在批评作品的时候首先注意它的政治性，其次再谈到艺术性，不仅求政治正确，而且还要讲求艺术的完美。至于政治上不正确的，那也要看其有害的程度和当时历史发展的阶段、革命的具体情况、作家的基本倾向来决定我们的态度。

让我们再历史地来研究一下这些问题吧。艺术，自从原始共产社会崩溃以来，就已经脱离掉生产。在奴隶社会里，奴隶虽然参加艺术工作，可是他的艺术，是拿来侍奉主人的，供主人娱乐的。因此对于艺术的评判，也就比较重视它的娱乐的一面。或者可以说，重视它的艺术性的一面，特别是形式的一面，至于表现奴隶本身的痛苦的作品，虽然不能说是没有，可是由于生活的极端贫穷，由于文化水准之极端的低落，他们自己是很难创造出代表自己要求的作品的。封建社会也是同样的。封建主人是把作品的艺术性娱乐性放在第一位的，而它的政治性，则微妙地隐藏在后面。至于一般被压迫的农奴，虽然有许多口头作品散布在民间，但他们并没有形成一个自觉的阶级，要以艺术来作为政治斗争的武器。工商业资本家起来革封建社会的命的时候，他们是曾经把艺术当作武器使用过，可是当时他们所强调的并不是作品之政治性，而是文艺作品中之个性，用个性的自由、艺术的自由，来和封建的奴役制度对立。如果把这些主张翻译成现在的语言来说，他们所强调的亦正是艺术作品之政治战斗性。

至于今天我们中国，是在争取民主的浪潮中，而这个民主运动之成败，又将决定我们民族之是否能够生存和发展，因此以民主运动为中心来构成意识阵线，那是非常之自然的事。从而以政治性为批评之首要标准亦是极自然的事。既然我们承认有些作品艺术性很高，而政治上则有害，那么今天我们为了强化我们的意识战线上的阵容，把政治性放在第一位也是十分必要的。

不要误会这是对于创作的外铄，这是对于创作的束缚。不是的，恰好相反，这正是对文艺创作的一种解放，使它从狭隘的个人主义的笼子里解放出来，使它从对人类社会进化规律之朦胧的状态中解放出来。

有人说：有些花是美丽的，然而它有毒，难道我们可以因为它有毒而就说花是不美丽的么？是的，我的答复是：这花虽然美丽，可是我们正在剧烈的生存斗争中。美丽不美丽，首先是决定于它对于我们生活的直接的影响，我们今天所要考虑的是如何获得胜利。我们的批评是功利主义的，但也并不限于功利主义，我们的将来的任务是在于使所有美丽的花都没有毒，或者是使所有没有毒的花都美丽。

批评作品的标准虽然有两个，然而并不是每一个作品都有这样矛盾的现象。相反，因为政治性强、立场正确，反而帮助了作家能更理解现实，更能深入现实，更能多方面体验现实，使到它的艺术性有提高的可能。我们首先必须努力认识客观从而使我们所代表的主观，是和客观现实发展的规律统一的，所以我们越强调主观，客观的现实性才越加明显。

究竟作品之政治性和艺术性，是不是有一天可以完全统一起来呢？或者是说，这两个标准是不是有一天可以逐渐接近起来呢？我的意见是这两个标准是可以逐渐接近的，而它们间的完全统一，则是将来的问题了。

最后一点，我想以最小的篇幅来谈一下冯雪峰先生的那篇长文章《论民主革命的文艺运动》。因为文章这样长，所接触的问题又这样广泛，词句又这样堆砌和艰深，老实说我虽然看了一遍，但我还有许多并没有看懂的地方。当然其中最难懂的是“现实主义在今天的问题”，我就不明白雪峰先生为什么一定要把这问题讲得这样艰深。老实说，我要看懂它至少还得看两遍。但是现在限于时间我不能不选择几个要点发表意见，所以我只提出了两点质疑来向冯雪峰先请教，我想冯先生总不会因我的浅陋而置之不答吧。

第一，在冯先生那篇文章里，虽不止一次提到客观主义，但究竟客观主义的定义是什么？依我个人的浅见，如果一个作家，有意无意地把主观抽掉，而只是把客观的事件无所动心地描写，那么这个态度并不能算是客观主义，因为回避现实，就正是它的主观态度。假如说客观主义是指那些战斗性不强、主观暗示性不强的作品，那么说它是战斗性不强也就好了，为什么又要说它是客观主义？所以我的意思认为客观主义在文艺上是小存在的。

第二，在论“现实主义在今天”的那一大段中，首先对于主观和客观的说法，我是不敢苟同的。比方冯先生说：“人民的力量在对历史和社会的客观本身及其变动上的其他客观条件说，是人民的主观的力量，但对作家或文艺的主观说它是客观。”我认为人民的力量对于一个有正确的立场的作家来说，是主观也是客观。为什么是主观？因为作家本身的意识形态，也就是代表着这个人民力量，只有个人主义的作家才会把自己和人民的力量对立起来。冯先生的说法，恰好正是这个个人主义的观点。为什么人民的力量对于一个有正确立场的作家又同时是客观，因为作家们所接触的生活和事实，都客观地存在着，纵令实际又都在受着这个人民的力量的推动和影响。

冯先生又说：“人民的力量怎么来的呢？来自历史的现实的矛盾斗争当中。正惟这客观的人民的斗争和力量，本是文艺的思想力、艺术力、作品或作者的一切主观战斗力的源泉……”这种说法，我认为是有问题的，人民的力量何以“是来自历史的现实的矛盾斗争中”？这“客观的人民的斗争和力量”，何以又能变成“文艺的思想力、艺术力、作品或作者的一切主观战斗力的源泉呢？难道作家不正是人民当中的一分子，而他自己也正在代表这个人民来说话吗？如果把这个人民力看成客观，那么他怎能变成作家思想力等的源泉？

因为最开头几段，冯先生把主观和客观弄得纠缠不清，所以从这个命题推论出去的那些论据，就越说越深奥，越令人不能明白。浅陋的我极希望冯先生在每一个命题下面都举些具体的例证，来使得许多浅学之士也能了解一下他的深奥的道理。

1946年春于广州

原载文艺论集《论约瑟夫的外套》，

香港人间书屋1948年版

论小说中人物底登场

我现在假定读者们在创作的思想上已有了相当的准备，生活的经验也有了相当的积累，因此我这篇文章就想专门讨论写作技术里面的一个问题——小说中人物登场的问题。

当小说还是在比较幼稚的阶段，它只有一两个场面，只有三两个人物，只有一个简单的故事，所以处理起来也就比较容易。但到了后来，人物多了，场面和故事也复杂了，于是就发生了如何来处理这些题材的问题。

文学并不像绘画，可以平面地把不同空间的事情，在同一时间内展露开来，文学必须通过时间，加以适当的排列。特别是长篇小说，作者既要把当时所发生的事情写出，同时又必须把人物之过去的历史来由说明，因而故事的横断面和纵剖面、直述和倒叙、正面描写和侧面描写、背面的烘托和旁边的暗示，就复杂地交错在一起了。大家都知道主题思想的进行是必须通过故事的发展、人物性格的发展来发展的，所以这里就需要很繁重的组织工作了。

当然，从创作来说，最困难的是如何从生活内部去掌握人物性格，并通过他们来具现主题思想。但这个问题要牵涉到意识形态的诸问题和创作心理学，今天我不打算在这里说。我今天所要说的是上面所讲的组织工作里面的一个小问题，如何处理人物的登场，即某些主要人物登场之前，作者应如何先布置局势，在什么时机登场，登场时候如何描写等。因此我这篇文章也不打算谈些什么理论，而只想从几本名著当中找出一些实在的例子来供喜爱写作的同志们，或者对文学有兴趣的同志们参考。

我们在坊间也常常看到一些演义之类的小说，它们一开头照例总是标明时间地点，父母如何生下这个孩子，以后“光阴似箭，日月如梭”，这个小孩如何渐渐长大等等。这一类的叙述方法，可说完全是公式主义的东西。千篇一律，没有什么价值，我们暂时可以不去研究它。

有些小说，虽然从其整个安排来看，一个故事连着一个故事，一个场面连着一个场面，人物的出场也并没有十分严格的安排，可是就某一个场面来说，人物的出场倒是很有组织的。

比方拿《水浒传》来说吧。《水浒传》的本身是许多民间传说的故事历史地凑合起来的，而且为了适合茶馆里群众的趣味，它的故事与故事之间并无必然的联系，中间只通过一两个人物联结起来成为连环状态。比方由高俅引出王进，由王进引出史进，由史进引出朱武、杨春、陈达，又引出鲁提辖大闹五台山，在桃花村装新娘等等。这里每一个故事都是可以独立的、拆开来的，中间不过有一个或数个中心人物，作为故事的骨干。但也正因为这些故事并不是整套的有机结构，因此这些人物可以跟着故事的发展或需要，随时出场或随时放在一边。而在出场之前，作者也并没有替他预先造成局势或布置气氛。就是主角如宋江、吴用，他们的出场也还是带有偶然性的。不过这只是就整个来说的。如果从某一个局部的场面来说，这其间也有一两个人物的登场写得非常之精彩。例如《水浒传》最重要的人物之一，李逵的登场就是一个例子。

这是写宋江和李逵最初会见的场面中的李逵。当时宋江和戴宗在阁子里饮酒，听见楼下有喧闹之声，过卖的跑来说铁牛李大哥在下面作闹，除非戴院长说得他下，于是戴宗起身下去了——这是一段虚写。

“……不多时引着一个黑凛凛大汉上楼来，宋江看见吃了一惊……”这是一段正面的实写。接着就是戴宗的介绍。戴宗说：“这是小弟身边牢里一个小牢子……唤做黑旋风李逵……能使两把板斧……”这又是一段侧面的说明。再接着就是一段对话：

李逵看宋江问戴宗道：“这黑汉子是谁？”戴宗对宋江笑道：“押司你看这厮怎么粗卤，全不识些体面。”李逵道：“我问大哥怎地是粗卤？”戴宗道：“你便请问这位官人是谁便好，你却说道汉子是谁，不是粗卤却是什么？我且与你说知：这位仁兄便是闲常你要去投奔他的义士哥哥。”李逵道：“莫不是山东及时雨黑宋江？”戴宗道：“咄，你这厮既如此犯上，这等叫唤，全不识高

> 低，几的不快下拜等几时！”李逵道：“若果真是宋公明，我便下拜，若是闲人，我却拜甚鸟！节级哥哥不要赚我拜了，却又笑我。”宋江便道：“我正是山东黑宋江。”李逵拍手叫道：“我的爷，你何不早说些个，也教铁牛欢喜！”扑身便拜。

这一段对话是非常之生动的。

后来李逵拿了宋江的十两银子，马上又推开帘子下楼去了。戴宗于是便说：“兄休借这银子与他便好……这厮虽是耿直，只是贪酒好赌，他却几时有一锭大银解了，兄吃他赚漏的这银拿去，他慌忙出门必是去赌……”这又是对于李逵性格的补叙。

从这一个会见的场面看来，作者对于李逵的叙述和描写，的确是层次井然的。由虚写到正面的实写，然后再侧面介绍，再然后双方正面接触，再然后加以一场补叙。一般说来，《水浒传》上人物的登场，虽然没有在整个小说布局上作有计划的安排，但就这一个小场面来说，用这样多的方法来写人物的登场却还是很出色的。当然这个形式的决定也不是偶然的，因为作者对于这个人物特别同情，所以他也就格外郑重其事地把他介绍出场。

现在再以《三国演义》来说吧。主角之一的刘备的登场是这样的：

当时黄巾的首脑张角犯幽州，幽州太守刘焉听邹靖之计，出榜招募义兵。“……榜文行到涿县，乃引出涿县中一个英雄。那人不甚好读书，性宽和，寡言语，喜怒不形于色，素有大志，专好结交天下豪杰。生得身长八尺，两耳垂肩，双手过膝，目能自顾其耳，面如冠玉，唇若涂脂，中山靖王刘胜之后，汉景帝阁下玄孙……”这一套介绍本来是俗套，下面还有一长串的话，也无非是表明刘备是皇帝后裔，少有大志，的确有事实说明之类。这正表明了作者拥护刘家的正统观念和他的封建主义的英雄思想。不过以下这一段写法，却是精彩了：

> ……及刘焉发榜招军时，玄德年已二十八岁矣。当日见了榜文，慨然长叹。随后一人厉声言曰：“大丈夫不与国家出力，何故

长叹！”玄德回视其人，身长八尺，豹头环眼，燕颔虎须，声若巨雷，势如奔马。玄德见其形貌异常，问其姓名。其人曰：“某姓张，名飞，字翼德，世居涿郡，颇有庄田，卖酒屠猪，专好结交天下豪杰。适才见公看榜而叹，故此相问。”玄德曰：“我本汉室宗亲，姓刘名备，今闻黄巾倡乱，有志欲破贼安民，恨力不能，故长叹耳。”飞曰：“我颇有资财，当召募乡勇，与公同举大事，如何？”玄德甚喜，遂与同入村店饮酒。正饮间，见一大汉，推着一辆车子，到店门首歇了。入店坐下，便唤酒保：“快斟酒来吃，我待赶入城去投军。”玄德看其人，身长九尺，髯长二尺，面如重枣，唇若涂脂，丹凤眼，卧蚕眉，相貌堂堂，威风凛凛。玄德就邀入同坐，叩其姓名，其人曰：“吾姓关名羽，字寿长，后改云长，河东解良人也。因本处势豪，倚势凌人，被我杀了，逃难江湖，五六年矣，今闻此处招军破贼，特来应募……”

这里值得我们注意的是：作者在形势紧张的情况之下，首先把主角之一的刘备引了出来，同时经由刘备引出了张飞、关羽，或是用对话的方式，或是从这一个人去看出别一个人的容貌的方式，在很短的篇幅中把三个人的性格、出身，很生动地展开在读者面前。

在《三国演义》里面，另外一个主角曹操的登场，是写得更好了。他每一次出场都是在非常紧要的关头。

他第一次出场是这样：

皇甫嵩朱儁领着士兵和黄巾夜战，他们纵火烧营……贼寨火焰张天，贼众惊慌，马不及鞍，人不及甲，四散奔走……杀到天明，张梁、张宝，引败残军士，夺路而走，忽见一彪军马，尽打红旗，当头来到，截住去路，为首闪出一将，身长七尺，细眼长须，官拜骑都尉，沛国谯郡人也，姓曹名操，字孟德，操父曹嵩，本姓夏侯氏，因为中常侍曹胜之养子，故冒姓曹（以下叙述曹操的生平，儿时的事迹，一大段纵的描述——引者注）……后为顿丘令，因黄巾起，拜为骑都尉，引马步军五千，前来颍川助战。正值张梁、张宝败走，曹操拦住，大杀一阵，斩首万余级……

这里曹操的出现，是正当皇甫嵩与朱儁追击张梁、张宝的紧要关头，这种安排是很好的，它能够加深读者的印象。

曹操的第二次出场，也正是在时间紧迫的时候。

当时汉灵帝刘宏病重，而刘宏之母董太后则欲立王美人所生之皇子协，而废何进之妹何后所生之皇子辨。十常侍等认为如要立协，则必须先杀大将军何进以绝后患。何进听到了这个消息，乃召集大臣会议，想杀尽宦官，我们且看作者是怎样来描写曹操的：

……座中一人，挺身出曰："宦官之势，起自冲质之时，朝廷滋蔓极广，安能尽诛？倘机不密，必有灭族之祸，请细详之。"进视之，乃典军校尉曹操也。进叱曰："汝小辈安知朝廷大事！"正踌躇间，潘隐至，言帝已崩，今蹇硕与十常侍商议，秘不发丧，矫诏宣何国舅入宫，欲绝后患，册立皇子协为帝。说未了，使命至，途进速入，以定后事。操曰："今日之计，先宜正君位，然后图贼"……

在这一段里面，曹操还不是主角，但已表现了有作为的特点。

曹操第三次出场，也是在矛盾非常尖锐的时候：

当时大将军何进与宦官十常侍的斗争，已经到了短兵相接的时候，何进欲杀宦官，但宦官则通过何苗包围何太后，力图阻止何进杀宦官的企图。于是有些人献计何进召各地统兵将领入京来威胁何太后以杀宦官，但又有人反对。作者这时是这样描写曹操的：

……旁边一人鼓掌大笑曰："此事易如反掌，何必多议。"视之乃曹操也。……曹操当日对何进曰："宦官之祸，古今皆有，但世主不当假之权宠，使至于此。若欲治罪，当除元恶，但付一狱吏足矣，何必纷纷召外兵乎？欲尽诛之，事必宣露，吾料其必败也。”何进怒曰：“孟德亦怀私意耶？”操退曰：“乱天下者，必进也。”……

这里又表现了曹操的果断和他的远见。

曹操第四次的出场，亦是在危机紧急的时候：

当时十常侍张让等知道外兵既到，于是预先埋伏刀斧手五十人于长乐宫嘉德门内，然后又跑到何太后那里去，包围何太后，要她降诏宣何进入宫。在这里，《三国演义》的作者是这样描写的：

……何太后乃降诏宣进，进得诏便行。主簿陈琳谏曰：“太后此诏，必是十常侍之谋，切不可去，去必有祸。”进曰：“太后诏我，有何祸事？”袁绍曰：“今谋已泄，事已露，将军尚欲入宫耶？”曹操曰：“先召十常侍出，然后可入。”进笑曰：“此小儿之见也。”……

这又一次表现了曹操的预见。

曹操第五次的出场，也是在情形非常之紧张，汉朝许多的大臣都对董卓没有办法的时候：

当时董卓专权，袁绍出走，董卓收买吕布杀死丁原，又废立少帝刘辨拥立陈留王刘协，满朝公卿都敢怒而不敢言。后来远在渤海的袁绍，写信给王允，要他密谋反董。当时王允就借祝寿为名，把许多大臣请到家里宴会。喝酒喝至数巡，王允忽然掩面大哭。“……众官惊问曰：‘司徒贵诞，何故发悲？’允曰：‘今日并非贱降，因欲为众位一叙，恐董卓见疑，故托言耳。董卓欺主弄权，社稷旦夕难保……此吾所以哭也。’于是众官皆哭，座中一人独抚掌大笑曰：‘满朝公卿，夜哭到明，明哭到夜，还能哭死董卓否？’允视之，乃骁骑校尉曹操也。允怒曰：‘汝祖宗亦食禄汉朝，今不思报国而反笑耶？’操曰：‘吾非笑别事，笑众位无一计杀董卓耳。操虽不才，愿即断董卓头，悬之都门，以谢天下。’允避席问曰：‘孟德有何高见？’操曰：‘近日操屈身以事卓者，实欲乘间图之耳，今卓颇信操，操因得时近卓，闻司徒有七星宝刀一口，愿借与操入相府刺杀之，虽死不恨。’允曰：‘孟德果有是心，天下幸甚。’遂亲自酌酒奉操，操沥酒设誓。允随取宝刀与之。操藏刀，饮酒毕，即起身辞别众官而去。”

这里作者又充分表现了曹操的机智和他的迅速的决断。

接着曹操佩着宝刀，想去行刺董卓（从董卓对他的那种优待和这样随便谈话，就可以知道曹操是很能够获得董卓的信任的）。后来行刺失败，于是曹操就赶快逃跑，跑回陈留，找见父亲，一面招兵买马，一面矫诏号召各路诸侯，结成反董同盟。从此以后，曹操才成为这个小说里面的主要人物。

从以上所引几段来看，我们可以看见作者是如何把曹操这个人物引到斗争最尖锐的场面中出场，并从这里面去表达曹操的果敢和机智，这样经过好几次的历练，曹操才成为政治上的主要角色。这里作者对于这个人物是采取逐步提升的办法。这也就是说作者并不在一开场就先固定下这个人物的主角的地位，相反，而是用许多危险的场面，去描写出英雄和主角之形成。

不过关于曹操的登场，作者的安排也并不是没有缺点的。比方曹操的第一次登场，是当战斗的场面正在展开的时候，但作者在这里拦腰插上了一段关于曹操的出身及其生平的许多历史的补叙，如“操父嵩本姓夏侯氏，为中常侍操胜之养子，故冒姓曹”等（这一段纵的叙述因为太长，没有直接引用下来，读者可参阅原作）。这显然是妨碍了故事之横断面的发展。也正因为了这个缘故，在中国的旧小说里，这种纵的历史的叙述，常常只能够是比较简单，不能太长。但在近代的小说里面，这种纵的历史常常都是在横断面的展开达到一定的阶段的时候，然后再来加以补叙。比方，关于曹操的生平历史的叙述，最好是放在他逃回家里与父亲商量起兵组织反董同盟的时候（即第五回“发矫诏诸镇应曹公”那一段）。但是以茶馆起家的中国传统小说，照例是于每个人物登场的时候简单介绍一下这个人物的生平历史，以免听众一时摸不着头脑。所以这里也是有它的客观历史环境的限制的。

在《三国演义》里面，作者写另一个主要人物，诸葛亮的登场也是很出色的。首先刘玄德跃马过檀溪，在水镜先生庄上听见水镜先生的“伏龙凤雏，两人得一，可安天下”之说。但伏龙凤雏究系何人，水镜可不说了。这是一个虚写。

不久刘玄德在新野县城碰见一位葛巾布袍，皂绦乌履，长歌而来的人，据他自己说他名叫单福。这个人替刘备定下许多计划，这是作为诸葛亮出场的引子，在读者面前故布疑阵，这又是虚写。

后来这个徐庶化名的单福，因为曹操把他的母亲骗到许昌，作为人质，逼得他不能不去，于是他在离开刘玄德之前，才又把这位卧龙先生诸葛亮的身世、生活、才能和所住的地方说了出来。这可以说是诸葛亮登场的正式序论。

接着是写刘玄德三顾草庐了。作者为了要使诸葛亮具有道家的神秘的气氛，就把隆中卧龙冈描写得好像是世外桃源一样，而里面的人物，也都是“飘飘欲仙”的半儒半道的“隐士”。

刘玄德第一次去拜访，首先就听见耕田农夫唱的诸葛亮所教的歌。当他走到茅庐面前，恰好“先生”又不在家。应门童子说：“先生踪迹不定，不知何处去了。”回顾碰见头戴逍遥巾身穿皂布袍的一个容貌轩昂的人物，刘玄德以为这一定是卧龙先生了，忙下马施礼，但是不，他说：“吾非孔明，乃孔明之友博陵崔州平是也。”

第二次去拜访，则正是天寒地冻大雪霏霏的时候。刘玄德听见路旁酒店里面有人作歌，唱完了又抚掌大笑。刘玄德下马走进店里去看，又以为卧龙先生就在这里了。但是不，他们都说不是。一个长须的说：“吾乃颍州石广元，此位是汝南孟公威。”

走到草堂门前，应门童子说：“先生正在堂上读书。”刘玄德走进去一看，只见一个少年，正在拥炉抱膝而歌，这回他以为是碰着了，于是又赶忙上前去施礼，但那少年慌忙答礼说：“将军莫非刘豫州欲见家兄乎？……某乃卧龙之弟诸葛均也……家兄出外闲游……或驾小舟游于江河之中，或访僧道于山岭之上，或寻朋友于村落之间，或乐琴棋于洞府之内，往来莫测，不知去所。”这又是扑了一次空。

但刘玄德刚刚跑出门来，忽见童子招手篱外，笑曰：“老先生来也。”刘玄德这时看见小桥之西，一人暖帽遮头，狐裘蔽体，骑着一驴，后随一青衣小童，携一葫芦酒，踏雪而来，口中吟诗。刘玄德听见他的诗，以为是卧龙先生来了，又慌忙滚鞍下马，向前施礼，但站在后面的诸葛均说：“此非卧龙家兄，乃家兄之岳父黄承彦是也。”刘玄德的第二次访问，可说又是扑空。

直到第三次去访问，才算找到了诸葛亮，但他老先生还在草堂昼寝，等了老半天，才跑出来。诸葛亮和刘备这才第一次见面。

在这一大段的描写当中，很显然可以看得出，作者是花了很大力气来布置这个主角的登场的。当然，这里面的描写，包含着有许多作者封建意味的主观的抒情，故意渲染的道家的神秘气氛，以及士大夫故意高抬身价忸怩作态的样子。但是，从艺术的见地来说，他这种逐层推进布置环境，经过许多曲折，然后使主人公出现的写法，是相当高明的。在冈察洛夫的《悬崖》里面，作者在主角之一的马克登场以前，也曾从许多人物的口中提示到马克。在左拉的《娜娜》里面，作者于娜娜出台之前，也曾通过许多人物的口中，议论着娜娜，预先为这个主角的登场布置气氛。这些写法，可说是和诸葛亮登场的写法，属于同一类型。可是如单从技术来看，《三国演义》的描写，是超出后两种著作之上。

现在我要讲到人物登场的另外一种写法，即作者于这个人物一登场的时候，马上就集中一切力量，从各个角度去描写他，使这个人物非常之突出地浮现在读者面前。这里我想举《红楼梦》里面的人物，王熙凤的登场作例子。

在《红楼梦》第二回，冷子兴演说荣国府的时候，这位冷子兴就曾对王熙凤虚提了一笔说：“这位琏爷身上现捐的是个同知……现在乃叔政老爷家居住……帮助料理家务。谁知自娶了这位奶奶之后，上下无一人不称颂他的夫人，琏爷倒退了一舍之地；模样又极标致，言谈又极爽利，心机又极深细，竟是个男人万不及一的。”

接着是写王熙凤正式登场。她的登场是在林黛玉第一次来到贾府会见她的外祖母以及舅母和表姊妹的时候，我们且看作者是怎样写的：

……一语未休，只听后院中有笑声说：“我来迟了，不曾迎接远客。”黛玉思忖道：“这些人个个皆是敛声屏气如此，这来者是谁，这样放诞无礼。”心下想时，只见一群媳妇丫鬟，拥着一个丽人，从后房进来，这个人打扮与姑娘们不同，彩绣辉煌，恍若神妃仙子，头上挽着金丝八宝攒珠髻……一双丹凤三角眼，两弯柳叶掉梢眉。身量苗条，体格风骚，粉面含春威不露，丹唇未启笑先开。黛玉连忙起身接见，贾母道："你不认得他，他是我们这里有名的一个泼辣货，南京所谓辣子，你只叫他凤辣子就是了。"……黛玉忙赔笑见礼，以嫂呼之。这熙凤拉着黛玉的手，上下细细打量了一回，便仍送到贾母身边坐下，因笑道："天下真有这样标致人物！我今日才算见了，况且这通身的气派，竟不像老祖宗的外孙女儿，竟是个嫡亲的孙女，怨不得老祖宗天天口头心头，一刻不忘，只可怜我这妹妹这样命苦，怎么姑妈偏就去世了。"说着，便用手帕拭泪。贾母笑道："我才好了，你又来招我……"这熙凤听了，忙转悲为喜道："正是呢，我一见了妹妹，一心都在他身上，又是欢喜，又是伤心，竟忘记了老祖宗，该打，该打。"又忙携黛玉之手，问妹妹几岁了……说话时已摆了茶果上来，熙凤亲为捧茶捧果……王夫人因又说道："该随手拿出两个来给你这妹妹裁衣裳啊，等晚上想着再叫人去拿罢。"熙凤道："倒是我先料着了，知道妹妹这两日必到，我预备下了。等太太回去过目，好送来……"

这一段的描写，我认为是很精彩的。首先，在她没有出现之前，人们就先听见她的笑声；当大家都敛声屏气的时候，她却如此放肆大声说笑，足见她一向是毫无拘束；当她从后房转进来的时候，林黛玉一眼看去，就看出她的打扮与众姑娘不同，这是说她的服饰。给她介绍的不是王夫人而是贾母，贾母介绍她的时候说她是"凤辣子"。这骤看起来好像是谈笑，但是事实上，这正表明了她深得贾母的宠爱和信赖。她称赞林黛玉的时候说："……竟不像老祖宗的外孙女儿，竟是个嫡亲的孙女……"这一句话，表明了她的尖酸刻薄，表面上好像是称赞，骨子里却是见外。还有，她看见林黛玉，一时假哭一场，用手帕拭泪，但听见贾母一说，她又能够立即转悲为喜，足见她这个人善于做作，善于逢迎；接着她又拉着林黛玉之手问长问短，表示亲切，讨好王夫人和贾母。在这么多姑娘、丫头、婆子面前，她又亲自捧茶捧果，做得非常有礼貌，足见她手腕圆滑，对上面招呼得非常周到。当王夫人说要替林黛玉裁衣裳的时候，她立即说她早已准备好了，这又表明她做事十分能干，一点都没有遗漏。这种写法，正像戏台上要特写一个人物一样，他一出台立即把所有的灯光都集中在他身上，以此来加深观众对这个人物的印象。而且我们觉得，《红楼梦》作者对于王熙凤登场时候的背景和环境，是煞费苦心布置过的，他要她在贾母、王夫人、邢夫人、林黛玉诸姊妹都在座的时候来出场，这就使得王熙凤这个人物，有机会从各个方面来表现她自己的性格。像这样生动而充满着动作、对话的人物登场，不仅在中国文学作品里面很少看到，就是在西洋名著里面，也还是不容易找到的。

现在再让我引巴尔扎克的作品来做个例子吧。巴尔扎克的作品，是常常用他的所谓三段构成法的。首先是叙述故事发生的地方和环境，其次是概括地介绍小说里面主要人物的历史和地位，以及他们的一般容貌和精神状态，再次说到人物的活动，于是具体的故事就开始了。显然，巴尔扎克写东西，不是先从故事或人物的描写开始，而是从整个社会、风俗的描写开始，然后再把故事、人物，嵌进到这个风俗书里面去的。他有意识地把人物对于环境的有机依存关系加以强调。现在，就以《欧贞尼葛郎代》做个例子吧。他首先叙述主人公所住的那条街，那些古色古香的房子；其次他写到这条街上住的那些人物；再然后就开始一般地叙述这个主人公的历史、家庭、性格（如贪婪、敏感、残忍、吝啬、虚伪等）；再然后说到他的容貌、衣饰，他所往来的亲戚朋友，他的周围人物；再然后介绍他的房子内部的布置，以及他的女仆娜侬。这样写了差不多一万多字，然后说到1819年11月一个晚上的节目。从这里起，才是故事真正的开场，才开始人物的具体的描写。

巴尔扎克在一般地介绍人物性格的时候，他的综合力是很强的。他能够抓住一两个最基本的特征来概括其余。比方，他是这样来介绍葛郎代的历史的："……葛郎代带着自己的现款，和妻子的陪嫁金共计是两千金路易，到了县里。在那里，他岳父给监督拍卖公产的豺狼般的共和国官吏，递了五百路易的贿赂，因之葛郎代只花一块面包的价钱，就很合法地，纵令不是很正当地，买到了区中最好的葡萄田，一座旧修道院和几块耕地……"

关于他的性格的特点，巴尔扎克有很精彩的概括的描写："葛郎代老爷兼有虎和蟒的性质，他知道匍下，蹲起来，长时间地瞅着他的捕获品，而猛然扑了上去；接着他张开了他的钱袋般的大嘴，把那笔财帛吞了下去，随后他就像一条消食过了的蛇似的，静静地卧下，是很冷静的，不动情的，很有规矩的。看见他的人，没有一个不感到一种混合着尊敬和恐惧的欢美的感情……”

关于他的表情，巴尔扎克也有很出色的概括的描写：“……在苏缪尔，没有人不以为葛郎代老爷有一个特殊的金库，里边装满了金币，而他在夜里看见大堆大堆的金路易，有一种不可以言语形容的快感。有些贪财的人，看见了这位老家伙的眼睛，就确信这是事实，黄金好像把他的光彩都传达到眼睛上……”

现在我不打算再引用了，我这里只要说明这种描写方法的好处和坏处。它的好处是能使读者们对这个故事发生的背景有全盘的理解，对于它所要写的人物之历史、生平、性格先有一个一般的概念。可是它的缺点就是在于这样平面的叙述有时候会使读者感觉到乏味，这些环境完全是静态的。有时候它把人物的容貌、衣饰一大段一大段地写下去，其间因为没有故事的发展、人物心理的发展，因而使人感到冗长和枯燥，而且如果每一篇小说都照这么一套公式写下去，那就更会使读者感到单调了。比方，巴尔扎克的小说，如《欧贞尼葛郎代》《高老头》《绝对的探求》《夏贝尔上校》，都是用这么一套三段构成法的。不过这种手法如果应用得当，或者是不要写得那么冗长，而能加以压缩，那么它依然不失为一种很好的表现法。因为看小说也正如到一个地方调查什么事件一样，最先我们远远地看见那一带的山冈、树林、一座小城，慢慢走上前去，我们才看见那城里面的情景、街道、房屋；再然后是街旁的某一商店、某一住屋和来往的行人；再然后我们才从什么人口中了解到这城里某些主要人物的生平、历史、身份和性格；再然后我们才实地去调查某一家屋檐下的某一些人的动作和容貌，从而了解到他们中间所发生的纠葛。由朦胧的轮廓到清晰的形象，由一般的大体的观察到具体的细致的描写，这种由远而近、由大而小的描写手法，不厌其详的仔细分析和解剖的态度，亦可以说是与19世纪中叶自然科学的着重观察和实验的精神相适应的。

现在我要讲到人物登场的另一种写法。那就是先选择一个大的场面，使作品中的主要人物，在这个大场面里陆续登场，并陆续加以介绍。它虽然也是含有绪论式的总介绍的意味，可是它和巴尔扎克的写法不同。巴尔扎克的写法是先对故事发生的场所以及人物的一般的性格作概括平面的介绍，而这种方法则是从故事中的某一个大场面说起，对于每一个人物，都只是将其中最有特色的某一侧面，显示出来。它并不把人物之全部性格平面展示，相反只是显露出他的一端，他的某一个侧面，吸引着读者，然后随着故事逐步展开，人物性格也就随着逐步表现出来。这是用纵深的办法去描写的。正如我们认识一个朋友，最初只注意到他的某一种表情、某一种动作，或性格之某一个侧面的特点，可是随着时间的演进，我与这个朋友的交往频繁，工作和生活的接触增多，于是对他的了解也就逐渐丰富而慢慢能够得到全面的了解。

相比巴尔扎克的三段构成法，这种写法有它的好处，就是它可以避免呆板的公式，以及离开故事和行动的冗长的一般描写。反过来，它倒可以引人入胜，逐层加深。可是这里也有困难，比方你如果一开头，就抓住这一很大的场面来描写，把人物一个个介绍出来，写得不好，就会变成一下子头绪纷繁，人物太多，使读者记不清楚这许多人，摸不着头绪。或者是人物一个个出场，而作者也就一个个介绍，这使读者感到疲倦和单调。所以用这种办法开头，我们就必须注意到故事的吸引性，主要人物的性格特点的相当明朗性。

以这么大的场面开始，从而陆续介绍人物登场的例子，我们可以举出托尔斯泰的《战争与和平》。现在就让我们引这本书做个例子吧。

这本书一开头是写安娜·巴甫罗夫娜家的晚会。在这个晚会里直接出场的就是12个人，间接提到而加以暗示的也有老包尔康斯基王爵、马丽、库图佐夫、包力斯等。我想如果一个比较没有经验的作家要写这么一个场面，一定会写得松懈，或者只是写出了一大堆群众的活动。可是托尔斯泰不，他掌握了整个场面的气氛，描写了俄法战争前夜上层社会的一般紧张的情绪，贵族与贵族之间的钩心斗角和家庭私事。这里有政治的阴谋和个人的请托，有浮华的社会的交际场面，有意见不同的争吵。而且也就通过这具体的描写，他把这些登场人物的个性的某一个突出的侧面显示出来，把整个故事发展的线索安排下来。

写这个夜会一共有五章，第一章说到安娜·巴甫罗夫娜和最初到来的客人伐西里王爵的会谈。由战争谈到伐西里王爵如何想把儿子介绍到外交界里去。而安娜则又想为伐西里王爵的儿子做媒。第二章，作者介绍了主人的姑母、摩德马子爵、摩力奥长老、伐西里王爵的儿子希波力特、小包尔康斯基王爵夫人、丽莎、别竺豪伯爵的私生子彼尔。第三章，作者介绍了老是坐在姑母旁边的老太太，瘦削而忧伤的德鲁兹别加亚王爵夫人，同时把许多客人分成三个集团来叙述：长老的一群，伐西里王爵和小包尔康斯基王爵夫人的一群，子爵和安娜·巴甫罗夫娜的一群。其中因为子爵说到拿破仑如何杀死翁季昂公爵的故事，而引起许多人围拢来听，因而作者也就把爱伦、丽莎、希波力特的容貌和特性，描绘了一点端倪。第四章，作者才把小包尔康斯基王爵介绍登场，他那种傲慢的神态，以及对周围事物瞧不起的蔑视的态度，以及他对他的美丽妻子的冷淡，都会立刻引起读者们的注意。接着因伐西里王爵和爱伦的离场，而引起德鲁兹别亚夫人仓皇赶过来，要王爵替他的儿子包力斯设法调入近卫队去的场面。这里表现了王爵的狡猾和没落的老贵族德鲁兹别加亚夫人的狼狈形态。虽然短短不过千字，但作者已经把这些人物的形象刻画得非常之深刻而引起了读者们的深刻的兴趣。第五章是写子爵，安娜·巴甫罗夫娜和彼尔关于拿破仑的争辩。但这个争辩，并不是完全理论，就在这争辩中，作者表现出了子爵的老练，安娜·巴甫罗夫娜的紧张，彼尔的稚气和希波力特的滑稽和无聊。

全书的主角如小包尔康斯基、彼尔、爱伦、丽莎都是在这个大场面里的许多人物当中登场，而且也就在这许多人物当中表现出了他们的突出的性格。

比方，彼尔的出场，作者是这样写的：

> 随后来的人们中，有一个胖大壮健的青年人，短头发戴眼镜，穿着当时流行的浅色短裤，很高的皮领，褐色的燕尾服。这个胖大的青年，是别竺豪夫伯爵的私生子……彼尔嘟哝了一点听不出的什么，然后好像找一件东西一般继续向周围看。在他走向那位姑母的途中，他好像对熟人一样含着满足的微笑向小王爵夫人鞠了一躬。

> 安娜·巴甫罗夫娜的恐慌是有理由的，因为彼尔不等听完那位姑母谈皇太后的健康，就从她身边转开去了。安娜·巴甫罗夫娜手足无措地用下面的话留下他……

> 彼尔一向在外国受教育，于是，像玩具店里的孩子，不知向哪

一方看好，惟恐错过任何可以听到的聪明的谈话。眼见在场的人们脸上那自信的风雅的表情，他总期望听到一种很深奥的东西……

在关于拿破仑的争辩中，作者最后把他这样描写着：

“不，”他叫道，越来越激昂了，“拿破仑是伟大的，因为他超然于革命之上，除去其中的弊病，保存其中所有的好处——民权、平等、言论自由、出版自由——仅仅为了这个缘故，他才得到了政权。”

经过在座诸人强烈反对以后，作者又这样描写彼尔：

彼尔不知道回答谁好了，一面看他们大家一面含笑。他的笑容不像别人那种半笑不笑的样子。他含笑时，他那厚重的以至颇阴郁的神情，立刻被另一种——稚气的，温和的，以至颇蠢笨的——神情所代替，似乎请求饶恕了。

作者就用这么几段文字把这位彼尔的性格的一些侧面勾勒出来了。

作者对伐西里的女儿，王爵小姐爱伦的出场的描写更简单，但更出色，这里可以引出两段来给读者们参考：

王爵小姐含笑了。她带着刚进来时那同一不变的笑容——一个十分美丽的女人的笑容——站了起来。让苔藓和常春藤花边的白衣服，轻轻地沙沙着，雪白的双肩，光泽的头发，照耀的钻石闪着光，她从让路给她的男人们中间走过，不看其中任何一个，但对他们全体含笑，好像把赞美她那美丽的身材和好看的肩、背、胸（依照那时的流行习惯，这些部分很多露在外面）的特权仁慈地赏给每一个人。因此，当她移向安娜·巴甫罗夫娜时，她不仅不显露任何卖弄风情的痕迹，却相反的，甚至似乎为她那没有疑问的过于显赫的美害羞呢。她似乎愿意减少她的美的效力，只是办不到罢了。

王爵小姐把她那赤裸的圆臂膊放在一张小桌上，认为回答是不必要的。她含笑等待。在全部说故事的时间，她端正地坐在那里，一会儿看她那在桌上压得变了形的美丽的圆臂膊，一会儿看她那更美丽的胸部，整理了一下上面的钻石项圈。她时时抚平她的衣褶。故事一说到了动听的时候，她就看安娜·巴甫罗夫娜，立刻采取她从那位女官脸上见到的同一表情，然后恢复她那光辉的笑容。

这些描写，可说是把这些人物性格的最显著的侧面成功地表现出来了。我们如果把这本书一路读下去，那我们就可以知道作者已通过这些人物本身的动作、言语和表情，把他们自己初步介绍出来了。

现在最后我要举高尔基的《母亲》来做一个研究的例子。

在故事还没有开始之前，高尔基首先描写了这个故事发生的场所。他用3000字左右写出这个工人区的一般的阴暗的气氛：

工厂吞下了太阳，机械从人们的筋肉里面吸取了它所需要的力量。时光从人们的生涯里面毫无痕迹的抹煞下去，人们一步一步地走向他们自己的墓场，但是他们看着眼前的休息和龌龊的酒店的安慰——还是觉得满足的……

高尔基用这样几句话，写出了工人们一般的命运。下面他又描写了工人们一般的性格："在他们的关系交涉里面，最多的是怨恨的结果。这种感情，和筋肉的不能恢复的疲劳，同是最古的东西。他们从父亲承受了这种灵魂的疾病而产生出来；这种疾病变成了黑影而永远缠在他们身上。在一生里面，不断地咬住他们，使他们演出了无数的残暴行为。"

先从描写一般的场所和人物的一般性格来开始。这似乎和巴尔扎克的手法有其相同之处，但高尔基和巴尔扎克不同，就是在一般的环境的叙述中，他也不是无动于衷的，而且绝不愿意长久地停在这里，作一个冗长的描写，他深知道。与其由作者来作一般的冗长的介绍，还不如让书中的人物在故事的发展中从语言、行动去把他们自己表现出来。

经过这个短短的一般环境和一般的风物的描写以后，高尔基马上就转到个别的人物的叙述。他描写锁链工人米哈尔·维拉索夫。这个工人分享着其他工人的一般性格，勇敢、倔强、好斗，喜欢喝酒，喜欢打老婆，但他也同样分享着和他同时代的其他成千上万的工人们的命运："这样地生活了五十年光景，人们便自然死去。"

高尔基描写米哈尔·维拉索夫的篇幅并不多，但非常之生动。他这一个人物在对于上面的序论来说，是作为一般现象的例证，在对后一代的儿子来说，他又是将要过渡到新时代去的旧时代的代表，因为米哈尔·维拉索夫并不是该书的主人。正如中国的旧小说一样，在写主要人物登场之前，先写一个和主人翁形态相仿的人物做一个引子。米哈尔·维拉索夫同样也是一个引子，经由他，把他的儿子引了出来。

当第二段，作者在以写米哈尔·维拉索夫为中心的时候，他已把书中的主人翁，他的儿子带出来了。伯惠尔的登场是非常之简洁而又富于戏剧性的：

> 当他的儿子伯惠尔十四岁的时候，维拉索夫抓住了儿子的头发，想要将他拖走，但他的儿子捏住了很重的铁锤，决断地说：
>
> ——不准动手！
>
> ——什么？——父亲好像阴影遮蔽着白桦树一般的，用一种攻击的态度，望着瘦长的儿子。
>
> ——照打吧！——伯惠尔说。——此后可不饶你了……这样说着，他舞动了铁锤。
>
> ——好厉害！
>
> 他重重地吐了口气，继续着说：
>
> ——你这个，贱胚！
>
> 自从这件事情之后，他不久便和妻子说：
>
> ——此后不要再来向我要钱！伯夏可以养活你了……
>
> ——那么，你的钱都去买酒么？——她大胆地寻问。

——不要你管！贱胚！我去弄个好女人呢！

他并不结交女人，但是从这时候起一直到他死的时候止，一共两年之内，他毫不照管他的儿子，也不和他开口。

让主人公在这么戏剧性的场面中出场是非常之出色的。我想如果要使我们的作品在一开始的时候不太繁杂，像这样写人物登场的手法是非常之好的。

末了，我还得在这里补充几句话。以上，我所讲的都是表现的形式问题。当然技巧和形式是不能和作品的思想内容分割开来看的。一切的形式都是为它的作品本身的内容所规定，都是阶级斗争的情况、民族的传统和当时社会文化状态的总和。但是任何文学作品都必须通过一定的艺术形式，而这些艺术形式又是有其相对的独立性的。某一种艺术形式，虽然它所包含的内容也许是反动的，但假如我们能够站在新的立场新的观点来批判地接受它，同时又增益一些新的因素和伴随着新的内容而俱来的新兴的形式，这样组合起来，就可能构成一种与新内容配合的崭新的形式，所谓推陈出新。比方以《三国演义》写刘玄德三顾茅庐做例子。就《三国演义》本身来说，它是和封建的思想内容配合在一起的。而作者对于诸葛亮之这样特别卖力去写，其中实在也就包含有作者自己本人士大夫的自高身份的意识。所以这种形式是服从于它的内容而为它所用的。但是我们并不能因为它这个作品思想的反动，因而也就连带地否定它的艺术表现的方法。因为变过一个立场，我们同样可以用类似的手法写一个新英雄的出现（当然这里必须除去他的神秘气氛，同时也一定不是写一个什么人的拜访）。我们要研究形式，其意义也就在于此。

但内容规定形式的命胚，还是最重要的。人们必须首先感觉得有什么东西要写，有什么东西非写不可，然后才来通过思想的线索，去找寻适当的表达形式。而不是脑子里先装满了技巧和形式，然后用空想的办法，找寻一些东西放进这形式的框子里去。这一点，我想也有说清楚的必要，不然人们读了我上面这一大套写作技巧的研究，于是就以为可以放弃思想内容之首要的意义，而光从技巧方面去努力了！

最后，我还得声明一句：我这里介绍了好几种人物登场的写法，但这并不是说小说中人物的登场都非有这么一套布置不可，同时这也并不是说小说中人物的登场只有那么几种，除此以外，别无其他办法了。不是的，比方有人写小说，是用“开门见山”，直叙法直叙出来的；比方也有人写小说，在中间突然插进一个新人物，而作者则又故意在事先不说明来历以引起读者的注意，到了后来才一点一滴逐步加以补充的。所以表现的形式，可以有多种多样，而我这里所说的不过就我所知道的而又为一般所习见的几种，我介绍出来给大家参考罢了。如果读者由于读了我这篇文章而产生了读原作的兴趣，那就更好了。

1950年9月6日于北京师范大学

原载1950年12月16日《光明日报》学术版第22期

问答篇

春节刚过，随着黄昏的逝去，外面的雪花越飘越大。院子里的雪，越积越深，很快就把人们的脚印埋没了。孩子们看见外面乱飘的雪花，高兴得跳起舞来。炉子上的水壶嘴热闹地喷着一股热气，而玻璃窗上则结着美丽的冰花。外面街上不时飘来了一两声爆竹。它好像是在提醒人们，我们还是在过春节啊。

这时突然来了一阵门铃的响声。我心里很奇怪，在这样的下大雪的夜里，还会有什么人来拜访啊！

门打开来，两位很熟的朋友的面孔，就呈现在我的面前。我还没有来得及开口，甲就先开口了。

“我们今天晚上来，并没有什么别的事情，就是想趁今天晚上比较闲空，大家随便漫谈一下文艺理论方面的问题，因为你也是搞这行的，我们都想来向你请教呢。”

“哪里，哪里……我只是教这门功课，还谈不上搞这一行。”

知道他们这次来，一定要谈好些时候，所以我就吩咐家里人在火炉上再加上一些煤，使炉火烧得旺一些，然后沏了一壶热茶，大家边饮边谈。以下就是我们的对话。

客甲：你现在在写什么文章？“百家争鸣”，你应该多写些文章了。

主人：没有写什么文章，我现在正在读书。

客乙：多读书，这也是对。老写文章，写来写去还是那几句话，那就没有什么意思了。我记得从前有过这样一句话，说某人写的文章比他自己读的书还多，他说的话比他自己知道的还多。像这样的文章，这样的话，不如让他多多休息。

客甲：喂，老兄且不要打岔，让我们来谈谈正经的问题吧。

主人：好呀，提出来大家共同研究，如果我们三个人都是臭皮匠的话，还可以凑成一个诸葛亮呢。

客甲：我要问你，搞文学理论，究竟目的何在？

主人：我倒要问你，你为什么提出这个问题？

客乙：这个问题倒是很容易答复的。艺术文学是一种社会意识形态，文学理论的任务，就是要研究它的发生、发展的诸规律，它和客观现实的关系，以及怎样反映了现实；研究它作为反映客观现实的特殊形式的特点。当然，我这是粗枝大叶的说法，但如果仔细地研究起来也就够多了。

客甲：你这些话，我都同意，但是问题是，我们的任务仅仅是这些吗？就是说，理论家，永远在理论的范围里兜圈子，老是那一番大道理，或者是把古代的作品加以解释解释、阐述阐述，或者是对当前的作品，指出些优点，也指出些缺点，作家跑到哪里我们也就跟到哪里吗？

主人：你大概是对目前的文艺理论界有些不满吧？如果有不满，那又何妨直说呢？

客乙：是呀，你就提出你的正面的意见来好了。

客甲：我也不敢说我有什么不满，就是我有点怀疑。

客乙：你倒像是浮士德博士，读书越多倒越怀疑起来了。

主人：不要打岔，让他说出他的怀疑之点来好了。

客甲：我就觉得，我们目前的文艺理论界颇有点学究气。一写起文章来，总是那一大套。什么有人民性呀，什么是现实主义呀，描写生动刻画深刻呀，语言简洁，风格朴素呀，大半是一些套话。至于为什么是有人民性，是什么东西构成了某些作品的朴素的风格，所谓语言简洁，是和哪些语言比较起来看出它的简洁，作者就很少涉及了。同时，朋友们都喜欢谈空洞的理论，而对摆在眼前的许多艺术文学的具体问题、具体现象，却很少论到。有些人甚至有意去回避它。比方民族风格、民族遗产的问题嚷了很久了，而究竟是怎样一回事，却很少有人去做理论性的阐述；比如艺术文学的特点问题，人家嚷着形象思维，我们也跟着嚷形象思维，不会多一点也不少一点；又比方，现在有人常提到文艺作品中的情绪色彩，但是情感的反应在心理现象上究竟具有什么特点，人们似乎是很忙，连心理学教科书也无暇去翻一翻。一看见有什么人在这方面作了解释，马上就举手高呼说抓到了唯心论了。而其实呢，唯心论倒稳稳当当地坐在他自己的脑子里过着舒服的日子。又比方，在几年前，人们都讳谈技巧，一谈技巧，马上就有专开帽子工厂的人，送给他一顶“帽子”叫做“形式主义”。现在好了，大家都说要掌握技巧了，但是据我所知就很少人就具体作品，提出一些过细的研究。又比方，文学创作，它是一种社会现象，应该从社会科学的见地，去加以分析研究，这是完全对的，但是文学创作，又是通过个人来完成的一种非常细致复杂的劳动，因此，我们同时也必须做些关于文学创作过程的心理学的研究。虽然每个人的创作，有每个人的创作的特殊的习惯，但创作的过程也并不是没有共同的客观规律可以寻找的。我们如果能掌握这个规律，那么我们在新作家的培养方面就可以获得极大的帮助。当然一个人要变成伟大的作家，是要有丰富的生活经验，要有一定的天赋和自己的努力，但是尽管如此，这些客观规律无疑是可以帮助初学写作的人更好来掌握自己，更好来找到窍门，从而加速自己的进步的。

客乙：这里让我插一句，你的意思是不是要我们的文艺理论家多写小说作法、诗歌作法之类的书?

客甲：你且慢，让我说完我的话。我所说的掌握规律，主要的还并不仅是指艺术文学技巧上的规律，而是指创作心理的规律。我上面已经说过，作者之所以创作这样的作品，而不创作那样的作品，描写这些现象，而不描写那些现象，喜爱这些东西，而讨厌那些东西，是受当时的时代、当时的阶级关系的总的客观形势和作者自己的阶级的立场所制约的。但同时，作家的创作是要通过作家个人的具体的感受，通过他个人的全部的生活经验和体验，通过他个人的全部的智慧来创造的。因此，我们对于作品，除了从社会科学这方面去研究以外，也还要从作者个人的主观世界去探索，探索出其中的客观规律。比方，在创作过程中最常见的如表象，如联想，如想象，如情感，如情感和想象的关系，等等。我们如果能把过去作家的创作过程，他们的生活日记和手稿，他们的传记加以研究，再配合以心理科学的一般的研究，我们是可以摸索到一些有关创作心理的客观规律的。知道了这些客观规律，我们就可以驾驭这些规律。比方，我们知道了表象的诸规律，我们就可以设法积累许多表象，为创作做好准备。过去的伟大作家写作品，不是要读许多的书、做许多的札记、研究许多文献吗？我想就是这个道理。总之，我认为，搞文艺理论的人，有若干创作经验，具备一些心理科学的知识，是十分必要的。但是有些人却并不是这样想。他们一看见人谈论到“主观世界”，马上就以为你是从主观出发，从主观出发就是唯心主义。但其实恰好相反，如果能够把创作心理的客观规律探索一些出来，这才真正是做到了对唯心主义的最后的巢穴加以毁灭性的打击。

主人：老甲，你今天倒颇有点慨乎言之。

客乙：请你注意你的话有好些重复，而且扯得离题太远，而我所提出来的问题，你虽然说了半天，却还没有答复。

客甲：好，现在就先让我来答复你的问题。我是不反对写些小说作法、诗歌作法之类的书的。也许我这个议论又会使诗人和小说家皱起眉头来。但我有这个习惯，就是我发表议论的时候，我是从来不去注意别人脸孔上的表情的。

主人：幸喜我们这里在座的没有小说家和诗人。

客乙：你不要打断他的话，让他说。

客甲：我之所以不反对有这类书，理由很简单，就是它们可以帮助人们知道某些文学种类的写作技巧。肯定地说，它们不能帮助人们成为诗人或小说家，但它们可以帮助初学写作的人写作。我们知道，我们的国家有不少的杰出的诗人，但也有更多的平凡的诗人，千千万万的大字报、黑板报、墙报、油印报的积极的支持者。与其让他们暗中摸索，何不让他们知道一些门径？如果怕这些书产生副作用的话，我们亦不妨来一个说明，说明文学贵乎有充实的内容，有深刻的思想，有丰富的情感，文学贵乎独创，要有自己的风格，前人的好的范例只可以作为参考，写作的规范也是各人有各人运用之妙的。有了这些说明，我想总不至于还有这样的愚人去想钻研小说作法，用来使自己成为小说作家吧。

客乙：你算是答复了我的问题，但现在请你回到你自己所提出的本题来说一说。

客甲：好，现在让我回到本题。总之，我觉得目前文艺理论界空谈太多，而着重解决实际问题的少。有些理论家连作品的味道都没有体会到，就在那里大谈其作品的思想性和艺术性，好像穿着厚洋袜在那里抓痒，虽然不能说没有抓到痒处，但至少也使人觉得隔了好几层。曾经有一位搞创作的人这样告诉我：如果要提高思想，则不如读社会科学书、哲学书，如果要想在创作上获得一些帮助的话，则不如读有名的作品，或者是看作家的传略，或者是看些作家的笔记，以及某人对于作家的回忆录等。看文艺理论书实在对他帮助很少。而且他说，那些理论文章，好像只是一桶水在那里倒来倒去，由这一桶倒到第二个桶，再倒到第三个桶，桶子虽然换过了。也就是说，文章的题目虽然换过了，但内容还是那一桶水，并没有增加一些什么。而且有些文章，写得异常艰涩和抽象，好像是哲学，但其实又并不是哲学，貌作艰深，而其实又并不真是有深奥的内容。所以，我觉得应该搞清楚一下文学理论究竟是为了什么？是为了那一部分专门喜爱搞文艺理论的人阅读的呢，抑是为了阐明理论乃所以帮助实践，从而提高作者和读者呢？

客乙：不过，你刚才说文学理论专门谈大道理，那么，你是不是反对谈大道理呢？

客甲：我不是这个意思。我的意思只是说，光谈大道理，空空洞洞的，理论应该联系实际，大道理应该和具体的作品联系起来，和具体的创作实践中所提出来的问题联系起来。

主人：我现在明白你的意思了。你的意思就是：第一，文学理论，不仅应该从社会科学方面去研究，而且也应该从心理科学方面去研究，更仔细地来分析文艺现象。第二，文学理论应该有独创，应该具有文学味道。第三，文学理论应该更多地讨论具体的文学现象文学创作。第四，文学理论不仅应该解释文学现象，而且也应该帮助创作提高创作。离开了文学作家和文学作品，理论就会变成空谈。你的意思是不是这样？

客甲：是的，我的意思正是如此，感谢你代我做了总结性的发言。

主人：不敢当，不敢当。你的意见我都同意，不过你所提的那几项工作都是很重要的工作，而又是很艰巨的工作。要完成它，恐怕不是一朝一夕的工夫，还须得一定的时间和过程。大家今后要共同努力来做，做学问也是急躁不得的。

客甲：这一点我很明白，我也不是说，一下子什么都变得好，但大家必须有一个了解，能够共同朝着这个方向做去……

客乙：好了，你的问题算是告一段落了，让我也来大胆怀疑一下好吗？可是我一说出来，你们又准会说我唯心论。

客甲：你说吧。

客乙：我常常怀疑，“文学反映客观现实的本质”这句话是不是妥当。

客甲：你连这个也怀疑起来，难道你以为文学是个人主观的自由的抒发吗？

客乙：你瞧，我还没有说完，你就想说我是唯心主义者了！

主人：请让他说完。我们研究问题要慢慢讨论，不必急。

客乙：凡是一种理论，总是要在实践中经得起考验才能算得上是正确的理论。而现在所谓“文学反映客观现实的本质”，这个命题，我就可以举出许多例子来证明，文学并没有反映出事物的本质。比方，天上的云本来是水蒸气，但文学中所描写的云，何尝反映出了这个事物的本质呢？比方，植物的花本来是植物的生殖器官，但文学中所描写的花，何尝反映出了这个事物的本质呢？月亮本来是地球的卫星，但在文学中所描写的月亮，又何尝反映出了月亮的本质呢？“明月几时有？把酒问青天，不知天上宫阙，今夕是何年？”这首词总不能算是不好的词，但它反映了什么月亮的本质呢？由于这许多事例，所以我就对于“反映现实的本质”的说法，有点怀疑起来了。

主人：你刚才所举出的例子都是自然现象，自然现象在文学中的反映，是遵循着另外一种规律的，那就是自然的人化，人的社会本质的对象化。也就是说，文学中所描写的自然乃是人化了的自然，文学（除了某些科学小品以外）并不反映自然现象的本质，而常常是从对象上去客观地揭开人的本质的丰富性。所以在文学里面，月亮并不是被当作卫星来描写，而是人们通过自然现象的月亮，表现人的社会本质和人对于生活的看法。客观事物早就存在了，但只有当人的社会越发展，人的本质的力量越丰富，他才能更多地发现客观事物，并通过它来揭开或表现人的本质的丰富性。有长期的历史文化的人类，他们的感觉，已经是人化了的感觉而不同于原始人类的感觉了。同时，人们在实践的过程中，也不断地在扩大自己感觉的领域，改造自己的感觉，丰富自己的感觉的内容。所以马克思说：“五官的感觉的形成乃是整个世界历史的产物。”现在就以文学中对于月亮的描写的例子来说吧。当人看月亮的时候，他的感觉是人化了的感觉，而被人看到的月亮，也是人化了的自然（如想起有关月亮的神话，从月亮联想起一些什么人或什么事之类）。

客甲：这里我想插一句，文学中所反映的自然现象并不反映出自然本身的客观规律，而是反映出人的社会本质。这一点，我是很同意的，但我要补充的就是，人的社会本质的对象化，并不是用一种抽象的本质去对象化，而是通过具体的人，具体的作家。而作家是有个性的，是有个人的风格的，因此对象化的时候，也必然带有个性色彩。诗人们对月抒情，这是完全可以允许的。借物抒情，这是文学艺术中所常见的现象。但现在有人一看见你说“借物抒情”，马上就说你是“唯心论”；他们闭着眼睛不去看事实，也并不从事实出发，去找寻它的根据和原因，倒是一开头就先从抽象的理论出发去抹杀事实。我看这种不从具体事实出发去研究问题的人，才真正是唯心论了。

客乙：请注意你又把话扯远了。不过，我还可以问你一句，刚才老黄说文学中所描写的自然，其所反映的乃是人的社会的本质，而你则好像说，作家通过对自然的描写，表现出他自己的性格，这两种说法是不是有些不同？你这种说法是不是和过去朱光潜的个人情趣说，有些相似之处呢？

客甲：你质问得好。我刚才说过，人的本质是要通过作家的个性的三棱镜去表现出来的；反过来说，就是在作家的个性中，可以以各种不同的角度体现着本质。我们所说的个性，是从人与人之间的关系总和中去看出个性，而不是孤零零的个性。但在个人主义者看来，个性是脱离社会而独立的，脱离功利而独立的，抒发个性就是文学之唯一目的。所以，我的意见和个人主义者之间是有着基本的分歧的。

客乙：现在让我们回到本题吧。照你们二位刚才所说，那么现在一般人说的，文学要反映出客观现实的本质的说法，是不够妥当的，因为客观现实是包括自然现象和社会现象。既然文学并不反映自然现象的本质，那么如何能说是反映客观现实的本质呢？至多只能说文学是反映人的社会生活的本质和规律的东西。

客甲：是的，我看这样注释一下比较恰当些。

主人：是不是可以说文学是反映整个人的生活和客观社会现实的本质和

规律的东西？

客乙：在这里，我还想再大胆怀疑一下。

客甲：你说吧。

客乙：文学不是以生活本身的形式来反映客观现实生活的吗？

客甲：是的。

客乙：既然说以生活本身的形式来反映，那就必然要有具体的人，具体的情节和故事了。

客甲：是的，那还用说。

客乙：既然描写的是具体的生活，如何能表现事物的本质呢？

主人：本质包含在具体的现象当中，描写出现象也就以某种程度体现了本质。而且文学中所描写的生活是经过作家分析、提炼、集中、概括和典型化了的生活，因此，它就更能够体现出某些本质。

客乙：不错，我都同意你的意见。不过，问题是，既然描写的是具体的生活，那么它所体现出来的本质，也就会有限制，也就可能只是本质的若干方面，或重要的方面，而未必能全部体现着它。

主人：请你再申述一下你的意见。

客乙：抽象的理论，能够很扼要地、全面而又深刻地反映出事物的本质。为什么它能扼要地表现出本质？因为它把具体性抛弃掉了。但文学则恰恰相反，是具体的东西。刚才你说的，文学中所描写的生活是已经提炼了的，这当然不错，但抽象和具体之间是统一的，而同时又是有矛盾的，要求一个具体的东西，深刻地全部体现本质，那就会削弱它的具体性。

客甲：不要讲得太抽象，请你举一个具体的例子吧。

客乙：比方，党的报告和决议应该是最全面而又最深刻地反映出社会现实的本质的了。现在假如有一位作家，根据这个报告里所分析的各种社会力量，去想象出一些代表人物，并根据这些社会力量的关系来虚构出一些故事，企图用一部作品去体现这个报告所提出来的全部真理，你猜，这部作品是不是能把它体现出来呢？

客甲：体现是体现了，但可能是公式化概念化的东西。

客乙：为什么？

客甲：你解释一下看看。

客乙：我认为这只能说是照抄了本质，不能叫做体现出本质。因为，这位作家虽然把抽象的概念具体化成人物，但这些人物都不是从现实生活里来的，而且没有了棱角，失去了生活的人的丰富性和多样性，这样，当然也就不能说是“生活本身的形式”。这种作品中的人物，既然不是真的生动的、具体的人，当然也就无从体现本质。反过来说，假如有一个作家，他从生活出发去塑造人物，并按着生活的真实来概括出一些情节和故事。只要这个作家，能站在正确的立场，并把这个立场贯彻到创作实践中去，那么他这个作品也就一定能反映出客观社会的本质或本质的若干方面。这一点之所以重要，是因为，直到现在还有些人没估计到文学本身的特点，不懂得抽象和具体之间虽然有统一，但也还有些矛盾这个道理，从而企图在一篇作品中，把决议案里所揭露出来的本质全部用形象去“体现”，同时也还有些批评家，要求在一篇文艺作品中毫无遗漏地全部体现出本质。

客甲：那么，我来问你，在你看来，文学应该是反映些什么？是不是文学就不能反映出本质？

客乙：我的意思是：文学是描写整个人的生活，并通过人物的生活和人与人之间的关系的描写，来揭露客观社会的本质的若干方面的东西。

客甲：加上“本质的若干方面”字样，弹性是比较大些，但文字也啰唆些。

主人：且慢，我还没有十分听懂你的意思。你是不是说，艺术文学不能全部地揭露本质？这样说，岂不是和黑格尔所说的一样，艺术是“不完善的认识”吗？

客乙：请让我解释一下。我认为艺术文学也可以反映出本质，因为形象的塑造要经过具体的分析和综合，要经过典型化，这如何能够说不能反映本质，或是“不完善的认识”呢？不过问题是在这里。比方一本薄薄的《共产党宣言》，它可以把整个资本主义世界的规律都扼要地写出来了，但如果写起小说来，那么薄薄的一本小册子是不是能够体现出《共产党宣言》里所昭示出来的全部真理呢？在我看来，就是写一本厚厚的小说，也还是不能体现出其中的全部真理。而只能体现出其中本质的基本方面或若干方面。列宁说过：“如果站在我们面前的是一位真正伟大的艺术家，那么他至少应当在自己的作品里反映革命的某些本质方面。”你瞧，列宁也只是说“某些本质方面”，而不是说“全部本质”。

客甲：这样说来说去，照你的意见，艺术文学之反映人的生活和客观社会现实，还是远不如抽象思维。

客乙：如果用一本书与另一本书来比，那么可以说，艺术文学常常只是反映了生活中的某些本质方面，但从整个文艺现象来看，它所反映的东西就很多了。比方，巴尔扎克的小说，它从各个方面去写，因而合拢起来就成为整个时代的画面，可是问题的重要之点还不在于此。重要的是：艺术文学能反映出抽象思维所不能反映出的东西。它能把生活具体而生动地表现出来，使人好像亲历其境。另外，艺术文学常常带有情绪色彩，可以在情感上感染人们。如果忘记了艺术文学这两个特点，那就很容易贬低艺术文学的价值。

主人：老乙说的话也有些道理，但是不是就这样下结论，那还是值得考虑。过去说文学反映客观现实，主要的意思也就是指反映社会的人的生活和人的社会。现在经过老乙的提出，“客观现实”这个词是否用得恰切，的确也值得考虑。现在且让我提出另外一个问题来向你们两位请教。

客甲：好极了，我们这一次来的目的，也正是要请你提出一些问题来讨论。

主人：在你们二位看来，文学的特点是什么？

客甲：照普通的一般说法，文学是通过形象来反映客观世界的。它的创作是通过形象思维来完成的——这就是它的特点。

主人：对于这个问题，我们可以分两个方面来讨论，一个方面是：是不是一切文学作品都要通过形象思维；另一个方面是：是不是科学就不用形象思维。

客甲：经过你这样一提，我倒有一点意见。比方，以诗来说吧，有些诗也未必就是用什么形象的。例如，以李白的《经下邳圯怀张子房》来说：“子房未虎啸，破产不为家。沧海得壮士，椎秦博浪沙。报韩虽不成，天地皆震动。潜匿游下邳，岂曰非智勇？我来圯桥上，怀古钦英风；唯见碧流水，曾无黄石公。叹息此人去，萧条徐泗空。”从这整首诗看来，我们只看见叙述、议论和感慨，并没有什么形象。当然这首诗不能算是李白的最好的诗，但也并不是坏诗。它具有雄伟的气魄。此外，我们也知道还有所谓哲理诗。这种诗之所以可能，是由于科学家、哲学家进行高级思维的时候，常常有一种智性的情感在思维的过程中产生出来。伟大的科学家哥白尼曾说过，他对于天文的深思，产生在情感的非常广大的高潮和鼓舞的时候，这种情感是在“观察和发现天空的奇妙时”体验到的。杜勃罗留波夫也说过：“在真正的知识和真正的诗之间是不可能有本质的差别的。”又说：“把最高尚的思维自由地转化为生动的形象，同时，在人生的一切最特殊的、最偶然的事实中，完全认识它的崇高而普遍的意义——这就是一种到现在为止，还没有什么人能够达到的，使科学和诗完全交融在一起的理想。”这种智性的情感，是可以不通过形象而写出诗来。所以有些论客认为必须有形象才能够有诗的说法，我是根本不能同意的。这些人，大概也都是少读诗书，因此摭拾到一些感觉论者的唾余也就以为是宝贝了。

主人：且不要出口伤人。一切事情都应该平心静气讨论。不过，你说了这一长串的话，目的是想证明什么？

客甲：我的意思是想证明，有某些文学作品也可以不必通过形象思维来完成。

客乙：说到这里，我却有另外一方面的补充。那就是科学是不是就不用形象思维的问题。我认为搞其他业务，同样也需要形象的思维。一个搞工程的人，当他研究机器的蓝图时，就必须十分确切地想象出这机器在空间个别部分的配置及其相互作用的表象。一个搞历史的人，当他读到古代史的时候，他就一定要想象出古代人的生活环境、生活风俗和习惯。就是学其他任何科学的人，当他不能立刻了解一个共同的原则的意义的时候，那么最好的办法，就是想象出一个关于这原则所归属的具体情形的图画，这样来帮助自己的思考。

主人：老甲，照你刚才说的，某些文学创作可以不必通过形象思维来完成，那么你是不是以为文学的特点是在于“通过形象来反映客观的生活现实”这个命题不能成立了呢？

客甲：我认为这个命题还是可以成立，但必须作些细致的补充说明。绝不能如一般论客，把文学的特点都归之于通过形象来反映，就算交代了任务。

主人：老乙，你刚才说的，形象思维并不是文学创作所特有的现象，那么你是不是以为文学的特点是在于“通过形象来反映客观的生活现实”这个命题不能成立了呢？

客乙：我认为这个命题，基本上还可以成立。因为文学创作主要是通过形象思维来完成的。至于科学部门，虽然也用形象的思维，但毕竟是居于次要的地位，甚至是附属的地位。

主人：根据你们两位的意见，文学的这个特点，还是可以承认的，但是经过讨论以后，我们大家对于它的了解就更加深入细致了。

客甲：不过，这里，我还有一点补充。不错，文学中有形象思维，科学中也有形象思维。刚才照老乙的说法，好像文学与科学的分别就是：文学创作里面，形象思维占主要的地位；而在科学里面，形象思维是占次要的地位。我想恐怕还有另外的区别。

客乙：那就请你发表一下你的高见。

客甲：这也不能算是什么高见，可能还是低见呢。反正我的意思是这样：文学里面的形象思维恐怕和科学领域的形象思维有些性质上的不同。科学家所想的形象是具体的事物，或事物的形状、位置和颜色，或人类的某一种具体的行动。可是作家脑子里所想的形象，却不仅是人物的环境，人物的外表，如容貌、身材、动作、姿态、表情、语言和声音等，也不仅是人物的某一方面的行动，而是综合的人，人物的整个内心世界的活动，他的性格等。换句话说，作家所想象的人的形象，是有思想、感情、意志的复杂的人。而人的外表的动作是受他的内在的思想所控制的。作家如果只能够熟悉人物的外表，而不能深切地体会到人物的内心世界，那他还是没有解决问题。所以作家对于人物必须从内部去掌握。体验他的内在的性格。比方，作者要写某一个商人，他就要假定自己就是这一个商人，并用他的立场、感觉、思想、情调、趣味、习惯等去看周围的世界，去对待一切的人和处理一切的事物。显然，这样的形象思维，在性质上是和一般科学家的形象思维有很大的不同的。

主人：由于你的启发，我也想出一点意见。科学中的形象思维和艺术文学创作中的形象思维，这二者之间还有一个显著的不同，那就是科学家的形象思维，常常是和他的冷静的思考伴随在一起的。而文学作家的形象思维则常常是和他的情感的活动伴随在一起的。这一点又可以分两方面来解说：一方面是情感唤起了形象的思维。比方，由于我最痛恨某一种人，因此，就引起了我对于这种人加以摹绘和想象的要求，以表示我对于他们的鄙视。另外一方面，当作家清晰地想象出某人的性格的形象时，这种形象又唤起了作家的情感或增强着他原来就有的情感。比方，当作家写到他自己所喜爱的英雄之死时，他一方面体验着那个英雄的痛苦，而另一方面自己也悲伤流泪。又比方，他写到他所憎恨的人物遭难时，他一方面要如实地表现出这个坏人的心情，但同时他自己又不由得感到非常之兴奋和痛快，或甚至给予辛辣的嘲笑。音乐家葛林卡在回忆苏萨宁和波兰人在树林中的一幕的情景时，他激动起来，甚至头发都竖起来，全身打着寒噤。柴可夫斯基在他的《铲形女王》最末一段写作完成的时候，他曾在自己的日记中写道："当葛尔曼吐完了一口气的时候，我便深深地哭泣了。"所以有人说，如果文艺作家对于自己想象中的人物冷淡，或是对所决定的题材没有在情感上激动起来，创作的过程就不能十分充分地展开。这些话，我是同意的。

客甲：但伟大科学家的形象思维，也常常是带有感情色彩的。不过，这种情况，不像文学创作里面带有普遍性。而且这种情感只是科学家本人的情感，他不会想到他所想象的形象本身会有什么思想感情。

客乙：既然你们二位都作了重要的补充，这样也就触发了我的一些想法。我认为科学领域中的形象思维，常常是努力如实地掌握具体的事物，并从这事物的清晰形象，得出科学的结论，想出具体处置的办法。形象对他说来，只不过是达到目的的手段。至于对于这形象本身，他是并不作什么价值和判断的。可是文学中的形象思维，在我看来，就不是这样。作家在形象思维中，当然也力求形象的真实，但同时他对于形象本身也就作了评价，如政治的评价、伦理道德的评价和审美的评价。

客甲：现在是不是可以请主人把我们三个人的意见小结一下。

主人：这个问题是我提出来的，现在经过大家讨论，互相启发互相补充以后，可以肯定两点：第一，文学主要是通过形象来反映生活现实的。虽然这并不排斥有些文学作品，并没有具体的形象，也不排斥科学研究里面也有形象的思维。第二，在文学里面，形象思维不仅是占最重要的地位，而且它和科学里面所使用的形象思维，在性质上也有所不同。

客甲：是的，我同意这个意见。

客乙：我们刚才已经讨论到了形象思维，是不是亦顺便讨论一下形象思维和逻辑思维之间的关系？据我所知，老甲对于这方面的问题是经常关心的，是不是可以请他先来介绍一下有关的论点。

客甲：我手边也没有带材料来，我只能提出这样一个问题，就是在创作的过程中，逻辑思维与形象思维的关系，究竟是怎样？有人认为创作过程是这样：研究几百个同类的个别现象加以思考，发现它们之间的共同的东西，这样，就产生了概念，产生了主题思想，然后以这一概念、这一主题思想为中心，再回到具体，去概括各种生活现象之最适合于表现这个概念、这个主题思想的各方面的特征，这样就形成一个概括化的艺术形象。这是一种意见。但另外一种意见，则认为形象思维从其最开始的时候，就是和逻辑思维截然不同的。

主人：你先说一说你个人的意见吧。

客甲：我是不同意第一种意见的。因为如果照这一种说法，有好些道理就说不通。比方民歌中的抒情的东西，都是人民从自己的生活直接得来的。由于长期的生活实践，养成了他们的某一种情感倾向，再加以某一种事件的激发，这就使得他们歌唱起来。因此，他们的创作未必就是根据于逻辑思维的结果。而且，这一种说法，也忽视了这样一种现象。就是作家的创作，有时是根据于生活的经验，从形象到形象，奋笔疾书，其中的意义，连他自己都没有意识到，或只模糊地，甚至错误地意识到，或只是在事后才意识到。列宁说：“感情是表现现实的，思想与词是表现一般的东西。”我认为上述理论的毛病就是在于它忽视了事物之直接的现实性，以及人们对于这种现实性的反应。

客乙：我对于你这个意见，还有一个补充，那就是第一种说法的最大的毛病，在于它把创作过程机械地分为两个阶段。在第一阶段，由具体到抽象的时候，它主张只用逻辑思维，因而把艺术的概括，始终包含有感性的具体的细节这一特点，完全抹杀掉。而到了第二阶段，它又主张作家应根据一定的概念回到生活去，这样，它就又容易引导人把抽象的概念加上具体的特点去构成“形象”。同时，这种说法也容易使人局限在概念的框子里，使形象不易展开，因而有造成公式化概念化的现象的流弊。

主人：这样说来，你们二位，都不赞成在创作过程中，要经过一段逻辑思维的说法了。

客甲：是的。

客乙：逻辑思维在创作过程中还是用得着的，问题是应该摆到什么位置上去。

主人：在我个人看来，在创作中，不错，主要的是要用形象思维，不论在分析或在综合的过程中，都不离开具体的感性的细节，但这也并不排斥逻辑思维。就是老甲说的那个第一种说法，即首先把许多具体的事物加以思考，了解到它的意义，凝结成一个主题，然后再根据这个主题，回到具体的生活里去，从生活中再去丰富它。这种过程在伟大的作品的构思中也是常常有的。而且有时还不止一次，而是反复几次。就是以尼古拉耶娃自己的写作经验来说，不也正是证明这一点吗？比方，她最先是为集体农庄的庄员们努力克服旱灾的英勇劳动而有所感动，于是想写一篇中篇小说。但是后来她又想："战后人们所遭遇到的困难，无论在城市或在农村都是同样的，但为什么这种艰难在农村中反映得更鲜明而消失得又较缓慢呢？"为了要了解这一点，她阅读了许多书，而且几乎读遍了列宁和斯大林论农民问题的全部著作，后来她才发现她所看到的集体农庄建设中的困难，已经不是为旱灾所引起的局部灾难，而是空前的短时期中所经历的最复杂的历史过程中的困难，即怎样在人们意识中逐步消除农民向来就有的"两面性"。她接着又做了许多调查、研究，读了许多统计表，当她找到了生活事件的主要线索的时候，她所接触过的几百个性格，就以更清晰的形象呈现在她面前了。难道尼古拉耶娃所提出来的事实不正足以证明你们刚才所说的第一种说法的正确吗？所以有人说这种说法就是典型的庸俗社会学，这一点，我完全不同意。相反，我还觉得今天中国有许多青年作家，一看见什么现象，感动起来，就立即开始写，而没有把这些动人的现象进一步提高到更高的水平上去，追求它们的原因和意义。比方写农村合作社，就是写一乡一村，写工业建设，就是写一厂一地，我们的作家常常就不想作这样的努力：从祖国的整个社会主义建设的眼光去看一厂一村的建设，更从一厂一村的建设，去体现出伟大的社会主义建设的规模。由于没有高度的思想去凝结材料、贯穿材料，因而概括得也就不够宽广，不够深厚。

客甲：那么你是不是就完全同意第一种说法了呢？

主人：我只同意在创作中，必须要有逻辑思维，逻辑思维和形象思维常常就这样交错地使用着。但我并不同意把逻辑思维和形象思维截然地分成两个阶段，并且规定成一种公式。

客甲：那么你同意我们刚才对这种说法的批评吗？

主人：你们刚才批评把逻辑思维的作用过分夸大的毛病，以及批评把逻辑思维和形象思维机械地加起来的毛病，这两点当然我都同意。不过，说到概念加个性特征的毛病，我认为其原因不在于逻辑思维局限了想象，主要的原因还是由于作者没有真正生动的形象思维。

客乙：那你的意思还是和我一样，就是应把逻辑思维的作用作适当的估计，不能过分夸大。

主人：是的。关于形象思维与逻辑思维的关系我还有一点补充。刚才老甲说，作家在创作中，常常是从形象到形象不假思索，甚至还没有意识到它的意义。这种现象有没有呢？有。我们不必讳言它。而且我认为这种现象，正是表明作者所描写的和作者所意识到的这二者之间还存在差异。如果否认这种现象，那就会以为凡是作家所描写的，都是作家所意识到的，从而进一步以为可以用思想意识去全面而又直接地指挥创作过程。这种想法，可以说是造成过分生硬和过分急躁地去干涉创作的思想根源。但另外一方面我们又必须指出，在创作过程中，这种现象是并不占主导地位的，越是伟大的作家，他对于他所描写的东西，就越有深刻的思考。所以，如果过分夸大了所描写的和所意识到的这二者之间的差异，那就会导致否认思想对于创作的指导的意义，而回头去拜倒在灵感和直觉之前了。其次，形象思维并不仅是力求反映出事物之相应的外貌，而且是力求反映出生活现实的本质，描绘出人物内心的感情思想状态。而有关生活现实的判断，如是好是坏，是善是恶，是贯穿着作者的立场，有赖于逻辑思维的。所以形象思维，当它从一开始带有具体的感性特征和细节进行分析和概括的时候，就包含着作者的立场和态度，也包含着逻辑思维，因此形象里面，也就必然包含思想。这一点很重要，因为如果形象离开了思想，空洞的形象就只能够成为形式主义。这样看起来，我们又可以说，形象思维和逻辑思维又是互相渗透的。再次，形象的安排，如故事情节等，也需要逻辑思维的帮助。再如人物形象的那些侧面要写，写到如何程度，一个人的许多侧面如何配合组织成为一个完整的形象，许多的人物如何组织成一个复杂的故事等。

总之，我认为，文学创作是一个异常复杂的智力劳动，形象思维和逻辑思维是互相渗透着，交替使用着、转化着的。

客甲：那么你的意思是不是说，在文学创作里面，形象思维和逻辑思维是并列的东西吗?

主人：不，也许刚才我的话没有说清楚。我的意思是承认文学创作中形象思维的这个特点，但同时又承认逻辑思维在形象思维中的作用。

客乙：你刚才说的，作家所描写的和他所意识到的这二者之间存在差异，我想了一想也是有道理。但我认为这种现象只存在于社会主义现实主义以前的作品里面，在社会主义现实主义的作品里，这种现象就不存在了，因为社会主义现实主义消灭了世界观、人生观和创作方法之间的矛盾。而这种矛盾的消灭也正是社会主义现实主义的内在的特征之一。

主人：这个问题大可以讨论。直到现在，我还没有确切的意见。不过，我有这样一个不成熟的想法。那就是在理论上说，社会主义现实主义的作品，是不会有所描写的和所意识到的这二者之间的差异的，但是在实践过程中，这二者的差异又还是依然存在着。

客乙：为什么?

主人：因为创作是具体的形象的思维。在创作实践中常常遇到这样的情况：一方面，我们意识到的，认为要写的，却由于生活经验不够，体验不够，写不出生动的形象，而不得不用臆造，或者用一些琐屑的东西去糊缀。这样就产生了公式化概念化的作品，或者是形象空虚、模糊的作品。另一方面，我们有时又觉得许多生动的形象扑面而来，于是就写下来了，但是作家对于这些所写的形象是不是充分了解了它们的意义呢？那就未必一定。有时是过分狭隘地了解了它们的意义。比方，有关农村合作社增产的描写，你可以了解为完成了上级交来的任务；你可以了解为在农村中对富农斗争的伟大胜利；你可以了解为支援全国的工业大建设；你亦可以了解为这是农民走上社会主义大道，永远脱离贫困的伟大开始。从目前的情形看来，我们常常又是比较狭隘地了解了它们。为什么我们有时说，某某作品歪曲了现实？那就是因为作者错误地理解了他所描写的东西。

客乙：不，你这里，话有点说到题外去了。你刚才说有关农村合作社增产的描写，可以有各种不同的了解，但这种比较是几种作品之间的比较，而并不是在一篇作品里，所描写的和所意识到的之间的比较。因此你的话并不足以说明你的论点。

主人：对。本来我就说过，我的意见也还是不够成熟，思想没有搞清楚，所以话也就说不清楚。我现在再解释一下。比方，有关农村合作社的描写，本来作者可以把它理解为农民脱离贫困的伟大的开始，可是由于作者没有意识到这一点，因此，作者在这方面就很少写到，或者简直没有写到。比方，写到农村合作社的丰收，写到农民的欢欣鼓舞，这本来就可以写到农民们对于未来的远景的欢乐。可是由于作者没有意识到它，因此也就仅仅写出了当时丰收的欢乐。这样就显出了作家所描写的和所意识到的这二者之间的差异了。

客乙：勉强可以说得过去，但我总是觉得你这些话的说服性还是不够似的。不过我还要问你，我刚才说的作者所描写的和所意识到的二者之间，没有矛盾，这正是社会主义现实主义的特点之一，这一点你赞成吗？

主人：我认为从理论上说，在社会主义现实主义的作品中这二者的一致是完全可能的，因为马克思列宁主义的哲学和现实主义的创作方法是一致的。但社会主义现实主义并不是抽象的概念，而是指实际的作品。在作品里面，由于作者个人的生活经验和体验、思想程度、才能的不同，这二者之间，就依然还有各种不同程度的差异，因而也就存在矛盾。不过这种矛盾，是可以在社会主义现实主义的创作方法的范围内解决的。

客甲：这个问题似乎还有展开讨论的必要。但今天我们三个人都约略提出了自己的看法，要作进一步的讨论，还得加深研究。是不是这个问题就讨论到这里为止。换过一个问题来讨论？

客乙：我同意老甲的意见。我们是不是可以谈谈典型问题。

主人；这个问题太大，太复杂，我们三个人恐怕谈不了吧。

客甲：我们不全面去讨论，只提出其中若干问题，大家来试答一下，有什么不可以呢？

主人：好吧，那就来谈吧。反正，真理是客观的。我们不断地摸索它。摸索到了，那就是对了；摸索不到，那就不对了。不过，错了，那也是在探索过程中所常见的事情。

客甲：我现在就来发问了。浪漫主义是不是也有典型？就以小说来说吧。

客乙：我认为浪漫主义的小说也是有典型。

客甲：为什么？

客乙：这也许是很形式主义的论断。我的想法是：既然浪漫主义是两种基本创作方法当中的一个，那么当然它也就能够创造出典型。如果它不能塑造出典型，那还能算是什么基本的创作方法？

客甲：前几天，我看了一篇蔡仪写的《鲁迅论典型》的文章，他说："而能够真正创造典型性格的，也只有现实主义。"他虽然没有明言，浪漫主义不能创造典型，但既然说"只有现实主义"，那当然浪漫主义是除外的了。而且他还举了《共产党人》专论里面的话："典型是对生活作现实主义的反映的基本条件。"你看，你对于他的这个论点有什么意见？

客乙：我还是觉得我的意见对。至于《共产党人》专论的那句话，也并不能证明蔡仪的论点的正确。因为《共产党人》的专论说的是现实主义是要以典型来反映，这完全对；可是它并没有说，典型一定要现实主义才有。蔡仪并没有把文章的意思看清楚，就拿来引用，态度未免不够谨严。

客甲：现在请你举例子来看。

客乙：比方，古代神话传说里的人物，能不能说是典型呢？比方《封神演义》里的申公豹，《西游记》里的孙悟空，能不能说是典型呢？普罗米修斯应该是一个典型吧？巴黎圣母院中的加西莫多，应该也是典型吧？所以我认为浪漫主义的作品里面，是有典型的。

客甲：既然承认浪漫主义作品中也有典型，现在我要进一步问，浪漫主义的典型和现实主义的典型，比较起来，有什么特点呢？

客乙：对于这个问题，我没有很好地想，但既然给你问住了，我就只好作答。我认为，浪漫主义作品中的典型，有这样一些特点：它们比较爱采用稀有的事件、稀有的人物；它们的表现方法，有些是采用幻想的，有些是采用比较夸张的手法的；作品里包含着更多的作者的情绪色彩。当然并不是任何浪漫主义的作品，都一定要具备以上所说的三种特点。有些作品可能是这些特点多些，有些作品可能是那些特点多些。

客甲：老兄，为什么对这个问题一声不响？

主人：我同意老乙的意见。如果要我补充的话，我只可以补充这一点，就是人是在不断的生活实践中改造着自然，改造着社会的。为了要改造客观，他就不能不了解客观，同时，也就产生了他对于客观的主观态度。浪漫主义就是偏向于表现作者自己的主观态度的一种创作方法。虽然是人的主观态度，但这是对于客观世界的反应，而且也是为这个人的社会存在（客观的存在）所一般地规定了的。所以这个主观又包含着客观性。只要这个作家能站在和人民大众利益一致的立场，或是同情人民的立场，那么他的主观态度也就一定能表现出人民的要求和希望、人民的幻想和憧憬，从而以健康的、战斗的热情鼓舞人民，对改造客观和改造人类自己的事业作出有益的贡献。难道曾经创造和正在创造着人类的物质的和精神的文化的人民，不应该有自己的希望，并创造出自己的典型么？现在有人每谈到现实主义的时候，就极力避免谈到主观，好像一谈到主观就有唯心主义之嫌，一谈到幻想就好像一定会脱离现实。其实列宁早就曾引用过60年代的政论批评家皮萨可夫的一段话："遐想是有益处的，它好像是对于工作的一种正确的推动的力量。"列宁赞许了这句话，认为是正确的。

客甲：你的意思虽然很好，但可惜离题稍远一些。是不是可以再提一个问题来讨论？

客乙：我来提一个。典型不是统计的平均数，这是大家都承认的了，典型不应该和普遍大量对立起来，而应该发掘普通人的高尚的精神品质，这也是大家承认的了，但是如何去理解独特和稀少对于典型的关系？是不是独特和稀少的东西就不能成为典型？

客甲：对于独特是不是不能成为典型，我也有点怀疑。比方诸葛亮是不是独特的人物？祝英台在过去封建社会里是不是独特的人物？葛郎代是不是独特的人物？高老头是不是独特的人物？所有古典作家笔下的典型似乎都是独特的人物，为什么在社会主义现实主义作品中，独特就不能够成为典型呢？所以关于这一点我的思想始终搞不通。

主人：对于这一点，我倒有点体会。我觉得在过去旧社会里，一般人是把普通的人和杰出的人看成两个对立的概念。普通的人就绝不是杰出的人。但在社会主义社会里，每个普通的人都具有创造的才能、英雄的素质，而杰出的人物则不过是集中了众人的才能和素质，而成为领导者。由于他是从群众中涌现出来的，所以他也是普通人当中的一个。在我们的社会里，杰出的人物和普通的人物是这样紧密地联结在一起的。这样的群众领导者，无疑是新社会的典型。但是现在有一个人，他要独立在群众之上，或者要表现得处处与众不同，这样，当然他也就不能代表群众，不能成为群众的领袖。和群众隔离的一个独特的人，无论他的性格的特点如何之多，但也绝不能够成为典型。所以假如把典型写成独特——这就是要大家不去创造现实的人物，而去创造假想的、做作的和踩高跷的人物。我认为这个创作方法是非现实主义的创作方法。

客乙：那么稀少的事物是不是也可以成为典型呢？

客甲：关于这一点，我认为：稀少的事物，只有在反映着新事物的萌芽的时候才能成为典型。因为历史是发展的，今天稀少，但将来却可变为大量的存在。

主人：对于这一点，我倒有点怀疑。稀少的然而又不反映着新事物的萌芽的人物，在我看来，也还是有可能成为典型。问题是你用什么方法去塑造典型。有正面人物的英雄的典型，有悲剧人物的典型，有喜剧人物的典型，有幻想人物的典型。稀少的然而又不反映新事物的萌芽的人物，当然不能成为正面人物的英雄的典型，可是未尝不可以作为喜剧人物中的典型，作为幽默和讽刺的对象。像堂·吉诃德先生，像阿Q都是稀少的，而同时又不是新事物萌芽的人物，但他们依然可以成为典型。

客乙：照你这样说来，那么你刚才说的脱离群众的独特的人物，也应该可以成为喜剧人物的典型了。

主人：是的，我应该修正我刚才所说的意见。假如把独特的人物当作嘲笑的对象，那又为什么不可以作为典型呢？

客甲：刚才你说，要看用什么方法去塑造典型，那么是不是同一个创作方法，也可以有各种不同的塑造典型的方法？

主人：我认为是的。刚才我已经举出了一些塑造典型的方法了。创造典型的方法是多种多样的。列宁早就说过："在这个事业上无条件地必须保证个人的创造性，个人爱好的广大原野，思想和幻想、形式和内容的广大原野。"把创造典型的方法束缚在一条绳子上，那也是对文学艺术事业有害的。

客甲：你是不是可以把典型的多种多样性再加以阐发一下？

主人：典型的塑造是和文学的种类有关的，比方在童话与寓言里面的典型，就多带有幻想性，阿狗阿猫都可以说话；在故事传说中的典型，则多带有轮廓画性质的典型。在短篇小说里作家所剖露的是在一定的环境之下，人们生活之某些方面的典型；在戏剧里面所表现的则多是在矛盾冲突比较尖锐的情况之下的典型。

客甲：诗歌里面有没有典型？

主人：我认为诗歌里面也有典型。

客乙：叙事诗有典型，那是很明白的了；但问题是抒情诗里面是不是有典型？

主人：抒情诗里面，也有典型，而且有各种各样的典型。抒情诗人把自己的内心世界剖露出来，使人们知道，在这个世界里有这样的一个人物，而这个人物的声音是可以引起社会上的广泛的共鸣的，难道这样的人物，不能算是典型吗？我想应该算是典型。文学作品不仅写出了各种人物的典型，而且由于每个作家都有他自己的性格（至于这个性格形成的客观原因，这里暂时不去提了）。因此，他们所写出来的人物典型也就具有各种不同的风格，甚至同一个作家，在不同的时期也表现着不同的风格。比方《赵氏孤儿》里面的英雄们的典型是具有雄伟悲壮的风格的，《梁祝哀史》里面的梁山伯祝英台的典型是具有优美的风格的，《水浒》里面的李逵，《说唐》里面的程咬金的典型是具有粗犷的风格的。至于抒情诗中的典型所表现出来的风格更是特别明显。其原因是，往往诗人本身就是典型，而且在诗里面，诗人所使用的比喻是高度典型化了的，语言也是高度典型化了的。

客乙：你的意思就是说，作品中的典型，随着文章的种类的不同而有不同的样式，随着作家的不同的风格，而有不同的色彩，这一点，我可以同意；我现在想再提出另外一个问题来讨论一下，就是典型的阶级性和人性之间的关系。究竟有没有抽象的人性？文学是不是表现人性？

客甲：我认为人性是有的。去年何其芳《论阿Q》的那篇论文，就曾指出阿Q的典型，虽然有阶级的烙印，但他具有人类的普遍性。

客乙：也许我的思想没有弄通，这一个说法我是不大同意的。人是生活在具体的历史时代里，而在阶级社会里，则又是生活在一定的阶级当中，所以，如果有人性那也只能是具体的人性，通过阶级性来表现的人性，绝没有抽象的人性。人必须吃东西，才能活下去，这大概是人性，但原始人是“茹毛饮血”地吃，而我们现代人则讲究烹调艺术。这是由于历史的时代不同；有宰牛杀马，大碗酒，大块肉地吃，但也有“鼓瑟吹笙”“衣香鬓影”地吃。这是由于阶级的不同。文学是描写具体的人的生活的，所以它首先是表现阶级性，人性也表现在阶级性之中。从具体的人来说，人性、阶级性是渗透在一起的。

客甲：在《共产党人》的专论里曾经指出来过，除了阶级性以外还有人类的共性。不错，你刚才说的，吃东西的方法和形式是有历史性和阶级性的，但是不吃东西，就会觉得饿，不管你是什么阶级，这一个经验总是共同的。而且不承认这个共同性，有些文艺现象，我们就无法解释。比方，希腊悲剧，它离我们已经有两千多年了，再从阶级观点来说，它更是属于奴隶主的阶级的。如果希腊悲剧所表现的只是阶级性，而无人类的共性，那就很难解释为什么这些作品直到今天还能感动我们，当然我们不能否认。在每一个具体的历史时代里作品都必然带有时代的、民族的和阶级的烙印。此外，我还有一点体会。过去在阶级斗争剧烈的时代，我们强调文艺的阶级性那是对的，但到了今天，阶级的对立已经没有了，他们提出文艺中人类的共性问题来，这也是十分必要的。

客乙：我并没有否认人类的共性。我只是说人类的共性离开了具体的历史和阶级（当然是指有阶级对立的社会）就是抽象的。文学作品里表现进步阶级的阶级性并不妨碍它表现人类共性。有各种不同的历史时代，有各种不同的进步阶级，因此，它们所表现的人类的共性也就有各种不同的形态。所谓表现进步阶级的阶级性并不妨碍它表现人类的共性，就是说进步的阶级和人民的利益是一致的，因此，文学作品表现了阶级性也就表现了人类的共性。也有这样的情况，作家所属的阶级是已经没落了，但作家能打破这个阶级的局限性，站在人民这方面来，因此，他的作品有人民性，同时也就有了人类的共性。还有一种情况，就是没落阶级的作家，他们作品的内容是反动的，但是他的作品的部分的形式和技巧还是有可取之处的。

客甲：你这些话，我过去也曾说过，但是现在我觉得这种说法有些不够。问题是，人类的共性是不是仅仅通过阶级性来体现？

客乙：现在请老黄，你来说说。

主人：你们两个人的辩论，对我来说，的确是一个很大的启发，关于你们所讨论的这个问题，我还没有很成熟的意见，我只能发表一下我的看法。在艺术文学里面，是不是包含有人性的东西呢？我想是有的。比方桂花是香的，资产阶级以为它香，无产阶级也以为它香。一个肢体残缺的女人，资产阶级以为她不美，无产阶级在一般的情况之下也一定同样地以为她不美。月亮的清辉总是为青年们所喜爱。此外，如恋爱的情歌，追悼死者的挽歌，在某些情况之下都可能是直接地表现着人性，而不必都是通过阶级性来体现。对于这些提法，我是有保留意见的。当然形式色彩也能产生朴素的美感，但这美感是人化了的美感。至于情歌挽歌，那其富于阶级性、民族性、社会性就更明显了。人是生活在社会里面，他所处的环境已经是人化了的环境。人和人互相之间就会因历史条件不同，而有各种不同的具体关系。而人的生活，也就总是在人与人之间的关系中表现出来。马克思说："从现实的意义说，人的本质乃是社会关系的总和。"我认为从人与人之间的关系去具体地分析人的本质，这是马克思主义的最出色的见解。

人是生活在一定的历史时代里，人与人之间的关系，随着时代的不同，因而具体表现出来的"人性"也就不同。人同时又是生活在一定的民族里、一定的社会集团里，而在阶级对立的社会里，则又是首先生活在一定的阶级里，即根据人们在生产关系中所处的地位的不同而分成了各个阶级。因此人又必然会在具体的行动中，带着时代的烙印、民族的烙印、阶级的烙印、集团的烙印，以至个人的色彩。而在阶级斗争尖锐时期，文学中的阶级性，就特别表现得突出。

例如花的香气，不管什么阶级，大家都同样会闻到。但人们对它所发生的最初反应，对它所发生的联想，对它所感到的意义和情绪色彩，就可能因人而异。光是闻到香气，光有这个感觉，并不能形成文学作品（当然文学也包含感觉，但这也是人化了的感觉）。同样是月亮的清辉，不同的时代，不同的民族，不同的阶级，不同的集团，以至于不同年龄的人，都会通过某一些作者的生活经历和体验表现出各种不同的人的生活、体验和感受，所以从整个文艺现象看来，它是意识形态，属于社会科学的范畴——不过在文学里面，它包含有更多表象和感性认识。

至于说文学艺术里面是不是有人性？我的答复是：这要看对人性是怎样解释，我不赞成离开历史的、社会的“现实意义”的人性，更不赞成把人性解释成生物性或人的本能。我认为与其说是人性，毋宁说是人的社会共同性，这种共同性，总是和具体的时代性、民族性、阶级性和某一种集团的特性，以至作者的个性互相渗透在一起的，如果把人的社会共同性简单地归结为人类的永恒的共性，那么我们就很难解释同一月亮，为什么会有这么多彩的有关月亮的诗篇，而且这个提法势必会使整个文学史也变成人性的发展史了。

这里，老乙也许会说，在阶级对立的社会里，文学总是首先表现出它的阶级性，这个说法，我也认为需作具体的历史的分析，不能一概而论。我认为，某一阶级的阶级性也是历史的范畴，也是在阶级与阶级之间的关系中，或者斗争中表现出来，并且不断发生变化。不错，自从社会上有了阶级和阶级对立以来就有着阶级斗争，但必须明白阶级斗争也并不是永远尖锐的，它有时尖锐，甚至很尖锐，但有时也并不尖锐，或有时和缓；统治阶级既有上升时期和稳定时期，也有没落时期和崩溃时期，被统治阶级有觉悟的时期和起来反抗的时期，但也有尚未觉悟的时期、暂时安定的时期，或斗争情绪低沉的时期。而且阶级与阶级之间，为了对付共同的敌人，还可以有暂时的同盟和合作。这些复杂的历史情况，在谈到文学之阶级性的时候，都必须估计进去。比方，当统治阶级还是在上升或者是稳定的时期，统治阶级的思想就成了统治的思想，而被剥削阶级又还是自在的阶级，觉悟不高。在这个时期，阶级斗争就可能并不尖锐。由于各阶级，在同一个民族或在同一个社会共同体中共同生活在一起，阶级性格也就容易在各阶级之间互相渗透着，阶级的剥削虽然存在，但常常为其他生活现象所掩盖，因此人的阶级性也就不会突出地表现出来。现在，再从作者这方面来考察一下。我们很难想象，在马克思主义出现以前，会有一个有鲜明的阶级立场的作家。既然如此，当然也就不可能希望他写出有明显的阶级性格的人物。但由于阶级剥削这个事实的存在，由于广大人民的贫困的生活的存在，这些客观事实摆在作者的面前，因而也就会使得作者有意或无意地、直接或间接地，或多或少地接触到阶级的事实，然而他绝不可能有意识地站在阶级的立场，来塑造出尖锐地代表某一个阶级性的典型人物。

当统治阶级崩溃，人民起来反抗，这个时候，作家们目击统治者的黑暗、人民的疾苦，因此突破了自己的狭隘的阶级局限性，起来同情人民，这种情况也是有的。但是他们所站的立场，依然还不是什么劳动阶级立场，而不过是同情人民，主张爱国，拥护忠良，嫉恨奸邪而已。就是当18世纪资产阶级革命前夜，有些作家，在我们今天看来，显然是站在资产阶级立场的，但是，在当时这些作家自己看来，还总以为自己是完全为人类的幸福而奋斗，为人类的真正的自由、平等、博爱而奋斗。

在每一个历史时期中，阶级的关系是这样的复杂，这样的不同，而古代的作家又都不是有阶级立场的人物，那么今天，我们如果硬要古代作家，或者是今天资产阶级国家的某些作家，都能够在作品中充分地表现出阶级性格来，或者是塑造出代表某一阶级的完整的典型性格，那是不容易的事情，而且也许是脱离实际的事情。你们二位也许会问，就以古代的作家来说吧，他们究竟是从什么角度来概括典型呢？我想，这情况也是多种多样的。有些人是从人道的角度来描写人物，有些人是从爱国的角度来描写人物，有些人是从攻击邪恶的角度来描写人物，有些人是从歌颂某种丰功伟绩的角度来描写人物，有些人是从主张正义，控诉黑暗和冤屈的角度来描写人物，也有些人从性格的角度来描写人物，如某也为怀疑的典型，某也为悭吝的典型，某也为嫉妒的典型，等等。但不管他是从什么角度去描写人物，只要他同情人民，那么他也就一定会在很大程度上反映出真实，并有意或无意地、直接或间接地、或多或少地透露出阶级的关系。总之，文学中的人类的社会共同性和阶级性的关系问题，应该从整个的历史时代去看，从阶级的互相关系去看，从民族的传统、民族的心理特性、时代的风尚去看，从当时统治者所施行的具体的政策去看，以及从具体的作家和作品去看。只有这样全面而又具体地从整个历史时代去看，我们才能正确地解决问题。一个人的存在，除了人类的社会共同性和阶级性之外，还夹着许多其他的因素。我们不应该把许多其他的因素都排斥出去，而光记着“人类的共性通过阶级性来体现”这一个公式去理解问题。因为有些古典作品，我们就很难说，作者究竟是站在什么固定的阶级立场的，而其中所描写的人物，我们也是很难把他们看成什么阶级的代表的。人物的阶级性的浓度如何。而且又是和其他的历史诸因素凝结在一起。如果我们说“人性”只是通过阶级来体现，那岂不是既把阶级性简单化，而同时又把人性也看得太简单了么？（总之，“人性”一词，容易同生物性或本能混淆在一起，所以我改用“人的社会共同性”来代替。）

客乙：你这些话，我大致可以同意，但我还得回去思考思考一下。

客甲：听了你刚才所说的话，我倒希望你对于何其芳的《论阿Q》表示一点意见。

主人：这篇文章，还是好几个月以前读过，现在印象有点模糊了，没有准备，不好发表意见。不过总的说来，我不同意何其芳的说法。首先，鲁迅写《阿Q正传》正是在阶级斗争矛盾尖锐的时候，这篇作品显然有很大的战斗性，而何其芳同志把它简单地归结为对人性的揭露。其正确性我看是值得怀疑的。其次，阿Q既然是一个落后的农民，他在思想上受到统治阶级的影响，这也是很容易说明的，难道奕山、张之洞、辜鸿铭不正是“自欺欺人”和“精神胜利法”的创作者吗？但是这些统治者有权有势，他们还有“自欺欺人”“精神胜利法”的一套本钱。至于阿Q，他是最底层的人物，他的生活地位和他的思想处于极端矛盾当中，而鲁迅正是通过阿Q，把这个矛盾揭露出来，用以构成了这篇小说的讽刺的基础，讽刺了阿Q和阿Q同类的人们，同时也讽刺了那个时候的统治阶级和“正人君子”，讽刺了那个时代。但何其芳同志，把阿Q的弱点看成在许多不同阶级不同时代的人物身上都可以看到的弱点，这就使得鲁迅的讽刺失去了时代的意义。这一点我觉得值得考虑。再次，阿Q是不是人性的典型？或是落后的农民的典型？在我看来，他是在特殊环境下，被损害的劳动人民的典型。不过，这都是一点感想，如果要详细发表意见，还得把那篇文章再细读一遍。

客甲：我还想问你关于社会主义现实主义问题的看法。

客乙：怎么样？老兄想讨论到天亮还是怎么？已经快到12点钟了。

客甲：啊，糟，没有公共汽车了。

客乙：恐怕连电车都没有了。

客甲：那我们走吧。今天讨论得很好，就是时间太短，有好些问题没有谈到，有些问题也还没有谈透。比方关于美学问题，我也是想谈的。现在我简单问你一句，你对于蔡仪的批评有什么意见。

主人：我觉得他的文章情绪色彩很浓，但论据则不足。

客甲：李泽厚的呢?

主人：写得很好，我基本上同意他的意见，但对于艺术文学的实际问题还需要进一步去很好解决。

客乙：究竟你对于美与美感的看法怎么样?你那篇文章主要是什么意思?

主人：关于美与美感的问题，容以后有机会再谈。至于我那篇文章，主要的是想说明生活决定了美感，当然漏洞和错误是很多的。

客乙：你准备写文章答辩吧?

主人：让我研究研究后再说。

我和甲、乙二人互道了再见，把他们送出门去。雪下得正大，回到室内炉火微红，睡得正甜的孩子们打着呼噜呼噜的鼾声。看看表，已经是12点了。我想他们二人，一定连电车也搭不上了。我在沙发上微微欠身了一下，不知什么缘故心里感到很痛快。真理是客观的，人人不得而私；至于谁先找到它，那并不是十分重要的事情。是的，我是多么渴望着有共同探索真理，互相问难的伙伴啊！

1957年2月28日夜

本文后收入文艺论集《初学集》，

长江文艺出版社1957年版

谈人物描写

一

我们常常说，文学是客观事物在人类头脑中的反映，是表达思想感情的工具，又常常说，文学是教育大众的工具。那么文学是怎样去反映客观世界呢？怎样去传达思想感情呢？怎样去执行教育的任务呢？我想，这主要是通过人物的描写和故事的叙述。

是的，抒情诗里面是没有人物描写的。抒情诗，是以直接写出诗人对外在世界的感情的反应为它的特点的。但就是抒情诗人，高尔基也曾说过："不可以单做抒情诗人——不可以将自己的精神禁闭在您自己所造成的围栅里。"[①]至于戏剧、小说等现代文学的主要形式，哪一种没有人物的描写呢？

为什么要有人物的描写？有人问。不描写人物不也是可以么？比方说，我能够把故事写得很曲折，这不是同样也可以吸引人么？比方说，我能够把生产过程描写出来，或者是能够在小说中，把开会的主要发言记录下来，这不也是可以起教育作用么？我想问题是不应这样提的。有些故事尽管写得有趣，但读者看完了它，不久也就忘记了。它并不能够在读者的心灵深处引起强烈的反应。不可否认，你能够在故事中把主要的演说记录下来，或者把生产过程记录下来，这都是有教育作用的。但是这一类的教育作用，一个政治工作者和一个工程师讲起来不是更全面一些，更深刻一些么？所以文学工作者的任务不是在于巧作故事的安排和抽象的说教，而是在于写出具体的人。

① 高尔基：《给阿夫米安的信》，《给初学写作者》，第76页。

这里不妨举一个具体的例子。假如有一个人为了要使大家同情他，或信服他，于是就在大众面前大声说："我愤怒极了，你们也愤怒吧！"或者说："我感动极了，你们也感动吧！"你猜那时大众的反应将会如何呢？显然，大家一定会说："这个人为什么这样武断呢？他感动，他愤怒，为什么一定要我们也和他一样呢？"但是，如果这个人并不这样空口呐喊，他只是把人物很生动地表现出来，把令人愤怒的故事或者是令人感动的故事用人物的行动具体表现出来，这样，虽然他并没有叫人愤怒，自然人们也就会在眼睛里灼灼地露出怒火了，他虽然没有叫人"流泪"，但人们也自然会被泪水浸湿了眼睛。

所以文学之反映客观现实，是反映人的具体生活，是反映典型的真实的人。作者的思想感情，是通过他写什么人，怎么写这些人来表现；而它的教育作用就是在于它能通过具体的人物的描写来感染读者，而且文学的思想性也就包含在这艺术性之中。

比方，假定我们能够很生动地写出董存瑞、黄继光、罗盛教这类英雄人物的形象去感染读者，使读者们在脑子里对于这些英雄有深刻的印象，这样经常受到文学的陶冶，到了后来，他们一看见解放军或志愿军的战士，就自然而然生出一种敬爱的心情。慢慢地这种反应在他们的性格里生了根，也就成为了他的品质的一部分了。是的，艺术文学所要起的教育作用，正是这一种作用。

那么，作品是不是不要故事呢？除了抒情诗、杂文或一些政论性特写等以外，文学作品当然都得要故事。但是故事是人的思想行动构成的，所以文学作品首先是注意人物的具体描写，用人物的行动去组成故事。只有故事而没有生动的人物，这一定不会是好的作品。

二

文学作品必须写人物，朋友们也许未尝不知道，但是写起来却未必成功。比方，有人是这样来写人物：他们把人物的经历按年代的顺序写出来。这样写，是不是也算是写人物？我看不是。文学作品绝不是履历表，或是抄某人的自传。文学作品绝不要流水账般的平铺直叙。它必须一方面大胆地省略那些不重要的或与主题无关的东西，如《木兰辞》的"将军百战死，壮士十年归"

那样的做法；另外一方面则又必须抓住事件的中心环节，强调地写出人物在这些事件中的行动的细节。

有些朋友们写人物，常常是停留在一般的介绍上，而没有具体的描写。这当然也是一个缺点。是的，对人物之一般的概括的介绍也是必需的，如《红楼梦》中的“冷子兴演说荣国府”那样，先把书中的主要人物和他们的家世作一概括的介绍，使读者对于他们先有一个轮廓的概念。但是这种介绍，不管它是在故事的开头还是在人物登场以后的补叙，都不能占过多的篇幅，如果老是由作者在旁边来替书中人物作介绍，那就一定会使作品变成毫无生气。所以作者必须写出具体事件中具体人物的具体行动，让人物的行动去表现自己，不仅写出他做什么，而且要写出他怎样做，做的时候的心境感觉，做的时候的动作表情，做的时候的声音笑貌。这样才能使人物的形象直接地呈现在读者的眼前。比方《我的师傅》①里有一段生动的描写：“他回头对我上下打量了一下，也不招呼。车间主任笑着说：‘怎样，小伙子不错吧？三个月能完成任务么？’他脸上一点笑容也没有，也不讲话，只是微微地点了点头，自顾干着活。我心里想：这老头子怎么这样冷淡？还说他待人热情呢！”这短短的一段，可以说，是表现了具体的场面、具体的人的动作。

既然写人物要写得具体，那么，是不是写得越具体越好，越细致越好呢？于是又有些朋友们专门在具体细致上用功夫了。当然，我们要求作家把人物写得细致，但是这并不是说把人物生活中的一切事件、一切动作、一切思想都写进去。这在事实上是不可能，同时也不必要。如果你硬要这样细致去描写，那作品就一定会写得啰唆，人物就一定会写得臃肿，故事的发展就必然拖沓无力。读者读不到几页，也就会感到乏味而伸腰呵欠了。所以作者必须学会剪裁。选择那些最足以表现出人物的个性特征的东西，最足以表现思想主题的东西最足引人入胜的情节和冲突，去加以细致的描写，以便从这些细致的描写显出人物的本质。比方在《钢铁是怎样炼成的》一书里关于筑路那一段的描写，在短短的五页中，曾经写到三个会，可是作者对于第一个党员们的会、第二个党组的会，都写得很短，而对于保尔的皮靴破了跑回到厨房里来取暖的事

① 《我的师傅》，《文艺学习》创刊号，第35页。

情可描写了一页多。当写到第三个会绝大多数的党团员都坚定地留在自己的岗位上，和那些想开小差的人们作斗争时，作者整整花了两页的篇幅。为什么作者对保尔这样过细地描写？那是因为这虽然是小事，却正充分地表现了保尔的性格和他的品质。为什么作者对第三个会就这样详尽地描写？那是因为这个会最足以表现出忠于无产阶级事业的分子和投机分子之间的斗争，坚定的思想和动摇思想之间的斗争，同时也正是通过这个斗争表现出了潘克拉托夫的钢铁般的坚定的性格。[①]

又比方《三国演义》，当写到孙权接到曹操邀他会猎的信，以张昭为首的吴国群臣都纷纷主张降曹的时候，作者是这样描写孙权的："孙权低头不语，须臾权起更衣，鲁肃随于权后，权知肃意，乃执肃手而言曰'卿欲如何'……权叹曰诸人议论大失孤望，子敬开说大计正与吾见相同，此天以子敬赐我也……"[②]这样写法我认为是很好的。这样作者并没有像一些青年朋友们写人物一样，一律很主观而率直地写道："孙权一听见这些话，立即大怒，拍案叫道，你们投降老子不投降！"不，作者在这里只写孙权低头不语，接着就转入细节的描写。本来"权起更衣"那是很琐碎的事情，可是就是在这琐屑的事情中表现出了孙权和鲁肃的心情和性格，同时也表现出了故事发展的关键。作品如果要写细节，那就要写这样的细节。

一提到写人物，有些朋友们立即就想到怎样来写出他的容貌举止，也就是说更多地注意到他的外表。当然描写出人物的外在特征也是人物描写的构成部分，但是写人物的外表，其意义不仅在于写出其外在特征，主要的还是在于通过这些外在的特征如容貌、动作、表情、姿态、语言等来揭露出人物的内在的特征，人的灵魂。

爱伦堡在他的《谈谈作家的工作》中曾这样说："画家必须让他的'模特儿'坐下之后，对这个人的脸观察好久好久，尽力在他的容貌中找出性格和内心生活的反映。作家在他的工作上很像画家：他必须仔仔细细研究他的人物。"[③]鲁迅先生对于这一点也曾经指出过："忘记是谁说的了，总之是要极

---

① 《钢铁是怎样炼成的》，第257—261页。

② 《三国演义》，第356页，作家书屋版。

③ 《译文》第6期，第143页。

省俭的画出一个人的特点，最好是画他的眼睛。我以为这话是对的，倘若是画了全副的头发，即使细的逼真也毫无意思。我常常在学这一种方法，可惜学不好。”[①]为什么很逼真地画出了头发也还是没有什么意义？那是因为头发虽然也是人物的外表的特征之一，未尝不可写，但头发究竟不能表露出人物的内心的活动、内在的灵魂。相反，眼睛却常常表现出了人物的内心。

朋友们都说青年朋友们笔下写的人物，常常是一般化的。我看一般说的确也是如此。这里我举出一个对于人物一般化的描写例子。和一个对于人物生动的描写例子来作一个比较。曾经有一个作者，在他的短篇里写一个转业战士时，是这样写的：

李卒兴迈着步子走到连长面前。

连长请他坐下，接着说：“李卒兴同志，营部打电话来，调你到转业大队去。”

李卒兴听了这话，立即紧张起来，表面上显得有些不快。

连长接着说：“你为什么不高兴，党需要你去参加国家的建设。”

站在旁边的指导员知道了李卒兴的心情，开口了：“李卒兴同志，你有什么地方搞不通的，请提出来，我们绝对不能让你背一个包袱走到工作岗位去。”

我看这里作者并没有把人物写活。看了这一段以后，我们看不见人物的动作和面貌，看不见当时情势的特征。他们三个人说话的语言也都是差不多，缺乏个性的。连长和指导员对李卒兴的调走似乎无动于衷，而李卒兴也不过是“表面上显得有些不快”。一看就知道作者是只凭着常识的推理去写出这些对话。而没有具体地研究这些人物。如他们心里是怎样想的，连长和指导员对李卒兴过去有什么深切关系，这次对于一个老同志的调走，他们各人面部的表情、手势是怎样的，连长和指导员的态度又有什么不同等，都没有描写。因为

① 鲁迅：《南腔北调集》，第108—189页。

在作者的脑子里也没有这些人物的明确的形象，所以写出来的人物，也就有点模糊。诚如高尔基所指摘的，作者笔下的人物“没有面孔，没有眼睛，没有表情”。

可是另外一个例子，可不同了。让我们翻开《卓娅和舒拉的故事》第229页来看吧。里面有一段是写卓娅的。篇幅虽然很小，可是它已把卓娅的性格明显地表现出来了：

> 我们房间里大约有十个女孩子。我们彼此连名字也还没记清楚，可是在选举班长时候，马上有几个人的声音同时喊出了：“卓娅。”那时我就明白了：她不只合我一人的心。
>
> 翌晨六点钟我们被唤起来了。在七点钟就应该开始学习了。卓娅走到我的床前玩笑地说：“快起来吧，不然我给你来一个冷水淋浴！”她对另外一个稍微迟缓了的女孩子说：“你这是什么兵啊！既然发出起床号令了，就应该马上跳起来！”在吃饭的时候她也总是催促我们，那时就有一个人对她说：“为什么你老是发号施令啊？”当时我想：她一定用很激烈的话回答她。可是卓娅只是注视着那个女孩子的眼睛说：“是你们自己选出我的呀。既然选出了我，就服从我吧。”
>
> 以后我听到过多少次人们评论卓娅说：“她什么时候也不骂人，可是她只要一看，那就……”

读完了这一段，我们把书合起来，闭起眼睛想一想吧。我们不是在脑子里浮现出卓娅的活泼的形象吗？听见了她和许多女孩子的声音吗？如果用它来和我上面所引的文章对比一下，那么，就可以显然看出，我们的青年作者对于人物性格的研究实在是太不够了。

有些朋友们也似乎意识到这一点，觉得人物写得太一般化不好，于是就极力想把人物的个性刻画出来。可是企图尽管如此，而脑子里究竟缺乏人物的表象的积累，那么怎么办呢？于是他们就企图以作者之心去猜度人物之腹。作品里面虽然有各个阶级的人物，也有老少男女，穿着各种不同的衣服，比着各种不同的手势，但仔细一看，这些人都有一个共同的特征：那就是都有点像作者自己。有时作者甚至粗暴地把自己的话装进作品中人物的口中，硬要60多岁的老太太说出一些作者希望她说而实际上她是不可能说的话。这样一来，就使作品中的人物成为作者自己的化装表演。比方有一位作者写一个农村女青年在中学毕业后回家打算参加农业生产。这位女青年最初很踌躇，不敢告诉她的母亲，怕她反对。从这些描写来看，她的母亲是很希望她考大学或做别的什么的，而且是相当固执的。但后来她终于向她的母亲说出来了，你猜作者怎样写她的妈呢？“她妈一听，倒也没有反对，但也没说话。接着还说：‘你说参加农业生产，我倒没有意见，咱社里也需要像你这样的人。不过你要想想，你上了三年中学，在家又“受苦”，不怕别人说你没出息吗？’”这样写法，好像她的母亲，一向就是思想很开通的，她听见这个消息以后，一点也不吃惊，心里一点也没有什么矛盾，所考虑的倒是怕女儿的爱人反对。这样难道是真实吗？

当然我并不是说，写一个老太太就一定要把她写成落后分子，更不是说不应该写一个进步的老太太，但是问题是在于作者这样的写法，并没有写出一个有统一性格的人、真实的人。

必须记住：作者所描写的人物，他们本身是有着独立的意志的，他们的行动也有着一定的自身的规律的。作者绝没有权利把笔下的人物当作傀儡一样随意地加以驱使。如果作者都把自己所创作的人物当成傀儡，那么他还有什么理由去要求读者们相信他们都是真的人呢？

有些朋友们的毛病似乎又是在另外一个方面。

是的，他们也的确能够抓住一些人物的外在的内在的特征，写出了若干生动的人物性格。可是作者为什么要写出这样的人物性格呢？有什么目的呢？作者似乎是完全沉迷在人物性格的描写中而流连忘返了。他好像只是为写人物而写人物，而忘记了我们之所以要写人物，其目的是在于反映出人类生活的真实，在于通过人物的描写显示出客观事物发展的规律（在有阶级对立的社会中，总得要直接地或间接地表现出阶级斗争的总的形势），表现出作者对于这样具体的人具体的事所作的评价，所采取的态度，所发生的感情的反应。比方，萧也牧的《我们夫妇之间》，作者笔下的人物，虽然也有些生动，虽然也有着明显的个性，可是作者究竟通过这个人物表现出了什么呢？作者笔下的张同志不仅不能代表经过多年锻炼的老干部，不足以说明客观事物发展的规律，而且作者对于她的落后性，还表示欣赏的态度。所以作者如果只是为写人物而写人物，那其结果一定会变成专门去追求人物的个性的特征，而忽视了这些个性特征所具现的社会阶级的特征。

写文学作品也并不是不需要逻辑的思维，形象的思维是不能够和逻辑的思维截然分开的。如故事线索的安排，人物发展的过程都需要逻辑的思维。但有些朋友们写作的时候，在这方面也暴露出很大的缺点。比方有人写一个新的副银行主任上任后振作有为的故事。第一段是写原来的主任如何不好。第二段是写新的年青的副主任从群众中提升起来，主任看不起他。第三段接着就写新主任如何带头参加清洁卫生运动。第四段是写新主任如何坚持暂时放下清理农货的工作，去参加抗旱运动。第五段是回头叙述这位新任的副主任的历史。从以上的安排看来，显然这篇文章的逻辑性是不够的。首先，既然主任极不喜欢这位新提升起来的年轻的副主任，那么这以后，他们二者之间必然会展开斗争，可是从第三段起，作者根本就把银行主任忘记了。其次，既然新的副主任是好的，那么就应该着重写出他作为银行主任的好处。但是作者避重就轻，却着重在他领头做清洁运动的描写。我们知道，银行主任之好不好，主要还不是取决于他是否能很好地亲自领导清洁卫生运动，作者之这样描写，显然是强调了不应该强调的地方。再次，在短篇小说里面，把人物的生平放在最后一段来倒叙，也是不很好的。

三

现在让我来谈一谈怎样写人物的问题。

常常听见大家说作者写人物要站稳立场，要有正确的观点，要熟悉生活，要讲求技巧，要学习群众的语言。我想这些都是对的。现在我在这里只想加上三点：第一，作者如果想生动地写出人物，他就必须研究人。不仅研究他的政治思想和行动，而且还应研究他的表情姿态、衣饰容貌，研究他的内心生活、习惯和趣味。第二，作者坐在桌子前开始动手写作以前，必须更多地做好准备工作，如阅读许多有关的材料，与许多有关的人谈话，研究当时的政治形势，以及发生故事的地方之一般的情况和风俗习惯。作者在平时就应该有各种各样人物的表象的积累，做好必要的笔记。第三，作者必须抓住创作工作的特点，即作者笔下的人物不应该是只有一般性的人物，而是要具有在特定时刻、特定的事件中，以他这个人所处的地位来描写出来的个性特征，而同时又能体现出社会本质的力量的人物。

以上这几点，我想都是大家所熟知的，所以我也就不再去详细阐述了。现在就让我转过来谈一谈比较具体的问题。

常常听见人们说，作家应善于观察、分析、体验和概括人物，但怎样去观察、分析、体验和概括？人们可就说得少了。现在就让我来试阐述一下这些问题吧。

必须声明，我们所说的观察，并不是离开生活实践站在一旁的客观主义的观察。不，我们所说的观察是指人们在参加实践过程中所进行的观察，因此观察力和对某些事物的敏感与否也是在生活实践中养成的。

文学家也和科学工作者一样，要非常细心地观察他所要研究的对象。科学家为了观察的方便可以在实验室里去观察所要研究的对象，从而得出一定的规律。可是文学家所要观察的是一定社会环境之下行动着的人，有自己个性的人，作者既然没有可能把这些人物捉进实验室里去实验去观察，那么他就只能在这复杂纷纭的各种各样的社会生活中随时随地睁开眼睛注意地观察周围的人和事件，从而去理解人。因此，他的观察可以在和人谈话的时候进行，也可以在散步的时候进行，可以在轮船码头上进行，也可以在会场中进行。比方在街上走路的时候，我们看见许多许多的人，但这许多人都在我们眼前溜过去了，只其中一两个人或者是以他同别人谈话的内容，或者是以他的容貌的某些特点，或者是以他的衣饰的奇特，或者是以他的跑路的姿态的特别引起了我们的注意。在这瞬间，我们又发现了他的别的一些特点，这样我们就猜测出大致是属于那一个阶层的人，他可能有什么心事。假定我们看见这样一个人：他皮肤苍白而多纤细的皱纹，面部的肌肉向下垂，口角微弯而有点发颤，他行动很缓慢，身上穿着一身很合身的衣服，料子是上等的，但是已经很残破了，在衫角上还给纸烟烧了小小的一个洞。对于这样一个人，大概我们总可以猜出，他是一个没落的贵族。

所以一个作家必须对于一个人物的最重要的特征有敏锐的感觉。阿·托尔斯泰在《我的创作经验》一文里曾说过："我识别物件是按着在物件的环境中代表物件存在的特点而决定的（比方：在精美的房间里放着一张着色的桌子。我不去写它的形式，也不去写它所由做成的材料，只识别道：'着色的'）。在人身上，我尽力的要看见代表他的精神状态的手势，这手势暗示给我一个足以揭开他的心理运动的动词。"①

但是光注意到人物的某一种手势和某一种特征，还是不够的，因为那还是外表的东西。一个作家必须善于从人们面部的某一种表情，或某一种动作某一种手势，去洞察他所属的阶层，他的过去和现在的遭遇和他的内心状态。阿·托尔斯泰在《致青年作家》一文中，也曾说道："怎样做呢？观察周围的生活，同人们来往，思索，读书和认识……应当训练自己去观察。去爱这件事。观察——时时刻刻的同人交往，按着手势语句等等去推猜人的过去和现在。"②

善于推测出某一个人在某一种条件下会发生什么反应，有什么动作，有什么表情，这也是作家在长期观察人物中所应该训练成的必要的技能。

人是一种复杂的社会存在。他的外部特征和内部的特征一般的说是一致的，但有时也是不一致的，或者甚至相反的。有时作为这个人的最基本的精神特征，是不外露出来，或者是很少外露出来，或者是外露出来而又常常为他的外表的特征所掩盖着。比方在开欢迎会的时候，你常常看见许多人拍手、献花，但是其中也许有一位，他并没有拍手，并没有欢呼，但是眼睛里可饱含着喜悦的眼泪。一个没有经验的作家就常常只注意到那些拍手献花这一类最容易看见的东西，而对于这一位感动得流泪的人物却忽视了。又比方阿Q，他是有许多可笑的特点的人，但是在他的灵魂深处却又有可珍贵的对统治阶级的不满和反抗。鲁迅先生很深刻地把阿Q的隐藏着的精神面貌恰如其分地揭露出来，这正是鲁迅先生的高度艺术的表现。关于这一点，加里宁曾有一段精辟的谈

---

① 《我的创作经验》，《致青年作家及其他》，第19页。

② 《致青年作家》，《致青年作家及其他》，第102页。

话："当诸位真实地'描写生活'的时候，不但是要表现那些显而易见的特点，而且要表现普通眼睛所难看到的那些特点。比方，你的人物是一个跛子，你就写他是一个跛子。可是你也要描写那些不容易看见，而为我们人民所特具有的那些内心的特点。比如爱祖国，这种爱，在不同的人表现在不同的方式上。应当在每个人身上把这种爱找出来，表现出来……"[①]

加里宁的这个指示，不仅告诉我们如何去发掘人物精神里面潜伏着的或隐藏着的东西，而且也告诉了我们如何在个人的特征里面去找寻出它的普遍的意义，即从个人的特征中去看出它所体现的阶级的特征，作为社会的本质力量的特征。比方有一个人说话的时候，两个耳朵会颤动，这是纯粹的个人的特征，从这里很难看出它的社会意义。又比方一个人说话的时候喜欢颤颤腿，这个动作可能是无意识的动作，但也可能在某种情况下是一个得意和自满的表现。所以一个作家在观察人物的时候必须善于区分出哪些是纯粹个人的特征，哪些是个人的特征而同时又具现着社会本质力量的特征，哪些在这一种场合之下是纯粹的个人的特征，而在另外一种场合之下又是具有社会意义的特征。如果只是追求个人的外在或内在的特征，而不估计一下它的社会价值，那么虽然也许他能把人物写得生动，但实际上是毫无多大的意义。这正是资产阶级个人主义的表现，高尔基也曾说过："至于主观的东西——人物或事件的个别的特点——很少占据他（指现实主义的作家——引者注），不管它们是怎样地新奇，不管它们怎样尖锐地触动他的眼睛。主观的东西是个人主义的浪漫主义者的心爱的资料，因此他们所描写的东西，虽然在形式上常常是很有趣的，而在本质上，在内容上，却几乎总是毫无意义的。"[②]

现在就让我来谈谈分析和比较吧。

我们常常接触许许多多的人物，这些人物当中，有些是有着很突出的个人的和阶级的特征，而大多数的人则并没有这样突出显著的特征。但是特征不显著，不突出，并不是说他们就都没有特征了。如果一个作者忽视这些大多数的人，认为他们没有什么值得注意的地方，那就错了。一个勤劳的作者，常常

---

① 《加里宁论艺术工作者的理论修养》，《致青年作家及其他》，第142页。

② 《苏联的文学》，第115页。

就从这许多平凡的人物中，看出他们的阶级的特性和阶层特征的某些因素，见微知著地从每个人身上看出他那具有个性特征和社会特征的某些思想情绪、某些感觉、某些动作表情，并正确地估计它们，把它们提出来和别的人物身上提出来的具有社会意义的个人的特征加以概括、综合，这样就能使人物的形象写得更加丰满、突出。当然作者所接触的人物越多，他脑子里所储藏的表象越丰富，那么他概括出来的人物也就可能越具有代表性、真实性，越具有血肉。比方我们要写一个医生，假如我们能够和十个二十个医生往来，或者还要多些，那么我们写出来的医生自然就一定比只认识一两个医生的人，所写出来的医生要丰富些。

不过作家的分析和科学家的分析又有所不同。作家的分析对象是人的行动，人的心理状态。而这些行动和心理状态常常是在一定的情势之下在和人与人之间的关系上表现出来。一个特定情势之下的人的动作和心理状态常常是不同和不可重复的，这是一。第二，科学家对于分析的对象一般是缺乏感情的，但是作家对于他的对象总是带有感情。第三，科学家对他所分析得来的结果，常常是用记号记录下来，写成公式或定理，但作家对于他所分析得来的东西，常常是以生动的表象把它们储藏在作者记忆里面，或者是写在笔记里面。第四，科学家对于他所分析的东西，并不必去为对象设想，但作家对于他所分析的人物的行动思想，一定要用自己的经验去体会，体会出这些对象本身的感觉、思想和感情。

因为这个缘故，所以作家的分析带有很强烈的阶级性和作家的个性。作家常常站在自己的立场，以昂奋的情绪去接触人物，分析人物，因此就是在作者所反映出来的形象当中，也具有强烈的党性。分析事物的方法，提出人物中的那些行动来加以描写，这不仅是观察力、分析力的问题，同时这也是立场问题，在长期教养下的阶级趣味问题。

人物性格的分析是和比较的方法分不开的。我们必须善于比较各个阶级各种类型的人物，看出他们之间的特点。而且也必须善于从同一类型人物中的同一品质之各种不同的表现加以比较。比方商人比起知识分子来要狡猾，但同是商人，同是狡猾，也还有各种不同的表现。有些心里狡猾，貌若忠诚，有些是嬉皮笑脸，有些打躬作揖，有些是善于察言观色，有些则又表面看起来非常之愚蠢，做起事来却又不动声色。只有从这些比较中，我们才能够更明确抓住最足以表现出这一类人物性格、行动的典型特点。比方巴尔扎克笔下的葛朗台，他平常说话并没有什么，但一到和人做交易时，他就结结巴巴说不出话来。这种口吃是葛朗台有意装成的。他的目的，是想在他说话以前有更多的时间来考虑从对方获得更多的便宜。又比方《子夜》里面的杜竹斋，他常常爱闭着眼睛闻鼻烟，这种动作并不单纯是外表的特征，不，这正表现出了胆小的商人时常都在心里打算盘的神气。巴尔扎克和茅盾之所以能够写出这样具有特征的动作是和他们的善于分析比较人物的性格分不开的。

上面我也曾说过，作家对人物的分析并不是只以获得抽象的品质的概念为满足，如某某骄傲某某虚伪等。我们常常碰见有这样的情况：有人告诉我们说，某某骄傲到不得了。但真的问他，某某怎样骄傲，他可又说不出来了。他之所以说不出来，原因就是这位朋友，对于这个某某，只有模糊的概念的了解，也就是说只知道这个某某的一些抽象的属性，而没有明确地感触到这个某某的具体行动，从而在脑子里留下有清晰的表象。经过了这样一问，于是那位朋友又回头去仔细观察这一位某某的行动，于是他才看出了他的动作的具体特点：如在听人家说话的时候，他常常颤颤腿，露出满不在乎的神气；如不时在鼻孔里哼着冷气；如仰面朝着天花板吐出一长串的烟；如用眼睛斜睨着人表示鄙夷的态度；如说话时候，带有教训的口吻；如向人家点头的时候，眼睛并不看着对方；等等。所以作家的分析是一定要和这些表象连在一起的。

作家的分析同样也是和逻辑的思维联结在一起的。当作家想起这个某某的骄傲的行动的表象时，他同时也一定运用他的脑筋在思考造成这个人的骄傲的原因，为他这个人的阶级出身，他这个人的社会地位，他具有什么社会意义和怎样把这些表象中最突出的例子撷取过来加以综合，以及如何把这些形象放进故事的发展里去。

如何去体验我们所要描写的对象之内心生活，的确是一件不容易的事情。大家都知道作者所参加的斗争越多，经历的事情越多，看见和听见的事情越多，这些经验的积累自然也就越能帮助他对于各种各样人物的了解，帮助他对于在各种不同环境中人物的思想感情的了解。但是只有这些经历和见闻还是不够的，作者必须以自己所经验过的思想感情去体会和设想人物的内心的感觉。爱伦堡曾说过："据说，巴尔扎克在写高老头死的时候自己觉得很不舒服，有人甚至想请医生来……我认为作家在体会到死是怎么一回事之前，一定经历过许多次死的痛苦。"[①]我想爱伦堡的话是对的。阿·托尔斯泰也有同样的话："记得当我写《我的两个生活》里的将军死的时候，现在写《怪人》的时候——好几天光景心里都非常沉郁，仿佛真正尝过死的滋味一般。"[②]作者对于他自己所写的人物，不仅好像亲自看见这些人，好像亲自和他一道交谈，一道工作，而且好像作者自己就是这些人物本身，心里也正经历着人物所经历的一切。

从外而内地去观察人物，和从作者自己的经验去体会人物的内心，是并不互相矛盾的，而是相辅相成的。当我们看到一个人物的动作的时候，我们不仅要注意到这个动作的细节，而且还应该体会到这个人为什么在这个情况下有这个动作，他心里面究竟是怎么想的。当我们知道这个人物心里是怎么想的，那么我们对于人物的动作的意义也就更能够把握了。

人物本身也是在发展着的。在新的社会里，人物的思想有着迅速的变化。作家体验人物，因此也就不能静态地去体验，而应该看出他的发展的过程和发展的规律，看出在发展过程中特定时期内，他的性格的特征。

人物的性格又是统一的，因为在一定的时期内，每一人都总有他自己的人生观和世界观，作为他的性格的核心。但同时每一个人的生活又是多方面的，在各种不同的环境之下，他可以有各种不同的表现。比方一个人，在愤怒的时候和在快乐的时候，在平常工作的时候和在危险的时候，他的行动表现是不同的。因此作家必须观察和体验这一个人在各种不同情况之下的各种可能有的思想和行动。把一个人在危险时候的动作表情描写成和他在和平时期一样，那就有些不对头了。

有人问，是不是需要想象？是的，要写好人物是需要想象。

社会主义现实主义的作品，不仅要反映出已经存在的东西，而且要反映出按照客观规律的发展那些可能存在的东西，以及我们希望他存在的东西。

---

① 《译文》1953年12月号，第175页。

② 《致青年作家及其他》，第12页。

作者站在正确的立场，根据客观发展的规律，就可以从既存在在现实里面的东西，看出未来的萌芽；而且作家也完全有权利去用想象来补充和发展人物的性格，让人物说出他本来没有说而可能说的话，做完他本来没有做而可能做的事情。这样使我们的英雄更合乎我们的理想，使他更庄严更美丽，成为值得千百万人仿效的人物。

所以不仅作家要善于想象，而且写出作品中的人物也要善于想象。

为什么要有这些虚构？这些虚构对于世界的改造是有其作用的。高尔基对于这有很好的解释："如果在从既定的现实中所抽出的意义上面，再加上——依据假想的逻辑加以推想——所愿望的、所可能的东西，这样来补充形象，那么我们就有了浪漫主义，这种浪漫主义是神话的基础，而且它是十分有益的，因为它帮助激起对于现实的革命态度，实际地改变世界的态度。"①

当然我们所说的想象和虚构，并不是随意的幻想。如幻想山上一个"手持白鸾尾，夜扫南山雪"的仙人之类，这恐怕是一个懒汉的幻想了。这种懒汉是既不刻苦搜集资料，不研究事实，也不观察和体验人物，而只是根据作者个人的主观的猜想去描写人物。不是的，我们所需要的想象是我们所熟知的客观事实的假想和与它有关的许多联想，它是完全有客观根据的。根据心理学的定义："一切想象的观念都是从以前所知觉过的，和在记忆中所保持的资料所构成的。想象的活动永远是感觉和知觉得来的资料的加工改作而成的。由'一无所有'不能创建出来想象。"②所以丰富的想象乃是经过辛勤的劳作才能获得的。

在文学创作里面，想象在事实上也起着综合的作用。我们平常有着许多表象。在创作的时候，我们就必须把这许多表象，按着主题的需要、故事的线索组合成一个典型人物。这里就需要想象。作者需要想象在这样一个发展的规律，这样的斗争形势，这样的环境之下，这一特定阶级里面的这样的人物性格会有什么动作，有什么反应。如果我们对我们想象中的人物看得越清楚，那我们写出来的人物就越生动。

---

① 《苏联的文学》，第28页。

② 捷普洛夫：《心理学》，第161页。

昂奋的心情常常能引起强烈的想象，使许多过去积累起来的表象突然呈现在眼前。一个诗人写诗常常就有这种现象。反过来想象又唤起作者的感情。当作者想象出某一个人物时，他就常常经历着某一个人物的感情。慢慢地作者也就把书中的人物都看成自己的生活里面常见的人物，而深沉地爱着他们或者憎恨他们了。作者为什么要写作？还不是因为外在的事物感动了他，使他在心里产生了一种涌动的感情，感到不能不写。记得曾经有过什么人这样说过，当你没有感到要写而硬去写，那么写出来的东西是会使你后悔的；但当你感到要写或者是觉得非写不可的时候，而不去写，那么将来你也一定会后悔的。

如果一个人，他对于自己所要写的东西，没有用感情的触手去反复抚摩过，也没有用自己的头脑去苦思过，贸贸然就拿起笔来写，而且其目的仅仅是以创作作为爬上“荣誉”的阶梯，那么，我们可以告诉他，他还没有开始这个事业，就已经失败了。

经过长期的写作，作品写成了，作者的快乐是难于形容的。正如园丁看见自己亲自栽培的花开花，正如农民看见自己所栽种的作物成熟一样，当作者看见自己的劳动成果的时候，心里是多么的高兴啊！狄更斯在《大卫·科波菲尔》的序里曾这样说：“我在这部书上的兴趣是那么新鲜，那么强烈，我的思想是那么悲喜交集——喜的是一个长久设计的完成，悲的是许多伴侣的别离……对于我的想象所产生的每一个孩子，我是一个溺爱的父母，从来没有人像我这样深地爱他们……”①

狄更斯的确是道出了一个真诚的作家的心事。如果一个作者，对他自己所已经写的东西没有什么爱，那么这不是证明别的，恰好是证明作者还没有把自己书中所写的英雄人物看成自己的亲密的伴侣，或者是他对于他自己的作品并没有费多少劳作，也没有多少爱。

话说得太多了，而且也未必说得对。让我就在这里停止下来吧。

1954年8月

原载1954年9、10月《文艺学习》第6、7期

---

① 《大卫·科波菲尔》，第1页，三联书店版。

人性、爱情、人道主义与当前文学创作倾向

许许多多的文艺作品都提到生死的问题。凡人都爱生，这是人的生物本能。但我们不能用生物的本能来解释历史，解释人的社会行动，解释文学作品中的人物。过去曾有人说，马克思的唯物史观是错误的，于是提出“唯生史观”，认为人类的历史是求生的历史，以此来同马克思主义唱反调。可是，唯生史观能解释任何具体的历史吗？如照这种说法，贪生怕死的人是合乎人性的，而为正义“杀身成仁”“舍生取义”的英雄，倒变成不识时务的蠢货了。这样的学说能够成为文学艺术的基础吗？

假如只有本能，而无社会生活，那么，这种本能就不可能具有人的社会生活的具体内容，也无法表现出人性和个性来。拉法格在《思想起源论》中写道：“喇叭鸟，南美洲的鸡类，在野生状态中捉到并放到禽舍里去，它就会担负起监视禽舍的工作，迫使鸡、鸭甚至比它更大更强的火鸡也服从于它；它监视着它们，当喂食时它不允它们打架和远离鸡窝；早上放它们出来的时候和晚上赶它们回去的时候，它都到场。它在野生状态中它怎么能够发展这种本能呢，假如它不能发展这种本能，那么这种本能又如何能够存在呢？既然这种本能一到驯养状态就找到应用，那又是如何存在的呢？”普通的鸟没有这种鸟的本能，虽然放在畜养场，也不能表现出人们要求它的管理能力。只有这种鸟它有这种本能，所以在特定的环境下，可以发展成上面提到的那种能力。但这种本能如不放在畜养场驯养的环境中，它的这种能力也就无法发挥出来。就人性来说，有生物性与社会性，而社会性是基础，人性的具体的内容是在于社会性。

生物的本能，在人类的社会生活中，只是一种可能，只有在具体的行动中，它才能变为现实。这里我想再举一个例子。

陈寿的《三国志・蜀志》里记有一个故事：“时天旱禁酒，酿者有刑。

吏于人家索得酿具，论者欲令与作酒者同罚。雍（指简雍）与先主游观，见一男女行道，谓先主曰：‘彼人欲行淫，何以不缚？’先主曰：‘卿何以知之？’雍对曰：‘彼有其具，与欲酿者同。’先主大笑，而原欲酿者。”有制酒的工具，的确有制酒的可能，但并不一定就制酒。人类有生理的要求，但这要求若没有在社会条件下构成具体行动，那它就始终不过是抽象的“性”而已。

有人说人的生理状态决定人的心理状态。我认为生理学是自然科学，心理学一半是自然科学，一半是社会科学。某些生理上的缺陷会决定人的心理状态，如大脑有缺陷，人就会痴呆。但并不是所有生理上的缺陷都会决定心理状态。而且心理状态与思想状态仍有区别，艺术文学是属于社会科学的范畴，人物的思想是决定于人的社会存在。在阶级社会里，一般说，决定人的思想是阶级的存在。这里所谓决定，就是说人的所见所闻所思所感很受着阶级生活的规范和制约。所以，人的思想行动不是以生物性为基础的，人的具体行动、思想，是社会造成的。大肠发炎的人，肯定会拉稀，拉稀的人，大概会精神不振。但文学中的人物的特征，能光从拉稀中表现出来吗？有精神病的人是疯子，光是写一个疯子，而不显示出其社会性，能成为文学作品吗？心理学可以帮助作家观察、体验对象，研究文学理论的人也可以借助于心理学来研究创作的过程。但心理学也不能成为创作的基础。要从事创作，还得深入生活，在生活中去探索各种社会形式、各个时代、各个环境中的人，以及从人与人的关系中写出他们的个性特点。

再说，艺术文学与爱情似乎也有不解之缘。假如人类是雌雄同体的，就不可能有人间的性爱或爱情的可能。由于雌雄异体，这就在生物性上给人提供了性爱和爱情的可能。从生物学和生理学的观点看，人类的性的要求是实体，是研究对象，但从艺术文学的观点看，它不过是潜在因素，光有这种性爱并不能成为艺术文学。如果把性爱作为基础，那么直接性交的表演为什么不能成为庄严的艺术呢？从人类历史发展的过程看，人类男女之间，有群婚，有对偶婚，有一夫多妻或一妻多夫制，等等。生活基调不同，思想感情不同，这能用本能的生物性来解释吗？不能。男女的婚姻、爱情是具体的社会行为，属于社会的、历史的范畴，而不是生物的范畴。

人都要求生活好，都要恋爱，你说这是人性，那么这种人性又怎么表现出来的呢？同是性的要求，有青年男女结婚，对此父母高兴，贺客盈门；有男女的暧昧关系，这就要为社会舆论所讥抨；有人犯强奸罪，这就为法律所不容，如有犯强奸的罪犯对法官说，我没有犯罪，我这是人性的发泄。试问这样的答复，能消除他的罪责吗？所以这种人性论往往同无政府主义是相通的，同极端自由主义也是相通的。

而且就是"人性"这个概念，也是属于历史的范畴。随着历史时代的演变，它就有着不同的含义。"口之于味，有同嗜焉"这大概是人性吧？但这个"同"也是有条件的，发展的。原始人类茹毛饮血，与我们今天文明人的熟食，有何相同呢？不要杀人，这也许是人性了。但北极圈附近居住的某部落有"去老"的习惯。这在他们看来，也许就属于人性，但这和我们今天的人性又有何相同之处呢？在某些落后部族，因社会生产力低，父母年老失去劳动力了，于是到了一定的时期，子女预先规定好日子，对年老的父母，先是敬之以酒肉，然后送之于荒野，说是要送去"登仙"。其实则是因生产力极端落后，要抚养后一代就不能供奉老一代，因此只好置年老的父母于不顾，让他们饿死或为野兽吞食。这种习惯在他们看来也是合乎人性，但这同我们今天敬老的高尚风气又有何相同呢？

在过去中国的封建社会，提倡三纲，什么君臣父子夫妇之类。在当时一般的老百姓，也认为这是人性，逆伦者要被处以极刑。但是辛亥革命以后，连君都没有了，何来对君的尽忠？至于父子关系，在儿子到了成熟的年龄以后，也同父亲立于平等的地位，当时所谓的"人性"也就逐渐消亡了。

在欧洲中世纪，神权专制，作为统治阶级的僧侣既贪婪又虚伪。于是进步的思想家提出人本主义来和神性对抗。当时他们对男女的关系有些也写得相当露骨和猥秽，但一般历史家都认为这是对神权的反抗，具有进步的意义。但当神权统治消失了，这种"人性"的进步性也就消失了。

接着就是资产阶级革命了，提出了"自由、平等、博爱"的口号，这在他们看来，既是反抗封建的压迫，又是天赋的人权，大概也就是所谓人性吧。但是他们的所谓自由，实际上是贸易的自由（这就是帝国主义时代以前的情况说的）；所谓平等，就是在平等交易的掩盖之下对劳动人民作残酷的剥削；所谓博爱，就是有钱人可以得到博爱。愈发展到后来，这个骗局就愈明显地暴露出来了。

马克思主义者是阶级论者，不是人性论者。一谈到阶级斗争，人们也许会害怕，其实阶级斗争不必害怕，有流血的，有不流血的，有战场上的斗争，也有客厅里的协商，有批斗，也有说服，有和平谈判，有互相让步谅解，最终的目的是达到没有剥削没有压迫的社会。但这绝不是和稀泥的人性论者的空想。

这里，我还想补充一下中国的情况。

1919年五四运动以后，在政治上提倡科学与民主，在文学上则一股“个性解放”思潮也蓬勃发展，人们把封建制度和封建思想看成生吃人肉的违反人性的东西。在这一时期，写青年男女反对父母包办婚姻、主张自由恋爱的文学作品也相当多。就是写乱伦关系的，也有郁达夫的小说《秋河》，有曹禺的《雷雨》。大家对受压迫的女性，都表示同情。这大概也就是当时的人性吧。但当“打倒列强，打倒军阀”的口号提出来以后，专门写恋爱小说的人，就被斥为“恋爱至上主义者”了。

在今天，有些青年朋友们也提出人性，这个人性的具体内容是什么？如果是指人的抽象的本能，那就正如我在上面说过，它同艺术文学作品的具体性是无法一致的。如果说这个“人性”是同“四人帮”时代的非人性对立的，那也不对，因为我们同“四人帮”之间的矛盾，是有具体内容的，不能用人性与非人性之间的斗争加以概括。假如说“四人帮”是代表非人性的而我们是代表人性的，那么历史上的一切反动统治都是非人性的，反对他们的都是人性的，这样一来，历史上的一切伟大的斗争都不过是人性和非人性之间的斗争，那就用不着有什么具体的历史研究了。

现在想联系一些作品，谈谈人性的问题。

首先谈《啊，人……》。它写一个贫农家庭的姑娘肖淑兰嫁给地主老头罗金堂。虽然母亲反对，她却愿意。她愿意嫁到罗家去是出于什么人性呢？是出自为挽救母亲和弟妹的贫穷，还是为自己好到罗家去享受？但是作者不写这些，却集中描写肖淑兰和罗金堂老头的儿子罗顺昌的恋爱，好像就只有这才算是人性似的。在我看来，肖淑兰嫁到罗家是愿意的，心满意足的，她早已忘记了早年的穷困生活。肚子灌饱了，于是就产生了性的饥饿！

土地革命是一个伟大的时代变化，人们在这个时代的激荡中，思想、感情、性格也会发生极大的变化。但作品写从小受尽剥削的肖淑兰碰见这样伟大的变动，却一点也激发不出她憎恨地主阶级剥削的感情，对自己误嫁罗家也不感到悔恨，对母亲也丝毫没有眷恋。在作者笔下，肖淑兰始终坚守着对罗顺昌的爱情，好像只有这才是人性。

小说作者关心的不是关系到千千万万农民生活的土改，关心的不是中国将来的命运，关心的倒是这土改运动妨碍了肖、罗二人的爱情，妨碍了人性的发展。作者避开历史重大事件，宁愿花很大的力气去描写这孤立的、渺小的“人性”，这事实上就把肖、罗的爱情与土改对立起来了。因此我认为，肖、罗的爱情不是像有人说的，矛头指向封建宗法制度，而是指向土改，这正是作者把人性抽象化的结果。

持这种人性论去进行创作，就会导致歪曲事实，这对文学创作的正常发展是一个很大的妨碍。

其次谈《如意》。这篇小说，是描写一个没落的贵族妇女为丈夫所残酷抛弃，长期单独过生活，到了中年，想择个丈夫生个孩子安慰寂寞。她选择了一个大字不识，而为人忠厚的石大海，但在“文化大革命”中由于种种原因未能如愿。

这篇小说，概括地叙述了“文化大革命”时期各种人物、各个派别、各种阴谋诡计的活动，而把中心放在石大海上。石大海是一个文盲，你说他有世界观吗？有，那只是朴素的唯物论：亲眼看见的，他就相信；没有亲眼看见的就不相信。但他有进步的人生观，他热爱劳动，遵守诺言，助人为乐。把他同“蒜头”这一类随风摇摆的人比起来的确高尚得多。像他这样的人，的确是劳动人民的纯朴的典型。

但是在小说的结尾，作者却把石大海歌颂成纯人性美的典型，这我可不敢苟同。

石大海家道贫穷，从小就没有父母，被放在育婴堂长大，后来在天主教堂工作，又备受神甫的欺凌，因而养成了倔强的性格。但他又因为不识字，所以眼界不够开阔，因而在老曹面前不好意思说出要同格格结婚。他热爱劳动、公正倔强而有时又还带有点腼腆的态度，这完全可以从他的生活环境、他的历史经历得到解释。为什么要把这些品质都归属于人性呢？

如果他的品质是属于人性的，那么那些斗人凶狠的“小将”就是属于非人性的了。同样的人，为什么有这样多非人性的人呢？

又假如说石大海是代表美的人性，而“蒜头”这一类的人是代表坏的人性。这样的说法，如果要找理论根据的话，在达尔文的学说中也可以找到。即凶猛的动物，既有残暴的一面也有慈爱的一面。不然的话，小老虎不早就给它的父母吃掉了吗？但是这样一来，怎样来解释人类的历史呢？这不是人类的历史永远都是好的人性和坏的人性在那里斗争吗？如果是这样，那还用得着什么历史科学去加以分析？

也可以说“蒜头”这样的人，是属于异化了的人性，但他同那些“小将”一样，并不是从事生产的工人，他们也有异化吗？如果异化了，他们怎么后来又“正化”回来了呢？而且在资本主义社会里，是不是所有的人都异化了呢？革命的工人阶级也异化了吗？关于如何来解释这个问题还是请异化说者自己来思考一下好。

再次，我想再用简单几句话来谈小说《妙清》。

小说的故事，虽然写得很热闹，但没有一个人物是站得起来的。以我这个读过《党的建设》，做过地下工作，在看守所和监牢里待过几年的人看来，小说中描写的看守所中的情节是不真实的。

那些小节且不去管它，现在我只着重谈一点。

韩城在青年时代很爱妙清，后来还时常怀念她，这也许是真实的。不过他既然做了伪军的副司令，必然花天酒地并做了不少坏的事情。但在小说作者的笔下，他好像悠然无事，只爱恋于青年时的爱慕对象，并表示愿意弃官而走，同她一起出洋。试问他这样的想法和做法，在小说中有什么交代，有什么现实的根据呢？又有什么“人性”的根据呢？最后韩城看见形势危急，只好亲自开枪打死妙清。这样的举动就叫做合乎人性？

我们认为，作家要写出生动的、具有典型性格的人物，必须对社会上各个阶级的人物都加以观察、体验、研究和了解，分析和综合，抽象和概括，要写出人物的行动和怎样行动，心里是怎样想的。这一切都要作家去具体揣摩，使人物自己有自己的性格、自己的独立的行动。而且随着时代、环境的变化，人的思想、感情、性格以及人与人之间的关系也有着不同程度的合乎逻辑的变化。假如作家守着“人性论”的信条，合乎他所主张的人性的，他就写，并强调去写，不合乎他所认为人性的，他就不写，那就会使得他笔下的人物，没有自己的生命和特性；人物好像成为任由作家差使的奴仆，故事情节的安排没有明显的线索，人物的思考过程也没有逻辑。

尤其是当人性论不仅是一种文学理论而且是被当作艺术文学创作的原则的时候，它就会妨害我们今天文学创作的健康的发展。这是显而易见的。

以上三篇小说都是有关于爱情的小说，有的写得可以，有的就有问题。现在许多文学作品都写了爱情，成了大家注意的现象。是不是爱情小说就不应该写呢？爱情既然是生活中所常见的现象，为什么不能写呢？问题是在于怎样来对待和描写。

对待爱情的态度也有种种，如但丁对比亚地里斯的爱情，列宁所讥笑的柏拉图式的爱情等等，但这些都是过去的事情，离我们很远了。就目前的情况说，似乎是恋爱至上的味道比较浓厚，就是把国家民族的利益、绝大多数人民的利益都放在一边，只求能获得恋爱的成功。但是在我看来，没有国何有家？同样，没有劳动阶级的解放，劳动人民的爱情也没有保证。从鸦片战争起，一直到全国解放止，中国的青年男女，在这个问题上所受的苦还算少吗？在封建时代，有志之士也还会说“匈奴未灭何以家为”。难道我们今天对爱情的态度能还不如那个时代的人吗？裴多菲也说过：“生命诚可贵，爱情价更高，若为自由故，二者皆可抛。”难道我们今天的青年能还不如当年的革命者吗？

写文艺作品的人，如果以人性为名，专门去追索如上面提到的有的作品中那样的爱情的材料，并加以夸张，即把别的关系、别的线索都抛置一边，而专门去写这类自以为超利害的“至情”，那其危害性就更大了。

我们艺术文学要为人民服务，为社会主义服务。描写爱情就要从这根本立场出发，摆正爱情与人民伟大事业的关系的位置，给人们以健康的高尚的精神食粮。不然，作品写的爱情，于社会与人民毫无益处，甚至还有害，这样做，难道不会问心有愧么？

以下想提出几个问题来讨论讨论。

有人问：我们是不是可以说人性是我们共产主义者的出发点？将来共产主义不就是人性的复归吗？

对于这个想法，我个人不敢苟同。我认为共产主义是我们的最高的理想，不能做我们的出发点。我们的出发点是当前的现实。所谓“千里之行，始于足下”，如果只看到将来的最高的理想，而不看当前的现实并从改革现实着手，那就会流于空想。就艺术文学来说，我当然也不反对有人用幻想的形式写将来的共产主义社会。至于说是不是将来的共产主义社会就会有人性的复归，我认为，将来的共产主义社会，同原始的共产社会，已有很大的不同，难道要我们将来的人复归到原始的共产社会？所以我认为这个提法不够恰切。我只同意人性也是历史发展的。

有人问：人性是复杂的，你怎样看？

我认为，与其说“人性”复杂，毋宁说是人的复杂性。

过去我们往往只强调人的个性的统一，而忽略了人的个性也是矛盾的统一性。

以往的文学作品中，有写人性与神性的矛盾，写肉与灵的矛盾，写高尚的品质与邪恶的诱惑的矛盾的。如《巴黎圣母院》中的那个副主教，他信奉上帝，又企图要占有艾丝米拉达，后来见她爱上了另一个人，就起了杀心，刺死艾的情人，并诬陷是她杀的。这是写这个人的心理矛盾。这种矛盾也反映了社会的关系中的矛盾。我看不必要以人性来解释，也不必用阶级性来简单地硬套。过去在人物分析上有简单化的毛病。比如“天下乌鸦一般黑”“什么藤结什么瓜，什么阶级说什么话”，我认为这些话，一般说来是对的，但在一般里面有特殊，一般与特殊是对立的统一。对文学来说，作品必须写出人物的个性。所以，既要看到各阶级之间的本质不同，也要看到同一阶级的人之间，也有各种不同的差异。既然各个阶级共同生活在一起，因此这一阶级也必然会受到其他阶级的思想意识、感情的渗透，所以把阶级性写成足赤的黄金也就有些用阶级性硬套在人物上之嫌。

有人问：讲人性是不是一定就要联系人道主义问题？

我认为，人道主义的问题牵连到许多实际行动问题，比较不容易作答。现在我只就我的水平提出一些看法。

首先，我认为人道主义也要放到具体的历史环境里去看。在不同的历史情况下，人道主义有着不同的意义，而且就是在同一个时代里，各种不同的人道主义也扮演着不同的角色。我们对于人道主义，既不能笼统地加以反对，也不能笼统地表示赞成。但我们必须表明，我们马克思主义者不同于人道主义者。

上面说过，人道主义有各种各样的牌号，各种各样的内容，各种各样的含义。比如说，基督教徒和佛教徒也讲人道主义——这是一种人道主义。又比如说在解放前，在小城镇里，有人办慈善堂，施医施药，甚至有人死了还送棺材。事实上，那个慈善事业家就是向有钱人捐点钱，办个慈善堂，自己也谋个职业赚点小钱。这也是人道主义。又比方说，第二次世界大战以后，有些人主张“持久的和平”，说“四海之内皆兄弟”。他们也讲人道主义，但实际上，他们国内还搞种族歧视。今天世界上还有这样一个国家，它的作家竭力鼓吹人道主义，满口慈悲，尽管这些作家的人道主义或许真的出于至诚，但他们的国家却到处伸手侵略，屠杀异邦人民，毫无掩饰地推行霸权主义，试问这样的“人道主义”能起到什么作用呢？我们认为这样的“人道主义”只能替霸权主义者起掩护作用，或者更直率地说，只能起欺骗作用。

如果要讲人道主义的话，我们讲的是革命的人道主义。比方，现在越南把那么多人赶出来，那我们对他们要救济。有的人在海上遭到台风，落水了，或沉船了，我们对他们也要救济。又如什么地方火山爆发了，地震了，洪水为灾了，我们也要救济，等等。但讲人道主义也要有个标准，有个范围。比方说，十月革命后，无产阶级掌握了政权，那时高尔基有很多朋友，其中也有反动贵族。高尔基向列宁讲情，要求释放被捕的他的一些朋友。列宁就为难了，不能够答应他的要求。但这也不能说高尔基是反革命，只能说他老人家是好心肠，神经上有点毛病，所以列宁劝他到国外休息，把他送走了。后来，连高尔基自己也说我们要讲革命人道主义。对革命有利，那我们可以讲；对革命没有利，怎么能无条件地讲人道主义，把一切人都看成是好人呢！

不要空谈人性、人道主义。在资本主义社会，资本家剥削工人，你向他们讲人性，讲人道主义，他可能给你一点钱，但绝不能放弃剥削！越南侵略柬埔寨，柬埔寨人民要不要抵抗？柬埔寨人民能从人性出发、能从人道主义出发不要抵抗吗？现在世界动荡不安，战争危险很大，我们都反对战争，都要讲和平，在这一点上，我们同人道主义者有共同之处，但战争狂人他要打仗，你能光去讲人性、人道主义吗？所以我们同时也必须做保卫自己的准备，在这一点上我们同和平主义者、人道主义者显然有不同之处。其次，我们主张面向现实，用彻底废除剥削，消灭阶级来达到共产主义、达到真正的和平，显然这又与和平主义者、人道主义者有不同之处。

现在有人问，我们国家不是阶级消灭了吗？我们今天的艺术文学是不是应该以人道主义为最高标准呢？

我认为，共产主义的理想是我们长期奋斗的目标。就今天我国的情况来说，还是有斗争，也还有剥削阶级的残余，也还有外来的不健康的力量的侵蚀，至于剥削思想的残余，则可能存在很久。历史的发展是曲折的，从封建主义到资本主义社会的过渡，曾经过长期的反复的严酷的斗争。以法国为例，从法国的1789年大革命直到1871年巴黎公社，这期间就有好几次封建复辟和反封建复辟的斗争。而今天我们搞的是共产主义，要彻底消灭资本主义残余势力和残余思想，是需要更长的时间的。

用托尔斯泰那样的人道主义，或者别的人道主义绝不能解放无产阶级，实现我们的理想。我们不能书生气十足地看问题。

既然在现实生活中，人道主义不能解决社会问题，那么，说文学的本性是人道主义，又有什么意义，有什么根据呢？

我不赞成把人道主义作为文学艺术的基本原则或最高标准。马克思说，无产阶级不解放所有被压迫阶级、被压迫人民，就不能解放全人类，就不能解放自己，这可以说是“人道主义”了。但这里“人道主义”是从很广阔的意思上讲的。在我们今天这个时代，国际、国内都还存在着各种不同程度的复杂的斗争，笼统讲人道主义对我们的事业不利。

我们文学艺术的最高原则从长远说是要废除一切剥削制度，消灭剥削与压迫，从当前说就是坚持四项基本原则搞四个现代化。这也可以说是全人类的事情。但是，在今天这个时代，在具体的斗争中，来高唱这个“全人类性”的东西，那就同其他的人道主义，比如“好心肠”的人道主义等分不清了。所以，把“全人类”的“人道主义”，作为文学艺术的最高标准，而离开目前这个历史时代，我认为说得太早了，太空泛了，也太脱离实际了。

以上谈的是我个人的一些感想，不一定对，我不追求什么不朽的真理，只是从实际情况讲点看法，供大家参考。

原载1981年12月25日《文艺研究》第6期，编入时略有删节

关于文学创作上的几个理论问题

现在让我来谈谈关于创作上的几个理论问题。

一、关于客观和主观的问题

我们一般说文学艺术是反映客观现实的，什么是客观现实？是天地日月、山川花草、木石虫鱼的客观现实吗？不错，它们都是客观现实，但它们是自然界的现实，文学艺术只是从人的生活去理解它、反映它、描绘它，它并不负有责任去反映自然界的本质，如月亮的本质、地球的本质。就是童话寓言也是把自然界的事物加于人化了的。因此所谓文学艺术反映客观现实指的是反映人的社会生活，如某历史时期的社会风貌、人物的性格、人与人之间的各种关系等等。而且这种反映，是要反映出栩栩如生的生活的形态，而不是抽象的原则原理。

明了上述这一点以后，那么我们就可以明确地规定，所谓文学艺术创作上的客观和主观，就是指人的社会生活的客观和作者对于这客观的人的世界的看法和感想、自己的感觉和感受。

究竟在创作上客观和主观的关系怎么样？对于这个问题，许多学派做了许多不同的答复。

有人认为客观的社会总是大于作者所感知的世界。其内容也无限丰富和千殊万别而非作者所感知的世界所能比拟的。因此他强调作品的任务就是在于描摹客观现实。

在我看来，这个论点，虽然也是唯物主义的，但显然也有不足之处。人们可以把这个论点加以这样的逻辑推论：既然客观的社会生活如此丰富，文学艺术同它比起来总是粗糙简单，那么人们又何必多此一举，从事什么文学艺术的创作呢？何况文学艺术作品中所反映和所表现的人物和事件都是并非真的实物？这样推论下去，岂不是要从左边来取消文学艺术了吗？

再从模仿的态度来说，自然主义者认为我们作者对于社会现实要站在纯客观的态度来描写，即对于所描写的人物、事态，要同科学家解剖死尸一样，要完全排除掉自己对于它的主观的感情。但这样的态度岂不是把人加以物化了吗？而且就是左拉自己在创作实践中也并没有能够完全忠实于他自己所提出来的信条！

假如文学艺术的任务只是在于摹绘，或者只是有选择地摹绘，有重点地摹绘，那么还有什么文学艺术的创作呢？难道不能让作家发表一些他们自己的感觉、感受、意见和看法吗？难道不能让文学艺术家发挥积极性，能动地去反映吗？

以上我是就文学创作上的客观主义的理论作了一些介绍，并提出了我对于它的评论。

现在再谈一谈主观主义的文学理论。

有人认为，人们的生活中充满着利害关系，人的真正的精神生活总是埋藏在无意识状态的心灵深处，因此作家只有体验这些无意识状态的东西，才能揭示出人类的灵魂。

又有人认为客观世界是不可知的，是混乱的，无规律可循的，个人的欲望是永远不能满足的，所以只能永远处于苦闷之中，因而文学艺术则正是“苦闷的象征”。应该指出，他们强调的也正是资本主义社会中个人的苦闷。

也有人无视周围的群众的斗争生活，而特别强调作者的主观战斗精神，认为有了这个主观战斗精神就能够写出好的作品。但作家的主观战斗精神从何而来呢？这位同志却从来没有明确的答复。

还有人更进一步，把客观世界抛开，主张文学艺术不过是自我的展示，即他感觉到什么就写什么，他要怎样写就怎样写。他们认为这是文学艺术家的自由，与社会无关。他们好像已无暇去研究一下，为什么有这样的感觉，这样写有什么意义，会产生什么效果。

在我个人看来，客观主义的理论，带有机械唯物主义的偏向，固然不对，而现代唯心主义的理论，则大致都是和资本主义没落期的一部分中间阶级的知识者的心理状态有关系的。

有人在理论上没有客观主义和主观主义的有体系的理论，但实际创作中，又常常表现出这一种或那一种的偏向。

例如有人认为文学既然是反映客观的现实生活，那么我们就照生活原来的样子来描写，写得同原来的东西一样真实就行了。我认为按照生活原来的样子来描写的提法是不对的，试问即使写出来的东西和原来的事物一模一样，又有什么意义呢？而且同实物比起来，这种写在文字上的模仿和描绘无非是赝品，它给我们这个世界又能增添什么呢？

据说曹不兴画的苍蝇，画得像个真的一样，以至于小鸟也去啄它。但真的做到这样，他对于人类社会又能增添什么呢？所以这样的提法实际上就是创作中的客观主义。

也还有些作家，贪多务得，把许多人物和事态的细小的特征，不管主题是否需要，情节是否需要，也不管这些人物和事态是否具有什么社会意义，统统拼凑起来罗列起来加在一起。甚至有人把一天的所见所闻所思所感全都记录成为一本巨册。他以为他这样做也可以说是极尽其真实的能事了。但这能算是创作吗？它不过是创作上的经验主义而已。

列宁曾嘲笑这种折中主义者。他说："这种想把一切个别标志与个别'因素'完全列举出来的，是假现实主义，然而实际上是折中主义的努力。"他并指出他所能达到的可怜的结果是"想把一切个别现象的特殊标志归入一般概念……的这种无意义的企图——这种企图简直是对科学为何物之根本不理解——使得'理论家'只见树木而不见森林"①。

记得老画家齐白石老人曾说过，只有神似没有形似则空，只有形似没有神似则俗，真正的好画是在形似与神似之间。我认为他这个说法是合乎辩证法的，是对的。作品要描写人物，不仅是要表现外在的生活面貌，而且要抓住他的社会面貌和心灵面貌。如果只抓住人物的外在的生活面貌而不从这里更深一步去探索内在的、贯穿于他的各个场面的比较稳固的个性，那么虽有形似又有

① 列宁：《土地问题与马克思主义的批评家》。

什么意义呢？而且文学艺术作品描写出来的东西和原来的人物事态一模一样，那又怎能说文学艺术是创作呢？那只能说是生活记录罢了。

说到这里，有人要问，既然你说要反映现实、社会、生活，但又主张在创作中，杂进许多作者个人的观点和见解，或者说是倾向性，这怎么还能说是反映现实呢？这不是自相矛盾么？

关于这个问题，这里只想简单地先提一点：假如在一个风景区的小溪流的旁边建一座小茅屋，这座小茅屋也是经过人的匠心经营的，对于这个小茅屋，你能认为它只是客观存在而不同时又具有人的主观风貌么？何况文学艺术是一种思想，你能否认它有主观的思想、感情、感觉么？难道文学艺术不是意识形态么？难道文学艺术就只是模仿么？

现在想回头再谈一下创作实践中的主观主义的倾向。

有人满腔愤慨，革命的热情极度高涨，于是大声疾呼，恨不得把自己的所思所感都一下子倾泻出来，当然对于这种人，我们是抱同情的态度的，但假如他能把这些情绪直抒胸臆写成诗，那或者他可以赢得人们的称赞；可是如果他要把它写成记叙和描写的文学作品，他就必须从许多具体的生动的人物中，精心塑造出人物的典型，并通过事件的情节，把自己对于这些事件和人物的态度表现出来。不然的话，他的作品就只能变成空洞的呐喊，即使当时他确实为自己的感情所陶醉了，然而他忘记了光是作者自己的感动不够，他还必须通过具体的各种叙述描写的艺术方法来使广大的读者也感动。

还有一种人，他脑子里先有一个主题思想，但他不去深入生活、了解生活及熟悉生活的逻辑，不去了解人们的心理状态，理解风土人情，以致他对情节也好，人物也好，都完全按照作者的意志来设想。既无视主题与故事情节，也无视作品中人物性格的独立性，以致故事才一开场，人们早就能预料出作者所设想的“必然”的结果。对作品中的人物，作者既没有表现出造成人物这种性格的环境，也没有表现出在这个特定的场面下，人物的言行的意义，也没有表达出贯穿于这个作品中人物的独立的个性，因而作品中的人物好像只是作者的奴仆和傀儡，或是风派人物，随风转舵，东歪西倒。大家都知道这种作品正是“四人帮”横行时期创作实践中的极端主观主义的唯意志论。

“四人帮”垮台以后，文坛中又出现一种朦胧诗，其实这种诗，从我们中国文学史上来看，也不是什么新鲜玩意。20年代末，李金发、戴望舒就曾写过这一类的诗，尽管他们的为人有所不同，但他们的文艺风格则是有一致之处。

为什么会有朦胧诗？在我看来，这些诗的作者对于他们所写的东西，不过是一些感觉、一些瞬间的联想，他们没有费力气去把这些所感所想加以理解加以消化加以贯通，把它们组织成一首有深厚的感情，有统一的完整意义的诗篇。尽管在一首诗中不无一二警句，但作为一首诗看来，它们并没有给我们动人的感情，引人沉思的思想，难怪在20年代末以后，革命的风暴一来，它们也早就销声匿迹了。

现在就让我对以上所说的话小结几句吧。

第一，我们主张文学艺术是对客观现实生活的反映，但正如列宁所说，我们不能把“反映”二字看得太简单了，我们应该积极、主动去反映，反映的目的固然是使人们的生活更美、更有趣、更乐观、更勇敢，而它的最后的目的还是在于改造这个客观世界，而不是如实反映一番就交差了事的“唯真实论”。

第二，现在科学日益昌明，客观世界也在不断变化，以前没有的现在变为有了，以前不可能的现在变成可能了。人们可以到月亮上去探险，可以到深海去挖掘矿藏，可以听到另一个星球上送来的信息，我们面临着的客观世界很多都是人所创造、发明的事物。文学艺术虽然不能创造这些奇迹，但我们对于这些奇迹般的世界能够无动于衷地光去反映吗？应该承认我们在生产技术上还是落后的国家，我们文学艺术工作者应该鼓起群众的热情和勇气，努力攀登科学高峰，改变我国一穷二白的面貌。

第三，科学虽然发达，但地球上的大多数人还没有免于贫穷、饥饿和政治动乱的灾难，我们的国家也还没有免于受强邻威胁的处境。因此一个敏感的作家，应该奋发图强，对变革、发展中的客观世界保持关注，认识其中的内容，描绘人们的壮志凌云的斗争气概，从一人一事一物之微窥见其中的意义；敢于歌颂我们认为进步的革命的人和事，也敢于鞭挞那些丑恶的、伪善的、卑琐的自私自利的人物和事件。

客观制约着主观，主观不仅反映客观，而且也敢于对客观作出作者的主观的思想和情感的反应。

记得1979年第三次文代会上蔡若虹同志的发言很好，我认为这个发言对那些形而上学地守着主观反映客观的壁垒的人应该是一个很好的启发。

他说："画家当然不能离开眼睛，但是单凭眼睛是看不出人间的美景的。视觉感受如果脱离理性认识的指导，怎么能够进入人们心灵的堂奥？画家是色彩的舞弄者，然而，不带感情色彩的作品怎么能打动观众的情感？依我看，不与浪漫主义相结合的现实主义作品，终究会显得黯淡无光的。"

我同蔡若虹同志并不熟，但我认为他这个话说得很好。如果一个只依赖视觉形象来绘画的艺术家，都这样重视理性的指导和感情的色彩，那么文学作品就更应该如此了。

二、生活与文学的关系问题

同创作上的客观与主观问题紧紧联系着的，是生活与文学艺术之间的关系问题。

照我们中国的传统，大家熟知的理论是文学艺术模仿生活，或反映生活，但对于有人主张生活模仿艺术的说法，则不大熟悉。为了使大家对于正面的理论理解更彻底，提出反面的意见来加以比较也是必要的。

这一派人认为生活本身不过是一些琐屑庸俗的现象，只有文学艺术所表现的才是真正的生活，无论怎样伟大的生活场面，怎样伟大的人物，经过几十年几百年都成为尘土了，但文学艺术里面所写的人物，则依然栩栩如生传之久远，并影响及于后代。所以，他们认为文学艺术里面的人物才是真正的人物，文学艺术中所描写的生活才真正是生活的精华。

甚至有人更进一步说："生活对艺术的仿造，远远多过于艺术对于生活的模仿……一个伟大的艺术家创造一个典型，而生活就试去模仿它。"又说："伟大的艺术从不曾看见事物的真面目，如果他看见了，他就不成其为艺术家了。"①

① 《谎言与腐朽》，《西方文论选》，第113、114页。

我认为这是十分偏激的言论。但我们也不应因为他的言论偏激不符合事实，就对他们所说的一切都加以否认，而把某些合理成分也一概置之不理。

我们应该承认，写童话与寓言也有它们的特殊规律。例如，写童话，就得用儿童的眼光去看事物，而不能用成年人的眼光去看事物；写寓言，也要捉住寓言的特点来写，而不要为平常生活中事物的具象所束缚。如果只限于这个范围来说，他们的某些说法还是有一点道理可以供我们参考的。

如文学家看事物，不能按一般眼光去看，而是要用自己的思想立场观点去看，并通过自己过去的生活经历去分析研究和体验，这样才能使所描写的事物具有生命，而不会陷于一般化的窠臼；如作者要塑造典型人物，虽然要有选择、分析、比较、综合、抽象、概括，但也要首先具体感觉到整个人的生动的意象；作品中塑造出来的好的典型，确实是比普通人的生命长久，而且会成为人民的精神财富，对于当时和后代的人民都会起着教育、启发和典范的作用。我认为这些都是对的。

但是他们的思想体系从整个说来是荒谬的。

作家不能脱离社会而存在，而生活则是一切作品的来源。你可以幻想出一个很大很大的巨人，但这个巨人正是人类自己在玩弄掌上的小虫时所感到的自己的巨大。一切想象的意象都是从以前所直接或间接知觉过的和在记忆中保持下来的已有的资料混合起来和生发出去的。就是童话寓言中的想象，也无非是把生活加以有意义的夸大，或采取其一点加以比附而已。试想一想一个从小就同一个文明社会没有接触过的儿童能够想象出什么来呢？他能想象出一架宇宙飞船去探访月球吗？

至于说艺术从不曾看见事物的真实云云，那更是荒谬。也许作者厌恶社会中许多丑恶的现象，因而有意作出这样过火的言论。但是你厌恶丑恶，丑恶还是照旧存在着。尽管你幻想出许多美丽的东西，那亦无助于丑恶的消灭。我认为真正的美乃在于敢同丑恶对立，并同它斗争，不敢去正视丑恶而一心只幻想着美的“唯美主义”，这不过是虚幻梦想而已。

我认为真正的文学艺术家正是要有意识地从全面的整体去看，仔细观察和研究出事物的真面目，而不是回避现实。

关于生活和文学艺术的关系问题，我认为毛泽东同志说的文学来源于生活而又高于生活的话比车尔尼雪夫斯基的提法更全面一些，而对那些只看到文学艺术比生活更美更理想而把生活抛在一边的看法，提出了更有说服力的答复。

三、思想与感情的关系问题

人们常常说，文学作品的内容就是思想和感情。不过人们又问：思想和感情究竟是一个概念还是两个概念？我认为是两个概念。既然是两个概念，那么这二者的关系又是怎样呢？思想是内容，感情是形式呢？还是感情是内容，思想是形式呢？有人认为感情是文学艺术的内容，喜怒哀乐爱恶欲是人的七情，是永恒不变的；变的只是在思想形式。感情激动的时候，人的身体是会颤抖；愤怒的时候，脸孔会发红，心脏会急跳；悲哀的时候，面部肌肉下垂，睡不着觉。这些都是人的实际的感受，这些感受也是永恒不变的。至于思想只不过是形式。时代不同，思想也会变化。五四新文化运动以后，曾有一位朱谦之先生，他曾主张感情主义的文学；就是创造社的初期，也曾有过以感情为主导的文艺思想倾向。

但是另外一派则认为思想是主导、是内容，感情是附丽于思想的。因为没有无缘无故的感情，感情首先是产生于认识。例如在夜里走路，看见一条绳子就以为是蛇，因而惊叫起来，这是由于错误的认识引起了迷误的感情。又如当人们对自然界的现象不认识的时候，就会产生对鬼神的迷信，但当人们掌握了自然科学规律的时候，我们对鬼神的迷信也就慢慢消失了。记得艾芜同志曾写过一本书，他说有一天当日本飞机来空袭之后，看见路旁有一具被炸死的尸体，他当时心情非常愤慨，痛恨日本侵略者残害我们的人民。但是后来又有人告诉他说，这个死者是一个汉奸，于是他心里又涌现出另外一种感情，认为这个卖国贼罪有应得。这个例子就证明感情是为认识所决定的。

一般说来，我是同意革命的或进步的思想对感情的指导作用的。但感情问题并没有如我们所想象的简单，还有必要进一步做些研究。

不错，一个人不会有无缘无故的爱，无缘无故的恨，但感情产生波动的原因是很多的。

有生理上的原因，有宗教的原因，有民俗的原因，有民族的原因，有利害关系的原因，有历史生活上相互关系的原因，有时有心境好坏的原因，而到了近代，阶级斗争激烈的时代，则有阶级的原因、政治的原因。再从感情的素质来说，有积极亢奋的感情，有消沉抑郁的感情，有冲动性的感情，有为广大人民谋幸福的崇高的感情，有充满着哲学意味的感情。而且感情和真理也不一定有必然的关系，如告知一个人以真话，他未必愉快，告知以假话，他未必不欢迎，这也因人的立场、性格、品质而异。就从艾芜所举的例子来看，也并不能说，由于有了这个人的告知，他就痛恨起这个炸死者，主要原因还是因艾芜原来就有仇恨侵略者、仇恨汉奸的感情。不然的话，假如这个人以同样的话告诉别人，那个别人也许会无动于衷呢。

以上我作了一些有关感情的论述，其目的只是想表明，文学艺术的创作要以感情为主体或为内容的提法是不妥当的。感情的规定性，是不明确的。

说到这里，也许有人要问我，你在上文不是说，作者对于客观的现实生活必须有感情的反应吗？怎么你现在又反对它了呢？

是的，我曾这样说过，但我所主张的感情是在革命的认识、革命的思想指导下的感情，特别是那种为广大人民群众谋利益的高尚的感情，为了民族独立，为了劳动者的解放而不怕牺牲不怕流血的革命者的感情，以及那一些宁可自己过着平凡的日子，而却尽毕生的精力以探索自然奥秘，为人类创造明天的感情，同时又反对那种营营于私利，为一已一家一户猎取富贵的感情。只有那种对人民的深切的爱，才能为人民所欢迎，为人民所尊敬。试想想，守财奴为失去他的私蓄而悲哀痛哭，能赢得人民的同情么？那些为维持自己的统治而陷万民于灾难的民贼能赢得人民的爱护么？

还要郑重地说明一点，这种高尚的革命的感情，肯定是来源于革命的思想认识，来源于革命的世界观、人生观，而不会来源于个人的卑琐的利害关系，来源于一般的生活习惯，来源于个人的庸俗的友谊，来源于一时心境的好坏。上文我也曾说过，当一个人的世界观、人生观有了新的改变以后，他对于一切的人一切的事态，都会有新的看法和评价，同时也会对于那些应该憎、那些应该爱表现出新的态度。

说到这里，也许有人会问，既然思想和感情是两个概念，那么这两者之间难道就浑然一体，没有什么矛盾么?

我说对，这两者之间是矛盾统一体。当新的思想体系才建立的时候，一个人也许还会有旧的思想残余；当碰到困难或碰到打击的时候，他对于旧的思想也许还会有所留恋。甚至也许有人受不了考验，走回头路，把抛在路边的旧思想又重新捡回来；也许还有人对于新思想信心不足，对前途的惊险和困难又有畏难情绪，因而徘徊于新旧思想之间，这样的人，当然会有思想和情感之间的矛盾的。但是有些人经过了种种困难和危险的考验以后，在同志们和群众的帮助之下，在生活实践中，能逐渐克服了旧的意识形态，树立起崭新的革命的世界观和人生观。当然这个发展一般说是需要经过较长的历程的。

还要说明一点，就是这个新思想，绝不只是在理论上承认，在写文章、在发言的时候说说的，而是要贯彻于生活、行动之中，变成亲切的体验，变成自己的血肉，变成自己的灵魂。对一切违反这个信念的东西，都能立刻辨别出来，自觉地起来反对，后来甚至慢慢地变成习惯，而能自动地、立即起来反对了。

当然，说二者之间的矛盾绝对没有了，也未必是事实，如碰见新情况，遭遇到新困难时，发生踌躇，发生某一些错误，那是在所难免的，但也并不是不可避免的。

总的说来，作者对于他所描写的人物和事件，是应该有感情的，但是这种感情是受过革命思想陶冶的感情，而不是冲动性的感情、建立于私人利害关系上的感情、直觉的感情，或建立于个人崇拜的感情。

我认为我这个看法，和传统的中国文学理论传统也是有渊源的。

《文心雕龙》就曾说过，“……登山则情满于山，观海则意溢于海”。又说，“积学以储宝，酌理以富才，研阅以穷照，驯致以绎辞”，我认为这些说法，除了对于“学”和“理”应赋予今天新的内容外，都是对的。

四、美和丑的问题

在俄国十月革命初期，拉普派认为美是资产阶级的。他这里所说的美，当然是指色彩的调和，线条的苍劲，音调的和谐，光线的配合得体，布局的错落有致。他们把这些东西统统都指为资产阶级的而加以非难。这种提法，当然“左”得可爱，但这不是把人类积累下来的美好的文化，都推送给资产阶级了吗？难道无产阶级就不要这些美吗？

另外一方面，又有人认为文学艺术作品只写美不写丑，即革命的作家，只写革命的人物、革命的事件。这样，岂不是把丑完全排斥在文学作品的范围以外了吗？

我认为美和丑都是客观的存在，正同真理与谬误作斗争一样，美和丑也在斗争着。把丑排除在文学作品以外，我们对于美的歌颂也就显得没有力量了。

我认为社会丑也可以在文学艺术里面变成美。我们可以讥刺它、嘲讽它、暴露它，这样使丑全部显示出来，个个都痛恨它，骂它，宣泄了我们的仇恨和愤慨，这不是把客观的丑变成了艺术的美吗？

有时候，丑占了上风，强横粗暴极度地蹂躏了人与人之间的平等公正的关系，使人看到以后，感到悲抑不伸。甚至有时丑恶竟然暂时战胜了革命和正义。这样的悲剧，英雄的牺牲，反而引起了人们对于革命的正义事业的同情，从而奋起反抗。所以丑也是对于革命者的一种磨炼和考验。例如1927年反动的“清党”事件，虽然许多烈士牺牲了，但是更多的新的一代革命者又起来了。所以取消丑在文学中的地位，也势必就取消了崇高的悲剧。

同时社会生活中的丑，也常常散见于各个角落，如果加以分析综合、集中概括起来，予以讥刺，可能成为出色的喜剧。

据我个人所接触的事件和人物来说，我看有几种丑。一种丑是表现为自私、懒惰、胆小、多疑。这种人既爱贪小便宜，又怕被人发现而常惴惴不安，而且怀疑别人也和自己一样，露出疑神疑鬼的丑态。他也常常和一般人不同，有他自己的显著的特点，例如老葛朗台夜里关起门来私自检查自己积累下来的金币，而眼中发射出喜悦的光芒，这就充分表现了原始资本积累时期的财主们的变态心理。

还有另外一种丑，那就是属于这样一些人：他们胆大妄为，为了达到个人的目的，就不惜陷害别人，或利用别人去达到自己的目的。当目的已达，他就把这个人一脚踢开，而且把所有的罪责都推卸到这个人身上，以自求脱身。

他自命是一个完人，做了多大的丑恶的勾当，也从来不感到惭愧。在当着众人面前，他还要痛骂这些丑恶，以表明自己的“清白”。

作家对于以上所说的两种丑恶的现象，细加剖露，把隐藏着的见不得人的东西，公之于众，就也会产生不少的喜剧。

还有一种丑，是主人公自己并不觉其丑，而且认真地行动起来。他们或是完全听命于别人，或为某种宗教信仰及过时的习惯所迷惑，以致把众人都知其为错误的看成真理，把众人都认为是真理的看成错误。把眼前的村庄幻觉成为过去的城堡，把眼前酒店的女侍幻想为当年的贵妇，把风车幻想成为巨人，如堂·吉诃德先生那样，使人看了以后，既感到可笑，而又感到他可悯。又例如《阿Q正传》中的阿Q，他不仅生活上受到剥削和压迫，而且思想上也受到统治阶级的毒害。作者对于他既是哀其不幸又怒其不争。他所讽刺的对象是阿Q，但真正讽刺的，则正是当时的腐朽的统治阶级，惋惜的也正是辛亥革命没有唤起和联合农民的错误。

从以上所说，我们可以看出把丑排斥在革命的文学以外，貌似极左，而其实对于革命和文学的发展都发生不利的影响。在解放战争时期，在国统区有大批可供揭露、讽刺和嘲讽的对象和资料，可都没有形成出色的文学作品，这是一个缺点。

五、文学创作中的意识和下意识的问题

从前有个弗洛伊德，把文学创作统统看成是性的下意识的升华。根据他的学说，他认为由于人们性生活的不满足，因而作出许多幻想，产生出种种文学作品。弗氏几乎把文学作家和性病患者等量齐观，的确是够荒谬了。后来又有人从个人主义的立场出发，认为欲望是难于得到满足的，这些不满足就造成苦闷。而文学艺术则正是这些苦闷的象征。这一派的文艺理论，可以说都是认为创作是要靠直觉，靠苦闷的偶然无意识地突发，他们否认认识思想的作用。

另外一方面，我们马克思主义者是强调思想意识的，认为作品中所描写的人物和其他人物之间，事件和事件之间，以及各个人物和各个物件之间的错综的关系，都是具有作者所意识到的内容的。直到现在，我还是认为这种看

法，基本上是正确的。作者对于其描写的东西，总得有个看法，作为一个骨架来组织具体的人物情节，来表达自己的感受、感情和思想。不然作家的创作只能是对客观存在的社会生活的一些感觉的零碎的记录，或者脱离了客观世界的个人的狂想。

但是为什么我又只是说基本上同意而不是说完全同意呢？因为我觉得作家对客观的社会生活的认识，亦不是全部都一律清楚意识到的。有些事件他是很清楚地意识到，但有些事件他亦只是模糊地意识到，或甚至只是模糊地感觉到。有些作家，在写作的时候，他的意识是这样，但在他的脑子里还有残余的旧思想旧意识，沉埋在下意识底下，因而在写作过程中无意地露了出来。也有一些新出现的东西，他只朦胧地感觉到，而还没有完全认识。我想只有这样理解作家的思想情况才是比较实际的。

例如《红楼梦》，曹雪芹写贾宝玉和林黛玉的恋爱，他有没有同我们一样清楚地意识到这是反对封建的行动呢？显然没有。巴尔扎克在《农民》里，借教士之口说，这种情况，恐怕将来总会发生某种不幸的事件。但是将发生什么不幸的事件呢？他没有说清楚。恐怕作者自己也没有想清楚，他只是有这种预感罢了。

总之一句话，我认为作品中思想意识是占主导地位，但也并不是说，作品就等于思想，也就是说，作者的思想也是不均衡地发展着的。有些事物，他意识得清楚些，有些事物则又意识得不够清楚，作者在作品中所写的也并不是全部清楚地意识到的。如果批评家在批评作品的时候，只看见作品的思想内容，而看不见蕴藏在人物和故事里面的东西，那就未免使批评简单化了。如果批评家硬要强调作家要这样写或那样写，而不考虑到作家所处的时代、地位，作品中人物与人物之间的关系以及当时所处的微妙的社会关系，那就可能会使作家更多地用思想去代替生动的描写，把人物事件变成说明某种思想的图解和例证。

新中国成立以来，我们的作家写出了许多的好作品，但也不能否认写过一些公式化概念化的作品。其所以会产生这种现象，这和理论上只谈思想不谈感情感觉，只谈分析不谈整体的直觉形象，只谈观察不谈体验，只谈生活不谈技巧，也不无关系。所以我认为在理论上澄清这一点也是具有意义的。

六、世界观和创作方法

我们的世界观是马克思主义的辩证唯物主义和历史唯物主义，我们的人生观是不怕流血、不怕牺牲，誓为建立和发展新的社会制度而奋斗。过去，我们常常只说世界观不说人生观，我认为光提世界观是不够周到的。因为只提世界观不提人生观，也就是说不提生活的目的，不提生活的理想和意义，那么，这无异于说是从世界观上或是在哲学上解决了问题，人们的生活、理想、生活态度、工作态度也就随着解决了，我认为这是不够确切的。因而我认为应把人生观和世界观一起并提。

现在就联系着这个问题来谈创作方法问题。假如你不是一个文学艺术家，那你就没有所谓创作方法问题。所以创作方法，只是在作家怎么样来处理自己所看到、想到、意识到、感触到的纷纭的现实生活的问题。

既然有了革命的世界观和革命的人生观，那么它就会基本上规定它的创作方法，所以马克思主义的文学艺术家，他的世界观、人生观和创作方法基本上是一致的。我们的文学艺术既要反映这个世界，同时又要从变革中去看这个世界，按照我们的理想来改造这个世界，所以社会主义的现实主义也就必然包含有浪漫主义即新的理想（不过这是就一般而言，在抒情诗、童话、寓言里面则浪漫主义又可以成为主要的或重要的一部分）。因而社会主义现实主义同过去的现实主义的创作方法是有区别的。

过去的现实主义的作家的创作方法和他的世界观、人生观或多或少总是有矛盾的，因为尽管他们的创作方法是进步的，但是他们的世界观、人生观是不完整的，他可能有进步的一面，也可能有不进步的一面，或者甚至还有反动的一面。同时从我们今天来说，也应该看到过去作家所处的时代的局限性，他们本人的思想发展的不平衡性，不能硬要他们在一切方面都齐头并进。例如托尔斯泰，他所写的人物是很生动的，但是他从这些生动的描写中所提出来的结论则往往是不正确的。这种不正确的看法会不会影响到他的描写的正确性呢？我看是会有的，不过有时显著有时不显著。例如《复活》里，他描写了那个公爵对于玛斯洛娃的同情、忏悔，但这究竟有什么实际的意义呢？能给人以什么启发呢？这里是不是有以作者个人的思想代替了书中人物思想之处呢？又例如巴尔扎克，恩格斯说他的现实主义创作方法战胜了他的反动的世界观。他认为巴尔扎克是保皇党。但是我认为巴尔扎克虽然是保皇党，但也不是认真忠实的保皇党。如果他是认真忠实的保皇党，他怎么会拥护1830年资产阶级的七月革命？他怎么会对革命的共和主义者同情呢？他1831年加入保皇党以后，又怎么会同保皇党的人物闹不团结呢？所以我认为巴尔扎克作为一个作家，他的主导思想还是在于创作上的现实主义。而且由于他出身于中、小资产阶级，他的立场也时时摇摆，所以他的保皇主义的思想，也不免只在某些方面流露出来。例如在《贝姨》里，当于洛男爵夫人为了挽救他的亲属在阿尔及尔亚免于因贪污而受处分的时候，因急于向克勒凡先生恳求资助，竟向他作出卖弄风情的丑态！这显然不是贵族阶级的贵妇人由于爱好风流求“欢乐”，而是为贫穷所逼迫而不得不沦为娼妇。但巴尔扎克怎样描写这个场面呢？他说，在克勒凡眼中，于洛男爵夫人的形象，忽然变得高大起来。试问以克勒凡先生这样的人，他会把于洛男爵夫人为了挽救亲人而牺牲自己的慷慨行为看成是伟大和高尚的吗？这是作者以自己的思想代替了书中人物的思想！怎样来看作者的这一段描写呢？我认为作者既现实主义地描写出当时的贵族已腐朽堕落到不堪的地步，同时又表现出作者对于贵族的堕落表示温情。又倒如在《苏城舞会》里，作者写了当时复辟王朝正在拉拢老贵族的儿女和新兴的资产阶级的后代缔结婚姻以巩固其统治，但德·封丹纳伯爵的最小的女儿爱米莉，尽管美丽而又具有才华，却一心要嫁一个贵族院的议员，要乘坐刻有贵族家徽的马车。她非常之傲慢地对待一切来追求她的青年，但到了最后她乃不能不嫁给一个72岁的舅公。巴尔扎克既写了她的不幸的婚姻，但他并没有嘲讽她的顽固可笑，而是对她还多少具有点惋惜与同情。这些都可以说是巴尔扎克在他的下意识中，既具有对新兴的资产阶级的不满，同时又有对贵族的隐约的同情。

我在上面说过，马克思主义的作家，他的世界观、人生观同现实主义的创作方法（确切地说是与社会主义现实主义的创作方法）基本上是一致的。但也并不是说就完全没有矛盾了。如某些作家在某些方面的见解和题材处理上，或由于观察不深，见闻不广，体验不够，以致把所描写的事物、人物放在错误的地位上；或者是由于私人的感情的偏爱，错误地如此强调不应该强调的人物的某些侧面，因而把人物事件写得走了样；或者是由于革命的世界观和人生观没有牢固地建立起来，在某些部分单纯凭个人的感觉、感情去写而没有把人物加以准确的分析、综合、抽象概括，造成世界观人生观与创作方法上某种程度的矛盾。假如这二者是完全一致，这岂不是无矛盾论了么?

从本世纪初叶以来，在资本主义国家中产生了许多新的流派。这些流派的作品，依我个人的浅见看来，大多数都是凭个人的感性认识和从联想发展出来的。他们对于所描写的人物与事件之间以及事件与事件之间人与人之间的关系缺乏甚至没有按照自己的立场加以逻辑的思考。有些人只追求形式美，而不去探索其中的意义；有些人则只追求表达作者个人内心的苦闷，而没有去研究所以造成这些个人苦闷的社会背景或社会根源。他们或者是疯狂叫喊要破坏一切，同过去一刀两断；或者是自我陶醉发表着可解与不可解之间的梦中呓语；或者按照客观世界的事物，照样描写，还自称是“照相的现实主义”。

对于这些人，我们应该同情他们对于现实社会的一些不满，同时也要吸取他们某些艺术技巧上的成就，但也要指出他们的根本的弱点，并对他们作一些摆事实讲道理的批评。

现在我们国内，有些人对这一类作品极端厌恶，一开口就说他们都是反动、没落的艺术；不过我认为对科学、对艺术问题，骂是解决不了问题的。另外一方面，也有一些人对这类作品颇为赞赏，并介绍说，这些作品在他们国内如何受到欢迎，并大有以此来证明这些作品具有高度的艺术水平之意。

我希望今后能将这类作品的代表性著作都统统介绍过来，最好由译者加以说明，指出原作的特点，对哪一部分读者有强大的吸引力，他们对作品中哪一部分最为欣赏。不然无批判的介绍，只能助长青年中的无目的的崇洋思想和盲目的模仿。

七、关于创作上的技巧问题

在旧中国，在上海滩上曾出过不少小说作法，记叙、描写文作法之类的书。但是一般有名的作家都不大看得起它们，他们认为读了这些书，并不能使人就会写小说，写记叙、描写文。新中国成立后，说起写作技巧来，又往往有人斥之为形式主义！

不过，我认为这些书，对于初学写作者来说还是有参考价值的。至于蔑视技巧的态度，则更是不对。木匠要做张粗糙的板凳，都需要技巧，难道写一篇文学艺术作品就不需要技巧吗？

问题是如何把技巧的问题摆在适当的位置上，同时讲述技巧问题，也要联系着实际的作品的思想来说。

现在又有许多人受到陆游说的“功夫在诗外”的影响。我认为这句话说得对，但也不能加以绝对化。要成为一个真正的诗人，他当然必须要有丰富的生活知识和对于生活的感情和感受。古人说的要“读万卷书行万里路”，这都是对的。而且写创作，不能完全靠技术。中国的历史书，有“宰相世系表”，但是作家可没有世系表，因为文学艺术作品是不能靠老师教的技术代代传授来完成的。技术不是艺术，所以一个文学艺术家，他的功夫主要在诗外，这是对的，但这也并不排除“在诗内”的功夫，包括苦学苦练。假如光说功夫在诗外，那就会放弃学习技术技巧。没有技巧，即使内心有多丰富的思想，有多大的感受，有多激越的感情也都无法传达出来。

关于叙述与描写的文学，刘熙载有一段非常概括的阐述。他在《艺概》里说：“叙事有特叙、有类叙、有正叙、有带叙、有实叙、有借叙、有评叙、有约叙、有顺叙、有倒叙、有连叙、有截叙、有预叙、有补叙、有跨叙、有插叙、有原叙、有推叙，种种不同，惟能线索在手，则错综变化惟吾所施。”

刘熙载的这一段话，总的说来是很好很完整的，如果要把这里所说的每个命题，都加以举例解释，那就需要另写一篇长文章，这里就不去详说了。

关于布局安排，大家都知道也要力求统一，假如像《红楼梦》里面插上几段“北静王挂帅西征”，那就会使整个小说的布局不统一，而要全面改作了。

又如关于人物性格描写的问题，即使作者脑子里已经有了生动的形象了，但是这个人物在故事中，应该放在什么时候、什么场合下出场，怎样出场。出场前怎样布置气氛，出场以后又怎样把故事和人物的发展与主题的展开结合起来，使它既合理又能出乎人的意表，这就有待于作者的仔细推敲了。

我记得曾经有一位作者，他想通过三个场面来写一个人物。第一个场面和第三个场面，作者对于人物的举止言笑，以及内心的思想情绪的活动都有把握了。但中间的第二个场面，作者对他的思想、感情以及具体表情和动作就把握不准，想再回到生活中去体验，却又没有可能，后来只好把第一、第三个场面用实写，把第二个场面用虚写。发表以后，作者心里还有一点惴惴不安，怕给人指摘出来。但后来读者都认为很好，把人物一实一虚错开来写，更是合适。这个例子说明在一定的情况下，作者可用技巧来补足自己的生活经验的不足。当然我举这个例子并不是提倡用技巧来代替生活经验和实践，但在不得已的时候，也可以临时救穷。

有人以为写文章，总是要面对现实来白描，这当然对，但也不能看得过于绝对，有时作者也可以从古人的诗句中或名画中获得启发。例如《一周间》的作者写道："……正在抄好了又修改的时候，突然发现了春天的形象。这形象是一下子就在我的前面出现的：我似乎确实看见了一个姑娘坐在遥远的林中空地上打瞌睡，终于把头搁在膝盖上睡着了。……这是华斯涅佐夫的名画中的阿辽奴希卡呢，还是蒲宁诗中的回声……我看见春天就像未婚的姑娘……在那远离故乡的地方……[1]

原来就是在名画和诗人的诗的暗示下，作者写出了下面几句："可是到第四天，春又昏沉下去，她把头垂在膝上，坐在一块辽远的森林中的空草地上，睡着了。"[2]

还有，有些景物的描写，放在前面或放在后面就有显著的不同。

例如苏轼的《方山子传》，作者放弃一般的程式，不是从过去写到现在，而是把现在放到前面来写，写得神奇。很显然，这种组织上的不同的安排，会使读者产生较深的印象。

再把"僧推月下门"和"僧敲月下门"这两句拿来比较一下，当然是以"僧敲月下门"为佳。因为乡村中更深夜静的时候，敲门的响声，更增加静意，而且延续几下，时间也比较长，意味也比较深，不该"推"，一下子就静悄悄地过去了。

这里我已把话说到题外了，但总之，我的意思是要从事于写作，也得在

---

① 里别进斯基：《我怎样写〈一周间〉》，《一周间》，第160页。

② 里别进斯基：《一周间》，第1页。

技巧上下工夫。

而且经过苦练以后，技巧成熟，于是就能“熟能生巧”！因掌握了技术技巧，作者就能做到本来有规律，而又好像没有规律，做到运用自如，甚至能做到“信手拈来都成妙谛”或“运用之妙存乎一心”，对旧的技巧加以新的发展。有人还特别指出，创作的灵感，有一部分是来源于技巧的熟练。我认为这也是有一部分道理的。

我说了这许多话，并不是想提倡“技巧第一”，而只是想说明技巧在创作中也有其一定的地位。

八、关于创作是不是自由的问题

我这里所谈的自由与不自由的问题，首先是就创作本身来说的。

创作是不是自由的呢？就是说我是否想写什么就写什么，兴之所至，我想怎样写，就怎样写呢？

这里我想拿吃饭来做个比喻，具体说，我想吃多少、好坏、早吃晚吃，完全可以自由。但假如经过六七个钟头不吃，那就饿了，不吃就有气无力了，非吃不可了，这也就是说不自由了。

同样创作也是如此，你想写什么就写什么，想把它写成什么样子就写成什么样子，写多写少，写成什么文体，你完全可以有自由。但也要看到这个自由是有限制的。

假如你从来没有同解放军战士一起生活过、战斗过或同他做过朋友，那么要你写一篇有关解放军战士的小说，就难办了。当然，你可以因偶然的关系碰上一个解放军战士同他聊一聊，因而写上几百字的散文，或描写他的某一个侧面，但你能够写成一篇完整的关于解放军战士的小说吗？当然你也可以仔细读《解放军报》及所有写有关解放军的文艺作品，但光这些间接的表象，能使你具体看见这些人的生动形象，并加以概括而塑造出有关他们的生活，以及勇敢作战的人物典型吗？我看不能。

在阶级区别差异很大的社会里，一个亿万富翁家庭出身的富豪子弟，他能写出长期失业的工人们所受到的歧视和压力吗？所以人的感觉、感情和思维是受到阶级的制约的。至于在同一民族同一时代的人民当中，又有着共同的语言、共同的习惯、共同的历史传统，对于这些，马克思主义者从来也没有加以忽视。只有庸俗的社会学者才把一个人看成一个被决定了的，也只有资产阶级的学者才把阶级论歪曲为“决定论”。

至于一些极端个人主义者，他的创作，只是为了展开他自己的所感所思，那当然是可以完全自由了。但问题是他这样自由地写出来的东西，能够反映出社会上各个阶级各种人群的生活和思想吗？能够把各种人物加以正确的分析和综合、抽象和概括，从而塑造出典型来吗？我看不能。因此个人主义的作家所说的自由实际上是范围极端狭小的自由，即一切都从作者的自我出发，写他自己所看到的、听到的、感觉到的、想到的一些印象而已。从这个意义上说，创作又是不自由的，有很大的局限性的。

要想写出一些好作品必须深入到生活里去，多了解各种各样的人，多读书、多写作，直到掌握了些规律，这样，他也许最后能写出好的作品。

光靠主观的意志，说我决心要创作出一篇最好最好的作品，其志固然可嘉，但意义不大，因为作品的好坏也是不以作者个人的主观意志为转移的。

再从社会、政治条件来说，创作是自由的又是不自由的。

创作之所以是自由的，因为你想写什么就写什么，想怎样写就怎样写，而且你写好以后就放在房子的抽屉里。这样，谁会来干涉你的什么文学作品呢？

但是假如你拿出来发表，那就不同了。你为什么要发表出去，当然是为了想得到人们的赞赏和同情。而且发表以后，人们就会读它并产生这样或那样的影响。这样一来写作就变成社会行动了。

我们的作家，既不在工厂劳动，生产汽车、拖拉机、镰刀和斧头，也不耕地播种，也不修房建屋，也不做运输搬运工人，也不织布裁衣，也不煮饭炒菜，我们只享受这些人的劳动果实。但我们拿出什么东西来给这些劳动的人们呢？

虽然我们不会生产物质的东西，但我们生产出什么精神的东西来呢？

假如我们的作者，不顾社会的需要，不考虑多数人的愿望，只顾写自己所感兴趣的东西、认为最好最美的东西，而其实际的效果则只有使人越读越沮丧，越读越颓唐，越读越不愿意同群众在一起，越读越感到前途渺茫。这样的作品，即使作者本人感到极其自由，极其满意，这又有什么意义呢？

所以我认为每个作者自己应有一份社会责任感，那就是要写出使人们精神振奋的东西，使人们视野开阔、胸怀磊落的东西，使人们深切关怀广大的劳动人民的东西！要讥评那些生活琐碎、营营于私利的人们的丑态！

如果说，这种社会责任感，也会限制作家创作的自由，那也只好让它限制一下了。

原载1982年《文艺理论研究》第1期

艺术文学中的内容与形式

一

内容与形式的问题，是哲学问题，各种各样的事物有共同的内容与形式的一般关系问题，也有各种各样事物的各自的内容与形式的关系问题。这里只想谈文学上的内容与形式。

什么是艺术文学的内容？我认为这里的内容包括思想、感情，此外还有感觉，还有潜在意识。在这四个因素的矛盾统一中，在我个人看来，思想是处于主导地位，不过也不能忽视其次要的因素。过去只强调思想因素，而抹杀其他次要的因素，结果虽然一天到晚叫着要反对公式化、概念化，而实际上还是无法避免，其原因就是在于指导思想上有了缺点：

思想内容当中，首先谈作品的主题。关于主题，也有两种提法，别的国家的文艺理论家有一种提法，认为作品中所写的具体人物，具体的生活和事件，就是主题。我们中国的一般提法则认为作品中所写的人物、生活、事件是作品的题材，而主题则是作者对于这些人物事件的感受、看法、评价和态度。我是采取后者的提法。因为作品中的人物、生活和事件并不都是按照人物、生活和事件的原来面目来描写的，而是经过作者的思想感情加以选择、淘汰分析、综合过，并有作者自己的感情蒸馏过的，这样经过蒸馏过的人物、生活、事件，当然同原来的人物、生活、事件有些变异或具有不同的或更高的含义了。这种不同的或更高的含义是作者所赋予的，是作者的创造。我不敢同意那样的说法，认为作者的任务就是把客观的生活真实地描写出来，只要真实，作者的任务就算完成了，我反对这种唯真实论。认为艺术文学的任务就是真实地描写客观的人物、生活和事件，这种提法，是从车尔尼雪夫斯基那里来的。我认为车尔尼雪夫斯基是上一世纪伟大的唯物主义的进步思想家，他对俄国思想史、文化史上曾起过很大的进步作用。但在今天我们看来是不够了，马克思主义者，既要认识世界，还要进一步改造世界，艺术文学无疑对世界的改造要负有更重大的责任，今天更是如此。其次，艺术文学（特别是叙述与描写的文学，如小说），是包含思想的，但它有它的特殊表现方式，即它不是作者自己直接出场，从而滔滔不绝地演讲一番，而是通过作者怎样安排和描写这些人物、生活和事件，并从具体的形象中把思想表达出来。在创作过程中，作者首先要敏锐地感到事物之具体的特征，从而对它们产生某种感情的态度（不管是喜爱的、憎恶的或尊崇、鄙视和厌恶的感受），然后产生企图写出这个人物的动机。但这不过是初步的动机而已，接着他就必须根据他自己的立场、观点去分析和评价这些人物，并进而从体验中去把握这个人物的内心世界，既从外而内去观察这些对象，又从内而外去体验他，既从他本人的活动看出其特点，又把他看成同社会上其他的人的关系的关节点，看出其素质；既从人物、生活、事件本身去看，又从理论上去看出当时的形势，以及同社会上的许多人去加以比较，看出其相同之处，又看出其不同之处，经过这样加深认识，加深对于这些特定人物的感性的理解。这样经过多次的反复，才能最后概括出生动的典型人物，正如尼古拉耶娃关于她写《收获》的自述那样。所以在文学艺术里面，已有作者从具体人物的形象怎样描绘中表现出来的思想感情，即他以什么立场，用什么态度，用什么观点，用什么口吻，在情节的错综关系中，强调人物的那些侧面来表现思想感情，也就是说表现它的主题。所以文学中既有具体的感觉，亦有抽象的思维；既有综合，又有分析；既有对于客观的形象的描写，又有作家主观的认识和感情的倾诉。

文学内容的这四个因素，有时是被作者联系在一起来使用的，很难截然分开，但有时也分别使用，不过轻重不同。为了阐述的方便，在下面将分成四个方面来谈。

二

首先，什么是作品中的思想？思想主要包含有两个含义，即世界观和人生观。过去，我们只提世界观，现在我又提了一个“人生观”，我认为这二者有不同含义，不能混为一谈。世界观是指人们对世界的认识和看法，即这个世界是心还是物，是可认识还是不可认识，又怎样去认识它等等。而人生观则是指人对于人生的态度，怎样做人才更有意义等。有些国家的文艺理论家，只提世界观，不提人生观，我认为这样做是有缺点的。

谈到思想问题，有人说，《诗经》的“关关雎鸠，在河之洲，窈窕淑女，君子好逑”，这有什么思想性呢？又如“野有死鹿，白茅包之，有女怀春，吉士诱之”，这又有什么思想性呢？对于这个问题，我的回答是这样，艺术文学作品的思想内容，也要从历史发展去看。如“硕鼠”之歌，在初民社会里，它只是表现出狩猎者获得丰富的猎物而感到兴奋、欢乐，这是感情的倾向。有时他们的思想性表现得并不明显，但愈到后来，艺术文学随着社会的发展，它就不仅单纯表现欢乐或愁苦，而且也表现思想，例如《三国演义》有思想性吗？有，目的在于维护王朝的正统观。《西游记》有思想性吗？有，大闹天宫这一段，大家都知道，它有着强烈的反抗性，至于后来取经的那一大段，则是要同当时的佛教思想联系起来看，孙行者是佛家思想中的“心灵”变化的表征。

欧洲中世纪时代，文学是为宗教服务的，为了宣传神，它有时甚至把一个人物当作某种道德品质的代表。中国的市民文学已开始注意描写人物的个性了，但类型化的人物还是长期逗留在文学作品里面。

到了近代，欧洲的资本主义发达、个性解放、自由平等之说也渐渐兴起，因而作者的思想，也渐渐脱离主要以娱乐为目的的类型的写作方法，力图在艺术文学作品中，尤其是在叙述和描写的文学作品中，写出生动的有个性的人物，从而进一步把人物的个性同当时的某种社会力量的要求和希望结合起来而塑造出典型。所以典型也是历史的产物，同时作者也不是无动于衷的，以写出了典型为满足。他既要站在一定的立场和观点来塑造典型，同时又要从描写中表现出自己对于这些典型的感情和态度。恩格斯从历史唯物主义的观点出发，明确地提出了典型环境中的典型性格的高标准的要求，强调时代、环境对于形成人物性格的影响。

作者所描写的既然不只是个别的人物，而是具有社会代表性又有个性的典型，那么这里就包含有作者对于这个社会现象的总的看法以及感情和态度，对于其中人物的爱憎、衡量和估计，并把他从生活中看到、听到、感到、想到的许多其他事件和人物加以概括归纳，塑造成典型。当然作者要做到这些，就不能没有自己的一套思想，除了比较完整的世界观、人生观外，还要有对许多事物的比较明确的认识、鲜明的感情态度。至于说技巧、结构等，那是属于形式的问题，容以后再谈了。

三

广义说来，典型不一定是某一阶级的代表，例如《阿Q正传》中的阿Q，乃是讽刺中国旧时代的封建官僚士大夫的腐败和可耻的思想的。他们既受帝国主义的侵略和欺凌，又依仗权势死不肯认输，还要以“精神胜利法”来自慰，并借它来作为维持他们对下层人民剥削奴役的支持。记得当年《阿Q正传》初发表时，就有些人疑心这篇小说就是讽刺他们自己的，这些人当然不会是农民。也许有人问，既然如此，作者为什么不选择封建士大夫来做典型而选出一个下层农民来做典型呢？这难道不正表明，这篇作品所写的正是以阿Q为代表的落后的农民吗？但我不是这样看。我认为如果用封建士大夫来做典型，他们手中还拥有权力，或有钱有势，他们还居于欺骗剥削农民的地位，这样他们的“精神胜利法”就还有薄薄的一层遮羞布，还不会显得十分可笑，只有像阿Q这样的穷光蛋，上无片瓦，下无寸土，还要以“精神胜利法”来自慰，这才更显得这种思想的愚蠢无知、腐朽和丑恶。所以，阿Q正是辛亥革命前后整个旧中国的时代典型。

有人说阿Q是落后的农民典型，这也有几分道理，但鲁迅先生的讽刺对象，难道是落后的农民吗？即使是吧，他的典型性也远远超过了落后的农民。

有人问，典型是在生活细节的真实以外，还是以内呢？恩格斯明明说：“除了细节的真实以外，还要写出典型环境中的典型性格。”这不是“以外”

吗？但我的意见并不如此。我认为从整个句子来看，他是说，既要写出生活细节，但除此以外，还要写出典型环境的典型性格。试问，如只写典型环境、典型性格，而不写细节真实，能写得出生动真实的人物吗？那恐怕结果就只能写出公式化、概念化的作品了。总之，恩格斯这句话就是说要重视细节的真实，就是说写出典型的环境、典型人物也是在细节真实之内，即写出典型环境、典型人物也要写出细节的真实。

有人问，每个人都有个性，同时也一定有这样或那样的一般性，这样岂不是每个人都是典型吗？日常生活中，不是常常也是有典型的事件、典型的人物么？究竟作品中的典型与日常生活中所说的典型有什么区别呢？的确，这问题不容易解答。也许有些人天天用“典型”这个词，但根本就没有为此而费过脑筋。老实说，我就曾经试想解答这个问题，但也未必能答得好。现在我试答如下：作品中的典型，概括的面比较广，人物的性格挖得比较深、比较细，表现方面比较多。所谓广，就是它所牵涉到的是那个时期社会上的最本质的问题。也就是他所挖出来的问题，往往是千万人所关心，而且也关系到亿万人民的前途和命运的问题。

作为典型人物和事件，也不一定是当时就广泛地存在着的，可是反复的次数越来越频繁了，这也就逐渐显示出了它具有本质的意义了。例如，高尔基的《母亲》，在初发表时，这样的人物和事件并不多，但它提出了本质性的问题，即当时的工人阶级运动已由自发运动逐渐转为自觉运动了，所以列宁高度评价了这本书，并指出了这本书所显示出来的人物的典型意义。

又如《子夜》中吴荪甫的失败，这本是上海市场上所常见的事，但是茅盾先生把它联系到国民党北伐胜利以后，是不是资产阶级的革命已经胜利了，即它已有能力和魄力来保护工商业资本家的兴旺了，从而今后共产党的政策是不是还要继续完成新民主主义革命而奋斗了？抑是要改变为，为社会主义而革命的政策了。这件事就具有了本质的意义，而吴氏的失败也就有典型意义了。

所以就我看来，文学作品中的典型，是牵涉到本质的问题，而不仅是“一般性和共同性”的问题。还可以再补充一点，文艺作品中的典型，除了从这一系列的事件中可以看出它的典型意义外，就是从典型人物的细节中，也可以从另外一系列事件中看出其典型的意义。例如阿Q就曾经很奇怪那白盔白甲的革命队伍为什么不来找他参加革命，这里既用细节来表现出阿Q内心潜伏着的革命感情，同时在另外一方面也表现了辛亥革命不重视农民，所以终于导致了革命的失败。那也就是说，对阿Q的细节描写，也显示出了另外一种本质，即典型性的另外一面。

由于如何塑造典型，是作品思想内容的核心，所以在这里我也就多讲了几句。

高尔基曾就典型问题同作者的思想立场的关系，举了一个具体的例子：在沙皇时代，有些革命党人被宪兵暗探所追捕，以致他们不得不逃到妓女馆，妓女们知道这件事后，有些妓女对于这一些人表示同情。后来，这件事被两个作者写成小说，由于这两个作家的立场不同，因而一个作家把它写成黑暗，而另一个作家则把它写成光明。这件事可以证明作者思想立场的重要性，同样一件事，由于作者站在不同的立场，对人物、事件的观察、体验、分析、综合、概括不同，因而他们也就可以写出截然不同的事件和人物的典型。

四

再谈到感情。艺术文学作品，不仅包含思想，而且包含感情。假使一篇文章，句句正确，那也不过使人知道和认识某些生活、某些事物和规律，它不能够成为文学作品。好的文学作品，必须有动人肺腑的感情，并给人深刻难忘的印象。

过去常常有人认为，思想决定着感情，这种说法对不对呢？我认为不对。有人说，思想指导着感情，这种说法对不对呢？我认为有些道理。思想和感情，这是两个概念还是一个概念？显然是两个概念（更深刻地说起来，它们还不是同一范畴的概念）。既然是两个概念，那么它们之间，当然就有统一的一面，也有矛盾的一面。

当一个人获得革命的新的世界观、人生观的时刻，往往其感情也随着起质的变化。对于旧的风俗、旧的道德信条，对自己所接触过的人物，甚至对宗教信仰，都起了重新衡量、重新估价的态度，爱憎之间也有了新的变化。这是思想和感情的统一的一面，思想影响着或指导着感情的一面。但是思想和感情也有矛盾的一面。一般说，感情是更多植根于生活里面的，而且有时还杂有生理的感觉。例如，使你发生痛感的东西，积久了，你看见它就感到不快或紧张；使你发生快感的东西，不仅当时使你欢乐，而且形成统觉，日子积久了，一看见就会喜欢它，表现为直觉。有时偶行街上，突然有人从后面猛击你一拳，回头一看，此人素不相识，你于是怒极而挥拳反击。这种感情是冲动性的感情。从怒极到反击，都是不经过思索也不顾后果的。但假如回头一看，这人乃是你过去多年的老朋友，那立即会化怒为喜，欣然和他握手拥抱。足见感情是和一个人的生活经历有很大关系的。

由此可知，要摸熟人物的内心状态，写出他的感情的特征是不容易的。又例如，我素知某人喜听某一歌曲，因此当我看见他的情绪不佳时，就有意地把这个曲子放来给他听，但谁知他竟勃然大怒，挥手叫“滚开”，由此可知，某人的情感爆发，又是和他当时烦恼和焦虑的问题有关的。

有时感情的舒畅与否，是由习惯所引起的。假如我们处在我们从小就在那里长大的环境中，我们就感到生活无拘无束。假如我们被放在同我们原来习惯迥异的地方，那么我们就又会感到闷闷不乐，构成一种抑郁的情愫，只有经过比较长的时期，我们已经习惯于这种新情况，再加以思想上的开导，才能慢慢转变过来。

还有一种宗教的感情。它是来源于从小就养成的信仰，这种信仰的堡垒，也是往往不易为思想一下子所攻破的。

还有一种因利害关系而产生的感情。利之所在，则人多趋之；害之所在，则人多避之。切身利害牵涉之外，也往往不容易为思想所能左右，有人甚至思想上同意了，但因为关系到本人，甚至关系到国家的生死存亡的大计，因而也就不免动摇不定，而最后才做出了决定。

记得《三国演义》曾写了这么一段故事：曹操率领几十万大兵南下荆州，然后先发一封信给孙权，约他会猎。当然，孙权如果奉令去会猎，那就等于投降。对此，孙权也一时拿不定主意，于是召集群臣开会讨论。讨论时，意见纷纭，有些主张投降，有些主张抵抗，孙权心中烦躁，又不敢毅然下决心抵抗。这时适孙权起身更衣，鲁肃就赶快追蹑其后，孙权问鲁肃有什么意见，鲁肃说：“群臣都可主张投降，但主公却不能投降，群臣投降以后，还可以照旧在曹魏统治之下做官，但主公投降以后，还能够南面称孤掌握政权吗？”这几句话，的确打中了孙权的思想要害。所以他回到会议席后，就果断地下定决心抗战了，他奋然拔剑砍去座前案桌的一角，并说，今后如果还有谁敢再说妥协投降的话，我就要砍去他的头，像这张桌子一样。这样，大家认为孙权的决心已定了，周瑜也以为孙权的决心已定了。一天晚上，周瑜去见诸葛亮。但诸葛亮劝周瑜还要再去说服孙权。于是周瑜当夜就去见孙权。果然看见孙权还是绕室彷徨，拿不定主意。这时周瑜又向孙权作了许多分析，举出了许多有利的条件，最后孙权才算真的安下心来。

我认为，《三国演义》这段的确写得细，写出了孙权这个人物的心理动摇不安，而且分几段来写，逐步深入，不断深化。

上面是说，作者不仅写出书中人物的感情，还冲破了写书人的身份，向读者倾诉自己的感情，如巴尔扎克写毕阿丽黛之死时，那种悲痛的抒情。也有些作者，写出了书中人物的感情，但又自知其不对而无法自拔的。如写灵肉冲突之类的一些小说，或殉情小说等。

现在让我再回头谈到本题。有些感情本人明知其不对，但还是不能自制的。假如有一个唯物主义者，对一个新失去亲人的人说：“亚里士多德早就说过，‘凡人皆有死’，所以你的亲人之死，乃属于必然的规律，你哭也没有用，死者不能复生，而且还会损害你的健康，所以哭是一种愚蠢！”你看这话对不对？完全对，但新失亲人的人，会因此而听他的话，完全排除悲哀之情而破涕为笑么？上面我曾经说过，感情和思想是不同范畴的概念，就是因为你可以说这种思想认识是对的或不对的，是正确的或不正确的，但你却很难说，这种感情是正确的或不正确的，对的或不对的，我们只能说某人的感情是健康的、积极的、奋发有为的，而某人的感情是消极的、不健康的等等。

有一种是理性的感情。它既是高度概括的原理，同时又具有感性的光辉，而且在人们日常生活中经常感到它。如“欲穷千里目，更上一层楼”。

在艺术文学创作中，作者冲动性的感情是很少有的，但这并不排除作者所写的人物中有这样的性格，如李逵这样的人物，因此作家亦应该有这种体验。

再则，在实际工作中，感情的动摇不定是工作中的极大妨碍，可是在文学创作中，特别是在诗创作中，诗人的思绪往往是回环往复，感情经过多少曲折，然后才最后决定下来。例如屈原的《离骚》、但丁的《新生》，都曾写出诗人的自我矛盾的情绪。

总之，关于艺术文学的感情问题，还可以有很多要说的，容以后有机会，再专门写一篇文章来表述我的意见。这里我只谈作为艺术文学中的内容的思想和感情的关系，并指出作品的内容总是要包含感情的。但这个感情总是要受思想指导的，不过也要看到感情也有相对的独立性，要使作者的感情健康，固然要有进步思想的长期熏陶，还需要长期的革命生活加以锻炼。

五

现在谈谈作品内容中的感觉问题。什么是感觉？首先要说明一下，艺术文学创作中所说的感觉，严格说来就是心理学中的“统觉”，不过在一般讨论中，还是使用比较常见的“感觉”这个词。

什么叫做“统觉”？例如一个初生不久的婴孩，你给他一支蜡烛，他就伸手去拿，一烫手，他就把手缩回去了。第二次再把蜡烛伸到他的面前，他就不仅不伸手去拿，反而有畏缩的表示。对同样的外在事物，为什么婴孩对它的反应第二次和第一次就有所不同？这是因为经过了第一次的烫手的经验，他知道这东西是会烫手、会令人疼痛的，所以一看见它，他就畏缩开了。这就叫做“统觉”。孩子逐渐长大，他对于这样小时得来的统觉也就逐渐忘记了。后来他长到3岁到8岁期间，他自己的经验越来越多，也看见别的小朋友因做了某些事而受到惩罚，还听见父母的劝告或书籍、图画的启发，因而储蓄着一系列的统觉。有些事，因日子久了，详细的经过忘记了，但某一具体的人和事就可以留给某一孩子很深的印象。同一事物，某一个孩子对它非常之敏感，但其他的孩子则没有。某一个孩子对某一特定的事物，一看见就感到恐惧；别的孩子，只是一般地感到紧张。有时，孩子看见自己的祖父、祖母蹒跚前来，就上前去接他们；别的孩子，则因看见有老人前来而表现出畏葸的神态。对于同一个事物，每个人的感觉可能相同，但对各人所产生的统觉则不大相同。有时他们各自的反应都非常直接，好像这些都是出自各人的直接感受，但其实他们的这些直觉都是植根于各人的历史很深的统觉。例如有个孩子，如他出生后第一次听到的电话，是告诉他父母去世的消息的，那么这个孩子对于电话的铃声就有着同别的孩子不同的直觉。一看见电话，他就会产生与别人不同的反应。初看起来，这好像是出自他本人的直觉，其实这正是根源于过去生活历史所留给他的统觉。这个统觉大多数是由他本人的直接生活经验得来的，但也有些是由民族、宗教或某种习惯长期生活所积累起来的对某一特定事件的统觉。对同一事物、每个人的生理感觉大致相同。但对各人所产生的统觉有时就很不相同，或大大不同了。有些美学家大谈其唯物论，但对于直觉则不加以深究而随便让“直觉”神秘化，实在令人感到可叹。

同是在厨房里看见一头猪，一个信奉回教的人和一个不信奉回教的人所产生的生理感觉可能大致相同，但所产生的统觉就大不相同。我八九岁时因背书背得好，老师曾赏了我两根鸡蛋卷，此后，我对它特有兴趣，而且还产生亲热的感觉，而别的没有这个经验的小朋友，就没有这个感觉。有一个在东北长大的朋友，20岁左右到日本去留学，从此以后便漂泊四方，小时的生活习惯，早已忘了，但到了他50多岁以后，他就要求每餐要吃老玉米或者小米了。这就足见小时养成的统觉，到了老年时，它还会回头出现。有时日子久了，小时候的统觉已经忘了，但也许由于某一事件的触发而又会想了起来，这种情况，有时也被称为是“灵感”。所以文学作品中写的人物的感觉，不仅是他本人直接的生理上的感觉，事实上，多数都是包含了他本人在生活经历中认识和感受所产生的统觉。

再从历史的发展历程去看，原始社会的人类的感觉和我们今天现代社会的人类的感觉也不大相同，这不仅因为他们所接触的事物大不相同，就是从他们的生活经历所产生的统觉也大不相同。所以统觉又是同人类整个历史的发展相关联的。一个人的感觉（在这里，意思就是统觉），是从历史发展养成的，而不是简单的生理的感觉。

各个阶级的人，在共同的民族、社会结构下生活，既有共同的或相通的感觉，但也有不同的或甚至不相通的感觉，工人劳动者根据他们的生活条件、生活方式，有大致相同的感觉，资方人士也各有其大致相同的感觉。为什么说大致相同呢？因为即使是同一个阶级也有生活比较富裕或比较贫困或只是小康的阶层，即使同属于比较富裕的阶层，但各人也有不同的职业或教养。从事某一专门职业的人，常常就有他们那一行的敏感或统觉。尽管社会上的人有许多相同之处，但就具体的人来说，则又有个人的统觉。文学作品正是通过许多人的思想感情，而同时又要写出有个性特征的个人的，并通过每个人真实的具体的行动细节，来表现典型的。

要把人物写得生动，就得观察，观察人物身材、容貌、动作、表情、姿态，以至其言谈、服饰。但除了观察人物的外表外，更重要的还得去体验人物的内心思想活动、感情、感觉。赵子昂画马，为什么自己也装着像马的样子躺在地上？这就是他企图去体验马的感觉。如果只是观察的话，他站在旁边，不是一样可以观察么？当然人和马的骨骼肌体结构不同，他像马一般躺着，是否就能体验到马的感觉，那是另外一个问题了。

六

艺术文学上的内容，除思想、感情、感觉以外，还含有潜意识。一提到潜意识，人们也许会吃惊，以为这不是弗洛伊德的思想复活了吗？其实不然。弗洛伊德是企图用他的潜意识来解释艺术文学的一切现象，而我们则首先是强调革命思想的指导作用，这就和弗氏有很大的不同。艺术文学作品中也包含有若干的潜意识。比如《红楼梦》里写的林黛玉和贾宝玉恋爱，很明显这是对当时贾家封建思想统治的一种反抗。有一个外国人问，在林黛玉和贾宝玉的对话中，从来没有说过“我爱你”三个字，怎么能说明他们是谈恋爱呢？作者为什么不写这个呢？其实，那时候作者因限于时代，限于他个人的阶级出身，他没有意识到这是对贾府最高层的封建思想统治的不满，是对封建道德思想的反抗，是两种不同思想的斗争；而只是模模糊糊地感觉到这个制度、风俗不合理而已，这就是潜意识。巴尔扎克在《农民》那部小说中描写农民的生活很贫困，贵族则很有钱。那时法王菲利普第二次复辟，贵族有权有势，可以直接写信给中央部长，但他们却没有办法统治农民。而当时新起来的资产阶级则千方百计拉拢农民、欺骗农民而同时又煽动他们来反抗封建贵族。在这个时候，有一个牧师就曾预言这个局面不能长久下去，将来总有一天要爆发出什么事情。

但爆发出什么事情，用什么形式爆发出来，这个牧师也说不出来，他只能有含含糊糊的预测罢了。这种情况说明它还没有成为一种明确的思想，或成为一种体系的意识形态。马克思曾说过，所有的艺术文学作品，都是作者意识到的历史内容。我认为对他的这段话应该补充一下，即作品里面，也有一部分包含着作者尚未曾意识到的内容，或者只是含含糊糊感觉到它的内容。

总的说来，作品的内容应包括思想、感情、感觉、潜意识。不过在叙述和描写的作品中，这些因素都是通过作品中的人物、情节和作者对于这些人物、情节的叙述和描写的态度、口吻和强调的侧面来表现出来的，因此每部作品都有其各自的特点和各自的色彩。

七

形式，什么是艺术文学的形式？我认为艺术文学的形式，就是文学的种类或样式，如小说、诗歌、剧本、散文、童话，等等。语言是构成文学的材料，但使用它的方式，就可以成为形式。例如文学的风格，同语言的使用方式是有关的。

任何事物都有一定的内容和一定的形式，形式是某一特定内容的形式，内容是某一特定形式的内容。没有无内容的形式，也没有无形式的内容，这个哲学命题，我认为是对的。

形式是有客观规律的，但如无内容，这些客观规律也就变成没有意义了。

现代派的诗，有内容吗？有什么内容？我认为是有内容的，至少在作者自己看来是有内容的，但他没有用适当的形式去表达它，因而使人们不了解它的内容，而他自己也宁愿人们认为它没有内容。

关于文学上的内容与形式之间的关系，有着各种不同的议论。

古典主义者给文学规定了许多格律，要作者遵守。后来浪漫派起来反对它，认为这些格律都是从外面加给文学的枷锁。但是古典主义者则反驳说，这些格律都是合乎自然本身的东西，违反它就是违反自然。

我认为古典主义者说的“格律就是自然”是有部分的道理的。他们所说的“自然”，事实上就是一些客观规律，或一些合乎客观规律的东西，也就是说在古典文学看来是合乎规律的。但从整个时代看，古典文学已不适合于时代的需要而衰落下去了，所以这个争论也没法继续展开下去了。

在全国解放初期，文艺界有些人完全轻视形式，一谈形式或技巧就有被驳斥为形式主义的危险，其实形式也是作品的一部分，没有形式就不能有文学作品，而且形式也有客观规律。只有灵活使用好的形式或适合于表现内容的形式，这样作品才能充分发挥内容的效果。

在目前文艺理论界，最通行的说法就是“内容决定形式”。对于这个提法，我个人不敢苟同，因为这意味着内容僵硬地决定形式，形式毫无活动的余地；其次这也意味着一个内容只能够有一个形式，不能有任何其他形式，但事实却否定了这个命题。同样的故事、同样的人物、同样的主题，可以写成小说，也可以写成剧本，也可以改编成电影、电视，这不是表明一个内容可以有多种不同的表现形式吗？

而且既然内容决定形式，那为什么有反动内容的作品可以有美好形式呢？按照这个命题，反动的内容就肯定会有反动的形式了。然而事实上并非如此。再则“决定”这个词也好像是译自外国，在英文为define，在俄文为определитbcЯ，但这两个词如把它译成“决定”，也未必恰当，还不如把它译成“限制、制约、范围（动词）、规定”，则比较恰当。记得60年前我的学校教师说，马克思主义是主张决定论（Determinism）的，现在看来，这个教师的说法对马克思主义实是一种误解。

现在有人谈到诗的时候，又总是爱引陆游的“功夫在诗外”的话。当然主要的功夫在诗外是对的，但没有内在的功夫去相辅相成能行吗？“读书破万卷，下笔如有神”，这一句话，为什么大家就不引用了，莫非学做诗，功夫就仅仅在诗外，而不能在诗内吗？

有人又认为，把文学作品内容和形式机械地割裂开来是错误的，形式不过是内容的外现，把内容研究透了，自然形式问题也就解决了。但我认为虽然不能否认存在内容和形式统一得很好的作品，它们之间融化在一起无迹可寻，诚如我国文艺理论家所说的“天衣无缝”，但这毕竟是少数，不能以此少数来概括多数。据说契诃夫写《巫婆》这一短篇小说，只半日而就，我猜当时他兴之所至，无暇顾及孰为内容孰为形式，遂一气呵成。这当然是好作品，但它毕竟是短篇，如果长篇巨著，这就有许多布局裁篇的形式上的安排问题。如果做到多样的统一，做到隐显兼顾。故事的展开，如春云出岫，既引起人“悬念”，又使人惊奇，既合乎情理之中，又出乎人的意料，要做到诚如《文赋》所说的“较考殿最于锱铢，定去留于毫芒”的地步，那就要细加斟酌了。

总之，形式也是有客观规律的，它对内容来说，要力求统一，统一于内容，但不能取消形式。即使它们二者之间，统一得很好，好像没有形式问题一样，但形式还是有相对的独立性的。

谈到这里，也许有人可以提出这样一个问题：你不是说内容和形式的统一吗？但我们常常听说“旧瓶装新酒”的话，这里我就不明白旧瓶如何能装新酒？作为内容的新酒如何制约旧瓶的形式？反过来，作为形式的旧瓶又如何去反作用于内容的新酒呢？

我觉得这里的确提出了一个难题。我只能试答如下，如有错误，希读者纠正。

我们这里是谈艺术文学的内容与形式问题，内容与形式要统一。但我们看问题，有时不能只就本门的学科来谈，而要同社会上的动荡联系起来谈。例如在抗日战争初期，形势紧张，千百万人要动员起来参加抗战，所以在那个时候，大家特别喜欢《放下你的鞭子》这类激动人心的短戏。此外，在小城或农村，广大的农民都喜爱看京戏或地方戏，他们不喜欢看话剧。于是为了适应当时抗战的环境，满足广大人民的要求，并更宽广地开展宣传工作，所以就曾利用一些地方戏或京戏来表演有关抗日战争内容的戏剧。十月革命战争时期，马雅可夫斯基以他的大嗓门在群众中朗读他的有煽动性的革命诗歌，千百万群众热烈地响应他的诗歌的号召。但到了后来革命进入到建设时期，他的诗也就渐渐减少了他当年的号召力了。所以研究学问，也不要忘记革命时代的群众的要求。明确了这一点，所谓旧瓶装新酒的问题也就容易理解了，即革命风暴也能使不十分适合于内容的形式，变成适合于内容。搞科学研究也不能死守一个范围，而要敢于放眼去看周围的世界。

在哲学上有人认为形式是一种独立的因素，它同内容是处于并列的地位，如亚里士多德的“形而上学”中的“四因论”，就是把形式当作“四因之一”的独立因素，如圆之所以为圆，就在于它的形式，不管它是铁做的，木头做的，硬纸板做的，都一样是圆。他这样把形式和质分开来，孤立起来，是和实际生活不符的。显然，铁做的圆，木头做的圆，纸板做的圆，只能做到形式上的相似而不能做到真正全同。因为铁、木、纸的质不同、重量不同、耐压的硬性不同、耐火与不耐火的质亦不同，我们不能把圆的体形同构成这个事物的其他因素分离出来。亚里士多德讲的是哲学，但也有些讲艺术文学的人，把艺术文学的形式看作是独立的因素。当然我也承认各门艺术有各自的特点，不过就文学看，形式一般是为内容所限定，这是肯定的；而形式反作用于内容，则有些是协助和增益了内容，有些是一部分在某种程度上发挥和增益了内容，而另一部分则又在某种程度上限制了内容，有些则是形式和内容矛盾，不相适应。在这样的情况之下，当然只有改写了，如果你不改写，硬要这样“统一”下去，其结果必然导致作品的失败。

关于内容和形式的问题还有第三种说法，即认为是形式决定内容。持这种说法的人多半是从事绘画方面的人士。他们的论点是：我们先看见或发现什么体形或姿势，光线和阴影，然后决定这个形式可以表现或适合于表现什么思想；而不是先有什么思想，然后再去寻找表现形式。因此他们认为这正是说明形式决定了内容。

就绘画艺术来说，我是外行。不过就艺术文学来说，作者在他的创作之前，也必须储蓄许多具体的表象，但光是表象并不能构成作品，必须有一种思想和情感把这些表象组织起来表达出一种意境、一种情调，或一种思想。用我的话来说，就是要有“关于形象的逻辑思维”，然后再根据所设想的意境去规划故事情节，如写哪些人物，用什么态度去写，着重写他哪个侧面才更能同故事情节合拍，才更能生动地写出人物的个性或典型，从而更加动人。

至于就绘画来说，可以有附着在实用工具上的装饰画，有静物画、肖像画、写生画、历史画或故事画。装饰画只能表达出作者的意境和趣味，至于肖像画、写生画也往往是先有客观的形象，然后作者才就形象来体验其思想或赋予一定的思想。但是一个画家，总不会以这些个别的场影或形象为满足，假如他要画红军的长征，画淮海大会战，画葛洲坝的大建筑工程，画家能简单地描写某一事物，赋予某种情调就行了吗？画家必须对整个画面的形象加以深思熟虑，作成草图并不断加以斟酌，加以权衡比较，直到胸有成竹，然后才能最终定稿。我认为这样的画，还是应该以内容，即以实际具体的思想主题来限定形式的。

因为绘画界有人提出形式决定内容的命题，所以这里我只好超出我的题目讲了些外行话，如有不妥之处，希望行家指正，并共同商讨，让我能够从中获得进步的机会。

关于形式与内容的问题，有人问，既然形式有相对独立性，那么作家写东西，是不是先想好内容，然后把想好的形式整套搬过来配合上去呢？根据我自己浅薄的经验，实际并非如此。作者在开始写作的时候，既是写内容，又是写形式，无形式哪能有内容呢？但继续写下去以后，回过头来再看，检查一下有什么不妥，再检查表现形式如何，有哪些不够，如有哪些方面写得太多，哪些地方写得太少，层次方面安排得如何，是否凌乱，是否层次不够分明，不能引人入胜等，然后再重新整编，有些添补或删节，有些次序加以颠倒。在实际写作中，作者是把内容与形式通盘加以综合考虑的。

题目叫做《艺术文学中的内容与形式》，本来应该有一长段论形式的文字，过去我读古典作品都做笔记，从它的主题、人物、故事、情节、段落、对话、描写的语言以及结构中哪一部分最动人等，我都一一记录下来，但“文化大革命”中，这些笔记都百不存一，而且散落各处，我现在已无法找到。而且讲结构、语言、人物出场和对话这些形式因素，又非同内容联系起来讲不可，不然就会有把形式和内容并列之嫌，这样一来，事情就多了，自己现已年迈，今后恐也无此精力来做这些工作了，只好留给后一辈的青年有为之士去做吧！

原载1983年10月25日《文艺研究》第5期

关于文学的社会作用

1983年10月间，在师大的同学向我提出了一些有关文艺理论的问题，现在我就我的所知谨奉答如下。如有不妥之处，盼指出来大家一道学习讨论。

问：作家为什么要创作呢？

答：我们认为，作家的创作是对于周围事件人物的反映，并不是纯客观的反映，而是有主观态度的反映。为什么他要这样做呢？首先是因为他对周围的某些人物事件产生了兴趣和关心，觉得一定要把它写出来引起大家的注意和同情，或为了抒发自己的心情表达自己的想法，从而也引起了自己心中的愉快。到了后来，社会的发展日益复杂，于是就有了以叙述描写客观事物，并在创作中做出自己评价判断的叙事文学，以及以抒发自己情感、表现自己爱憎为主的抒情文学。

无论是叙述、描写的文学，还是抒情的文学，作者之所以写它，总是具有一定的目的性的。一般说起来，作家总是希望把最美、最有意义的东西呈现给大家。但具体地说起来，在不同的时代，作家目的和倾向性则又表现出了极大的差异。

在远古时代，艺术家们把生动地再现人类生活劳动的场面，如狩猎、丰收、祭祀等看做是美，所以他们把刻画描写这些场面看做是创作的方向和目的，而古希腊的悲剧，则要表现人类难以战胜自身的弱点而难逃命运的惩罚，以引起人们对剧中人物的怜悯和对变幻无常之命运的恐惧，并使人们的感情得到净化。到中世纪，作家们则是以颂扬“主”对人们生活的引导作用，作为自己创作的目的，到了文艺复兴时期，随着人性的觉醒，人们又把宣扬人性，标榜个性，反对专制，争取民主自由作为自己创作的目的，但到资本主义没落后，人们又开始把宣扬集体主义和社会主义作为创作的目的。今后，随着社会的发展，各种社会问题的出现，人们的认识还会进一步发展，人们的创作目的还会不断变换。不过从今天来讲，文学创作应该是以促进解放思想，改革开放作为目的，在改革开放的新形势下，一定会涌现出许多新人新事，所以新时期的作家一定要着眼于这个大的形势，用自己的作品去讴歌新时代涌现出来的英雄，讴歌那些勤劳致富艰苦创业的英雄，讴歌那些敢想敢干、开拓进取的英雄，讴歌那些敢于和腐朽势力作斗争的英雄，同时也要敢于批判和揭露那些违法乱纪，损公肥私的坏人坏事，特别要敢于揭露批判那些手中掌握权力，以权谋私的腐败分子。要敢于抓住改革中出现的问题加以描写暴露，以引起民众的讨论和思考，充分发扬文艺的民主战斗作用。

总的来说，我们应要求文艺作品产生积极良好的社会效果。在今天改革开放的潮流下，个人利益与集体利益纠缠在一起，怎样摆正并处理好它们之间的关系，变得复杂而又重要，有些问题作家也不一定能考虑得周全。所以也就不妨先把周围发生的事情客观真实地描写出来，以引起大家的警醒和思考，这样的作品也就同样能起到积极良好的作用了。

问：文学不应有什么别的目的服务，它是独立自在的，所以我说表现自我是对的，这样可以使文学艺术排除一切干扰，作家也可以尽量发挥自己的思想，畅所欲言，毫无顾忌，难道这不应该是文学的主要目的吗？

答：你这个提法，表面上说是要表现“自我”，实际上就是以个人为中心的一种说法。我对于这个“表现自我”，也曾有过一些亲切的体验。在20年代，当我醉心于19世纪浪漫主义诗人的时候，我常常喜欢孤独，我写文章、写诗，常常都说：“我独自一个人怎样怎样，并因能够写出一些新奇浪漫的感受而受到人们的称赞而自鸣得意……”现在回想起来，我这样爱好孤独，自然也有其自诩的清高、厌恶庸俗、突出个性的目的，但这样时间一长就又感觉到寂寞和孤单，青春的感觉抒写完了，孤独的苦闷也倾诉光了。这时就只有一种空洞洞的、孤零零的感觉，再也找不到一点诗情的灵感，只是后来逐渐成熟，投身于社会革命，诗歌创作的冲动才又重新萌生起来。

另外就是从创作的角度来看，如过于局限于个人的感觉感受，其创作的局面也不会大，在叙事描写当中，也常常显露出他的思想境界不高，接触面不广，观察不深等弱点。同客观世界的接触中，作者老是用同一个基调去描写，因此读多了，会令人感到单调，而且作者的办法也有限。高尔基认为这是因为作者过分强调个性，所以有此局限。我个人认为高尔基的看法是对的，创作固然要有作者的个性，但也要用这个有特征的个性去同广泛的世界接触，发出不同的鸣响，以使每篇作品有不同的情调，并以此不同的众多的情调结合成一个他个人的独特的风格，所谓多样的统一。

现在我再就这个“自我”说一点我个人的切身体会。有人认为监狱生活中的人可以离群索居，当然有许多机会发展和加强自我了。但据我个人的体会其实则并不尽然。一个人在定了罪，判刑、入狱以后，人越少反倒越觉得孤单，过这种与众人隔离的生活并不能培养出伟大、丰富的“自我”来。我曾有一段时期坐过二人监，只坐半年牢，我的头发就发白了，与坐多人关在一起的囚牢，就完全不同。因为一共只有两个人，谈过十天、八天，什么话也谈完了，谈现在吧，无非就是一天三餐囚饭。在这样条件下能培养出什么“自我”来呢？我还知道一个朋友，在“省独身监”关了三年，出来以后连话都不会说了。又例如住在偏僻的乡下，十天八天看不见一张报纸，一月半月才有一两个人来往，这样日子久了，人的思想也就逐渐会变得麻木、孤陋寡闻，又哪里能够形成什么“自我”呢？

所以我认为，绝对的“自我”是虚幻的，是没有实体的，只是个人主义、唯我主义虚构出来的实体。在我们看来，人是有个性的，作家尤其要有显著的个性，但这个个性是表现在人与人之间，试问不同人往来，他能够有卓越的个性吗？能够有丰富的自我吗？相反，我认为，一个人只要坚持正确的立场，他的社会关系越复杂，往来的人越众多，他的个性就越丰富。创作起来，他所能叙述和描写的范围就越广，人物和事件就越丰富多彩。

至于文学的目的性是否会妨碍创作的自由？我认为，只要与社会的需求、时代的需求相呼应，创作的目的性并不会与作家的思想自由矛盾冲突。只有个人主义的作家，才会觉得文学的目的性妨碍他们表现“自我”的创作自由。其他各种派别，无论是古典的还是现代的，只要不是极端个人主义的，都不会感到有什么束缚。在我们今天解放思想，改革开放的时代，处于开放状态的目的性，不仅不会限制他们的思想自由，而且还会激发他们创作的想象和增加其作品的表现力。

问：文学是不是有功利性？怎样理解文学的功利性？

答：有人说文艺是没有功利性的，审美作用是和功利性相悖的。例如我们在池边欣赏游鱼，我们觉得这些鱼悠然自得，可喜可爱，但假如我们又想到可以把这些鱼清蒸或红烧来吃，那么审美感也就没有了。有人就根据这个现象把审美和功利性对立起来，其实从更广泛的范围看来，审美并不一定排除功利性。例如屈原的《离骚》，他不正是关心着楚国的兴亡写出来的吗？又例如，但丁的《地狱篇》，他把他生活中所遇见的坏人统统捉进地狱里去，难道这些不是表现审美有功利性吗？又例如，我们到西湖去，看见岳王庙里座上的岳王，就想起了“青山有幸埋忠骨，白铁无辜铸佞臣”的对联，又不免想起了当年岳飞的一片精忠报国的精神，就不胜其感佩。所以，把审美现象和功利性截然地分裂开来，这是不对的，而且这也就是把美和真、善对立起来了。

至于说文学的认识作用和教育作用，是只有通过审美作用才能达到。我看也未必尽然。例如对一篇描写坏人的作品，作者写出了这个坏人如何使坏，我们读了它，对于这个坏人的思想、心里的打算可以有比较深的了解，这就对我们起了认识作用。还有，当作者描写这个坏人的时候，又写出了这个坏人如何弄虚作假、为非作歹、罗织罪名等具体行动，这就使我们对这个坏人更加痛恨，这样不又是起了审美作用了吗？又如我们读科学小品，我们既得到了一些科学知识，同时又欣赏了它的生活趣味，这样不是既有教育、认识作用，又有审美作用了吗？又例如我们读历史上有名的人物传记，我们既增加了历史知识，同时对于这个人的不计较个人利益的崇高品德和不怕危险的奋斗精神，也有了亲切的感受。所以说，只有通过文学的审美作用，才能达到认识作用和教育作用的说法，是说过头，不对的。

关于功利观念与审美关系，我还可以补充一点，即如上所说一个人对于国家民族的利益的关心，对于合理的群众的正义事业的关心，并不会有损于他的审美观念，倒反而增益了他的审美感的内容，但一些庸俗的个人利害的打算，的确是会有损于美的体验的。不过在写叙述描写文学时，作者在观察对象的时候，如看到这种情况，又往往会以为这是可笑的笑料，当作家感觉到这种行为是可鄙、可恨的时候，则又往往会产生另外一种审美观念，即把它看做讽刺的对象。至于在恐怖和痛苦中，则甚至会使人本来在安定的环境中可能获得的美感经验也很快消失。刚才已说过，把审美现象同功利观念、是非观念一般地截然对立起来，是错误的。但有人还把这个命题，扩大使用到文学史上去，他们认为审美观念与功利无关，评价历史上的作品价值，也应以这个原则为基础。从历史发展看来，这个观点是从康德开始的（我们一般说，这个观点是唯美主义的观点），以后就有许多人利用他的这个命题，企图把艺术同实际工作、科学工作隔离开来。远的不去说，即以当年日本帝国主义侵略我国的事情来说，当时爱国志士激于义愤，痛感国亡无日，在抗战前夕，奔走呼号，要求抗日；于抗战爆发后更奋发图强，不顾危难，坚持抗战，毅然为正义的抗日战争竭尽全力。基于这些事实，于是就有我们的抗战文艺。但是那时，却有人主张要写与抗战无关的文艺，他们认为艺术就是要越离现实越好。现在又有人旧说翻新，认为写文学史，应以写与抗战无关的文艺为主。当然，我看这是荒谬的理论。难道一个有血有肉的作家，能够无视国家民族的危亡和灾难，而要去沉思默想，精心制作出他的“不朽”的作品吗？

现在看来，抗日战争已经是过去的历史了，但是我们是不是能够以此就说，抗战文艺中的许多作品，都是毫无价值的废话呢？显然不能。在抗战文艺中，有多少人民的血和泪啊！虽然其中有些写得比较粗糙，比较不够细致，但是整个说来，它是代表了千千万万人民的呼声，是伸张正义的旗帜，是表现了中华民族一往无前的精神的标志，同时它又是写出了整个历史时代真迹的巨著。而且就是从艺术价值上来讲，它也获得了不朽的成就，如丁玲的小说，及许多史诗性的长诗都有很高的艺术价值。

反过来看，那些主张写与抗战无关的生活的人们，那些主张只要有才华就能够写得出好作品的人们，又写出了什么呢？事实可以做出回答。他们的作品，不仅数量少，而且质量也低，并不能够代表广大群众的希望和要求。即使其中有一些值得称道的作品，但其价值只能算是小小的土丘，怎能与巍巍的昆仑山比其高下呢？

问：有人说，我是凭良心写作的，写的是我的感受，至于作品的社会效果如何之类，我可管不了那么多。您怎么看待这种说法？

答：是的，文学作品要写出作者的感受！但是，这不是一次感受，而要多次地反复感受，历史上的有名作家都告诫我们，不要一看见什么马上就写，而要多看几次，反复思考，多想一想自己要写的对象究竟应该怎么样来估计，所以既要深切地感受它，又要深切地认识它。在社会的错杂纷纭的现象中，为什么会产生这样一个人，这个人对于社会现实有什么意义。通盘想了以后，然后决定挑选哪些人来写，挑选哪些侧面来写。写的时候，要做怎样的情节安排，怎样处理登场人物，然后，根据作者的感情的爱憎所拟定的重点，写出这个侧面或那个侧面。在一个故事中，作者既生动地写了这个人物，丰富地写出了他的动作、语言、表情和服饰，又说出了作者自己对于这个人物的评价和爱憎的感情。

所以写作是一项复杂的工作，既要观察、体验，又要分析、研究，然后才能塑造出鲜明的形象。

假如作者只是说，我只是要写出我的感受，而不去细加思考，感受得对呢，不对呢？感受得深呢，浅呢？你的感受是这样，但是从更广泛的范围来研究这个人，他究竟是好人还是坏人呢？创作如果只是写自己所感受到了的，或者只写当前看到了的，加以如实的描写，而不根据科学分析，进一步想象到所能发生的事件，从而生发出去，这样写出来的东西，往往呆板而不够全面，观察不深，见解也不高。

我知道有些流派，就只是注重感觉，或者是直觉，采取瞬间的感觉加以自己的想象，这样就成了作品。我觉得这样的创作方法是不成熟的，是只采取几点感觉拿来描写，而没有让这些点经过深思熟虑，用以构成线和面的结构，体验出丰富的意境，使读者感到作者在这篇作品里描写出了人物事件的全貌，而且还包含有言之不尽的深意。

至于说，凭良心写作，这个良心，意义是不明确的。有各种不同的世界观人生观的人，就有不同的良心。有人认为，尽我的力量来工作，为国家民族多效劳，就是他的良心；又有人认为，少管别人的闲事，自己多做多得，就是他的良心；又有人认为，能偷闲处且偷闲，别的事情与我无关，我就不管，这就是他的良心；还有人可能认为，“向钱看”，这也是他的良心。所以说，凭良心写作，这句话是不够科学的，在我看来，这是用良心来推避责任的话，是推托之词，难道他写出这样或那样的感受时，真的没有估计到别人会有怎样的评价吗？

问：有人说，我的写作动机是好的，所谓效果不好，那是你们理解的问题，能让我负责吗？

答：写作动机是好是坏，我们当然也应该研究。因为正是有些人，立意是不好的；而另外却有些人动机是好的，但由于理解不够，错误地摆放了问题。但这也不能说，这是理解的问题，作者不负责任。既然你写出了作品来了，而且投到报刊上发表了，这里就有作者和编辑的责任问题了。

作者既然写出了作品，发表在报刊上，让许多人拜读，你能够说，你感受了这些人物事件并写出了他们，却并不理解他们吗？我想这样说，道理上是有些说不通的，应该说，你不是完全不理解它，而是错误地理解了它，或者说，感觉不深，所以错误地理解了它。如果说，我只是感受了它，然后创作一篇作品。至于怎么理解，那是你们的事，读者的事、批评家的事，与我无关。显然，这样的说法是有点抵赖、不负责任的态度。一个作家，应该有喜欢接受人家批评的虚心态度，并说出自己当时对这些人物事件是怎样感受，怎样描写、叙述，怎样理解的。但是假如你认为这只是某种认识理解不对，那就应该说出理由来，大家共同商讨嘛。我们也不能说，批评家的道理就是一定对，但是可以经过交换意见互相讨论，最后得到共同的进步。我认为这一种态度是正确的，是民主的态度，而不是自以为是的态度，拒人于千里之外的态度。我们应该欢迎这种民主态度。

此外，关于动机与效果的问题，我想是这样，尽管作家主要是要凭他的感觉和认识来写作，因为个人的感觉和认识是作家反映客观事物的基础，也是作家表现个性的关键，但他要想取得成功，要想使写出来的感受，描绘出来的生活，能够获得人们的认可和共鸣，那么他的创作中就不能只凭自己的动机和感觉感受。他就不能不多一份将心比心的思考，多一份比较客观的考量，就不能不加入一些理性反省的因素。因为作品的成功，不仅是要有个性，而同时还需要有其他审美个体的认可共鸣才行。所以只讲动机不讲效果的作家，是轻率的作家，是无论对自己，还是对大家都不负责任的作家。只凭一时的感受来创作，尽管我知道文艺上是有这种理论，但是这种理论，我认为是不正确的。

问：有人说，历来有“阳春白雪”“下里巴人”之说，我的作品目前虽知音尚少，将来人们的艺术修养提高了就好了。如朦胧诗、意识流小说、荒诞派戏剧等，当前虽然还有人看不懂或不喜欢，将来总会看懂，总会喜欢的，“艺术对象能创造出懂得艺术和能够欣赏美的大众”嘛！您怎么看？

答：不错，在某些历史时期，某些艺术美也可能创造出能够欣赏这些作品的群众，但是问题是，要看历史的发展方向如何。在改革开放发展经济的新时期，肯定会发生一些新人新事，新的作品如能抓住这些新生事物加以表现，能注意表现广大群众的呼声和意向，并能抒发他们的思想感情，那么可以肯定这个打破旧传统的、新出来的作品是可以获得群众的赞赏的；假使不然，只是瞎猜一通，自以为能够成为未来的伟大诗人，那就有些冒险了。

就以朦胧诗来说吧，它的那种忧郁的低沉的情调，它的那种不相联系的孤立的形象，它的那种朦胧的意境，可能与经济社会的许多不确定性联系在一起，表现了一些人在经济大潮中无奈失落的消沉情绪，但它并不能代表时代主流的倾向，而只能处于支流的地位。在经济衰退的资本主义的社会，因个人感到毫无出路，毫无办法，而产生的失望、苦闷、悲观、幻灭的情绪是可以理解的。不过就中国目前的形势也去这样猜想，就未免失之衰飒了。

但我在这里还要顺带说一下，对于朦胧诗我亦不是一般地反对，作为形式，作为手法，只要配合于进步的思想、健康的情绪亦不是绝对不可用。难道对于一个人要采取什么手法也要加以限制吗？问题是我反对把朦胧诗作为一个人固定的风格，无论什么题材，什么主题，都一律采用朦胧的手法，这样就可能产生内容与形式不统一的问题，或是会产生一种新的公式化、概念化，朦胧诗的公式化。

不过话又得说回来，形式和内容是紧密相关的，形式是为内容所制约的。朦胧诗人之所以采取这种形式，其情绪肯定是低沉，而不会激愤和昂扬；其基调肯定是悲观失望，而不会是乐观的、战斗的；其视野肯定是模糊的，而不会是清明的；其所看到的肯定不会是广阔的原野，而总是局限于狭隘的“自我”的笼子里。所以总的说来，朦胧诗人是不会写出内容和形式统一的诗的，这大概是我的过虑吧。你不妨试想一想，难道朦胧诗人能写出慷慨激昂、气冲牛斗的诗篇吗？

至于意识流的小说，我看得不多，但是詹姆斯的心理学却知道一点。记得他在《心理学原理》中论到意识流时，曾有这样的描写：“成系列的表象和思想在我们的思维中络绎不绝地进行，一个观念在下一个观念发生前无休止地飞行，我们的心在相隔如两极的事物间过渡……这整个魔术似的，不可捉摸的意识流，自太古起就激起了所有为它的普遍神秘性惹起注意的人们的赞叹……”你瞧，詹姆斯把意识看得多么神秘！他根本否认意识是人们的脑子对于客观存在的反映，而且他认为意识具有各种神秘的自主的作用。所以有些心理学史家认为，他的意识实质是灵魂的同义语。是的，在实用主义者看来，“存在就是被感知”，所以不被感知的就是都不存在。从这里可看出詹姆斯的机能派心理学的基础，乃是贝克莱的主观唯心主义哲学的一个变种。

意识流本身是虚幻的唯心主义的设想，那么意识流的小说，也就大致可以想见。不过也要声明，我们并不能因为小说作家根据某一学派，或受某一学派的影响来从事小说的创作，就断定某一作家的作品就是某一心理学派。应该确切指出，小说本身的价值，仍然要看作者怎样描写人物和事件，是不是生动和真实；怎样表达自己的思想和感情，是不是正确和真挚。

关于荒诞派戏剧，我并没有很好研究，所以这里也就不凭空去信口雌黄了。

原载1983年《自修大学》第6期

文学史论

目前中国的诗歌运动

如果我们把五四以来的文艺作品拿来检查一下，那么我们一定会觉得诗歌的成绩要比较小说和戏剧差一些。这原因说起来也许是很简单，那就是诗歌所受到的文字的和形式的拘束（如音调格律）比戏剧和小说更大。中国诗歌的句子不能太长，西洋诗可以用很多的形容词或形容子句，但中国诗歌却不成了；同时，诗歌的用字除了它的意和形以外，还得考虑到它的声音。外国人一个形容词可以有几个掇音，可是中国的形容词多数都是两个音至三个音。所以中国诗歌是很难从西洋诗歌的模仿里获得问题的解决。比方以前曾有人提倡过十四行诗，或是连押韵和音步也主张用西洋诗歌的形式，结果因为它违反了中国人语言的自然韵律，所以并没有什么成就。

至于从中国的旧诗歌里面，我们的新诗也只学习到很少。第一，因为中国古代的诗和现代的语言思想相差太远；第二，从五四以后那几年起，我们简直就很少注意到继承中国旧诗歌的遗产的问题。

从郭沫若的《女神》起，中国的诗歌开始了它的浪漫主义。歌德、拜伦的诗歌似乎间接地给予了我们以很大的影响（很惭愧，直到现在还没有歌德和拜伦的全集的译本），这种诗歌虽然是个人主义的、英雄主义的，可是它当时是和中国的民族意识觉醒联系在一起的。所以它一方面对于中国旧诗歌的统治的形式来一个破坏，另一方面也就替中国的新诗歌树立了初步的楷模。

接着，因为中国的新兴贵族起来了，于是带有都市味的、唯美的、享乐的颓废主义，也就从外国移植过来，波特莱尔、魏尔伦、兰波的诗一时便为人所赞颂。这种诗无论从内容和形式看来都有着新兴的贵族的气味，不过如果从外国颓废诗人的诗里面，我们还可以感觉到某种情感的力量的冲击，那么在我们中国的这些颓废主义的诗里面，只能够感到一些软绵绵的女性的腻感。除了极端的追求美的外形和在这美的形式世界里得到一些陶醉，以至于从这陶醉里微微地感到空虚和伤感以外，什么也没有。从形式上说，它对于中国以后的诗歌运动，也没有多大的贡献。

显然，这种诗歌在中国是没有多大的社会基础的，因为中国的新兴贵族，他们虽然具有颓废的素质，但是他们并不能够完全和这些由外国输进来的颓废情调合拍，他们中的大多数也许还是要在鸳鸯蝴蝶派和苏曼殊这一类的诗歌里面才能够找到他的安慰。

不过，这种诗虽然没有成为中国诗歌的主流，可是从这一个系统演化出来的另外一种诗却在中国都市的智力劳作者、大学生、技术人员中流行起来，那就是所谓现代派的诗体。这些诗人大致都是长期在洋化了的都市上居住，他们的世界是相当狭小的，因此他们的情感却又使他对这周围的单调狭隘的环境感到不满，可是同时物质的力又牵制着他们，使他们没有勇气来打破这个世界，走出这个世界。所以他们忧郁，他们具有新的都市风的伤感，他们喜欢以敏锐的感觉，从日常微小的事物中，去联想到辽远的、奇异的世界去。这个世界是幻象的，他们自己陶醉在这奇异的幻象的世界里。他们喜欢用轻松的句子抒发出他们的忧郁，他们的情感正如从有隙里透露出来的轻烟。

从这生活的狭的笼里透露出来的梦，也许是相当美丽的，可是他们在生活的面前却表现得异常无力，一旦社会生活的旋涡愈转愈紧的时候，他们就连做这些梦的机会都没有了。

同这种诗同时并存的是一些用冷静的头脑去看世界的诗人。他们把自己从客观的世界抽出来，把这世界很客观地描画，构成一种冷静的美。如果诗的本质是倾向于抒情的，如果中国初期的浪漫运动是着重于自我表现的，那么这种诗正是它的一种反流，这种诗派的来源是美国的印象派所发起，如A.洛威尔、K.弗罗斯特等人。他们企图把雕刻上的手法输进到诗里面来。在我们中国臧克家初期的诗，正是代表这个流派，虽然它还不是十分成功的。

这一种诗显然是美国所流行的科学万能的思想之反映。可是诗究竟不是科学，而且把主观从客观抽出来了，客观亦将不成其为客观。这种抹杀主观的诗的理论，暴露出自己情感上的贫乏。

中国是以农民占大多数的国家，这种冷静的美，不仅是不能为中国大多数的人民所欣赏，而且也不能为许多出身于中国农村的知识者所欣赏。

许多流派正面对立着的是一些急进的诗人。他们是承继着五四运动初期的革命文学的传统而前进的，他们首先提供了诗与政治的意见，他们着重于诗所负的社会任务。这是对的，可是他们不明了诗歌运动，光是提出一些对于诗歌的理论上的意见还是不够的，他必须要在创作的实践上真正开创一种作风。很可惜的，过去一些左倾诗人们却并没有能够在创作上多多努力。有些忙于实际工作的人，既没有工夫来写诗，而诗的写作者，却又往往站在实际工作的圈子以外干叫。同时从整个运动来看，他们似乎还不明了诗歌创作上的特殊的规律性，即他们以为经过每一次斗争、每一次事变，马上就可以创作出一首诗来。他们不明白，诗歌之产生，并不是单纯的某种事件之反应，而必须是经过了许多的事变，从这事变中摘取其中最精彩的部分，把某一些情感转移过来，集中起来，然后才能够凝结成一首好诗。因为诗是文学里面包含最浓厚情感的部门，它需要以最简单的语言传达出最浓郁的情愫。

中国的新兴文艺运动太年轻了，文艺的理论虽然一般地已建立了起来，可是由于作家的生活经验太少，所以也就很少人能够从这简短的历史过程中积蓄起很丰富的情感，创造出完整的诗歌。

抗战起来了，民族运动的高潮开始遍及全国，正因为有了这一个广泛的政治运动，于是诗歌才开始有了机会同广大的群众接触。在这里诗歌的大众化的问题就被实际上提出来了。

可是，自从抗战到现在两年多以来，我们的诗歌已走上了大众化的道路了没有呢？不可否认的，在这两年多以来我们曾发现了不少的好诗，可是从诗歌的大众化运动这个观点看来，那就未免太落后了。诗歌的读者群永远是那么一个小小的圈子，因而诗歌也就永远不能成为中国抗战中的一个有力的推动机。

从目前中国的诗歌创作的情形看来，我们不能否认中国的诗坛是相当凌乱的。我们现在不妨就现有的几位诗人的创作来谈谈（这儿所举的不过就作者个人所知的几位，当然不能包括全体）。

第一，我们说到艾青先生。他的诗是很好的，他的好处是他能忠实于自己，在简练的句子里含着丰富的情感，虽然这情感有时候并不十分健康。可是他有一种偏爱，即是他喜欢从侧面去表现，象征主义的手法使他不愿意直截了当处理题材，喜欢用纤细的技巧去描画伟大的场面。例如他用吹号手联想到战争，从这里展开了战争的场面。又例如“他死在第二次”，那位英雄的思索的路线，似乎也已超出了那位平凡的士兵所能思索的范围。所以从艾青先生的诗里面可以看见现实，但是这只有通过某种象征的东西才能看到，我们和现实之间似乎还隔着一重透明的玻璃，总有点令人感到不甚亲切。正因为他用这一种间接的表现方法，所以他的诗就不十分能够为大众所了解。因为大众的情感很是直率的，虽然他有点粗糙，我常常这样假想着，如果艾青先生能够用更直率的手法来表现他的情感不是更好么？如果能用比较粗的线条来描画比较伟大的场面，不是更有气魄么？如果他能够朝着这个方向走去，那么是中国诗歌运动的光荣。

第二，我们要说到田间先生的诗。从田间先生的诗的排列法看来，他的确有点像苏联的现代诗。而且最初一眼看下去，似乎他能够给予我们许多新鲜的印象。短的句子充满着力，可是田间先生的诗，却缺少作为诗之生命的“情愫”。他的感觉是如此的敏锐，他把许多新鲜的印象都捉住，可是他好像没有时间来把它组织起来似的。于是他把这许多许多的印象罗列出来，读者们从他的诗里面的确可能获得很多的印象，可不曾发生情感的共鸣，特别是中国的一般读者，他们不会从这些印象中组织出一幅图画。田间的诗正如橱窗里的广告，在最初摆出来的时候，很能够吸引行人，可是放久了，大家连看也不要看了。

第三，我们要谈到蒲风先生，他的诗的确是十分通俗，而且多产，他是诗的斯达汉诺夫运动者。同时我还得指出，他的确是诗歌运动的最热心的组织者，可是他的诗的缺点是虽然易懂，情愫的含蓄却太少。

第四，我想谈到柯仲平先生的诗。柯先生的诗的好处是：首先，它能吸收中国古乐府中的精华而加以制炼；其次，它有西洋的叙事诗的气魄；再次，它能从民歌的口语里面撷取许多新的表现方法，大胆地引用许多平常人所认为不能入诗的字句。当然他这种创作的方向是对的，虽然他现在创作出来的诗还太粗糙，太缺乏剪裁。

就是直到今天为止，诗歌还没有成为一个群众运动。虽然大家都承认诗歌的现实主义是对的，可是怎样才算是现实呢？谁也没有去管，虽然没有一个人反对诗歌的大众化，但是创造出来的东西，究竟大众化到什么程度呢？谁也没有去管。各人走着各人自己的方向，没有互相批评，没有互相教育，没有一个作为诗歌运动的理论的基础，没有把诗歌大众化作为创作实践上的指针，没有把扩大诗歌运动作为一种群众工作，不管大众对于自己的诗歌怎样批评，只是各自照着自己的办法干下去，这是永远不能使诗歌成为一个运动的。

所以我们今天为了使中国的诗歌能真正成为一种运动，一种力量，使诗歌不再受到别人的轻视，使诗歌能够有广大的读者群围绕在自己的周围，我们认为我们全国的诗人们实有团结一致、共同努力之必要。努力的方向有两个：一个是创作方面，一个是组织方面。

首先从创作方面说。当然我们没有任何理由，在这里规定出限制创作的教条，艺术的创作是自由的，诗人应有一切的自由来选择表现的手法，可是这并不妨碍我们今天规定一个创作的最大方向。因为假如不规定一个诗歌创作的最大方向，那么谁亦可以一面高叫着诗歌大众化的口号，而一面又创造出最不大众化的诗歌；谁亦可以挂着现实主义的招牌，而创造出最不现实的诗歌。所以只有当我们共同决定了一个最大的方向，然后我们才能够根据这个方向来互相批评，互相教育。

同时在诗歌方面，我们同样也需要民主，即诗人们应该有最大的度量来听取别人的批评，过去那种不愿意别人指出自己缺点的态度，应该完全改变过来。

那么什么是我们的最大方向呢？我想我们今天应该把“创造出真正能为大众所了解的作品”作为我们创作的最大方向，并以此为准则，建立诗歌的批评。

一切离开艺术的真实性，或是只追求事物外表的形式美，而忘记了事物里面蕴藏着人间性的东西，应该被视为非现实的东西。艺术的表现当然不能脱离形象，可是如果只追求着这些形象，而没有浓郁的情感含蓄在这形象的里面，那还是形式主义。至于形象与形象之间的联系与组织，这自然更需要思想和艺术手法的高度的修养。

可是怎样才能够被称为“大众化”了的作品呢，我想这至少要包括以下三点：第一，要面对现实从正面去接触它；第二，我们所用的语言，不要违反一般习惯口语；第三，表现的手法，一方面固须力求新颖和独创，另一方面还必须顾虑到读者们理解的线索。

其次说到组织方面。

如果我们要开展诗歌运动，第一，我们必须更广泛地组织诗歌座谈会，在理论上检讨过去各种诗歌流派之长处和缺点，更多地翻译西洋的古典作品作为我们新兴的诗人的食粮。

第二，我们必须更广泛地开展诗歌的朗诵运动，因为诗歌的朗诵运动不仅使诗歌以更直接的方式传达给群众，而且由于群众的反应可以不断刺激着诗歌的创作者朝着群众走去，改正他的创作的方向。

第三，我们必须在各乡村、各县市、各团体建立诗歌的通讯站，要他们经常吸收诗歌的爱好者组织座谈会、朗诵会，并听取他们的意见；同时通过这些通讯站搜集民间的口语、农民的歌谣，来作为诗歌创作上的参考。

广大的诗歌运动必须提拔许许多多的青年诗歌创作者，并经过他们去组织许许多多的诗歌的读者群众。过去那种狭小范围里面的贵族气质是应该停止了。

要使诗不含有贵族的气质，首先让我们的诗人们放弃自己的贵族气质吧！

目前文艺运动的主流*

中国是一个次殖民地国家，这就决定了它一向发展的不平衡性。在这里有资本主义国家里最先进的因素，同时也有农业国里最落后的因素。这种情形同样反映在作为意识形态的一部分的文学上面。

在中国文坛上我们可以看见许多由外国带回来的近代国家里的最时髦的流派，如未来主义、象征主义、唯美主义，但同时也能看见大鼓词、说书、唱词、小调、京剧，那些比较适合于落后民众趣味的文学。这种文学，正如1939年的最新式的流线型的汽车和中世纪的独轮小车同时在南京路上走一样。它们是同时并存着，而且各有各的读者群众，很少有相互的交涉。

是的，文艺大众化的问题，在1928年年初，当新文学一抬头的时候就曾被提出来过，但是这个问题的提法，一开始就只局限在一个狭小的范围里，结果这个问题就只有停留在咖啡座上的闲谈里，而新兴文学也就始终只在狭小的文化圈里打转。同时，旧的文学，因为受到某种势力之有意的支持，因为经济的极端贫穷所造成的人民的愚昧与落后，因为新的文学之垦荒工作的薄弱，于是它也就始终在广大的下层民众中维持着它的势力。

卢沟桥事件使整个中国社会都起了剧烈的变化，同时也替中国的文学开辟了一条新的道路。全国各界大联合共同对外，这不仅扩大了新文学运动可能的活动范围，打开了许多落后的读者群众的眼睛，同时，在文学运动面前也重新放下了一个任务：文艺工作者再也不能满足于这文化小圈子里的活动了，它

---

* 本文是黄药眠代表文协桂林分会撰写的一篇重要的关于文艺民族形式论争的文章，该文从文艺运动实践的角度，从创作的内容与形式的辩证关系的角度，有力地批判了打着利用旧形式旗号的复古派，从而稳住了五四新文艺的阵脚，为维护五四新文艺在抗战文艺运动中的主导地位起到了至关重要的指导作用。

必须向广阔的无文化的愚昧的区域里迈进。他们必须面向着这中国的最大多数的农民。

但是文艺运动朝向着愚昧的领域长征，并不能只从社会的意义和政治的意义上去估计。其实即从文艺运动本身来看，它亦应该被看做从量的变化到质的变化的飞跃的时代的开始。由于民众意识的高昂，由于抗战过程中人与人间所发生的复杂的戏剧的关系，文艺和民众生活的直接的接触、交流，这正是伟大文学诞生的征兆。

文艺运动的这个新的任务和新的方向就规定了文学的内容与形式。

文艺家的视野扩大了，他从战争中可以清楚地认识自己的祖国。

文艺家的眼力更深入了，他可以一直深入到中国社会的底层。

文学的题材更丰富了，一向不被人注意的东西，现在都因为和抗战有直接或间接的关系而形象更突出。

文学的目的意识性更加明显了，在一切文学作品中都贯穿着抗战的意识。

同时，在形式方面，为了适应新的文学内容，也必然会有剧烈的变化：它再也不能机械地把西洋文学的形式搬过来，或把旧文学形式不断地重复了又重复。不是的，新的内容应该有新的形式，形式不过是内容的外现，一切外来的形式和过去的通俗的形式都必然会通过新的意识形态而重新凝结成崭新的形式。

但是一种运动并不是全部都能循着一条直线进行的，由于农村极端的落后，当新文学才开始闯进愚昧的领域里去的时候，它并不一定就能受到群众的欢迎。因此为了适合于群众的趣味，为了更深刻地了解旧形式，更容易去撷取旧形式的精华，更彻底去破坏旧形式，我们也就不能不利用旧形式。如果只看到前一个原因，那么我们就很容易把利用旧形式只看成纯粹的技术的问题，或短期间的过渡的办法；但是相反的，如果只看到后一个原因或甚至用利用旧形式代替了整个的新文艺运动，那么我们就很容易忘记新文艺运动的创造性和多样性。很可惜，在目前竟有许多的前辈文人竟忘了这一点，而老是把五更调、大鼓词，当成为目前新文艺运动的正宗。

我们不反对利用旧形式，但我们反对以旧形式代替新的文艺运动，或是把利用旧形式当成固定的东西。我们反对因利用旧形式而忘记自五四运动以来的文艺上的传统和它的主导地位。我们反对这样的意见，他们以为除了通过旧的形式以外，不必或不能有新的形式的创造，恰恰相反，我们认为这种新形式的创造才是目前应该提倡的文艺运动的主流！而旧形式的利用不过是新形式创造的一个方面，一个支流。而最近的事实也证明有许多新形式的文学并不会不受读者的欢迎。

我们更反对一批自命风流的人物，借着利用旧形式的美名，而实际上却写出一些连形式和内容都是旧的复古的东西，把坟墓里的僵尸拖出来当做祖宗崇拜，这不是天才，而是愚蠢。

确切地说起来，目前所流行的说法，即××以利用旧形式比喻作旧瓶装新酒，这是十分不正确的，因为瓶和酒是两件不同的东西，而文学上的形式与内容是内在的统一。从来没有一个作家，他预先想好了一个形式的瓶子，然后再用内容装进去，像把酒装进瓶子里去一样简单。

从哲学的观点来说，“形式是由内容所产生，所规定，所以内容对于形式具有优越性，当形式的独立，发展到了阻碍内容之更进一层发展时，内容与形式的斗争，就引起形式的逸脱与内容的改进……”，“形式不但是内容之内的构造，而且也是它的外的构造，在其发展上，内的东西与外的东西互相转变，互相推移，所以形式本身对于内容能够成就其独立的发展，当形式由内的东西转变为外的东西时，就和内容相对立，变为内容发展之障碍，所以形式在其发展上能促进内容的发展，也能妨碍内容的发展，这是形式对于内容的能动性”。（见李达《社会学大纲》）

把这一个哲学的命题用到文学的创作方法上来，我想我们至少可以得到以下的结论：文艺的形式是内容的外现，所以形式是内容的发展；但是内容一外现为形式，形式又反转来制约了内容，所以内容与形式是矛盾的统一。再从创作的过程上说，内容和形式是很难分开的，所以文艺的创作是自由的，同时又是不自由的。因此现在如果有人说“无论任何艺术都一定有它的规则，而这个‘可诅咒’的规则又限制了内容”，我想说这句话的人显然没有看见真理的面孔，而只是望见了真理的脚跟。因为他忘记了形式又是内容的发展，如果有人说任何艺术都是有规律的，因此旧形式是规律，新形式也是规律，这中间并没有什么不同的话，那么我想这个人不是外行就是愚蠢，因为他根本不懂得在创造过程中，形式与内容间的微妙的关系。

在这里也许有人要问，如果形式不过是内容的外现的话，那么旧形式和新内容是怎样统一起来的呢？

我想，在这里我们的答案应该是：新的内容和旧的形式应该是从整个文艺运动的实践的意义去求得它的统一的。可是实践是生活的过程，是变革的过程，它绝对不能老是停留在五更调的重复上，老是停留在西皮二黄的反复上，它一定要不断地加进一些新的因素，从内面去打破旧形式，一直到旧的形式有了一个质的改变。经过了这一个扬弃得来的新形式，它必然是能适应于新的内容的新的形式，它比一切过去的形式都还要丰富。必须到了这个时候形式和内容才能够在创作的方法上得到统一。如果忽视了利用旧形式的这个实践的意义和斗争的意义，那么结果一定弄得不是我们利用旧形式，而是旧形式在利用我们来提高自己的地位。

中国化，并不是把中国大门关起来，把中国过去的文艺的渣滓都当成国宝来保存，“中国化”不应该忽视外来的技术，尤其不应忽视五四运动以来的传统的新文学的思想和技术。现代的中国需要现代的技术，因此所谓中国化的文学应该是以强烈的战斗的民族意识，来淘汰、洗练、融化新的和旧的传统的文学而造成新的更丰富的文学。

我们反对蹩脚的绘画家用西洋的画法去把中国人的面孔，画成外国人的样子，但我们并不反对用西洋画的手法去画成中国人的面孔。

所以文艺的中国化并不反对我们接受外国的传统，而只是说要使到它更贴近于中国人和更适合于中国人的口味而已。

文学是以语言来做媒质的。显然在这近百年来，中国的沿海各城市，由于和外界的接触频繁，已形成一种近代的中国语言，因此现代化的中国文学亦应以中国的近代语言来做基础。自然我们也不能否认，这种语言还是不够丰富，还不足以反映出中国各个角落里面的社会生活。它正需要我们采用所有地方、所有阶级的口语来不断地补充它的内容。可是我们并不能因此就过分地夸大带有地方性的文学形式和语言的作用，并以此来代表了一切。我们更不赞成到古老的词句里去，找寻腐朽的字汇，装模作样写成那不像文言又不像白话的文章。

要有中国化的文艺，同样重要的，我们也要有中国化的文艺批评。老实说一句，中国过去的文艺批评是还不够中国化的。外国的批评家说了什么，我们中国的批评家也就说什么，并没有加上一点新的东西。

中国化的文艺批评，不仅要懂得世界文艺运动的动向，以及一般文艺的规律，同时他还必须洞察到中国社会的内在的规律，具体了解中国各地的风俗，以及各个阶级的人物的性格。特别是目前“文艺大众化”“利用旧形式”十分流行的今日，新的文艺批评家一定要拿出一部分时间来研究一下这些旧文学和民间文学，因为批评家自己必须了解旧形式，然后才能够指导作家去利用旧形式。

过去文艺批评家的工作多是偏向于指出文艺运动的一般的方向和任务，但这还是不够的，我们要求文艺批评家要更进一步指出每个作家的长处和弱点，给予具体的建议或指示。过去几年前用意识正确或不正确的那一类裁判官式的态度是很不妥当的。

但是要使文艺批评家能够对于作者们有积极的帮助，那么他自己本身就不能不或多或少地有一点创作经验。文艺家的作品是不能只当成一个文艺家劳作的结果来看的，同时我们还得把它当成创作的过程来研究。这就能解释为什么苏联的作家们对于原稿研究的重视。所以我觉得，如果一个文艺批评家只是从作品的外面去理解作品还是不够的，他必须进一步从作品的内部去理解作品，体验到他的创作过程。

总括地说起来，自从抗战发生以后，中国文艺运动已在最广阔的范围内展开，虽然表面上似乎还表现出一些混乱，但这正是文艺运动向更高的阶段飞跃的征兆。复杂的内容要求多种多样的文艺形式，而利用旧形式也正是创造新形式的一种开始。但是我们反对这种说法：以为一切新的文艺形式都要通过旧形式的利用才能达到，或是以利用旧形式作为当前文艺运动的主流而轻视创作。我们的主张是要继承自五四运动以来的新文艺运动的传统，同时更在这不断使文艺接触大众的过程中去尽量充实它的内容和形式。教育大家，同时又向大众学习，就在这交替的过程中，我们预视着新中国的伟大文艺的诞生。

1939年6月6日脱稿

原载《救亡日报》1939年8月16日—1939年8月18日

中国化和大众化

“中国文艺上的大众化和中国化”这个题目本来是一个旧题目，但是为了更深刻地了解这个题目，把它了解为新民族形式之创造的两个元素，它仍然需要我们来一个讨论。首先，我们在抗战中需要千百万的人民参加抗战，而文艺亦正是动员人民的一种利器。为了使这个利器能充分发挥其作用，我们不能满足过去那种欧化的，只为一般知识分子所能欣赏的文艺。我们需要为人民所能了解的文艺，这是社会的原因。但是光是指出这个原因还是不够的。因为如果只看到这个原因，那我们就会把这个大众化和中国化及其联系于民族形式的问题，只看成简单的社会问题、政治问题，而没有把它看成文艺本身的问题。所以在这里我们必须指出这个问题乃是我们中国新文艺运动发展到新的阶段时所提出的问题。我们必须解决这个问题，中国文艺才有更高的发展。假如我们检查一下，自从五四运动以来，我们文艺作品的内容，那么我们就不能不承认它们所受的外来文艺的影响，远超过于中国文艺上传统的影响。它们醉心于西欧的技艺，模仿着欧美作家的手法，可是他们过分忽视了文学这个东西是植根于人民的生活里面的，而文学的媒质是植根于民族的语气。所以我们如果不能深入到中国人民的生活中，不能纯熟地运用土生的中国语气，那么我们就很难产生出什么伟大的作品。我们都知道英国战胜西班牙以后，产生了一个莎士比亚，德国的暴风雨时代产生了歌德，俄国民族觉醒的时候产生了普希金，而此时中国也正是在民族意识昂扬的时候。因此我们无论在文艺的内容上，还是在文艺的形式上，都有把过去文艺的优点加以陶炼的必要，庶使我们的文艺，无论在内容上在形式上都更加丰富起来，而成为崭新的，足以值得夸耀于世界的中国文学。所以在创立新民族形式中，中国化与大众化的问题，不应该只认为旧样翻新，只认为是一种利用，只认为是一种过渡的形式，而应该看成新中国文艺的生长向更高的阶段的发展！这是第一点。

第二点，有些先生认为中国化的问题不过是技术问题、形式问题，但也有些先生认为这是形式问题，也是内容问题。同时这两个问题，实际上不过是一个问题，我赞成后一种意见。真的，如果从本质上说起来，中国化的问题也就是大众化的问题。假如一个作家，他能够随时留心到最大多数的中国人的生活，把他们的生活态度、习惯、姿势和语言，加以选择和陶炼，如实地写出来，那么他这个作品一定是中国化的，同时也是大众化的。我想大家都知道从前托尔斯泰创作的方法，即他常常把自己的作品念给农民听，他不仅要使那些农民听得懂，觉得那里面的人物所讲的话都是他们的话，而且还要听农民们对于他自己作品的意见。所以从人民生活做出发点来估计一个艺术作品，形式和内容是统一的。

当然，我们并不否认大众化和中国化所包含的形式上的问题，但是我们必须要根据上述的立场，才能解决形式上的问题。无论任何艺术的形式，都决定于它的内容，而艺术内容又是决定于人民的生活。当人民的生活已经改变，艺术的内容也应该改变的时候，过去的形式遂成为新的内容的桎梏。所以我们如果要建立新的民族文艺形式，必须要打破旧形式的桎梏。这是真理。可是我们也必须要了解另外的一方面，艺术之所以成为艺术，它不仅需要一定的内容，而且也需要一定的艺术形式，因此形式也是构成艺术的一个部分。当我们说打破旧形式的时候，并不是说所有的旧形式一概不要（如未来主义者般完全不承认文艺上历史的传统），其实所谓打破旧形式，是和利用旧形式并不冲突的，因为我们要表现我们新的文艺内容。我们打破旧的形式，但旧形式当中正有不少足以表现新的内容的成分，可以作为构成新形式的资财。所以问题乃在于去其旧的，存其新的，弃其糟粕，取其精华，重新配备，重新排列，再掺入一些新的东西，最后使到它能够成为完全新的艺术，完全使旧形式变质。

但是我们要问什么是旧的遗产中的糟粕，什么是旧的遗产中的精华呢？换一句话说，我们是站在什么立场来判断哪些是我们要摒弃，哪些是我们要摄取呢？在这里，我完全同意当时孟超先生所提出的意见。即我们的文艺除了“中国化与大众化”的口号以外，还要加上一个“抗战化与现代化”的口号。一种艺术形式之能够在历史上被遗传下来，必然是它这种形式能够适合于当时某种生活内容的表现，可是在今天生活的内容已经变了，所以我们今天也就只能够撷取那些适合于表现我们现代生活的艺术形式。我根本反对那些形式主义者的意见，把旧形式当做“美的整体”来崇拜，把旧形式当成秘宝来接受。我根本反对那种直到今天，当大众的文艺已开始新的创造的时候，还死板地执着狭义地利用旧形式的办法，把现代中国人生活中已经死去了的语言，当成不可改的法则来利用。因为这些死去了的形式，只会窒息了我们以中国的现代生活为内容的作品，只会模糊了我们中国人的现代精神。

至于关于中国文艺必须抗战化的问题，我想这是大家都很容易了解的。一篇作品纵使是大众化了、中国化了、现代化了，可是它如果违反了我们中国民族主义的精神，那么无疑这种文学绝不能算是“中国的文学”，而只是汉奸的文学。所以在这里我想我们有特别强调提出的必要：我们的新文学运动必须要以民族精神陶炼我们中国旧有的文学的传统，特别是那些民间文学的传统。

第三点，我在这里要说的就是有些先生表示怀疑文艺中国化的问题。他们认为文艺是世界的，无论俄国作品也好，法国作品也好，只要它是真正的文艺，那么无论是中国人、印度人同样可以受到很大的感动，因为世界上人类的感情都是同一的。我觉得这个意见是不能接受的。当然，如果把人类的感情抽象来看，那么我们可以说全人类的感情都是相同的，因为无论你是哪一国人，哪一个阶级都有着喜怒哀乐这一类的情感，即所谓人性（humanity）。可是事实上并不是这么单纯。每一个民族，有它这一个民族具体表现它的思想和情感的形式和内容。比方说中国人的伦理生活，中国人的孝顺父母，这在西洋人在表面上去看是比较难了解的。然而文学这个东西正是要用具体的事实、行动、姿态和语言来感动人，因此文学不能不有民族的形式、民族的内容。同时这种文学的民族形式和内容，并不和文学的世界性冲突，只有我们愈加深入了解民族的生活，我们才能够发现出在这生活的底蕴中所包含的人类共有的天性。只有我们越详细地把中国人的“神秘”生活之具体的心理过程精细地刻画出来，我们才能够使到别的民族更容易去了解我们的生活的底蕴。亦只有当我们创作了真正的民族文艺形式，我们才能够在世界文学史上站住我们的地位。在这里我不能不顺便指出，自从五四运动以来，在我们中国的文艺作品上所反映出来的真正中国人实在太少，因为它们所反映出来的，已不是中国土生的农民，而是在都市里沾染了一些洋货的知识分子了。我想我们的文艺家以后应该更多侧重于真正的中国人物的描写。

第四点，我们所要说的，是文艺的中国化，必须使我们的文艺要能够操纵自己的语言。从目前的情形来说，我们所拿来用到文艺上的字汇是太贫乏了。比方我自己来说，虽然我离家已经十年，但有许多东西我仍不能用普通话来表达，这正表示出我们的字汇的不够，必须从方言土语中去吸取新的字汇。从前英国在莎士比亚以前，各地还是用各地的方言写文章，一直到莎士比亚才铸成了英国的国语。同样的，我们中国现在亦需要能真正写出工人和农民说的话，可是目前简陋的普通话，就没有办法来十足表现中国人的生活。所以更加丰富我们的语言，更技巧地去运用我们的语言，这是十分必要的。

第五点，我觉得中国化和大众化，并不仅是空泛的理论的问题，其实很早就有人提出来过，所以今天我们提出创造民族形式问题来讨论，其核心只在于把中国化大众化完全实现。这里除了一般的理论的阐发以外，我们必须更进一步地来执行以下两个任务：第一，我们必须进一步去研究中国文学和西洋文学有什么特点？它的作品手法有什么不同？中国文学有什么长处？有什么缺点？哪些部门应该表扬给我们学习？第二，我同意芦荻先生的意见，即创造文学民族形式上的中国化大众化的问题不应该只当成问题来讨论，而应该把它看作一种运动，作为创作的实践。我们要从事于创作，只有创作出真正的大众化中国化的作品，才能够使我们的文艺真具有民族的样式特点。

此外，对于大家一般所争论的几个问题，我想亦不妨在这里提一提：

第一个问题是普通话和方言之间矛盾的问题。李文钊先生曾经提到，我们如果要真正做到大众化和中国化，我们必须更多地应用地方土语，这是完全对的。可是在这里有人说，如果作家们都用他们家乡的土语，那么结果他们的作品只有他们的同乡能懂得完全，而别的地方的人就很难懂，这样一来，岂不是反而不大众化吗？在这里的确存在一个矛盾，而这个矛盾的解决的办法，就是以目前所流行的普通话为骨干，而不断地补充以各地的方言，使到它一天天丰富起来。虽在最初的时候，看起来未免有点生硬，或甚至还要加以注释，但习惯用久了，它也就自然构成为语言的一部分。此外我们也不妨以纯粹的土语来写成文学，专供本地的人阅读，这些本地文学的提倡，一定可以发现许多土生的天才。这些作品，我想在将来的文艺运动上，是必然要起决定性作用的。

第二个问题是艺术性与普遍性之间矛盾的问题。有人说在文化水准这样低的中国，一个作品的艺术性越高，那么它所能给群众了解的程度也就越低。不过我觉得艺术性和大众化之间，虽然存在着一个矛盾，可是这个矛盾不过是相对的而不是绝对的。有许多文学作品艺术性很高，而同时又为大众所欢迎的，比方中国的白居易、柳永都是一个例子，所以我们今天绝对不能够以艺术性和大众化中间的矛盾来作为反对大众化的意见。曾经有人提出过这样的问题，即我们尽量把我们的作品做到大众化了，可是人民还是不懂，怎么办呢？我想，我们今天所提的大众化，不过是文艺运动的一种方向，我们并没有意思说，我们今天立即要每位作家都能担保每一篇作品都能够使所有的读者能懂，因为这并不是一朝一夕所能办到的。这里需要长期的奋斗。同时这个问题也并不是文艺家们所能单独解决的，它需要社会教育家们的强力扫除文盲工作，努力提高文化水准。当然社会教育的工作，我们文艺作家也是需要参加的。

第三个问题是利用旧形式的问题。关于这个问题，我在上面已经一般地论述过了，不过在这里我想特别提到的是：韩北屏先生曾提出利用旧形式是不是大众化的唯一的办法的问题。韩先生说：《大刀进行曲》并没有利用旧形式，但它还是大众化的，《队长骑马去了》并没有利用旧形式，但是大家都懂。这证明了大众化并不一定要利用旧形式，通过旧形式，也即是说创立民族形式，可以把旧形式抛开。我想韩先生所指的利用旧形式是指狭义地利用旧形式，或是指那些专门填五更调填西皮倒板这一类的艺术界的好汉而言的。不过关于这一个问题，我已经谈到一点：广义地利用旧形式和打破旧形式并没有什么冲突。如果一个天才艺术家，他能独创一种形式为大众所接受，那已经是一个很大的成功，我们实在没有必要把他再提回五更调的笼子里去。不过这里我得提出一点，即我同意于韩先生所说的，把旧形式整个搬过来利用的办法，实际上不是创作，而是变相的填词，是一种可耻的懒惰。当时王鲁彦先生也说了一点，他以为这种利用旧形式，在某一个阶段上亦无可厚非，即在过去一些时间，当大众化的问题最初提起时，它未尝不起了一些历史的进步作用。因为它促使我们更仔细去研究民间文学，因为它使到我们回头去注意中国艺术的遗产，因为它使到我们更熟习旧形式，运用旧形式。而最后则使到我们洞悉它们的长处和缺点，使我们能推陈出新，采撷其精华。

不过这办法只限于新文艺运动开始后的一个极短的时间有其意义，可是现在这个时期已经过去了，我们反对把我们的运动只限于西皮二黄、大鼓书、五更调、七言绝句这一类形式的反复上。我们更反对借利用旧形式为名，而实行复古之实。

最后一个问题，就是如何使中国文字的改造便于发展的问题。张煌先生以为，为了使大众更容易了解文艺，他主张提倡朗读运动，即把小说诗歌读给大家听，他们不了解的地方我们可以解释给他们听。我想这固然是一种办法，但是最好的办法还是要使中国文字有根本的改造，因为我们中国的文字，在它的结构上来说，实在是距离人民大众太远了，而且它又牵连到中国文的拉丁化问题，这已经不在我讨论的范围之内，因此我的意见就此为止。

原载1939年12月10日香港《大公报》文艺副刊

从五四到今天

——纪念五四运动三十周年

中国新文艺运动，从一开始就和政治运动分不开。有康梁的维新运动，在文学上也就有改良的文言文的出现。到了五四，文艺运动不仅具有明确的政治目的，而且是作为整个意识形态的革命的一翼而出现的。就当时的情形说，西洋资产阶级的思想是占着优势的，至于马克思的学说，只占有一部分的势力，而俄国的十月革命也只有在少数青年群中起着启发作用。

“五卅”运动以后，工人运动展开得更广泛，中国共产党显然在反帝反封建的革命斗争中已经成为一个不可侮的力量。建筑在这个基础上，于是乃有国共的第一次的合作。而在五四文学革命的阵营中则早就有人在整理国故的名义之下，逐步走向和封建势力妥协的地步（这种保守性也正反映了中国资产阶级的脆弱，以及他怎样背弃了五四当年的革命精神）。

“四一二”清党事变发生，国民党在蒋介石领导之下背叛革命！接着国内战争开始，中国的文艺运动于是很明显地分成了两个阶级的阵营，革命的左翼文艺阵线在马克思主义旗帜下组织起来了。它和官僚买办的文艺、唯美颓废的文艺、现代派的文艺、“第三种人”的文艺形成了对立的形势。不过在这个时期，革命的游击战争是在非常艰苦的条件下进行的，而且遭受到敌人的封锁。而在城市里面，国民党反动政府的恐怖政治非常厉害，文艺运动之群众性无法展开，所以这一时期的文艺运动着重于马克思主义文艺理论之建立。不过茅盾先生的《子夜》在指明中国资本主义发展的前途之没有希望，是非常有力的。

由于国民党反动政府的屠杀人民、投降帝国主义的政策，招来了日本帝国主义的侵略。“九一八”以后，东北作家群就是以控诉日本帝国主义的侵略，而获得很大的成就的。后来经过“一·二八”、西安事变、“七七”事变，抗日的统一战线终于形成了，抗日的文艺运动于是也就采取了宏大的规模在群众中展开。

可是国民党政府对于抗日事业是始终缺乏决心，动摇妥协的，所以在抗日初期的蓬勃的文艺运动并没有维持好久，就逐渐萎缩下去。到了1941年春天，新四军江南事件爆发，国民党反动派企图向日本帝国主义妥协和分裂抗日统一战线，打击中共的阴谋已是非常明显，在这个情形之下，革命的政党，一方面，依靠人民大众加强独立领导，但另一方面，在国民党区则还是隐忍着反动派的袭击，维持着抗日阵营的统一。这两种政策，虽然就其达到革命的目的说是整个的，但就其工作的内容和方式说，则颇有分别。这两种不同的政策显然也给予了文艺运动以巨大的影响。

由于前一种政策和解放区的具体的条件（如工农生活的改善，劳苦大众的文化要求的提高，小资产阶级的文化作品之不能满足大众的要求等）有所距离，所以有毛泽东先生的《论文艺问题》的出现。这是一个划时代的文献。最重要的一点，是他把文艺交回到大众的手中，指出了文艺运动的方向，正确地站在无产阶级的立场上来解决了文艺上许多复杂的问题。从这一个时期起，解放区的文艺已在全国范围内起着领导作用。

由于后一种政策，加上蒋政府对于我们的政治压迫和经济生活的困难，我们在国民党区的文艺运动显然处于异常艰苦的境地。因为作家一方面要忍受蒋政府的迫害，一方面则又还不能和他维持着抗日统一战线。记得那个时候有许多作家迫于环境不能不潜伏起来，而有一部分作家则直接参加蒋区的民主运动，起着前卫的作用。所以从整个说来，当时蒋区的文艺政策是配合着当时的抗日统一战线而来的，它在基本上是正确的。不过，就是在这个环境下，我们是不是利用了一切可能来贯彻毛泽东先生的文艺思想呢？我认为是没有的。这缺点就表现在没有在文艺思想范围内展开批评，没有对作家加强无产阶级的思想教育，没有尽可能去做一些文艺普及教育及其他准备工作。

抗日战争胜利结束，无产阶级的政党为了减少老百姓的痛苦和牺牲，曾经一再希望由群众的压力和各民主党派的压力，驱使国民党政府逐步走上民主的道路。可是这一种与人为善的方针是被国民党反动派拒绝了。他们仰仗美帝的援助，悍然撕毁政协决议发动内战，在这个时候，中国人民的唯一的出路，就是依靠工农用全副力量来推翻国民党反动派的统治。中共的土地法大纲，正是动员整千整万的农民走向政治斗争前线的武器。

配合着这一个政治行动，为了使文艺也成为真正的劳苦大众思想斗争的武器，我们在这个时候，提出了“作家向人民学习”“到群众中去”等口号是完全正确的。同时根据新的历史发展的阶段对于我们的要求，回头来检讨一下在蒋区抗日统一战线时代所犯的偏向、错误或缺点，也是完全正确的和十分必要的。我们抛弃了令人气闷的对国民党的统一战线，而重新拾起文艺的武器，这是我们的责任，同时也是我们的荣耀。

现在全国的解放，已摆在面前，我们正在步入新的群众时代。这个时代和五四时代不同之点是在于它，不是几百几千的知识分子的个性解放，而是亿万万人的生活解放；它不是几百几千的知识分子的抒情，而是千千万万男男女女的抒情；它不是对欧美资产阶级文化的盲目的崇拜和模效，而是中国作风、中国气派的创造。

从五四到今天，才不过短短的三十年，但中国人民以巨大无比的步伐走完了欧洲两世纪还没有走完的历史。这是今天我们值得庆祝的地方，也是我们值得骄傲的地方。

为了纪念五四运动三十周年特写短文如上。

1949年4月27日于香港

原载《文艺三十年》

现代文学的流派

1927—1929年，我在上海待过，也写写东西，有些实践，就随便漫谈一下当时那些人物。现代文学从五四到开国，有三十年，我接触的时间很短。唐弢同志讲得很广，我讲不了那么广，我只能就我所知的谈一谈。其次呢，我翻了些材料，都是从政治上划分流派。比如，五四以前，有林琴南的一派，这是封建性的文学，再有鸳鸯蝴蝶派。五四以后，有胡适派，文学革命就是形式，内容不管。后来，有现代评论派，发展为新月派。这都是从政治上来分的。但是，文学流派是不是应该从创作方法，从其他方面来划分？五四以后有“为人生”的文学研究会、“为艺术而艺术”的创造社。但“为艺术而艺术”，也有对当时的社会、政治不满。他们两派也没有交锋。个人倒写过文章，如成仿吾老先生骂过茅盾先生，但真正作为文学创作风格来批评，我没有印象。所以我想简单地叙述一下五四运动，还有，就是我在上海见到过什么人，他们有什么言论，有什么想法。

先从五四讲起。这一年估计有四百多种白话报，报纸有副刊，提倡国语标准化，再有西洋名著介绍。我那时还是小孩子，就读易卜生；也看俄罗斯和其他弱小民族的文学，比方说我对显克微支的《你往哪里去》就读得很起劲。还有工农群众的革命诗歌：“颈可铡，躯可裂，奋斗精神不可灭！”1918年成立歌谣协会，后来改为歌谣研究会，还出刊物，要从群众中吸取营养。早期革命诗人，有邓中夏，我认识他，北大学生，不像诗人，诗写得不错，如《过洞庭》就不错。还有瞿秋白、蒋光慈。陶铸说，他是读了《少年飘泊者》，才去黄埔军校的。他对蒋光慈印象不错。再有鲁迅、郭沫若。郭沫若的《女神》《星空》，人们爱读，但不懂什么叫“一切的一，一的一切”。不懂，又觉得过瘾。后来郭的诗思想有定向了。成仿吾说，郭沫若由19世纪的浪漫主义走向惠特曼的《草叶集》，现实主义发展了。我觉得郭的诗并不像《草叶集》，惠特曼没有定向，只说向前，前进到哪儿，不知道。惠特曼整个写社会。郭有定向，从河上肇，学了社会主义。在敌对方面，有林琴南、鸳鸯蝴蝶派、学衡派。文学革命就是要革这些人的命。新文学内部，胡适只革文字，林纾主张占文之不当废。1925年有《甲寅》，反对鲁迅、茅盾。资产阶级右派有《现代评论》，后来又办《努力周报》，主张“好人政府”，主张“整理国故”，公开支持段祺瑞政府，徐志摩还反对打倒帝国主义。除鲁迅外，很少有人去对付《现代评论》，国民党执政后，又有新月派。当时的大学，把持在留欧美的学者手中，日本留学生就没有势力，只能在上海写文章。北京的大学全是欧美学者把持。新月派主张“健康”“尊严”“人性”。1930年又有民族主义文学。因为“中东路事件”，而抛出这个文学口号。王平陵我同他熟。我在暨南大学附属中学当教师，他当大学助教。陈中帆是系主任。王平陵改作文，将“潸然流泪”改为“偺然流泪”遭学生反对；他说到叶楚伧（两人系老乡）叫他搞民族主义文学。

创作社搞普罗列塔利亚文学，骨干力量是从日本留学回来的，太阳社成员是从武汉失败后聚集起来的。又有创造社与太阳社的矛盾。我记得，太阳社有个门市部，我走去，钱杏邨、杨屯人说：“你们创造社是抄书的，教条，理论不联系实际。”后来钱杏邨把《死去了的阿Q时代》给我看，我觉得他大胆，有道理。后来他由钱杏邨变为阿英（笔名），爱搞袁中郎、戏剧，后来又写了晚清文学，越来越不像话，完全用政治代替文学。

下面讲我本人的经历，顺便讲文坛动态。

1927年我在广东一个左派学校教书。蒋介石叛变革命，学校被包围，我逃往上海。到创造社出版部，有成仿吾、王独清、蒋光慈、白薇。蒋光慈不是创造社的，他中午在出版部搭伙，常常见面。我做助理编辑，实际上就是跑印刷所，做校对，但也有些时间搞创作。蒋光慈的稿子很干净，不改。我想，创作哪能不改呢？他很自负。他家里有一幅自己的照片，他在旁边写：“中国的普希金。”他的小说是革命加恋爱，他的俄文并不很好，但勉强可以翻译。他的女朋友很多。他没有架子。成仿吾、郭沫若就不一样，认为我们是小孩子。

再讲创造社的三个诗人。

王独清。诗是感伤主义，常常爱背诵《秋歌》，音韵好。我还记得第一句，“叶子完成了最后的颤抖”，很好听。他自称“长安一少年”。他到过罗马，在那儿照过相，他认为他最好的诗是《圣母像前》。

穆木天。他的诗是《微雨》，也很颓伤，写乞丐。

冯乃超。有《红纱灯》，像今天的朦胧诗。情调是凄惨、忧愁、苦闷。有不少青年模仿他。从日本回来，就“普罗”了。他是广东人，在日本生。还有唯美主义的情调，有“无可奈何花落去”的味道。

再有徐志摩的诗。词句华丽，没有什么具体内容。受西洋文学和六朝文学影响，形式上有些好的东西可以用。

现代派的李金发。他是我高等小学的同学，华侨，有钱，小学毕业到香港学英文，后到法国学雕刻。诗偶尔有精彩的，其余的看不懂；有人说，精彩的是他偷的。

还有一派，全盘西化，叫商籁体，英文是Sonnet。商籁体规格严：一、十四行；二、韵脚严，第一段ABAB，第二段CDCD，第三段EFEF，最后两句并行用韵。音节要轻重轻重。这种诗对中国不合适。

我1927年10月到上海，1929年调去搞绝对秘密的工作，不许跟文艺界任何人接触。在暨大时，沈端先曾同我谈过参加“左联”的事，后来就没有参加。

至于小说，那时大家爱看的是《冰岛渔夫》。

沉钟社，受20世纪初的浪漫主义的影响，离社会较远，比较小气。

我是受19世纪初拜伦、济慈的影响，也受鲁迅翻译的《苦闷的象征》的影响。

文学理论我崇拜克罗齐。克罗齐导源于柏格森。现在六七十岁的人，从前读过大学的，都受柏格森影响。连高名凯都说受柏格森影响。我带进修生，我叫他们谈马克思的《资本论》、泰纳的《艺术哲学》、柏格森的《形而上学绪论》。

1981年4月29日

在北京文学研究所

关于朦胧诗及其他

有人问我："你看朦胧诗可以写吗？"

我说：为什么不可以写？没有任何人要限制作家以什么风格什么手法写诗的。

而且就中国的文学艺术传统来说，从来没有人说要反对朦胧诗，反而有人赞成写诗在某种情况下，要有点朦胧的意境。如说，要"雾里看山"，要看"隔帘花影"，并认为这样才能使人欣赏到事物的美的风姿。再就诗的实践来说，中国诗里很早就有朦胧诗了。如李义山的《无题》诗不朦胧吗？文学史家并没有因为他的诗有些朦胧开除他的诗籍。但也并没有人因他的诗朦胧，而说他是伟大的诗人——只是说他是著名诗人，所以朦胧诗，只要能令人看懂，思想上过得去，一般说是可以有它的存在的地位的。

但我并不主张只有朦胧诗才是好诗，更不赞成一个诗人只会写朦胧诗而不会写别的风格的诗。如果这样的话，那岂不是变成罢黜百家，而独尊"朦胧"了么？其结果岂不是朦胧诗也变成公式化了吗？

所以我认为朦胧诗是可以写的，但要看写的是什么主题、什么题材、什么思想、什么情调。以李义山的诗为例，他的政治诗是非常明白易懂的，如：

玉帐牙旗出上游，安危须共主公忧。
窦融表已来关外，陶侃军宜次石头。
……

你看这首诗朦胧么？我看不朦胧。另外，他还有些诗，虽然初看不明白，但经过思考，并参考诗的前后文的脉络及其所用典故和隐喻的象征，也还是可以体会到其中的意境和健康的思想。这样的诗，往往也能增加诗的余韵，所以我认为它也还算是好诗。但有些诗反复研读，反复猜度，还是令人不懂。例如李义山的《药转》，有些人说它是写“如厕”，有些人说它是写“打胎”。（《玉谿生诗体注》卷三，第7页）读诗变成猜谜，这种诗，我们敢说绝不是好诗。老实说，我们也没有这种闲工夫来作这样多的猜度。

有人问，好的朦胧诗，算不算是最好的诗？

我不敢说，因为还要看内容。《离骚》是朦胧诗么？《孔雀东南飞》是朦胧诗么？陶渊明、曹植的诗是朦胧诗么？杜甫的《北征》是朦胧诗么？李白的“春草如碧丝，秦桑低绿枝。当君怀归日，是妾断肠时”是朦胧诗么？白居易的诗向以浅显著称，但他的《上阳宫人》难道写得不深刻么？我每一次读它，都为那个上阳宫人难过，使我感受很深。所以，我认为诗的好坏，同它的表现方法优劣当然有关，但最好的诗的关键还是要看它的思想内容，感情、感觉的真实透彻的程度和它所描写的生活内容的深度和广度。只以技术来卖弄的诗，不过是工匠罢了。

有人说，你这里所举的例子都是中国古诗，没有外国诗，所以证据不足。

那么好，就让我以外国诗来作例子吧。我对于外国诗虽然是门外汉，但多少也还知道一点。举例来说吧，荷马的史诗是朦胧诗么？为宗教服务的E.Spenser的《妖皇后》是朦胧诗么？但丁的《神曲》是朦胧诗么？歌德的《浮士德》是朦胧诗么？雪莱的《伊斯兰起义》是朦胧诗么？拜伦的《唐璜》是朦胧诗么？美国的惠特曼的《草叶集》、朗费罗（Longfellow）的《伊万芝兰》难道也是朦胧诗么？虽然也许朦胧诗人写了许多好诗，但这些诗人没有一个是站在诗人队伍中最前列的。

有人说，不错，中外的第一流的古诗人都不太写朦胧诗，但今天我们是谈现代诗人的诗。你老先生人老了，思想老了，感情老了，感觉也老了，所以对于现代派所表现的现代人的感觉、现代人的感情是疏远了，看不懂了。

我认为这些话都说得很好，老实不客气。但我们谈诗，不能用骂来解决。我认为要讨论现代派的诗，首先还是要以研究现代派诗的理论和实际作品作为出发点。

我觉得林英男先生写的《吃惊之余》（原载《作品》1981年第2期，后来又发表在作家协会广东分会的《诗歌创作》第140页）很好，因他毫无保留地把他的观点像竹筒倒豆子似的全部倒出来了。这对于我们了解朦胧诗及朦胧诗的理论都有极大的帮助。如林先生觉得意犹未尽，我赞成他更详尽地把他的看法和想法写出来供大家研究！这样展开辩论，实在对于彼此都有很大的好处。

我现在想就林先生所提出的对于时代的总的看法等，表示几点意见来向他请教：

第一，他说："……他脚下的地却从现实世界的大陆分离出去，在过去的大海中飘荡，地平线在倾斜……"（《诗歌创作》，第135页）这真是要惊叹林英男先生的"博学"。但问题是，我们谈的是诗，为什么突然扯到自然界这样大的巨变呢？我们应该怎样来对付它呢？可惜，作者却作出这样的答复：就是要使诗歌创作多样化，意思就是要多写现代派的诗歌。

试问，写了现代派的诗歌就能使大地不飘移震荡、地平线不倾斜么？试问你让黄雨同志承认这些前提，就能使他赞成写现代派的诗歌么？作者幻想出天崩地裂的恐怖的形象，好像地球要破灭的大灾难来临了，然后他就把这个大灾难作为前提，提出要写现代诗的结论。试问前提与结论之间有什么逻辑关系呢？从他的前提能够作出这样的结论吗？我看他要那种"天昏地暗"的描写，无非是想用来吓唬我们以便他暗中偷送出并不高明的结论！既然大自然的大难来临，他何不赶快准备"方舟"去逃难，站着愤怒又有什么用呢？

第二，他说："亚洲大陆断裂了，在中苏边界，五大洲飘移了，在太平洋相撞。在历史的脱节点，他们'愤怒'；在断裂层喷射的岩浆中，他们'垮掉'；在大陆飘移的震荡中，他们'迷惘'；但是他们站着，站着愤怒，站着垮掉，站着迷惘，站着思考……"又说："思考就会有混乱，有彷徨，有迷惘，有痛苦，有追求，有朦胧。"

我一点也不明白，他究竟是思考什么问题，因为"思考"也得有个宾语嘛！"思考就会有混乱，有彷徨，有迷惘，有痛苦，有追求，有朦胧。"是不是不思考的人就不会有彷徨，有痛苦，有朦胧了呢？是不是只有有彷徨，有痛苦，有追求，有迷惘，有朦胧的人才会思考呢？而没有彷徨、痛苦、迷惘、朦胧的人就不会思考而蠢如豕鹿呢？这不是太狂妄自大了么？作者又说："但如果个人的苦恼与'朦胧'反映了时代性的思考，何来脱离生活呢？"上面明明说地球断裂层的岩浆喷射，他们"垮掉"了，这是自然的灾难，但这里又突然说"反映了时代性的思考"，这不是把自然界的现象和人类的历史时代混淆起来了么？也许林先生说的"在太平洋相撞"是象征性的说法，其实是想说明发生了战争，但他们这些人又如何能"站着愤怒，站着垮掉，站着思考"呢？不要说诗，连文章都无法令人理解。也许作者心里还有话不便说出来。但为什么不敢说出来呢？

作者提出要社会主义文学创作的多样化，我认为这很对；他又提出文学艺术的方向是"实现自身的现代化"，我认为这也有理；但怎样才算是文学艺术的现代化？据我个人的意见，文学艺术自身的现代化，就是要速度快，效率高，能量大。朦胧诗的生产率高不高我不知道，但它的效率可的确不高，能量也的确不大。一看再看都看不懂，能量效率能高吗？影响能大吗？知识分子都看不懂，一般的广大的劳动人民会看得懂吗？这样效率不高、能量不大、读者看不懂的诗，能够算是"现代化了的"诗么？

现在再就林先生对现代派诗提出来的几点写诗的提纲来讨论一下。

林先生一则曰"青年诗人经常采用的手法：是'朦胧的意象'"。

在我的浅见看来，诗里面是可以有朦胧意象的，如在黄昏暗夜时看东西就是如此。又如事物本身轮廓颜色并不分明而又处于远距离的东西也可以是如此。此外，有时也可以由于作者主观的原因，把事物写得朦胧。如作者是醉汉，是老人，或在盛怒，或在情绪紧张低落的情况之下，他也可能把某些事物看得朦胧，写得朦胧。又如作者在作品的布局上，有时对某些主要人物写得明确、细致，而对于一些次要人物，或某些不重要的部分，有意把它写得朦胧些。又例如画家，一般说，画的近景比较明朗清晰，画远景却可以画得朦胧些。总之，作家可以根据他自己的主题、意图、结构来布置他的远近、隐显、详略。假如一个作家，满纸都塞得没有一点空隙，一切都写得详详细细，像记流水账一样，这固然不好；但相反，假如他把一切人物都写得模模糊糊，不能使读者或观众看得清楚或感到亲切，或至少感到"其中有物"，那其效果也肯定不会好的。作品的意义不明，意境不清，在读者脑子里只有一团"混沌"，这怎能产生美的效果呢？而且为什么只有朦胧才算是美呢？难道山明水秀，就不是美么？天朗气清就不是美么？

二则曰要有“零碎的形象构图”。我认为在自然界的荒山野岭，或在杂遢的人群中，你可以偶然看出一两个十分突出的形象，但这只是零星的形象。至于艺术作品，则应该用零碎的形象，组成一个统一的整体。如一篇故事，或一个场面，其中要有主要人物，也要有次要人物，有正面人物，也有反面人物；并从人物的描写中透露出作者对于这些人物的看法和评价，即既要有统一性，又要有多样性。假如按林先生的说法，只有“零碎的形象构图”，一首诗不能成为一个统一体，不能成为一个有统一情调的意境，人物也没有代表性，只是七零八落、散散漫漫、无主无次，这样难道能成为一篇好的诗作么？这只能是新闻记者袋子里初步记录的草稿而已。不过我也承认这其中有时也可能由于作者因突然的触发，而写写二三警句，但从全篇看来，只能是草席上镶嵌着几粒小小的珍珠罢了。

三则曰“富于运动感的急速跳跃”。林先生把这一条也作为写诗的方法，我看这也是值得考虑的。不错，我们现在正处于急速变化的时代，吃一顿饭的时间可以飞越一两百公里，睡一觉的时间可以飞越重洋。对经营工商业的人来说，时间就是金钱；对工人来说，时间就是创造。但这也并不是说，我们的生活就只有动荡不安的一面，而没有静态的一面。我们读书、思考、试验、耕作、工厂作业，总得有一个相对稳定的空间和位置，就是运动也总是有一定的范围，一定的方向的。

可是，在林先生看来，一切固定的物体形态都应该抛开，所以他的诗论里没有场景、人物、形象、思想、典型感情一类的字样（他写到情感时，只写“情绪”而且加上引号），只有感觉、直觉、“情绪”，所以我认为他是感觉主义者，或直觉主义者，至于他的那个“情绪”我看不是指日常生活中的情愫或情调。如低沉的情调、抑郁的情调、昂奋的情调、乐观的情调，也不是作者对某一事件或人物所感到的情感的波动或激动。

不错，诗里面的思想是可以跳跃的。例如我现在北京，可以突然想到广州街头的场景和人物，可以突然想到很久以前孩提时代的母亲。也可不写其间的过程，但尽管有跳跃，也总得有一个思想线索，或是有什么外物的触发；

而且一个人也不可能整天没有事做，随便让不相联系的思想在脑子里跳跃。不错，诗还可以描写实际上不可能的事情，但这也要有真实感情做基础。“我欲乘风飞去”，人真的能飞去吗？“白发三千丈”，人的白发真的能够长到三千丈吗？这种抒情感叹的词句，不应该从客观世界去找基础，而应该从作家的主观的感受和感情的兴奋中找到真实感。所以诗里面的跳跃也不应全归因于运动感。而且跳跃的距离，也应该有一定的范围，或有外在内在的原因，而不应该无缘无故一举腿就跳过太平洋。即使跳过了，但这又有什么意义呢？你又想得到什么诗的效果呢？

四则曰诗应该有“交叉对立的色彩”。我说不错，文章绘画都应该有对立的色彩，但也应该有和谐；有交叉，但也应该有统一。各部分之间要有联系，要有照应，要有曲折，要有回旋，要有粗有细，有明有暗，有主有次。假如只是把强烈色彩交错对立起来，初看似有点惊人，再看便无余味，无吸引力，不能使人产生低回往复而不忍离去的感情。

五则曰要有“标点改进和‘语法’的‘主观化’”。我们中国过去的文章，本来就没有标点，五四以后才运用了标点。经过了几十年，我们觉得有了标点可以减少许多句读的困难。不过标点的使用，也有一定的规范。至于作家如何使用它，也可以有一定限度的自由以表明他的诗的风格。甚至在诗里面不用标点亦无不可。但假如他说的“改进”，就是在于随意乱点，使句读混乱，那我就不敢苟同了。

至于说“语法”也要“主观化”，则我感到有些不合理。每个民族的语言都是经过长期的历史演变从生活中形成的，它是我们交换意见的工具。伟大的作家可以根据当时民间的口语加以创新，也可以吸收一些外来语，或把古人的语言加以生发。但不能依诗人的意志加以“主观化”。作家在描写人物的时候，可以使人物的语言个性化，使其更具有个性的特征，但他不能把人物的语言加以“主观化”。如果作家可以把共同使用的语言加以主观化，那其余的人，也可以根据自己的“主观”来表达自己的思想感情，因而在同一民族、同一国家中，各人有各人的“主观化”的语言，而这样，最后也就会取消互相了解的共同的语言。

至于语法结构，应该承认五四运动以后，有些语法结构有欧化，但这也是由于生活变化，需要有这种表达方式，而不是出自某个人的主观，因而就使它自然变成大家都了解的语言。

六则曰写诗要“哲理和直觉的单独表现或融合”。我承认在某些人的诗里面有哲理，而且哲理也可能包含着感性的光辉。例如“欲穷千里目，更上一层楼”，这里就包含了智性的情感因素。但这也不是哲理的单纯的表现。同时，作者这里说的直觉，我不知道是根据柏格森哲学所界说的直觉，还是一般心理学上所说的直觉。照心理学的说法，直觉就是不通过理性的分析从当前的事物直接得来的感觉。但是根据我的了解，文学艺术中的感觉绝大多数都是心理学中的“统觉”而不是直觉，至于让直觉去直接发挥作用，那么它所感受到的就不仅是浮光掠影的、片面的，而且往往是谬误的。至于说要把这瞬间的直觉和哲理融合起来，从事创作，这只能是奇思异想，毫无科学根据。

七则曰做诗“要用象征隐喻的手法和奇特的语言结构”。我认为诗要用象征和隐喻的手法，这是诗的通常的表现手法，但说要用奇特的语言结构，我看就有问题。难道诗要用奇特的语言结构才能表达出来吗？如马雅可夫斯基的诗，他可以把宾语放在前面，而把主语和谓语远远放在后面，这是因为俄国语言有格变，还有阴性、阳性、多数、少数的变化，所以就是把谓语和宾语放在相隔甚远的地方，也可以看出其中的关系，但是汉语主要是靠词汇的排列次序来看出它们的语法关系的。诗人如果一味去追求奇特的语言结构的话，这岂不是有意要为难读者，把易懂的词句变为莫测高深的“诗”吗？这样，诗人岂不是想以“难懂”来掩盖自己诗的内容的空虚吗？

读完了他们的创作理论，现在不妨也来谈一点他们的诗创作。这里不想就他们的诗一一加以论列，就只引“吃惊之余”里所引的几句诗来谈吧。

> 我不相信天是蓝的
> 我不相信雷的回声
> 我不相信梦是假的
> 我不相信死无报应……

你瞧，这是什么意思呢？你说它是哲学吧，它没有说理，也没有人民的生活经验做基础。如歌德诗的“理论是灰色的，而生活长青”，我认为这两句诗有感情的色彩，又有人们的生活的经验，所以它是诗，同时也具有哲学的意味。但上面所引的四句诗则不然。你说它是直觉吧，但根据我们大家的感觉，天的确是蓝的，你的感觉和大家的感觉不同，这怎能使人相信，并欢迎、爱读你的诗呢？如果像他这样硬来写些没有常识的东西，我也可以说“石头是动物”“鬼就是人”等一套胡话。而且所引的最末一句还宣传迷信，意思是说“我相信死是有报应的”，这能行吗？

写到这里，我想起以前写过的几句短语：

我相信暴虐者的大刀
不能把真理杀死。
希特勒死了，
但天上的白云
却时时来拂拭着烈士的墓碑。

我相信梦也是真的。
因为有时它是从心灵深处
透露出来的最美的花朵。

我不敢说这几句是好诗，但至少还有点诗的影儿。

再说到顾城的《远和近》。林英男先生把它称赞为“童话般的‘纯净的美’”。

在我个人看来，它既不是“童话般的”，也不是“纯净的美”。论构思，它是从中国古诗“人远天涯近”套来的，不过诗的用意却倒过来，用作讽刺！本来你要讽刺那些官僚主义者，一方面同人接头，另一方面则远视天边看不起人，对这种不全心全意为人民服务的人加以辛辣的讽刺，这本来很好嘛！但作者为什么故意朦胧其词？而且林英男先生还硬要称赞它像童话般纯净呢！

说完了他的作诗的七点提纲，并对他们的作品略事评论以后，现在还想就一般的理论问题略加说明。

第一，林先生说："文学作品，特别是诗，它的历史内容和思想性的唯一的承担者是艺术的形式……"这里我得要声明，艺术形式并不负担艺术的思想性和内容，好像形式会增加思想内容的负担似的。在我们看来艺术内容和形式的关系是辩证的统一。形式，主要是内容的外现，但它也还有别的因素，如形式美的因素、社会的因素、传统的因素、生活习惯的因素、风尚的因素等。它有时刚好适合于内容，好像天衣无缝，而有时则有助于内容，有时则在某种程度内有碍于内容的全部充分的发挥，所以形式对内容来说是有相对的独立性的。

第二，他说"艺术形式不仅是内容决定的……"，但据我所知，我们并不主张内容决定形式，而只主张内容，一般说规定了它所可能采取的形式，即不主张一个内容就硬性决定了它一定有某种形式。

第三，他指摘我们要求每一个词都提供理性的判断。我认为他这个指摘，是他幻想出来的判断，与事实不符。以上我只先作三点声明，至于详细的看法，以后可以容我们逐步展开辩论。

现在再想谈一下这些朦胧诗理论的思想根源。为什么全国解放以来都没有这类诗出现，而现在却出现这些诗和歌颂这些诗的理论？

这里肯定有它的社会根源，这个根源谈起来比较复杂，而且还要牵涉到别的理论领域，本人学浅，只好让别的同志去作出分析和判断。我就不去谈了。

我本人只想就这些诗歌理论的思想根源提几点个人的看法。

我认为它的主要思想根源，是由于对于目前形势主流认识不清，对于造成目前形势的历史原因，既不认识也不理解。他们只看见缺点，只看见困难，只感到忧郁和苦恼，但又看不出困难的原因，并提出解决困难的办法。于是他们就想出大陆在飘移，五大洲在太平洋相撞，岩浆迸裂等等。这真是火山爆发，大海腾啸，神州陆沉，世界面临末日。在这样恐怖的日子里他们自己也承认是"垮掉"了的人们。

既然自然界发生了这样大的大劫，这些垮掉了一代的人岂不都死了吗？但他们又怎样还能写起朦胧诗来了呢？这岂不是连文章也有点"朦胧"了么？据我个人的猜测，他们这里所写的自然界的大灾祸，实际上只具有象征的意义，它所指的明显是属于人世间的动乱，所以他们要站着愤怒，站着思考，站着迷惘！

我们必须紧紧记住，他们自己也承认是垮掉了的人。垮掉了的人，能思考什么问题，解决什么问题呢？他只能思考出："愤怒"与"迷惘"。茫茫然丢失了希望，只好彷徨于黄昏的郊野而无所归宿。自然在这些人眼中，一切都只好朦胧了。

由于他们看不见客观事物的全貌，以及事物与事物之间的关系，因此他们只好凭着直觉，鸡零狗碎地把许多孤立现象记录下来，并在它们头上戴上一顶"诗"的桂冠了。所以他们是感觉主义者或直截了当说是直觉主义者，非理性主义者了。

由于他们把社会里的人都看成是各人自我的活动，而他们自己又感到迷惘和愤怒，于是他们就只好随便乱抓住一件什么东西，抒发一下迷惘中的偶发的"情绪"。于是他们就变成自我展示的个人主义者[①]了。

由于他们自己没有一套完整的思想体系，对于世界、对于社会也没有一套完整的看法，因此他们没有力量来把纷纭复杂的客观事物加以类化，或进一步综合起来加以典型化；同时他们对于客观事物也不去研究，连某一个整体的形象都没有看清，他们就根据他们在迷惘中看见的一些印象，这里抓一点，那里捞一点地写起来。而且还自夸说，这是跳跃式的写法。其实跳跃也要有一个方向，也有个主题范围。新从水里捞上来的小虾，也在跳跃呢，但它能跳跃出什么意味来呢？

由于他们对祖国的语言修养很差，但又不肯虚心向广大的人民群众学习，又不肯向古典文学的语言学习并加以生发，因此他们的语言，既有主语和谓语之间的不协调，也有谓语和宾语之间的不搭配。

这四个因素混合起来，就形成了他们自诩的现代派的朦胧诗了。大家都知道诗要美，要动人，试问这样的诗能美么？能动人么？

这里我还想插一段笑话。去年我乘火车离北京去广州，火车飞速南行，路旁一株株的树飞快地从窗口闪过。当时我就想，我如果是朦胧诗人就应该

① 过去，有人把文学定义为：Literature is nothing but unfolding myself.

以此为题材，因为那些树，我看不清楚，有点朦胧，每株树之间又毫无关系，火车又走得如此迅速，由这一株到那一株可以跳跃地写。当然这是我偶然的遐想，在朦胧诗人看来，肯定会以为不合格的。

不过，最后，我还要作一点声明，我认为把林英男先生的诗论说成一无是处，也不是事实。如他说，诗要提倡多种多样的风格。这我认为很对。有些诗是由诗人直抒胸臆，如长江大河般奔腾澎湃的，有些诗是采用许多隐喻，旁敲侧击暗示和烘托出主题的，有些诗是从古朴而单纯的风格中显示出醇厚的风味的，有些诗是如繁华翠锦富丽堂皇而又有一派庄严的气氛的，有些诗是从微小的事物牵引出一大段丰富的联想和形象的。有些诗浅白如说话，有些诗是浓郁的醇酒，有些诗如水清沙白的溪流，有些诗如石岩下的涓滴的清泉，有些诗又是茫无际涯的大海，有些诗又是如山明水秀的平湖……

总之，在刊物上发表的诗，只要情绪健康，读了以后能令人奋发，令人深思，令人有新的感触，那就是好诗，应加以提倡。即使有点朦胧意味的诗也还可以，但对于那些思想意义不明、情绪灰暗、词语不通、令人费解的诗，那就只好对不起，送回原作者去自我欣赏了。

1982年7月16日于北京

作家作品论

论闻一多的诗

——读《死水》

记得在好久之前，曾经读过闻一多先生的《红烛》，那时只觉得这本诗是很工整而很注意于雕琢字句的。接着闻一多先生又出了一本《死水》，但那时闻先生是比较和新月派接近的，由于大家倾向不同，我因此也就没有很注意去读它。

现在算起来已经是事隔多年了。近几年来，闻先生对于民主运动的努力，是谁也不能否认的，而结果，闻先生也就因此为特务所忌而以身殉国。今天承朋友们的介绍重读一遍闻先生的《死水》，一方面感到无限的悲痛，另一方面，又感到我们对于这本诗有重新估价的必要。

《死水》这名字的确带有着颓丧的气息。有人说，诗一定要健康，不健康的诗会引人走上消极的道路，所以要不得。这句话当然是有道理，可是也不能一概而论。我们认为诗，主要是反映一个特定时代的特定阶级的思想情调的。当其所代表的阶层没有找到出路，而彷徨苦闷的时候，诗人以一股颓丧的心情，流露出来，这也是不足为怪的。假如这时我们硬要他们写出健康的诗来，那倒反而强人之所难了。人家要哭，我们为什么要勉强他笑呢！对于他们的抑郁的心情，最好还是劝勉和鼓励。我认为问题不是在于诗人个人，而是在于诗人所代表的特定阶级，它在革命行程中所起的作用。如果这个阶级或集团本质上是要起进步作用的，那么，在新的历史阶段到来的时候，代表它的诗人，自然也就可能有一天从消极的情绪中振奋起来，激越地唱着革命进行曲了。于是从整个文学运动长远的历史的发展看，从诗人自己所走过的创造的足迹看，过去的这些颓丧的情感乃不过一时心理上的反应和变态，他的消极不过是为了忠实于未来更积极跃进的准备。今天他为了忠实于自己、忠实于他的艺术、忠实于他的阶级而感到颓丧消极，但明天，他也同样可以为了忠实于自己、忠于他的艺术，忠实于他的阶级而振奋起来。特别是当他看到他所持的真理，真正的和客观的现实相符合的时候，他也就会有意识地变成群众的歌手。我想今天，只有用这个立场来理解《死水》，来批评《死水》，我们才能够对于这个诗人获得真正的理解和合理的评价。

不错，我们应该提倡健康的诗、健康的美，但是，我们不能用这个理论硬套在历史的作品上面去。如果硬套上去，那就一定会弄到有历史价值的作品都被推出到文艺花园以外去。海涅的诗，有许多感情上是不健康的，然而我们能够说海涅不是一个革命的诗人吗？英雄也有伤心和流泪的时候呢！

所以诗的健康，尽管在理论上应该提倡，但应用到实际的文艺批评上，却应该照顾到许多现实的条件和历史发展的法则和当时的局势，以及各阶层的心理状态和要求。这也许就是文艺批评和文艺理论有所不同的地方。

现在就让我们来谈一谈《死水》吧。那些诗都是1927年左右写的。我们知道，那时，正是革命低潮开始的时候。

经过五四文化运动，发展到南方的政治运动，到了1927年春间，因“四一二”的叛变革命事变，而使曾经澎湃一时的中国革命怒潮，被暂时压了下去。虽然很小一部分的激进的知识分子还是继续奋斗，追随在无产阶级后面而从事于最艰苦的地下活动，可是一般地说来，这古老的国度正是给消沉的空气笼罩着。

民族资本家胆怯地退却了，他们面向着挟有雄厚资本的帝国主义竞争者，只感到无可奈何。

小资产阶级，没有强大的民族资产阶级作为后台，也像失去了大半的依托。特别是那些还没有下决心跟无产阶级走的知识群，苦闷着没有出路。

古老的农村里，饥饿在荒凉的土地上漫步。都市里流荡着一大批一大批从农村里走来的失业者群，以迟钝的眼睛怅望着都市里霓虹灯的闪烁。

那时闻先生住在古老的北平。他对于那远在南方，闪然吐着光芒的革命还来不及理解，而革命已经像天空里的流星曳着光芒陨落了。那时他受着沉闷空气的压迫，经历着小有产者的彷徨、苦闷的情绪，接受了资本主义烂熟期的颓风，于是写出了像《末日》这一类的诗歌是不足为怪的。

在五四时代初期，个人的自由和解放是和封建主义斗争的旗帜，个人主义在某些人的作品里曾一时喷射出反抗的耀眼的光芒，可是到了这个时期，个人主义显得无力了。它无力地躺在病态的、幻想的、美丽的软床上，一方面又在为许多颠连无告的人叹息。个人主义朦胧地建立了一个小天地的藩篱，使诗人得以有一点小小的自由来呻吟和悲叹自己的空虚。在五四时代，恋爱的花朵是和革命解放斗争的藤蔓交纽在一起的，可是到了这个时期，恋爱成为了忧郁的象征，美丽的女郎所崇拜的是灿烂的黄金和虚荣，而诗人所独具的崇高的志愿、透明的智慧、点得着火的热情，却遭受了他们的冷眼。

不是吗？在《死水》里面正是充满着这一类忧伤和哀怨的调子，朦胧的神秘的形象，阴郁的黄昏，惨白的月色，凄凉的死人的悲叹。

在《末日》里面诗人是把死看成自己的朋友来等待着：

露水在笕筒里哽咽着，
芭蕉的绿舌头舐着玻璃窗，
四周的垩壁都在后退，
我一个人填不满偌大一间房。

我心房里烧上一盆火，
静候着一个远道的客人来，
我用蛛丝鼠矢喂火盆，
我又用花蛇的鳞甲代劈柴。

鸡声直催，盆里一堆灰，
一股阴风偷来摸着我的口，
原来这客人就在我眼前，
我眼皮一闭就跟着客人走。

在《夜歌》里，诗人的笔调是更阴森了：

癞蛤蟆抽了一个寒噤，
黄土堆里钻出一个妇人，
妇人身旁找不出阴影，
月色却是如此的分明。

黄土堆里钻出一个妇人，
黄土堆上并没有裂痕，
也不曾惊动一条蚯蚓，
或绷断蛸蟏一根网绳。

月光底下坐着个妇人，
妇人的容貌好似青春，
猩红衫子血样的狰狞，
鬅松的散发披了一身。
妇人在号跳，槌着胸心，
癞蛤蟆只是打着寒噤，
远村的荒鸡哇的一声，
黄土堆上不见了妇人。

在《也许》和在《我要回来》里面，闻先生同样地在称赞着，咏叹着死，比方《我要回来》的最末一段是：

　　　　我回来了，
乘流萤打着灯笼照着你，
乘你的耳边悲啼着莎鸡，
乘你睡着了，含一口沙泥，
我回来了。

在《也许》里：

那么你先把眼皮紧闭，
我就让你睡我让你睡，
我把黄土轻轻盖着你，
我叫纸钱儿缓缓的飞。

《你莫怨我》和《忘掉她》是写恋爱悲剧的。这两首诗和《大教师》一样保存着19世纪初期浪漫主义诗人的风格，在艺术上说是非常之完整的。《忘掉她》里：

忘掉她，像一朵忘掉的花，——
那朝露在花瓣上，
那花心的一缕香，
忘掉她，像一朵忘掉的花！

忘掉她，像一朵忘掉的花！
像春风里一出梦，
像梦里的一声钟，
忘掉她，像一朵忘掉的花！

忘掉她，像一朵忘掉的花！
听蟋蟀唱得多好，
看墓草长得多高，
忘掉她，像一朵忘掉的花！

在《你莫怨我》里：

你莫怨我，
这原不算什么，

人生是萍水相逢，
让他萍水样错过，
　　你莫怨我。

　　你莫问我！
泪珠在眼边等着，
只须你说一句话，
一句话便会碰落，
　　你莫问我。

　　你莫惹我，
不要想灰上点火，
我的心早累倒了，
最好是让它睡着，
　　你莫惹我。

闻先生这本诗集既然是名叫《死水》，那么《死水》一诗应该是最能够代表他当时的心境的了：

这是一沟绝望的死水，
清风吹不起半点漪沦，
不如多堆些破铜烂铁，
爽性泼你的剩菜残羹。

也许铜的要绿成翡翠，
铁罐上绣出几瓣桃花，
再让油腻织一层罗绮，
霉菌给他蒸出些云霞。

让死水酵成一沟绿酒，
飘满了珍球似的白沫，
小珠笑一声变成大珠，
又被偷酒的花蚊咬破。

那么一沟绝望的死水，
也就夸得上几分鲜明。
如果青蛙耐不住寂寞，
又算死水叫出了歌声。

这是一沟绝望的死水，
这儿断不是美的所在，
不如让给丑恶来开垦，
看他造出个什么世界。

这一首诗的主题是很明显的。在闻先生看来，在这古老的国度里，一切宫殿式的建筑，一切深垂的花幔，一切辉煌的襟饰，一切豪华的筵席，一切闪烁的珠光，一切婀娜的狐步，一切妙曼的歌声，一切氤氲的香气，一切巧笑轻霞，一切花一般的衣裙，都不过是油腻织成的罗绮，霉菌蒸出的云霞，死水酿成的绿酒，青蛙叫出来的歌声。这绝不是美的所在，这都是丑恶的伪装。闻先生深恶痛绝这种丑恶，但是对于这种丑恶，他没有办法，只好气愤地说："看他造出个什么世界！"

我想，一个批评家如果只抓住作家在某些创作中所表现出来的情感，就把它认为不健康，认为要不得，不进一步去探求一下，这些不健康的情感的来源就会陷于片面。在《死水》的下半部，闻先生已清楚地说明了他的精神上的困恼的来源了。比方在《心跳》里闻先生很坦白地说出了他的心情了：

……谁希罕你这墙内尺方的和平！
我的世界还有更辽阔的边境。

这四堵墙既隔不断战事的喧嚣，
你有什么方法禁止我的心跳？
最好是让我口里塞满了泥沙，
如他人只会唱着个人的休戚！
最好是让这头颅给田鼠掘洞，
让这一团血肉也去喂着死虫。
如果只是为了一杯酒，一本诗，
静夜里钟摆摇来的一片闲适，
就听不见了你们四邻的呻吟，
看不见寡妇孤儿抖颤的身影，
战壕里的痉挛，疯人咬着病榻，
和各种惨剧在生活的磨子下。
幸福！我如今不能受你的私贿，
我的世界不在尺方的墙内。
听！又是一阵炮声，死神在咆哮。
静夜！你如何能禁止我的心跳？

在《发现》里，诗人闻一多，已和屈原一样在那里上天下地去求索他的理想、他的祖国了：

我来了，我喊一声迸着血泪，
“我不是我的中华，不对，不对”
我来了，因为我听见你叫我，
鞭着时间的罡风，擎一把火，
我来了，不知道这是一场空喜。
我会见的是恶梦，那里是你？
那是恐怖，是恶梦挂着悬崖，
那不是你，那不是我的心爱！
我追问青天，逼迫八面的风。

我问，拳头擂着大地的赤胸。
总问不出消息，我哭着叫你，
呕出一颗心来你在我心里！

在《祈祷》里，闻先生同样地表现出诗人怀疑而又在求索的精神：

请告诉我谁是中国人？
启示我，如何把记忆抱紧；请告诉
我这民族的伟大，
轻轻的告诉我，不要喧哗！

请告诉我谁是中国人，
谁的心里有尧舜的心，
谁的血是荆轲聂政的血，
谁是神农黄帝的遗孽。

告诉我那智慧来得离奇，
说是河马献来的馈礼；
还告诉我这歌声的节奏，
原是九苞凤凰的传授。

谁告诉我戈壁的沉默，
和五岳的庄严？又告诉我
泰山的石溜还滴着忍耐，
大江黄河又流着和谐？

再告诉我，那一滴清泪，
是孔子吊唁死者的伤悲？
那狂笑也得告诉我才好，——

庄周，淳于髡，东方朔的笑。

请告诉我谁是中国人，
启示我，如何把记忆抱紧；
请告诉我这民族的伟大，
轻轻的告诉我，不要喧哗！

闻先生追怀着中国过去的英雄志士，抚摩着过去先烈的流风余韵，赞美着中国的壮丽山河，因而感慨到今天那些自命为中国人的人并不像是中国人，因而不禁怆怀地低声问道："谁是中国人？"

在《一句话》里，闻先生的倔强而又深沉的性格更清楚地显示出来了：

有一句话说出就是祸，
有一句话能点得着火。
别看五千年没有说破，
你猜得透火山的缄默？
说不定是突然着了魔，
突然青天里一个霹雳
　　爆一声
"咱们的中国！"
这话教我怎么说？
你不信铁树开花也可，
那么有一句话你听着。
等火山忍不住了缄默，
不要发抖，伸舌头，顿脚，
等到青天里一个霹雳
　　爆一声
"咱们的中国！"

在这以下，闻先生所写的大都是民间疾苦的事情，比方《荒村》《罪过》《飞毛腿》《洗衣歌》都是这一类的诗，其中《洗衣歌》写得最为成功：

年去年来一滴思乡的泪，
半夜三更一盏洗衣的灯，
下贱不下贱你们不要管，
看那里不干净，那里不平，
　　问支那人，问支那人……

自从《死水》出版以后，闻先生就很少创作了，他的确像火山一般沉默了十多年，一直到最近几年他真的像火山一样爆发着热情的火焰。

是的，这几年来他没有写诗，但是他是以诗人的姿态参加进步的民主运动的。他没有个人的利害打算，他没有在政治上获取高位的野心，他只是站在人民大众的一面为大众说话。大众之所恨的，他就恨；大众之所爱的，他就爱。他率直坦白和光明磊落，他呼吸着时代的气息。因此他的行动是诗，他的狮子吼般的演说是诗，他在危险中悠然地独来独往的神态是诗。他的火一样的言词能够使人愤慨，使人憎恨，使人悲泣，使人爱慕。他给予受伤者以安慰，给失望者以鼓励，给战斗者以教导，给卑怯者以责难，给自私者以打击，给无告者以同情。正因为他不自私，所以他才能受到千万人的爱戴；正因为他不要地位，所以他才受到最高的推崇；正因为他具诗人的气质，所以他才能以人格的号召力，吸引着千万人走上光明的道路。

是的，他曾经沉默过，但是沉默不是怯懦，而是要积蓄更多的力量，不是消极，而是要把事件看得更加清楚。他不能够空说话不做事，他不能够以说话来宣传自己，他不能够随便乱说，朝秦暮楚地变来变去。他说了就要做，方针一定就要贯彻始终。

闻一多先生，是一个诗人，可是他现在是死了。想起他站在讲台上，吐着一句一句的热情的字句，全场听众紧张而又静默得像快要爆发的火山的情景；想起他对人温良谦恭的态度，以及他那持正不阿、不畏强暴的精神，谁不会潸然泪下呢？

闻一多先生死了，但是他的诗没有死，他的崇高的诗人的灵魂没有死！

人生自古谁无死，一个诗人，如果能够在千万人的悲叹中、景仰中死去，那正是诗人的光荣，也是祖国的光荣！

原载1946年9月20日《文艺丛刊》第1辑

郭沫若的诗

——在中央文学研究所做的专题报告

一、郭沫若所处的时代

郭沫若是在1914年到日本去留学的，由此可以断定他是生于19世纪末期，那时中国正处于世界各列强压迫之下，面临着政治危机。1895年中日战争的爆发，对中国的历史有很大的影响。在这次战争以前，中国人自以为中国地大物博、海军比日本强，而且又买了许多军舰和洋枪洋炮，这样一个人多、国大、兵众、舰强的国家，是一定可以获得胜利的。但是战争的结果却是，中国一败涂地，这才知道只买武器不成，还必须进行政治上的改革。这时鉴于日本明治维新以后国家就富强起来，于是中国乃有康有为之变法、改良主义的戊戌政变以后，又有孙中山起来领导革命推翻了清朝政府。从19世纪末期到1925年这一阶段，可以说是旧民主主义革命的时代，这时郭沫若正是从幼年、青年到壮年（30岁左右）的时期，在这样的一个时代环境中他强烈接受了民主主义的思想。所以他最初写的诗具有浓厚的民主主义的个性解放、思想自由的特征。1919年的五四运动，使民主主义革命达到了高潮，郭沫若也就是在这种反帝反封建的民主主义旗帜的感召下创作出了像《女神》《瓶》这样的极具震撼力的旷世名作。这些狂飙突进张扬个性的诗篇不仅是五四新文学运动的代表作，而且也可作为中国旧民主主义革命巅峰的象征。但到1925年“五卅”运动以后，民主主义革命的重心已在逐渐左移，阶级斗争的激化使个性解放的思想运动已逐渐演化发展为由工人阶级唱主角的爱国革命运动，这时苏联十月社会主义革命已在俄国站稳了脚跟，而且进一步为世人所了解，并在殖民地、半殖民地的国家的人民群众中产生了广泛的影响，所以应以“五卅”运动作为新民主主义兴起的标志。这一时代知识分子的特点正如毛泽东所说的：“在中国的民主主义运动中，知识分子是首先觉悟的成分。辛亥革命和五四运动都明显地表现了这一点，而五四运动时期的知识分子则比辛亥革命时期的知识分子更广大和更觉悟。然而知识分子如果不和工农民众相结合，则将一事无成。”这就是说当时的知识分子是靠近革命的，其中除了少数人靠近帝国主义、官僚资产阶级以外，大部分都因受到帝国主义封建势力的压迫，而成为要求彻底反帝反封建的急进的民主主义者。郭沫若就是这样的一个急进的民主主义者。所以从“五卅”运动以后，郭沫若由于他的爱国主义精神及反帝反封建的要求，也就自然而然地靠近了工人阶级。

总之郭沫若所处的时代是由旧民主主义革命向新民主主义革命过渡的时代，他的创作时期是从旧民主主义革命的高潮期开始的，但不久就又转向了左倾的新民主主义甚至于搞起了无产阶级的革命文学。他是旧民主主义革命的文学旗手，但同时也是新民主主义革命的“革命文学”的发起人之一。政治风云的变幻在他的创作上留下了很深的烙印。其文学创作中许多看似矛盾的变化，只有对其所处的时代有了较深的认识，我们才能给予它们以正确的理解。

二、郭沫若的生平

在他的自序中曾有简单的介绍，说他生于四川峨眉山下的一个地主家庭。他的父亲相当有旧学问，这样使他对中国旧书及历史知识很有修养。据我估计他的家庭可能是没落地主，跟与官场有关系的新兴地主不同。他们是守旧的，只会摇头晃脑地读书，不善于管理经济，不善于经营生意，甚至还要受新兴地主的排挤。这种没落的地主尽管要在乡村中更加重地剥削农民，苟延残喘地勉强维持他的地主生活，但作为这类家庭的后一代，已经没有可能继续过地主生活了，因此郭沫若当时在家庭经济上是没有依靠的。1914年他考取了官费留学生，到日本去留学，我们从他的作品中可以看到这十来年留学期间他所受的日本帝国主义的歧视与压迫。在国民党统治下，日本人对中国人是非常瞧不起的，甚至听说租房子的是中国人，就不肯租赁。郭沫若不但受日本人的歧视与压迫，并且还受到了资本主义的金钱的压迫，生活非常贫困，因而就使得他对帝国主义和资本主义制度产生了仇视和不满。此外因为他在日本，更容易接触到苏联社会主义革命的思想，并使他对苏联十月革命的新社会产生了憧憬，这是他的早年时期。他在1923年离日回国，在《留别日本》的诗中我们也可以看出他对帝国主义的憎恨和对工人阶级的同情。当他回到上海时，中国革命正处于向上发展的时期，1922年7月，党在上海召开了第二次代表大会，在这次大会上制订了党的宣言，其中规定了党的最高纲领和最低纲领，批评了当时资产阶级的各种改良主义思想，指出了中国人民的当前的基本任务是“消除内乱，打倒军阀，建设国内和平；推翻国际帝国主义的压迫，达到中华民族完全独立；统一中国为真正民主共和国”。当时党已从最低纲领着手，实现国共合作，建立统一战线，这个措施对中国革命产生很大的影响。同时在1923年2月7日京汉铁路工人举行大罢工，吴佩孚在长辛店大量屠杀工人，造成了影响全世界的“二七”惨案。郭沫若这时正从日本回国，他受到“二七”事件的影响，思想又前进了一步，因此也就更加倾向于革命了。在1924年春夏间他翻译了日本河上肇的著作《社会组织与社会革命》，使他思想更前进了一步，尽管河上肇并不是马克思主义者，而似乎是一个改良主义者，但不可否认的是，在当时它对郭沫若的思想是起了一定的推动作用，使他奠定了信仰马克思主义的基础，使他认识了革命，认识了社会发展规律，知道了人的意识是受外在物质存在所决定的。这一点非常重要。1925年到1927年他曾做中山大学文学院院长，不久就参加了北伐，一直打到武汉，担任过政治部副主任。蒋介石叛变革命后，他到了南昌，参加了“八一”起义。失败以后他又随同贺龙将军一起企图打回广东，重新建立革命根据地，但打至汕头附近又遭失败，只好逃亡，先到上海，年底又逃往日本。这期间因为他参加了政治活动。所以创作比较少。作者1927年到日本后虽然写了一些诗，但由于他脱离了中国革命的实际，所以这些诗是比较空洞的，数量也很少。大部分力量用于考古研究，写了一些关于考古的文章，也取得了相当大的成绩。直到1937年，抗日战争爆发，他又撇下在日本的妻子儿女回到了祖国。

回国后，因为他以前在学术上就有一定的地位，在政治上又是以前武汉革命的领导者之一，于是就参加了抗日统一战线的上层工作，在这期间他仍是没有什么创作。1941年到1942年是国民党统治区的革命低潮时期，国民党消极抗战，随时准备投降日本，所以郭沫若在这一时期的政治活动就很难开展，于是就写了《屈原》《虎符》及修改了《棠棣之花》等历史剧，以激发民情，此后他的作品仍很少。直到1949年新中国成立后他参加了实际的行政工作和争取和平的活动，他的剧作就更少了，虽然在1949年他写了《北上记行》，但和以前比起来，量是很少的。

总之从整个的文学史来看，他创作的旺盛时期有两个：一个是从1920年到1924年，其中尤以1921年到1923年为最活跃，这是他写诗的时期。另一个是从1941年到1942年，是写历史剧时期。

郭沫若的创作活动、政治活动以及学术研究等一向都是跟着共产党走的，在国民党统治区曾有人骂他是共产党的“尾巴”。他的一切行动始终都是倾向革命，靠近共产党的。

三、郭沫若的诗及其思想

由于郭沫若曾深受民主主义思想的影响，所以他早年的思想是极为丰富自由的，这在他的早年的诗歌中也得到了很好的表现，从他的选集中可以看得出来：1. 他有自然崇拜思想，也就是泛神论的思想。他把世界上的一切都看成是有生命、有情感的东西，我们从他的《地球，我的母亲！》中可以看到这点。这是受了歌德和斯宾诺莎的影响。2. 作者有歌颂个人自由，要求彻底破坏的革命思想，如在《凤凰涅槃》中就歌颂了死亡再生。这种思想是属于18世纪末、19世纪初资产阶级上升时期的思想，资产阶级在当时要扫除一切封建制度。打破一切旧的束缚，废除旧礼教，所以要歌颂旧制度的死亡、新制度的生长，歌颂个人自由，提倡个人斗争，要求商品自由买卖，所以说这种思想在资产阶级上升时期是有革命的进步意义的。可是到了20世纪资本主义走入了末路，这种思想就失去了它的进步性。但20世纪的中国仍是落后的半殖民地半封建的国家，所以郭沫若接受了这种思想，在中国也还是起了很大的进步作用。马克思说在挪威产生了易卜生，那时像易卜生这样的个人主义思想在英国、法国已经是过了时的腐朽的思想，但在挪威那样落后的国家还是起着一定的进步的作用的。郭沫若的思想在当时的中国就是这样。此外郭沫若也沾染了一些资产阶级没落时期的唯美主义思想，称赞短命的瞬间之美，所以在一些文章里他曾称颂王尔德（20世纪英国唯美派作家）。在郭沫若选集中这种诗很少，但从《密桑索罗普之夜歌》中也还可以看出他唯美主义的倾向。如：

无边天海呀！
一个水银的浮沤！
上有星汉湛波，
下有融晶泛流，
正是有生之伦睡眠时候。
我独披着件白孔雀的羽衣，
遥遥地，遥遥地，
在一只象牙舟上翘首。
啊，我与其学做个泪珠的鲛人，
退回那沉黑的海底流泪偷生，
能在这缥缈的银辉之中，
就好像那个坠落了的星辰，
曳着带幻灭的美光，
向着“无穷”长陨！
前进！……前进！
莫辜负了前面的那轮月明！

他除了资产阶级的唯美思想以外还有一种忧郁感、悲哀感，这是19世纪初期英国诗人拜伦的思想，以上这几种思想都属于资产阶级思想体系。

但郭沫若的诗并不就是这样简单，他的诗歌在文学史上能得到这样高的评价，绝不是偶然的，我们应该看到他的基本方面：其一，他有爱国主义思想及反对帝国主义的思想，从《留别日本》及《上海的清晨》中都可以看出，他不但反对和诅咒帝国主义，还同情劳动人民，在《留别日本》这首诗中，有这样几句话：

可怜呀，邪马台的兄弟！
我的故乡虽然也是一座监牢，
但我们有五百万的铁槌，
有三亿二千万的镰刀。
我们有一朝爆发起来，
不难把这座世界的铁牢打倒。

从这里可以看到他对革命的热望与信心。从《地球，我的母亲！》《励失业的友人》《歌笑在富儿们的园里》《黑》里都可以看出他对劳动人民的同情和对富豪们的诅咒，他是愿意和工人、农民永远站在一起的。其二，他是同情革命的，当革命领袖列宁逝世的时候，他写了《太阳没了》表示哀悼，孙中山死时他也写了悼念的诗（没收集到选集里）。其三，他歌颂自由，反对压迫。总之郭沫若诗的主要意旨既有个性解放和自由的思想，又有爱国主义思想，有反帝反封建反对军阀势力的思想，还有同情工人农民的倾向，对革命有朦胧的同情。对革命领袖的逝世很悲痛。不过这其中还夹杂着一些资产阶级的唯美主义的思想，但这并不是主要的。所以他的思想随着时代的发展一直是很前卫，很革命的。

郭沫若的诗从1920年到1924年，可以看出一个发展路线，就是越来越靠近工农革命，《凤凰涅槃》还有很浓厚的浪漫主义色彩，内容也比较空洞。但后来他逐渐产生了同情工农、反对帝国主义、反对封建军阀的爱国主义思想，由朦胧地看到革命的影子，一直到了解革命的道路与发展前进。他的思想的发展路线是与中国革命发展的道路相吻合的，步调是一致的，而且这种积极的思想是逐渐地占了优势，所以作者的主导思想是进步的。

四、郭沫若诗的风格及其创作手法

风格是以作者的世界观和世界感为核心的，作品中的诸要素（思想、主题、人物、语言、结构、梗概等）的统一。

创作方法是指导作家在写作当中选择和概括生活事实的原则。也就是说，它是作家对描写生活、选择生活所根据的一种美学上的法则，而这种法则是决定作家的社会理想的。

郭沫若诗的创作方法，一般地说是属于浪漫主义的，但他的浪漫主义对我们社会起了一定的推动作用，所以我们称之为革命的浪漫主义。

而所谓浪漫主义就是作者在写客观事实的时候，不是或不完全是根据客观原有的样子来写，而是更多地强调写出作者自己对这个客观世界的愿望与要求。但革命的浪漫主义是现实主义的组成部分，而不是和现实主义对立的，是属于现实主义的范畴，以现实为基础的。譬如说郭沫若反对帝国主义，那么他就在这方面更夸大地来写，这既是他自己的要求，也符合人民的愿望，也完全符合社会发展的规律，也是符合当时一般小资产阶级思想的。他的风格是从空洞的呼喊、破坏、创造，慢慢地发展到参加实际的斗争，世界观和世界感也是逐步地在发展，从他的整个风格，可以看出以下几点：

1. 主题。他的诗虽然主要的是写自己，但通过对自己的描写也写出了中国五四运动个性解放、思想自由、冲破封建枷锁的时代精神，使人感到一种革命的冲击力。这可以说是他风格中最主要的。

2. 形象。他的想象是很大胆的，很有气魄的，把地球想象做自己的母亲，这样使读者的视觉和想象也都扩大了，在《立在地球边上放号》也是想象大胆，气魄雄厚，把自己当做一个巨人。在《罪恶的金字塔》中，他写道："水成岩都鼓爆着眼睛，在做着白灼的梦，它在回想着那无数亿万年前的海洋吧？"这首诗是写日本飞机夜袭重庆，因为防空壕修筑得太糟糕，结果压死了1万多人的事。他对这事非常愤慨，说连石头都瞪着愤怒的眼睛。这种海、天、地球、远古时代的想象，和马雅可夫斯基说的"我要把地球当做皮球"是一样的。

3. 直抒胸臆。他的诗不是靠客观的仔细的描写，来表达自己的思想感情，而是直接地说出自己的心里的话，有些采取了直接呼喊的形式，这种方法有它的好处，也有它的缺点，假使作者感情非常强烈、率真，这样呼喊出来的就真正地能感动了读者；但如果作者的感情并不充沛，就会使人感到这只是标语口号，郭沫若是感情丰富、气魄雄壮的，他把自己强烈的感受呼喊出来，使读者在他的愤慨中产生联想，对客观现象有了与他同样的思想感情，这就是郭沫若诗的优点。但缺点就是不够具体，这并不是说他的诗完全没有形象，他的诗是有些形象的，而且所谓形象的描写也不是要把所有的客观事物一件一件都写出来。作者的创作风格倾向于直接的倾诉，这样他就无暇于雕琢字句，正如当一个人愤怒万分的时候，他绝没有时间来修辞，要表达自己的感情就只有呼号，这可以说是郭沫若的诗的风格的特点。

柯仲平和19世纪诗人拜伦的作品都有这种倾向，这类的诗有些人是不喜欢的，认为它没有具体的描写。

4. 古诗的传统。郭沫若从小就受了中国古典文学的影响，所以接受了古典文学的优良传统，他的一些诗，尤其是历史剧中的诗，都是脱胎于古诗的，但又不受旧诗风格的局限，如《棠棣之花》中的“依本枝头露，君是春之阳，君辉照依身，身入白云乡，魂绕君之旁”。懂得旧诗的人说他的旧诗修养没有鲁迅先生高，还有力量不够的地方，但是郭沫若的诗的优点是能打破旧诗的格律，如《北上纪行》就写得很好，韵调也不错。不仅如此，他还能创造出新的形式来，而且创造得很好。如《新月》中的“夕阳的返照，还淡淡地晕着微红，原来是黄金的月镰，业已现在西空”。这虽是一首新诗，但念起来却有着旧诗的神韵；句子虽然长短不齐，有五言、有七言，但却有着古诗的味道。像他这样接受古典文学遗产的方法是很好的。

5. 融贯中西的诗歌形式。在诗歌的形式上他虽然受中国古诗的熏染，但他并不受古典诗词格律的约束。当时他主要是同“新月派”斗争，“新月派”以胡适之、徐志摩等人为代表，他们要求中国诗歌完全欧化，把诗写成四四方方的豆腐干式，或是完全模仿西洋的桑籁体诗（又叫十四行诗）。这种诗的格律和语言的限制，都非常严格，他们排斥中国民族的优秀诗歌传统，要把中国的文学限制在西洋的形式中，用另外一种格律来拘束它。当时郭沫若的诗就不同，他不仅在精神上追求自由，敢于挑战一切权威，而且他在诗歌的表现形式上也同样自由洒脱，他以情绪表现为主旨，既尊重继承中国古诗词的优良传统，又不受它的限制，并接受西洋诗歌的优良成分，自创自由体的新诗。因而，他的诗歌在形式上也同样受到了当时广大知识分子的欢迎，并在文学史上具有重要的地位。

6. 风格。他的诗能给人以雄浑的感觉，这是由于作者的世界观和世界感是要彻底革命，改造一切，创造一切的缘故。所以其诗歌所选用的题材多是从大的事物中触发灵感，他所描写的对象不是一朵花、一滴露水、一个小孩子、一个窗子或一个房间，而是太阳、地球、海和整个宇宙。同时他的作品声调很响亮，旧诗中表示悲切凄凉时用仄声，但郭沫若的诗则不用仄声而多用平声，所以能给人以雄伟之感，令人读起来很受感动。

郭沫若的诗也有缺点：

1. 他的作品有时很粗糙，语言不够洗练，没有把他所要写的东西辛勤努力地加以磨炼，正如他自己说的写历史剧都是“几天工夫就写它一部”，那么可想而知他写诗的时间是更短了。

2. 在他写得好的时候感情充沛，可以把自己的衷心感受都表达出来，非常深刻动人。但若写得不好，就变成空洞的叫喊，没有具体的内容，没有感人的力量，成为粗枝大叶的标语口号的东西了。

3. 比较缺少诗的独创性。写诗要通过细致具体的有代表意义而又有概括性的东西去描写，才更有创造性。伊萨克夫斯基曾说诗要有独创性。假如人家形容美人“有闭月羞花之貌”，你也这样形容，就无味了。郭沫若就有时把旧诗中的句子或旧成语硬搬过来，而自己没有创造新的有特点的词句，如“群星丽天”“负势竞上”及“牛鬼蛇神”等都是引用前人的句子，旧词句并不是绝对不能用，而是要赋予新的意义。如现在常用的“大张旗鼓”虽是旧句，但已含有新的意义了，“小心翼翼”虽是《诗经》中的句子，但现在用起来，也是有新的意义的。所以说旧词句、旧成语如果用得恰当，是能“化腐朽为神奇”的。柯仲平就曾用了许多旧词，但他用得好，做到了“化腐朽为神奇”这一点，如“赠爱人，年年有红花绿草；辟道路，手里是斧头镰刀”。郭沫若诗中也有这种情形，但比较少。如何使用旧的词句才能做到“化腐朽为神奇”而不是“陈词滥调”，那就要看它是否能引起读者心中产生丰富的联想而定。能使读者根据各人不同的生活情况产生出不同的联想来，这就说明作者用得合适用得好，否则硬搬旧句、空洞口号，结果不是令人觉得没有诗的意味，就是让人没有新鲜之感。

五、郭沫若的诗对当时的影响

尽管郭沫若早年强调“为艺术而艺术”的观点，但他这样并不是出于忽视文艺的社会作用，而是相反，由于他太重视艺术的感染力了，所以他必须首先维护艺术纯真的尊严。只有在这基础上，才能谈到文艺的社会作用问题，所以他在文中说：“艺术本身是无所谓目的的……说文艺是有目的的，此乃文艺发生后的必然事实。有关为艺术的艺术还是为人生的艺术之争，不过是艺术的本身与效果的问题。”所以说，他既关心艺术的感染力，同时又关心艺术的社会作用，他不满意当时文坛上的一些流派，即所谓现实主义的派别（当时现实主义分两派：一是批判的现实主义，一是自然主义）。他特别反对那种没有情绪倾向的冷冰冰的自然主义的描述，正因为这样，他才更能代表由不革命到走上革命道路的知识分子群。因为在那个时候，中国的一些革命的青年学生尽管内心彷徨，但还是有着革命的要求的，他们不能容忍作家们只是客观地描写现实，而是要求革命，像郭沫若这样一种动荡的心情是更能够代表一些知识分子的心情而起着推动的作用的。

例如郭沫若的诗集《女神》，尽管它没有什么具体的政治内容，但他那顶天立地的呼喊与想象，他那无所畏惧的个性张扬与情怀抒发，却表现出了一种蔑视一切权威，铲除一切权威，浴火更生的革命精神，洋溢着对埋葬封建主义、复兴中国的渴望、自信与欢乐。他的诗作使古老沉重的中华大地焕发了青春，使被数千年沉重的历史压弯了腰的中国广大民众感到无比的感激与振奋。他的这种充满内蕴的呐喊，正代表了中华民族冲破千年陈规陋习的束缚的无穷的想象力，象征着一种开拓的精神，一种开天辟地的伟力。

像《凤凰涅槃》，用凤凰喻作一个民族的兴衰，提倡彻底摧毁一切旧的，才能创造新的，才能浴火更生。这种爆炸性的感情之所以能在广大知识分子中间引起如此巨大的反响，是因为当时的中国正处在这样一种需要在思想文化上彻底更新观念的历史关头，正处在人们不满现实、痛恨现实，并在积极探索出路的苦闷之中。所以，尽管该诗对于要毁灭什么、创造什么、再生什么都说得不明确，但这种不明确并没有给读者留下贫乏空洞的印象。相反，他那充满着狂热激情、丰富想象和深厚的象征意义的呐喊，正表达了当时社会民众渴望冲破中国数千年来封建文化的枷锁走向复兴的要求和愿望，所以它才引起了这样大的震撼。

但随着他后来对现实的失望，郭沫若的诗又逐渐表现出了知识分子特有的忧郁的、悲哀的、伤感的情调。不过尽管如此，它们仍然绽放着追求自由的个性解放的光辉，如他的长诗《瓶》，所以这些诗对当时处于痛苦彷徨的广大知识分子同样产生了很大的影响。尽管郭沫若的《女神》像一道横空出世的流星，一掠而过，但它作为中国资本主义民主革命的文化象征，却荣载史册。

到后来中国革命的形势一天天地发展，群众对革命发展的道路的认识也越来越清楚。在独裁腐朽的半殖民地半封建、半官僚资本主义的统治下，人民群众只能日益贫困化，到1923年“二七”事件发生了以后，郭沫若的左倾思想也就更明确起来。他的诗歌中的革命倾向也更加明朗化，他在诗歌中表现了他的同情劳苦大众的思想感情和政治态度，写出了歌颂工农、歌颂革命的诗篇，他自己也更靠近了工人阶级的革命事业；到了后来，干脆放下笔杆，穿上军装，参加了国民革命。随着时局的变化和郭沫若的左转，他的诗歌也就引领着一大批小资产阶级知识分子，逐渐走上革命。走上倾向于工农，同情劳苦大众的文艺道路上来。他的这种文艺倾向之所以同样能够产生重大的影响，除了郭沫若本人作为新文化运动旗手的象征意义之外，除了他同情广大的工农大众之外，主要还是因为这种左倾的文艺获得了日益贫困的广大知识阶层的支持拥护。这个日益贫困化的知识阶层这时已不仅是在同情工农大众，同时也是在为自己的生活权益奔走呼喊，并从自己所处地位的不断恶化中认清了社会改革的方向，这也就是郭沫若后来左倾文艺路线同样产生很大影响的主要原因。

1924年以后，郭沫若走上了革命的道路，他参加了反帝反封建的斗争，歌颂工农、诅咒帝国主义和封建势力，尽管他同情工农，同情大众，但是由于他所处的文化人的地位，他的主观和个性还是左翼知识分子的思想感情，而并非工人阶级自身的思想感情。这种差异，是人的社会存在所决定的，不是一下就能解决的，只有当整个知识阶层真正充分融汇到了广大劳动大众之中才能得到真正的解决。在此阶段人们对知识分子不可能，也不应该有更高的要求，因为文学是通过个人的感觉的触发来实现的，是需要有真实性的，抹杀了个人的真实感受，也就不存在文学了。正如伊萨克夫斯基所说：诗人尤其是抒情诗人，必须有个性，有个人感情的色彩。照这样看来，郭沫若的诗中也有些个人色彩的东西，也就并不是什么缺点了。但如何来理解斯大林所说的“社会主义的出发点是群众”呢？我们是否就要据此认为，作家应完全站在群众的立场上来考虑问题，感触描写事物呢？我想，在政治上提这样的要求是可以的，但在文学上这个提法显然是不现实的。有公就有私，在生活中，人不可能整天无时无刻地生活在公共的思想感情中，所以我们只能是在考虑问题、感受生活、描写事物时，不要只从自己个人的角度来想，而应同时也从别人的角度来想一想，从群众的角度来想一想，从而使我们的个人感觉感受多增加一点群众的观点，在表现描写事物时多一点客观性。这样才会既保持着文学的个性，而同时又兼顾到文学的社会性；这样才会既符合新民主主义的文学本质，同时又不会同社会主义的现实主义发生直接的矛盾。在我看来，即使是社会主义现实主义同样不应排斥个性，而且在对客观事物的描写中还需更加突出个人的特征个性和感情色彩的东西。如果只是站在群众的立场，但没有个性，没有自己的思想感情，这样就会变成陈词滥调、标语口号、公式化、概念化的东西。但反过来说，假若只有个人的思想感情，而没有阶级立场和群众的观点，这也不是社会主义现实主义的作品。所以既要有个人深切的感受，又要有群众的观点，这才是社会主义现实主义。这一点在理论上容易接受，但真正做到就很难了。对于诗歌来说，假如它不是通过个人的体会和感受来体验革命的事业，这样的作品就缺乏艺术的感染力，是空叫口号，算不得好作品。

因为时间关系，关于郭沫若的历史剧来不及准备，就不讲了，所以这里只是孤立地讲一讲他的诗，以及有关创作上的一些问题。我今天的讲法是很大胆的，但是否成功，还有待大家批评讨论。

1953年11月24日

原载中央文学研究所1953年11月印发的油印稿

胡适的文学思想批判

胡适是中国人民大众的死敌。他一直在美帝国主义的卵翼之下发出侮蔑中国人民、背叛祖国的言论。胡适的这种背叛祖国的行为是和他过去的许多反动的言论和行为分不开的。今天我们有必要把他的反动的思想言论加以彻底的批判。

一

谈到胡适，人们总会联想到他和白话文学的关系，现在我想就这个问题做一些探讨。

要答复这个问题，我想首先不能不究明五四文化运动的历史的阶段。诚如毛主席在《新民主主义论》中所指出："在中国文化战线或思想战线上，'五四'以前和'五四'以后，构成了两个不同的历史时期。在'五四'以前，中国文化战线上的斗争，是资产阶级的新文化和封建阶级的旧文化的斗争……在'五四'以后，中国产生了完全崭新的文化生力军，这就是中国共产党人所领导的共产主义的文化思想，即共产主义的宇宙观和社会革命论。"

根据毛主席的这个论点来衡量胡适，那么我们就可以看出作为买办阶级代表的胡适，在五四以后，一开始就是仇视马克思主义的。就是在发生五四运动的那一年的7月，胡适在他的《问题与主义》一文中就大骂马克思主义、社会主义，认为有极大"危险"，认为它是"中国社会改良的死刑宣告"。最先，他还作些"民主主义者"的姿态，但后来随着中国革命运动一天天地展开，马克思列宁主义的一天天广泛传播，他也就抛开假面具，把攻击的矛头对着共产党领导下的革命运动，诬蔑中国人民，成为革命的死敌。所以在五四以后、新民主主义革命运动中，胡适思想的反动性质是显而易见的。

但是在1919年五四运动以前，更具体地说，在1917年到1919年五四前夜，即在资产阶级新文化和封建阶级旧文化的斗争中，胡适的文学活动应该怎样来估计呢？对他和白话文学的关系又应该有怎样的看法呢？

在《新文学的建设理论》一文中，胡适自己曾用他那资本主义国家里学来的广告术，自吹自擂地说到他在当时的功绩。他说：“这个‘白话文学工具’的主张是我们几个青年学生在美洲时讨论了一年的新发明，是向来论文学的人不曾自觉的主张。”

胡适这些话是真的吗？

不，胡适这些话是说谎，不符合事实的。白话文学的发祥地，既不是远在太平洋彼岸的美洲，更不是“几个青年学生”的新发明。

远在19世纪末叶，由于中国资本主义有若干程度的发展，中国就有了表现资本主义意识形态的文学。从理论的提倡来说，在1868年黄遵宪就曾说：“我手写吾口，古岂能拘牵，即今流俗语，我若登简编，五千年后人，惊为古斑斓。”①后来的梁启超，亦同样有用俗语来写小说的主张。

梁启超在《论小说与群治之关系》里则更提倡文学要为政治服务。虽然其中有许多不正确的看法和逻辑不够严密的毛病，但其中有一个很重要的论点，那就是他把小说当作爱国民主运动的工具、思想教育的工具。所以他说：“欲新政治，必新小说，欲新风俗，必新小说。”而最后归结到：“故今日欲改良群治，必自小说界革命始，欲新民必自新小说始。”

再就创作实践说，黄遵宪的诗中有一部分如《山歌十五首》，的确能做到“我手写吾口”的程度。另外，从1895年到1911年间，办白话报的空气更盛行一时，比方上海、北京、芜湖、杭州等地都有白话报。这些白话报都刊登有不少的通俗文学作品，作为宣传救国、反清、开通民智的工具。而胡适本人也正是在这个潮流影响之下，在中国公学读书的时候，就开始写白话文章。

这样看起来，无论从理论的提倡来说，还是从创作实践来说，白话文学的首创权，胡适都是没有份的，当然我们也不否认他在这个运动中曾起过进

① 见《〈人境庐诗草〉注》。

步的作用。从晚清末年到民国初年，有许多的先进人物，为了改变自己国家的命运，努力学习西方资产阶级的政治和文化，以为西方资产阶级的那些东西很可以救中国。在1894年中国被日本战胜以后，以康有为为首的改良派的变法运动，就是这种企图的一次政治尝试。他们虽然是改良派，但在当时的条件下，他们的变法运动还是有进步意义的，后来以孙中山为首的革命派，坚决主张经过革命来实现他们所期望的民主宪政，也就是资产阶级性质的民主宪政。就当时的历史条件来说，他们这样做是正确的。

从当时的政治运动背景来看，我们就可以了解到晚清末年的白话文学的兴起并不是偶然的。它既是资产阶级的要求的反映，同时又是在资产阶级的政治运动指导之下或影响之下发生和发展的。

胡适完全不了解这一个客观原因，同时又故意抹杀这一段历史事实，而企图把白话文学的发明荣誉桂冠拿过来放在自己的头上，这也未免太不谦虚了吧，这是何等无耻的行为啊！

从1914年第一次世界大战开始到1919年五四运动前夜，由于中国的资产阶级在欧战期中有了比较迅速的发展，中国工人阶级的人数和斗争的规模也随之发展起来，中国的阶级关系已起了新的变化。同时由于1917年俄国十月革命的成功，马克思列宁主义在中国的革命知识分子中间已逐渐产生了影响。在这个新的历史条件下，资产阶级的新文学获得了进一步的发展并具备了前所未有的新的革命因素，这是完全可以理解的。

所以，1917年到1919年五四以前的这一阶段的白话文学运动，是有其深刻的社会、政治内容的，有其进步意义的。它既是继承着上世纪以来的资产阶级新文学运动，同时又把它向前推进了一步。这一点是必须首先肯定的。

但胡适是怎样呢？他虽然也参加了这个白话文学运动，但就其所主张的思想内容言，不仅没有比以往的资产阶级的新文学运动更前进一步；相反，在胡适的思想里，过去那些旧民主主义者们的反侵略的爱国主义的热情没有了，关心人民生活、醉心于政治改革的热情没有了，把文学当作宣传进步的政治主张的热情没有了，代之而来的倒是极端崇拜外国的思想和对封建主义妥协投降的思想。所以从资产阶级的新文学运动的历史发展来看，胡适是向后退了一步。

当然，胡适的这些主张是有它的阶级基础的。随着帝国主义对中国侵略的加深，在中国产生了一种从贵族官僚、豪商巨贾所分化出来的买办资产阶级。这个买办资产阶级由于它本身又和地主有着密切的共同利害，因此在它的思想上就有着各种不同程度的封建因素，但这一点却又并不妨碍它在另外一方面极端看不起中国人和中国文化，极端阿谀外国资本主义的文化。而胡适的思想恰好就是这种买办资产阶级思想的代表。

正因为他是买办阶级的代言人，所以在他脑子里同时存在着封建思想和蔑视中国人和中国文化的思想。正因为他是买办阶级的代言人，极端崇拜外国资本主义的文化，因此他就非常热心于从资本主义国家中去输入资产阶级没落时期的思想文化，如文学上的自然主义、形式主义、世界主义、影像主义之类。[①]所以要了解胡适的文学思想，不仅要从他的阶级基础去了解他，而且还要从国际帝国主义的加紧侵略这一事实去了解他，要从整个没落期的资产阶级文化去了解他。

也正因为胡适是买办阶级的代言人，因此，就是在五四以前，在资产阶级的新文化同封建阶级旧文化的斗争中，他也是始终不敢站在前头。而能够适应当时的新形势，提出新方针，站在新文化运动前列的，却是革命的知识分子李大钊。远在1918年，李大钊就曾预言过："1917年的俄国革命是20世纪中世界革命的先声。"[②]又说："在这世界的群众运动的中间，历史上残余的东西，什么皇帝咧，贵族咧，军阀咧，官僚咧，军国主义咧，资本主义咧——凡可障阻这新运动的新路的，必挟雷霆万钧的力量摧灭他们。"[③]从李大钊的这些文章看来，我们可以知道十月革命如何一开始就给了中国知识分子以巨大的影响。而这些初步的革命意识，正是过去任何资产阶级新文化所没有的；也正是这些初步的革命意识，为1919年的五四运动做了准备工作。

现在再就文学运动这个领域来说，作为这个新文学运动的代表人物也绝不是胡适，而应该是具有急进的民主思想的陈独秀。我们试把当时陈独秀的主

---

① "影像派"，胡适译作"印象派"。"影像派"英文原名是Imagist，和印象派（Impressionist）意思不同，风格也不同。

② 《守常文集》，第215页。

③ 《守常文集》，第221页。

张和胡适的主张对比起来一看就可以明白。

陈独秀1917年在《文学革命论》里，曾慷慨激昂地这样说："吾苟偷庸懦之国民，畏革命如蛇蝎。故政治界虽经三次革命，而黑暗未尝稍减。其原因之小部分，则为三次革命，皆虎头蛇尾，未能充分以鲜血洗净旧污。其大部分，则为盘踞吾人精神界根深柢固之伦理，道德，文学，艺术诸端莫不黑幕层张，垢污深积，并此虎头蛇尾之革命而未有焉。此单独政治革命所以于吾之社会不生若何变化，不收若何效果也……"

当然，当时陈独秀的论点是有错误的，比方他还继承着过去的"唤醒国魂"论的错误看法，认为革命的失败，主要的原因是没有向思想战线上进军，但是从积极的意义说来，他正继承了上世纪以来的进步思想的传统，而且加以发挥。他不仅认为思想文化的斗争乃是所以协助政治革命为政治革命服务的，而且还具体地提出了一个文学革命的斗争纲领，即"推倒雕琢的阿谀的贵族文学，建设平易的抒情的国民文学""推倒陈腐的铺张的古典文学，建设新鲜的立诚的写实文学""推倒迂晦的艰涩的山林文学，建设明了的通俗的社会文学"。显然这个文学运动的纲领是急进的民主派的纲领。

但是回头来看胡适的主张怎么样呢？在《文学改良刍议》里，他提出了八点。"八事者何：一曰，须言之有物；二曰，不摹仿古人；三曰，须讲求文法；四曰，不作无病之呻吟；五曰，务去滥调套语；六曰，不用典；七曰，不讲对仗；八曰，不避俗字俗语。"这是他在1917年写的。后来在他的《建设的文学革命论》里，他把这八点归纳成"八个不"，而且更把新文学运动的唯一宗旨确定为"国语的文学，文学的国语"。你瞧，胡适把"文学改良"改为"文学革命"了，但是实际上他的内容却没有任何革命的色彩。相反，他把由上世纪末到陈独秀们所主张的文学之进步的思想内容抽掉了。他只把文学革命看成是形式上的改革，把它限制在工具的改革上。他认为："我们所提倡的文学革命，只是要替中国创造一种国语的文学。"在他后来写的《新文学的建设理论》一文里，则更把文学革命的意义缩小了："所以文学革命的作战方略简单说来，只有'用白话作文作诗'一条是最基本的。"照他这样看法，这一时期新文学之反帝国主义反封建的意义没有了，只要是用白话写的文章，都一律可以算是在革命文学的范围以内。这是何等荒谬的言论啊！但是这种荒谬的言论究竟包含着什么意义呢？原来他就是要用这种“理论”来为后来的许多反动的文学涂上一层保护的颜色。

不过，就是这“八事”，也并不是胡适和他的朋友们自己的“发明”。有好多是从美国的“影像主义”的诗人们那里偷窃来的。为了证明这一点，我不妨把影像派诗人们的六点主张，大意地抄译如下：一，诗里应用日常用语，废除不准确的装饰的字眼；二，不抄袭旧的韵律，创造新的韵律；三，选题应有绝对的自由；四，准确地描写细节，表现出影像，不用那些庄严的、声调铿锵的空洞模糊的描写；五，写诗应严正明朗，不要含糊不定；六，集中描写乃是诗的本质。也许胡适做贼心虚，怕给人拆穿，所以在《胡适留学日记》里，他特别用英文引出影像派的这一小段主张，然后又在后面轻轻地带一句说：“此派所主张与我所主张多相似之处。”[①]其实原来美国的某一新派的货色，倒给这位“博士”贴上了“文学革命”的商标，冒充革命，拿到中国来大做其投机买卖了。

再就陈独秀和胡适二人对于这次文学革命运动的态度上看，也有显著的不同的。

陈独秀的态度是非常之坚决的。在《文学革命论》里他说：“有不顾迂儒之毁誉，明目张胆以与十八妖魔宣战者乎？予愿拖四十二生的大炮为之前驱。”在他答复胡适的信中更明白地说：“鄙意容纳异议，自由讨论，固为学术发达之原则；独至改良中国文学，当以白话为文学正宗之说，其是非甚明，必不容反对者有讨论之余地；必以吾辈所主张者为绝对之是，而不容他人之匡正也。”

但是胡适的态度怎么样呢？1917年他在《寄陈独秀》一文中说：“此事之是非，非一朝一夕所能定，亦非一二人所能定。甚愿国中人士能平心静气与吾辈同力研究此问题。讨论既熟，是非自明。吾辈已张革命之旗，虽不容退缩，然亦决不敢以吾辈所主张为必是而不容他人之匡正也。”你瞧，胡适的态度是非常之模棱两可的，他对于这个新文学实在不过是“尝试尝试”罢了。

而且就是早在1916年，胡适作为一个冒险家的特性也是非常之明显的。在

① 《胡适留学日记》第四册，第1071页。

《尝试集》代序一《五年八月四日答任叔永》一文里，他说："我此时练习白话韵文，颇似新辟一文学殖民地。可惜须单身匹马而往，不能多得同志结伴同行。"胡适究竟是为谁去开辟一个文学殖民地呢？这里他为自己作了预言：他要为美国开辟一个文学殖民地。在代序二《尝试篇》里，他声声句句就是要"成功"。显然胡适满脑子里都是他自己个人的投机冒险的精神，关心的是自己个人的成功，至于国家的兴亡，革命的成败，他是毫无感觉的。像他这样的文学"理论"，试问能从它那里闻到一点革命的气息吗？

现在再以他的第一次走进中国新文坛的《尝试集》本身来看吧。关于《尝试集》，我以后还要论到，我这里只想提到一点，就是他这一部书也是一开始就在那里宣传奴隶思想的。如《病中得冬秀书》里，他说："岂不爱自由？此意无人晓，情愿不自由，也是自由了。"

这个诗的意思，就是说，你如果是奴隶，如果是不自由，但假如你宁愿放弃对自由的要求，那么，你也就是"自由"了。在《尝试集》里，胡适也会作些资产阶级民主主义者的姿态，可是这首诗却已充分地表现了他和封建主义妥协投降的思想了。

五四运动以后，由于反帝反封建为内容的新民主主义革命运动一天天发展，买办资产阶级和地主阶级也就一天天勾结得更紧。在这样的情势下，作为买办资产阶级代言人的胡适的思想，也就更增加了浓厚的封建色彩。这种情况，表现在他的许多论文中。例如在批评《三侠五义》中智化说的一句话时，他就说："这一句话，可抵一部《官场现形记》，然而这句话说的是多么温和敦厚啊！"[①]在批评《儒林外史》的时候，他又说《儒林外史》的作者见解高，故能"哀而不愠，微而婉"[②]。胡适还非常赏识李后主的词。他说："南唐李后主与冯延巳出来之后，悲哀的境遇与深刻的感情，自然抬高了词的意境，加浓了词的内容。"[③]他同时还大捧作家刘鹗的《老残游记》。

从我上面所讲的看来，胡适从1917年一开始就企图抹杀新文学的社会内容、政治内容，企图取消新文学的进步意义而代替以形式主义；一开始就贩卖

---

① 《胡适文存》三集卷三，第704页。

② 《胡适文存》三集卷三，第784页。

③ 《词选自序》，《胡适文选》，第304页。

着帝国主义的有毒的文学思想，一开始就在那里散布奴隶思想，准备向封建主义投降。

还有一点更重要的，就是胡适之谈文学，其目的还不仅是在文学本身，他的最终目的是在通过文学来建立起自己的“政治地位”。胡适在《我的歧路》一文里就曾坦白地承认过：“……我方才打定二十年不谈政治的决心，要想在思想文艺上替中国政治建筑一个革新的基础。”

你瞧，事情还不明白吗？胡适是怀抱着他自己的政治野心来搞他的“文学革命”的！

胡适在五四前和五四以后，文学活动的情形就是如此，但胡适总是爱喋喋不休地歌颂自己的功劳。

当1935年他写《新文学的建设理论》的时候，关于文学革命的历史评价问题，他竟公然诋毁马克思主义，要求“治历史的人应该向这种传记材料（指胡适自己的传记材料）里去寻求那多元的、个别的因素，而不应该走偷懒的道路，妄想用一个‘最后之因’来解释一切历史事实”。并且公然宣称：“白话文的局面，若没有‘胡适之陈独秀一班人’，至少也得推迟二三十年。”其狂妄，真可说是达到了令人吃惊的程度了。

二

实验主义（也译作实用主义）是代表着没落的反动的资产阶级思想意识的哲学，是帝国主义者实行侵略的工具。而胡适既是中国的买办资产阶级的代言人，他的思想又带有封建思想的色彩，所以胡适在文学方面的“理论”是非常之拉杂、浅薄、矛盾百出的。而且实验主义者既然不承认世界上有客观真理的存在和客观规律的存在，真理不过是实用的工具，那么当然实验主义者的胡适也就不可能有不自相矛盾的文学艺术理论。所以以下，我只能抓住他的几个论点来谈，并指出他的这些论点所起的破坏作用。

大家都知道，在我们唯物论者看来，客观存在是第一性的，我们的认识是对于这个客观存在的反映。同时这个客观的存在是可知的，不是不可知的。文学艺术也正如科学一样，它的首要的任务就是反映出客观的真实。不过文学艺术也有有别于科学的自己的特点，那就是它把人的社会生活通过整个的人来反映，要把具体的人、人的生活、人和环境的关系、人的内心世界综合地再现出来，使读者产生真实的感觉，使读者们受到它的感染。但胡适的实验主义却不是这样看的。他认为客观世界究竟是什么东西是不可知的，知识不过是应付环境的工具。在他看来，思想认识之是否符合客观现实，那都是没有必要去研究的。真理是没有客观性的，每个人都可以根据自己的情况作出对自己有用的决定。只要这个决定行得通、有用，那么这个决定也就是真理了。所以在他看来，真理绝对是相对的。所谓“大胆的假设”，实际上就是绝对自由的随意的假设，谁都可以按照自己的情况，作出种种不同的假设。尽管胡适整天叫着“拿证据来”，装出一副重视客观事物的样子，但他的中心思想却正是唯心论。

胡适把这个反动唯心论的学说，应用到文学艺术上来，他能够提出什么意见呢？在他看来，文学艺术既然不是对客观现实的反映，那么它就只能够是作者主观的幻想。所以他欣赏钱静方的意见，他说：“钱静方先生说的好：‘要之，红楼一书，空中楼阁，作者第由其兴会所至，随手拈来，初无成意。’”[①]照胡适这个反动的理论推演开去，那么作家的思想是毫不受客观世界的制约的，是可以作主观的随意的幻想的，作者可以写出一个阴魂，也可以写出一个上帝。胡适的这种反动的文学理论，是和我们把文学当作对客观现实的反映的理论绝对不能相容的。

列宁说：“承认自然界底客观规律性在人底头脑中的近似的正确的反映，乃是唯物论。”[②]是的，我们正是要这样的唯物论。

但是胡适在他的文学论著中，又常常有另外一种论点。他说：“创造是模仿到十足时的一点新花样。”在对《红楼梦》估价时，他又说：“……他们又不会理财，又不肯节省，讲究挥霍惯了，收缩不回来以至于亏空，以至于破产抄家，《红楼梦》只是老老实实描写这一个‘坐吃山空’，‘树倒猢狲散’的自然趋势。因为如此，所以《红楼梦》是一部自然主义的杰作。”[③]这样看

① 《胡适文存》一集卷三，第200页。

② 列宁：《唯物论与经验批判论》，人民出版社出版，第183页。

③ 《胡适文存》一集卷三，第231页。

起来，好像胡适又是很重视客观的，很重视老老实实描写的，好像他的文学理论也有一些唯物论的因素似的。但是事实上是不是如此呢？不是的，他的文学理论正贯穿着他的唯心论的思想。

必须明了，在胡适看来，客观事物乃是“感觉底综合”，因此胡适所说的客观描写，事实上乃是作者主观感觉的记录，或是经验的记录。不错，任何文学作品里面都必须要有具体的描写，而且这些具体的描写不能不包含着客观事物，但正如贝克莱主教要科学家在唯心论的认识论的框子里去从事自然科学一样，胡适是要文学家在唯心论的认识论的框子里去老老实实描写。所以归根到底说起来，他要作者所描写的，并不是真实的客观，而是客观对主观所产生的感觉或经验。

必须明了，在胡适看来，所谓客观事物乃是被主观所经验了的东西，没有为经验所证明的，都是不可知的。这样一来，客观只是主观地存在着，而且一切的科学规律在胡适看来，也并不是什么客观的规律，而只是被经验证明了的用许多事实连缀起来的“假设”罢了。所以他表面上好像是力求客观，但实际上，他正是要作家把偶然感觉到的非本质的东西记录下来而不去追求事物的本质和事物的内在规律。他企图以个别的具体掩盖客观的真实，引导作家陷入琐屑的细节中去。是的，实验主义者正是善于伪装客观，伪装科学来实行他的“最新的”“实证论”的诡计的。

根据这个理论，所以胡适很赞成周作人的“人的文学”的说法。他主张写出“个性化”的人，否认文学之阶级性和倾向性，否认事物发展之规律性，否认人物之典型性。他赞成美国的影像派的学说，主张文学要有摄影性，作者要无动于衷地像照相机般通过自己的感觉把客观摄照过去。他重视事物之表面现象的描写。

很明显，胡适这一系列的所谓“客观”的理论，跟马克思列宁主义的反映论是毫无相似之处的。

他们认为文学之反映客观现实，并不是意味着它就把客观现象像照相一样照下来就算了，也并不是意味着作者身处在事件的外面，旁观者似的把它们反映出来就算了。不是的，我们认为只有作者自己参加改造世界的工作，站在进步的立场和一切反动、腐朽、落后的力量斗争，他才能真正认识世界，真正反映出客观的真实。列宁说过："认识是对思维的客体永恒无尽的接近。应当把人底思想中的自然界的反映，了解为不是'死板的'，不是'抽象的'，不是没有运动的，不是没有矛盾的，而应该把它了解为在运动中发生矛盾和解决矛盾的永恒过程中。"[①]所以马克思列宁主义的反映论是具有深刻的战斗意义，有着生动而又丰富的内容的。

我们认为文学之反映客观现实，并不是意味着它只是一个个人物的描写，或者是表面现象的描写；不，不是的，我们认为作者必须在参加实际斗争中，深入到生活中去，并从生活里面抓住它们的本质，具体地概括出典型，从而体现出历史发展的规律。为了要做到这一点，作者就必须获得革命的世界观、人生观，获得辩证唯物论、历史唯物论的方法，并应用这个方法，在实践过程中去观察世界、观察社会；投身到火热的斗争中去，观察人，体验人，不仅把握到人的动作、姿态、语言、外貌的特点，而且把握到人的内心生活。所以我们要求于作者的，不仅是要他写出一个个生动的人，而是要他写出新时代中典型环境的典型性格。

我们认为文学之反映客观现实并不是意味着把原来的东西加以模仿，我们主张从现有事物的萌芽中，看出它们的成长给予艺术的夸张，写出人们所没有说而可能说的话，写出人们没有做而可能做的事。高尔基说过:"文学并不是从属于现实底部分的事实，而是比现实的部分的事实更高级的。文学底真实并不是脱离现实，而是和它紧密地接连着……文学底真实——是从同类的许多事实中提出来的精粹，是典型化了的。而且只有正确地将现实中反复的全现象反映在一个现象上的时候，才能产生真实的文艺作品。"[②]是的，我们所需要的文学作品正是这样的作品。

当然，文学艺术之反映客观真实，并不是为反映客观真实而反映客观真实。文学是党的事业的一部分。我们的目的是要改造世界。所以我们的文学绝不是供有闲阶级消闲的文学，绝不是给那些吃饭吃得太饱而无事可做的人们帮助消化的文学，绝不是平平淡淡的、干燥的、灰色的、消沉的文学，不，绝不

① 见《黑格尔〈逻辑学〉一书摘要》，第三篇第三章。

② 高尔基：《给青年作家的信》。

是的。在我们看来，作家必须是为真理而战的战士，是阶级斗争中的战士，他不仅要通过形象来反映出客观的真实，同时也要通过形象来表现出他对于客观世界的正确的看法、他的思想和感情。所以我们的文学是生气勃勃的、色彩鲜明的，充满着为社会主义的建设事业而奋斗的激情的文学。社会主义现实主义的文学的主要任务之一，就是要铸造出光辉灿烂的、值得千万人仿效的新英雄形象，以此来教育读者。这一点是完全可以理解的。

胡适还自诩说他自己的人生观是自然主义的人生观。他说："根据于生物学、生理学、心理学的知识，叫人知道人不过是动物的一种，他和别种动物只有程度上的差异，并无种类的区别。""根据于生物的科学的知识，叫人知道生物界的生存竞争的浪费与残酷——因此，叫人更可以明白那'有好生之德'的主宰的假设是不能成立的。"[①]照他这样说法，我们今天的这些人都还是生活在动物世界里。我们原本是好好的两脚直立的社会的人，但胡适却要我们回到畜生世界里去，把我们看成和兔子、狐狸没有任何本质上分别的东西。按照胡适这个反动理论去做，作家就一定会更多地注意人的动物性描写。

总之，胡适的文学理论包含着两个方面。有时他认为文学完全是作者个人的幻想；有时则又把文学看成只是对外在事物的模仿、对偶然现象的摄影、对个性的描绘，把人看成只是动物之一种。从后一点看，显然胡适是抄袭了欧洲资产阶级没落期的自然主义的学说。把文学看成作者个人的幻想，和把文学看成"纯客观"的摄影，这两种看法，是极端的矛盾的，但如果从胡适的哲学根源去研究，那么我们就会知道这是经验论者所必然会达到的结论。这中间有一条唯心论的线在贯穿着。因为既然他认为客观不过是主观的经验，那么他所谓客观的描写也就等于是主观的感觉的描写。列宁在《唯物论与经验批判论》里早就说过："物体是感觉的复合的学说，是绝对幻想主义，即唯我论：因为从这个观点看来，整个世界无非是我的幻想。"列宁这一句话，真是一语中的了。

自然主义在欧洲发展下去，就变成了印象主义和形式主义。胡适的文学活动是在20世纪开头就开始的，当然他也抄袭了一些形式主义的理论。

---

① 《胡适文存》二集卷二，第26页。

现在就让我来谈一谈他的形式主义的理论。

三

反动的实验主义既然只重视一个个具体的事实和现象，而反对哲学的抽象，那么它就不可能从这些个别现象中看出它们里面所包含着的内在的规律。因此它也就只能抓住事物的表面现象，加以类比、连缀，归纳成建筑在偶然性上的一些所谓“规律”。胡适把这种方法应用在文学现象上，这就形成了他的形式主义，企图从文学艺术内部来破坏文学艺术。

比方关于白话文学运动的估计问题。在我们看来，当时既然有反帝国主义反封建的力量和思想的兴起，因此就必须要求有通俗易晓的形式来加以表达。新的语体文白话文，乃是适应着这个思想而产生的。所以围绕着当时新旧文学问题的争论，乃是一个强烈的思想斗争，同时也正是强烈的反帝国主义反封建的斗争在思想上的反映。诚如毛主席所说：“五四运动，在其开始，是共产主义的知识分子、革命的小资产阶级知识分子和资产阶级知识分子（他们是当时运动中的右翼）三部分人的统一战线的革命运动。”[①]

但胡适对于新文学运动完全不是这样的看法。他认为这只是“国语文学”运动。又说：“我常说，文学革命的运动，不论古今中外，大概都是从‘文的形式’一方面下手，大概都是先要求语言文字文体等方面的大解放。”[②]他又说：“我们也知道单有白话未必就能造出新文学；我们也知道新文学必须要有新思想作里子。但是我们认定文学革命须有先后的程序：先要做到文字体裁的大解放，方才可以用来做新思想新精神的运输品。”[③]

这里很显然的，胡适把内容与形式的问题颠倒地安放着。我们说，文学的革命总是内容先行于形式，而胡适则认为先形式然后有内容。照胡适这样的说法，文学革命，只是白话才是重要的，至于其内容如何，就可以暂时不管了。因为他有这个看法，所以他就可以把《七侠五义》和《水浒传》放在同一

① 《毛泽东选集》第二卷，第671页。

② 《胡适文存》一集卷一，第227页。

③ 《胡适文存》一集卷一，第278页。

类型的位置上。比方他谈到《七侠五义》的时候，他说：“《七侠五义》描写人物的技术却是不坏；虽比不上《水浒传》，却也有点个性的描写。”[①]原来在他看来，《七侠五义》与《水浒传》的分别，只在于《七侠五义》的描写技术比不上《水浒传》罢了！这是何等抹杀艺术思想的议论啊！根据他这个看法，就是连《九尾龟》这一类的书也算是好的了。胡适说：“近二十年中遂有《九尾龟》一类的吴语小说相继出世。《九尾龟》一类的书的大流行便可以证明韩子云二十多年前提倡吴语文学运动，此时已到了成熟的时期了。”[②]胡适既然把文学的形式放在第一位，并把它当作一个中心去概括许多现象，那么他就不可能不把反动的东西和进步的东西、有人民性的东西，混淆在一起，看成是同属于“白话文学”的范畴了。再则，胡适把形式看作是“运输品”，这也是十分荒谬的。因为他这样就把内容与形式机械地分割开来，就把形式看成是外加的东西，就是认为可以有无内容的形式的存在。

现在再从胡适对于文学内容的解释看，也可以看出他完全是形式主义地来处理问题。

胡适在《文学改良刍议》里面，他解释言之有“物”的时候说：“吾所谓‘物’约有二事：一、情感……情感者文学之灵魂……二、思想，吾所谓思想盖兼见地，识力，理想三者而言之。思想不必皆赖文学而传，而文学以有思想而益贵……思想之在文学犹脑筋之在人身……”这些话在我们今天看来等于是没有解释的空话。所谓思想感情是哪一个时代、哪一个阶级的思想感情？是怎样的思想感情？它在当时起什么作用？这些思想感情是怎样表现的？这些问题他根本就不愿回答或不敢回答。在《什么是文学》这篇文章里，胡适提出文学要有三个要件：“第一要明白清楚，第二要有力能动人，第三要美。”据他自己解释，所谓“明白清楚”，就是要使人懂得所谓“懂得性”。所谓“要有力能动人”，就是“我要他爱我，他不能不爱我”的“逼人性”。至于什么叫做“美”呢？在引用了一段《老残游记》中关于雪山的描写以后，接着就说：“这一段无论何等顽固古文家都不能不承认是‘美’。美在何处呢？也只是两

① 《胡适文存》三集卷二，第171页。

② 《胡适文存》三集卷三，第739页。

个分子：第一是明白清楚；第二是明白清楚之至，故有逼人而来的影像。”原来说来说去，所谓“美”还就只是“明白清楚”。这里他所要求于作者的就只是纯客观地清清楚楚地把客观的事象照相般地摄照出来。胡适对于文学作品所表现出来的思想内容对艺术作品所起的决定作用，作者的进步理想以及从作者的进步理想中所体现出来的人民的希望和要求，是完全抹杀掉了。这样胡适就把形象的思想性，同时也把它的艺术性破坏了。

我们说作品的思想性，就是在作品的形象之中。作者通过他对于所描写的人物的选择，通过强调某些人物的某些侧面的方法，通过作品中人物相互间的关系的安排，故事情节的发展，以及用他自己叙述描写时的口吻，直接地间接地曲折地表现出作者自己的思想。但是胡适的看法不是这样。他把艺术的形象和作品的思想对立起来。比方他说：“但是《老残游记》在中国文学史上的最大贡献，却不在于作者的思想，而在于作者描写风景人物的能力。”①又说，“《老残游记》最擅长的是描写的技术”。从前一句话，可以看出胡适是把思想和风景人物的描写看作两件分割的事情，并把思想抛开；从后一句话，可以看出胡适又是把风景人物的描写看作是一种“技术”。他这种论点，其目的就是在于把坏的作品说成好的作品，把艺术形象的思想抽空，使得他成为一个空洞的纯形式的东西。只要人物写得生动，写景写得好，至于其所包含的思想内容，就是反动的也是好的。这样他就既把文学所表露出的思想抹杀掉，同时又把艺术的形象铸造的工作降低到工匠的地位，从而也就破坏了形式。我说他的“理论”是钻进文学艺术里面来破坏文学艺术，难道这还不明白吗？

正由于我们认为形象是文学艺术的重要部分，所以我们对于作品的研究，总是从形象入手，想象出书中的人物，体验他们的生活和心理，领会整个故事情节给予我们的感受。然后再回头去研究一下这些人物故事的真实性和典型性，研究一下作者从这些人物形象故事情节中表达出了什么思想，什么情感，研究一下作者的这些思想情感，是否直接地间接地经过一些折光表现了当时的广大人民愿望，分析一下作品所可能给予人民的思想的启示、艺术的感染等。总之，我们的研究是一刻也不应离开具体的人物形象的。我们研究作品，

① 《胡适文存》三集卷三，第814页。

是要在掌握作品中所表现出来的全部意义以后，然后再加以评价。

但是胡适对于作品的评价是非常之形式主义的、武断的。他对于作品中的形象和作者通过这些形象所表露出来的思想，是完全抹杀的。他往往只摭拾作品中一两句话，就作出了很狂妄的判断。

比方胡适在他比较《七侠五义》和元曲《抱妆盒》第二折的文字以后，就大胆地下了一个结论。他说："读者不要小看了这一点小小的改动。须知道从'刘皇后匆匆而去'改到'刘妃缓缓的说道，去罢'，这便是六百年文学技术进化的成绩。"[①]又比方在《论短篇小说》一文里，他说："《水浒》所以比《史记》更好，只在多了许多琐屑细节。"[②]

你瞧，这就是胡适的形式主义的文学批评。也许读者们会觉得胡适的文学批评是太浅薄，太可笑了。但是要注意：他这种形式主义的理论乃是资产阶级思想的一种表现。

胡适为了掩饰自己的形式主义的理论的空虚，他甚至污蔑当时的新文学运动，说那时"实在还不配谈文学内容的革新"。在他的《新文学的建设理论》里，他这样说："社会上所有的西洋文学作品不过是林纾翻译的一些十九世纪前期的作品，其中最高的思想不过是迭更司的几部社会小说，至于代表十九世纪后期的革新思想的作品都是国内人士所不曾梦见。所以在那个贫乏时期，我们实在不配谈文学内容的革新，因为文学内容是不能悬空谈的……"简单一句话，他就是反对谈内容的革新。

对于古典文学的评价，胡适为了避开谈作品的典型形象，作品的思想性、艺术性，他常常就索性抛开作品不谈，而去大谈其考证。这里他大致有三种办法。第一种办法是研究作者是谁，对于作者的生年死日、作者的亲戚朋友、作者的曾祖曾孙都一一加以考证；第二种办法是研究书的发展史，于是对于这部书最初如何，有什么版本，后来演变如何，又变成什么版本，又都一一加以考证；第三种办法就是大谈其故事发展的历史，如从李宸妃的故事发展到《七侠五义》的故事等。当然我们并不完全反对考证，或反对研究版本。

---

① 《胡适文存》三集卷三，第696页。

② 《胡适文存》一集卷一，第189页。

比方为了更好地了解作品，我们有必要知道作者的生平、奋斗的历史、他当时和各方面所发生的交涉。但我们绝没有必要为作者修家谱，做起居注。当然，我们也赞成必要的版本的核定，我们必须知道哪些是真的、哪些是假的、哪一种本子最能代表作者的原意，以及这部书由这个样子发展成那个样子，其间有什么意义。但我们绝没有必要用版本的考证来代替作品之历史的估价、艺术的评论。当然我们也赞成研究故事发展的历史，但我们所重视的并不仅是这个故事如何演变成如此如此的过程，而主要的是要研究为什么会变成这样而不是那样，这其间变化的过程具有什么社会意义。我们评论古典作品，其主要目的自然是帮助读者更好地了解作品，从它那里获得更好的思想教育、美感教育，提高道德品质，养成热爱祖国文化的思想，而作家则更负有责任把这些优良传统发扬光大，吸收其精华从而创造出更好的新作品。但胡适的考证恰好是在古典作品上撒下一重迷雾，作出许多狂妄武断的判断，降低了古典文学的价值，歪曲了古典作品中人物的形象。

那么胡适的反动的形式主义的文学“理论”，其主要的目的究竟是什么呢？我想其主要目的是在于妨碍进步文艺之发展，抹杀文学之思想的意义，是在为反动的技艺文学做保镖，模糊进步文学与反动文学的界限。比方他说：“一切有志作文学的人都应该拜智化为师，努力‘设身处地的’去学‘他之为他’。”[①]我们认为，作家应该设身处地去了解他所描写的对象的心理，但为什么我们要去学《七侠五义》中的智化呢，臭非只有智化才知道设身处地么？

四

胡适自称他自己是进化论者，因此在文学理论上他也曾不止一次说到“文学进化观念”。大家知道马克思列宁主义者是历史唯物论者。究竟我们的历史唯物论和胡适所说的“进化论”有何不同，这里必须先交代清楚。

首先，胡适认为人不过是动物的一种，他和动物只有程度上的差异，但我们认为人的劳动使人变成了能“制造工具的动物”，劳动创造了人本身。从

① 《胡适文存》三集卷三，第703页。

人类能够应用工具变为“制造工具的动物”那时候起，便开始了人类社会的历史。随着生产力的发达，人类对于自然的控制力也就不断增加了。经过长期的人类文化的积累，人类已经几乎全是生活在人类社会的环境里面。人类社会的发展，有着它自己的本身的规律，胡适机械地想把生物上的规律硬搬到人类社会来引用，不仅是一种荒谬的错误，而且也正是企图为所谓“适应环境”的奴才教育找根据。

其次，他的进化论认为社会的进步只有一点一滴的改良，而不承认有质的变化。不错，马克思列宁主义者承认达尔文本人在科学上是有他的一定的功绩的。马克思说过：“达尔文的著作是很有价值的，而我恰好作为一个历史阶级斗争的自然科学的支柱。”[①]但达尔文的学说是有缺点的。诚如斯大林所指出的：“达尔文主义不仅摈斥居维叶的激变，而且也摈斥按辩证法来了解的革命，但从辩证方法观点看来，进化和革命、量变和质变乃是同一运动的两个必要形式。”[②]胡适的实验主义，恰好正是只知道进化不知道革命，只知道量变不知道质变，继承和发挥了达尔文学说的错误的这一方面。

再次，胡适的进化论是很含糊的。他只是说“人类生活随时代变迁”而变迁，他只是说“根据于生物学及社会学的知识，叫人知道道德礼教是变迁的，而变迁的原因都是可以用科学方法寻求出来的”[③]。但变迁的原因何在呢？胡适始终都没有交代。以胡适的庸俗的进化论去解释这些问题是毫无能力的。只有马克思列宁主义能够打开历史问题的锁钥。马克思早就指出物质生产的客观条件，指出了社会生活的经济规律，指出了这些条件和规律都是人类一切历史活动的基础。生产力的发展必然会引起新的生产关系、经济秩序的建立。而某一种生产关系之被另一种更高级的新的生产关系所代替，在有阶级对立的社会里，是必须通过阶级斗争来进行的。所以，阶级斗争乃是社会发展的动力。

明了了胡适的庸俗的进化论，我们再来看他是怎样把他的进化论错误地应用到文学现象的解释上来。

---

① 《马克思、恩格斯、列宁论生物学》。

② 《斯大林全集》第一卷，第349页。

③ 胡适：《〈科学与人生观〉序》，《胡适文选》，第93页。

胡适在他的《文学进化观念与戏剧改良》里，提出“文学进化观念”的四种意义。

第一，他说：“第一层总论文学的进化：文学乃是人类生活状态的一种记载，人类生活随时代变迁，故文学也随时代变迁，故一代有一代的文学。”不错，一代有一代的文学，但为什么它会变呢？胡适的答复是真的文学自然会驱逐假的文学，代替坏的文学，企图用“物竞天择”的说法来解释文学史的现象。但为什么有时假的文学老存在下去呢？为什么真的文学老不出现呢？为什么这种文学只在这个时代而不在另一个时代出现呢？变的基本原因何在呢？为什么同一时代会有两种以至于多种的文学流派呢？市民文学为什么盛行于宋而不是盛行于汉朝呢？杂剧为什么大行于元代呢？根据胡适的进化论是无法来答复这些问题的。所以他这个论据是空洞的，没有内容的。

第二，他说：“文学进化观念的第二层意义是：每一类文学不是三年两载就可以发达完备的，须是从极低微的起源，慢慢的，渐渐的，进化到完全发达的地位。有时候，这种进化刚到半路上遇着阻力，就停住不进了；有时候因为这一类文学受种种束缚不能自由发展……西洋的戏剧是自由发展的进化；中国的戏剧便是只有局部自由的结果。”

胡适的这种说法，显然是唯心论的历史观。在我们看来，每一类文学之所以兴起或衰亡，都是由当时的历史条件规定的。胡适离开了社会土壤去空谈文体的发展，这是错误一。有些文体的崛起，是包含着战斗的意味。比方欧洲18世纪的政论和散文都具有强烈的政治斗争的意味，而胡适把每一类文学的成长看成好像是在花园里和平地生长的橡树，这是错误二。中国的戏剧之所以不能够获得充分的发展，是由于中国的长期封建统治外族奴隶主侵扰和破坏的结果，胡适凭空说的“停住不进”的判断是玄学的随意的假定，这是错误三。各种文体的发展并不都是慢慢的、渐渐的，有时它可以突然兴起，比方《离骚》就是如此。胡适的规律违背事实，这是错误四。从艺术的见地看来，简朴的文体未必就不美，因为朴素和粗犷也是美的一种风格；反过来，琐屑细节的描写又未必就是美，因为形式上的过分雕琢反而损害了艺术的内容。胡适把生物机体由简单而趋向复杂的进化，硬套到艺术发展上来，这是错误五。

第三，他说：“文学进化的第三层意义是：一种文学的进化每经过一个时代，往往带着前一个时代留下的许多无用的纪念品；这种纪念品在早先的幼稚时代，本来是很有用的，后来渐渐的可以用不着他们了，但是因为人类守旧的惰性，故仍旧保存这些过去时代的纪念品。”胡适这里所说的遗形物，是指那些旧的形式而言。当然，我们也主张有一些旧形式是应该淘汰的，但并不是所有的旧形式都应该否定；相反，我们正应该把许多民族的优良传统保存下来，或者加以改装或者加以充实，使它能够更好地为新的内容服务。如果根据他的理论，许多民族的遗产都只好被看成“盲肠”，不是让它无用地存在着就非割去不可了。这是为他的“全盘西化”论建立根据的反动理论，同时也正是蔑视文学之民族风格的反动理论。还有，比方他说：“所以在中国戏剧进化史上乐曲一部分可以渐渐废去，但也依旧存留，遂成一种遗形物。”他不知道，传奇虽然可以有一部分变为“终曲无一曲”的话剧化的传奇，但这并不是说，话剧就可以完全代替乐剧，而音乐之于戏剧简直就等于“男子的乳头”，成为了“遗形物”，非革除不可。正如欧洲古代的叙事诗，有一部分分化成散文小说，但散文小说之盛行却并不一定要取消叙事诗，而叙事诗也不就是“遗形物”。又比方希腊悲剧在古代希腊曾经达到高峰，而现在，这个形式是死亡了。但是我们并不能因此就说希腊悲剧已成为了化石。相反，希腊悲剧直到现在都还在哺育着后代的作家。胡适把生物学上的进化论硬套到文学发展史上来，是十分荒谬的。

第四，他说：“文学进化观念的第四层意义是：一种文学有时进化到一个地位，便停住不进步了；直到他与别种文学相接触，有了比较，无形之中受了影响，或是有意识地吸收人的长处，方才再继续有进步。此种例在世界文学史上真是举不胜举。”把胡适的这个“原理”应用到当时的文学运动上，那么必然得出的结论，就只有是，中国的文学，就其本身说来，已不能再向前发展，只有借助于外力，它才能继续向前进步。其实胡适之所以作出这样的“假定”，是完全有他的“有用”的意义的。在《文学进化观念与戏剧改良》一文里，他接着就说了“中国文学向来不曾与外国高级文学相接触”。在《建设的文学革命论》里，他对于中国文学的蔑视更达到了惊人的程度。他说：“第一，中国文学的方法实在不完备，不够作我们的模范。即以体裁而论，散文只有短篇，没有布置周密、论理精严、首尾不懈的长篇；韵文只有抒情诗，绝少纪事诗，长篇诗更不曾有过；戏本更在幼稚时代，但略能纪事掉文，全不懂结构；小说好的，只不过三四部，这三四部之中，还有许多疵病；至于最精彩的‘短篇小说’‘独幕戏’更没有了。若从材料一方面看来，中国文学更没有做模范的价值。”

好了，他对于中国的文学既然是如此其蔑视，那么他对于外国文学则又怎样呢？那真是阿谀备至呢！他说：“第二，西洋的文学方法，比我们的文学，实在完备得多，高明得多，不可不取例。即以散文而论，我们的古文家至多比得上英国的培根和法国的孟太恩，至于像柏拉图的‘主客体’赫胥黎等的科学文字，包士威尔和莫烈等的长篇传记，弥儿、弗林克令、吉朋等的‘自传’……都是中国从不曾梦见过的体裁，更以戏剧而论，二千五百年前的希腊戏曲，一切结构的工夫，描写的工夫，高出元曲何止十倍……”①

既然中国的文学是如此“低下”，而外国文学又是如此“高超”，所以胡适认为救之之道，是在于用“比较研究”的方法，全盘西化！这种对资本主义文化奴颜婢膝的民族虚无主义，显然是为帝国主义的侵略效劳的背祖灭宗的奴才思想！胡适是中国第一个反动的世界主义的宣传者。他和我们的继承古代文学民族遗产的学说、社会主义内容民族形式的学说，是完全处于敌对地位的。

总括地说起来，胡适所提倡的“进化论”是利用了达尔文学说的缺点的帝国主义者的庸俗进化论。而他自己则挂着这个招牌，来任意歪曲文学史的发展规律，散布他的反动的民族虚无主义和世界主义。

五

现在再来谈一谈胡适的“创作论”。

胡适，正如他对于整个文学的看法一样，他对于文学创作的看法，也是一方面是极端唯心的，一方面则又是极端伪装科学的、形式主义的。他是用实验主义的方法在“白话诗实验室”里去从事创作的。我们从他所写的许多文章

① 《胡适文存》一集卷一，第93页。

中可以看出他对于创作的一些意见。

第一，他说："……这一段乃是我的'文学的实验主义'，我三年来所做的文学事业只不过是实行这个主义。"[①]又说："这一件可贡献的事，就是这本诗所代表的'实验的精神'。我们这一班人的文学革命论所以同别人不同，全在这一点试验态度。"这是胡适用实验方法写诗的"新发现"。[②]

第二，他论到创造新文学的时候，他说，一，要有新工具（即多读白话文，用白话作各种文学）。二，要讲求方法，即收集材料的方法，结构的方法，描写的方法。三，结合一二两点才谈得上创造。[③]至于如何创造他可没有说明白了。

照他这样说来，文学的创作，也就是相当于科学的试验。至于作者的生活实践呢？作者的世界观人生观呢？作者作为那一个时代的进步阶级的美学理想呢？胡适是根本看不见的。他的所谓创作，实际还离不开修辞学的范围。

但是文学创作过程是不是如此呢？显然不是如此，任何一个进步作家、伟大作家都一定怀抱着那一个时代的人民的理想和自己对于这个世界的看法去从事创作的。

也许有人说马克思列宁主义者是主张客观的，不重视主观的力量的。其实这是不对的。马克思列宁主义者从来也没有低估过主观的力量。马克思列宁主义者之所以区别于唯心论是在于，马克思列宁主义者认为物质是第一义的，精神是第二义的，思想认识是对于客观世界的反映；马克思列宁主义者认为是社会的存在决定人的意识，而在阶级社会里，也就是阶级的存在规定人的意识。但当意识掌握了客观发展的规律，而又为千百万人所了解的时候，这个意识就又成为了物质的力量，使人们成为了能控制自然规律和社会规律的主宰了。

所以马克思列宁主义者非常重视马克思列宁主义理论的学习，非常重视在实际斗争中去锻炼自己的意志。

至于作家，诚如斯大林所说的，乃是人类灵魂的工程师。他必须有革命

---

① 《胡适文存》一集卷一，第272页。

② 《胡适文存》一集卷一，第278页。

③ 《胡适文存》一集卷一。

的世界观、人生观，有高度的政治觉悟，有强烈的革命热情、鲜明的爱憎。热爱人民，和人民有千丝万缕的联系，熟悉他们的生活，熟悉他们的语言，才能谈得上创作。至于创作本身，那当然更是复杂细致的劳动。

所以创作是绝不如胡适所说，有了工具，有了材料，有了方法就可以"实验"出来的。这样"实验"出来的东西，只能够是纸糊的玩具。

胡适在创作上的美学观点也是异常反动的。比方他说："美学就是'懂得性'（明白）与'逼人性'（有力）二者加起来自然发生的结果。"又说："文学的美感有一条极重要的规律曰：说得越具体越好，说得越抽象越不好。"[①]这些话，骤看起来，好像是浅薄得可笑，不值得一驳，但真的追究起来，这里也包含着胡适的反动的实验主义在里面。

照胡适的老祖宗实验主义哲学的头子杜威看来，思想不仅产生自机体的活动，而且还把它还原为简单的生物的动作。后来一位行为派的心理学家瓦特逊则更把这个论点发挥到极致，认为思维的过程不过是肌肉的运动和反应。美国的影像派的诗人就正是在这种哲学流派影响之下创造出他们的诗论的。他们重视感觉的印象，认为诗的工作就是很清楚地把这些印象用浅白的语言记录下来。诗应该像是图画，应该给人以明白的影像。按照这种诗人的见解，诗只能是影像的罗列，只能够是许多感觉的拼凑，至于诗人的崇高的审美理想，改造世界的激情是根本谈不上的。胡适的创作论，显然正是贩卖着这种货色。所以他说；"感情乃是动作自然的反应。"[②]他曾经一再强调"白描"，极口称赞刘鹗的那一段雪景的描写，特别是欣赏"五月榴花照眼明"的"明"字，认为美就是在于用的是"明"字。胡适为什么特别赏识这个"明"字，原因是在他看来这个"明"字描写出了鲜明的"影像"。

但是在马克思列宁主义者看来，感觉，从其发端的、最初的、基本的形式说来，乃是有机体生物学发展的产物。它是与感应性联系着的。但是就是这个感觉，它的意义，也是人化了的。马克思曾经说过："因此社会的人底感觉与非社会的人底感觉是不同的；只有凭着（从对象上）客观地揭开了的人的本

---

① 《胡适文存》一集卷一，第216页。

② 《胡适文存》一集卷二，第132页。

质底丰富性，才能有主观的人的感觉底丰富性，才能有音乐的耳，善于识别形式美的眼睛，—— 一句话，人的感觉的能力，部分是生来就有的，一部分是逐渐发展的，而且这些感觉是作为人的本质的力量而被确定的。”[①]

同时我们也必须把感觉和情感分别开来。“感觉所反映的是各个物体和现象的特性，这些物体和现象是不须依赖着人而存在的。而情感则是一个人体验着他自己对这些物体和现象的态度。”“感觉所指的是人对物体的某一部分的感知，而情感所指的则是，一个人如何对待这些物体，以及这些物体在这人身体中引起了什么样的状况。”[②]这样看起来，情感虽然是对象所引起的，或是关于某种对象的回忆所引起的（当然感觉也可能附带一些情感的反应，但一点情感的反应并不足以构成诗的情感），但是情感所反映的并不是这些对象本身的特性，而是它们对我们的意义和我们对它们的态度。诗的情感所反映的，也是一样，是事物对于我们的意义和我们的态度思想意识。当然这些态度和意识，乃是我们在长期生活实践中养成的，在各种不同的具体的历史情况之下，为阶级的存在所制约着的。所以情感比一般的抽象思想具有更直接的现实意义。因为它是和客观的对象紧紧地联系在一起的。同样的事物，在不同的人的身上可能引起完全不同的反应。但情感也是有着一定的社会基础、阶级基础的，为客观所制约的，是有规律可循的，它不过是通过作者的个性的性格来表现罢了。

不错，诗人也重视色彩，也重视音响，但他们之所以重视它，主要的是要通过它来表现诗人自己心里所感触到、意识到的世界，表现自己的世界观、人生观，表现革命的战斗的激情，表现出反映在他的心灵里的人民的愿望。抽去了社会内容，一切色彩线条、音响和韵律都只能变成僵死的东西。影像派的诗人之所以会有这一类的主张，其原因就是他们缺乏“作为人的本质的力量”，他们对于这世界没有任何根本的看法，对于这社会没有任何符合于广大的人民愿望的伟大理想，因此只好乞怜于感官的印象，用五颜六色的花纸来遮掩自己的灵魂的空虚。

---

① 《马克思主义与文艺》，第29页。

② 捷普洛夫：《心理学》，第84页。

不错，我们也主张诗里面要有具体的形象。但这和胡适的“说得越具体越好”的“规律”有本质上的不同。如果照胡适所说，“文学的美感是越具体越好，凡全称名词都是抽象的，个体名词都是具体的”，那么岂不是把所有的抽象名词都改成个体名词就很好了吗？把“许多船”改成为“千帆”，把“女人”都改成为“红装”，岂不就都很美了吗？像这样的“理论”就是稍懂文学的人也会觉得十分可笑的！我们说的诗里面必须要有具体的形象，这个具体是指经过概括的典型化了的具体，是由诗人赋予了社会内容的具体，而胡适所说的具体则是个别事件的具体。光是具体并不能成为诗。诗里面的形象，必须是具体的，但同时还必须是通过诗人的眼睛所看出来的最具有特征的东西。所谓诗的形象的语言，也不只是具体，而且必须是带有丰富的感情色彩，而又能引起读者们的广泛的联想的语言。

现在我们且来看一看胡适是怎样来作新诗创作的“实验”的。

他在《尝试集》再版自序中说：“我这几十首诗代表二三十种音节上的试验，也许可以供新诗人的参考。”又说：“我有时又想用双声叠韵的法子来帮助音节的谐婉。”

他还举了《尝试集》里的“诗”做例子，比方他说：

看他们三三两两，
回环来往。夷犹如意！

三，环叠韵（今韵）；两，往叠韵；夷，意叠韵；回，环双声；夷、犹、意，双声……

你瞧，胡适的所谓作诗乃是在教人玩弄音响的魔术。虽然后来他自己亦说：“诗的音节是不能离开词的意思而独立的。”但这不过是一种掩遮之词。《尝试集》序上不是明明说，他要用“实验主义的精神”，用科学家实验的方法来写诗，而且已经“作了二三十种音节的试验”了吗？

是的，胡适是宣扬形式主义的，但这并不是说形式主义就不主张文学应有思想内容。恰好相反，正是在这个形式主义掩盖之下，他在偷运着有毒的思想。所以必须注意：在他玩弄音响魔术的同时，他却又十分欣赏那种污蔑劳动人民、歪曲劳动人民形象的诗。例如他引了这样几句“诗”：

渔人坐在板上，
把刀劈竹拍拍的响。
船头立个小孩，又憨又蠢，
不知为什么？
笑迷迷痴看那黄波浪。[1]

接着，胡适就作出了他的评价。他说：“这种朴素真实的写景诗，乃是诗体解放后最足使人乐观的一种现象。”

你瞧，这里胡适不正是自然主义地丑化劳动人民而将此作为新诗歌的典范吗？

马克思列宁主义者对于诗的创作的看法是和胡适的看法完全相反的，诚如毛主席所指出的：“革命的文艺，则是人民生活在革命作家头脑中的反映的产物。”所谓革命作家的头脑，自然就是具有马克思列宁主义世界观、人生观的头脑，就是对于世界的改造具有激情的头脑。一个诗人，就是要表现出他自己对于这个世界的看法，对于这个世界的期望和理想。高尔基曾说过：“真正的诗——往往是心底诗，是心底歌，即使略有一点哲学性，但是总以专讲道理的东西为羞耻。”[2]

是的，真正的诗人常常是感到自己心里有一种非常激动的心情，非吐露出来不可。在这个时候，他的记忆也就达到这样紧张的程度，以至于把自己所有积蓄着的表象，都涌现出来；同时把它们放在诗人自己的主导情绪的控制之下，经过各种不同的结合，从而构成更复杂的种种的新形象。是的，诗的创作过程就是如此。

记得高尔基曾说过：“主题是经验在作家的心中所唤起的一种思想，主题是由生活向他提示出来的，但它却沉睡在迄未形成的他的意象储藏所里；因

① 《胡适文存》一集卷一，第232页。
② 高尔基：《给初学写作者的信》。

为它要求具体表现在形象上，所以它鼓舞着他迫切地把它塑造出来。”

记得罗曼·罗兰也有类似的话。他说：“只有在作家要告诉读者的事情，在这位作家看来，对于社会是非常之重要，而使他被迫不得不要求在艺术中去表现它的时候，才能创造出一种真正的艺术作品。”

是的，高尔基和罗曼·罗兰的话是对的。你曾经看见过这样一个诗人，他穿着白色的工作服走进实验室里去，卷起袖子说，我要实验新诗了，于是就真的实验出什么诗来么？从来也没有。

是的，凡是诗，都有抒情的成分，但是诗，并不是作者个人的自我表现。诗乃是诗人通过诗歌的“我”来表现客观生活中的形象的东西。所以诗的创作，绝不是科学家的实验，绝不是诗人对客观事物的感觉的记录（即影像罗列），绝不是“白描”，绝不是音响的魔术。好的诗乃是诗人从他的革命的世界观、人生观出发，对他所感触到所想象到所意识到的美好的形象之集中表现。

六

我对于胡适文学思想的批判大致就是这样。由于胡适所写的有关文学的文章，数量相当多，而且他的论点常常互相矛盾，因此我这里只能就其中最反动最有危害性的东西，加以揭露。但是由于我个人能力有限，学识很浅，这里面谬误的地方一定还很多，希望同志们能加以指正。

最后，我觉得，在今天中国，像胡适那样完整的反动的文学思想的人，是很少了。但他的那些反动观点的影响是不是还广泛地以各种不同的程度存在在文学工作者的脑子里呢？我看是的。比方文学史研究里面的考据学派是不是有呢？蔑视祖国的民族传统的思想是不是有呢？在创作上的自然主义的观点、个人主义的观点，以及形式主义的观点是不是还有呢？我想这些思想都还是有的。所以在批判胡适的文学思想的过程中，我们亦应该顺便检查一下我们自己的思想，以便在这一次思想斗争中把我们自己也提高一步。

1955年3月

论鲁迅的文艺思想的发展

鲁迅先生逝世20周年了。这20年来，中国已经历了一个很大的变化。过去半殖民地半封建的旧中国，现在已变成了人民的中国了。鲁迅生平所痛恨的帝国主义已从中国大陆本土永远驱逐出去，封建买办的黑暗统治制度，已为广大人民的愤怒和反抗之火所焚毁。如果鲁迅活到今天，他一定会看见他笔下所描写的被压迫和被损害的人们，那些颠连无告的人们都已得到翻身。红鼻子老拱、蓝皮阿五之类的人，早已被镇压或者被改造；阿Q也可能结了婚，进了合作社，成为了很好的劳动能手；而祥林嫂也一定可以找到适当的工作，并且用不着担心她死后还有什么地狱的苦难了。

至于那些过去曾经用种种卑污的手段恐吓过鲁迅的人们，那些造谣诬陷他的人们，那些用恶毒的反动的语言咒骂过他的人们，以至于那些手里拿着大刀，杀人不眨眼，时时欲得鲁迅而甘心的匪徒们，现在也已随着旧世界的死亡而一起死亡。一切罪恶的勾当，在新时代的阳光照耀下，已成为了一场过去历史的噩梦。

我相信鲁迅还活着的话，他一定会很高兴看见中国人民今天这样辉煌的日子的。

世界上曾有过不少的人，在他们还没有死的时候，就担心着死，担心着自己的后代的声名。所以有的求不老之药，有的派人到海上去寻求神仙，有的自建生祠，有的在生前就布置好墓穴。有的为了要维持自己死后的威严，不惜人民的血汗建立巍峨的陵寝。有的刻石记功，有的树碑作传。自以为这样一来就可以万世扬名，永垂不朽。但是时间无情，一转眼间，那些围墙塌了，碑石也倒了，墓穴上长满了荒草和荆棘。人们也早已忘记了他们的名字，甚至还唾弃他们，而那些建筑物也只有被看成劳动人民的智慧的结晶而保存下来。但是鲁迅，他是一向不以生前和死后的所谓声名为意的。他所关心的，只是广大人民的生活和利益，所关心的只是真理和正义。为了它，他愿意牺牲自己的生命。鲁迅痛恨一切反动、腐朽、邪恶的东西，他无情地揭露它们。他用他的无比锋利的笔刺破了他们用“正义”“道德”“人道”“尊严”“健康”等好听的名词所制成的黑幕，从而使这些官僚、绅士、恶棍、流氓、道貌岸然的正人君子、轻浮的文人学士的无知、愚蠢、贪鄙、虚伪和凶残，都一一暴露于光天化日之下。同时鲁迅热爱着一切勤劳纯朴的人民。他的眼光一直透到人民的底层，他以他的生动的笔写出了统治者怎样在物质上精神上蹂躏他们，写出了他们的贫穷和痛苦，并给予深刻的同情。就是在无穷的黑暗中，在极端死寂的寒夜，他也没有忘记用自己的热情去温暖他们，并给予他们以明天的希望。正因为鲁迅能够传达出人民的心声，所以直到今天我们还觉得他的生命仍活在我们的心中，而他所遗留下来给我们的光和热也永远不会熄灭和消退。

一、鲁迅的少年期和青年期的生活以及初期的文学活动

鲁迅的作品很多，可研究的方面也很多，现在我只想就他的文艺思想的发展，发表一点我的意见。关于这个题目，我打算分成三部分来说。现在先说第一部分，即他的少年期和青年期的生活以及初期的文学活动。

记得高尔基曾说过，一个人的童年和少年期的生活对于他的未来的创作生涯，有着决定性的影响。事实也正是如此。

鲁迅出身于一个士大夫的家庭，他的祖父是一个做京官的。但在他13岁那年，他的祖父出了事，父亲逃难在外，连鲁迅也不能不寄居在亲戚家里，被人看成“乞食者”。回到家里，本家们又议定了一个议单硬要鲁迅签字。接着祖父下狱，父亲回来后又得重病，而鲁迅乃不能不走到当店里把衣服首饰送到比他高一倍的柜台上去，然后又在侮蔑的眼光中接了钱，再到药店的同样高的柜台上去买药。他父亲的病缠绵了四年多终于故去。父亲死后，他的家境就更加艰难了。

关于这一点，鲁迅在1935年回忆起这些事情时，曾这样说过：“我的祖父是做官的，到父亲才穷下来，所以我其实是‘破落户子弟’。不过我很感谢我

父亲的穷下来（他不会赚钱），使我因此明白了许多事情。”[①]我看，鲁迅的话是对的。正由于他童年时期生活的穷困，这才使得他对于下层人民的痛苦有深切的体验和同情，而他的倔强的反抗性格也就在周围的侮蔑和轻视中扎下了根苗。

到了1898年，即鲁迅18岁那年，母亲给了他仅能筹到的8元旅费；而鲁迅就拿着这一点钱去考南京的水师学堂。那个时候，在这样一种洋务学堂读书，是为一般的读圣贤书的人看不起的，认为那是异途。但是有什么办法呢？鲁迅只能走这条路，只能进被人们认为没有出息的学校、不要钱的学校，去学洋务。

试想想看，在当时一般的士大夫既怕外国人，而又要坚持以夏变夷的愚蠢的思想的统治下，鲁迅，一个穷孩子，袋子里只有这一点点的钱，要到辽远的南京去学洋务（在当时交通不便、思想闭塞的时候，从绍兴到南京的确已经是很远的了），心里是感到多么委屈啊！年轻的鲁迅很明白这次远行是决定自己未来命运的事情。但远看将来，既前途茫茫，而回顾家中，则又只有破产家庭中的老母弱弟。当日影西斜，暮色苍茫，他踽踽地在客店投宿的时候，举目所见都是异乡景物，所听到的都是异乡的口语。一个初次离开家庭的青年，一个多感的青年，对着那客店里的昏暗的灯光，想起临别的时候，母亲的无可奈何的眼泪，哪能不泫然流涕呢！

鲁迅到了南京。但这个水师学堂，原来是在“中学为体，西学为用”的精神指导下开设的。据说是学习海军，但游泳池也因为有两个学生淹死而被填平了，上面还盖了一座关帝庙来镇压！后来鲁迅告诉我们：这是一所乌烟瘴气的学校。

在那个学校，鲁迅只待了十个月，就转学到江南陆师学堂附设的路矿学校了。在这一个期间，鲁迅学到了三种东西：第一，他学习了自然科学，如物理学、地质学、矿物学等；第二，他接触到了欧洲18世纪的启蒙思想，如卢梭的《民约论》、孟德斯鸠的《万法原理》，19世纪的约翰·穆勒的《自由原论》、赫胥黎的《天演论》等；第三，他开始关心国家大事。鲁迅在南京求学

① 《鲁迅书简》，第824页。

的时候，也正是清王朝风雨飘摇的时候：1895年中日甲午之战，1898年戊戌政变，1900年义和团起义。这些巨大事变接踵而来，外祸的侵凌愈来愈急，这就不能不引起青年鲁迅的强烈的爱国主义的情绪。

鲁迅在学校里不仅是一个用功的学生，而且也是一个苦学生。冬天连棉衣也做不起，他不能不穿夹裤过冬。关于当时鲁迅的穷苦生活，许广平同志曾把鲁迅后来的回忆记录了下来："入学之后，再没有多余的钱可以给他做御寒的棉衣，而冬天来了，砭人肌骨的寒威是那么严酷，没有法子，就开始吃辣椒取热，以至成了习惯，进而变为嗜好……"①鲁迅在青年期的艰苦生活，就使得他能把民族危机和人民生活的困苦联系起来看，因而对于问题的看法也就能够更加深刻。

1902年，鲁迅被派到日本去留学。当时的日本，也正是革命党人群集、政治空气极为浓厚的地方。关于当时在日本的中国留学生的革命空气，鲁迅有以下的描写："凡留学生一到日本，急于寻求的，大抵是新知识。除学习日文，准备进专门的学校之外，就赴会馆，跑书店，往集会，听讲演。"②

那时的日本的确可以说是中国革命党人的一个很大的据点。远在1894年孙中山先生就在日本的横滨组织了兴中会的分会，1902年章太炎、马君武等亦陆续东渡日本，鼓吹革命。在留学的时期，鲁迅就常常听孙中山、黄兴的演说，听章太炎先生的讲学，和秋瑾往来，和徐锡麟的朋友陶望潮等为友，实际参加了许多革命活动。而在同一个时期，在国内，革命的浪潮也正风起云涌。比方，1905年吴樾谋炸五大臣事件，1906年的湖南浏阳事件，南京的党狱，云南、两广的六次起义，1907年徐锡麟刺杀恩铭，秋瑾的就义等。这些铁和血的事件，没有一件不震撼着青年鲁迅的心灵。

但是尽管如此，中国资产阶级所倡导的民主革命是有他的先天的弱点的。兴中分会里虽然有些华侨商人参加，但那时中国资产阶级的力量还十分微弱。当时革命的力量主要是依靠那些高级知识分子的留学生。在这些留学生中，当然有不少真正的爱国志士，抱着资产阶级民主主义的理想，愿为国家民

① 许广平：《欣慰的纪念》，第115页。

② 鲁迅：《因太炎先生而想起的二三事》，《且介亭杂文末编》。

族牺牲生命，但他们又大都是只知道凭一时的热血去把清朝推翻，以为腐败的王朝推翻以后，中国马上就可以富强起来，对于外国帝国主义在中国的势力估计不足，对中国的封建势力也估计不足。或者甚至其中还有一部分人，在他们的下意识里面，企图通过同帝国主义和中国封建势力的妥协，走上发展资本主义的道路。这些人在开会的时候，尽管慷慨激昂，痛哭流涕，但是一回到会馆里，则又是满屋烟尘斗乱，狂歌乱舞。当时留学界一部分出身地主贵族家庭的人的那种庸俗的纨绔习气、浮夸的市民作风、士大夫的佯狂丑态，都曾引起青年鲁迅很大的不满。他要求认真地找寻中国积弱的最基本的原因和医治它的方法。他常常和许寿裳先生谈到以下这几个问题：一、怎样才是理想的人性？二、中国民族中最缺乏的是什么？三、它的病根何在？同时下了诊断，认为“我们民族最缺乏的东西是诚和爱”。①

大家都知道鲁迅到日本以后，最初是在仙台学医的。他学医，目的是在救中国，但当他发现学医并不能救中国，还有更重要的事情要做的时候，他就断然舍弃了医学，转而专门研究文学。他之所以学文学，其目的也是为了救中国，他企图用文学来揭发中国国民的劣根性，来宣扬他的诚和爱，从精神上医治中国。所谓诚，用今天的术语说来就是实事求是，热爱科学，热爱真理；所谓爱，就是爱国爱民。所以他那个时候的中心思想，可以归结为爱国、民主和科学。

理解了他当时的基本思想，现在就可以来谈一谈他早期的文学活动。

他的第一篇创作是发表在1903年的《浙江潮》里面的《斯巴达之魂》。其目的是想借希腊和波斯战争的故事来唤起人民的爱国主义精神的。这篇文章在今天看起来也许有人会觉得很奇怪，但是这个文体在那个时候是很流行的。当时的人，为了使文章更易于普及，因此不直接指斥清廷，谈论国事，而往往借别的国家的事来讽喻当时。鲁迅也和当时别的作家一样，企图利用文学来宣传爱国主义。所以在《斯巴达之魂》里，他写了以下这几句语：“我今掇其逸事，贻我青年。呜呼！世有不甘自下于巾帼之男子乎？必有掷笔而起者

① 许寿裳：《我所认识的鲁迅》，第19页。

矣。”①

由于重视科学，鲁迅在同年，又发表了一篇《说钼》。这是介绍法国居里夫人发现镭的经过的。同时他还翻译了美国培伦（名查理士）所作的科学小说《月界旅行》，英国威南所作的《地底旅行》，此外还翻译了一部《北极探险记》。从这几篇文章看起来，鲁迅是第一个介绍居里夫人的人，也是第一个介绍“往月球旅行去”的人。鲁迅为什么要翻译这些东西？那是因为他想通过文学艺术的形式来宣传科学。

以上是他初到日本时的文学活动。

1906年，鲁迅由仙台回到东京，准备专门研究文学。1907年，他着手筹备一本文学杂志《新生》。后来杂志没有办成功，但是鲁迅在这个时期却一共写了四篇重要的文章。

第一篇文章是《人之历史》，这篇文章概括地介绍了生物进化学说的历史。虽然是介绍，但是鲁迅的意思是要借此来宣扬他的进化论的学说。

他的第二篇文章是《科学史教篇》，这篇文章的目的，在于提倡科学，阐明科学和救国的关系，批评了那些只谈“振兵兴业”而不想从科学上下工夫的人们。

第三篇文章是《文化偏至论》。这篇文章的主要意思是：光是政治制度的改革并不足以救中国；光是富国强兵，崇尚欧洲的物质文明也不足以救中国。他批评留日学生中一部分人，只学习西洋文化的皮毛。他说：“嗟夫，夫子盖以习兵事为生，故不根本之图，而仅提所学以干天下；虽兜牟深隐其面，威武若不可陵，而干禄之色，固灼然现于外矣！计其次者，乃复有制造商估立宪国会之说。前二者索见重于中国青年间，纵不主张，治之者亦将不可缕数。盖国若一日存，固足以假力图富强之名，博志士之誉；即有不幸，宗社为墟，而广有金资，大能温饱，即使怙恃既失，或被虐杀如犹太遗黎，然善自退藏，或不至于身受；纵大祸垂及矣，而幸免者非无人，其人又适为己，则能得温饱又如故也……”又说：“至尤下而居多数者，乃无过假是空名，遂其私欲，不顾见诸实事，将事权言议，悉归奔走干进之徒，或至愚钝之富人，否亦善垄断

① 鲁迅：《斯巴达之魂》，《集外集》。

之市侩，特以自长营搰，当列其班，况复掩自利之恶名，以福群之令誉。捷径在目，斯不惮竭蹶以求之耳。呜呼，古之临民者，一独夫也；由今之道，且顿变而为千万无赖之尤，民不堪命矣，于兴国究何与焉。”[①]

鲁迅这些话，一方面反映出了他当时的狷介洁癖的超人思想，而更重要的一方面，则在于他深刻地指出了半殖民地半封建的中国，资产阶级所创导的民主革命的不彻底性，并深刻地描绘出了当时某些混进革命队伍里面的投机者的丑恶的灵魂。鲁迅当时虽然不懂得马克思列宁主义，不能说明为什么会有这样的现象，但是他却有敏锐的感觉，感觉到这个革命的阴暗的一面和某些革命者的不可靠。辛亥革命以后，有好些人摇身一变，变成新起的官僚，这正证实了鲁迅的预见。同时鲁迅对那些徒求革命之名而实为奔走干进的市侩之徒的深恶痛绝的态度，也为他后来的思想转变，深深地埋下种子。

那么怎么办呢，对于这种毛病？接着，鲁迅就提出了自己的纲领性的主张：“掊物质而张灵明，任个人而排众数。人既发扬踔厉矣，则邦国亦以兴起。奚事抱枝拾叶，徒金钱国会立宪之云乎？夫势利之念猖狂于中，则是非之辨为之昧……”又说：“……政事不可公于众，公之则治不郅，惟超人出，世乃太平。”[②]这里，鲁迅坦率地提出了他的世界观和人生观。

鲁迅的这种主张是不是唯心论呢？是不是个人主义呢？是的，我认为是的。[③]因为他要把精神和物质对立，把主观世界作为至高的标准；他要把个人和群众对立，把人格的扩张看成人生的第一义。但是光指出他是唯心主义，或个人主义，并没有解决问题，我们必须看到，在那一个特定的历史情况下，这种主张具有什么现实意义。从客观的意义看来，他这些话是对当时封建主义压抑个性的一种反抗，不仅是对封建制度的一种反抗，同时它也开始批判专门追

---

① 鲁迅：《文化偏至论》，《坟》。

② 鲁迅：《文化偏至论》，《坟》。

③ 《文化偏至论》这篇文章里有两段话可以证实我的意见。“主观主义者，其趣凡二：一谓惟以主观为准则，用律诸物；一谓视主观之心灵界，当较之客观之物质界为尤尊。前者为主观倾向之极端，力特著于十九世纪末叶，然其趋势，颇与主我及我执殊涂，仅于客观之习惯，无所盲从，或不置重，而以自有之主观世界为至高之标准而已。”又：“去现实物质与自然之樊，以就其本有心灵之域，知精神现象实人类生活之极颠，非发挥其辉光，于人生为无当；而张大个人之人格，又人生之第一义也。”

逐个人物质利益的资产阶级的倾向，不仅批判了这种思想倾向，同时它也批判了资产阶级制度之所谓“金钱社会”。所以当时鲁迅的思想是：拥护资产阶级的民主革命运动，同时又批判了它。

他批判了资产阶级的民主革命运动，是不是就意味着他的立场已超越了资产阶级民主革命的范围呢？不，当时鲁迅是站在革命小资产阶级的立场，即站在当时资产阶级民主革命运动的最左翼，来批评资产阶级民主革命的。但他并没有超出资产阶级民主主义的思想范围。说他那时的思想已超越了资产阶级民主主义的范围，那是错误的。

既然说鲁迅在自然科学方面的造诣很深，是一个唯物论者，为什么他的思想里又会有唯心论呢？那是因为自然科学家，在科学领域里是唯物论，但在人生观、社会观和政治观方面，也可能是唯心论。大家都知道鲁迅是受18世纪启蒙哲学家的思想影响的，而启蒙哲学家的唯物主义，则又是没有超越出形而上学的观点、运动之机械论的观点的唯物主义，他们在解释社会现象时往往是唯心主义者。而且鲁迅不仅是受启蒙哲学家的思想的影响，而且也受19世纪末尼采的思想的影响的。尼采的哲学在欧洲来说，是极端反动的思想流派，但是在落后的中国，用它来反对封建主义，用发展个性来和封建的束缚对立，则又还具有若干进步的意义。

既然说鲁迅是进化论者，进化论者是不是也是唯心论呢？我的意见是：人们用进化论的理论去解释生物进化的现象，这不能说是唯心论。但当人们企图用生物进化的规律去解释人类社会的发展，那就只能陷于唯心论。比方赫胥黎是进化论者，在自然科学方面是自发的唯物主义者，可是在哲学上他却又是不可知论者了。又比方为鲁迅所推崇的赫克尔，他是一个唯物论者，他始终不渝地反对唯心论者关于自然界与生物界的不可知论；但就他认为进化论乃是对资本主义制度的确定来说，则他又为反动的社会达尔文主义开辟了道路了。

鲁迅提倡用主观的精神来反对物质。他的意思是一个人一定要有理想，不要去斤斤计较个人的利益，这样他才能够真正为国家为人民做事。但是他不明白，一个人的理想本身，也是客观现实的反映，也是阶级存在的反映。鲁迅的这种看法显然具有小资产阶级知识分子所特有的空想。

那么对于鲁迅的发展个性的学说，又应该怎样解释呢？我认为在当时，从整个世界来说，还没有进入到无产阶级革命的新时代，从中国来说，中国工人阶级还没有登上政治舞台，鲁迅以个性解放的口号来反对帝国主义的侵略和封建主义的束缚，这毫无疑义是具有进步的意义的，比起那些以为只要推翻清朝的统治，天下就要太平的看法是更深刻些了。

在这里，我们不妨对于个人主义这种思想，作一个理论的分析。不错，个人主义是属于资产阶级的思想的范畴，它的基本内容是代表资产阶级的利益的。但是同时我们又必须注意到比较次要的侧面，即把个人主义作为一种思想体系提出来的，在绝大多数的情况之下，都不是资产阶级本人，而是属于小资产阶级的知识分子。这些人的思想既然是客观上为资产阶级服务，当然他们也就是属于资产阶级的知识分子了，但是在另外一方面他们又总不免在思想上带有着本阶层的精神烙印，流露出本阶层自己的东西。个人主义的思想体系既然是出自这些人之手，当然也就不免有这种现象，即带有小资产阶级知识分子所特有的幻想的成分。鲁迅的个性解放论就是如此。我们不能因为他批评了资产阶级的国会就认为他不是资产阶级的思想，或者是超越了资产阶级思想范围的思想，但同时也不能因为它是属于资产阶级的思想范畴，因此就忽视了小资产阶级知识分子在这个思想里所寄托着的他们自己的幻想。

大家都知道，资本主义是无时无刻不在制造庸俗主义，鼓励唯利是图的思想的，而且作为一个制度，它总是在一切方面抹杀个性的。当资产阶级，拿着“个人自由”“个性解放”来反对封建主义的时候，这些口号在当时客观上是有一定的个性解放的意义的。但是它的目的却是要以这些口号来建立自由市场，以便于它疯狂地追逐个人的利润。至于人们的个性发展，它只是口头说说，事实上丝毫没有兴趣的。所以带有幻想成分的个性解放论，在资本主义社会的实际生活中是行不通的。在碰了许多钉子之余，有些人经不起现实生活的折磨，幻想打破了，逐渐消沉了去，渐渐变成不过问社会、不过问政治、逃避生活的十足的自私自利主义者，从而也就成为了资产阶级的驯服的奴才，或成为专门找寻官能刺激的颓废主义者。但也有些人坚持个性解放的幻想，他们既不满于现状，要孤军奋斗，但同时又常常感到孤独和悲哀。由于他的思想缺乏现实的根据，又不能超出资产阶级思想范围去批判和反对资产阶级，因此他们的奋斗也就带有盲目性。这种既要奋斗而又感到无望的矛盾的心情，我认为在鲁迅的前期思想中是很明显可以看得出的。毛主席在《中国革命和中国共产党》一文里，曾这样说："……知识分子在其未和民众的革命斗争打成一片，在其未下决心为民众利益服务并与群众相结合的时候，往往带有主观主义和个人主义的倾向，他们的思想往往是空虚的，他们的行动往往是动摇的。"这些话对于当时的小资产阶级的知识分子很适用，同时对于鲁迅的早期思想也很适用。

其实，对真诚的个性解放论者，只有社会主义社会才能给予满意的回答。因为社会主义社会，废除了人剥削人的制度，放逐了贫穷，给予人以最圆满的个性解放的条件。后期的鲁迅之所以走上社会主义的道路，这是完全合乎逻辑的发展。

他的第四篇文章是《摩罗诗力说》。这篇文章的目的在于反对随声附和的庸俗主义，反对不冷不热的调和主义，而宣扬要以恶魔的精神、以巨涛般的力量摧毁旧社会的柱石，发为雄声，歌颂新生。总之一句话，就是要发扬个性。这种文学上的主张是和他的《文化偏至论》的精神一致的。要研究中国的新文艺运动，这两篇文章实在是非常重要的文献。

除了建立这些理论以外，鲁迅还从事于外国文学作品的译述。根据他所提倡的"转移性情，改造社会"的目标，他有系统地选译了好些外国的文学名著，他特别注意被压迫民族的作品，尤其是俄国的文学作品。《域外小说集》后来虽然只出版了两册，但从这件事情看，鲁迅在他的早期生活中，对于外国的古典作品如果戈理的小说等就有了研究了。

从以上所说，我们可以看出在青年时期，鲁迅就已为他的后来的文学活动树立了基础。概括地说有以下几点：一，鲁迅在这个时期已有了很好的自然科学的修养。二，在当时资产阶级民主革命的浪潮中，鲁迅不仅接触了欧洲18世纪的启蒙思想，而且还受到了欧洲19世纪的进化论和19世纪末个人主义的思想影响。三，由于鲁迅出身于贫穷，他不满意于当时留日学生中一部分人的浮嚣的习气。因此他要求除了政治制度的革命外，还要有更根本的彻底的解决，从哲学上提出了他自己的见解。四，他不仅研究和介绍外国文学，而且还提出新文化和新文学的纲领。总的说起来，他这个时期的思想是和19世纪末、20世纪初中国的资产阶级民主革命运动有密切关系的，而且也就在这个运动中他在政治上获得了一定的锻炼。

二、五四运动和鲁迅的文学创作

现在让我谈一谈五四运动和鲁迅的文学创作。

鲁迅于1909年从日本回国以后，饱受那时的人的歧视。辛亥革命的时候，他也曾参加过一些活动。民国元年（1912）以后，他除了用文言文写了一篇小说《怀旧》以外，就没有继续创作下去。在北京的最初几年，他花了很多的时间去研究中国的古典文学，研究佛经，搜罗研究拓本。鲁迅拥有许多事物的广博的知识，具有古典文学方面的深刻的修养，这对于他后来的小说和杂文写作，是有很大的帮助的。正由于他的博学，这才使他能够信手拈来，于极平凡的事物中看出它的本质的意义，从事物与事物之间的广泛联系中看出其中的矛盾。

显然鲁迅对于辛亥革命是失望的。在《范爱农》那一篇短文里。他曾很失望地说到辛亥革命初期的情形："我们便到街上去走了一通，满眼是白旗。然而貌虽如此，内骨子是依旧的，因为还是几个旧乡绅所组织的军政府，什么铁路股东是行政司长，钱店掌柜是军械司长……"[①]辛亥革命以后那几年，鲁迅眼看革命失败，朋友们零落殆尽，他精神上感到非常之痛苦。这里他有一段自白："只是我自己的寂寞是不可不驱除的，因为这于我太痛苦。我于是用了种种法，来麻醉自己的灵魂，使我沉入于国民中，使我回到古代去……但我的麻醉法却也似乎已经奏了功，再没有青年时候的慷慨激昂的意思了。"[②]

经过一个时期的创作上的沉默，到了1918年，五四运动的前夜，鲁迅心中的反抗的火又重新燃烧起来了。在《自选集》自序里，他自己也说他之所以提笔作文，大半是出于对热情者们的同感。当1926年鲁迅追记他这一个时期的斗争的情况时说："他们的名（指《摩罗诗力说》中所提的几个诗人的名字——引者注），先前是怎样地使我激昂呵，民国告成以后，我便将他们忘却了，而

① 鲁迅：《范爱农》，《朝花夕拾》。

② 鲁迅：《自序》，《呐喊》。

不料现在他们竟又时时在我的眼前出现。”[①]

是什么东西使鲁迅的那种慷慨激昂的情绪复活起来？显然是由于五四新时代的推动。

由晚清末年的资产阶级所倡导的资产阶级民主革命运动到五四新文化运动，世界的形势和中国的形势显然已发生了很大的变化。第一，1917年的十月革命使第一个社会主义国家建立，全世界进入到无产阶级革命的时代，中国革命已成为世界革命的一部分，中国资产阶级的民主革命的性质没有变，但革命的领导权不能不落到中国工人阶级的手中。第二，由于第一次世界大战，中国的资本主义有了比较快的发展，中国的资产阶级也要求在政治上文化上有他们的发言权。第三，十月革命一声炮响送来了马克思列宁主义，马克思列宁主义的思想已开始在一部分知识分子中传播起来。第四，辛亥革命以后所成立的中华民国，其政权操纵在北洋军阀手中，民族危机不仅没有比晚清末年减轻，而且加重了，人民的生活不仅没有改善，而且更加贫困了。中产阶层也日益分化，而其中大部分则在迅速贫困化的过程中，这些贫穷化的中产阶层也迫切地要求革命。广大的中国人民急于挽救国家民族的危亡和改善自己的生活，而这种要求首先就通过知识青年表现出来。

的确，比起晚清末年日本东京留学生的爱国排满运动来，这一次的反帝国主义反封建主义的运动，其规模是更加壮阔了，参加的社会层面更广了，所提出的要求也比前深刻了。毛主席对于这一个运动曾经这样估计：“五四运动是对帝国主义的运动，又是反封建的运动。五四运动的杰出的历史意义，在于它带着为辛亥革命还不曾有的姿态，这就是彻底地不妥协地反帝国主义和彻底地不妥协地反封建主义。”[②]

鲁迅一定感到很兴奋，因为他十多年前所倡导的爱国、科学与民主，过去是为人们所窃笑的，现在竟然成为了运动的口号。鲁迅一定感到很兴奋，因为他看见当年徐锡麟、秋瑾的革命精神又在新的形势下以新的姿态复活在千百个青年身上。鲁迅一定感到很兴奋，因为他多年所盼望的思想上的“新生”，

---

① 鲁迅：《题记》，《坟》。

② 毛泽东：《新民主主义论》，《毛泽东选集》第二卷。

现在真的开始了。

是的，当时的鲁迅，是站在革命的小资产阶级立场来参加五四运动的。他是急进的民主主义者，所以他在当时的统一战线中是不满于以胡适为代表的右翼的。他反对胡适所提出来的《新青年》或停刊或不谈政治的主张，认为要分裂就分裂好了。①

是的，正是五四新文化运动的精神，唤起了鲁迅的创作的灵感，同时也正是这个精神在推动他进行创作。在这一个时期鲁迅一气写成了十几篇小说，同时也写成了几十篇杂文和一些散文诗和白话诗。他的创作欲的特别旺盛是完全可以理解的。

关于这一时期的小说和杂文，我不打算在这里详谈，现在我只想就他的文艺思想扼要地来说一说。

我觉得在这一个时期，鲁迅的小说创作表现了如下的几个特点。

第一，他的思想和情感深入到人民的底层。我们都知道在五四运动的时候，一般作家所写的题材大都是城市的中上层人物，或是知识分子的“密士忒”和“密士”。但是鲁迅不是这样，他写出了单四嫂子，一个卖馄饨的人的老婆；他写出了祥林嫂，一个家庭里的普通的女工；他写出了阿Q，一个连姓名都不为人所知道的人物。鲁迅深刻地了解这些颠连无告，为一般社会所轻视的人们。他写出了他们的穷困的和被压迫的生涯，写出了他们在灵魂上怎样受到残酷的蹂躏。例如以单四嫂子来说吧，她卖馄饨的丈夫死了，完全靠自己一双手纺出棉纱来养活她自己和她的三岁的儿子。但是在隔壁咸亨酒店喝酒吃肉的地痞流氓们，红鼻子老拱、蓝皮阿五们则无时无刻不想去打这个贫穷的寡妇的主意。一听见她的孩子病，就高兴地说：“没有声音，——小东西怎了？”当单四嫂子抱着自己的孩子去看病的时候，何小仙的态度是这样冰冷！蓝皮阿五看见她抱的小孩不动的时候，还要乘机去调戏她。到她的儿子死了，她悲哀到万分的时候，王九妈他们还要把她的最后一点东西，连两条板凳之类都榨出来给他们吃喝。当母亲在空虚的屋子里十分凄凉，而终于睡着了的时候，红鼻子老拱于酒醉饭饱之余，还要口里哼着“我的冤家呀！——可怜你——孤零零

① 见《文艺报》1956年第3期。

的……”这一类不三不四的歌。鲁迅对于单四嫂子是寄予十分的同情的。我记得，他这篇小说，是用诗的句子来加以结束的：“单四嫂子早睡着了，老拱们也走了，咸亨也关上门了。这时的鲁镇，便完全落在寂静里。只有那暗夜为想变成明天，却仍在这寂静里奔波；另有几条狗，也躲在暗地里呜呜的叫。”这意思就是说，这是多么的黑暗啊！但这漫漫的长夜终于是会变成明天的。

第二，他的彻底的反封建主义的思想。例如在他的《狂人日记》里，他就把封建社会的黑暗的情况深刻地暴露了出来：“黑漆漆的，不知是日是夜。……狮子似的凶心，兔子的怯弱，狐狸的狡猾……自已想吃人，又怕被别人吃了，都用着疑心极深的眼光，面面相觑……”又说：“吃人的是我哥哥！……现在晓得他讲道理的时候，不但唇边不抹着人油，而且心里满装着吃人的意思。”又说：“四千年来时时吃人的地方，今天才明白……大哥正管着家务，妹子恰恰死了，他未必不和在饭菜里，暗暗给我们吃。我未必无意之中不吃了我妹子的几片肉，现在也轮到我自己……”这样阴风惨惨的气氛，不难令人想起但丁写的地狱里的情景。鲁迅以他的有力的笔触，把整个封建社会的吃人的本质作了一个轮廓的描画。《红楼梦》里的林黛玉、贾迎春不正是被贾母、王夫人、邢夫人之类的人“吃”掉的吗？尽管他们的鳄鱼的眼泪像喷泉似的喷出来，但是“吃人”的残酷的事实，也还是不能淹没的。例如在《祝福》里面的祥林嫂，她最先是嫁给一个比她小十岁的丈夫，后来丈夫死了，变成寡妇。寡妇有什么过失呢？但鲁四老爷一看见她就要皱起眉头。后来她婆婆又硬把她捆起来放在花轿里卖到深山里去，卖给贺家墺的贺老六。祥林嫂即使在头上碰了一个大窟窿，奋力抵抗，但抵抗也没有用处。跟了贺老六，但贺老六不久又患了伤寒病死了，儿子阿毛又给狼衔去。于是又回到鲁四老爷家里来工作。但是人们对她的态度却不一样了。鲁四老爷认为她是伤风败俗的人，祭祀的时候，不应让她沾手，镇上的人对她的态度也变得冷冷的和以前大不相同。祥林嫂悲痛地叙述着阿毛的故事，人们最先是同情，也流了一些不值钱的眼泪，然而最后则讨厌起来，反而以她的悲痛的回忆，作为调笑和娱乐的对象。可是残酷的事情还不止此，柳妈还要恐吓她说：“你将来到阴司去，那两个死鬼的男人还要争……阎罗大王只好把你锯开来，分给他们。”这使祥林嫂，在精神上产生很大的恐惧。但为此，人们又好像发现了新的笑柄，把她头上的伤痕当作耻辱的记号来嘲笑她、侮辱她，即使她把仅有的钱在土地庙里捐了一条门槛作为“赎罪”，但是鲁四老爷家的人还是把她当成不洁的人物，不许她接触“神圣”的祭祀的物品。这样受了重重的精神迫害，终于使她变成阴影般的人物，对于一切都怯懦害怕起来，好像自己犯了不可饶恕的、不可挽回的罪恶，渐渐她变成了痴呆，而最后被鲁四老爷家，不，被整个封建社会，像一粒尘沙似的抛了出去，变成了乞丐，而最后死在雪花满地的荒郊，死在人们的祝福的爆竹声中。就是在她死后，鲁四老爷还送给她恶毒的评语：“不早不迟，偏偏要在这时候，——这就可见是一个谬种！”好像一个可怜的被压迫的人的死的时刻都要得到封建老爷钦准似的。其实勤劳纯朴的祥林嫂，有什么罪过？有罪过的应该是像狼一般贪狠的卫家的婆婆，像翁仲般那么僵硬的鲁四老爷和他的顽固的道德观念，像小麻雀似的爱在没有人的地方叽叽喳喳的柳妈以及她的愚昧的迷信。总的说来，罪恶是在于整个封建制度和它的上层建筑。但是统治阶级无论如何也不会承认这些，他们残酷地逼迫着祥林嫂去再嫁，然后又鄙薄她不贞，嫌她再嫁；不允许她死，但同时又嫌她为什么当时不索性撞一个死。既要用她的劳力来工作，可又嫌她不洁，嫌她愚蠢，嫌她啰唆，还要恐吓她：将来要到地狱里去受罪！一层层压迫下去，一直弄到非把她压迫死不可！作者在他这篇作品里，不仅写出了统治阶级怎样压迫人民，尤其重要的是深刻地揭露了统治者怎样无耻地，以他们愚蠢的迷信，虚伪的道德去腐蚀被压迫者的思想，去折磨毒害他们的灵魂。

封建统治者的潜力是很大的，这在作者的笔下，也有了深刻的描写。比方在《孤独者》里面的魏连殳就是最先反抗，最后投降，而终于慢性自杀的人物。魏连殳是一个新党，是一个好客、喜爱孩子、肯帮助朋友的人。但是由于他是新党，人们就把他看成异端的人物。又由于他好发议论，人们就给他造流言。最后他被校长辞退了，职业也找不到了，朋友们也不来了，连房东的孩子们都不要吃他的东西了。封建社会整个地对他封锁起来。后来他只好投降。可是，只要他一投降，做了师长的顾问，人们对他的态度立即就改变过来。他那冷落得有点荒凉的客厅，就又有了“新的宾客，新的馈赠，新的颂扬，新的钻营，新的磕头和打拱，新的打牌和猜拳……”。从前骂他的笑柄，现在被人们当作“雅人逸事”重新在报纸上刊载了出来；从前送上前去都不屑吃他的东西的小孩，现在宁愿伏地叩头，以能领到他的赏赐为莫大的荣幸；从前是在他身旁时时闪烁着一双双射出轻蔑的冷光的眼睛，而现在他的周围则是许多皱得像核桃似的笑脸，每一条笑的皱纹都显示出谄媚的神色，微微颤抖着的微笑的唇边，时时都露出想要求什么，而一时又说不出口的神气。还有就是那一些又是羡慕，又是阿谀，又是感激，饱含着泪水的眼睛，时时都在希求着最微屑的赐予。魏连殳向封建社会投降了，但是他也就在"新的冷眼和恶心，新的失眠和吐血"中死去了。作者深刻地剖露出了知识分子反对封建社会、孤军奋斗的悲剧。整个封建社会制度和它的上层建筑就像盘丝洞里的蜘蛛精吐出来的丝，它遮得天昏地暗，把你四周笼罩住。周围的人们的脸孔，冷冰冰得像牢房里的墙壁，狞视着你，包围着你，逼着你非做它的俘虏不可。

第三，他对于辛亥革命的批判。在《阿Q正传》里，作者写到当阿Q知道革命会使百里闻名的举人老爷都害怕起来，未庄的一群鸟男女都慌张起来的时候，他就一变过去对革命"深恶而痛绝之"的态度，感到快乐。作者是这样写的："'革命也好罢，'阿Q想，'革这伙妈妈的命，太可恶！太可恨！……便是我也要投降革命党了。'……"而且阿Q一时神往，"不知怎样一来，忽而似乎革命党便是自己，未庄人却都是他的俘虏了，他得意之余，禁不住大声的嚷道：'造反了！造反了！'"是的，阿Q的阶级本性是要造反的，他之所以表现得有点自暴自弃，滑稽自嘲，乃是由于他没有看到自己阶级的出路的畸形思想的表现。

的确，辛亥革命的浪潮曾使得落后的雇农如阿Q都要起来造反了！但革命本身对于农民却是很冷漠的。知县大老爷还是原官，不过改称了什么，而且举人老爷也不知做了什么官，带兵的还是先前的老把总，赵秀才也和历来不相睦的假洋鬼子好起来成为了"革命"的同志。赵秀才还得到了"柿油党"的顶子，连赵司晨也将辫子盘在顶上大嚷说："嚄，革命党来了！"阿Q感到很不快，想去参加革命，但是假洋鬼子却不准他革命，把他赶出来了。

后来当阿Q看到赵家被抢的时候，他的思想就更想不通："白盔白甲的人明明到了，并不来打招呼，搬了许多好东西，又没有自己的份——这全是假洋鬼子可恶，不准我造反，否则，这次何至于没有我的份呢？"

阿Q虽然没有参加革命，然而把总却要借他的命来镇压造反的人们，或者更广泛地说，要借他的命来镇压一下那些像阿Q一样想造反而还没有造反的人们。结果阿Q画了一个圆圈，就被抓去示众——做了辛亥革命政权下的最初的牺牲者！

农民要参加革命，但是辛亥革命却不准他们参加，不仅不准他们参加，而且还要用他们的血来作为革命向地主官僚妥协的礼品，这是多么痛心的事情啊！

鲁迅当时虽然还不是阶级论者，但他却尖锐地提出了革命中的最核心的问题，对辛亥革命加以批判。鲁迅笔下的阿Q的形象，好像是很滑稽的人物，但是假如我们深刻地去思量一下，我们就会觉得他所具有的封建统治阶级的思想是和他的最底层的社会地位多么不相称啊！而在他的灵魂深处，又潜伏着多少革命的热力啊。作者鲁迅批判了这个人物，但是同时又是热爱和同情这个人物。他对于阿Q是“哀其不幸，怒其不争”的。但争了又有什么用呢？假洋鬼子根本来一个不准革命，所以阿Q就只好在糊里糊涂中被害了。

又如《在酒楼上》的吕纬甫。在辛亥革命前，他原来也是有志之士，他和一批青年朋友去城隍庙里拔掉神像的胡子，揎拳攘臂地在争论着改革中国的方法。可是现在怎么样呢？青年时代的豪情没有了。头发蓬蓬，脸色苍白，精神是那样颓唐，眼睛也失去了神采。他对于周围的一切都麻木了。他在一位同乡的公馆里教“子曰”“诗云”“女儿经”，每月混二十元过日子。据吕纬甫自己说，敷敷衍衍模模糊糊做些无聊的事情。什么国家大事似乎早已隐在他的视野以外了，他只能找一些琐屑的事情来浪费一下自己的感情。短短的十年，从前是意气如虹的革命人物，而现在则几乎是寄食在同乡家里的清客；从前是戟指以谈时事的人物，现在则连个人的生计都难以维持，过了今天就不知道明天，过去满腔热血，现在只剩下一片落寞和颓唐的感情。河岸塌了，弟弟的尸骨也找不到了，所认识的女孩子也在悲伤中死去了。这一切都反映出了吕纬甫心里的悲哀。作者在这里固然描写出当时的知识分子的脆弱和颓唐，但同时也十分痛恨当时辛亥革命的半途而废。

由于在小说里要客观地写出人物的典型，因此作者的意见又不能直接地痛快地表现出来。但是在一篇散文《头发的故事》里，鲁迅却借N先生的口说出了他对于这一个“双十”国庆纪念的感慨：

他们忘却了纪念，纪念也忘却了他们！

我也是忘却了纪念的一个人。倘使纪念起来，那第一个双十节前后的事，便都上我的心头，使我坐立不稳了。

多少故人的脸，都浮在我眼前。几个少年辛苦奔走了十多年，暗地里一颗弹丸要了他的性命；几个少年一击不中，在监牢里身受一个多月的苦刑；几个少年怀着远志，忽然踪影全无，连尸首也不知那里去了。

他们都在社会的冷笑恶骂迫害倾陷里过了一生：现在他们的坟墓也早在忘却里渐渐平塌下去了。

我不堪纪念这些事。

鲁迅是亲自参加辛亥革命的，因此想起这些往事以及零落的故人，他难免感觉到孤独，感到涕泪之无从了。

关于鲁迅这一时期的小说，我只能概括地说以上三点。假如我们把鲁迅所有的小说综合起来看，那么，我们就可以发现，他的小说现实主义地描写出了由辛亥革命前后一直到五四前后这整个时代的画面。这里有绅士，比方《阿Q正传》里面的赵太爷、钱太爷、赵太爷的儿子茂才先生、钱太爷的儿子假洋鬼子、举人老爷、老把总，《离婚》里面的慰老爷、七大人，《长明灯》里的郭老娃、四爷。这里有各种各样的帮凶或帮闲，比方《长明灯》里的阔亭、方头、三角脸、庄七光、灰六婶，《阿Q正传》里的赵司晨、赵白眼。这里有落魄的旧知识分子，比方《孔乙己》里的孔乙己，《白光》里面的陈士成。有从前是新党而现在变成复古派的名士，比方《肥皂》里面的四铭、何道统、卜薇园。这里有从前是革命党人而现在落魄了、消沉了的知识分子，比方《在酒楼上》的吕纬甫，《孤独者》里的魏连殳。这里有流氓地痞，比方《药》里面的康大叔，《明天》里面的红鼻子老拱、蓝皮阿五、王九妈。这里有农民，比方《阿Q正传》里的阿Q、小D，《故乡》里的水生、闰土，《社戏》里面的双喜、阿发。这里有许多小市民，比方《药》里面的华老栓、花白胡子、驼背五少爷，《阿Q正传》里的邹七嫂，《故乡》里的豆腐西施。这里有政府的小职员，比方《端午节》里的方玄绰，《弟兄》里面的秦益堂、汪月生。这里有比较新型的知识分子，比方《幸福的家庭》里的作家，《伤逝》里面的子君和涓生。这里有在文化界鬼混的市侩，比方《高老夫子》里的高尔础、万瑶圃等。这些人物，再加上作者善于描写出风俗画，善于写出气氛，善于刻画出典型的情势，这样，作者就在我们眼前展开了整个时代的宏伟的画面。作者所描写的人物，有些着墨并不多，有时不过是一些侧影，可是他写得这样生动，以至于我们一闭起眼睛，就好像能看见小说中当时的情势，看见那些人物的动作、姿态和表情，好像能听见那些人说话的口气和声音。

谈到这里有一个理论问题，应该说明一下。这就是鲁迅自己常常提到他要写出国民的劣根性，要用文艺来医治它的问题。究竟从客观上看，鲁迅果真是表现了中国国民的劣根性吗？我认为不是。鲁迅笔下的闰土、七斤、祥林嫂以至于阿发、双喜这些人不都是勤劳善良朴素的人么？如果怯弱、懒惰、巧滑[①]乃是中国国民的劣根性，那么为什么这些劣根性又不在这些人身上体现出来呢？而且阿Q也并不懒惰，但是赵太爷却使他不能不懒惰。由此可见他所揭露的黑暗，其实就是封建统治阶级的黑暗。

大家知道，在被压迫阶级还没有成为自为的阶级以前，统治阶级的文化常常就是统治的文化。封建统治阶级用残酷的剥削，使得劳动人民十分穷困，这种物质上的贫乏也就使得他们在文化上成为被剥削者，很少可能把本阶级固有的思想发扬出来。同时，统治阶级为了巩固他们自己的统治，又不惜通过一切方法，用它的腐朽的文化来麻醉和毒害劳动人民，努力使他们在痛苦中用自欺的方法来欺骗自己，用健忘用迷信来安慰自己。尤其值得注意的是，自从19世纪中叶以来，中国封建统治阶级也正在一天天受到外国资本主义国家的压迫和侵略，他们于无力抵抗或屡次失败之余，也就不能不以“地大物博”，以“文明古国”，以“礼仪之邦”等精神胜利法来安慰自己，同时也用以镇抚被统治的人民，表示自己还有足够的自信和力量。所以精神胜利法，实际上是统治阶级为了掩盖真理，以维持和巩固自己的地位的东西。鲁迅所说的国民劣根性，实际上也正是统治阶级的劣根性，它和中国广大人民的勤劳、勇敢的固有

① 鲁迅：《论睁了眼看》，《坟》。

的品质是无缘的。

在五四运动时期，鲁迅不仅写了很多小说，而且也写了很多的杂文，用政论的形式来直接和许多反动思想斗争。

白话文学起来了，有一批顽固的封建文人坚持国粹主义，鲁迅用锋利的笔嘲笑了那个“国粹”。接着又有人提倡读经读古书，但是鲁迅嘲笑他们说：“愈是没有出息的角色，愈想长寿，想不朽。”“学衡”的一批人以洋博士的资格来鼓吹古文复辟，但是鲁迅立即指出他们实际上是并不懂得中国古代的东西，就是做文言文章，也是不通。甲寅派的要角依仗北洋军阀的势力压迫青年，鲁迅围绕着女师大的风潮，不留情地揭露了他们的凶残和下劣。在“三一八”惨案以后，鲁迅写了《记念刘和珍君》的文章，对反动统治者提出了抗议。这些文章，实际上已经不仅是文化上的斗争，而是真刀真枪的政治斗争。鲁迅不仅和甲寅派斗争，同时还和更阴险的“现代评论”派斗争。“现代评论”派是买办和大资产阶级的代言人，可是表面上他们却要装成不偏不倚的学者或“正人君子”的姿态，鲁迅无情地揭破了他们的假面具，保卫了五四新文化运动的优良传统。

在五四前后这个时期，鲁迅也写了好些纪事和抒情性的散文。在《朝花夕拾》里的《藤野先生》《范爱农》等篇，可以说是非常好的记录真人真事的文学。他的《野草》是一本散文诗。比方《风筝》《狗的驳诘》《聪明人和傻子和奴才》等都是意味深长的小品。但是也就从这些散文诗里面，我们可以更容易看出鲁迅当时思想上的矛盾。这时他还保留着他过去《文化偏至论》和《摩罗诗力说》的理论，因此他一方面坚持要向前迈进，认为将来总比现在好，但是前途如何，他又觉得有些渺茫；另一方面他歌颂叛逆的猛士，但是由于他看不见群众，所以又时时感到寂寞和孤独。一方面他对于一切虚伪、黑暗、邪恶给予猛烈的批评，但是在他的心灵深处又常常感觉到悲哀。[①]这些矛盾可以说是当时鲁迅思想上的弱点。这种弱点，就是在他的小说里也不时或隐或显地表现出来，使他的作品常常带有一种感伤的悲哀的情绪。一直到后来，他的思想立场改变以后，这些弱点，才逐渐被克服下去。

① 参考《鲁迅书简》，第766、777页。

鲁迅的作品为什么能够有这样大的成就？就他个人说，我想这是和他的现实主义的美学观、现实主义的创作实践，以及他在生活实践中所陶冶成的对于人民的热爱、对于邪恶势力的痛恨分不开的。大都知道当时鲁迅的思想是有他的进步的一面，而同时又存在着缺点的。比方他在世界观、人生观、历史观、社会政治观上存在着很多的矛盾。可是他对于人民的热爱，他的艺术上的现实主义的创作方法，他对于具体事物的敏锐的洞察力、深刻的体验和准确的典型的概括，就使得他超越了他的思想的局限和矛盾，而终于画出了宏伟的画面和栩栩如生的人物的典型形象，从而产生出巨大的艺术吸引力和教育作用。

三、鲁迅思想的转变和他后期的杂文

现在我想谈一谈鲁迅思想的转变和他后期的杂文。

1927年4月12日，蒋介石在帝国主义的指示下，在上海举行了反革命政变，屠杀了大批的工人和共产党员，宣布了反共。接着，7月15日汉口的国民党也决定与共产党决裂，叛变革命。

从这一个时期起，在蒋介石领导下的国民党，已经不再代表民族资产阶级的利益，而是代表帝国主义、封建主义和买办资产阶级的利益，它和北洋军阀，在本质上已没有什么不同了。很明显，在那个时候要继续革命，只有跟共产党走。但是当时革命的暂时失败已经确定，国民党的白色恐怖已把全国投入黑暗的深渊，很多原来在革命统一战线上的小资产阶级上层分子，都发生动摇而离开了革命。

在“清党”的时候，恰好鲁迅正在广州。他虽然对国民党反动政府大批捕杀学生表示极大的愤慨，可是他却被这一次血的惨剧所震惊了。从前鲁迅根据他的进化论的看法，以为“将来必胜于过去，青年必胜于老人”，但是现在他亲眼看见同是青年，而分成两大阵营，这样就把他的“思路轰毁”了。①

在《答有恒先生的信》里，鲁迅坦白地说：“我的一种妄想破灭了。我至今为止，时时有一种乐观，以为压迫、杀戮青年的，大概是老人。这种老

① 鲁迅：《序言》，《三闲集》。

人渐渐死去，中国总可比较地有生气。”又说：“现在倘再发那些四平八稳的‘救救孩子’似的议论，连我自己听去，也觉得空空洞洞了。”

是的，鲁迅的思想，由于受到事实的教训，连他自己都感到动摇。可以说，1927—1929这两年多的时间，他的思想是有些混乱的。他过去所倡导的18世纪的欧洲启蒙思想、19世纪的进化论和19世纪末的超人的学说已不足以替鲁迅、热爱祖国和人民的鲁迅，解答当时中国革命所提出来的极为迫切的问题了。不能否认，他那个时候的思想是和马克思列宁主义有着分歧的。比方，社会的发展，究竟是以阶级斗争作为推动力呢，还是按自然的规律，后代必胜于前代，这样演化下去呢？究竟是群众中涌现出领袖，群众哺育着天才呢，还是领袖指挥着群众，天才教育着群众呢？究竟是政治指导着文艺呢，还是文艺先行于政治，文艺永远不满政治，文艺和政治永远是对立的东西呢？鲁迅的答案显然是倾向于后者。[①]

中国究竟应该往何处去？对于关系全国人民命运这样的大问题，那时的鲁迅，并没有作出明确的答案或表示明确的态度。在南方各省，农民的起义已经是如火如荼地起来了，但是那时的鲁迅，却并没有立即看出它的意义。他虽然是极端反对封建制度，但对于当时党所执行的挖掉封建主义根基的土地革命政策，还是很少了解。

对于鲁迅的这些思想上的错误，在当时的条件下，是不是应该批评呢？我认为是应该批评。因为道理必须讲清楚。但是当时朋友们对他的批评是不是有错误呢？我认为是有错误的。既然当时还是在新民主主义的革命阶段，而鲁迅，就其政治立场看，又是革命的小资产阶级，这个阶级在当时应是革命的很好的同盟者。对这种人的错误，我们所采取的政策应该是又团结又斗争的政策。在政治上团结他，同时又在思想上批评他——给予一种与人为善的批评。何况对于鲁迅这样著名的作家，他的后面有着那么多的人民群众，自然对他应该有更多的说服，更多的耐心等待。但是当时朋友们并没有这样做，只抓住了思想批评这一面，而忘记了政治团结那一面；把思想斗争和政治斗争混淆在一起，采取了比较粗暴的态度，甚至有些人还以革命者自居，显出咄咄逼人的神

① 参考鲁迅：《文艺与政治的歧途》，《集外集》。

气。所以在批评的策略、方法和态度上是有错误的。有人说，当时对鲁迅的批评，带有宗派主义的色彩，我是同意这个估计的。不过这并不等于说所有的批评都错了，或者那时候，根本就不应该批评了。相反，我认为，如果那时候，对他不批评，那倒是思想上犯了严重的错误。有人说，那个时候对他的批评是不对的。我不同意这个意见。因为如果说批评本身错误了，那就是意味着鲁迅那个时候的思想对了，他那个时候的思想对了，那就是说鲁迅的思想没有前后期之分了。真理是一定不同意这种说法的。

也许有人认为鲁迅既然是一个伟大的作家，他就一定不会有什么错误了，或者是说，即使有什么错误，也不应该去批评。而且批评他的人，本身就有很大缺点，这些人如何有资格去批评伟大的鲁迅呢？持这种说法的人，好像是想爱护鲁迅，但其实是违背了科学，把对于伟大作家的敬意改变成盲目的个人崇拜。鲁迅之所以伟大，其关键不在于他是否有过错误，关键在于他是不是愿意改正自己的错误。

是的，鲁迅是经得起这个批评的考验的。他自己在《答有恒先生》的信中曾经这样说："我并不含有谦虚，我知道我自己，我解剖自己并不比解剖别人留情面……"在《三闲集》的自序里，他也说："我有一件事要感谢创造社的，是他们'挤'我看了几种科学的文艺论，明白了先前的文学史家们说了一大堆，还是纠缠不清的问题。"正是由于时代历史的教训、党的帮助和朋友们的批评，再通过他自己的少年时期的贫穷生活的体验、在辛亥革命时代的政治锻炼、他对于人民的热爱，以及他自己的严格的科学态度，这样鲁迅才逐渐完成思想转变。到了1930年末，虽然在情绪上他对于朋友们的批评还有些芥蒂，但他的立场已基本上改变过来了。

一个人的思想立场的改变，是要经过自我斗争的痛苦的过程的。特别是像鲁迅这样性格倔强，自己又有一套见解，而同时在社会上又拥有不少同情他的群众的人。但是他终于接受了批评者的意见。尽管他可能并不满意批评者本人，这种有过则改的精神的确是十分伟大的。正因为他有这种精神，所以他才能成为文化新军的最伟大和最英勇的旗手。也正因为他有了这一次立场的改变，他才能真正代表着全民族的大多数，英勇而又正确地向敌人冲锋陷阵。

"鲁迅的方向，就是中华民族新文化的方向。"这句话不仅意味着鲁迅是新民主主义文化运动的领导者，同时也意味着，他的方向就是社会主义的方向。大家都知道中国人民只有在共产党领导下才能获得民族独立、民主自由，而且也只有在共产党领导下走社会主义的道路，才能最后消灭剥削和贫困。除此以外，没有第二条道路。因此，所有真正的爱国的知识分子迟早都必须走这条道路，即经过自我改造，走社会主义的道路。鲁迅所选择的道路，是中国千千万万知识分子以后必然要走的道路。鲁迅带头走上了这条道路，所以说，鲁迅的方向就是中国新文化的方向。

有人问，鲁迅先生爱祖国爱人民难道不是一贯的吗？是的，一贯的。有人问，鲁迅反对封建主义，憎恶那些邪恶和贪婪的人们，难道不是一贯的吗？是的，一贯的。有人问，鲁迅爱护青年，主张文学是为人生的，难道不是一贯的吗？是的，一贯的。既然是这样，鲁迅的思想不是前后一贯的吗？怎么还能分前后期思想的转变呢？不，这里我的答复却是否定的了。过去，鲁迅也爱祖国爱人民，但是，用什么方法，采取什么步骤，前途是怎样，在鲁迅思想里是不十分清楚的。过去，鲁迅也憎恶封建制度和封建统治者，但是，要依靠什么力量，联络哪些友军，才能把它从根本上推翻，这在鲁迅的思想里是不十分清楚的。过去，鲁迅也爱护青年，也主张文学是为了人生，但是，应该爱护哪一类的青年，应该把青年引导到什么地方去，文学是为了哪一种人服务，要鼓舞读者朝着哪一个方向走，在鲁迅的思想里是不十分清楚的。但是后来，鲁迅的思想转变过来了。他的哲学观，已从18世纪的启蒙哲学家、自然科学家的唯物论，转变为马克思列宁主义的辩证唯物论。他的历史观，已由赫克尔的进化论转变为马克思列宁主义的阶级论。他的人生观，已从个人英雄主义的孤军奋斗，转变为参加群众性的阶级战斗。他的社会政治观，已经从建筑在明天比今天更好的进化论的基础上的渺茫希望，或“超人出则天下太平”的空想转变为马克思列宁主义的唯物史观。不仅知道今天应该怎样斗争，而且能预见到历史发展的行程。正是这个统一的世界观和人生观，渗透到他的现实主义的艺术观里去发生一种变化，这才使他后期的杂文发挥了无比的战斗威力。

还有，就是现在也还有不少人把鲁迅的思想转变看成轻而易举的事情，好像经过事实的教训，他就自然而然转变过来了。这种说法是把一个人从这个阶级的思想立场，转变到另外一个阶级的思想立场的转变看得太简单了。1927

年冬，鲁迅早已受到广州当时的“清党”事件的教训了，为什么他在暨南大学的演讲并没有思想转变的迹象，而依然还是彷徨歧路呢？这显然可以看出“事实教训说”是不能成立的。事实的教训只能是他思想转变的一个客观因素，而不是全部的原因。

还有，就是在现在也还有人只看到鲁迅思想的一贯性，而否认或忽视他前后期的思想立场在本质上的分别。这显然也是一种错误，因为这种人离开历史时代去理解一贯性，抽去它具体的内容去理解，这样他就很容易走上唯心论的魔道。

鲁迅的这一个思想转变对于他的后期的杂文，显然发生着决定性的影响。我们只要把鲁迅前期的杂文和他的后期的杂文作个比较，就可以明白了。在后期的杂文里面，过去的那种感伤情调没有了，过去的个人冥想和追怀没有了。过去的“荷戟独彷徨”的寂寞和孤独的感觉没有了。过去的那种对未来感到渺茫的心情没有了，过去的那种隐晦的、艰涩的风格没有了。代之而来的是对于党，对于革命事业的无限忠诚，是充满着信心的乐观的战斗精神和明朗的风格。

现在就让我来谈一谈鲁迅后期的杂文吧。鲁迅的杂文所涉及的方面很多，这里，我只就我个人的理解综合成以下数点。

第一，是鲁迅杂文里面贯穿着党性原则。他曾经指出左翼文学和被压迫的无产者负着同一种命运，将来当然也要和无产者一同起来，[①]而革命文学家则至少必须和革命共同着生命，或深切地感受着生命的脉搏。[②]同时他也接受了列宁的文学的党性原则，把左翼文学看成以自己的力量来解放本阶级和一切被压迫阶级而斗争的一翼。[③]过去以为革命的战鼓响时，文艺琴弦也就停止了它的声音的说法，完全改变过来了。不仅如此，他对于小资产阶级的文学，也做了深刻的批评。他说：“小资产阶级如果其实并非与无产阶级一气，则其憎恶或讽刺同阶级，从无产者看来……是一家子里面的事情。”[④]而且他还指

① 鲁迅：《黑暗中国文艺界现状》，《二心集》。
② 鲁迅：《上海文艺之一瞥》，《二心集》。
③ 鲁迅：《硬译与文学的阶级性》，《二心集》。
④ 鲁迅：《关于小说题材的通讯》，《二心集》。

出："虽是仅仅攻击旧社会的作品，倘若知不清缺点，看不透病根，也就于革命有害……"①当然小资产阶级的作家，对于旧社会的批评和讥刺，其所起的作用究竟如何，这还要看当时的具体情况来加以估计。但是鲁迅之所以说这些话，其用意不仅在于批评别人，而且也在于批评自己队伍里面的某些人。为了树立起无产阶级文学的基本立场，他这种看法在理论上无疑是对的。至于鲁迅自己，他的确是抱着自我批判的精神来学习的。他说，他之所以介绍马克思列宁主义的文艺理论，其目的是想从别国窃得火来用以煮自己的肉的。在谈到他翻译马克思列宁主义文学理论书时候的心情，他说："但我自信并无故意的曲译，打着我所不佩服的批评家的伤处了的时候，我就一笑，打着我的伤处了的时候，我就忍痛……"②

大家都知道，鲁迅向来是爱憎分明的。在后期的杂文里，鲁迅更是站在严格的阶级立场来决定他的爱憎的态度。他毫不留情地批判笼统的国民劣根性的说法。他坚决指出这种劣根性是反动阶级的劣根性，绝不是中国人民的劣根性。他说："'自欺'也并非现在的新东西，现在只不过日见其明显，笼罩了一切罢了。然而，在这笼罩之下，我们有并不失掉自信力的中国人在。我们自古以来，就有埋头苦干的人，有拼命硬干的人，有为民请命的人，有舍身求法的人……这一类的人们，就是现在也何尝少呢？他们有确信，不自欺；他们在前仆后继的争斗……"③对于这种纯朴的劳动人民，鲁迅是爱护唯恐不周的；可是对于人民的敌人，他是鞭挞唯恐不力的。他极端憎恶那种"西崽相"，憎恶那种"正人君子"，憎恶那种见了羊就变成老虎、见了老虎就变成羊的人物。他坦率地说"梁实秋先生'们'的苦乐以及无所得实在'于我如浮云'"，他无情地指斥托洛茨基派的"所为有背于中国人现在为人的道德"。他认为"说良家女子是婊子，这是骂，说婊子是婊子，就不是骂"。一直到他临终前不久写的《死》那篇文章里，他还表示："我的怨敌可谓多矣，倘有新式的人问起我来。怎么回答呢？我想了一想，决定的是：让他们怨恨去，我也一个都不宽恕。"他对于人民和人民事业的忠诚是至死不变的。

---

① 鲁迅：《上海文艺之一瞥》，《二心集》。

② 鲁迅：《硬译与文学的阶级性》，《二心集》。

③ 鲁迅：《中国人失掉自信力了吗？》，《且介亭杂文》。

第二，是鲁迅杂文中所表现的实事求是的精神。在对于左翼作家联盟的意见里，他指出：“革命是痛苦，其中也必然混有污秽和血……革命尤其是现实的事，需要各种卑贱的麻烦的工作。”他反对对于革命抱着罗曼蒂克的幻想的人，因为这些人，主观主义地想象革命是如何有趣和美丽，但是一旦接触到革命实际，一碰见困难的时候，他就悲观失望起来了。他告诉我们应经常密切注意自己的队伍。他说：“因此革命的文学者，就不但应该留心迎面的敌人，还必须防备自己一面的三翻四复的暗探了……”[①]是的，在对敌斗争中，敌人就常常派自己的暗探进来，或者利用叛徒来破坏我们的组织。后来的许多事情都证实了鲁迅的这种话的远见。

鲁迅告诉我们，敌人是强大的，我们不应该轻敌。他说：“旧社会的根底原是非常坚固的，新运动非有更大的力不能动摇它什么。并且旧社会还有它使新势力妥协的好办法，但他自己是决不妥协的。”[②]这里他看出了反动政权后面的社会势力。根据他过去参加辛亥革命运动失败的教训，他要我们不要以小小的胜利自满，要从事有韧性的战斗，尤其要提防旧势力伸出手来要求和我们妥协的办法。我们是不应该妥协，而应该一直战斗下去的。

鲁迅告诉我们应该经常研究敌人。他说：“倘是一个战斗者，我以为，在了解革命和敌人上，倒是必须更多的去解剖当面的敌人的。”[③]那个时候，我们的确总是喜欢看自己人的东西，而不愿意去看反对我们的东西，只求一时的痛快，而不肯仔细去研究敌人的动态和方略，从而去制订我们的策略。因为有了这个缘故，就常常犯主观主义的错误。鲁迅这个意见是非常之中肯的。

鲁迅从现实主义精神出发，批判了教条主义。他说：“……他们对于中国社会，未曾加以细密的分析，便将在苏维埃政权之下才能动用的方法，来机械地运用了。”[④]机械地搬用教条，这是左翼文艺运动中的一个大毛病。一直到1942年整风运动，这才使教条主义获得纠正。但是鲁迅早在1931年就曾经提出来过了，可惜的是，那时我们并没有深切体会和重视这个意见。

---

① 鲁迅：《上海文艺之一瞥》，《二心集》。
② 鲁迅：《对于左翼作家联盟的意见》，《二心集》。
③ 鲁迅：《上海文艺之一瞥》，《二心集》。
④ 鲁迅：《上海文艺之一瞥》，《二心集》。

第三，是鲁迅杂文中所表现的战斗性。鲁迅在北京的时候，曾经和各种各样的反动思想战斗过。在上海的十年间，他在党的领导下就更有计划更集中地抨击了那些用各种方式来反对无产阶级文学运动的反动思想。他的杂文的特点就是善于用简短有力的文字，揭露出这些人的隐藏着的阶级本质。新月派首先提出了“尊严与健康”来做幌子，向国民党反动派暗送秋波。梁实秋更抬出“人性”来和文学之阶级性对立。但是鲁迅立即给予还击，他说：“‘自然’，‘喜怒哀乐，人之情也’，然而穷人决无开交易所折本的懊恼，煤油大王那会知道北京捡煤渣老婆子身受的酸辛……”[①]他用浅显具体的例子说明了人性和阶级性的关系，驳倒了资产阶级大学教授的“高深”的理论。同时他还指出了梁实秋的这种主张实际上就是站在阶级立场来为他自己阶级服务的。国民党反动派看见无产阶级文学在群众中的影响一天天扩大，于是他们也就纠合文学艺术界的浮尸来一个“民族主义的文学”，企图和左联对抗。实际上所谓“民族主义的文学”，乃是提倡法西斯、残杀中国人民的文学，是反苏媚日的文学。鲁迅立即抓住了黄震遐的《陇海线上》《黄人之血》，万国安的反苏小说《国门之战》加以无情的揭露，使得“民族主义的文学”，很快就失去了它的欺骗作用。正面来攻击“左联”的计划失败了，于是就有胡秋原的“文艺自由”和苏汶的“第三种人”的理论。当国民党反动派疯狂地屠杀中国左翼作家，禁止左翼刊物的时候，胡秋原和苏汶却伸出手来向左翼批评家要求文艺创作的自由。鲁迅很敏锐地指出苏汶是有意以这心造的幻影来诬陷左翼批评家，好像左翼批评家才真正是妨害了文艺自由，造成文坛衰落的现象似的。在《中国文坛上的鬼魅》一文里，鲁迅指出：“今年七月，在上海就设立了‘书籍杂志检查处’，许多‘文学家’的失业问题消失了……反对文学和政治相关的‘第三种人’们也都坐上了检查官的椅子。”这样，他就以具体的事实揭露了这些人的丑恶的脸孔。此外，他对于林语堂的“论语派”“二丑艺术”，对邵洵美的“捐班文学”都一律给予尖锐的讽刺。

当国民党反动派和帝国主义的租界当局互相勾结以残酷的手段来对付左翼作家的时候，当左翼作家不断受到暗杀、失踪、逮捕的威胁的时候，鲁迅始

① 鲁迅：《硬译与文学的阶级性》，《二心集》。

终坚守自己的岗位，保护自己的友人，奋不顾身地和敌人战斗到底，这是十分值得我们学习的。

第四，是鲁迅杂文中所表现的形象。鲁迅在杂文中，无论是批评时事、抨击敌人，还是阐发理论，常常用文学所特有的形象的形式来表现，或者用警句的方式来表现，文章里时时有意味深长的诗的典型。因此他的文章一点也不干燥，一点也不公式化、概念化，读了以后，常常给人以深刻的印象，使人获得很多的启发。关于这一类的例子是很多的。在《论旧形式的采用》一文里，他说："以为艺术是艺术家的'灵感'的爆发，像鼻子发痒的人，只要打出喷嚏来就浑身舒服，一了百了的时候已经过去了……"他把灵感论者的灵感爆发比作鼻子发痒，是既通俗，而又带讽刺的意味的。比方在《脸谱的臆测》一文里，他随手讽刺了一下"第三种人"，也是非常之好的。他说："在实际上，忠勇的人思想较为简单，不会神经衰弱，面皮也容易发红，倘使要永远中立，自称'第三种人'，精神上就不免时时痛苦，脸上一块青，一块白，终于显出白鼻子来。"此外也有采取警句的方式的，比方在《门外文谈》一文里，他说："但我想：时间就是性命。无端的空耗别人的时间，其实是无异于谋财害命的。"

关于鲁迅杂文的形象性问题，以后有机会再作专文来阐述，现在就不过细的来论列了。

回顾过去，鲁迅从晚清末年的光复会的会员，一直走到成为具有社会主义理想的斗士。他继承了过去革命志士的优良传统，同时又发展了它，在短短的几十年间，跨过了两个不同的历史时代。这中间，虽然他曾有过短暂时间的彷徨，但是他终于站在战斗的前列，不顾一切的危险和艰难，坚持韧性的战斗。他的这种精神是全中国人民都要以崇敬的心情来怀念的。

无可否认，鲁迅是中国20世纪初期到30年代的杰出的斗士。他是伟大的中国革命所哺育出来的中国人民的最优秀的儿子之一。他是整个革命文艺队伍中的领导人。整个革命文艺队伍支持他帮助他，而他又回过头来领导着这个队伍。他绝不是孤零零的唯一的人物。我们不能把他从整个文艺运动割裂开来去估计他的成就，说什么没有鲁迅就没有左联的说法。

在生前，鲁迅曾以他的无畏的战斗精神，他的热烈的情感和他的丰富的知识哺育了好几代的青年，今后我相信他的作品和论著仍将会哺育着我们和我们后代的子孙。他的崇高的美学理想，将复活在千百万中国人民的心中，使他们开出更多更好的美丽的艺术的花朵。

1956年9月

原载1956年11月《解放军文艺》第11期

特别声明

“粤派评论丛书”系广东省宣传文化发展专项资金资助项目。本丛书旨在壮大主流文艺阵地，增强文艺评论事业发展的动力，扩大广东文艺评论影响，助力岭南文化高地建设，为提升广东文化形象发挥重要的理论建构与支撑作用。

鉴于出版时间、项目规模、人力资源等因素制约，“粤派评论丛书·大家文存系列”在出版过程中与相关责任人未能一一取得联系。请有关人士见书后与我们联系，我们即奉上样书。

请通过电子邮箱联系我们：ghyclm@163.com。

“粤派评论丛书”编委会